Della stessa autrice

Come stelle cadenti
Disperatamente Giulia
Donna d'onore
Il Barone
Anna dagli occhi verdi
E infine una pioggia di diamanti
Saulina
Lo splendore della vita
Il Cigno Nero
Come vento selvaggio
Il Corsaro e la rosa

SVEVA CASATI MODIGNANI

CATERINA A MODO SUO

SPERLING
PAPERBACK

CATERINA A MODO SUO

I edizione «Superbestseller» Paperback maggio 1999
In copertina: Piatto di susine con gelsomini e noce
di Giovanna Garzoni (1890)
Sul retro: Foto dell'autrice di Dominique Laugé

ISBN 88-8274-001-3
86-I-01

IV EDIZIONE

A mio figlio Nicola che,
con rabbia e dolcezza,
mi ha aiutata a crescere.

Ringraziamenti

SONO grata a Piero Stucchi Prinetti per avermi raccontato la sua terribile esperienza di deportato nel lager di Mauthausen.

Ringrazio anche Viviane S. e Margherita M. per le loro confidenze. Rivolgo un pensiero affettuoso a due persone che non sono più con me: mio padre Achille e mia nonna Luïgia. A loro sono debitrice di tante storie.

Devo molto a tanti amici: a Donatella Barbieri, a Bruno Arcurio, ad Annamaria Andreini Arisi, a Serena Angeri, a Serena Foglia e alle ragazze della mia casa editrice.

CATERINA A MODO SUO

1

Caterina sorrise alla piccola piuma che le danzava intorno e le accese lo sguardo solitamente imbronciato. La piuma fluttuava come un candido vascello nell'aria calda di quel mattino d'estate. Era scivolata dalla cucitura di un guanciale che la bambina stava sprimacciando, secondo gli ordini della madre.

«Chi non sa fare, non sa comandare», le aveva ripetuto Elena, che sognava un grande futuro per quell'unica figlia.

Caterina, che aveva sei anni, obbedì di malavoglia, tendendo l'orecchio alle voci che salivano dal cortiletto, dove le amiche giocavano.

«Giro girotondo, casca il mondo, casca la terra, tutti giù per terra!» La fine della cantilena era sottolineata dalle risate delle bimbe che si lasciavano cadere sul selciato. Caterina aveva tanta voglia di unirsi a loro, invece doveva sbrigare le faccende domestiche. Ma quella piccola piuma bianca aveva cambiato il suo umore. Dimenticò la severità della madre e l'invidia per le amiche. Seguendone rapita i volteggi, si sentì felice e quando vide che stava per posarsi morbidamente sul lenzuolo, soffiò piano per farla risalire. La piuma si risollevò e le accarezzò la punta del naso. Caterina starnutì all'improvviso e gli occhi le si riempirono di lacrime. L'incantesimo si era spezzato. La felicità di un istante si era trasformata in pianto.

Fu sempre così, per tutta la vita. Bastava un niente, come una piuma, per renderla felice. Ma subito dopo accadeva qualcosa che distruggeva l'incanto.

Caterina non riuscì mai a sentirsi pienamente appagata. Negli anni della maturità si persuase che la sorte, con lei, era stata particolarmente severa. A poco a poco, l'insoddisfazione era diventata una depressione. Adesso le riusciva difficile sopportare la fatica di vivere.

Sognatrice come sua madre, allegra come suo padre, determinata e volitiva, aveva raggiunto traguardi invidiabili. Era stata una farfalla vanitosa dalle ali bellissime che l'avevano portata sempre più in alto. Un evento improvviso avrebbe potuto interrompere il suo volo. Ma non fu così. Furono invece tante piccole brutalità a tarpare le sue ali.

Alla vigilia del suo sessantesimo compleanno, in un caldo tramonto di luglio, Caterina considerò che era già vissuta abbastanza a lungo e, d'ora in poi, ogni momento sarebbe stato buono per concludere il suo rapporto con la vita. Osservò il cielo rischiarato dagli ultimi raggi di sole e si abbandonò al pigro fluttuare dei pensieri.

Sedeva nel salotto della sua casa milanese. Era un ambiente spazioso, illuminato da grandi finestre, con divani bianchi e tavolini di cristallo. Un prezioso tappeto Aubusson, dalle tinte tenui, copriva in parte il parquet di iroko. Un antico trumeau in radica di olmo, finemente intarsiato, e alcune preziose tele ottocentesche completavano l'arredamento.

Aveva tra le mani un suo vecchio romanzo, ritrovato per caso riordinando la libreria. Era stato un successo. Raccontava la storia di una donna di strada e, dalla sua pubblicazione, Caterina si era conquistata l'affetto delle prostitute che, da anni, stazionavano davanti al palazzo in cui abitava. Da allora, quando rincasava sola la sera, scambiavano con lei saluti e sorrisi.

«Caterina, mi sono tanto commossa a leggere il tuo ultimo romanzo. Non ho fatto che piangere», le dicevano riconoscenti.

«Quando scriverai un'altra storia su di noi?» la sollecitavano.

Erano donne sulla quarantina, che rimpiangevano i loro vent'anni, quando non dovevano lottare con la concorrenza delle slave e delle albanesi, dei transessuali e delle tossicodipendenti.

Clotilde, la meno giovane del gruppetto, aveva un'adorazione per lei. Una volta le disse: «Scrivi di tante donne. Perché non scrivi mai di te?»

Caterina non amava parlare di sé. Lo faceva solo quando vi era costretta, con molta sofferenza.

Offriva agli altri l'immagine di una donna pacata, sicura, energica che non corrispondeva alla realtà.

Poche sere prima, aveva regalato a Clotilde un vecchio abito di Pucci, in taffetà di seta nera e fucsia. Un'autentica opera d'arte.

«Che cosa ti succede?» aveva esitato Clotilde. «Sei sicura di volertene liberare?»

Caterina le aveva sorriso. Quindi, con aria complice, aveva sussurrato: «Uno di questi giorni chiudo casa e vado a stare su un'isola deserta. È un segreto. Non devi dirlo in giro».

«Davvero? Spero tanto che ci ripensi. Mi dispiacerebbe non vederti più. E poi, smetteresti di scrivere?» aveva chiesto, preoccupata.

All'inizio di maggio, Caterina aveva consegnato all'editore il suo diciottesimo romanzo.

Aveva già deciso di destinare i futuri diritti d'autore a Bernardo Branzi, il suo primo marito, che stava attraversando un periodo difficile. Bernardo, grande mangiatore, fumatore e bevitore, aveva avuto un infarto e, sebbene si fosse ripreso rapidamente, aveva bisogno di cure costanti e di un'esistenza serena.

Tra il 1950 e il 1970 era stato uno degli antiquari più famosi e più ricchi d'Europa. In seguito, una serie di speculazioni sbagliate aveva notevolmente assottigliato il suo patrimonio. Da allora, Caterina lo aiutava indirettamente, passando del danaro a Roberto, il figlio nato dal loro matrimonio, perché provvedesse a lui.

Non si sarebbe prodigata allo stesso modo per Pierre d'Ormesson, il suo secondo compagno, un aristocratico parigino che si dava arie di grande impresario teatrale. In realtà, organizzava concorsi di bellezza per giovani miss. Non si erano mai sposati, anche se dalla loro unione erano nati due figli: Nicoletta e Stanis. Poco dopo la nascita del loro secondogenito, Pierre era scomparso. Per molto tempo Caterina non aveva saputo nulla di lui, finché un giorno aveva ricevuto una lettera nella quale spiegava che si era stabilito in Kenia, dove aveva trovato tutto quello che desiderava dalla vita: senza indicare il suo recapito.

Caterina aveva cresciuto i due bambini con l'aiuto di Bernardo, che se n'era occupato come se fossero stati figli suoi.

Anche Elena, la madre sognatrice, severa e caparbia, raramente capace di grandi slanci, si era curata dei nipoti con sorprendente abnegazione. Adesso aveva ottant'anni e godeva di ottima salute. Tuttavia rimproverava alla figlia di non accudirla personalmente, come sarebbe stato suo dovere, affidandola invece alle cure di mercenarie distratte.

Recentemente era ricomparso Marco Honneger, il primo e il solo amore della sua vita. La loro storia infelice aveva segnato il destino di entrambi. Era l'unico rapporto importante, non risolto, che le causava una sottile inquietudine.

Nessuno si era accorto della depressione di Caterina, come nessuno voleva rendersi conto della sua stanchezza, della sua fragilità. Chiusi nei loro egoismi, amici e parenti esigevano le sue attenzioni, come sempre, riversando su di lei i loro problemi. I figli l'accusavano velatamente di essere stata una madre distratta e lei si sentiva responsabile dei loro insuccessi professionali e sentimentali. Si rifiutavano di crescere sebbene avessero raggiunto da tempo l'età adulta. Sarebbero passati dall'infanzia alla vecchiaia senza sfiorare la maturità. Questo fatto la intristiva.

Soltanto Ginevra, l'unica figlia di Roberto, la più grande delle sue nipoti, le dava gioia. Assomigliava a suo padre, Alcide Belgrado, che aveva avuto una bottega di frutta e verdura a Milano, nel tratto di corso Venezia che unisce via Senato a piazza San Babila. In quel negozio, Caterina aveva trascorso i primi e, forse, i più begli anni della sua vita. Lì aveva conosciuto Marco, e sopra la bottega, dove abitava con i suoi genitori, si era consolidato il legame con Diana e Lucrezia, le amiche del cuore. Tra alti e bassi, violenti litigi e lacrimose riappacificazioni, le tre donne si frequentavano da quasi cinquant'anni. Il loro sodalizio aveva sfidato il tempo e gli inganni. Si erano conosciute adolescenti e, nella casa di Caterina, avevano mangiato cioccolatini e chiacchierato, ripassato lezioni e ascoltato canzoni, scambiato confidenze, litigato selvaggiamente, elaborato progetti per il loro futuro: «Da grande farò... Da grande sarò... Da grande avrò...»

Poi, in un soffio, gli anni erano passati e i progetti non si erano realizzati. Ma era rimasta, fra loro, l'abitudine di fantasticare sul futuro, ormai più per gioco che per convinzione.

Finché, qualche mese prima, Caterina aveva interrotto le amiche impegnate nella solita tiritera con un secco: «Basta, con queste idiozie».

Era seguito un silenzio imbarazzato che Diana aveva rotto chiedendole: «Che cosa ti succede?»

«Non vi siete accorte che siamo vecchie?» aveva risposto Caterina con amarezza. «Siamo vissute abbastanza per capire che non potremo mai fare quello che vogliamo davvero, né essere quelle che avremmo voluto. La nostra vita è costellata di fallimenti», aveva concluso tristemente.

«Hai proprio deciso di rovinarci la giornata?» l'aveva sfidata Diana.

«Sì, se questo può servire a riportarvi con i piedi per terra.»

Ne era nata una lite furibonda.

«Parla per te», aveva incalzato Lucrezia, «e non coinvolgerci nei tuoi disastri personali. Sei tu che hai fatto scelte sbagliate, che hai avuto figli problematici, che ti sei barcamenata malamente tra famiglia e professione. Adesso ti senti vecchia. Hai ragione: tu sei vecchia. Invece io non ho una ruga e ho un corpo da far invidia a una ventenne.»

Diana aveva rincarato la dose.

«Perché vuoi associarci ai tuoi fallimenti? A te è sempre piaciuto fare la vittima. Quando non riuscivi a ottenere qualcosa, non ti ho mai sentito dire: è colpa mia. C'era sempre un capro espiatorio. Adesso pretendi che l'età ti esoneri dal continuare a lottare. Be', se vuoi la verità, la sola vecchia qui dentro sei tu». Aveva scandito lentamente le ultime parole.

«Siete patetiche», aveva reagito Caterina. «Vi illudete di essere ancora giovani ricorrendo al lifting e al silicone. Traballate sui tacchi troppo alti rischiando di cadere a ogni passo. Quanto ai miei fallimenti, non sono certamente più numerosi dei vostri», aveva concluso addolorata dalla consapevolezza che nessuna delle tre era riuscita ad avere una vita felice. Lei era la sola che avesse il coraggio di ammetterlo. Ma aveva capito di aver passato il segno. Si era messa a piangere e aveva chiesto scusa. Però il danno era fatto.

Diana e Lucrezia l'abbracciarono, compatendola, ma Caterina sapeva che le amiche avrebbero preso le distanze da lei. Infatti, non le rivide più.

Aveva deciso di fare lei la prima mossa, in prossimità del suo compleanno.

Aveva telefonato a entrambe invitandole a festeggiare. «Una cenetta, domenica sera a casa mia, con tanti cioccolatini e un po' di canzoni: Conte, Montand, Sinatra e Presley», aveva promesso Caterina.

«Aggiungi i Platters e Nat King Cole. Mi riportano indietro negli anni», aveva suggerito Diana, divertita.

«Ci racconterai quali sono i tuoi progetti con Marco Honneger?» aveva chiesto Lucrezia, con tono malizioso.

Caterina aveva promesso, ben sapendo che avrebbe accuratamente evitato l'argomento.

Non c'era nulla da dire infatti, pensò Caterina, posando il libro che teneva tra le mani.

Si alzò dalla poltrona e raggiunse la camera da letto dove Bijou, la cameriera indiana, stava riponendo la biancheria stirata, con l'abituale esasperante lentezza. A dispetto degli insegnamenti materni, Caterina aveva imparato ad accudire perfettamente la propria casa, ma non a istruire le domestiche.

Era il primo venerdì di luglio. In città il caldo era soffocante ma, per fortuna, l'aria condizionata funzionava a meraviglia nel suo appartamento.

«Tu già dormire?» la interrogò Bijou, nel suo stentato italiano, stupita che la signora fosse già pronta per andare a letto. «Tu molto bella», osservò sorridendole.

Caterina indossava una lunga camicia da notte in raso di seta color panna e sopra portava una vestaglia dello stesso colore. I capelli neri, spruzzati di fili d'argento, incorniciavano il bel volto luminoso. Le labbra sinuose e morbide ingentilivano l'espressione severa dei grandi occhi grigi e il tratto deciso del naso lievemente aquilino. Gli anni avevano leggermente arrotondato le forme del suo corpo che conservavano tuttavia proporzioni perfette non tanto per la dieta ferrea e le molte ore di palestra, quanto perché Caterina aveva ereditato il fisico asciutto e armonioso della famiglia materna. A volte coglieva su di sé gli sguardi invidiosi di donne molto più giovani di lei. Bijou, che era piccola e tonda, la stava osservando allo stesso modo.

«Voglio solamente riposare qualche ora in più», spiegò alla domestica.

«Tu non stai bene, signora?» ripeté Bijou, con apprensione.

«Non ti preoccupare, Bijou. Sto benissimo», rispose paziente, mentre si guardava intorno per controllare che la camera fosse in ordine.

In primavera aveva rinnovato le tende del letto a baldacchino: erano di sottile batista bianca, accuratamente stirate. Scendevano in morbide pieghe fino al pavimento. Le lenzuola di lino, ereditate dalla nonna Luigia, profumavano di lavanda. Non c'era traccia di polvere sui tavolini da notte né sul cassettone stile Impero dove troneggiava una sontuosa *pendule* in porcellana di Sèvres e bronzo dorato.

«Allora, vado a casa. Qui fatto tutto», garantì Bijou, con voce cantilenante.

«Hai portato in cortile la spazzatura?» indagò Caterina, sapendo di coglierla in fallo.

«Puoi fare tu, signora?» replicò prontamente la giovane, «io adesso ho già sacchi di spesa», si lamentò, tentando di sottrarsi a quest'ultima incombenza. Era abilissima nel cercare di evitare gli sforzi non strettamente necessari. Ma ci riusciva soltanto quando Caterina fingeva di distrarsi.

«Prima porti in cortile la spazzatura», ordinò categoricamente, «poi te ne andrai con i tuoi sacchi.» La fermezza era il solo modo per farsi obbedire.

Bijou si arrese e uscì dalla camera.

Caterina aprì lo sportello di vetro di un'angoliera i cui ripiani erano stipati di ninnoli preziosi e inutili. Prese una piccola scatola di malachite e la posò sul tavolino da notte. Conteneva le pastiglie di sonnifero a cui ricorreva da qualche tempo per rifugiarsi in un sonno profondo.

Squillò il telefono. Sua figlia Nicoletta la chiamava da Forte dei Marmi, dove stava trascorrendo le vacanze con il marito e i bambini.

«Ciao, mammina», esordì, «verresti da noi per il fine settimana?»

L'invito la coglieva di sorpresa, ma il vezzeggiativo era il consueto preludio a qualche richiesta. Nicoletta aveva imparato presto l'arte della diplomazia, come accade spesso ai figli di genitori separati. Caterina ne era consapevole e la giustificava. Anche Roberto usava la stessa tattica. Soltanto Stanis, il più giovane dei suoi tre figli, era più esplicito. Detestava l'ipocrisia, in tutte le sue forme, dovendola combattere, con molta sofferenza, per difendere le sue particolari scelte di vita.

«Qual è il problema?» domandò Caterina, saltando i preamboli.

«Perché mi aggredisci? Avevo soltanto voglia di vederti», disse la ragazza.

Caterina decise di essere conciliante.

«Lo so, tesoro. Anch'io lo desidero, ma ho un altro programma. Mi dispiace. Ti sono grata per l'invito. Se hai qualche problema, lo risolveremo. Sta' tranquilla. Adesso goditi la tua vacanza e abbraccia i bambini per me.» Posò il ricevitore.

Le poche parole scambiate con Nicoletta l'avevano affaticata peggiorando il senso di stanchezza che la opprimeva.

Da molto tempo cercava di far capire ai famigliari e agli amici che non riusciva più a farsi carico dei loro problemi. Nessuno si rendeva conto che qualcosa in lei si stava spezzando, convinti che fosse sempre la più forte.

L'ultima volta che il medico l'aveva vista, le aveva consigliato un controllo neurologico. Caterina sapeva che non c'erano medici né farmaci che potessero guarirla da quell'angoscioso senso di vuoto e di inutilità che la tormentava. Era consapevole che soltanto lei avrebbe potuto risolvere quel problema dando un significato preciso al suo futuro. Ma la ricerca era difficile e penosa. Per la prima volta, Caterina temeva di non farcela.

La domestica si profilò sulla soglia.

«Io torno lunedì», disse con il sorriso mite che le faceva perdonare molte manchevolezze.

Caterina la salutò e sedette sul bordo del letto. Dal fondo del corridoio arrivò il rumore della porta d'ingresso che si chiudeva e percepì gli scatti secchi della serratura di sicurezza.

Si rilassò e compose, al telefono, un numero che conosceva a memoria.

«Ciao, sono io», disse.

«Ciao, Belgrado», rispose Marco. «Come stai?»

«Benissimo. E tu?»

«Mi preparo ad affrontare il martirio settimanale. Tra poco prenderò il solito aereo per Roma.»

«Due giorni passano in fretta. Non lasciarti troppo coinvolgere dagli isterismi di quella santa donna», lo ammonì lei.

«Se soltanto mi concedesse il divorzio! Non ce la faccio più a sopportarla. Lo capisci?» replicò lui, con tono insofferente.

«Lo so. Abbi pazienza. Tutti abbiamo qualcosa da farci perdonare», osservò.

Lui ebbe un istante di perplessità: «Che cos'è questo tono?» chiese preoccupato.

Gli rispose una breve risata sonora: «È tutto a posto, caro. Te lo garantisco», mentì.

«Così va meglio. A presto, piccola Belgrado», disse dolcemente.

«A presto», lo salutò. Quindi chiuse la comunicazione.

Subito il telefono riprese a squillare. Sollevò il ricevitore con un senso di fastidio. Era il direttore generale della sua casa editrice.

«La copertina del nuovo romanzo è pronta», annunciò con voce esultante. «Vuoi vederla?»

«Adesso? È venerdì sera e sono già in camicia da notte», rispose con una nota di irritazione.

«Pensavo ti facesse piacere», replicò il direttore, deluso.

«Certo che mi fa piacere. Com'è?» domandò, cercando di farsi perdonare.

«Bellissima. Per questo ci tenevo che la vedessi subito. Se vuoi, faccio un salto da te e te la mostro», incalzò lui.

«Me la tieni in caldo fino a lunedì? Mi precipiterò da te all'alba. Scusami, ma sono davvero molto stanca.»

Pensò con rimpianto all'esaltazione che provava molti anni prima quando le consegnavano la prima copia stampata dei suoi romanzi.

Le piaceva ancora scrivere, ma aveva perso ogni entusiasmo per i rituali connessi alla pubblicazione.

Staccò il ricevitore. Non voleva più essere disturbata. Guardò la scatoletta delle pillole, posata accanto al telefono, e di nuovo fu assalita da un cupo desiderio di annullarsi. Avvertiva un vago malessere tra cuore e mente. Le ombre della sera oscuravano il cielo e la sua anima. Le sembrò che la vita, ormai, potesse offrirle soltanto tristezza. Considerò il mucchietto di bianche pasticche. Erano una tentazione quasi irresistibile. Bastava ingoiarle tutte insieme e addormentarsi. Per sempre.

Alzò un braccio in direzione della grata, a parete, da cui soffiava l'aria condizionata. Era fresca, ma non abbastanza. Per abitudine cercava di non trascurare nessun particolare che pregiudicasse il suo sonno ormai così precario. Andò in corridoio a regolare il termostato. Respirò a fondo, soddisfatta, quindi si diresse verso la stanza da bagno. Entrò e, con un gesto meccanico, chiuse la porta alle sue spalle.

Si ravviò i capelli con un colpo di spazzola e passò sul collo e nell'incavo delle braccia alcune gocce di profumo. Riempì d'acqua un bicchiere e tornò verso la porta per uscire. Con un gesto energico afferrò la maniglia che scivolò fuori dalla sua sede e le rimase in mano.

«Accidenti!» imprecò.

Posò il bicchiere e, con estrema cautela, tentò di reinserire la maniglia nel perno, in modo da far leva sulla molla, ma questo scivolò fuori dalla parte opposta e lo sentì cadere, insieme con la maniglia esterna, sul pavimento del corridoio. Un foro cilindrico attraversava il battente da parte a parte.

«Non è possibile!» esclamò con rabbia.

Recuperò in un cassettino la limetta metallica per le

unghie. La infilò nella fessura tra la porta e lo stipite nel tentativo di far scattare lo scrocco della serratura. Non ottenne nulla. Forzò la limetta che si spezzò.

Di colpo fu in preda al panico. Incominciò a martellare con i pugni la porta chiamando aiuto. Ma chi poteva sentirla? Stava all'ultimo piano del palazzo. Molti inquilini, compresi quelli che abitavano sotto di lei, erano fuori città per il fine settimana. Non c'era una finestra alla quale affacciarsi poiché il bagno era stato ricavato in uno spazio cieco. «Il telefono!» si illuminò vedendo il piccolo apparecchio a forma di testuggine, sul ripiano di marmo rosa. Lo afferrò di scatto, ma era isolato. In quello stesso istante ricordò di aver staccato il ricevitore in camera da letto.

«Oh, mio Dio!» sussurrò coprendosi il viso con le mani. Era prigioniera in casa sua. Lucrezia e Diana sarebbero arrivate soltanto domenica sera. Prima d'allora nessuno sarebbe venuto a liberarla. Quella stanza tutta marmi e specchi sarebbe potuta diventare la sua tomba.

Ormai non riusciva più a ragionare con lucidità. Se fino a qualche istante prima l'aveva sfiorata l'idea che sarebbe stato bello morire, ora era terrorizzata da quella prospettiva. Non voglio che tutto finisca così, pensò. E cominciò a singhiozzare, lasciandosi scivolare sul pavimento gelido.

2

LUCREZIA si preparava per uscire. Prima delle vacanze estive, gli inviti si susseguivano con un ritmo sfiancante. Per fortuna, dopo pochi giorni, lei e suo marito Maxi sarebbero partiti per Creta, dove dovevano imbarcarsi sullo yacht degli Arlington, un'anziana coppia di americani, per fare insieme una lunga crociera nel Mediterraneo. Maxi sarebbe tornato in Italia dopo una settimana, perché il suo studio legale non chiudeva. Lucrezia, invece, sarebbe rimasta con gli amici fino a dopo Ferragosto.

Sedeva al tavolo da trucco, nello spogliatoio. Con l'aiuto di uno specchio a lente, stava incollando le ciglia finte lungo il margine delle palpebre superiori. I grandi occhi dorati di cerbiatta erano il suo punto di forza, anche se Lucrezia, con tono melodrammatico, sosteneva che riflettevano «i dispiaceri di tutta una vita». In realtà, e per sua fortuna, non aveva mai avuto grandi sofferenze. Piuttosto, aveva spesso desiderato l'impossibile e le inevitabili frustrazioni che ne erano seguite avevano alimentato in lei un senso di profonda insoddisfazione. Diceva spesso che avrebbe voluto riscrivere la sua vita a partire da quando, essendo stata bocciata, aveva dovuto ripetere la seconda media. Aveva cambiato scuola e non aveva avuto il coraggio di confessare alle nuove compagne di essere ripetente. Aveva vissuto l'insuccesso scolastico come una vergogna da nascondere. Per evitare sospetti e domande imbarazzanti, aveva perfino ritoccato la sua età dichiarando di avere dodici anni invece di tredici. Su questa decisione non era più ritornata. Ora aveva sessantun anni, dodici mesi più di Caterina e di Diana, e si sarebbe fatta ammazzare piuttosto che ammetterlo.

Lucrezia Pallavicini d'Eril giurava di essere trasparente come l'acqua. Invece aveva una mente contorta e le piaceva mentire. Dopo ogni bugia si crogiolava nei sensi di colpa e subiva i torti, che soprattutto Maxi le infliggeva, come una necessaria espiazione. Sorrideva sempre, anche quando era addolorata, per non venire meno all'ammonizione paterna: «Non dimenticare mai che sei una Pallavicini d'Eril».

La sua famiglia era di antica nobiltà, ma l'ingente patrimonio avito si era dissolto in un paio di generazioni: le ultime. La corona dei marchesi Pallavicini d'Eril troneggiava, ormai, soltanto sulla carta da lettera. Tuttavia, quei due cognomi le pesavano addosso come un macigno, schiacciandola.

Ricordava ancora la sua prima punizione. Aveva sei anni. Era ospite di un'amica e aveva rubato una manciata di caramelle al miele, nascondendole nella tasca della sua pelliccetta di castoro. I genitori avevano scoperto il furto. Lei aveva negato, giurando che le erano state regalate.

«Una bugia è uno spergiuro», aveva osservato suo padre. «Dovrai essere punita.» Gonfia di vergogna e di lacrime, era stata riaccompagnata dall'amichetta per chiederle scusa e restituirle il maltolto. Secondo suo padre, solo umiliandosi avrebbe imparato a tenere alto l'orgoglio del casato.

E dire che aveva rubato le caramelle unicamente perché in casa le venivano negate. Quante volte aveva invidiato le umili origini di Caterina, che le consentivano innocenti privilegi a lei proibiti. Secondo il marchese Pallavicini, suo padre, Caterina era soltanto una piccola proletaria dai modi grossolani. Tuttavia, nella vita si era guadagnata un posto di successo. Mentre lei, con i suoi quarti di nobiltà, non era riuscita ad avere un lavoro che la gratificasse, né figli, né un marito fedele.

Per non soffocare nell'ozio, a quarant'anni si era inventata un passatempo. Con due amiche aveva aperto un piccolo laboratorio artigianale di *découpage*: attività creativa che richiedeva buon gusto e stile, doti che Lucrezia possedeva in abbondanza.

Ritagliava fiori dai tessuti di seta, li incollava con sapienti accostamenti di colori e ne faceva quadri, vassoi e tavoli che regalava agli amici. Mentre gli occhi da cerbiatta erano occupati a scegliere stoffe, a ritagliare fiori, ad armonizzare gli accostamenti, la sua mente elaborava nuove strategie per difendere il suo matrimonio dalle insidie delle rivali. In questo, non aveva mai potuto contare sulla solidarietà di Diana, né di Caterina. Diana l'accusava dicendole che il marito se l'era scelto lei e nessuno le impediva di lasciarlo. Caterina buttava acqua sul fuoco, minimizzando il problema: «Dovresti tenere a freno la fantasia», le suggeriva. E aggiungeva: «Maxi non è diverso da tutti gli altri uomini. Segnalami un marito fedele, e gli dedicherò un romanzo». Qualche anno prima, la scrittrice le aveva confessato di essersi lasciata corteggiare da lui. Lo aveva fatto per ripicca, quando aveva scoperto che Lucrezia civettava con il d'Ormesson. La rivelazione reciproca e tardiva le aveva dapprima indignate e poi divertite. Ora il paziente lavoro di restauro era terminato. Esaminandosi allo specchio, Lucrezia si ritenne soddisfatta. Nonostante i suoi sessantun anni, era ancora una bella donna. Le labbra erano appena inturgidite dal silicone. Il viso era trattato con frequenti infiltrazioni di collagene. Sistematiche applicazioni di acido glicolico garantivano la luminosità dell'incarnato. Nell'insieme, si sarebbe detto che Lucrezia fosse più giovane delle sue amiche. Questa constatazione la consolava. Come la rallegrava la prospettiva di ritrovarsi domenica sera con Diana a casa di Caterina. Non si sapeva mai come si sarebbero svolti i loro incontri: se avrebbero pianto, riso, o litigato. Ma era certa che sarebbe ritornata a casa rilassata e serena.

Peraltro, da alcuni mesi, la serenità scandiva la sua vita quotidiana. Maxi era tornato a essere il cucciolone mansueto dei primi anni di matrimonio e Lucrezia si stava convincendo che le abituali divagazioni extraconiugali dell'avvocato Massimiliano Valli fossero finite per sempre. Dopo tutto, sebbene avesse tre anni meno di lei, Maxi stava raggiungendo un'età in cui anche gli uomini più impenitenti mettono la testa a partito. Ultimamente lavorava con ritmi massacranti. Usciva di primo mattino e rincasava tardi la sera. Lucrezia guardava il suo viso affilato per la stanchezza e si sentiva rassicurata: Quando un uomo è tanto assorbito dal lavoro, pensava, non gli resta il tempo per tradire la moglie.

Scelse nel guardaroba un tubino di seta color fucsia che s'intonava con il biondo platino dei suoi capelli. C'era stato un tempo in cui la bionda massa lucente ricordava i ritratti femminili del Veronese. Ora i riflessi d'oro erano inventati dalla sua parrucchiera: il risultato era comunque eccellente.

Indossò l'abito e si accorse di non riuscire a chiudere la lampo. Si allarmò. Pochi mesi fa quel vestito le andava a pennello.

Ingrassare di qualche chilo non sarebbe stato un dramma, se il peso si fosse distribuito uniformemente. Il guaio era che, da quando era entrata in menopausa, l'adipe si accumulava soprattutto sui fianchi e attorno allo stomaco. Di questo cruccio parlava spesso con le amiche.

«Bisogna imparare ad accettarsi come si è e con gli anni che si hanno», sosteneva Diana sapendo di mentire.

«Ma io non sono quella che vedi ora», si ribellava Lucrezia. «Io sono sottile come Caterina. A trent'anni sono stata eletta Miss Eleganza.»

«Quando parli così, sembri una sopravvissuta», replicava l'amica. «L'età non deve diventare un'ossessione». insisteva.

Lucrezia si inviperiva di fronte a tanta ostentazione di superiorità. Diana aveva un amante di trentotto anni e questa vicenda a Lucrezia sembrava scandalosa.

«E tu, perché ti affanni a correre dietro ai ragazzini?» la sfidava, alludendo alla sua relazione con Piergiorgio Dotti, un collega psicologo, molto avvenente.

«Se devo essere sincera, perché giudico vecchio un quarantenne», replicava, scherzando.

«Sei una psicoterapeuta di successo e pare che tu sappia curare la psiche dissestata del prossimo. Ma la tua?» la aggrediva Lucrezia, sapendo di inchiodarla su un terreno minato.

Diana si era sottoposta a una decina di interventi di chirurgia estetica. Le amiche lo sapevano, ma lei non voleva che se ne parlasse.

Pensava a tutto questo mentre, con un gesto rabbioso, si toglieva l'abito troppo aderente e sceglieva una *princesse* di Ungaro, sicura che i drappeggi della gonna avrebbero nascosto la rotondità del ventre. Lo specchio le confermò che aveva fatto una buona scelta.

Sentì aprire la porta d'ingresso e riconobbe il passo del marito che rientrava dal lavoro. Lo chiamò e lui la raggiunse nello spogliatoio salutandola con un bacio.

«C'è una festa, questa sera?» domandò con aria svagata, osservando l'eleganza della moglie.

«È venerdì. Dobbiamo andare a cena dai Guaraldi. Te ne sei dimenticato?» gli rispose Lucrezia, notando che aveva il viso tirato per la stanchezza.

Gli occhialini da presbite dondolavano, attaccati a una cordicella bruna, sulla camicia azzurra gualcita dal caldo. Reggeva con una mano la valigetta da lavoro, e con l'altra una pila di fascicoli.

«Perdonami, cara», si scusò Maxi. «Il fatto è che questa sera ho un impegno. Ti sarei grato se trovassi una scusa plausibile con gli amici», tagliò corto, dirigendosi verso il suo studio.

Lei lo seguì con aria affranta.

«Pensi che debba andarci da sola, caro?» propose, arrendevole.

«Sì, se non vorrai passare la serata in casa», suggerì il marito, con noncuranza, mentre entrava nel suo studio.

Buttò la borsa su una poltrona, allentò la cravatta e si avviò verso il bagno. Lucrezia lo tallonava con l'aria afflitta del cane che teme di perdere di vista il padrone.

«D'accordo, caro», si arrese. «Non potresti raggiungermi più tardi? I Guaraldi sarebbero felici di vederti», supplicò, entrando con lui nel bagno e raccogliendo gli indumenti che lui via via si toglieva.

Da quando aveva maturato la certezza che Maxi era diventato un marito fedele, Lucrezia faceva del suo meglio per conservare tra loro un'armonia perfetta.

Maxi sedette su uno sgabello, si tolse i pantaloni e i calzini. Poi alzò le braccia per liberarsi della camicia senza sbottonarla.

Fu allora che Lucrezia vide, sotto un'ascella, un'areola rosata. Fu sul punto di chiedergli: «Che cos'hai, caro, lì sotto?» Ma intuì immediatamente che quel rossore era un morso d'amore. Avvampò di collera e si portò una mano alla bocca per soffocare un grido: Maxi si era imbarcato in una nuova storia.

Non disse nulla e, con passo deciso, ritornò nel suo spogliatoio. Si liberò della *princesse* e si infilò una vestaglia leggera. Poi suonò per chiamare la cameriera.

«Vado a dormire», le annunciò. «Fa' un po' d'ordine qui dentro, per favore. Se il signore chiede di me, digli che sono uscita.»

Ester, la cameriera, serviva Lucrezia da trent'anni. Era ancora ragazzina quando era arrivata dalla campagna. Conosceva i repentini sbalzi d'umore della signora, i rari momenti di allegria e le frequenti depressioni che dipendevano, quasi sempre, dal comportamento del marito. Non parteggiava per nessuno dei due, ma più di una volta aveva sperato che si separassero. Ester avrebbe servito più volentieri l'avvocato, perché era affascinante, cordiale e, soprattutto, non passava il dito sulle cornici dei quadri per controllare se erano stati spolverati bene. Però concedeva a Lucrezia molte attenuanti a causa delle continue infedeltà del marito.

Le bastò vedere l'espressione della signora per capire che soffiava di nuovo aria di burrasca. Il solo pensiero consolante fu che, tra meno di una settimana, i signori sarebbero partiti e lei, finalmente sola, avrebbe coscienziosamente custodito la casa e si sarebbe rilassata.

«Le servo la cena in camera?» domandò.

«Qualunque cibo mangiassi, diventerebbe veleno», replicò seccamente Lucrezia. Quei frangenti dolorosi avevano un unico aspetto positivo: le passava l'appetito e perdeva peso.

Ester si mise a riordinare lo spogliatoio, mentre Lucrezia si chiudeva in camera da letto.

Lei e Maxi abitavano l'attico di un edificio di fine secolo regalato, per le nozze, dai genitori di Massimiliano. Era un appartamento di oltre duecento metri quadrati. I giovani sposi si erano divisi gli spazi. Lucrezia aveva arredato il proprio settore con mobili e suppellettili che provenivano da casa Pallavicini, compresa la camera da letto che, all'inizio del matrimonio, Maxi onorava di visite frequenti.

Socchiuse le persiane e si sdraiò sulla coperta bianca di cretonne. L'antiquato condizionatore, più che rinfrescare, faceva rumore, infastidendola. Era entrata di nuovo nella fase delle tribolazioni e tutto la innervosiva.

Telefonò agli amici che li avevano invitati a cena, per scusarsi: «Un contrattempo improvviso. Mio marito e io vi preghiamo di perdonarci».

Poi, appoggiò il capo sui cuscini e cominciò a riflettere, interrogandosi sull'identità della nuova fiamma di Maxi. Il volgare e tormentato rossore sotto l'ascella denunciava l'appassionata natura di quel legame. Maledisse l'agitazione che non riusciva a tenere sotto controllo. Aveva bisogno di calma per pensare. Incominciò un esercizio di respirazione che le consentiva di rilassarsi.

Dopo pochi minuti si sentì meglio e poté elaborare una strategia d'attacco. Prima di tutto, non appena Maxi fosse uscito, avrebbe eseguito un'accurata perquisizione nelle sue stanze. Lo sentì entrare nello studio che confinava con la propria camera. Poco dopo avvertì un piccolo clic sul telefono: Maxi stava chiamando qualcuno. Con cautela alzò il ricevitore e si pose in ascolto. Le giunse chiara la voce del marito, venata di imbarazzi e inquietudini da giovane innamorato.

«Ho avuto una giornata massacrante, ma non ho mai smesso di pensare a te», stava dicendo. «Ci vediamo subito. Avremo per noi un paio d'ore.»

«Così poco, passerotto?» cinguettò la donna, con un fare da gattina.

Lucrezia era sicura di conoscere quella voce, ma non sapeva a chi attribuirla.

«Mia moglie è andata a cena dai Guaraldi e le ho vagamente promesso di passare a prenderla», spiegò lui.

«Allora sbrigati, passerotto», replicò la donna.

Di chi era quella voce? Il tono le era familiare. D'improvviso assunse forma e rilievo la figura di Benedetta Valli, sua cognata. Era la seconda giovanissima moglie di Valerio, fratello maggiore di Massimiliano.

Posò il ricevitore sibilando gelida: «Adesso ti sistemo io».

Lucrezia faticò a trattenere l'indignazione. Quel «passerotto», inoltre, le sembrò un appellativo vergognoso e ridicolo.

Avrebbe voluto precipitarsi fuori dalla camera, aggredire Maxi e prenderlo a schiaffi. Poi, sarebbe corsa da Valerio a spiattellargli tutto e avrebbe sollevato un polverone spaventoso.

«Ricordati che sei una Pallavicini d'Eril.» L'ammonimento paterno, lontano, ma sempre presente, la indusse a reprimere la rabbia. Non le era consentito urlare il proprio disinganno, né infuriarsi con il marito. Non poteva fare scenate o mettere la casa a soqquadro. Tuttavia, aveva bisogno di riversare su qualcuno la sua disperazione per ritrovare la calma sufficiente a elaborare l'ennesimo piano di attacco contro la nuova rivale.

Su chi poteva fare affidamento? In un momento come quello non c'erano che le due amiche del cuore: Caterina e Diana. Loro l'avrebbero ascoltata, compatita, sgridata forse, ma l'avrebbero aiutata a calmarsi. Telefonò a Caterina, ma il numero le rimandò il segnale di occupato. Imprecò contro l'inveterata abitudine della scrittrice di passare ore in conversazione. Riagganciò e compose quello di Diana.

L'apparecchio suonò a vuoto. Allora la cercò sul cellulare. Diana le rispose al secondo squillo.

«Devo vederti. Subito», annunciò Lucrezia con voce tesa.

«Impossibile. Sto partendo», rispose Diana.

«Ti prego, fa' conto che io sia una tua paziente», insistette, sapendo di centrare il bersaglio giusto.

3

Le pale del ventilatore appeso al soffitto della camera, pur girando alla massima velocità, non mitigavano l'afa di quella sera torrida. Diana non sopportava il caldo che le faceva perdere peso e appetito.

Ogni anno, all'approssimarsi dell'estate, diceva a se stessa: «Questa volta non mi lascerò condizionare da niente e da nessuno. Mollerò tutto, padre, amante e lavoro e me ne andrò in Scozia per due mesi». Ogni anno, sistematicamente, questo proposito naufragava nel mare delle responsabilità. I pazienti, i parenti, le amiche, il padre novantenne sembravano dipendere solamente da lei e dalla sua presenza vigile. Dieci anni prima, quand'era ancora una cinquantenne vivace e ricca di speranze, aveva acquistato un cottage nei pressi di Edimburgo. Era una costruzione antica, un po' cadente ma suggestiva, a due chilometri dal paese più vicino. Era costato poco e le piaceva molto.

«Che cosa te ne fai di una casa in un posto solitario come quello?» le avevano chiesto Lucrezia e Caterina, guardandola stupefatte.

«Sarà il mio rifugio. Mi ci isolerò ogni volta che vorrò e voi due non sarete invitate», aveva proclamato, divertita.

Non aveva mai realizzato questo proposito.

Era venerdì sera. Finalmente la settimana di lavoro si era conclusa. Si spogliò. Doveva fare subito una doccia per liberarsi dal caldo e dalla stanchezza. Era appena rientrata dal suo studio dove aveva avuto una giornata pesante. Allineò sul letto la biancheria di ricambio fresca e profumata.

Sentì bussare alla porta. La porta si schiuse ed entrò Charlie, il domestico filippino che viveva in casa da cinque anni. Era giovane, piccolo e robusto. Aveva movenze aggraziate e la voce un po' stridula. A Manila aveva una moglie e quattro figli ai quali mandava gran parte del suo stipendio.

«Che cosa vuoi?» lo aggredì Diana.

«Mi scusi, dottoressa. Volevo dirle che il professore...» balbettò senza finire la frase. Alludeva al padre di Diana, Temistocle Laperla.

«Oddio, sta male?» si allarmò, dimenticando il caldo, la stanchezza, l'irritazione.

«Questo non so. Però lui non c'è», rispose. «Non riesco a trovarlo», annunciò, agitando le mani come faceva sempre quando era eccitato.

Il professor Laperla viveva con Diana, o meglio, lei abitava ancora nella casa paterna.

«Che cosa significa: non c'è?» si spazientì, scansandolo e dirigendosi velocemente verso la camera da letto del professore. Era una stanza grande, arredata con mobili di stile Novecento, in radica di piuma, che lei ricordava da quando aveva memoria così come si ricordava sua madre nell'atto di ripassare con energia il panno di lana sulla superficie lucente di quel mobilio che era il suo orgoglio. Il grande letto a due piazze era intatto e vuoto. Alcuni cassetti del comò, sovrastato da uno specchio rettangolare, erano aperti. C'erano indumenti e biancheria sparsi un po' dovunque. Mancava la valigia di cuoio marrone che, da sempre, stava in cima all'armadio a tre ante. Una sedia, collocata in posizione strategica, rivelava che l'anziano professore era riuscito a raggiungere la sommità dell'imponente mobile e ad appropriarsene, riponendovi, probabilmente, gli indumenti. Quando se n'era andato? Diana era rincasata mezz'ora prima e lo aveva salutato. Lo aveva trovato in pigiama, seduto su una poltrona del salotto. Stava leggendo un libro. Aveva ricambiato il suo saluto con un brontolio distratto. Sembrava tranquillo. Il domestico non c'era. Era uscito a fare la spesa per la cena.

«Hai guardato bene dappertutto?» chiese, ancora incredula, a Charlie.

«Anche sotto il letto. E nel ripostiglio. Il professore non c'è», garantì, desolato.

«Dove sarà andato?» mormorò Diana, smarrita.

«Che cosa dobbiamo fare?» incalzò il filippino.

«Scendi dalla portiera. Chiedile se lo ha visto. Guarda sulla strada. Informati dai negozianti. Non può essersi allontanato senza che nessuno se ne sia accorto. Io intanto chiamerò la polizia», decise.

Il domestico uscì e lei andò in salotto, si abbandonò su una poltrona, trasse un lungo respiro e telefonò alla polizia. Informò il centralinista con poche parole essenziali, fornendo i dati del padre e l'indirizzo di casa.

«Ha fatto una ricerca presso parenti o amici?» si informò il poliziotto che non era nuovo a quel genere di denunce. Tanti anziani sparivano da casa all'improvviso e poi venivano ritrovati presso qualche parente o semplicemente nel bar sotto casa.

«Non ne ho avuto il tempo. Provvedo immediatamente», assicurò.

Si passò una mano tra i capelli ramati, folti e ricci, mentre sussurrava a denti stretti: «I parenti! Te li raccomando davvero, quelli». Era escluso che suo padre potesse essere andato a casa di un'altra figlia. Se lo avesse cercato da loro, rischiava di sentirsi accusare di averlo trascurato.

I parenti di Diana erano numerosi: sorelle, cognati e nipoti. Ma non c'era che lei, la zitella di casa, a occuparsi di papà.

Il professor Temistocle Laperla aveva quattro figlie.

Giovanissimo, aveva lasciato Furore, il paese natale in provincia di Salerno, ed era approdato a Milano con una valigetta di fibra e un diploma di maestro elementare. Erano gli anni gloriosi del fascismo. Il Duce era il suo idolo. A Milano aveva conosciuto Teresa Bottero, una maestrina piemontese che conduceva un'intensa attività politica in seno al partito. Il giovane maestro e la collega si erano sposati dopo un breve fidanzamento. Lui era diventato segretario di una sezione del fascio e, mentre insegnava, si era iscritto all'università. Si era laureato in lettere *summa cum laude*, come amava ripetere.

Nel tentativo di dare un figlio maschio alla patria, Teresa aveva partorito quattro figlie femmine: Diana, Leda, Arianna e Berenice. Quando il fascismo crollò, il professore stabilì che non era più necessario proseguire nel tentativo di avere un figlio maschio. Era già molto oneroso crescere quattro ragazze: i soldi non bastavano mai.

Diana era la primogenita e aveva sempre badato alle sorelline. Quando sua madre morì, toccò a lei occuparsi della casa, gestire il magro bilancio famigliare, tenere i rapporti con i parenti.

Era una ragazza bellissima. Aveva gli stessi occhi grandi e profondi del padre, i capelli folti e ondulati della madre, un corpo statuario, mani dalle dita lunghe e affusolate, la pelle di un candore latteo. Dalla madre aveva ereditato anche la determinazione del carattere. Studiava con la stessa facilità con cui preparava la pastiera per gli ospiti. Militava con fede nel partito comunista, ma non rinnegava i trascorsi fascisti dei suoi genitori. Si laureò in filosofia, ebbe presto una cattedra in un liceo classico e, nonostante lo stuolo di spasimanti, si innamorò dell'unico uomo che la ignorava. Era un pittore di talento. Viveva da artista ma non disprezzava di frequentare la corte dei ricchi. Fu lei a prendere l'iniziativa di infilarsi nel suo letto. Rimase incinta e abortì. Lui la lasciò per sposare la figlia di un industriale. Diana ne soffrì moltissimo e cadde in depressione. Entrò in analisi e, dopo otto anni di sedute, abbandonò l'insegnamento, si specializzò in Psicoterapia e divenne psicoterapeuta. Era brava e si guadagnò presto un'ottima reputazione.

Nel frattempo le sorelle si erano sposate. Lei era rimasta in casa con il padre. Si occupava dei suoi pazienti, di ogni ceto ed età, con professionalità ma anche come fossero i figli che non aveva mai avuto. Questo sentimento materno le consentiva di entrare più facilmente in sintonia con loro. Diana si prodigava per gli altri. Nessuno si preoccupava per lei.

Quando il professor Laperla incominciò a declinare intellettualmente, nessuna delle figlie se ne diede pensiero, perché c'era Diana che avrebbe saputo come affrontare la situazione.

Temistocle Laperla, nonostante l'età avanzata, godeva di una salute di ferro. Mangiava con l'appetito di un ragazzo, si radeva da solo ogni mattina, si lavava e si vestiva con cura. Ma la sua testa non era più quella di un tempo. Viveva in un mondo sospeso sul passato. Il presente non lo sfiorava. A volte sosteneva che la moglie Teresa, morta ormai da quarant'anni, era a scuola a insegnare. Credeva che le figlie sposate fossero a lezione. Riteneva Diana una noiosa cugina venuta a Milano da Furore per disturbare la sua quiete.

Ora, di fronte all'inattesa scomparsa del padre, Diana aveva una sola certezza: quella di non poter contare su nessuno.

Berenice, Leda, Arianna e i loro mariti erano molto affettuosi con il professore. A turno, venivano a trovarlo. Gli portavano le sigarette senza filtro, che lui continuava a fumare nonostante il divieto del medico, e bignè alla crema, di cui era goloso. Gli facevano mille raccomandazioni.

«Non fare capricci. Ubbidisci a Diana. Non mangiare troppo. Non addormentarti con la sigaretta accesa», gli suggerivano con dolcezza.

Lui liquidava figlie, generi e nipoti con aria infastidita.

«Andate via, per favore. Ho da fare. Devo correggere i compiti di latino dei miei alunni. Non ho tempo di starvi ad ascoltare», brontolava.

Mai che qualcuno proponesse a Diana di prendersi cura di lui, almeno per qualche giorno. Anzi, le sorelle e i cognati dicevano: «Meno male che c'è Diana per il povero papà. D'altra parte, è una fortuna anche per lei che papà ci sia ancora, altrimenti finirebbe per tirarsi in casa quella specie di gigolò».

Alludevano a Piergiorgio Dotti, il sessuologo trentottenne che da un paio d'anni intratteneva una relazione intima con lei. A causa della differenza d'età, le sorelle disapprovavano quella storia che definivano scandalosa.

Piergiorgio era sposato. Aveva un figlio di due anni e una moglie molto giovane, carina e dolce. Era tanto ambizioso quanto indolente. Voleva affermarsi, ma gli mancava la voglia di lavorare accanitamente. Però era bello e sapeva diventare affascinante, quando lo voleva. Diana non viveva con lui, ma coltivava questo rapporto perché lui la faceva sentire giovane e desiderabile.

Si chiese dove fosse Piergiorgio mentre, in preda all'agitazione per la scomparsa del padre, passava da una stanza all'altra alla ricerca di un indizio che le spiegasse la ragione di quella fuga improvvisa e misteriosa. Di tanto in tanto si affacciava a un balcone per guardare sulla strada, nella speranza di veder rincasare il domestico con il professore.

All'improvviso ricordò una frase che il padre andava ripetendo da giorni, senza che lei vi attribuisse importanza: «Dovrò partire per Roma. Ancora una volta mi hanno convocato per presiedere la commissione d'esami della maturità».

«Ma certo», esclamò a voce alta. «Ha fatto la valigia per andare a Roma.»

Ricordò che la sera prima si era seduto a tavola mostrandole una lettera di convocazione che risaliva a trent'anni prima. In quel momento squillò il telefono. Dalla centrale di polizia le comunicavano di avere rintracciato il professore.

«Dov'è?» chiese, con il cuore in gola.

«Si tranquillizzi», disse la voce laconica di un poliziotto. «Sta bene. È nell'infermeria dell'aeroporto di Linate. Può andare a prenderlo. Si presenti con un documento d'identità.»

«Dio sia lodato!» sussurrò lei, lasciandosi cadere su una sedia. La tensione svanì mentre l'afa ritornò ad aggredirla. «Se almeno venisse un bel temporale», implorò mentre si trascinava in bagno. Fece una doccia veloce e si rivestì. Il domestico, rincasando, l'aiutò a trovare la borsetta, le chiavi della macchina, il portafogli, i documenti, mentre lei ripeteva: «Ma come avrà fatto ad arrivare all'aeroporto?»

Giunse a Linate imprecando contro il traffico caotico e gli ingorghi stradali. Suo padre sedeva in una stanza dell'infermeria. Aveva l'aria trasognata di sempre. Indossava ancora il pigiama. In testa portava un panama, il cappello che usava in estate. Per terra, accanto a lui, c'era la valigia di cuoio.

Ecco come si era preparato ad affrontare il viaggio immaginario, pensò Diana, e le si strinse il cuore per la pena.

«È lui», disse all'addetto di polizia aeroportuale che l'aveva scortata fin lì. «È mio padre», sussurrò, ricacciando le lacrime.

Le si fece incontro una donna massiccia, in camice bianco. Aveva un'aria mascolina e aggressiva.

«A questa età, i vecchi hanno bisogno di essere amati e accuditi», la sferzò, guardandola con riprovazione.

Diana si sentì offesa e umiliata. Da quarant'anni amava e accudiva suo padre. Forse era proprio per non lasciarlo solo che aveva rinunciato a costruirsi una famiglia. E all'improvviso si trovava di fronte una dottoressa frustrata e arrogante che voleva impartirle una lezione di amore filiale.

Decise di ignorarla.

«Papà, come stai?» domandò chinandosi su di lui e sfiorandogli una spalla ossuta.

«Quell'ignorante pretendeva che gli pagassi la corsa in taxi», spiegò il professor Laperla, pieno d'indignazione. «Non potevo polemizzare con un tipo simile. Ho ricevuto un incarico dal provveditorato. È il ministero della Pubblica Istruzione che deve pagare. Spiegaglielo tu che sei più paziente di me», la sollecitò. E soggiunse: «Il taxista è lì fuori. Esige una cifra pazzesca: sessantaduemila lire. È il mio stipendio di professore!» esclamò, scandalizzato.

«Va bene, papà. Ora vado da quell'uomo e gli spiego tutto. Tu non muoverti da qui, per carità», si raccomandò mentre lasciava l'infermeria, sempre scortata dal poliziotto. La dottoressa, seduta alla scrivania, la guardò con malevolenza.

Diana consegnò centomila lire al taxista furibondo e non si curò di indurlo a riflettere sul fatto che non doveva prendere a bordo un novantenne in pigiama e cappello di panama.

Stava per ritornare in sala medica e si rese conto che stringeva convulsamente nella mano il suo telefono cellulare. Si fermò, ragionò per qualche istante e chiamò sua sorella Leda.

«Stammi bene a sentire», esordì. «Papà, questa sera, è fuggito da casa. Non agitarti. L'ho ritrovato a Linate, all'infermeria dell'aeroporto da dove ti sto chiamando. Voleva andare a Roma per presiedere una commissione d'esami. Stavo per riportarlo a casa. Ma all'improvviso mi è venuta un'idea migliore. Verrai tu a prelevarlo e lo porterai a casa tua, perché adesso io parto. Prendo il primo volo per Londra e vado nella mia casa, in Scozia. Non so quando tornerò, ma so che papà, da questo istante, è un problema tuo e delle tue sorelle», disse tutto d'un fiato, senza lasciare a Leda la possibilità di replicare. Quindi, chiuse la comunicazione.

Al diavolo tutti quanti, pensò, mentre si dirigeva verso la biglietteria dei voli internazionali. Prenotò una comoda poltrona in business class. A Londra avrebbe comperato tutto quello di cui aveva bisogno.

L'aereo partiva dopo un'ora. Avrebbe aspettato che Leda arrivasse per affidarle il padre.

Al diavolo i pazienti, le sorelle, le amiche del cuore. Al diavolo Piergiorgio.

In quel momento il suo telefonino incominciò a suonare freneticamente. Fu tentata di spegnerlo. Sicuramente era la sorella che aveva qualche obiezione da sollevare. Alla fine decise di rispondere. Era Lucrezia. Le chiedeva di aiutarla.

Guardò il biglietto di viaggio che stringeva nella mano. Là fuori, sulla pista, c'era un grande aereo che si preparava a partire. Due piani più sotto, nell'infermeria, suo padre la stava aspettando e in città un'amica aveva bisogno di lei. Diana esitò. Infine tornò sui suoi passi. La Scozia poteva aspettare.

4

Da quanto tempo era intrappolata nel bagno? Quante ore erano passate? Forse era notte fonda. Tremando per il freddo e per la paura, Caterina cercò di calmarsi e di ragionare. Doveva sopravvivere fino a domenica sera, quando Diana e Lucrezia l'avrebbero liberata. Era disperatamente affamata.

Spalancò le ante a specchio di un armadio nell'assurda ricerca di qualcosa da mangiare. Passò in rassegna profumi, barattoli di creme, boccettine di lozioni toniche e detergenti. Chissà se la maschera al miele era commestibile? Vi intinse un dito e l'assaggiò. Era disgustosa.

Nei cassetti c'erano matite per il trucco, pennelli d'ogni dimensione, ciprie compatte e in polvere, rossetti, spazzole e pettinini. C'erano bigodini e tre asciugacapelli, due guanti di crine, pinzette per le sopracciglia e limette per le unghie. C'erano forbicine, pettini di tartaruga, nastri e cerotti. In quella specie di supermercato della futilità non c'era nulla che potesse garantirle la sopravvivenza. L'acqua del rubinetto era la sua unica ri sorsa. Riempì subito un bicchiere e bevve avidamente Lo stomaco, contratto per la tensione, rifiutò il liquido Caterina si sentì male. Si chinò sul water e rigettò. Poi, sfinita, si sedette per terra e chiuse gli occhi.

In quel momento le tornò in mente la candida distesa dei campi innevati quando, da bambina, andava a Modena a trovare la nonna Luigia. Era una neve così bianca che irradiava riflessi azzurri e crocchiava nella morsa delle sue mani arrossate dal freddo e dolenti per via dei geloni.

A sessant'anni, in pieno luglio, affioravano ricordi esiliati nei sotterranei della memoria. Adesso che non sapeva dove posare il suo corpo vecchio e stanco, ricordava il grande letto della nonna, dove aveva dormito sonni beati.

La nonna, rimasta vedova, da Milano s'era trasferita a Modena, in casa d'una sorella. Anche la sorella era morta. «Il Signore vuole che io viva da sola gli ultimi anni della mia vita», aveva commentato la nonna con rassegnazione. Era felice quando sua figlia Elena le affidava la piccola Caterina. Così come la nipotina era felice di stare con la nonna.

Risentì il suono delle campane: un rintocco per la grandine, due per la pioggia, tre per la neve. Rivide i carretti blu che gli uomini inclinavano per scaricare nei canali la neve raccolta dalla strada. Percepì il tonfo sordo di quelle montagne bianche che precipitavano nell'acqua. Una volta sorprese la nonna che, tenendo in mano la fotografia del nonno, racchiusa in una cornice di bronzo dorato, sputava sul ritratto.

«Be', non hai mai visto come si tira a lucido un vetro?» spiegò la nonna, accorgendosi della sua presenza. Prese uno strofinaccio e lo passò energicamente sul vetro del ritratto. Intanto, sorrideva a Caterina in modo malizioso.

Allora, sentiva spesso le sorelle della nonna che criticavano il suo matrimonio con «quel plebeo» commentando tra loro: «Luigia era una senza vergogna. Si pitturava come una sciantosa, di nascosto dalla mamma. Così, poi, ha combinato il 'patatrac' e ha dovuto correre ai ripari con quel matrimonio».

Caterina non sapeva che cosa fosse il «patatrac» e, ovviamente, non chiedeva spiegazioni. Comunque, doveva essere qualcosa di molto riprovevole. Eppure la nonna Luigia era simpatica, affettuosa, vivace e lei l'amava molto.

Le sorelle della nonna dicevano anche che Elena, sua madre, si era abbassata a sposare un «ortolano», e precisavano: «*Talis mater, talis filia.* Si è abbandonata ai suoi pruriti, invece di pensare a un buon partito». Le vicende della madre e della nonna, Caterina le aveva capite in seguito, crescendo. Le aveva ricostruite con spezzoni di pettegolezzi, lettere, fotografie e qualche velata ammissione. Alla fine si era fatta l'idea che le parenti di sua madre, a eccezione della nonna Luigia, rispettavano solo gli uomini che avevano soldi e censo Divorate da manie di grandezza, favoleggiavano una nobiltà del sangue mai esistita.

Ricordava la prozia Erminia quando affermava con orgoglio, portandosi una mano al petto prosperoso: «Io, il sangue blu me lo sento nelle vene». E tutto perché avevano un cognome simile a quello di certi principi romani con i quali non erano nemmeno lontanamente imparentate. Però la zia Erminia era riuscita ad avere, da una società araldica, una specie di blasone di famiglia e andava raccontando, a chi non la conosceva, di essere contessa.

Perché, chiusa in quella gelida stanza di marmo, ripensava a un passato tanto lontano? Sentì di nuovo il tonfo sordo della neve scaricata dai carretti blu nelle acque cupe dei canali.

Di colpo spalancò gli occhi e realizzò che il tonfo era quello dell'ascensore che si era fermato all'altezza del suo piano.

Quel venerdì sera non aspettava nessuno. Era notte fonda, di questo ormai era certa. Come mai, a quell'ora, l'ascensore del palazzo si fermava all'ingresso del suo appartamento? Forse, qualcuno della famiglia l'aveva cercata e, avendo trovato costantemente il telefono occupato, veniva a verificare che cosa le fosse successo Le chiavi di casa, distribuite un po' a tutti, «perché non si sa mai», finalmente sarebbero servite.

Infatti, udì le note modulate del campanello d'ingresso. Caterina chiamò a raccolta le sue poche forze e incominciò a gridare: «Aiuto! Sono chiusa nel bagno! Aiuto!»

Le rispose soltanto il silenzio. Si aspettava di sentire gli scatti della serratura di sicurezza. Invece, non seguì nessun suono. Cercò di nuovo di gridare, ma riuscì soltanto a emettere un lamento fievole. In quel momento avvertì una serie cadenzata di colpi sordi. Qualcuno stava forzando la blindatura della porta. Aspettò, mentre la sua ansia cresceva. Ci fu uno schianto. La porta aveva ceduto. Subito dopo percepì due voci maschili.

«Qui dentro si gela. Hanno messo il condizionatore al massimo», disse uno.

«Meno male. Dopo la sudata per buttar giù quella stramaledetta porta, un po' di fresco è quello che ci vuole», replicò l'altro.

I ladri! Caterina si portò una mano alla bocca per soffocare un grido. In un attimo valutò la situazione e, pur essendo terrorizzata, decise di rischiare. Forse il destino aveva scelto quei due visitatori notturni per liberarla dalla sua prigione.

Ricominciò a gridare con nuovo vigore.

«Apritemi! Sono chiusa qui dentro! Vi prego, aiutatemi!»

Uno dei ladri aggredì il compagno: «Stronzo! Avevi detto che l'appartamento era vuoto».

«Fammi capire chi è che grida», lo zittì l'altro.

«Sono io. Sono la padrona di casa», urlò Caterina.

«Dài, filiamocela. Questa storia non mi piace», incalzò l'amico.

«Calma», gli ingiunse il compagno, mentre si accostava alla porta del bagno da cui proveniva la voce. Abbassò lo sguardo e vide la maniglia sul pavimento, ai piedi della porta.

«Non m'importa niente se siete qui per rubare. Prendete quello che volete ma, per carità, fatemi uscire da qui», implorò Caterina, piangendo.

«Lasciala dov'è e sbrigati a darmi una mano», insistette l'amico.

«Perché non la liberiamo? Così la smette con questa lagna», ragionò l'altro.

«Non fare il pirla. Riempi lo zaino. Qui c'è un sacco di roba coi fiocchi da portar via», lo spronò l'amico.

«Fa' come ti pare. Io le apro», decise l'altro.

Caterina sentì la maniglia che veniva inserita nel perno della serratura.

«Sei il solito idiota. Se quella ti vede ti denuncerà. Se l'ammazzi, prima o poi ti beccano e finisci in galera a vita», lo ammonì il compagno.

Caterina si raggelò per il terrore. Aveva sperato nella liberazione e invece rischiava di essere uccisa. Chiamò a raccolta le poche forze che ancora le restavano e afferrò uno sgabello pesante, di legno laccato, pronta a scagliarlo contro il ladro non appena avesse aperto la porta.

«Non mi vedrà. Apro e me la filo», disse al complice.

Mentre l'amico si eclissava, lui spalancò la porta del bagno. Non fece in tempo a schivare completamente lo sgabello massiccio che Caterina gli lanciò contro con la forza della disperazione. Il ladro finì per terra imprecando per il dolore. Il sedile lo aveva colpito a una spalla. D'istinto, Caterina si lanciò verso l'uscita. Il ladro la placcò con un braccio, facendola cadere.

«Brutta stronza!» sibilò, schiacciandola con il suo peso sul marmo del pavimento. «Adesso te le insegno io le buone maniere», disse ansando.

Caterina aveva gli occhi sbarrati dal terrore. Vedeva un ragazzo dai lineamenti gentili, i capelli erano una selva di riccioli arruffati e sporchi, lo sguardo allucinato. Poteva avere diciott'anni.

«Va' via», gli sussurrò. «Non ti denuncerò. Ma non fare altri gesti contro di me e contro te stesso. Potresti pentirti per il resto dei tuoi giorni», soggiunse lentamente.

Lui rise, con aria ebete, allentando per un attimo la presa.

Caterina approfittò di quell'istante per colpirlo con un calcio terribile all'inguine. Anni di palestra le erano finalmente serviti a qualcosa.

Lui urlò di dolore e si ripiegò su se stesso, mentre Caterina si rialzava e correva verso la porta divelta del suo appartamento. Si fiondò giù per le scale. Avrebbe voluto gridare, ma non aveva più forze.

Il giovane la raggiunse al pianerottolo del quarto piano. L'agguantò di spalle, le fece fare una mezza piroetta e la schiaffeggiò, selvaggiamente.

Entrambi respiravano a fatica. Entrambi sentivano l'ascensore che saliva e stava per arrivare al piano. Il giovane aggressore capì che era giunto il momento di filarsela. Le assestò un pugno in pieno viso. Caterina non si accorse neppure di cadere. Batté la testa contro un gradino, mentre il ladro scompariva giù per le scale.

5

Clotilde baciò su una guancia l'anziano cliente, per abitudine, senza partecipazione. Era un uomo triste, grigio, molle, consapevole soltanto dei molti vantaggi che il denaro gli garantiva.

«Buona notte», gli augurò con un sorriso, mentre scendeva dalla macchina.

«Ci vediamo la prossima settimana», promise lui.

«Quando vuoi. Faccio orario d'ufficio», replicò la donna.

Il cliente mise in moto l'auto e ripartì.

Clotilde riprese a passeggiare sul marciapiede, di fronte al palazzo dove risiedeva Caterina. Alzò lo sguardo verso le sue finestre all'ultimo piano. Lo faceva spesso, durante la notte, per controllare che tutto fosse tranquillo. Era un'intenzione affettuosa, che la faceva sentire partecipe della sua vita. Voleva bene a Caterina e le piaceva vigilare sulla sua tranquillità. Anche lei avrebbe voluto un'esistenza normale, rispettabile e avrebbe desiderato dormire sonni tranquilli, lontana dalle risse, dai pestaggi, dai ricatti, dalle umiliazioni di un mestiere che diventava sempre più pericoloso e squallido, ora che la droga e l'inevitabile seguito di delinquenza dilagavano. Caterina rappresentava tutto ciò che non avrebbe mai avuto. Proteggendo lei, inconsciamente, difendeva una parte dei suoi sogni.

A volte, aspettando i clienti, cercava d'immaginare come fosse l'appartamento della scrittrice. Fantasticava che in ogni stanza ci fossero bambole e merletti. Erano la sua passione e, per lei, rappresentavano il massimo della raffinatezza e della femminilità

Era trascorsa da poco la mezzanotte quando vide Marinella, una collega, scendere dall'auto di un cliente. Si salutarono.

«Come va?» chiese, secondo un rituale che si ripeteva sempre identico, fra loro.

«Uno schifo. Dalle nove a mezzanotte ho fatto soltanto due clienti, mentre quei brasiliani, laggiù», rispose l'amica indicando il fondo del viale, «fanno affari d'oro con le tette al silicone.» Accese una sigaretta.

«È il nuovo che avanza», ironizzò Clotilde. Era ormai prossima ai quarant'anni e sapeva di non poter reggere la concorrenza con le nuove leve. Una volta aveva chiesto al suo protettore di smettere quella vita nauseante. Un paio di schiaffoni l'avevano indotta a rinunciare al progetto. «Lo faccio per il tuo bene», le aveva spiegato l'uomo, «hai un lavoro di tutto riposo. Vecchi clienti, sempre gli stessi, gente fidata che non ti mette nei guai. Cosa faresti a casa? Ti annoieresti. E poi, dobbiamo pur campare.»

Clotilde si consolava ritenendosi depositaria di una correttezza professionale ormai caduta in disuso. Come la collega Marinella. Erano rimaste in poche ad avere questi principi. Senza considerare che, rispetto ad altre prostitute, lei era una privilegiata perché viveva con il suo protettore. Poteva contare, quindi, su una certa parvenza di rispettabilità. Non osava spingere i suoi pensieri oltre il presente e chiedersi che cosa ne sarebbe stato di lei quando fosse diventata troppo vecchia per continuare a lavorare. Sapeva che molte amiche, abbandonate dal loro protettore, per sopravvivere facevano le domestiche negli alberghi a ore. Lì avevano un pasto caldo e una branda su cui dormire. Una ben misera fine.

Un'auto si fermò accanto a Clotilde e Marinella. Si

chinarono per trattare con il conducente, ostentando la soda rotondità dei loro seni. Clotilde lo salutò con familiarità. Lo conosceva da un paio d'anni. Era un uomo relativamente giovane. Veniva spesso a cercarla, non tanto per fare l'amore, quanto per sfogarsi contro sua moglie e il suo principale.

«Come stai, bello?» gli sorrise, mentre Marinella si ritraeva.

«Dài, monta», la invitò l'uomo.

Stava per salire in macchina quando notò un ragazzo che usciva dal palazzo di Caterina. Reggeva sulle spalle uno zaino voluminoso e corse via a precipizio lasciando aperto il battente del portone.

«Aspetta un po', per piacere», disse Clotilde al cliente, osservando lo sconosciuto che si allontanava, velocissimo.

«Che cosa guardi?», si spazientì l'uomo. «Dài, sbrigati», la sollecitò.

«Questa storia non mi piace», mormorò e richiuse la portiera dicendo: «Scusami, bello, ma ho altro da fare. Perché non ripassi tra mezz'ora?» Era preoccupata e raggiunse di corsa Marinella.

«Ho visto uscire un balordo dalla casa di Caterina», le annunciò.

«Ma di che t'impicci?» l'ammonì la collega. «Se non ti offendi, il tuo cliente me lo lavoro io», soggiunse, sperando di rimpolpare il magro bilancio della serata.

«Ho bisogno di te. Hai visto se il mio uomo è in zona?» incalzò Clotilde. Per fare quello che aveva in mente, doveva evitare l'interferenza del suo protettore. L'avrebbe pestata senza pietà se si fosse accorto che aveva rifiutato un cliente.

Marinella rispose con un cenno di diniego e la tallonò mentre attraversava la strada.

«Si può sapere che cosa combini?» la interrogò.

«Voglio soltanto vedere che aria tira in questo palazzo. Il portone è aperto. Dunque, possiamo entrare», rispose con determinazione.

«Sento odore di guai», l'ammonì l'amica.

«E allora fottiti», sbottò Clotilde, infilandosi nell'atrio, seguita da Marinella. «Io vado su, all'ultimo piano», concluse, raggiungendo l'ascensore. Premette il pulsante per farlo scendere.

L'ascensore era collocato al centro della tromba delle scale e, mentre aspettavano, sentirono, provenienti dall'alto, gli echi di una colluttazione che il vano vuoto amplificava.

«Non ti eri sbagliata», sussurrò Marinella, con un filo di voce. «Però continuo a credere che dovremmo farci i fatti nostri. Dammi ascolto, Clo'», le suggerì parlando sottovoce.

«Non ci penso proprio», replicò Clotilde, aprendo il cancelletto in ferro battuto. «Forse Caterina è in pericolo. Avresti il coraggio di non aiutarla?» la interrogò, entrando decisa nell'ascensore.

Marinella la seguì, riluttante, dentro la cabina. Vivevano in un mondo dove la necessità di difendersi travalicava il senso della solidarietà. Ma Caterina rappresentava per loro qualcosa di speciale per cui valeva la pena di rischiare.

Al sesto piano, videro la porta dell'appartamento divelta e, lungo le scale, più sotto, sentirono i passi di qualcuno che scendeva a precipizio.

«Il mio sesto senso non m'inganna mai», ribadì Clotilde, impaurita.

«È l'appartamento di Caterina? Sei sicura?» domandò Marinella. L'amica annuì.

«Che cosa si fa?» chiese ancora. Esitavano entrambe.

«Entriamo», decise Clotilde, avviandosi all'interno.

Le stanze erano vuote. Caterina non c'era. Allora tornarono indietro e presero a scendere le scale. La videro esanime per terra. Sembrava morta.

«È soltanto svenuta», disse Marinella, china su di lei.

«Portiamola di sopra», ordinò Clotilde, sollevandola per le ascelle.

«Che cosa sarà successo?» chiese Marinella mentre l'afferrava dal canto suo per le caviglie.

«Te lo dico io. Erano in due. Uno è scappato con la refurtiva e l'altro l'ha menata di brutto. Povero passerotto. Guarda come l'ha ridotta. Senti com'è leggera? Non avevo idea che fosse tanto magra.» Continuava a parlare per tacitare l'ansia.

«Ti rendi conto che, se non fossimo arrivate noi, forse l'avrebbe uccisa?» aggiunse mentre entravano nell'appartamento.

«La camera da letto dov'è?» domandò Marinella.

«Là in fondo, mi pare», rispose Clotilde, affannata.

La deposero sul letto a baldacchino. Le due donne non avevano mai visto un letto così bello.

«Avvertiamo la polizia o cerchiamo un dottore?» Marinella interpellò l'amica. Entrambe si sentivano a disagio in quella stanza candida, con le pareti tirate a stucco color avorio e soffici tappeti verde acqua. Non c'era alcuna concessione alle civetterie stravaganti che loro amavano e che avevano immaginato.

«Cerchiamo subito un dottore», decise Clotilde.

«Guarda, i ladri hanno staccato il telefono», notò Marinella, rimettendo a posto il ricevitore.

«Schifosi! L'hanno pestata di brutto», s'indignò Clotilde, osservando il viso tumefatto di Caterina.

Provava un senso di ribellione per ciò che era successo. Una persona come Caterina non doveva neppure essere sfiorata da certe brutalità. Vederla in quello stato, il volto gonfio, la camicia strappata, la faceva sentire impotente e colpevole per non averla sufficientemente protetta.

Il telefono, appena riagganciato, prese a trillare.

Clotilde sollevò il ricevitore e berciò un «Pronto» pieno di sgomento.

«Chi parla?» chiese una voce di donna.

«Mi dica lei chi cerca», l'aggredì seccamente.

«La signora Belgrado. Forse ho sbagliato numero», rispose l'interlocutrice che arrotava le erre, alla francese.

Clotilde si calmò. La donna che le parlava era certamente un'amica di Caterina.

«Non ha sbagliato», si affrettò a replicare. «Il fatto è che la signora Belgrado sta male. L'hanno aggredita. Sono stati un paio di balordi, immagino. Hanno sfondato la porta di casa. Forse lei dormiva e non li ha sentiti. Che ne so? Comunque io e una mia amica l'abbiamo soccorsa. Proprio adesso l'abbiamo rimessa sul letto e ci chiedevamo se fosse meglio chiamare un medico o la polizia o tutti e due. Caterina è svenuta», concluse, incespicando nelle parole.

«Mi ascolti. Chiunque lei sia, non si muova da lì. Arrivo immediatamente», dichiarò l'interlocutrice, con un tono che non ammetteva repliche.

Clotilde abbassò il ricevitore. In quel momento Caterina aprì gli occhi ed emise un lamento.

«Finalmente», le sorrise Marinella, con un senso di sollievo.

«Ti hanno menata di brutto», le sussurrò Clotilde chinandosi su di lei.

Caterina ricordò faticosamente l'accaduto e riconobbe le due prostitute. Tentò di domandare com'erano arrivate fin lì, ma stava troppo male per riuscire a parlare. Avvertiva fitte brucianti tra zigomo e mascella e la testa le doleva. Tese loro una mano e fu tutto quello che riuscì a fare. Poi, incominciò a tremare e ruppe in singhiozzi.

«Stai tranquilla. È tutto passato», cercò di rincuorarla Clotilde.

«Sta venendo qui una tua amica che ha appena telefonato», aggiunse Marinella stringendole una mano.

«Ti abbiamo raccolta sulle scale. Eri svenuta», proseguì Clotilde. «Io ho visto uno dei ladri che scappava con uno zaino sulle spalle. Deve averti portato via un bel po' delle tue cose.»

Tranquillizzata dalla presenza affettuosa delle due donne, Caterina si calmò. Poco dopo, Lucrezia e Diana entrarono nella camera. Indossavano pantaloni lunghi di tela di lino, mocassini bassi, camicette di seta di taglio maschile. Sembravano due ragazzine appena uscite da scuola. Il loro abbigliamento, per contrasto, faceva apparire ancora più corti, scollati e volgari gli abiti delle prostitute.

Mentre le amiche si precipitavano al capezzale di Caterina, Clotilde e Marinella si guardarono, imbarazzate. Avrebbero voluto dileguarsi, invece dovevano affrontare quelle due signore e raccontare l'accaduto; ma nessuna delle due trovava le parole per incominciare. Clotilde si fece coraggio e, tentando di darsi un tono, esordì: «Le signore... chi sarebbero?»

Seguì un dialogo a quattro, un po' confuso e sconnesso, che servì comunque a ricostruire i fatti.

Alla fine le prostitute se ne andarono e, nel momento in cui lasciarono la stanza, Lucrezia sussurrò all'orecchio di Diana: «Tipico di Caterina. Non trovi? Soltanto lei poteva essere salvata da due passeggiatrici». Poi, chinandosi sull'amica infortunata, le annunciò: «Sta per arrivare tuo figlio».

Caterina annuì, con un pallido sorriso. L'arrivo di Stanis, il figlio medico, era ciò che più desiderava, in quel momento.

6

«Mi fai sentire un caso disperato, in rianimazione», si lamentò Caterina, alludendo all'ago infisso nel braccio.

«Quante storie per una flebo», replicò il figlio, accarezzandole una mano. Stanis era un buon cardiologo e i pazienti lo stimavano. Era un medico competente e sicuro di sé.

Lei tentò di sorridergli, ma il sorriso diventò una smorfia di dolore. Strinse nella sua la mano forte del giovane.

«Grazie, bambino mio», sussurrò.

«Cerca di dormire», la invitò lui, con voce suadente.

Caterina lo considerava il più riuscito dei suoi figli, anche se era il più fragile e il più indifeso. Per questo lo amava in modo particolare.

Stanis ricambiava il suo affetto con un attaccamento viscerale. Non c'era e non ci sarebbe mai stata altra donna nella sua vita, all'infuori di lei. Caterina lo aveva capito molti anni prima, quando lui andava al liceo e, bello com'era, monopolizzava l'attenzione delle compagne di scuola. Invece di andarne fiero, si ritraeva spaventato. Lei aveva dolorosamente vissuto i primi sospetti. Per molto tempo si era chiesta in che cosa avesse sbagliato. L'omosessualità le sembrava una colpa sua più che una naturale inclinazione di Stanis.

Comunque, si era battuta come una leonessa per salvarlo dai pregiudizi degli amici e della famiglia.

«Come ti senti, adesso?» le chiese lui.

«Da cani», rispose.

«Tra qualche ora andrà tutto meglio», garantì il figlio.

«Lo spero. In questo momento mi sento come fossi la sopravvissuta di un film dell'orrore», dichiarò. Poi alzò lo sguardo alla bottiglia appesa al trespolo che inviava sostanze nelle sue vene. «Che cosa hai messo in quel boccettone?» volle sapere.

«Tante cose buone: acqua, zucchero, sali minerali e un po' di sedativo. Ti farà bene», la rassicurò Stanis.

«Se lo dici tu, ti credo», concluse stancamente.

Guardò il tavolino, di fianco al letto, e notò che la scatoletta di malachite, che conteneva i suoi sonniferi, era sparita.

Incominciava a sentirsi meglio. Le sembrò che il suo corpo fluttuasse nell'aria come la piccola piuma bianca che, da bambina, le aveva regalato qualche istante di felicità.

In quel momento ricordò che già un'altra volta, in anni remoti, aveva provato una sensazione simile. Quando era stato? Riaffiorò un ricordo lontano.

Era distesa in un lettino d'ospedale con le sponde di ferro verniciate di bianco. Da una finestra aperta, molto grande, entrava la luce del sole. Sentì il profumo dei tigli in fiore che veniva dal giardino e il canto degli uccelli. Aveva quattro anni.

Si trovava in una stanza che sembrava infinita. Lunghe file di lettini simili al suo si fronteggiavano. Forse c'erano altri bambini in quei letti, ma di questo non aveva memoria. Ricordava invece la nonna Luigia china su di lei. Aveva i capelli corti, grigi, ordinati in piccole onde piatte. In una mano stringeva la sua borsetta di capretto blu, con un fermaglio di bachelite azzurro e grigio. L'altra mano era posata sulla sua fronte.

«Come stai, Caterina?» le chiese la nonna, con voce sommessa.

«Bene», rispose lei e soggiunse: «Dove siamo?»

«In ospedale, bambina mia. Che spavento mi hai fatto prendere!»

«Perché?» Era confusa e non capiva come mai si trovasse in quello stanzone.

«Sono io che ti chiedo perché hai fatto quella brutta cosa. Lo sai che potevi morire? E se fossi morta, chi l'avrebbe detto alla tua mamma e al tuo papà?» Erano rimproveri accorati, mossi con dolcezza.

«Siamo a Modena?» le domandò.

«Siamo all'ospedale di Modena. Non ti ricordi che cosa hai fatto?» insistette Luigia.

Caterina finalmente ricordò.

Si era svegliata nel lettone tiepido, tra le lenzuola che profumavano di lavanda. Aveva chiamato la nonna che era arrivata subito, portando una scodella piena di caffellatte con dei savoiardi inzuppati. La bambina si era messa a sedere sul letto e aveva lasciato che la nonna le legasse al collo il bavaglino. Indossava una camicia da notte di cotone felpato. Era rosa, punteggiata da fiorellini bianchi e foglioline verdi. La nonna si era seduta sul bordo del letto e le reggeva la tazza.

«Andiamo a spasso?» domandò Caterina, tra un boccone e l'altro. Le piaceva uscire con la nonna che, lungo la strada, incontrava sempre qualcuno con cui fermarsi a chiacchierare. Si divertiva al parlottio di quelle vecchie signore che avevano notizie strabilianti da divulgare: alla tale era morta la figlia di parto, a un'altra era scappato il marito, una terza aveva una gallina padovana che faceva uova con due tuorli. Poi, incominciavano i pettegolezzi sulle famiglie in vista, sugli spettacoli al *Comunale*, sui fatti di cronaca riportati dal giornale.

«Adesso devo rigovernare la cucina. Infilati di nuovo sotto le coperte. Fuori c'è il sole, ma l'aria è ancora fresca. Quando sarò pronta, ti vestirò e usciremo insieme», promise la nonna.

Caterina si distese sotto le lenzuola odorose di pulito, coprendosi fino al mento con la trapunta d'ovatta. Dalla cucina le giungeva il suono della radio. Una voce tenorile modulava un motivo accorato: «Reginella dai riccioli d'oro, ti ricordi quand'eri bambina...»

Caterina amava quella canzone piena di nostalgia e unì la sua vocina a quella del cantante lasciandosi cullare dalla melodia.

Improvvisamente la nonna spense la radio e Caterina, per ingannare l'attesa, si dedicò al suo gioco preferito. Socchiuse gli occhi e fissò il soffitto della camera che era coperto da un fitto ricamo di sottili crepe contorte. A poco a poco, l'informe reticolo scuro si trasformò in grandi nuvole che si rincorrevano in un cielo temporalesco. Poi, una nuvola prese le sembianze di un leone con le fauci spalancate e i denti appuntiti, simile a quello che aveva visto nella gabbia dello zoo comunale. Nel momento in cui il leone stava per avventarsi su di lei, si trasformò in una cattedrale dalle guglie altissime, costellate da creature mostruose, metà uomini e metà animali. Avevano sguardi maligni, dita dalle unghie affilate come artigli, bocche orribili da cui vomitavano insetti ripugnanti, topi e serpenti.

Caterina soffocò un grido di terrore, si coprì il viso con il lenzuolo e sentì il cuore che galoppava per lo spavento. Di tanto in tanto occhieggiava dalle coperte, fino a quando i mostri svanirono e il soffitto riprese il decrepito aspetto abituale. Allora, scivolò fuori dal letto e cominciò a vagare per la stanza, a piedi nudi.

Aprì le antine dei comodini, aspirando l'odore un po' stantio e pungente che saliva dal ripiano inferiore dove la nonna riponeva gli orinali panciuti, di maiolica bianca, con i bordi e le iniziali in oro zecchino. Estrasse i cassetti dalla loro sede e li posò sul letto. Doveva passarne in rassegna il contenuto. Conosceva a memoria gli oggetti che vi si trovavano, ma ogni volta sperava di scoprire una cosa nuova.

C'era un bracciale rigido, di princisbecco. Apparteneva alla bisnonna che vi aveva fatto intrecciare una ciocca di capelli bruni appartenuti a una figlia che le era morta bambina. C'era un uncino, con il manico di corallo, che la nonna usava quando era ragazza per allacciare la lunga fila di bottoni degli stivaletti. C'erano orecchini pendenti, una spilla d'argento e perline, una scatola di cartone che conteneva cipria di riso per sbiancare il décolleté. Un messale con la copertina d'avorio scolpito e le pagine filettate d'oro. Era farcito di immaginette sacre dai colori pastello con i bordi in pizzo di carta. Raffiguravano santi e Madonne dai volti dolcissimi, gli sguardi rivolti al cielo. C'era la corona del rosario con i grani di madreperla e un pacchetto di lettere che Caterina non era in grado di leggere.

Trovò anche la retina nera con il bordo di gros-grain e una fibbietta piatta di metallo. La nonna le aveva spiegato che la usava il nonno, quando andava a letto la sera, perché i capelli restassero lisci. Il mattino, poi, li ungeva con una pomata di brillantina per renderli profumati e lucenti. C'era ancora un vasetto di opalina della brillantina Linetti, una scatoletta esagonale di magnesia San Pellegrino, un astuccio di cartone nero e rigido che conteneva occhiali a *pince-nez*, un termometro e un tubetto di vetro ambrato, con il tappo di sughero. Conteneva le pastiglie di chinino di Stato che servivano per abbassare la febbre. Caterina sfilò il tappo e versò il contenuto sul palmo della mano. Erano piccole cialde di un bel rosa intenso e assomigliavano alle praline del pasticciere. Le corteggiava da tempo, non sapendo che si trattava di un medicinale, e quella mattina si decise a leccarne una. Era dolcissima. Sapeva di mandorla e vaniglia. Allora, se le mise in bocca tutte e masticò voracemente.

A quel punto, sotto lo strato dolcissimo, avvertì il sapore orribile del farmaco. Invece di sputare, deglutì. Non ricordava nulla di ciò che accadde in seguito. Si svegliò nel lettino bianco e la nonna le raccontò di una corsa in macchina verso l'ospedale, della lavanda gastrica e del fatto che sarebbe potuta morire. Caterina l'ascoltava e aveva la sensazione di fluttuare in un cielo terso, dove lei era una piuma leggera.

Allora, il destino aveva voluto che la nonna la salvasse perché lei potesse continuare a vivere. Questa volta, la sorte si era servita di due prostitute per salvarla dalla morte.

Lucrezia entrò nella camera di Caterina nel momento in cui, finita la flebo, Stanis stava controllandole la pressione.

«È tutto a posto?» domandò al medico.

«Perfettamente», confermò lui. Ripose lo stetoscopio nella borsa e si chinò a sfiorare con un bacio la fronte di sua madre.

«Ritornerò domani mattina», le disse dolcemente.

«Abbi cura di lei», raccomandò all'amica, prima di andarsene.

Lucrezia accostò una sedia al letto e si sedette.

«Avevamo in programma una piccola festa per domenica sera. Ricordi?» disse all'amica.

«E la faremo, vedrai. Mi dispiace di averti rovinato la serata.»

«Era già molto rovinata. Se incontro mio marito rischio di cavargli gli occhi.»

«Che cosa ti ha fatto, questa volta, il povero Maxi?»

«È la solita storia che si ripete. Ma questa notte sono furibonda.»

«Una ragione di più per dormirci sopra. Domani vedrai la situazione con occhi diversi», le suggerì Caterina.

«Messaggio ricevuto. Hai voglia di stare sola. Io me ne vado, ma Diana rimane», l'avvisò, quando era già sulla soglia della camera.

Caterina aveva voglia di dormire e stava per assopirsi quando Diana la raggiunse.

«Dove hai messo la scatola dei miei barbiturici?» le chiese Caterina, guardandola con sospetto.

«L'ho fatta sparire», disse l'amica e soggiunse: «Quando ti sarai ripresa, dovremo parlare un po', tu e io».

«Lasciami in pace, ti prego», rispose stancamente «La mia faccia, com'è?» l'interrogò.

«Un disastro. Ma non preoccuparti. Tra meno di una settimana avrai recuperato il tuo musetto da piccola volpe», la rassicurò.

«Ti voglio bene», sussurrò Caterina. «Voglio bene anche a Lucrezia. Siete le sorelle che non ho mai avuto. Da quanti anni ci conosciamo?» domandò.

«A ottobre saranno quarantotto. Fra due anni festeggeremo le nozze d'oro della nostra amicizia.»

«È passato tanto tempo», mormorò Caterina, sorridendole. Affondò la testa nel cuscino e prese a ricordare.

1948

1

LUCREZIA si presentò in classe a metà mattina, mentre la signorina Francesca Damiani, supplente neolaureata in Lettere, spiegava la preposizione «in» nell'analisi logica.

«Sto 'in' città», scandiva la sua voce suadente, «è complemento di stato in luogo. Invece, vado 'in' città è complemento di moto a luogo. Dunque, quando tradurrete in latino dovrete fare attenzione al complemento. Per lo stato in luogo userete 'in' più ablativo, per il moto a luogo 'in' oppure 'ad' più accusativo. Faccio due esempi», lasciò la cattedra e raggiunse la lavagna.

Le ragazzine di seconda media della scuola di via Rossari adoravano quella giovanissima supplente che vestiva alla moda, si truccava con grazia e, al contrario di altre insegnanti che dimostravano una scarsa dimestichezza con il sapone, diffondeva un delicato profumo di *Arpège*. L'insegnante di ruolo era a casa in maternità e loro si auguravano che la signorina Damiani fosse confermata per l'intero anno scolastico.

Quella mattina d'ottobre, l'insegnante indossava un maglioncino di cachemire leggero, a collo alto, color rosa-confetto. Era molto aderente e sottolineava il seno ampio e la vita sottile. Una gonna di vigogna grigio-perla, tagliata di sbieco, si allargava sino ai polpacci ben torniti. Portava calze di seta velata e scarpette alla francesina.

Lucrezia, scortata dal preside, il professor Temistocle Laperla, fece il suo ingresso nell'aula. Trentadue bambine la osservarono incuriosite. Indossava, come loro, un grembiule nero con il collettino di piquet bianco inamidato. Ma il suo era di satin di seta, invece che di cotone. Anche i gambaletti bianchi erano di filo di seta e le scarpine nere di vernice luccicavano. I capelli biondi e ricci erano raccolti sulla nuca con un fermaglio di tartaruga. Aveva un viso da bambola capricciosa, lo sguardo fiero e l'atteggiamento orgoglioso di chi ritiene di sovrastare di un palmo il resto dell'umanità.

Il preside parlò brevemente, sottovoce, con la signorina Damiani, mentre le allieve aspettavano zitte, irrigidite sull'attenti.

Caterina guardò Lucrezia e si chiese se Diana Laperla, la figlia del preside che stava nel banco dietro il suo, sapesse qualcosa di più sul conto della nuova arrivata. Tutt'e due quel giorno erano sole nel banco poiché le loro compagne erano a casa malate. Caterina sperò che l'insegnante facesse sedere accanto a lei la ragazzina bionda.

«Vi presento Lucrezia Pallavicini», disse la signorina Damiani quando il preside lasciò l'aula. «Viene da un'altra scuola. Facciamola sentire a suo agio.» Poi si rivolse a Lucrezia: «Scegli il posto che preferisci».

Caterina le sorrise indicando il posto libero accanto a sé. Lucrezia la ignorò, passò oltre e andò a sedersi vicino a Diana.

La lezione riprese. Caterina, di tanto in tanto, si voltava a guardarle e vide che si passavano il testo di analisi logica e si scambiavano sorrisi. Durante l'intervallo le ragazze sciamarono lungo i corridoi e Caterina raggiunse la nuova compagna che stava parlottando con Diana.

«Ciao. Da che scuola vieni?»

Lucrezia le dedicò un'occhiata scostante: «Che cosa t'importa?»

La piccola Belgrado si sentì mortificata e tuttavia

spiegò sorridendole: «Volevo soltanto offrirti amicizia. Sei così diversa da tutte noi».

Diana la guardò con aria di compatimento.

«Per caso, saresti lesbica?» la sferzò Lucrezia.

«Può darsi. Che cosa significa lesbica?» domandò incuriosita.

«Lascia perdere, Belgrado», la consigliò Diana. Quindi si rivolse a Lucrezia: «È la figlia di un fruttivendolo. È in questa scuola unicamente perché abita in zona».

Lucrezia si allontanò lasciandole sole.

«Hai visto? L'hai fatta andare via. Possibile che tu sia così grossolana?» la rimproverò Diana.

L'umiliazione subita scatenò l'ira di Caterina che reagì a modo suo. D'impulso allungò un manrovescio sulla guancia di Diana. Dopo di che, raggiunse Lucrezia affacciata a un finestrone del corridoio, l'agguantò per un braccio, facendole fare un giro su se stessa, e schiaffeggiò anche lei.

«Adesso andate a dirlo alla signorina Damiani e al preside», la sfidò.

Alcune compagne, che avevano assistito alla scena, commentarono l'accaduto con esclamazioni di stupore, bisbigli e risatine. Caterina ritornò nell'aula deserta, sedette al suo banco, tirò un sospiro di sollievo e aprì il dizionario alla voce: *Lesbica*. Lesse: «Di Lesbo, donna di costumi attribuiti alle abitanti di quell'isola».

Ne sapeva quanto prima. Dove accidenti si trovava quell'isola? E quali erano i costumi delle sue abitanti?

«Ma perché sono così ignorante?» si chiese, mentre, con un gesto rabbioso, richiudeva il vocabolario «a uso delle scuole medie». Aveva le lacrime agli occhi. Serrò i pugni sulla fronte e avrebbe voluto scomparire dalla faccia della terra, tanto si sentiva frustrata.

L'intervallo finì. Le compagne rientrarono in classe alla spicciolata. Entrò anche l'insegnante. Caterina si aspettava di essere chiamata alla cattedra, rimproverata e, probabilmente, sospesa. Non accadde nulla di tutto ciò. Anzi, con sua grande sorpresa, la nuova compagna venne a sedersi accanto a lei.

«Come hai detto che ti chiami?» esordì Lucrezia.

«Non l'ho detto», rispose Caterina, con mala grazia.

Lucrezia afferrò un quaderno della compagna e lesse: «Belgrado Caterina». Le sorrise e aggiunse: «Non lo sai che prima si scrive il nome e dopo il cognome? Vedo che dovrò occuparmi di te».

«Non ce l'hai con me?» le chiese Caterina.

«Ti ho provocata. Adesso siamo pari. Ognuno cerca di affermarsi con le armi che ha. Tu usi le mani. Io gli sguardi e le parole. Non so che cosa sia più efficace», disse Lucrezia.

«Guarda che con il tuo parlare forbito non m'incanti. Io conosco bene la gente come te. Entro nelle loro case ogni giorno, quasi sempre dalla porta di servizio. Vado a consegnare la spesa. Di solito tratto con i domestici. Ma quando incontro i signori, mi sembrano tutti uguali, con la stessa puzza sotto il naso e i modi supponenti. Li prenderei a schiaffi», concluse Caterina.

«Popolana e comunista, dunque», constatò Lucrezia.

«Per favore, ragazze, vogliamo fare silenzio?» le richiamò la signorina Damiani e proseguì: «Prendete il libro di storia e apritelo al capitolo sulla fine dell'Impero Romano d'Oriente».

Quando suonò la campana che decretava la fine delle lezioni, Caterina ripose i libri nella cartella e s'incamminò per uscire dall'aula. Lucrezia e Diana la raggiunsero.

«Ciao», disse una.

«Ci vediamo domani», fece eco l'altra.

Anche le compagne, intorno, la salutarono affettuosamente.

Caterina ritornò a casa immersa nei suoi pensieri. Entrò nella bottega del padre, lanciò la cartella sul banco e si accostò ad Alcide per dargli un bacio sulla guancia ruvida di barba.

«La signorina, oggi, mi sembra di pessimo umore», osservò il fruttivendolo.

Lei si arrampicò sullo sgabello, dietro il banco, lo guardò e gli chiese: «Papà, tu sei comunista?»

Alcide stava preparando i cestini della frutta e della verdura da consegnare ai clienti. Alzò lo sguardo sulla figlia e rispose: «Io sono Alcide Belgrado. Sono una persona per bene. Nient'altro».

«D'accordo. Ma quando voti, sei comunista, democristiano o socialista?» insistette Caterina.

«Mi hai mai sentito parlare di politica?» le domandò lui. Caterina scosse il capo.

«Posso solamente dirti che faccio del mio meglio per essere un buon cittadino. La politica non m'interessa e non la capisco. Quando ero prigioniero dei tedeschi sapevo per certo che il nazismo e il fascismo erano una brutta cosa. Spero che non ritornino mai più. Voto socialista. Più per abitudine che per convincimento. Nenni è uno di campagna, come me, e mi è simpatico. Non chiedermi altro, perché sono soltanto un povero fruttivendolo ignorante», spiegò Alcide.

«Papà, i poveri sono tutti ignoranti?» proseguì seria Caterina.

«Se dovessi parlarti dell'ignoranza dei ricchi, non finirei più», replicò il padre.

«Se i poveri sono ignoranti e i ricchi pure, quali sono le persone istruite?» incalzò la bambina.

«Quelle che studiano, come stai facendo tu. I soldi non c'entrano niente con il sapere. È finito l'interrogatorio?» si spazientì.

«Non ancora. Spiegami perché le mie compagne di scuola ricche sono anche istruite, mentre io sono povera e ignorante», puntualizzò.

«Prima dimmi da dove ti viene questo malumore. Chi è la compagna di scuola ricca e istruita?»

«Diana Laperla, per esempio. La figlia del preside.»

«Allora, tanto per essere franchi, ti dirò che il tuo preside, quando si siede a tavola, mangia pane e saliva. Ho qui il suo conto di frutta e verdura, vecchio di tre mesi, che cresce di settimana in settimana. Sai perché non lo paga? Perché non ha soldi. Sai quando pagherà? A Natale, perché prenderà la tredicesima. E sai che cosa farò io? Gli farò lo sconto, perché il tuo preside è più povero di noi. Come vedi, non sempre i soldi e la cultura viaggiano a braccetto», le confessò il padre.

«Davvero?» domandò incredula e si sentì un po' rassicurata. Quindi, si affrettò a proseguire. «Abbiamo una nuova compagna di classe. Si chiama Lucrezia Pallavicini. Lei è ricca e molto istruita. Non dirmi che non è vero, perché lo so da come si veste e da come parla. Papà, la Pallavicini veste in un modo... un modo incre dibile. E parla come una professoressa.»

«Lo credo. È la figlia del marchese Pallavicini d'Eril Sono nostri clienti. Loro non lasciano debiti. La figlia, però, è in classe con te perché è ripetente. Può darsi che sia istruita, ma non è di certo una scolara diligente», rivelò Alcide.

«Accipicchia! Quante cose si vengono a sapere facendo il fruttivendolo!» esclamò Caterina. La bocciatura di Lucrezia cancellò l'umiliazione molto più dello schiaffo che le aveva dato.

«Adesso, sbrigati. Devi fare una consegna. È urgente», la sollecitò Alcide.

«Ho fame. Non posso salire in casa a mangiare?» protestò Caterina.

«Dopo. Prima porterai questa cassetta di frutta alla Storti.»

«Va bene», acconsentì, afferrando la cassetta e uscendo di corsa dalla bottega.

Le piaceva andare dalla Storti che abitava in via della Spiga. Era una signora bella e giovane. Si chiamava Liliana. Aveva tanti ammiratori che le riempivano la casa di fiori. Lei era una ballerina di Wanda Osiris Sapeva ballare, cantare e recitare. Era sempre di buon umore.

Indossava vestaglie evanescenti come i suoi sogni c calzava pianelle ornate di piume di struzzo. Aveva una domestica: una donna anziana e affabile. Quando Caterina entrava in cucina con il cesto della frutta, dall'interno dell'appartamento veniva la voce di Liliana Storti che chiedeva: «Ersilia, chi è?»

«La piccola del fruttivendolo, signora», rispondeva la domestica.

«Ringraziala», diceva la ballerina e questo significava che avrebbe ricevuto la mancia.

Capitava anche che la Storti entrasse in cucina come un colpo di vento e scambiasse qualche parola con Caterina. La chiamava «Caterinatesoro» e le regalava spesso delle scatole di cioccolatini, a volte piene, altre volte vuote perché erano, comunque, bellissime. Capitava anche che le regalasse dei fiori. «Non so più dove metterli. Portali alla tua mamma», le diceva.

Quando si sentiva sola, la invitava in salotto o in camera da letto. Le mostrava vecchi costumi di scena, abi ti sfavillanti.

Una volta le disse: «Caterinatesoro, che nome impegnativo ti hanno dato. C'è stata una Caterina da Siena che era una santa e una Caterina di Russia che era un demonio. Non c'è via di mezzo. Un giorno dovrai scegliere da che parte stare».

Non si aspettava una risposta, un'obiezione, un ragionamento. Si limitava a sfarfalleggiare con le mani e le parole.

Quando entrava nella sua camera da letto, Caterina non aveva occhi che per quella stanza tutta bianca, con pizzi e merletti che ruotavano intorno a uno stupendo letto a baldacchino. Era un mobile così bello che non sembrava vero. Era in legno dorato e scolpito. La testata superiore veniva sorretta da due cigni alati mentre la parte inferiore si completava con due cornucopie fiorite. In alto una corona sormontata da un'aquila reggeva il baldacchino da cui scendevano veli bianchi, finemente ricamati che si gonfiavano a ogni refolo d'aria.

«Ti piace il mio letto, vero?» constatava Liliana. «Pensa che ci ha dormito Giuseppina Bonaparte. Almeno, questo è quanto sostiene l'antiquario che me l'ha venduto. Trattandosi di un antiquario serio come il Branzi di via Manzoni, c'è da credergli. Ti pare?»

Era il dono sontuoso di un amante.

«Un uomo splendido, Caterinatesoro. E mi ama alla follia. Pensa che mi ha chiesto di sposarlo. Ma vuole che io smetta di calcare le scene. Questa, per me, sarà una grande rinuncia, perché io sono nata con il fuoco nelle vene e la passione per l'arte. Ma in nome dell'amore una donna è disposta a rinunciare a tutto. Lo capisci?» diceva.

Quel giorno venne lei stessa ad aprirle la porta. La veste da camera svolazzante e le pianelle guarnite di piume di struzzo stonavano con il viso gualcito, gli occhi gonfi di pianto, i capelli rossi scarmigliati.

«Oh, Caterinatesoro, sei tu. Entra, cara. Posa la cassetta sul tavolo. Vieni, vieni», la incitò, guidandola verso la camera da letto.

Si lasciò cadere in quel mare di pizzi e veli e prese a singhiozzare. «Sono sull'orlo del suicidio», spiegò, tra i singhiozzi.

«Mi dispiace. Non dica così», sussurrò Caterina, frastornata da quel pianto un po' teatrale.

«La mia felicità si è dissolta come una bolla di sapone», proseguì la ballerina, tamponando le lacrime con un fazzolettino di seta.

«Capita», replicò Caterina, per niente coinvolta dal suo dramma. Aveva fame e voleva ritornare a casa in fretta. Guardava con ammirazione il magnifico letto a baldacchino e diceva a se stessa che, con un letto come quello, era impossibile sentirsi infelici.

«Lui mi ha lasciata. Capisci? Il porco, il maiale, il lurido traditore mi ha lasciata!» singhiozzò, facendo volteggiare un braccio e portandosi poi la mano alla fronte. «E dire che stavo per rinunciare alla mia arte, per amor suo. Sono distrutta. Questa sera non potrò salire sul palcoscenico. Chi me la dà la voglia di sorridere, cantare, ballare? Caterinatesoro, sto precipitando in un abisso senza fine.»

Già un anno prima Caterina l'aveva trovata in una situazione analoga e, dopo qualche giorno, era ritornata più sfavillante di prima.

«Sai com'è», aveva sorriso Liliana, «morto un papa se ne fa un altro.» Il vecchio letto in legno di ciliegio era stato sostituito da quella meraviglia con il baldacchino. Così Caterina era sicura che anche questa volta la ballerina si sarebbe brillantemente ripresa.

«Passerà», le disse. «Uno di questi giorni troverà un altro fidanzato e sarà certamente migliore di questo che l'ha lasciata.»

«Ah, la voce beata dell'innocenza. Ma non capisci che gli anni passano anche per me? Ho già ventotto anni. Fra due anni saranno trenta. E allora, chi mi sposerà?»

«È proprio necessario sposarsi?» chiese la bambina.

«Ma naturalmente, Caterinatesoro. Una ragazza come me a un certo punto deve sposarsi. E con un uomo ricco. La ricchezza è fondamentale. Capisci? A te non piacerebbe essere ricca?»

«Mi piacerebbe, soprattutto, essere istruita», rispose Caterina. E soggiunse: «Adesso dovrei proprio andare».

«Va', va' pure, mia cara. Devo restare sola con il mio immenso dolore», recitò levandosi dal letto e scortandola verso l'uscita. Ma, nel momento in cui Caterina stava finalmente sgusciando dalla porta, la ballerina la richiamò.

«Caterinatesoro, devo assolutamente farti un dono Torna dentro.»

«Non importa, signorina. Sarà per un'altra volta. Grazie lo stesso», tentò di defilarsi la ragazzina.

«Oggi o mai più», dichiarò la donna, afferrandola per la mano e trascinandola all'interno dell'appartamento con un'energia che smentiva le recenti svenevolezze. «Ti regalo il mio letto a baldacchino che ti piace tanto», dichiarò, avviandosi con passo elastico verso la camera. Salì su una sedia e cominciò a staccare le tendine di velo. «Non posso giacere una volta di più in questo talamo regalato da un traditore», spiegò mentre si affannava a smontare il telo superiore. Caterina la guardava allibita e incredula.

«Non stare lì come una statua. Dammi una mano», la sollecitò.

«Ma non ci penso proprio», si ritrasse la ragazzina. «È un regalo che non posso accettare. Inoltre, prima di sera, lei potrebbe pentirsi di questo gesto. Grazie, signorina Storti. Grazie di cuore», dichiarò Caterina, arretrando verso la porta.

La soubrette, intanto, andava spogliando il letto con gesti energici.

«Vai subito a chiamare il portiere. Voglio che mi dia una mano. Questo letto deve sparire immediatamente dalla mia casa. Non deve restare traccia di quel traditore. Tranne i gioielli e le pellicce. Quelli li tengo. Il letto è tuo, Caterinatesoro», decretò.

Così, quel giorno, nel piccolo appartamento sopra la bottega di frutta e verdura, fece il suo ingresso il monumentale arredo d'antiquariato. Liliana Storti lo fece consegnare completo di tutto: materasso, cuscini, tendine di velo, lenzuola ricamate.

«Non è possibile!» trasecolò Elena. «Questo è il letto del peccato. Non posso metterlo nella camera di questa innocente. Dobbiamo liberarcene immediatamente», si ribellò.

Alcide, invece, sorrideva divertito. «È un letto da principessa», commentò. «I cigni d'oro zecchino, i vasi fioriti, il baldacchino con l'aquila. Sicuramente vale più di centomila lire. Sono sicuro che nessuna delle compagne di scuola di mia figlia possiede un letto come questo.»

«Mi piace tanto, papà», gli sussurrò Caterina. «Mamma, per favore, lasciamelo», supplicò rivolta a Elena.

«Lasciaglielo», incalzò Alcide. «Dopo tutto è un regalo. Le appartiene», ragionò con la moglie.

Elena storse la bocca in una smorfia di estrema disapprovazione. Ma intanto lo stupendo letto a baldacchino venne rimontato nella cameretta di Caterina. A quel punto non ci fu più posto né per il suo lettuccio, né per l'ottomana in cui dormiva la nonna Luigia quando veniva in visita da Modena.

«La nonna dormirà qui, con me. E sarà felice», decise la ragazzina. Il giorno dopo, a scuola, durante l'intervallo, trovò modo di accostarsi alle compagne Laperla e Pallavicini.

«Io ho un letto a baldacchino. Si dice sia appartenuto a Giuseppina Bonaparte», annunciò. E soggiunse: «Comunque, adesso ci dormo io».

2

«Belgrado!» chiamò Lucrezia, all'uscita dalla scuola.

Caterina si voltò, osservando con aria interrogativa la bellissima compagna.

«Se vuoi, oggi possiamo fare i compiti insieme», propose Lucrezia. «A casa tua, naturalmente. Anche la Laperla vorrebbe venire.»

«Volete vedere il mio letto a baldacchino?» domandò Caterina, con aria innocente e una punta di perfidia.

«Ce lo hai tanto decantato!» soggiunse Diana, unendosi a loro.

«Be', non saprei», tergiversò Caterina. «Devo chiedere alla mamma», spiegò con aria perplessa.

«Va bene, Belgrado. Abbiamo capito», sorrise Lucrezia, scambiando uno sguardo complice con Diana. Le loro occhiate dicevano: poverina, si è inventata la storia del letto di Giuseppina Bonaparte per rendersi interessante. Bisogna compatirla.

«Datemi il vostro numero di telefono. Se la mamma me lo permette, vi avviserò», disse Caterina.

«Hai un apparecchio telefonico?» domandò Diana. In casa Laperla il telefono non era ancora entrato, anche se da mesi si discuteva sull'opportunità di affrontare quella spesa.

«L'abbiamo in negozio. Per via dei clienti. Spesso

fanno le ordinazioni per telefono», spiegò la ragazzina, con semplicità.

«Non importa. Magari ci accordiamo per domani», tagliò corto Diana.

Caterina se ne andò sola, verso casa, con aria trionfante. Dubitavano del suo letto a baldacchino ed era fermamente intenzionata a lasciarle nel dubbio ancora per un po'. Lei stessa non poteva credere che quella meraviglia fosse davvero sua. Affrettò il passo colta dall'ansia. Se la signorina Storti avesse avuto un ripensamento e avesse mandato qualcuno in bottega per riavere indietro il suo letto? Se la mamma avesse deciso di disfarsi di quel giaciglio peccaminoso? Non passò nemmeno dalla bottega per salutare suo padre. Si fiondò direttamente in casa, spalancò la porta della sua camera e, solo allora, trasse un sospiro di sollievo. Il letto a baldacchino era ancora lì, enorme, bellissimo, a occupare tre quarti della stanza. Si liberò della cartella, del maglione ed entrò in cucina. Si accostò a Elena e la baciò.

«Che cosa sono queste effusioni?» domandò la donna, con sospetto.

«Sono felice», rispose Caterina.

«I fuochi di paglia si spengono presto», recitò Elena riferendosi alla vacuità della figlia che si esaltava troppo per via di quel letto.

«Può darsi. Però la figlia del preside e la figlia del marchese d'Eril hanno chiesto di venire a fare i compiti qui, a casa nostra», sparò Caterina.

Elena stava rivoltando una frittata di spinaci. Restò con la padella a mezz'aria guardando la figlia con incredulità.

«Te l'hanno chiesto loro?» domandò.

«Sono mie amiche», dichiarò Caterina.

«Perché? Sei più brava di loro a fare i compiti? Oppure sei andata a spifferare la storia del letto a baldacchino?»

«Mamma, posso farle venire?»

«In questa casa? Mai. Loro sono gente altolocata.

Non voglio che vedano come viviamo. E per giunta, la stonatura di quel letto orrendo», dichiarò Elena. Eppure sulle sue labbra ancora morbide e piene aleggiava l'idea di un sorriso.

«Per favore, mamma, permettimi di invitarle. Non crederanno mai che ho un letto così bello se non lo vedranno», protestò la ragazzina.

«Dunque, è proprio per via del letto», incalzò Elena. E proseguì: «Va bene. Che vengano. Ma non prima della settimana ventura. Dovrò tirare a lucido vetri e pavimenti, rinnovare le tendine, disporre qualche fiore nei vasi. Andrò anche dalla parrucchiera, perché non voglio farti sfigurare», acconsentì.

«Guarda, mamma, che sono soltanto ragazzine come me. Non si tratta di invitare le tue zie», l'ammonì, rivelando il suo buon senso.

«Quanto alle mie zie, stai tranquilla che farò in modo che sappiano chi sono le amiche di mia figlia», annunciò.

«Mi figuro il dialogo: la mia Caterina ha invitato la figlia del preside e la marchesina Pallavicini», recitò Caterina scimmiottando l'accento salottiero di Elena.

Evitò per un pelo uno scapaccione e si rintanò nella sua camera. Si accucciò sul pavimento, accanto al letto, e accarezzò il collo di un cigno, seguendo con il dito gli intagli lignei rivestiti di foglie d'oro. Pregustava lo stupore delle due compagne quando avessero visto il suo letto. I Belgrado non si distinguevano per censo né per cultura, ma lei avrebbe brillato come una stella per via di quel letto a baldacchino.

Fu proprio così. Quando ormai le compagne avevano stabilito che la figlia del fruttivendolo era una mitomane, arrivò l'invito per un pomeriggio a casa di Caterina.

Si presentarono puntuali, armate di cartella e di un sorriso condiscendente che assomigliava tanto a quello della zia Maria Gusmaroli. Entrambe si liberarono del soprabito in anticamera, mentre Elena, decisa a dar man forte alla figlia, era tutta sorrisi e attenzioni. Notò la finezza dell'abito di Lucrezia e non disse nulla, ma si propose subito di comperare per la figlia qualcosa di simile. Notò anche la giacca di Diana. Non riuscì a trattenere una punta di veleno degno della zia Maria: «È la tua mamma che ha queste mani d'oro?» domandò con un sorriso tutto miele, accorgendosi che il capo era stato confezionato con una coperta militare e ingentilito con ricami in lana colorata.

«Deve averle», la spiazzò Diana. «Non possiamo permetterci lussi. La mamma sa anche rivoltare i cappotti vecchi», spiegò con orgoglio.

Caterina sottrasse le amiche alle avvolgenti attenzioni di Elena e le fece entrare in cucina. Sulla credenza, sopra un centrino bordato di pizzo, erano stati preparati bicchieri, biscotti e una bottiglia di Coca-Cola.

«Ecco, su questo tavolo io studio, la mamma stira o affetta la verdura, il papà legge o fa i conti. Insomma, non abbiamo un salotto», spiegò con la stessa schiettezza che Diana aveva usato.

«Potete sedervi», disse Elena. «Servitevi da sole, se volete mangiare o bere qualcosa. Io scendo in bottega.»

Le ragazzine sedettero al tavolo ed estrassero dalle loro cartelle diario e quaderni.

«Ci mettiamo subito a fare i compiti?» domandò Lucrezia, con aria contrariata. Come Diana, guardava con avidità la bottiglia della Coca-Cola.

«Volete bere qualcosa?» domandò Caterina.

«Un goccio, tanto per gradire», risposero in coro. Lucrezia soggiunse: «Tua madre ti compera sempre la Coca-Cola?»

«Certo. Che cosa c'è di strano?» si stupì Caterina.

«La mamma non me la comprerebbe mai. E dire che a me piace tanto», confessò la marchesina.

«Nemmeno la mia. Allora, possiamo?» chiese Diana, esitante.

A Caterina sembrava fuori luogo tanto entusiasmo per quella bibita che lei consumava regolarmente. Così pensò che la proibizione cui erano soggette le compagne fosse una bizzarria delle persone ricche e istruite. Decisamente aveva tante cose da imparare. Notò anche che la curiosità per il suo letto era passata in second'ordine, rispetto all'attrazione esercitata dalla Coca-Cola.

Le ragazzine diedero fondo alla bottiglia, si rimpinzarono di biscotti e, finalmente, ricordarono il motivo che le aveva spinte in casa di Caterina.

«Ci fai vedere il tuo famoso letto?» chiese Diana.

«Forse è meglio che prima facciamo gli esercizi di latino e di francese», propose Caterina. «Dopo, se ci resta tempo, vi mostrerò la mia camera.» Si era resa conto che le compagne erano già cadute nella sua rete e l'esca del letto non serviva più. Era bastata la Coca-Cola per catturarle.

Quando terminarono gli esercizi, restavano alcune materie da studiare e i vocaboli di francese da mandare a memoria.

«Il francese lo ripasserò a casa», dichiarò Lucrezia. «Per anni ho avuto una *mademoiselle* che mi ha perseguitata con la sua lingua.»

«Mi piacerebbe imparare la tua pronuncia», insinuò Caterina. Attese una proposta che non venne. Allora proseguì: «Andiamo a studiare i vocaboli nella mia stanza. Sul mio letto a baldacchino».

Diana e Lucrezia si illuminarono. Lei le precedette verso la camera, aprì la porta e si ritrasse perché potessero entrare. Vide che spalancarono gli occhi. La piccola marchesa e la figlia del preside rimasero senza parole.

Lucrezia fu la prima a riaversi dallo stupore.

Si accostò al letto, accarezzò l'ala di un cigno e decretò: «È altamente probabile che questo letto sia appartenuto a Giuseppina de Beauharnais. La scorsa estate sono andata con i miei in Francia. Abbiamo visitato la Malmaison e devo riconoscere che gli arredi dell'imperatrice erano molto simili a questo».

«Come l'hai avuto?» chiese Diana.

«È un regalo», rispose Caterina, tenendosi sul vago.

Le due compagne non ritennero opportuno fare altre domande.

«Allora, toglietevi le scarpe, saliamo sul letto e incominciamo a studiare», le incalzò la piccola padrona di casa.

«Dici sul serio?» Lucrezia era stupefatta.

«Naturalmente», disse Caterina, mentre slacciava le fibbie delle sue pantofole.

«Sei sicura che tua madre non abbia niente in contrario?» incalzò Diana.

«Il letto è mio. Possiamo fare tutto quello che vogliamo. Comprese le capriole e il lancio dei cuscini», assicurò mentre era già in piedi, sul materasso. Fece un salto tendendo le braccia per sfiorare con le mani il cielo del baldacchino. Le due compagne non si fecero ripetere l'invito e fu tale il chiasso che, d'improvviso, Elena comparve nella stanza.

«Ma siete ammattite?» gridò per sovrastare le loro urla. «Vi si sente fino in bottega.»

«Te l'avevo detto», sussurrò Lucrezia, scendendo immediatamente dal letto e ponendosi rigida, sull'attenti, di fronte alla madre di Caterina.

«Continuate pure a giocare», si raddolcì la donna. «Vi chiedo solo di non fare tanto chiasso.»

«Scusaci, mamma. Sono stata io a esagerare. Ti prometto che staremo buonissime», intervenne Caterina.

Ormai, però, l'incanto si era spezzato.

«Io devo ritornare a casa», annunciò Diana.

«È tardi anche per me», si accodò Lucrezia.

«Mi hai promesso di insegnarmi i vocaboli di francese», le ricordò Caterina.

«Non ti ho promesso niente. E comunque sarà per la prossima volta», tagliò corto la marchesina.

«Eh, no. Tu adesso studierai con me», ribadì la piccola padrona di casa.

«Accetto ordini solamente dai miei genitori», le fece notare Lucrezia, assumendo il tono altezzoso che le era abituale.

Caterina le sussurrò all'orecchio: «Guarda che io dico a Diana che tu sei ripetente».

La vide arrossire, mentre incassava il colpo.

«Ho capito. Io sono di troppo. Avete già dei segreti tra voi», disse Diana, mentre si allacciava le scarpe.

«Ma quali segreti. Devo soltanto fare la mia opera buona quotidiana e dirozzare un po' questa figlia del popolo», ironizzò Lucrezia.

Appena furono sole, tuttavia, le si rivoltò contro con furia.

«Chi ti ha detto che sono ripetente?»

«Nessuno», mentì Caterina, «ho solamente tirato a indovinare.»

«Be', hai indovinato malissimo. Non permetterti più di indovinare cose simili sul mio conto», la rimproverò. «Perché, altrimenti...»

«Passeresti dalle parole alle mani?» la sfidò Caterina.

«Probabilmente», assentì Lucrezia.

«Manderesti a monte tutto il discorso fiorito che mi hai fatto a proposito di certe differenze. Quella che si serve delle mani sono io, la popolana. Tu, l'aristocratica, ti servi degli sguardi e delle parole. Hai detto proprio così», cavillò Caterina.

«Ma tu, che cosa vuoi esattamente da me e dalla Laperla?» indagò scrutandola con diffidenza.

«Mi piacete. Appartenete a un mondo che mi attira», confessò candidamente la figlia dell'ortolano.

«Non farti illusioni. Mi chiedo perché ti abbiano iscritta alle medie invece che all'avviamento al lavoro», osservò, acida.

«Forse perché studio volentieri e non sono così tonta come credi. Certamente, per non sfigurare nei confronti delle zie di mia madre, che sono come noi ma la pensano come te. E adesso, m'insegni la pronuncia francese?»

Lucrezia abbozzò e ricominciarono a studiare, ma Caterina, da giorni, era assillata da una curiosità che non riuscì più a contenere.

«Mi dici che cosa significa essere lesbica?» la interrogò di punto in bianco.

«Oddio, ci risiamo. Guarda sul dizionario», si spazientì Lucrezia.

«Ho già cercato. Dice: da Lesbo. Donna di costumi attribuiti alle donne di quell'isola. Quali sono i costumi di queste donne?»

«Costumi lesbici, appunto. Non sai che Lesbo era la patria di Saffo?»

«Non so chi sia Saffo e tu ti diverti a confondermi le idee», si arrabbiò.

«Saffo era una poetessa. Aveva intorno a sé uno stuolo di discepole con le quali praticava l'amore saffico, o lesbico che dir si voglia», spiegò Lucrezia.

«E allora?» la ragazzina non capiva.

«Belgrado, tu ci sei o ci fai?» la provocò.

«Pallavicini, vai al diavolo. Sei peggio del mio vocabolario. Usi parole delle quali non conosci il significato», si spazientì.

«Lesbica è una donna che va con le donne invece che con gli uomini. È chiaro?»

«Davvero ci sono donne che vanno con le donne?» si stupì Caterina.

«Povera Belgrado, come sei ignorante», la compatì l'amica.

«Quando si tratta di porcherie come queste, preferisco esserlo», s'indignò Caterina. E soggiunse: «Quanto a te, non chiamarmi mai più lesbica».

«Tutti così voi comunisti. Sempre pronti a minacciare. Chi ti ha detto che una donna che ha rapporti con le donne sia da condannare?»

«Nessuno me l'ha detto. Però la cosa in sé non mi piace. Inoltre, tu stessa hai usato questa parola per offendermi. Quanto ai comunisti sai bene che mangiano i bambini. Dunque, non stuzzicarli se non vuoi che mangino anche te», la redarguì Caterina. Afferrò un cuscino per le punte e colpì la testa di Lucrezia. La compagna rispose prendendone un altro e percuotendola a sua volta.

Esplosero grida e risate. Un cuscino si scucì e liberò nell'aria una gran nevicata di piume bianche. Le due ragazzine ridevano e gridavano giocando con le piume che volteggiavano quando una mano energica si abbatté sulla nuca di Caterina.

«Non ti si può dare un dito che prendi tutto il braccio.» Elena era davvero arrabbiata per tutto lo sconquasso che sua figlia e l'amica avevano combinato nella stanza.

Caterina arrossì di vergogna per essere stata punita davanti a una compagna cui teneva molto. Tuttavia, nonostante avesse gli occhi pieni di lacrime, si sforzò di sorridere dicendo: «Hai visto, Pallavicini? La felicità è come una piuma. Dura pochi istanti e, subito, ti abbandona».

Oggi

1

Marco Honneger era un bell'uomo di settant'anni. Conservava la struttura fisica di quando, giovanissimo, era stato ingaggiato nella squadra olimpionica di nuoto. Era alto, aveva spalle larghe e un corpo ancora asciutto e muscoloso. I capelli biondi, degli avi svizzeri e fiamminghi, ora erano bianchi come la neve. Il volto largo e spigoloso conservava alcuni tratti del capostipite Giovanni Honneger che, nel Settecento, dalle Fiandre era emigrato a Roma per impiantarvi un laboratorio di tessitura.

I broccati e gli arazzi firmati dal maestro fiammingo vestivano ancora i palazzi pontifici e nobiliari. La loro bellezza straordinaria gli era valsa denaro e onorificenze. La tessitura, tramandata per generazioni, aveva garantito agli Honneger una posizione sicura tra le famiglie illustri della capitale. Il declino era incominciato agli inizi del Novecento, quando il patrimonio di famiglia si era considerevolmente assottigliato a causa delle numerose suddivisioni ereditarie e dello scarso talento degli ultimi Honneger.

Dalla fine della seconda guerra mondiale, Marco aveva fatto del suo meglio per salvare, in parte, l'attività dei suoi avi. E ci era riuscito. Ora consumava una parca colazione sulla terrazza dell'appartamento romano, all'ultimo piano del fastoso palazzo Honneger. L'intero edificio, subito dopo la guerra, era stato ceduto per saldare i debiti residui. Marco era riuscito a conservare la proprietà dell'ultimo piano.

Dal terrazzo dell'attico osservava la distesa rosseggiante dei tetti, i giardini pensili, le cupole e i campanili. In questa città unica e meravigliosa, Marco si sentiva a disagio. La considerava un grande circo caotico, un nido di pettegolezzi, di bassi intrighi e di invidie feroci, una palestra per il forsennato arrivismo, la volgarità e la corruzione.

Ritornava a Roma ogni settimana per trascorrere un paio di giorni con Francesca Damiani, sua moglie, e le mura domestiche gli erano ostili quanto la città. A lui piaceva Milano.

Riconosceva che, rispetto a Roma, Milano era soltanto un grosso borgo di provincia. I suoi abitanti avevano ricevuto dai progenitori longobardi la rudezza dei modi e la scontrosità del carattere. Non tutti erano dotati di senso dell'humour, spesso erano noiosi e privi di fantasia, attaccati al denaro e ammantati di un perbenismo eccessivo. Però, tutti questi limiti producevano un risultato affascinante. Di questa città, Marco amava le nebbie autunnali e le estati torride, la discrezione delle stra de eleganti, le luci fioche della notte che la facevano assomigliare a una città nordica, la vista maestosa delle Alpi innevate nei giorni sereni. Milano era più adatta a lui, al carattere riservato e composto che gli veniva dagli antenati paterni e dalla madre che era, appunto, milanese.

Per tutte queste ragioni, gli era dispiaciuta la scelta di sua moglie che, vent'anni prima, aveva optato per la Capitale e i suoi salotti nei quali si era perfettamente inserita approfittando dell'illustre cognome del marito e della propria immagine di donna di successo.

Francesca aveva scelto Roma anche per tentare di porre una certa distanza tra il marito e Caterina, della quale era gelosissima. Ma non era servito a niente: lui trascorreva con la moglie soltanto il fine settimana. Ed erano giornate di tormento per entrambi.

Marco sorseggiava un succo d'arancia, dopo aver sgranocchiato una tartina di cereali insipidi. Intanto, lasciava vagare lo sguardo sulla città per non incrociare gli occhi di Francesca che gli sedeva di fronte e aspettava un pretesto qualsiasi per aggredirlo.

Per molti anni della loro vita coniugale, lei era stata una compagna paziente, nonostante i molti torti subiti. La malattia di Marco aveva innescato una reazione a catena e, da vittima, si era trasformata in tiranna.

In quel momento, per esempio, lo provocava apertamente, divorando di fronte a lui, che doveva osservare una dieta rigida, tartine imburrate e cosparse di miele. Intanto, sorseggiava caffè forte, che a Marco era vietato, con abbondante panna liquida. Francesca aveva settant'anni, come il marito. Ma ne dimostrava venti di meno. Era il ritratto della salute e il tempo non aveva lasciato segni sulla sua pelle bianca e levigata come alabastro.

Tre anni prima, Marco aveva rischiato di morire per un infarto renale. Da allora, la sua vita era appesa a un filo e il rapporto con Francesca era diventato infernale.

La loro unione non era mai stata esemplare ma, qualche volta, erano riusciti a convivere come buoni amici Da quando si era ammalato, lei aveva dato libero sfogo al livore a lungo covato.

In quel sabato mattina inondato di sole, rinfrescato da un vento leggero che avrebbe indotto al sorriso anche il più infelice degli uomini, l'anziana coppia rimuginava antiche delusioni e risentimenti. L'atmosfera, intorno a loro, era così satura di ostilità da tenere a distanza persino i domestici.

Suonò il telefono. Francesca si impossessò immediatamente dell'apparecchio portatile, che era sul tavolino, mentre rivolgeva al marito un gelido sorriso di sfida.

Marco, finalmente, la guardò. Era ancora una donna piacevole. I grandi occhi color della giada rischiaravano un volto abbronzato dai lineamenti delicati come quelli di una miniatura. I capelli setosi, annodati in una crocchia folta e morbida, esaltavano l'eleganza della scollatura. Il corpo era avviluppato in una veste leggera di seta gialla. Le labbra sottili e il mento appuntito dichiaravano il suo carattere spinoso.

Il telefono continuava a trillare. Lei stringeva l'apparecchio nella mano senza sollevarlo e fissava il marito con uno sguardo tagliente.

«Vuoi che risponda io?» si decise a proporre lui, con aria mite.

«Ti piacerebbe, vero?» sibilò lei, con perfidia. «Sai benissimo chi telefona il sabato, a quest'ora.»

Alludeva a Caterina che di solito lo chiamava per sapere se stava bene. Marco fece spallucce e ritornò a guardare il panorama. Francesca alzò il ricevitore e berciò un «Pronto» che avrebbe scoraggiato l'interlocutore più deciso. Infatti, chiunque fosse stato all'altro capo del telefono, riagganciò. Lei posò l'apparecchio.

«Al solito, era la tua prostituta», dichiarò.

Non aveva mai pronunciato il nome di Caterina. La gelosia per la scrittrice la divorava da quarant'anni, da quando aveva trovato la sua fotografia sul cruscotto della macchina di Marco. Allora non erano ancora marito e moglie. In seguito, si era resa conto che Marco l'aveva sposata per dovere mentre, se avesse potuto sottrarsi agli obblighi della convenienza, si sarebbe legato per sempre alla figlia del fruttivendolo di corso Venezia.

Marco le aveva giurato più volte che la storia con Caterina era finita prima ancora del loro matrimonio. Ma non era riuscito a rassicurarla. Caterina si era sempre frapposta tra loro con la forza di un sentimento indistruttibile. Francesca ne era consapevole e aveva tollerato le numerose trasgressioni del marito, anche perché le considerava infedeltà verso «la prostituta». Caterina aveva ripreso a frequentare Marco soltanto dopo la sua malattia scatenando, ulteriormente, l'aggressività di Francesca.

«Per favore», supplicò lui, «vengo a Roma soltanto due giorni la settimana. Non potremmo trascorrerli da persone civili?» domandò, e subito si pentì perché si rese conto di avere offerto alla moglie un'occasione per polemizzare.

«Tu parli a me di civiltà! Ma come osi?» replicò. «Tu che per tutta la vita ti sei comportato come un irresponsabile, tu che hai fatto di me lo zimbello della città, adesso mi accusi di essere incivile? Ma con quale coraggio?» esclamò, fulminandolo con i suoi occhi di giada.

«Non ti accuso di niente. Anzi, scusami. Sono anni che ti chiedo perdono almeno una volta la settimana. Non ti basta? Che cosa vuoi che faccia? Vuoi che mi uccida?» s'infervorò e già sentiva martellare le tempie e la pressione sanguigna superava i livelli di guardia.

«Sei troppo vile. Il suicidio non è il tuo genere. Sei un essere totalmente privo di spina dorsale e di coraggio», lo provocò ancora.

«'Ti amo perché sei un eroe', mi dicesti quando avevamo venticinque anni. Non lo sono mai stato. Ero soltanto, Dio solo sa perché e a quale prezzo, un sopravvissuto. Non ero una figura leggendaria ma a te piaceva esibirmi nei salotti. A condizione che, nell'intimità, non tentassi di parlare del mio passato. Eppure desideravo tanto qualcuno che mi aiutasse a liberarmi delle brutalità che avevo subito. Avevo bisogno di una donna che ascoltasse la mia storia. Ma di tutto questo a te non importava niente. Dicevi: 'Dimentica, caro. È acqua passata'. E ancora: 'Non rivangare quelle brutte cose. Guarda al futuro'. E così è stato. Non ne ho più parlato con nessuno. Ma dentro di me c'è ancora, in tutta la sua ferocia, quella devastante esperienza. E continua a farmi soffrire. Comunque, adesso sono io che ti dico: dimentica quello che è stato, Francesca. Mettiamoci una pietra sopra. Sono soltanto un vecchio stanco e malandato. Di tutte le donne che ho conosciuto, ormai lo sai, ho amato soltanto Caterina. E l'amo ancora. Devo essere punito per questo? Abbiamo due figlie e quattro nipoti. Non potremmo vivere amandoli, invece di scannarci a vicenda fino alla fine dei nostri giorni?» concluse con un interrogativo, che era quasi una preghiera, ingoiando una pillola per tenere a bada la pressione.

Francesca lo aveva lasciato parlare, avvampando di collera.

«Io non posso dimenticare», replicò gelida. «A te le torture le hanno inflitte i nemici. Io le ho subite dal padre delle mie figlie. Non ti sei mai soffermato a considerare come mi sentivo io, con un marito che non mi ha mai amato e mi ha tradito con tre quarti delle mie conoscenze femminili? Ti sei mai chiesto quanto mi costasse continuare a sorridere in pubblico e piangere di disperazione tra le mura di casa? Ogni volta che restavo incinta mi giuravi eterna fedeltà e ogni volta che partorivo t'infilavi nel primo letto libero. Avrei voluto che le mie gravidanze durassero novant'anni, invece che nove mesi, perché solamente quando mi vedevi con il pancione ti quietavi e mi stavi vicino. In quei periodi svaniva persino il fantasma della tua prostituta. Ho avuto otto gravidanze, e soltanto due portate a termine. Stavo malissimo, ma benedicevo le sofferenze, perché ti sentivo vicino. Anche se, devo essere sincera, a letto con te non mi sono mai molto divertita. Neanche quando eravamo giovani e ci sosteneva lo stimolo ormonale e quello della trasgressione. Con me, non sei mai stato un amante da capogiro», gli rinfacciò, acida.

«Ti chiedo scusa anche per questo. Non ho mai preteso di avere il primato della virilità, nemmeno quando andavo con altre donne. Se devo essere sincero, non so nemmeno perché mi affannassi a rincorrere tante sottane. Il solo piacere che mi è venuto dall'età e dalla malattia è che ho imparato ad apprezzare le donne per quello che sono e non per il piacere di possederle», replicò Marco.

«Io invece, con gli anni, ho avuto la fortuna di scoprire quanto sia appagante fare l'amore con un uomo. Uno che non fossi tu, naturalmente», gli rivelò.

«Mi fa piacere per te. Non lo sapevo», commentò Marco, per nulla turbato da quella confessione tardiva.

«Adesso lo sai», disse Francesca, con aria soddisfatta. E subito precisò: «Però io non ho mai avuto il pessimo gusto di portare in casa i miei amanti. Tu sì. Eri capace d'invitare a cena, in casa nostra, la donna con la quale eri stato a letto un'ora prima. Queste cose non potrò mai perdonartele. Mai!» urlò con voce isterica.

«Vuoi che me ne vada?» chiese Marco, stancamente.

«Ecco, bravo. Corri da quella prostituta che non ha neanche il coraggio di parlare quando sente la mia voce al telefono», strillò.

Marco era preparato al solito fine settimana infernale anche se, ogni volta che ritornava a Roma, sperava che Francesca si fosse placata. Invece, era sempre peggio.

«Quella donna mi ha rovinato la vita», riprese Francesca. «Prima che spuntasse lei, tu eri un altro uomo. E dire che, quando sono stata la sua insegnante, la trovavo persino simpatica. Invece è una vipera. Ti ha stregato e ha rovinato il mio matrimonio», dichiarò.

«Il tuo matrimonio era già rovinato prima ancora che incominciasse. Lo sai bene. Hai voluto che ti sposassi. L'ho fatto, accidenti a me. E adesso, basta!» gridò a sua volta calando sul tavolo un pugno così potente che le stoviglie tintinnarono e il bicchiere con il succo d'arancia si rovesciò sul quotidiano che non aveva ancora sfogliato. Tentò di asciugare le pagine con un tovagliolo, ma aggravò la situazione. Francesca suonò il campanello per chiamare il domestico.

Se la loro vita insieme era stata quasi sempre un disastro, adesso era diventata un dramma squallido. Da questi litigi volgari uscivano entrambi distrutti. Marco, ogni volta, si sentiva come un pugile messo all'angolo da un avversario più forte e tuttavia non voleva rassegnarsi alla sconfitta.

Il suo ruolo, nell'ambito della famiglia e dell'azienda, era ormai puramente di facciata. Aveva rinunciato a tutto, lasciandosi sottrarre da Francesca ogni potere. La moglie si era persino appropriata del prestigioso marchio «Giovanni Honneger», mutandolo in «Francesca Honneger Damiani». Era la griffe di una nuova linea di tessuti preziosi con i quali aveva inondato i mercati mondiali. Broccati, damaschi, lini e sete che davano un tocco di raffinatezza alle case dei ricchi di New York, delle star di Hollywood, degli emiri d'Arabia, degli aristocratici del Sol Levante, adesso portavano la sua firma.

Era stato Marco a stipulare contratti per miliardi con le catene degli alberghi più prestigiosi, ma era Francesca che appariva sui rotocalchi e sugli schermi televisivi come modello del gusto e della raffinatezza italiani.

Le figlie e i loro mariti gestivano gli show-room nelle capitali europee, americane e asiatiche. A Marco era stata lasciata una «sinecura»: la direzione delle seterie comasche. Questo incarico giustificava, agli occhi degli estranei, la sua presenza costante a Milano. Francesca era sempre molto attenta a salvare le apparenze.

Così, quando il domestico li raggiunse sulla terrazza, lei recuperò subito la calma abituale.

«Stelio, per favore, sparecchia la tavola», gli disse, come se non fosse successo nulla.

Marco si rifugiò nella sua camera pensando che, se il sabato era iniziato con quella bufera, la domenica sarebbe stata ben peggiore. Decise di ritornare subito a Milano.

Tre anni prima, quando era stato ricoverato al Policlinico in condizioni drammatiche, sua moglie aveva sparso molte lacrime.

«Non sei ancora vedova», aveva ironizzato lui, «abbi fede e vedrai che, al momento opportuno, ti farò questo favore.»

Contrariamente a ogni previsione, si era ripreso bene. Con Francesca, i medici erano stati categorici: «Suo marito, d'ora in poi, dovrà condurre un'esistenza tranquilla. L'infarto è stato superato, ma è un paziente a rischio. Quindi, niente tensioni né preoccupazioni né superlavoro. Soltanto cure amorevoli e tanta serenità», avevano raccomandato.

«Gli farò da infermiera e da assistente. Mi dedicherò totalmente a lui», aveva promesso. «Lo solleverò da ogni fatica e da qualsiasi responsabilità», aveva soggiunto.

Non gli aveva fatto da infermiera, ma aveva egregiamente assolto la seconda parte del proponimento. Approfittando dei lunghi mesi di convalescenza, poco alla volta gli aveva sottratto il controllo degli affari. Marco aveva capito il suo gioco, ma era troppo debilitato dalla malattia per opporsi. Anzi, decise di affidarle ufficialmente la direzione dell'azienda per dimostrarle la sua stima e per farsi perdonare i torti che le aveva inflitto. I sensi di colpa lo perseguitavano fin dall'infanzia e lo avevano indotto, ormai ne era consapevole, a commettere gli errori più gravi della sua vita.

Si tolse la veste da camera e si preparò a fare una doccia. Non sapeva quali impegni avesse Caterina per il fine settimana, ma era fermamente deciso ad andare da lei. Calcolò che, se si fosse sbrigato, avrebbe potuto prendere l'aereo di mezzogiorno per Milano.

Mentre si annodava la cravatta, Francesca si profilò sulla soglia della camera. Gli tese il quotidiano, macchiato dal succo d'arancia.

«La tua prostituta ha avuto quello che merita», annunciò con un sorriso compiaciuto. Poi, lanciò il giornale sul letto e se ne andò. Marco cercò affannosamente gli occhiali, li inforcò con mano malferma e, nella selva dei titoli, lesse: «Scrittrice vittima di due rapinatori. Caterina Belgrado picchiata e derubata nella sua abitazione milanese». La cronaca che seguiva era tanto succinta quanto drammatica.

Marco si sentì svuotato di ogni energia. Sedette sul bordo del letto e incominciò a piangere silenziosamente.

2

Stanis voleva comunicare a Marco la notizia dell'aggressione subita da sua madre prima che lo apprendesse dai giornali. Gli telefonò a Roma. Quando sentì la voce sgarbata di Francesca, gli venne meno il desiderio di parlare e riagganciò. Era stata una reazione istintiva. Inoltre, proprio in quel momento, il cicalino del ricerca persone lo avvertiva che qualcuno aveva bisogno di lui. Lo reclamavano dal Pronto Soccorso dov'era arrivato un bambino con una grave insufficienza respiratoria.

Lasciò il suo studio nel reparto di cardiologia e scese al piano terreno. Vide una donna che stringeva disperatamente a sé un bimbo mentre Grigorj, l'infermiere, le parlava, chino su di lei.

«Non così, signora», le stava dicendo dolcemente, con marcato accento straniero. «Se lo tiene così stretto, gli toglie ogni possibilità di respirare.» Quindi tese le braccia verso di lei e la giovane madre, in lacrime, gli consegnò il figlio.

«Adesso si metta tranquilla», le suggerì. «Non sarà niente di grave», soggiunse mentre adagiava il piccolo su una barella. Poi, notò Stanis che si avvicinava e proseguì: «Il suo bambino è fortunato. È arrivato il medico migliore del mondo. Lui lo guarirà», garantì.

La donna si asciugò le lacrime e abbozzò un sorriso di

speranza. L'infermiere Grigorj Ulianov era nato in un paesino, vicino a Mosca. Nella capitale sovietica si era diplomato infermiere e aveva vinto una borsa di studio per la facoltà di Medicina di Milano. Così, due anni prima, era approdato in Italia e integrava l'esiguità del premio con il lavoro in ospedale. Aveva ventitré anni. La sua mole imponente gli impediva di passare inosservato. Aveva la faccia feroce e sofferta degli zingari, occhi scuri e fondi, una gran testa di capelli neri e lucenti. Aveva modi aggraziati e una dolcezza innata che riusciva a mitigare le ansie dei malati.

Sembrava il personaggio di un racconto di Cechov. Sapeva comunicare forza e serenità. I medici lo avevano soprannominato «il mugico», alludendo alla sua paziente, silenziosa laboriosità.

Stanis d'Ormesson era il suo amico. Stavano bene insieme. Grigorj, sicuro, forte, dal carattere aperto, e Stanis, timido, aristocratico, riflessivo, formavano una coppia solida ed equilibrata. Da molti mesi abitavano insieme. La loro storia, vissuta con discrezione e naturalezza, non aveva scandalizzato nessuno.

Insieme si presero cura del bambino e riuscirono presto ad alleviare le sue sofferenze. Poi lo affidarono al personale perché fosse trasferito in reparto e fecero in modo che la madre potesse stare con lui.

Stanis sedette alla scrivania per compilare i moduli d'obbligo. Infine, alzò il viso per guardare l'amico.

«Che cosa ci fai qui, a quest'ora?» domandò all'infermiere, sapendo che il suo turno era finito da un pezzo.

«Ti aspettavo. Tra quello che è successo a tua madre e la nottata in ospedale potevi avere bisogno di me», replicò Grigorj con semplicità.

«Allora, andiamo a trovare Caterina», decise Stanis. «Sarà contenta di vederti», soggiunse, mentre lasciavano l'ospedale. «Guida tu, per favore», disse affidandogli le chiavi della macchina.

Stanis si abbandonò contro la spalliera del sedile e chiuse gli occhi che gli bruciavano per la stanchezza.

Era ancora sconvolto per l'incidente capitato a sua madre. A un certo punto diede voce ai suoi pensieri. «Se avessi per le mani il disgraziato che l'ha picchiata, gli farei ingoiare tutti i denti», disse con rabbia.

«Lo acciufferanno. Prima o poi questi delinquenti finiscono per essere presi», osservò Grigorj.

«Non è detto. Ci sono alte probabilità che la passino liscia. La mamma dice che il suo aggressore probabilmente era un drogato. Si saranno già liberati della refurtiva barattandola con qualche dose di eroina», ragionò Stanis, «e adesso saranno su qualche panchina a smaltire la loro beatitudine.»

Nell'appartamento di Caterina, la porta divelta era già stata riparata. Li accolse Lucrezia.

«Sono tornati poco fa i Carabinieri. Pare abbiano fermato due sospetti. Vorrebbero parlare con tua madre. Diana li ha fatti accomodare in soggiorno», rivelò tutto d'un fiato.

«Come sta la mamma?» chiese Stanis avviandosi verso la camera di Caterina.

«Aspetta, non andare da lei. Si è addormentata da poco», lo trattenne Lucrezia.

Il medico osservò il volto pallido di Lucrezia. Immaginò che anche Diana fosse nelle stesse condizioni. Aveva sempre apprezzato l'amicizia che legava le tre donne.

«Credo che anche tu e zia Diana dovreste dormire un pochino», suggerì.

«Figurati! Abbiamo fatto i turni e non siamo assolutamente stanche», replicò, per rassicurarlo. Il problema di Caterina le aveva cancellato i suoi guai. «Vai a parlare con i Carabinieri», consigliò, sospingendolo verso il soggiorno. Grigorj li seguì.

Il tenente Somenzato e l'appuntato Miceli, due giovani militari dell'Arma, avevano una buona notizia: due giovani tossicodipendenti in possesso di oggetti che corrispondevano alla descrizione di quelli sottratti a Caterina erano stati arrestati.

«Sono incappati in un posto di blocco. Erano a bordo

di un'auto rubata. Nel bagagliaio, in uno zaino, abbiamo trovato pezzi di argenteria e alcuni gioielli. Sono a disposizione della signora Belgrado, presso la nostra caserma», precisò il tenente. Quindi soggiunse: «Un collega ha rischiato di essere travolto dalla loro macchina. I due sono incensurati. Al momento del fermo hanno dichiarato di essere estranei all'aggressione della signora. Hanno ammesso il furto dell'auto, ma giurano che gli oggetti rinvenuti erano già a bordo».

«La prostituta che ha soccorso mia madre ha visto uno di loro e forse potrebbe riconoscerlo», suggerì Stanis.

«L'abbiamo già interrogata. Dice che era troppo buio per riconoscerne la faccia. In realtà credo che non osi esporsi. Ha paura di collaborare. Comunque la dinamica del fatto è chiara. Erano in due. Hanno sfondato la porta. Uno ha arraffato tutto quello che poteva e si è allontanato. L'altro ha aggredito sua madre mentre cercava di fuggire. L'arrivo delle due prostitute lo ha spaventato ed è scappato. Sua madre ha visto il ragazzo che l'ha aggredita. Dunque, ci serve la sua testimonianza», spiegò il carabiniere.

«È proprio necessario?» domandò il medico. «Ha già subito uno choc. Non le farà bene rivedere il suo aggressore», obiettò.

«Basterebbe che lo riconoscesse dalle foto segnaletiche. Le ho qui, con me», s'impuntò il tenente. Posò sul tavolino una serie di fotografie scattate di fronte e di profilo. Grigorj, che fino a quel momento aveva seguito il racconto, si chinò ad analizzarle.

«Senza la testimonianza della signora Belgrado, questi due saranno rimessi in libertà e ricominceranno a svaligiare case e a maltrattare donne inermi», incalzò il tenente Somenzato.

Aveva l'aria di un giovane tranquillo, fermamente deciso a proteggere l'incolumità dei cittadini. Nel caso in questione, alcuni particolari gli erano stati forniti da Diana. Da lei aveva saputo che la scrittrice era solita inserire il dispositivo d'allarme, prima di coricarsi, ma quella notte non lo aveva fatto perché era rimasta intrappolata nel bagno. Sempre Diana gli aveva detto che Caterina aveva isolato il telefono perché non voleva essere disturbata durante il sonno. Queste notizie il carabiniere le aveva raccolte in modo frammentario, la notte precedente. Adesso, però, aveva bisogno di parlare direttamente con la scrittrice.

«Vorrei davvero vederla, anche solo per un momento», insistette.

«Va bene», acconsentì Stanis. «Ma non l'affatichi con troppe domande e tenga presente che mia madre è ancora sotto choc», soggiunse, precedendolo verso la camera da letto.

Caterina era sveglia. Aveva uno zigomo gonfio e bluastro. Sembrava tranquilla.

«Mamma, te la senti di rispondere ad alcune doman de dei carabinieri?» le chiese il medico, prendendole il polso. Percepì un battito regolare.

«No», rispose lei, «ma lo farò comunque, se devo.»

«Vorrei soltanto mostrarle le fotografie di due giovani arrestati la scorsa notte. E vorrei che mi dicesse se rico nosce uno dei due», disse Somenzato.

Caterina inforcò gli occhiali che Grigorj le stava porgendo. Osservò le foto con attenzione e infine indicò il viso di un giovane dai lineamenti gentili e dai capelli arruffati.

«Mi pare che sia lui», disse, «ma non posso giurarlo. Ero talmente sconvolta e terrorizzata», dichiarò.

«Signora Belgrado, ricorda qualcosa di particolare nel suo aggressore?» domandò il carabiniere.

«La giovane età», rispose Caterina.

«Lei non mi è di grande aiuto, signora», le fece osservare il tenente.

«La capisco e mi dispiace. Ma non me la sento di accusare una persona senza la certezza che sia colpevole», si scusò.

L'appuntato Miceli aveva trascritto velocemente le poche parole di Caterina e il tenente gliele mostrò.

«Vuole firmare, per favore? Lunedì mattina porterò i due davanti al magistrato», disse Somenzato.

Quando si congedarono, Grigorj accompagnò i carabinieri alla porta.

«È possibile assistere all'interrogatorio di lunedì?» chiese.

«Le udienze sono pubbliche», rispose Somenzato, incuriosito dalla singolarità del personaggio che lo sovrastava con la sua mole. Stava per rivolgergli una domanda, poi scosse il capo e si avviò con il collega verso l'ascensore.

Grigorj ritornò nella camera di Caterina. Stanis la stava visitando e sembrava preoccupato.

«Hai provato ad alzarti, mamma?» le stava chiedendo.

«Certo», rispose lei.

«Hai avvertito dei capogiri?» indagò.

«Quelli li ho spesso», ammise Caterina

«Quanto spesso?» insistette.

«Che cosa ne so? Non ci bado più, ormai.»

«Hai mal di testa?»

«Ho male alla nuca e allo zigomo», dichiarò. Quindi si rivolse al russo: «Grigorj, fammi un favore. Riporta a casa questo ragazzo che sta crollando di stanchezza, mettilo a letto e fallo dormire per otto ore filate. Ha un aspetto che non mi piace».

Stanis sorrise. Baciò la madre sulla fronte e se ne andò con l'amico.

Diana riuscì a mandar via anche Lucrezia, perché voleva restare sola con Caterina.

«Adesso che tutti se ne sono andati, facciamo il gioco della verità. Come quand'eravamo ragazze. Ti ricordi?» scherzò accostando una sedia al letto dell'amica.

«Non ne ho voglia», si ribellò Caterina. «E poi mentivamo tutte quante. Lucrezia, soprattutto.»

«Io no. Sono sempre stata sincera», protestò Diana.

«Tu eri campionessa di svicolo. Quando una domanda non ti piaceva, la ribaltavi e rispondevi a tutt'altro», ricordò Caterina.

«Allora si trattava di stupide vicende sentimentali. Adesso la posta in gioco è una scatola di barbiturici», affermò Diana, scrutandola con attenzione.

«Non guardarmi così. Sono un mostro», si lamentò l'amica, volgendo il viso dall'altra parte.

«È inutile che tenti di sviare il discorso. Voglio sapere che cosa ti succede», chiese decisa.

«Se te lo dicessi, non cambierebbe niente. Ci sono problemi che nessuna psicoterapia può risolvere.»

«Un buon supporto può aiutarti a chiarirli», insistette Diana.

Caterina non aveva nessuna intenzione di parlare con l'amica della depressione di cui soffriva.

«Non sono pronta per affrontare una seduta di analisi», dichiarò.

«Ma io sì. Ho tutto il tempo», disse Diana che sapeva come vincere la reticenza dei suoi pazienti.

3

DOPO quella notte terribile, era tornata la quiete.

Caterina si rendeva conto con stupore che lo choc subito le aveva restituito il gusto di una serena quotidianità.

La sua famiglia e i numerosi amici erano stati tranquillizzati da Diana e Lucrezia che avevano pazientemente risposto alle loro domande allarmate. Era ancora un po' frastornata, ma la paura era passata e i dolori delle percosse si attenuavano. Aveva parlato a lungo al telefono con Marco, minimizzando l'accaduto.

«Non dare retta alle cronache dei giornali. Quelli esagerano sempre», lo aveva rassicurato.

«Sono tornato a Milano. Posso venire subito da te?» aveva chiesto lui.

«Ho bisogno di stare sola per un po'. Ma puoi telefonarmi ogni volta che vorrai», aveva risposto. Non voleva assolutamente che Marco la vedesse con la faccia gonfia.

Si fece una doccia, si truccò accuratamente tentando di nascondere con il fondotinta le ecchimosi sul viso, indossò un abitino di garza di cotone e si affacciò alla sala da pranzo.

Diana aveva allestito una tavola elegante con le posate d'argento, i piatti di porcellana bavarese e i bicchieri di cristallo. Aveva preparato una gran quantità di verdure crude e una pastasciutta profumata con erbe aromatiche. C'era anche un centrotavola colmo di frutta e decorato con fiori freschi.

Quanto tempo era passato da quando qualcuno si era preso cura di lei con tanta affettuosa dedizione? Suo figlio Stanis, quando era bambino, aveva avuto uguali attenzioni. Caterina si commosse.

«Per chi è questa festa?» domandò a Diana che veniva dalla cucina portando un cestello d'argento con fette di pane abbrustolito.

«Per te, naturalmente. Se la mia mente non è del tutto fusa, oggi compi sessant'anni. Te ne sei dimenticata?» domandò posandole un bacio fuggevole sulla guancia. «Tanti auguri», soggiunse, invitandola a sedere a tavola. E proseguì: «Sono arrivati fiori per te da Lucrezia e dai tuoi figli. C'è anche un buon numero di telegrammi e infine ho staccato il telefono perché si stava arroventando. Marco ti ha mandato delle peonie bianche e il tuo editore una ciotola d'argento colma di rose. È tutto in anticamera».

«Che cosa ho fatto di male per meritarmi tutto questo?» tentò di scherzare. Era commossa. Proseguì: «Ho una gran confusione in testa. Oggi è sabato o domenica?»

«Che cosa te ne importa? Ascolta piuttosto questa musica», consigliò Diana mentre le avvicinava la pastasciutta.

L'impianto stereo diffondeva le note di *Love me tender*. La voce inconfondibile di Elvis Presley era una carezza.

«Elvis», sussurrò Caterina, «era il 1954. Avevo diciannove anni. Ero felice e non lo sapevo.» La sua voce traboccava di nostalgia. «Ero giovane e mi sentivo sempre sull'orlo della disperazione. Adesso sono vecchia e ho le lacrime facili.»

«Tutte abbiamo avuto diciannove anni. Adesso ne abbiamo sessanta e ci commuoviamo ascoltando le canzoni d'allora», sdrammatizzò l'amica.

«Questa canzone di Presley era incisa su un 45 giri che Marco mi portò dall'America. Era stato all'*Ed Sullivan Show* e mi raccontò della folla di ragazze in delirio per Elvis», ricordò Caterina.

«Questa canzone l'abbiamo ascoltata fino alla nausea, allora», incalzò Diana.

«Mio padre mi aveva regalato un giradischi portatile. Gracchiava e rovinava le incisioni», soggiunse Caterina. «Credi che anche Lucrezia si ricordi di *Love me tender*? A volte mi sembra un po'... direi svaporata», osservò.

«La poverina ha di nuovo problemi con Maxi. Siamo alle solite», la informò Diana.

«Ti prego, raccontami gli ultimi pettegolezzi», si rianimò Caterina.

«Dopo. Prima finiamo il pranzo.»

Assaporarono il cibo lentamente, continuando ad ascoltare canzoni.

«Senti queste parole», disse Caterina a un certo punto. «Marco me le sussurrava imitando, in modo buffo devo dire, la voce di Elvis: '*When at last my dreams come true...*' Una serie di banalità alle quali credevo con tutta me stessa.» Nel suo sguardo passò l'ombra del rimpianto per un passato lontano, quando il mondo le sembrava uno scrigno prezioso tutto da esplorare e il domani una promessa di felicità.

«Credevo anch'io a queste sciocchezze», convenne Diana.

«Io ero molto più sognatrice di te. Te li ricordi i Platters, Sinatra, Nat King Cole? Cole cantava *Unforgettable*. Avevo un quadernetto su cui trascrivevo i testi delle canzoni che poi cantavamo insieme. Rivedo ancora Lucrezia mentre grattava la sua chitarra alla ricerca di accordi e noi gorgheggiavamo con l'aria trasognata delle interpreti dei musical americani», proseguì Caterina.

«Sognavamo un ragazzo aitante che ci riaccompagnasse a casa, la sera, su una decappottabile bianca e ci baciasse al chiaro di luna, davanti alla porta», sospirò Diana.

«Come eravamo ingenue! Vedevamo il mondo colorato di rosa», sussurrò Caterina.

«Penso che il mondo fosse davvero più pulito. Avevamo delle regole. Cercavamo di rispettare un ruolo. Oggi c'è una gran confusione», si lamentò Diana.

«Ti ricordi quando facevamo la collezione delle fotografie degli attori? Erano foto in bianco e nero, formato cartolina. Le comperavamo dal cartolaio di via Bagutta. Chissà dove sono finite?» s'interrogò Caterina.

«Ero molto invidiosa di Lucrezia che, avendo più soldi, poteva comperarne molte più di noi», ammise Diana.

«Lo sai cosa facevo io? Ne infilavo alcune nel messale e la domenica, in chiesa, invece di seguire la liturgia, guardavo quei volti affascinanti e volavo verso orizzonti improbabili e travolgenti. Ero perdutamente innamorata di Clark Gable. Qualche volta lo tradivo con Errol Flynn o Robert Taylor. Avrei voluto assomigliare a Lana Turner o a Liz Taylor. Immaginavo un mondo di lustrini, champagne, grandi orchestre, abiti di voile, limousine come transatlantici», disse Caterina.

«Ricordi quando risparmiavamo i soldi sulle merendine per poter andare al cinema?» incalzò Diana.

«Io sognavo l'America, Hollywood e un grande amore. Credevo nelle storie che ci raccontavano John Ford, Cecil B. De Mille, Henry King, George Cukor, Billy Wilder, anche perché erano molto più divertenti del cinema-verità che sarebbe arrivato dopo. Ricordo un giorno d'autunno, in casa mia, mentre con te e Lucrezia tentavamo di ballare il tip-tap come facevano Ginger Rogers e Fred Astaire. Lucrezia era molto più brava di noi a ballare. A un certo punto scostai la tendina della finestra e vidi, sulla strada lucida di pioggia, mio padre che tornava con la bicicletta dal giro delle consegne. Aveva in testa un sacco di juta per ripararsi dall'acqua. Percepii in quel momento tutta la distanza che separava i miei sogni dalla realtà. Non smisi di sognare. Modificai soltanto l'orizzonte. Se non potevo diventare come Liz

Taylor ed essere baciata da Peter Lawford, potevo diventare santa», disse Caterina.

«Lo ricordo bene quel tuo periodo mistico. Digiunavi e pregavi», assentì Diana. «Dicevi che Dio era il tuo nutrimento e mi regalasti la tua collezione di foto degli attori. Tua madre si disperava e ti forzava a inghiottire uova sbattute con lo zucchero. Tu facevi versacci e le sputavi.»

«Mi era ritornata in mente una cuginetta morta di tisi. Si chiamava Eva. Era una santa. Avevo deciso di essere come lei. Volevo diventare santa Caterina da Milano. Ero così ispirata che una volta ebbi le visioni. Scambiai una cesta colma di patate per un trionfo di brioche.»

«Così finì il periodo mistico e dovetti restituirti le foto degli attori», concluse Diana.

Risero entrambe, tornando ragazze nella rievocazione di quegli anni lontani. Poi il riso sfumò.

«Adesso non ho più traguardi. Non desidero più niente», balbettò Caterina.

Tra loro cadde il silenzio.

Diana pensò a Piergiorgio. Il suo giovane amante la stava cercando e lei si negava. Sfuggiva anche a sua sorella Leda che non sapeva come accudire il padre che le era stato affidato. Pensò anche al dramma di Lucrezia che, con l'ostinata disperazione di un don Chisciotte, combatteva una battaglia persa contro le trasgressioni del marito. Lei e Lucrezia avevano ancora qualcosa e qualcuno per cui vivere e lottare. Mentre Caterina, questo lo aveva capito, non aveva più traguardi né desideri.

«Andiamo a riposare?» propose Diana per distogliere l'amica dai suoi pensieri.

«Ti sono grata di tutto, anche del pranzo squisito. Ritorno a letto volentieri», disse Caterina, alzandosi da tavola.

Diana l'aiutò a coricarsi e, con un gesto materno, le sistemò il lenzuolo, le accarezzò i capelli e abbassò le tapparelle per attenuare la luce che entrava dalla finestra. Quindi si sdraiò sulla *dormeuse* ai piedi del letto a baldacchino.

«Cerca di dormire, Caterina. Io farò lo stesso», sussurrò.

«Non sono così sicura di volerti ancora in casa mia», protestò debolmente la scrittrice. «Ora sto meglio e la tua presenza mi fa sentire un'invalida bisognosa d'assistenza.»

«Dovrai accettarmi comunque, perché non saprei dove andare», replicò Diana. «Ho imposto il professore a mia sorella. Se torno a casa ci trovo Piergiorgio e non ho voglia di vederlo. Mi ha assalito il desiderio di fare un po' d'ordine nella mia vita. Stavo andando in Scozia e poi, per fortuna, Lucrezia è andata in crisi e l'altra notte mi ha trascinata qui», raccontò.

«Che cosa avresti fatto in Scozia?» si stupì Caterina.

«Ho una piccola casa. Ricordi?»

«Credevo l'avessi venduta.»

«Neanche per sogno. Quello sarà il rifugio della mia vecchiaia. Sto pensando che potremmo andarci insieme, non appena sarai presentabile», propose, alludendo alla sua faccia coperta di lividi.

Caterina si sollevò sui cuscini.

«Mi racconti perché ti sei fatta gonfiare le labbra? Non mi piacciono quei labbroni alla Arafat», sparò a bruciapelo.

«Ti sembro ridicola?»

«Non stanno bene a una donna di sessant'anni. Non li dimostri, ma li hai.»

«Ti confesso che mi sono fatta rialzare anche le natiche», ammise Diana.

«Per andare sulla spiaggia a ostentare quei costumini che sembrano fatti con il filo interdentale?» ironizzò Caterina.

«Io ho ancora delle illusioni», si giustificò l'amica.

«Che confinano con la chirurgia estetica. È indegno di te tutto questo», constatò Caterina.

«Vuoi lasciarmi riposare o preferisci litigare?» reagì Diana.

«Non so più che cosa voglio. Forse non l'ho mai saputo», rispose in un sussurro e incominciò a piangere silenziosamente. Diana affrontava ogni giorno i problemi dei suoi pazienti. Sapeva che tra le sofferenze psicologiche la depressione era una delle più insidiose. Il malessere di Caterina aveva radici profonde e antiche.

«Quali fantasmi ti perseguitano, Caterina?» domandò piano.

«Chiedimi piuttosto quanti. Sono un'infinità. Una serie di parole dette e di altre taciute, di azioni fatte male e di altre negate, di decisioni sbagliate, di rapporti non risolti. Presi singolarmente non significano nulla, ma accumulati negli anni mi hanno logorata. Vedi, Diana, io sono convinta di essere stata il peggiore nemico di me stessa. Mi sono sempre messa nei guai per l'assoluta incapacità di capire quello che volevo veramente. Prendi la mia storia con Marco. Per me è stato un dramma lacerante. Non ne ho mai voluto parlare perché vi è racchiusa la parte più drammatica della mia vita.»

Diana pensò che finalmente l'amica si stava avvicinando al punto dolente. Bastava non forzarla e darle tempo.

Caterina smise di piangere. Chiuse gli occhi e sentì le palpebre farsi pesanti nell'imminenza del sonno.

Soffocando uno sbadiglio ricordò una vecchia canzone, *Stand by me*. L'aveva ascoltata nel 1961 per la prima volta. Suo figlio Roberto era ancora un bambino che lei cullava tra le braccia. Sembrava che quelle parole fossero state scritte perché lei gliele potesse cantare.

«Buon compleanno, Caterina», le sussurrò Diana.

«Nonostante tutto, credo che questo sia stato davvero il miglior compleanno della mia vita», replicò con voce assonnata. E ne ricordò un altro molto lontano nel tempo. Risentì la vocina un po' afona di Eva, la sua cuginetta, che le diceva: «Buon compleanno, Caterina».

Rivide una lunga distesa di campi dove cresceva il

mais e il braccio esile di Eva che le porgeva una corona fatta con le foglie ancora verdi delle pannocchie. Sentì sulla pelle il sole caldo della campagna e ricordò il frinire delle cicale sulle acacie assetate. «Anche quello fu un buon compleanno», balbettò, scivolando dolcemente nel sonno.

La guerra

1943-1944

1

La città era semivuota. Le vie deserte sembravano molto più spaziose. Chi possedeva un'automobile, l'aveva nascosta nelle stalle o sotto mucchi di fieno perché non gli venisse requisita. Le biciclette erano un veicolo prezioso. Quelle che circolavano erano brutte e vecchie. Di nuove non se ne costruivano più. Erano il bottino prediletto dai ladri. Rubavano anche i tricicli con il cassone che potevano rivendere per cinquecento lire. Erano tornati in auge i cavalli che sventolavano le criniere arruffate, sfiancati dai carichi troppo pesanti.

La gente sfollava dalla città per cercare un po' di sicurezza in campagna. Quelli che restavano, scrutavano il cielo temendo di veder comparire stormi di aerei, con l'inevitabile seguito di mitragliamenti e di bombe.

Alcide Belgrado si ostinava a tener aperta la sua bottega perché, sebbene il lavoro fosse molto diminuito, rappresentava pur sempre l'unica fonte di sostentamento per sé, per Elena e la piccola Caterina che, quell'estate, avrebbe compiuto otto anni. A causa dei bombardamenti, era più che mai deciso a separarsi dalla moglie e dalla figlia.

«Cerca di riflettere, Elena. Ormai tu e la bambina non potete più restare in città», disse Alcide.

«Non ho cuore di separarmi da te, di saperti solo a rischiare la vita ogni giorno», replicò Elena, mentre si affannava a lucidare l'impiantito di legno della bottega.

«Anche a me dispiace separarmi dalle mie donne, ma che altro possiamo fare?» le domandò.

«Se noi ci mettessimo in salvo e tu finissi sotto una bomba, che razza di salvezza sarebbe, per noi?» lo sfidò.

«La nostra bambina ha diritto di vivere e nostro dovere è quello di metterla al sicuro. Considerata la meschinità dei tuoi parenti, non ci resta che far conto sull'ospitalità della mia famiglia. Ti rinfacceranno anche l'aria che respiri, ma almeno Caterina sarà protetta e tu con lei.»

«Che cosa hai detto?» domandò Elena abbandonando lo spazzolone, mentre rivolgeva al marito uno sguardo allarmato.

«Che domattina si parte. Vi porto a Sacile», dichiarò con l'aria di non voler perdere altro tempo su un argomento che per lui era definitivamente chiuso.

«Piuttosto che andare a Sacile, preferisco le bombe», dichiarò la donna. Ricordava l'unica visita alla famiglia del marito, quando si erano appena sposati, come un incubo.

«Non bestemmiare», s'infervorò Alcide, rovesciando sul pavimento appena pulito una cesta di patate. «Faremo come ho deciso io.»

«Mai!» s'impuntò Elena. «Non ho nessuna intenzione di far vivere la mia bambina con quella tribù di selvaggi.»

«In questo caso, Caterina partirà con me e tu starai qui ad aspettare la prima bomba che ti cadrà sulla testa», dichiarò. La sua decisione era irrevocabile.

Scattò l'ora del coprifuoco e la città piombò nel buio. Rapide sventagliate di luce balenavano dai negozi quando un cliente entrava o usciva. Le regole dell'oscuramento venivano rigorosamente rispettate. Caterina stava accucciata sotto il banco. Premeva i palmi delle mani sulle orecchie per non sentire le voci alterate dei suoi genitori.

Avrebbe voluto essere a Modena, con la nonna Luigia, ma suo padre non aveva voluto mandarla laggiù sostenendo che soltanto in campagna si poteva essere al sicuro dalla guerra.

Due settimane prima, Elena aveva scritto una lettera supplichevole alla zia Maria, la sorella ricca di sua madre, che era sfollata da tempo. Le chiedeva ospitalità unicamente per Caterina sottolineando che, non soltanto Dio l'avrebbe premiata, ma lei stessa, a guerra finita, avrebbe saputo come sdebitarsi. Nonostante i tempi, la risposta era arrivata immediatamente. Con la sua grafia minuta, inclinata, svolazzante, la zia esordiva con un: «Elena adorata», e concludeva con «La tua affezionatissima zia». Tra queste sei parole c'era il rifiuto secco di accogliere la figlia di Alcide perché «la poverina» non si sarebbe trovata a suo agio con i suoi cuginetti. Le sarebbe stata invece «più congeniale la frequentazione dei parenti del ramo paterno» che vivevano in una campagna ancora più sicura della Brianza, dove la zia Maria si era rifugiata con la famiglia.

«Accidenti a me che ti ho sposato!» gridò Elena, esasperata dalla cocciutaggine del marito, mentre lo scrutava con uno sguardo gelido. Ma la sua espressione si addolcì quasi subito. Era bello il suo Alcide. Aveva l'innocenza di un fanciullo e la forza di un atleta. Se n'era innamorata subito, appena lo aveva conosciuto.

Ricordò i maneggi delle sorelle di sua madre, le zie Maria ed Erminia, che avevano in serbo per lei quello che veniva definito un «buon partito». Elena aveva vent'anni. L'uomo che volevano farle sposare era un tabaccaio che aveva la bottega in via Agnello e andava a messa in Duomo tutte le domeniche.

A quell'epoca, Elena era apprendista presso un famoso *atelier de couture* in Galleria. L'apprendistato durava già da alcuni anni ma, come amava ripetere la sua *première*, «il mestiere della sarta non si finisce mai d'impararlo». Le piaceva cucire, anche perché l'ago lasciava spazio a lunghi pensieri e a chiacchiere divertenti con le colleghe.

Una mattina d'estate, mentre camminava con passo svelto verso la sartoria, fu attratta dai colori e dai profumi che venivano dalla bottega di frutta e verdura in corso Venezia. Vide una cesta di pesche vellutate rosa e gialle e le venne l'acquolina in bocca. Aprì il portamonete, pescò alcuni centesimi ed entrò in bottega.

«Vorrei una pesca», chiese al giovane ortolano, allungando il denaro con la punta delle dita.

«Scelga pure, signorina», la invitò lui.

«Vorrei questa.» Elena indicò il frutto più grosso e colorito.

«La prenda da sé. È già lavata. Può mangiarla subito», replicò il giovane che era così bello da togliere il respiro.

Elena addentò la pesca e un rivolo di succo zuccherino le scivolò sul mento. Lui le tese un fazzoletto immacolato.

«Grazie», sussurrò lei, abbassando gli occhi mentre deglutiva la polpa. Sentiva su di sé lo sguardo insistente del bel giovanotto e arrossì.

«Ma le pare, signorina. Vorrei essere quella pesca per venire addentato da una bocca bella come la sua», rispose, galante.

Elena, confusa, uscì dal negozio di corsa. Lui la seguì.

«La vedo passare ogni mattina», le confessò. E soggiunse: «Oggi è il mio giorno fortunato, perché finalmente posso parlarle».

«Mi lasci andare, la prego. La gente ci guarda», disse Elena, con il cuore in tumulto.

La mattina seguente, quando fu in prossimità della bottega di Alcide, affrettò il passo cercando di darsi un contegno. Il fruttivendolo stava ritto sulla soglia, come se l'aspettasse.

«Signorina, ho scelto per lei la pesca più bella», disse Alcide, andandole incontro e porgendole il frutto.

«Grazie, no», rispose Elena, con fare altezzoso. Poi si fermò, lo guardò teneramente e soggiunse: «Mi dispiace. Io sono una ragazza seria».

«Anch'io sono un ragazzo serio», replicò lui, prontamente. «Mi dica almeno come si chiama, signorina», la supplicò.

«Lo scopra da sé, se ci tiene a saperlo», lo sfidò e proseguì per la sua strada tutta impettita, il cuore traboccante di felicità.

Nell'intervallo del mezzogiorno, Elena si confidò con la *première* della sartoria.

«Ma è Alcide, lo conosco. Sono una sua cliente. È un veneto, non so bene di quale paese. Un bravo ragazzo e anche bello. Gran lavoratore. Se ti piace tanto, dagli un po' di spago», le suggerì la donna.

«Così mia madre mi spenna viva. Lei e le sue sorelle hanno già in mente un marito per me», si lamentò.

«Lo conosci? Ti piace?» indagò la *première*.

«Mai visto. Ma questo non conta. L'importante è che piaccia a loro, soprattutto alla zia Maria», spiegò la ragazza.

«Cose da Medioevo», deprecò la donna.

Qualche giorno dopo, mentre usciva dalla sartoria, Elena si trovò di fronte Alcide.

«Adesso so tutto di lei, signorina Elena», esordì il fruttivendolo. E soggiunse: «Se mi permette, vorrei parlarle di me, per quanto ci sia ben poco da dire. Credo di non essere alla sua altezza. So che è parente dei Gusmaroli, persone che hanno rapporti stretti con la Curia».

«Non dia retta alle chiacchiere, signor Alcide», replicò lei, rivelando così di sapere il suo nome. «I Gusmaroli sono bottegai, come lei. Solo che rivendono immaginette e arredi sacri a prezzi molto più alti di quanto non faccia lei con la frutta e la verdura.»

Mentre parlava, procedeva con passo svelto guardandosi intorno e augurandosi di non incontrare la pestifera zia Maria o l'altezzosa zia Erminia. Se l'avessero vista in compagnia di un giovanotto, l'avrebbero subito considerata una ragazza poco seria.

Quel giovane veneto le piaceva tanto ed era felice di essere corteggiata da lui. Avrebbe voluto che Alcide l'abbracciasse lì, in Galleria, incurante della gente che li circondava.

Quello fu il primo di una serie di brevi incontri impacciati, durante i quali continuarono a darsi del lei. Un giorno Alcide le propose di trascorrere la domenica insieme.

«Per questo, bisognerà che lei parli con mia madre», disse Elena.

Alcide non si fece ripetere l'invito. Sopportò l'interrogatorio umiliante cui fu sottoposto non tanto dalla madre di Elena, quanto dalle sue sorelle, venute in visita per l'occasione.

Nessuna di loro accennò ai sentimenti, né parlò d'amore. Invece, chiesero informazioni dettagliate sulla famiglia Belgrado: chi erano, da dove venivano, che cosa facevano. E lui, aveva un capitale in banca o alla posta? Quanto gli rendeva la bottega che, questo glielo riconoscevano, era, nel suo genere, tra le più belle della città? In quali rapporti era con il parroco del suo paese? Il medico condotto e il maresciallo dei Carabinieri potevano garantire per lui? Alcide rispose pazientemente a tutte le loro domande.

Alla fine la zia Maria trasse un lungo respiro, gonfiando il petto opulento e battendo nervosamente il ventaglio sul palmo della mano.

«Mia nipote può accasarsi con un giovane più consono al suo stato sociale», dichiarò. «Si tratta di persona facoltosa e timorata di Dio. Inoltre è milanese, come tutti noi. Per adesso non le diciamo né sì né no. Riceverà una risposta non appena avremo avuto informazioni precise sul suo conto. Nel frattempo le chiediamo di non importunare la ragazza. È orfana di padre e noi dobbiamo difendere la sua reputazione.»

Quando Alcide venne liquidato, la madre di Elena osò esprimere la propria opinione con le sorelle.

«Forse, la decisione non spetta a noi, ma a mia figlia. Se lei e questo giovane si piacciono, perché non lasciarli sposare?» osservò timidamente.

«Taci tu. Non ti bastano gli errori che hai fatto? Quel fruttivendolo è un bel ragazzo, non lo nego, ma la sua posizione non è così brillante come quella del tabaccaio. Inoltre è un veneto, cioè a dire: un terrone del nord. Dio ci scampi dai terroni», sentenziò la zia Maria.

«Guarda che tu ripeti sempre che, davanti a Dio, siamo tutti uguali», l'ammonì la sorella Luigia.

«Ma non davanti agli uomini. Quel tipo lì è un falchetto di campagna. Ce l'ha scritto in faccia», incalzò la zia Erminia, intendendo con «falchetto» un contadino rozzo, illetterato e povero. «Io, con il mio sangue blu, mi vergognerei per mia nipote se dovesse imparentarsi con lui», soggiunse.

«Già, il vostro sangue blu», sottolineò la madre di Elena, con ironia. E incalzò: «È così che dite sempre, voi due. Non ho mai capito da dove vi venga tutta questa nobiltà visto che nostro padre era un modesto impiegato comunale e nostra madre una pantalonaia».

Le due donne non raccolsero la provocazione della sorella minore. Nella loro opinione, Luigia non contava nulla.

«È necessario affrettare i tempi con i genitori del tabaccaio», rifletté ad alta voce la zia Maria.

Era estate e faceva caldo nel piccolo appartamento della vedova e di sua figlia. La zia ricca prese ad agitare nervosamente il ventaglio di seta, mentre proseguiva nell'esporre il suo disegno.

«Questa sera parlerò della faccenda con mio marito che ha rapporti con la famiglia del tabaccaio. Farò in modo che domenica prossima vengano qui a presentarsi. Tu, intanto, tutte le mattine accompagnerai tua figlia al lavoro e andrai a riprenderla tutte le sere, fino a nuovo ordine. Non vogliamo un altro 'patatrac' in famiglia», sentenziò alludendo ai trascorsi sentimentali di Luigia.

Attorno al labbro superiore, una fitta peluria disegnava un'ombra scura sull'alabastro dell'incarnato. La zia Maria, al contrario delle sorelle, era grassa e imponente. La madre di Elena si chiedeva da dove le venisse tanta bruttezza e concludeva che non poteva derivarle che dall'ossessione del suo sangue blu. Disse di sì alle imposizioni delle sorelle e poi fece di testa sua.

La sera parlò a cuore aperto con la figlia.

«Questo Alcide Belgrado mi sembra un bravo giovane», ragionò. «Se vi volete bene, sposatevi. È già un buon inizio presentarsi all'altare accanto a una persona che si ama. Io non ho avuto questa fortuna. Quanto al resto, non è necessario che sia ricco. Non me ne importa niente se è veneto e contadino. E infine, Dio vede e provvede.»

«E il tabaccaio?» si preoccupò Elena.

«Per dirtela tutta, l'ho conosciuto. Un giorno mi sono fatta prendere dalla curiosità e sono entrata nella sua privativa con la scusa di comperare un chilo di sale. È brutto e antipatico», sparò Luigia. «Inoltre», proseguì, «ne ho fin sopra i capelli di quelle nobildonne delle mie sorelle. Il tabaccaio è ricco, questo lo so. I muri del palazzo, anche se un po' malandati, sono della sua famiglia. Ma non ti auguro di trovarti nel letto un tipo come quello», dichiarò con una schiettezza che fece arrossire la figlia.

Fu così che Elena e sua madre persero la protezione delle zie. Soprattutto quella della zia Maria, che non perdonò mai quella ribellione. Tuttavia, una parte dei loro atteggiamenti sussiegosi aveva contagiato Elena. Ogni volta che doveva prendere una decisione, rifletteva su come si sarebbero comportate le zie. Con il passare degli anni aveva preso ad adularle, sperando di riconquistarne la benevolenza. Loro continuavano a trattarla con sufficienza, facendole pesare la propria superiorità.

Elena si consolava pensando che i piaceri che le venivano dall'intimità con quel marito gentile e appassionato, le zie non li avevano mai provati. Adesso, però, dopo quei lunghi anni di guerra, di privazioni, di paura, adesso che anche il cibo stava diventando un lusso e la sopravvivenza una scommessa, Elena considerava che, se avesse sposato l'uomo scelto da loro, avrebbe avuto un avvenire meno incerto e la possibilità di proteggere meglio la sua bambina.

Guardò quel suo bellissimo marito, irato e determinato, che le ingiungeva di sfollare nella campagna veneta, a Sacile: un posto orrendo, abitato da gente spaventosa.

«Avresti davvero il coraggio di portarmi via mia figlia per affidarla ai tuoi? Sì, lo avresti. Ma io non te lo permetterò. Mia figlia è mia, mia, mia! Mi hai sentito?» gridò, battendosi una mano sul petto.

Alcide sbottò in una risata, mostrando la chiostra smagliante dei denti. La abbracciò, premendo il suo corpo contro quello della moglie.

«E tu sei mia, mia, mia! Mi hai sentito?» ribatté. Avvicinò le labbra al suo orecchio e le sussurrò: «E farai come ho deciso io».

Elena, a quel contatto, rabbrividì di piacere. Ma non voleva cedere.

«Guarda che non m'incanti con le tue carezze», replicò con aria imbronciata, ma intanto gli mordicchiava il lobo dell'orecchio.

Alcide le slacciò la camicetta e infilò una mano tra i seni. Ne scoprì uno e si chinò a prendere il capezzolo tra le labbra.

«Sai di vaniglia», sussurrò.

«Mi fai morire», sospirò Elena.

Il marito la sospinse contro il banco. Intanto, con una mano le alzava la gonna e le scostava le mutandine.

«Sei matto? Potrebbe entrare gente», protestò Elena, debolmente. Però lo desiderava e tentava di slacciare i pantaloni di Alcide.

«Ho chiuso la porta a chiave», la rassicurò, rabbrividendo di piacere.

Caterina, rannicchiata sotto il banco, non sentì più le voci alterate dei genitori. Staccò le mani dalle orecchie e ascoltò il suono attutito di languidi sospiri, improvvisamente spezzati da un'esclamazione della mamma: «Oddio, la bambina!»

«Dov'è la bambina?» chiese Alcide, con accento strozzato.

«Sono qui», rispose Caterina, con voce esitante.

Elena si ricompose, aggirò il banco, si chinò e la vide, seduta per terra, le ginocchia raccolte contro il mento, la faccia triste.

«Ti rendi conto?» osservò spaventata, rivolgendosi al marito. Per un momento si erano dimenticati di lei.

«Il fatto è che tu mi fai perdere il lume della ragione», si scusò Alcide, frastornato.

«Se non avete ancora finito di litigare, mi tappo di nuovo le orecchie», decise la piccola. E si mise a cantare sommessamente: «Reginella dai riccioli d'oro...»

2

«Ecco i signori di città», annunciò Evarista, con scherno. «Finalmente si sono degnati di venire a trovare questi poveri contadini.»

La madre di Alcide troneggiava al centro dell'aia e parlava un dialetto che Caterina stentava a capire. Era una vecchia alta, dalle spalle larghe e secche, i fianchi abbondanti e le mani enormi, con dita larghe e nodose. La faccia, su cui indugiava soltanto l'ombra di un'antica bellezza, era cotta dall'aria e dal sole. Un porro, grosso come un fagiolo, spiccava tra labbro e naso. Gli occhi erano gli stessi di Alcide: chiari e fondi. Le labbra grandi e sottili si schiudevano su una dentatura ancora forte e sana.

Indossava una specie di camice largo, di cotonina grigia, che le sfiorava le caviglie, lasciando scoperte le braccia dai muscoli tenaci, quasi mascolini. I capelli grigi erano raccolti sulla nuca in una piccola crocchia. Massicci orecchini d'oro e granati, che non aveva mai tolto negli ultimi quarant'anni, avevano allungato, deformandoli, i lobi delle orecchie.

«Venite, gente!» proseguì, assumendo il tono dei venditori quando, dall'alto dei carri carichi di merce, vogliono richiamare l'attenzione del pubblico.

Istintivamente, Caterina si aggrappò ai pantaloni del

padre che reggeva una pesante valigia di fibra, tenuta insieme da una cinghia di cuoio. Quella era sua nonna. Una donna che non aveva mai visto e che era così diversa dalla nonna Luigia, che lei amava tanto. Decise subito che questa nonna non le sarebbe piaciuta.

Anche Elena si fece piccola per cercare protezione dietro le spalle del marito.

I modi della contadina erano un chiaro segnale dell'autorità che esercitava nell'ambito della famiglia. Stringeva in pugno, come fosse un'arma, la ramazza di tamerice, forte come il suo carattere. E la agitava, quasi volesse scacciare dall'aia gli ospiti indesiderati.

«Siete arrivati giusto in tempo per mangiare», li sferzò con la sua lingua instancabile, mentre fissava il figlio come volesse passarlo da parte a parte. «L'importante, in qualche modo, è mettere le gambe sotto il tavolo. Poi, quello che c'è per dodici, basterà anche per quindici», urlò.

Elena interpretò le sue parole in modo diverso e le sembrò che dicesse: «Finora mi avete ignorata. Adesso che sono arrivati i tempi grami, venite a sfamarvi alla mia tavola. Non siete ospiti desiderati. Tornatevene da dove siete venuti».

La vecchia stava impalata al centro dell'aia fradicia di pioggia e sembrava proprio voler rinfacciare il pranzo, prima ancora di averglielo offerto. Non muoveva un passo per andare incontro a loro. Alcide, sua moglie e la bambina non osavano farsi avanti.

Erano distrutti dalla stanchezza e dalla fame. Avevano viaggiato un giorno e una notte per arrivare fin lì. Il treno li aveva portati a Verona con una lentezza esasperante. Poi, erano arrivati a Mestre in corriera. Avevano coperto la distanza tra Mestre e Sacile un po' a piedi e un po' su carri cigolanti e infangati da un furibondo acquazzone. Era stata una marcia tormentosa, lungo i viottoli, tra i campi trasformati in pantano. Erano coperti di fango fino alle ginocchia.

Ancora una volta, Elena pensò: Sarebbe stato meglio

se avessi sposato il tabaccaio. E disse: «Alcide, ti prego, andiamo via».

Il marito non l'ascoltò. Puntò dritto su sua madre, le strappò di mano la ramazza e la lanciò verso il cielo, come uno sbandieratore, facendola volteggiare. Poi si mise a ridere. Agguantò la donna per la vita, la sollevò e prese a girare in tondo, tenendola stretta.

«Mettimi giù, lavativo», gridava Evarista, dandogli pugni sulla schiena. Dal portico spuntarono visi macilenti e sporchi di bambini dagli sguardi curiosi e, lentamente, l'aia si popolò di parenti.

Elena e Caterina restavano in disparte, incollate l'una all'altra, disperate e sole, di fronte alla numerosa famiglia di cui avvertivano l'ostilità.

Alcide andò incontro a suo padre Quintino, che veniva dai campi con una vanga in spalla. Si tolse il cappello e lo salutò con rispetto. Poi i fratelli, le sorelle, i cognati e le cognate gli si fecero intorno, menando pacche sulle spalle e ostentando sorrisi impacciati.

Elena chinò lo sguardo su Caterina.

«Io in questo posto non ci voglio stare», le sussurrò. «Meglio le bombe che questo covo di gentaglia.»

«Perché non ci guardano? Perché non ci salutano?» domandò la piccola.

«Perché a loro non importa niente di noi», rispose la madre.

In quel momento, la tribù dei Belgrado sembrò notare la loro presenza.

«Questa è la mia signora nuora. È più magra di come la ricordavo», disse Evarista, guardandola senza alcun compiacimento. Poi osservò Caterina.

«Questa non la conosco. Che nome ti hanno messo? Non me lo ricordo. Ma quanta eleganza. In campagna non si è mai vista una bambina vestita così. Parli la nostra lingua o conosci soltanto il birignao di Milano?» la sfotteva alternando la derisione a domande provocatorie. Non voleva risposte. Caterina era sempre più frastornata e spaventata. Si rifugiò da suo padre e si mise a piangere. Alcide la prese in braccio e la consolò. «Non devi avere paura. Sono soltanto cani che abbaiano, ma non mordono», le spiegò.

«Voglio la mia nonna vera», singhiozzò Caterina.

«Anche questa lo è. È soltanto un po' diversa dall'altra. Ti ci abituerai», tagliò corto il padre.

«Su, venite dentro. Se vi degnate dell'ospitalità di noi poveretti», disse Quintino, sbracciandosi per indicare loro la porta di casa.

Evarista portò in tavola un gran paiolo di polenta condita con il lardo fritto e la versò su un tagliere di legno. Non c'erano piatti. Ognuno attingeva con il proprio cucchiaio da quella montagna fumante e gialla. Gli uomini erano più veloci dei bambini a ingozzarsi, così mangiavano più di tutti. Ed era giusto che fosse così, perché erano loro che facevano i lavori più pesanti. Elena e Caterina, nonostante la fame, praticamente non toccarono cibo. Alcide se ne accorse.

«Qui vige la legge del più forte. Se non imparate a darvi una mossa, morirete di fame», le avvertì.

«Come mai siete venuti a trovarci?» si decise a chiedere Evarista, non senza una certa preoccupazione.

«Mamma, non fate la sofistica», l'ammonì il figlio. «Siamo venuti qui, e lo avete capito benissimo, a causa dei bombardamenti.»

«Fino a quando vorreste fermarvi?» indagò, con un piacere quasi sadico.

«La mia donna e la bambina resteranno qui, sempre che non vi dispiaccia troppo, fino a quando questa porca guerra non sarà finita. Io ritorno a Milano. Devo mandare avanti la bottega che, di questi tempi, rende poco, ma è sempre meglio di niente. Naturalmente vi pagherò per il disturbo», ci tenne a precisare il figlio.

I bambini, che facevano nido a un'estremità del tavolo, guardavano con curiosità la cuginetta venuta da Milano e bisbigliavano tra loro, ridendo. Caterina si rendeva conto che l'ammiravano e la deridevano a un tempo e si sentiva a disagio.

«Se ha intenzione di adattarsi alla nostra povera vita, bisognerà che la signora nuora metta da parte i suoi bei vestitini di seta e dia una mano nei lavori. Qui c'è da fare per tutti e non vogliamo mangiapane a tradimento», dichiarò Evarista.

Elena aveva voglia di aggredire quella donna rozza e avara che la stava umiliando davanti a tutti, ma sentì la mano del marito che le stringeva il braccio, come a raccomandarle di non perdere la calma. Poi Alcide lanciò una busta sul tavolo, davanti al piatto di sua madre.

«Mia moglie, se vorrà, farà quello che potrà. Noi paghiamo per il cibo e l'alloggio», disse con voce ferma.

Evarista stirò le labbra sottili in un largo sorriso e annuì più volte, facendo ondeggiare i pesanti orecchini.

«Quand'è così», dichiarò infilandosi la busta nella tasca del grembiule, «non c'è questione. La signora nuora e la bambina sono padrone in casa nostra.»

I bambini presero a giocare tra loro scambiandosi pizzicotti e scappellotti, mentre Caterina li sogguardava timidamente sentendosi estranea al branco che non sembrava intenzionato ad accettarla. Spiccava sugli altri il visino pallido di una bimba dai grandi occhi neri. Tossiva e raschiava con il cucchiaio il legno del tavolo, come se volesse inciderlo. Caterina incontrò il suo sguardo, si fece coraggio e accennò un sorriso. La bimba sorrise anche lei. Poi scivolò fuori dalla panca e, facendo un cenno a Caterina perché la seguisse, uscì sotto il portico.

«Ciao», disse la bambina portando una mano alla bocca per soffocare un colpo di tosse.

«Ciao», rispose Caterina.

«Io mi chiamo Evarista, come la nonna. Però mi chiamano Eva.» Si vergognava un po' di quel nome che le sembrava brutto.

«Io Caterina. Di chi sei figlia?»

«Di Armida, la sorella del tuo papà. Io ho la tisi», confessò con semplicità. «Dicono che non passerò l'inverno, ma loro esagerano sempre. Specie la nonna.»

Caterina annuì, senza capire.

«Tieni», disse ancora Eva, pescando dalla tasca del grembiule un biscotto. «La nonna mi dà i biscotti perché sono malata. Io non li mangio, perché non ho fame. Tu, invece, non hai preso la polenta e magari lo gradisci.» Era una galletta dura come un sasso. Caterina la trovò squisita.

«Come sei elegante. Sembri una principessa», soggiunse Eva, ammirata.

Caterina avrebbe voluto spiegarle che il suo abito sembrava elegante soltanto se paragonato agli stracci che coprivano il corpo macilento di Eva.

«In città siete tutti ben vestiti, vero?» insistette la bambina.

«Siamo forse più puliti», la corresse, «anche se io, adesso non lo sono tanto. Ho le calze e le scarpe tutte infangate.»

«Se vuoi lavarti, ti porto al ruscello», si offrì la bambina.

«Prima vorrei fare pipì», confessò Caterina. «Dov'è il gabinetto?»

«Quale gabinetto? Vienimi dietro», le ordinò, avviandosi verso il campo.

«Caterina, dove vai?» strillò Elena che si era affacciata sul portico. Alcide era al suo fianco.

Caterina non rispose.

«Lasciala andare. Nostra figlia incomincia ad abituarsi a questa gente e al loro modo di vivere», osservò Alcide.

«Ma quella bambina è malata. Non sai che la tisi è infettiva? Non voglio che stia con quella povera creatura», obiettò Elena allarmata, tallonando le due bambine.

«È nostra nipote. Si chiama Eva. Ti garantisco che non accadrà niente a Caterina se gioca con lei, come non accade niente a tutti gli altri bambini», tentò di rassicurarla, mentre l'agguantava per la vita.

Elena si staccò bruscamente dal marito.

«Stammi alla larga, Alcide», disse con tono minaccioso. «Qui, io non volevo venire. Ma che razza di gente è mai questa? Sono anche peggio di come li ricordavo», sbottò, faticando a trattenere le lacrime.

«Povero pulcino», le sussurrò il marito. «Sei più disarmata della nostra bambina. Lo vedi come sta prendendo confidenza con la campagna? Vivere qui le farà soltanto bene. E farà bene anche a te, amore mio.»

«Mi andrà in tanto veleno, invece. Ma li senti come puzzano di stalla?» protestò. E proseguì: «Quella polenta mi faceva venire i conati di vomito solo a guardarla. Preferisco morire di fame piuttosto che mangiarla. E poi, dove dormiremo? Come ci laveremo?» Elena smaniava mentre Alcide la sospingeva dentro un campo d'erba alta accarezzata dal sole.

«Elena, lo senti il profumo che sale dalla terra? Ti sembra un odore cattivo? Guarda i colori dei prati che si preparano a ricevere l'estate. Ti sembra così brutto tutto questo? Pensa alla nostra città ferita dalle bombe. Pensa alle sirene dell'allarme che ci strappano dal sonno, alle corse, giù in cantina, nel cuore della notte, con la paura di morire come i topi. Forse, la notte scorsa, mentre eravamo in viaggio, una bomba ha colpito la nostra casa e noi potevamo restare sotto le macerie. Oggi è importante sopravvivere, lo capisci? E se chiamassero alle armi gli uomini della mia classe? Che cosa fareste tu e la bambina se io dovessi partire per la guerra? Sei ancora convinta che quelle sante delle tue zie ti aiuterebbero?» la interrogò il marito, lasciandosi andare sull'erba tiepida.

Alcide aveva ragione, ma Elena non riusciva ad accettare la nuova situazione. Se soltanto suo marito avesse avuto dei parenti meno rozzi e meno avidi. Aveva già intuito che era la vecchia Evarista a tenere le redini di casa. Dai discorsi sentiti a tavola, aveva capito che la suocera economizzava su tutto, anche sul cibo, e vendeva uova, polli, carne e salumi alla borsa nera.

Sedette accanto al marito e si mise a piangere, sapendo che, quando Alcide fosse ripartito, sarebbe rimasta sola a fronteggiare quei parenti ostili.

«Lo so che le sorelle di mia madre sono perfide. Sanno genuflettersi solamente in chiesa, con un'umiltà e uno spirito di carità che sono soltanto apparenti. Si credono imparentate con Dio e ci guardano come se fossimo pezzenti. Secondo loro, la bambina non è degna di stare con i cugini. Lo so bene che considerano mia figlia una povera paesanella. Ma un giorno Caterina sarà ricca e famosa e io sarò felice di vederle schiattare di rabbia», sbottò, singhiozzando.

Alcide lasciò che sfogasse l'amarezza che le pesava sul cuore e non volle infierire.

«Non pensarci più», disse infine, accarezzandole il braccio con la corolla di un fiore.

«Rimani con noi, Alcide», lo supplicò, mentre lui le asciugava le lacrime con la punta delle dita. «Non andare via.»

«Ripartirò tra poco. Ti conosco e so che sei forte. Difenderai te stessa e Caterina», replicò il marito con tono pacato e deciso. «Credi che non mi addolori separarmi da te? Ti voglio bene sul serio, lo sai.»

«Anch'io», sussurrò Elena, aggrappandosi alla sua spalla.

«Ti scriverò tutti i giorni», promise Alcide, accostando le sue labbra a quelle della moglie, mentre insinuava la punta della lingua tra le labbra che lei stava schiudendo per ricevere il suo bacio.

La prossimità del distacco la rendeva audace e acuiva il desiderio. Prese a slacciare i calzoni del marito. Poi lo accolse dentro di sé sperando di restare incinta, per sentir crescere nel suo ventre il figlio di quell'uomo che le piaceva infinitamente. Non avevano mai fatto l'amore sull'erba. Erano così storditi e felici che dimenticarono Caterina e la cuginetta malata.

Le bambine non erano molto lontane da loro e avevano altro cui pensare. Stavano imparando a conoscersi.

«Vedi, quando devi fare pipì ti accucci per terra, così», spiegava la bambina malata, mentre seguiva con lo sguardo l'andirivieni di un esercito di formiche.

Erano in prossimità di una roggia dove scivolavano altere anatre selvatiche dalle piume iridescenti. Bianche calle dai lunghi steli bordavano la riva. Caterina seguì gli insegnamenti di Eva.

Risolto il suo problema si guardò intorno.

«È bello, qui», esclamò.

«Questo è il mio posto preferito», dichiarò Eva, mettendosi tra le labbra un filo d'erba. Lo teneva ben teso tra le dita e riuscì a emettere un suono modulato.

«Senti. Io faccio cantare l'erba», disse. «Puoi imparare anche tu», soggiunse, tendendo lo stelo alla cugina. Poi ci ripensò: «È meglio che tu non metta la bocca dove l'ho messa io. Cogli un filo d'erba isiga». Le indicò gli steli verdi, lunghi e sottili, dalle coste seghettate.

Caterina tentò di imitarla. Dalle sue labbra uscì soltanto un suono raschiante.

«Non così. Soffi troppo forte. Basta un filo di fiato, come il mio. Chiudi gli occhi, pensa alla Madonna e soffia appena appena. Sentirai cantare l'erba. Io penso sempre alla Madonna. Qualche volta la vedo», spiegò Eva, guardando lontano, oltre la roggia e le cime frastagliate delle altissime acacie.

«Davvero?» si stupì Caterina che non dubitava della sua affermazione.

«Anche adesso la sto vedendo», bisbigliò Eva. «Guarda anche tu, contro il sole, tra quei due rami che si dividono.»

«Io non vedo niente. E poi la luce del sole mi dà fastidio», si stizzì Caterina i cui occhi avevano preso a lacrimare per lo sforzo di fissare il bagliore del sole.

Sembrava che Eva non l'ascoltasse. Guardava estasiata quella luce accecante mentre, con le mani giunte, faceva scorrere tra le labbra il filo d'erba isiga da cui scaturiva un suono melodioso e strano.

«Dimmi almeno com'è la Madonna che vedi», si spazientì Caterina. Eva chiuse gli occhi, gettò l'erba e s'inginocchiò. Aveva assunto un'aria estatica.

«È una bella ragazza. Ha le trecce nere e grosse, come le tue. Ha un vestito giallo con tre balze e fiori gialli nei capelli. Mi fa segno, con la mano, di andare da lei», disse piano.

Caterina guardò la cuginetta inginocchiata: «Se mi esercito per qualche giorno, forse riuscirò anch'io a vedere la Madonna», concluse con tono determinato.

3

«Li sentite gli apparecchi?» domandò Evarista. Un rombo cupo faceva vibrare l'aria, mentre si allontanava verso ovest. «Sono carichi di bombe. Tra poco cominceranno a cadere come grandine», proseguì la nonna.

Gli uomini erano andati a veglia in un'altra cascina a bere e giocare a carte. Le donne e i bambini stavano sotto la cappa del monumentale camino, intorno al fuoco che languiva rosseggiando. In un grande paiolo, appeso alla catena nera di fuliggine, cuocevano le patate per il pastone dei maiali.

Caterina avrebbe addentato volentieri una di quelle patate dalla polpa bianca e farinosa, ma Evarista vegliava perché i bambini, con la loro fame insaziabile, non depredassero il cibo delle bestie.

Il pauroso rimbombo delle formazioni, che lasciava indifferenti i contadini, terrorizzava Caterina, che avrebbe voluto gridare di paura, ma si conteneva, limitandosi a portare le mani alle orecchie per non sentire. Guardò sua madre, come a chiederle aiuto.

Elena sedeva su una panca, vicino all'uscio, e mondava nocciole. Doveva eliminare il baccello secco intorno al guscio. Piangeva in silenzio.

Erano a Sacile da un anno e mezzo: diciotto lunghi mesi di vita grama. La guerra non accennava a finire.

«Prima di domenica, arriveranno altri sfollati», pronosticò la nonna che, in cuor suo, si rallegrava perché le famiglie che lasciavano le città rappresentavano per lei un nuovo flusso di denaro.

«Cadono le bombe, sprofondano le case, la gente scappa e viene da noi, poveri contadini, a toglierci il pane di bocca», mentì Evarista, fingendo rabbia, mentre valutava i guadagni che avrebbe realizzato. La nonna sapeva farsi pagare bene quello che vendeva e, se gli sfollati non avevano soldi, accettava baratti: oro, quadri, argenteria, suppellettili che ammassava nel granaio, in cambio di cibo.

Due donne si fecero un rapido segno di croce. Il parlottio s'infittiva intorno al focolare. Caterina si accostò a sua madre.

«Dici che la nonna mi vede se rubo una nocciola?» le sussurrò all'orecchio.

«Lei vede e sente tutto. Ha cento occhi e cento orecchie», rispose Elena. Poi scostò un lembo della sua tasca per mostrarle che il peccato era già stato commesso: c'era una bella manciata di frutta secca. Caterina si accorse che sua madre aveva gli occhi umidi.

«Perché piangi?» le domandò dolcemente.

«Sai bene che noi donne abbiamo sempre le lacrime in tasca», rispose coinvolgendola. Voleva arginare, con una lusinga, il fiume di domande che già saliva alle labbra della figlia.

Infatti, Caterina emise un sospiro da donna afflitta.

«Eh, sì», constatò, mettendosi alle sue spalle. Inventò un diversivo prendendo un piccolo pettine dalla tasca e passandolo tra i riccioli bruni della madre. Le piaceva pettinarle i capelli.

Da due settimane Elena non riceveva posta dal marito. Questo silenzio la preoccupava. Si era rassegnata, ma non adattata, alla vita di cascina. Ogni boccone che la suocera le offriva, con un sorriso di scherno, le andava di traverso.

«Mamma, quando potremo tornare a casa?» domandò la bambina.

«Quando finisce la guerra», rispose Elena.

Caterina non sapeva come fosse il mondo senza la guerra, perché i suoi ricordi incominciavano con l'inizio del conflitto. Le piaceva immaginarlo come un cielo limpido o imbronciato, a seconda che ci fosse il sole o la pioggia, senza le ombre cupe degli stormi di aerei.

«E quando finisce la guerra?» chiese ancora più insofferente.

«Quando le nostre preghiere arriveranno così in alto che Dio potrà sentirle. Più preghi e prima finirà la guerra», garantì la madre.

«Pregherò tantissimo», promise Caterina. E soggiunse: «Ho tanta voglia di vedere papà».

«Anch'io», sussurrò la donna ed emise un sospiro che nascondeva un singhiozzo.

Venne dal fondo della stanza, ai piedi della scala, un timido lamento, subito soffocato da ripetuti colpi di tosse secca e stizzosa.

«Eva sta male», disse Caterina.

Nonostante le previsioni della famiglia, la cuginetta aveva superato l'inverno, che era stato terribilmente freddo. Si era rinfrancata con l'arrivo della primavera ed era stata bene durante l'estate. Ora che ritornava l'autunno si era di nuovo indebolita. Ma durante tutti quei mesi, Eva e Caterina avevano avuto il tempo di stringere amicizia. Non erano mai sazie della reciproca compagnia e tra loro scorreva impetuoso un torrente di parole. Si raccontavano pensieri e inventavano storie meravigliose. Ora che Eva stava male, Caterina sentiva molto la sua mancanza.

«Dovrebbero chiamare un dottore», disse Elena. «Ma sono così gretti e ignoranti che non lo fanno.»

«Un dottore potrebbe guarirla?» domandò Caterina.

«No, purtroppo», rispose Elena. «Ma potrebbe aiutarla. Inoltre, si deve sempre chiamare il medico, quando qualcuno sta male.»

«Posso andare da lei?» chiese Caterina che mal tollerava il divieto di accostarsi alla cuginetta.

«Conosci già la risposta», tagliò corto sua madre.

«Non le starei addosso. Gli altri bambini le vanno vicino e nessuno si oppone. Perché io non posso?» insistette.

«Loro sono più forti di te», disse la madre. «Vivono nella sporcizia e non si ammalano mai.»

«Anch'io sono fortissima», si vantò Caterina e soggiunse: «Se Dio vuole, nessuno si ammala. Ognuno di noi ha il suo destino».

«Ma che cosa stai dicendo?» La donna la guardò, sorpresa.

«Quello che mi ha insegnato Eva. Lei sa molte più cose di tutti noi.»

Elena scrutò la figlia con attenzione. Si era allungata, rispetto all'anno precedente. Ma era anche dimagrita. Non si nutriva abbastanza, anche se integrava la triste dieta di nonna Evarista con scorpacciate di frutta che lei e i cugini sottraevano ai poderi dei vicini.

«Allora, mammina, posso andare da Eva?» la sollecitò Caterina.

«Se domani sarà una buona giornata, se ci sarà il sole, se Eva uscirà sull'aia, all'aperto, potrai giocare con lei», promise Elena.

La bambina tornò accanto al focolare e sua madre riannodò il filo dei pensieri.

Quando Alcide l'aveva lasciata per ritornare a Milano, aveva sperato di essere rimasta incinta. Non era successo e, adesso, ne era quasi contenta. Erano tempi troppo difficili per mettere al mondo dei figli. Le notizie che arrivavano da Milano erano sempre più sconfortanti. Nelle lunghe lettere che le scriveva, Alcide la informava via via delle ferite provocate dalle bombe. Alcuni palazzi in corso Venezia erano stati distrutti. Gli abitanti che potevano permetterselo erano tutti sfollati e il suo commercio ne risentiva. Ormai poteva contare unicamente sulla clientela di passaggio. Faceva salti mortali per trovare un po' di frutta e verdura da vendere nella bottega.

«Uno di questi giorni, tiro giù la saracinesca e vengo da te», le aveva scritto nell'ultima lettera. Quando Alcide faceva un progetto, lo realizzava. Così Elena si era aggrappata a questa frase consolatoria e continuava a sperare che il marito, un giorno o l'altro, si materializzasse sull'aia della cascina. La solitudine era diventata un peso insostenibile.

Con le cognate non era riuscita a stabilire alcun rapporto. Dopo tutti quei mesi, continuavano a guardarla come un'estranea, con diffidenza mista a disprezzo. Qualche volta, avrebbe voluto mettere a frutto la sua abilità nel cucito, non solo per rivestire decentemente i bambini, ma anche per dimostrare che sapeva fare qualcosa di bello e di utile. Evarista, però, aveva stabilito che con i bei vestitini non si campa e una spilla da balia, per lei, valeva un rammendo.

«L'ago e il filo: un lusso per le signore. I poveretti devono badare a guadagnarsi il pane col sudore, non coi ricami», aveva decretato una volta per sempre.

Elena e sua figlia, a Sacile, erano lontane dalla guerra, ma anche da ogni parvenza di civiltà e di buone maniere. Gli uomini erano maneschi, i bambini grossolani e selvatici, le donne rissose e servili. Elena, a volte, si domandava come mai Alcide fosse tanto diverso dal resto della sua famiglia.

I maschi ritornarono a casa alla spicciolata. Qualcuno barcollava per aver alzato un po' troppo il gomito. Evarista abbandonò il suo posto accanto al focolare per investirli di male parole.

«Trinca tu, che trinco io!» urlò. «Tutte le sere la stessa storia.»

«Taci, donna. Non rompermi le balle», le ingiunse il marito, mentre buttava su una panca la giacchetta e si sfilava le bretelle.

«Se dipendesse da te e dal tuo amore per il vino, questa casa sarebbe andata in malora da un pezzo», lo rimbrottò Evarista.

Nessuno badò a Elena che stava ancora sulla soglia della cascina a mondare la frutta secca.

«Adesso, tutti a letto. Si chiude», tuonò la nonna, scostando la cesta delle nocciole con un gesto sgarbato.

Elena ripensò alle serate in città, quando, dopo avere riordinato la bottega con il marito, salivano in casa, stanchi e sereni. Lei ricamava accanto alla radio, Alcide leggeva uno dei suoi romanzi di cappa e spada. Come sarebbe stata bella la vita, senza la guerra.

Evarista chiuse con un colpo secco i battenti dell'uscio e infilò una spranga di ferro negli appositi ganci. Quindi, salì la scala seguendo Quintino che reggeva il lume a petrolio.

La cucina si spopolò. Rimasero solamente Eva, che riposava su un saccone di foglie di granturco, e sua madre che l'assisteva. Era la stanza più grande e confortevole della casa ed era il luogo in cui i malati venivano accuditi.

Caterina e sua madre entrarono nella loro camera: una stanza che, durante l'inverno, serviva per conservare mele, patate, pannocchie da abbrustolire e pomodori da essiccare.

Il loro letto era fatto con alcune assi di legno poste sopra cavalletti di ferro. Disponevano di un materasso di crine che Evarista aveva decantato come un lusso speciale per le signore di città.

Elena posò la lucerna su una mensola e incominciò a spogliare la bambina.

«Finirà la guerra», disse osservando la magrezza di Caterina, «e finirà anche questa carestia. Allora ti metterò all'ingrasso. Ti darò da mangiare pane bianco e soffice che spalmerò di burro e zucchero. Sentirai come ti piacerà», garantì.

«Com'è il pane bianco?» chiese Caterina. Conosceva soltanto quello giallo o di segale.

«È buono. Lo mangiavi quand'eri piccina, prima che venissero l'autarchia e la guerra e tutte le altre diavolerie d'oggi.»

«Io non me lo ricordo. Però il pane giallo mi piace, soprattutto quando è inzuppato nel latte. Mamma, perché parliamo sempre di mangiare? Perché papà non viene a trovarci? Perché stai sempre a piangere?» incalzò.

«Perché, perché, perché! Non sai dire altro. Fila a letto, svelta», la sollecitò Elena.

Caterina si infilò tra le lenzuola ruvide. Elena tirò fuori la valigia da sotto il letto, la aprì e accarezzò la biancheria di seta della sua dote, i suoi abitini da città, l'astuccio che conteneva i pochi monili d'oro.

Se fosse riuscita a vendere una catenina, avrebbe potuto disporre di qualche soldo per comperare un paio di scarpe nuove alla figlia che andava in giro solo con gli zoccoletti, perché le scarpe vecchie non le entravano più. Aveva anche bisogno di una matita nuova, di un quaderno e di francobolli. Mise la catenina sulla mensola, accanto al lume, e richiuse la valigia. Il giorno dopo sarebbe andata a Sacile, da un commerciante che pagava un prezzo onesto, e avrebbe raggranellato un po' di denaro. Prese il vecchio quaderno, dov'erano rimasti soltanto pochi fogli, e il lapis quasi interamente consumato. Umettò la punta sulla lingua e cominciò a scrivere: «Caro marito...»

Dalla cucina veniva la tosse secca di Eva. Era uno strazio sentirla.

«Mamma, Eva sta male», sussurrò Caterina.

«Lo so. Ma non possiamo farci niente. C'è sua madre con lei. E qui c'è tua madre, con te, che ti ordina di dormire», si spazientì.

Caterina non aveva legato con nessuno dei cugini, a parte Eva. Gli altri si burlavano delle due bambine, chiamandole «le morose», perché stavano sempre insieme e parlottavano fra loro sottovoce per non essere udite.

Ricordava il giorno del suo compleanno. Era estate ed Elena, per festeggiare i suoi otto anni, era riuscita a procurarsi un cartoccio di zucchero. Lo aveva fatto tostare in padella aggiungendovi i semi delle albicocche.

Ne era uscito un croccante delizioso che Caterina aveva equamente diviso con i cugini. Poi, arrossendo, Eva le aveva offerto un regalo personale: una medaglietta a smalti colorati con l'effigie della Madonna. «L'ho comperata con i miei soldi», le aveva detto. «Appuntala alla maglietta e non separartene mai.»

«E se la perdessi?» aveva chiesto Caterina, preoccupata.

«Non si perdono le cose cui si tiene», aveva replicato Eva. Poi, aveva preso a parlarle con tono profetico. «Presto lascerai questa campagna e ritornerai nella grande città. Diventerai una donna famosa. Girerai il mondo in lungo e in largo. Conoscerai donne e uomini. Molti ti vorranno bene. Ma non sarai mai una persona felice. Questo è bene. Non si deve mai essere troppo felici, altrimenti gli spiriti cattivi si arrabbiano e ti fanno del male. Ascolta i consigli della tua mamma, anche quando non ne sei convinta e stalle vicina. Non voler crescere troppo velocemente. Tu hai sempre fretta. Guarda le piante: quelle che diventano grandi in un batter d'occhio sembrano più belle, ma al primo stravento si spaccano. Oppure arriva la cicalina bianca, le ricopre di muffa e muoiono. Le piante che crescono lentamente diventano più solide e non crollano mai. Caterina, qualche volta pensa alla Madonna che è la mamma di tutti noi. Osserva gli alberi quando mandano fuori i getti nuovi: quelli più vicini alla mamma crescono rigogliosi, quelli che se ne allontanano sono destinati a essere tagliati, perché indeboliscono la pianta. Ricorda che per fare un bel prato ci vogliono otto mesi, come ce ne vogliono nove per fare un bambino. Ci vuole tempo per ogni cosa. Non correre, Caterina. Cammina con calma e guarda bene dove stai andando. Io so quello che voglio dirti, ma non conosco le parole giuste per esprimerlo. Però, tu mi capisci ugualmente», aveva concluso.

«Tu sei troppo intelligente, Eva. Ti prometto che non mi separerò mai dalla medaglietta che mi hai regalato», aveva assicurato Caterina anche se, in realtà, non aveva capito tutto ciò che la cugina le aveva detto. Ma era contenta di avere un'amica come lei. Il ricordo di quel giorno di sole, con il buon sapore del croccante e le chiacchiere misteriose di Eva, lo avrebbe serbato sempre nel cuore.

Ora che sentiva la cugina tossire senza sosta, Caterina aveva pena per lei e avrebbe voluto poter alleviare le sue sofferenze.

«Mamma, non la diciamo la preghiera della sera?» domandò.

«Ecco, con tutte le tue domande, mi mandi in confusione», protestò Elena. Era così preoccupata per il marito, che aveva dimenticato un rituale tanto importante. Tralasciò la lettera che stava scrivendo e si fece un segno di croce, subito imitata dalla figlia.

«Angelo di Dio che sei il mio custode, ti prego di far guarire la mia cuginetta e di far finire subito la guerra, così potrò rivedere il mio papà», prese a recitare. E soggiunse: «Fa' che io possa mangiare le patate dei maiali e che possa presto assaggiare il pane bianco con il burro e lo zucchero. Fai felice la mia mamma e tutto il mondo».

«Amen», tagliò corto Elena e si rimise a scrivere.

«Mamma, com'è il mio angelo custode?» domandò ancora la bambina.

«È come tutti gli angeli di Dio, buono e severo», rispose spazientita. E proseguì: «Sto scrivendo a papà. Lasciami tranquilla e dormi».

«Vorrei sapere com'è la sua faccia. Se è biondo o bruno, se è bello. Sì, certamente sarà bellissimo. Se mi vuole bene come io gliene voglio. Perché non posso vederlo, se è vero che mi sta sempre vicino?» martellò.

«Gli angeli sono tutti biondi. Hanno grandi ali di cui si servono per proteggere i bambini buoni. Il tuo si occupa di te e questo è tutto», dichiarò Elena.

«Un giorno riuscirò a vederlo. Ne sono sicura», sentenziò Caterina. Sbadigliò e, un attimo dopo, era già addormentata.

Venne svegliata da una folata d'aria fredda. Si rizzò a

sedere sul letto. Era notte fonda. Le imposte della finestra erano chiuse, la stanza era tiepida. Da dove era venuta quella ventata gelida che la faceva rabbrividire? Si pose in ascolto. C'era un silenzio quasi irreale. Anche i cani tacevano.

Sgusciò fuori dal letto. A tentoni si accostò alla porta e l'aprì facendo attenzione che non cigolasse sui cardini, per non svegliare la mamma. Lentamente raggiunse la cucina appena rischiarata da un lume a petrolio attaccato alla trave del soffitto. La madre di Eva dormiva su una panca e russava lievemente.

«Caterina», mormorò con voce fievole la cugina.

La bambina si accostò al povero giaciglio.

«Sono contenta che tu sia qui», soggiunse. «Speravo tanto che venissi.»

«Come stai?» domandò Caterina, dolcemente.

«Mi sento leggera. Non mi sono mai sentita così bene», sussurrò la malata.

Caterina non osava accostarsi troppo a lei, memore delle raccomandazioni materne.

«Allora vuol dire che sei guarita. Ho pregato tanto per te», rispose.

«Io sto morendo, Caterina. Sento la Madonna che mi chiama.»

«Io non voglio che tu mi lasci», disse Caterina, gli occhi inondati di lacrime.

«Non essere triste per me. Io sono felice», replicò Eva sorridendole.

Caterina si chinò su di lei e le prese una mano. Era calda di febbre.

«Quando mi seppelliranno, vai alla roggia e guarda su, tra i rami alti delle robinie. Mi vedrai accanto alla Madonna. Anch'io ti vedrò», disse con un filo di voce. E soggiunse: «Adesso va' a dormire. Ti voglio bene, Caterina.»

Eva morì all'alba.

Caterina non volle seguire il funerale. Andò alla roggia quando il sole era ormai alto nel cielo. Strappò un filo di erba isiga, lo tirò bene tra le dita e poi lo accostò alle labbra. Tentò di emettere un suono. Si stupì di riuscire a trarre una nota così melodiosa come soltanto Eva sapeva fare. Si rincuorò e continuò a soffiare piano, fino a quando sentì scaturire una musica che sembrava nascere dal vento. Guardò verso le cime frastagliate delle acacie, tra due rami che si biforcavano. Il sole esplose nei suoi occhi, procurandole fitte dolorose, ma non li chiuse. Vide nascere da un pulviscolo iridescente due figure femminili. Erano adolescenti che si tenevano allacciate per la vita. Una aveva i capelli scuri, intrecciati di fiori, e indossava un abito giallo a tre balze arricciate. Nell'altra Caterina riconobbe Eva che la guardava sorridendo e, con la mano, la salutava. Indossava un abito azzurro come i fiocchi che ornavano le trecce: era veramente bella come non mai.

La visione durò sino a quando, Caterina, stordita, distolse gli occhi dalla luce accecante del sole. Poi s'incamminò verso la cascina.

Non c'era nessuno, tranne i cani e gli altri animali da cortile. I Belgrado non erano ancora tornati dal cimitero. Aveva fame ma non poteva entrare in casa a cercare del pane, perché la porta era chiusa. Raggiunse il pollaio. Frugò con lo sguardo tra lo sciame delle galline e vide alcune uova deposte sulla paglia. Ne prese uno. Era caldo. Lo bucò con la spilla che reggeva la medaglietta regalatale da Eva. Poi cominciò a succhiare quella specie di nettare denso e tiepido.

Una mano ossuta l'agguantò per la spalla e una voce rude disse: «T'ho beccata, lavativa. Ecco chi si mangia le uova delle mie galline».

Caterina vide gli orecchini di granati della nonna che oscillavano furiosamente appesi ai lobi sformati. Si sentì perduta. La contadina stava per alzare una mano e colpirla. Lei si irrigidì aspettando la punizione e, d'improvviso, lanciò un urlo. Gridava e si dibatteva in preda a una crisi provocata dalla paura, dalla fame, dal dolore che si portava dentro per la morte di Eva.

Sentì due mani solide che l'afferrarono sottraendola alla violenza della nonna.

Si trovò tra le braccia di suo padre. Smise subito di urlare e scoppiò in singhiozzi.

«Bambina mia», sussurrò Alcide stringendola a sé, «torniamo a casa nostra.»

4

Elena era felice. Aveva ricostituito il suo piccolo nucleo famigliare e stava per ritornare a Milano. Perfino la guerra le sembrava meno spaventosa.

«Mi sei mancato da morire», disse al marito.

«Capivo dalle tue lettere che qui stavate male», le sorrise lui, accarezzandole il volto.

«Non mi pare di averti mai scritto niente del genere», replicò Elena.

«I pensieri nascosti tra le righe dicono molto di più di un discorso esplicito», le fece osservare. Sapevano entrambi che ritornando a Milano avrebbero corso rischi maggiori ma speravano, come tutti, che la guerra finisse al più presto. Ormai il paese era stremato e gli alleati, che erano sbarcati in Sicilia, prima o poi sarebbero arrivati a liberare anche il nord della penisola.

«Non è stato semplice vivere qui. Caterina e io abbiamo davvero bisogno di te», confessò Elena.

«Come io ho bisogno di voi», dichiarò lui. E poiché Caterina rimaneva avvinghiata al suo collo, soggiunse: «A condizione che questa ragazzina mi lasci respirare».

La figlia gli stampò un bacio schioccante sul viso coperto di barba.

«Come pungi», si lamentò. «Lo sai, papà, che il nonno Quintino e gli zii si radono solamente la domenica?

Anche la nonna Evarista si fa la barba. Non lo sapevi? Ha certi baffoni che, se non li radesse, sembrerebbe un generale.»

Era felice adesso che poteva saltellare intorno al padre. Elena e Alcide sorrisero divertiti.

Sedevano sul letto, nella piccola stanza sopra la cucina. Caterina aveva dimenticato i dispiaceri e non sapeva come contenere la gioia.

«Papà, ti ho pensato tanto. Pensavo a te ogni sera, prima di addormentarmi e anche alle mie compagne di scuola. Qui ho avuto un maestro. Non mi piaceva tanto. Metteva le orecchie d'asino sulla testa delle bambine che non facevano i compiti. A me non le ha mai messe», disse.

«Lo so. Me lo hai scritto nelle tue lettere.»

«Papà, se uno pensa una cosa e poi non la scrive, dove vanno i pensieri?»

«Oddio, ci risiamo», si lamentò Elena. E soggiunse: «La povera Eva l'ha contagiata. Non nei polmoni, spero. Ma nella testa, certamente».

«Eva era una bambina davvero particolare, a giudicare da quello che mi scriveva Caterina. Io non ricordo neppure che faccia avesse. Se le ha insegnato a porsi delle domande, è stata uno stimolo eccellente», ragionò Alcide.

«Papà, non mi hai risposto. Dove vanno i pensieri?» insistette Caterina.

«È una domanda difficile. Per darti una risposta, ci devo pensare», scherzò il padre.

«Nel frattempo, posso andare sull'aia?» chiese felice.

Si era portata una mano al petto e si era accorta all'improvviso di non avere più la medaglietta che Eva le aveva regalato. Si ricordò di aver usato la spilla per bucare l'uovo e pensò che le fosse caduta per terra nel momento in cui la nonna l'aveva aggredita. Voleva andare a recuperarla, prima che sparisse in mezzo al letame.

Alcide rimase solo con la moglie. Le andò vicino, la baciò appassionatamente sulle labbra, mentre dal suo inguine nasceva un desiderio incontenibile.

«Mi sei mancata», le disse.

«Non è giusto che la guerra divida le persone che si amano», replicò lei, con un sospiro.

«Non ti lascerò più», promise lui.

Parlavano di guerra e d'amore mentre annaspavano alla ricerca di un piacere mai dimenticato.

Elena guardò verso la porta che era rimasta socchiusa, dopo che Caterina era uscita.

«Qualcuno potrebbe entrare», l'avvertì. «Sono tutti in casa.»

«Non verrà nessuno a disturbarci», tentò di rassicurarla il marito.

«Non ci scommetterei. La riservatezza non esiste qui dentro», spiegò Elena, liberandosi dall'abbraccio del marito e ravviandosi i capelli con le dita.

«Io ti desidero», protestò Alcide, aggrappandosi a lei.

«Tanto quanto io desidero te. Ma dobbiamo aspettare di essere soli», tagliò corto Elena.

«Ti sei assoggettata a loro fino a questo punto?»

«Non c'era altro modo per sopravvivere. Lo vedi da te. La bambina stava per essere picchiata solamente per aver preso un uovo. Tua madre pensa soltanto a mettere da parte cibo e soldi», disse lei.

«Va bene. Non parliamone più», decise il marito, avviandosi fuori dalla stanza.

Scesero insieme nella cucina, dove la famiglia era già a tavola. Il pranzo era in onore della piccola Eva che, finalmente, riposava in pace. Sua madre Armida aveva gli occhi rossi di pianto e suo marito cercava di consolarla offrendole un bicchiere di vino.

Evarista, per onorare la memoria della nipotina, aveva tirato il collo a una delle sue galline migliori e ora, lessata a dovere, la stava ponendo al centro della tavola.

Sguardi maliziosi si levarono sui due sposi, che scendevano la scala, per cogliere i segni di una recente confidenza. Elena li ricambiò con un'occhiata fiera che esprimeva tutta la propria diversità. Avrebbe voluto dire:

«Non sono un animale come voi. Io so padroneggiare le mie emozioni».

«Forza, mettete anche voi le gambe sotto il tavolo», li spronò Evarista che, per l'occasione, esibiva i piatti di terraglia. E aggiunse: «Così non affronterete il viaggio a pancia vuota. Anche perché di questi tempi si sa sempre quando si parte, ma non si sa mai quando si arriva».

«Io non ho fame», mentì Elena che si sarebbe divorata da sola l'intera gallina. Era molto arrabbiata con la suocera che aveva tentato di picchiare sua figlia.

«Io sì», dichiarò Caterina, comparendo sulla soglia. Aveva cercato inutilmente la sua medaglietta. Non l'aveva ancora trovata e aveva deciso di proseguire la ricerca dopo colazione.

Elena uscì e s'inoltrò nell'aia, lasciando vagare lo sguardo sulla distesa dei campi. La terra che la suocera aveva acquistato, in tempi lontani e recenti, si perdeva all'orizzonte. Era bella la campagna, anche se lei la detestava.

La cascina e i parenti che l'abitavano sarebbero stati sempre, per lei, sinonimo di grettezza, ignoranza, avarizia, cinismo e, soprattutto, fame. Eppure si rendeva conto che lì aveva avuto la certezza di sopravvivere, mentre non sapeva che cosa ne sarebbe stato di lei, del marito e della bambina quando fossero ritornati in città.

Andò a sedersi su una panca, accanto al muro della stalla, chiedendosi se fosse giusto lasciare la campagna in un momento come quello.

Sentì un brivido di freddo. Stava arrivando l'autunno e l'aria, a tratti, diventava pungente.

Vide Evarista venire dalla cucina e puntare su di lei con il suo passo pesante e deciso. Teneva in mano una ciotola fumante e gliela mise davanti.

«Mangia», le ordinò con tono rude.

«Vi ho già detto che non ho fame», protestò Elena.

La suocera incombeva su di lei come una montagna scura e minacciosa.

«O sei malata, e allora ti porteremo all'ospedale, o fai

i capricci, e allora qualcuno dovrà prenderti a calci», sbottò la suocera.

«Non vi permetto di trattarmi così», protestò Elena avvampando, mentre si alzava di scatto, pronta a fronteggiarla.

«Ma che cosa vuoi permettere, tu!» la commiserò la vecchia. «Le tue arie da nobildonna non mi fanno né caldo né freddo. Hai sposato il mio Alcide e so che gli vuoi bene. Per questo ti ho sopportato. Secondo me vali poco, eppure qualche virtù la devi avere se mio figlio ti vuole bene. E così vi auguro di sopravvivere alle bombe, ai tedeschi, agli alleati e a tutti i diavoli che se li portino via.» Mise una mano nella tasca del grembiule, estrasse un rotolo di banconote tenute insieme da uno spago e glielo gettò addosso. «Prendi questi», le disse.

«Che cosa significa?» domandò Elena, disorientata.

«Sono i soldi che mi diede Alcide quando ti portò qui, l'anno passato, per il mantenimento tuo e della bambina», rispose la donna, con aria scorbutica.

«Questi sono molti, molti di più», osservò Elena, soppesandoli sulla mano.

«Sì, sono molti di più», convenne Evarista. «Se li do ad Alcide, non li prende. Ma ho l'impressione che, se gli rivoltassi le tasche, non uscirebbe un centesimo. Di questi tempi, i soldi vi serviranno per tirare avanti. Quindi tienili tu e amministrali bene», aggiunse con fare burbero.

«Non è possibile», trasecolò Elena. «Voi... avara come siete...»

«Si vede proprio che non mi conosci. Del resto, non m'interessa quello che pensi di me.»

«Mi dispiace. Non posso accettare questo denaro», dichiarò Elena tentando di restituirlo.

«Oh, sì che puoi. Questo è il frutto delle mie fatiche, delle privazioni mie e di tutta la famiglia. Dici che sono avara. È vero. Ma non lo sono per me. Ho risparmiato per poter dare qualcosa ai miei figli.»

«Ma se li trattate così male!»

«Una cosa sono i gesti. Altro sono i sentimenti. Dunque, metti via quei soldi e guai a te se ne parli in giro», concluse.

Si girò sui tacchi e ritornò verso la cucina.

Elena, ancora incredula, infilò in tasca quel piccolo tesoro e incominciò a mangiare con avidità il cibo che la suocera le aveva portato.

5

Sul treno che andava a Verona, Caterina fantasticava sulla nuova vita che era lì ad attenderla. L'aria era satura dei vapori acri della locomotiva a carbone. Osservava incuriosita i volti degli sconosciuti che, come lei, sedevano compunti sulle panche di legno della carrozza di terza classe.

Dai finestrini polverosi si indovinava un cielo sereno. I viaggiatori si aggrappavano alla speranza di arrivare a Verona senza mitragliamenti e senza improvvise irruzioni dei tedeschi o dei fascisti che, ormai, erano considerati ugualmente nemici.

I compagni di viaggio erano gentili e offrivano il poco cibo che avevano. Anche la famiglia Belgrado volle dividere un pezzo di salsiccia e qualche uovo sodo.

Elena si sentiva rincuorata dal denaro che la suocera, inaspettatamente, le aveva regalato. Lo aveva nascosto nel bustino, a contatto con la pelle, senza farne parola con il marito.

Alcide teneva per sé la preoccupazione di un futuro precario e s'interrogava su come trovare un lavoro remunerativo, dal momento che la sua bottega non rendeva più niente.

Caterina cercava nel cielo il ricordo della piccola Eva, misteriosa e felice, che aveva raggiunto la Madonna. La confortava la prospettiva di rivedere la sua casa, le compagne di scuola, la vecchia maestra, la sua cameretta con la finestra sul cortile. Intanto, tra le braccia del padre, ascoltava i discorsi dei grandi, lasciandosi beatamente cullare dal dondolio del treno.

«Come mai, voi che siete ancora giovane, non siete in guerra?» domandò una donna ad Alcide.

«Sono fortunato», rispose sorridendo. «Dalla prima guerra mondiale fui escluso perché sono del novecentouno. Allora presero i ragazzi del novantanove. Adesso, quelli della mia classe non hanno ricevuto la chiamata.»

«Davvero una bella fortuna. Mio marito, che è più giovane, l'hanno mandato al fronte. Chissà se tornerà», disse rassegnata. «Io mi arrangio come posso. Sapete, ho tre bambini da tirare grandi.»

Poi, parlò sottovoce di mercato nero. Si spostava in treno o con altri mezzi di fortuna e girava il Veneto in lungo e in largo per il suo commercio proibito che, tuttavia, nessuno condannava.

Entrò nel vagone un uomo baffuto che sedette di fronte ad Alcide. La donna si zittì. L'uomo con i baffi accese una sigaretta e poi tese il pacchetto verso gli altri uomini, che rifiutarono.

Il treno aveva superato Vicenza senza intoppi e proseguiva spedito. Una donna anziana, con il fazzoletto nero legato sotto il mento, prese a parlare: «Io vado a Verona da mia figlia che sta per avere un bambino». E proseguì: «Le porto fasce e camiciolini, tutta roba di prima della guerra, stoffa robusta, per intenderci», tenne a precisare.

«La produzione italiana ritornerà a fiorire. Presto entrerà in funzione l'arma segreta di Hitler e allora la guerra finirà», affermò con sicurezza l'uomo baffuto.

«Lo credete davvero?» domandò Alcide, perplesso.

«Perché, voi no?» incalzò il nuovo viaggiatore.

Per quanto forzasse la propria immaginazione, Alcide non riusciva a credere che ci fosse un'arma tanto potente da mettere in scacco le migliaia di apparecchi e tutte le forze militari degli alleati.

«Mah, ho dei dubbi», replicò. «D'altra parte, la mia opinione non conta. Però, mi piacerebbe sapere in che cosa consiste questa arma segreta», disse e soggiunse: «Voi, forse, siete più informato di me a questo proposito».

«Se lo sapessi, non ne parlerei certo in treno.»

«Avete ragione. Si vede che siete una persona intelligente. Non fareste mai un simile errore.» Il tono di Alcide conteneva una nota di ironia che non sfuggì all'interlocutore.

«Avete deciso di prendermi in giro?» domandò l'uomo, con rabbia.

«Dio me ne guardi.»

«Sarebbe meglio che quelli come voi combattessero in prima linea.»

«Ma io sono in prima linea. Combatto per sopravvivere, giorno dopo giorno», dichiarò il fruttivendolo facendosi serio. E proseguì: «Viviamo in un paese che sta in piedi per opera dello Spirito Santo. Siamo circondati dalla miseria e dalla fame. Che volete che vi dica?»

«Non lo so. Ditemelo voi», lo sfidò il compagno di viaggio.

«Allora, tanto per essere chiari, vi dico che la guerra è uno schifo e che la gente non ne può più», brontolò Alcidc, con voce spenta.

«Vorreste dunque aprire le porte dell'Italia ai nostri nemici?»

«Se non mi sbaglio, quelli sono già entrati, senza neanche bussare. Ma poi, di quali nemici parlate? Io penso che i peggiori nemici degli italiani siano gli italiani stessi.»

«Spiegatevi meglio», lo invitò l'interlocutore, incuriosito.

«Avete capito benissimo quello che voglio dire», si spazientì Alcide.

Intervenne, a quel punto, la donna anziana che aveva preso la parola precedentemente.

«Se vi sentisse una spia, potrebbe denunciarvi», disse, non senza un certo sgomento.

«Denunciarmi? Per che cosa?»

«Per disfattismo», sillabò l'uomo baffuto. «Avete detto cose molto gravi. Non so se ve ne rendete conto.»

Tra i viaggiatori cadde il silenzio. Scomparvero le vivande e il fiasco del vino che li aveva rallegrati. Elena s'impaurì. Quel chiacchierone di suo marito si era ficcato in un guaio se quell'uomo baffuto fosse stato davvero una spia fascista. Non che mettesse tutti i fascisti sullo stesso piano. Ne aveva conosciuti parecchi in buona fede. Gente che credeva nel Duce come i bambini credono alla Befana. Disposti a morire per il loro ideale, ma che non avrebbero mai fatto del male a nessuno. Però, avvertiva l'ostilità di quel tipo che scrutava con tanta insistenza il suo Alcide.

«Speriamo di arrivare presto a casa», disse, accarezzando il braccio del marito.

«E intanto cerchiamo di stare allegri, senza parlare di buffonate», replicò lui.

«La guerra e l'eroico comportamento dei soldati del Duce, voi li chiamate buffonate?» incalzò l'uomo.

«Non fatemi dire cose che non penso. Ho detto la mia sulla guerra, che non mi piace, che ci costa milioni di morti mentre la Patria va a remengo. Io sono uno dei tanti ridotti alla fame», spiegò con veemenza.

«Tutti dobbiamo fare sacrifici per il trionfo dell'ideale fascista», ribatté l'altro.

«Be', io sono stanco di fare sacrifici. Vorrei che si sacrificassero un po' anche quelli che ci comandano. Invece, vivono nel lusso e hanno sempre la pancia piena», spiegò Alcide, guardando ostentatamente il ventre prominente del suo interlocutore. Poi si rivolse alla moglie: «Quanto a te, smettila di darmi di gomito. Sto dicendo quello che penso e che tutti gli italiani condividono».

«Gradite un po' di salsiccia?» chiese Elena all'uomo con i baffi. Avrebbe fatto qualsiasi cosa pur di evitare complicazioni a quel fanfarone di suo marito.

«Gradirei un po' più di lealtà verso la Patria», rispose lui, risentito. Si alzò e uscì dal vagone, lanciando ad Alcide un'occhiata di fuoco.

Caterina, che aveva seguito con attenzione il discorso dei due uomini, non aveva afferrato bene il significato di tutto ciò che si erano detti, ma le era piaciuto che il padre non si fosse fatto intimorire.

Il silenzio che seguì fu più eloquente di un discorso. Poi, la donna che faceva il mercato nero diede il via alla protesta.

«Manica di ladri schifosi e assassini», inveì.

Un vecchio le diede manforte.

«Non siamo neanche liberi di parlare. Solo di morire di fame e di bombe. Intanto loro si abbuffano e sono pieni di soldi», disse, alzando la voce, ora che l'uomo con i baffi non poteva sentirlo.

Caterina era felice dell'approvazione che il padre stava riscuotendo, ma c'era qualcosa che la rendeva dubbiosa. Accostò le labbra al suo orecchio.

«Papà», chiese. «È vero che sei un disfattista?» Non conosceva il significato di quella parola che le piaceva molto.

Alcide stava per risponderle quando Elena intervenne: «Cerchiamo di stare un po' tranquilli», implorò, lei che tranquilla non era.

Il treno entrò sbuffando nella stazione di Verona che brulicava di militari.

«Fin qui siamo arrivati. È già un successo. Adesso speriamo di trovare un altro treno che parta subito per Milano», disse Alcide.

C'era un andirivieni di tedeschi sui marciapiedi della stazione. Urlavano ordini a raffica.

«Papà, perché gridano tanto?» domandò Caterina mentre Alcide la prendeva in braccio per aiutarla a scendere gli scalini della carrozza.

«Perché chi ha torto urla sempre più forte di chi ha ragione», le rispose.

Elena, dall'alto del predellino, allungò al marito la

valigia e i pacchi di cibo portati da Sacile. Evarista vendeva il cibo agli sfollati, ma ne aveva sottratta una parte al suo commercio per regalarlo al figlio, sapendo quanto fosse prezioso.

In quel momento si parò davanti a loro l'uomo baffuto del treno. Alle sue spalle c'erano due militari tedeschi, che portavano al collo le piastrine della Federgendarmerie, e un ufficiale. Uno di loro teneva al guinzaglio un cane lupo.

«È lui», disse l'uomo baffuto, puntando un dito accusatore verso Alcide che impallidì. Elena si portò una mano alla bocca per soffocare un grido. Caterina si aggrappò al padre con entrambe le braccia.

«Favorite i documenti», disse l'ufficiale.

La mano di Alcide tremava mentre estraeva dalla giacca la sua carta d'identità e i biglietti di viaggio.

«È tutto in regola», volle spiegare.

«Questo lo decideremo noi», replicò l'ufficiale, che parlava un italiano stentato.

Sul marciapiedi, di fronte a loro, sostava un lungo convoglio di carri-bestiame sprangati. Dalle connessure uscivano voci e lamenti.

I passeggeri che avevano viaggiato con la famiglia Belgrado, e che erano costretti a passare accanto a loro, non osavano alzare lo sguardo. Si allontanarono in fretta, a testa bassa.

«Voi avete detto, pubblicamente, che la nostra guerra non vi piace», disse l'ufficiale e, con un sorriso ironico, proseguì: «Questo significa che dovrete lavorare anche voi, al fianco dei camerati germanici, per sconfiggere i nemici del nostro Führer».

Alcide non replicò. Aveva paura ma non voleva mostrarlo alla moglie e alla figlia.

Istintivamente, Caterina si portò una mano all'altezza del petto, cercando la medaglietta che Eva le aveva regalato. Ma non la trovò e si ricordò di averla perduta. Sapeva che suo padre era in pericolo e cercava, nella mente atterrita, le parole giuste per supplicare la Madonna che lo salvasse.

«Seguitemi», ordinò l'ufficiale, tendendo al sottoposto i documenti di Alcide.

«Dove? Perché?» domandò lui.

Elena si frappose tra il marito e i tedeschi, con il coraggio della disperazione.

«Dobbiamo tornare a Milano, a casa nostra. Non potete trattenerci», implorò.

«Voi, signora, potete aspettare qui. Vostro marito verrà con noi per accertamenti.»

Era evidente che Alcide non aveva nessuna possibilità di opporsi.

Caterina era aggrappata alle sue gambe. Uno dei militari la allontanò con un gesto deciso. Afferrò Alcide per un braccio e lo costrinse a seguire l'ufficiale che si avviava verso l'edificio della stazione.

Mentre lo portavano via, Alcide si voltò e gridò: «Badate a voi, mi raccomando!»

Elena si appoggiò stremata a un carrello che serviva ai facchini per trasportare i bagagli. Era in un bagno di sudore e tremava come se avesse avuto la febbre.

Sentì una mano gentile posarsi sulla sua spalla. Si girò. Accanto a lei c'era la donna anziana che aveva viaggiato con loro. La guardava con infinita pietà.

«Fatevi coraggio», le sussurrò. «Creperanno tutti, questi boia. Ricordatevi, figliola, che il Padreterno ha le mani lunghe e arriva dappertutto.»

Elena girò lo sguardo cercando Caterina. La bambina era scomparsa.

«Caterina!» urlò con voce straziata.

«È là, guardatela», la rassicurò la donna, indicando un anfratto tra due blocchi di cemento.

Caterina aveva raggruppato i loro bagagli e ci stava seduta sopra. Elena corse da lei.

«Che cosa fai?» domandò smarrita abbracciandola forte.

«Aspetto papà», rispose.

Aspettarono a lungo, stringendosi l'una all'altra. Stava ormai imbrunendo quando Elena si sentì chiamare. Era Alcide. La sua voce era un richiamo straziante. Alcuni soldati tedeschi lo sospingevano a forza dentro un carro-bestiame stipato di prigionieri.

Elena attraversò di corsa i binari per raggiungerlo.

«Alcide!» gridò a sua volta.

«Mi mandano in Germania a lavorare», urlò l'uomo, mentre stava per essere inghiottito dal carro.

«Non è vero! Non può essere vero», singhiozzò Elena alzando le braccia verso di lui.

«Elena! Elena!»

La voce del marito le giungeva soffocata dall'interno del vagone che si era richiuso alle sue spalle.

«Alcide, amore mio», gridò Elena, avventandosi come una furia contro il legno sconnesso della vettura, martellandolo di pugni, con tutta la sua forza.

«Ti voglio bene. Ti voglio tanto bene», gridava. Si lasciò cadere in ginocchio singhiozzando.

Le sue grida si confusero con il fischio prolungato della locomotiva che si metteva in moto sbuffando, trascinando la lunga fila dei vagoni stipati di disperazione.

Quando si rialzò, il treno era sparito. Caterina, invece, era vicina a lei e piangeva.

«Ce lo hanno portato via», mormorò ancora incredula.

«Ce lo hanno portato via», ripeté Elena.

«E noi? Che cosa facciamo, adesso?» domandò la bambina fra le lacrime.

«Non lo so», rispose la madre, smarrita.

Prese per mano la piccola e si diressero dov'erano i loro bagagli. Erano spariti.

«Li hanno rubati», trasecolò la bambina.

«Ormai, non ha più importanza», mormorò Elena. Non le importava più niente. Nemmeno del denaro che aveva nascosto sotto il bustino e che, quand'erano partiti da Sacile, le aveva dato tanta sicurezza.

6

Il tempo cambiò all'improvviso e si scatenò un violento temporale.

Elena e Caterina avevano trovato alloggio in una modesta pensione nei pressi della stazione ferroviaria. Erano riuscite ad avere una cena a base di semolino. Subito dopo si erano rifugiate nella loro stanza. La pulizia sommaria non riusciva a nascondere la sporcizia stratificata negli anni. Elena aprì la finestra per disperdere il tanfo di chiuso che stagnava nella camera.

Caterina si infilò esausta nel letto e si addormentò. La donna prese a misurare la stanza con passo irrequieto, come fosse un animale in gabbia.

All'ultimo tuono che concludeva il temporale, seguì il rombo scoppiettante di un aereo solitario. Era l'implacabile Pippo, che aveva il dono di trovarsi contemporaneamente in luoghi diversi. Sorvolava la città con lo scopo di compiere azioni di disturbo. Elena sperò che riuscisse a bloccare il convoglio che portava in Germania suo marito.

Guardò la sua bambina che dormiva serenamente e pensò di raggiungere il comando tedesco per chiedere spiegazioni sull'accaduto. Suo marito era stato vittima di un sopruso, non aveva fatto alcun male.

Riflettendo, si rese conto che non sarebbe servito a

niente. La guerra cancella tutto, anche i diritti fondamentali di ogni individuo. Quante donne si trovavano nella sua situazione? A migliaia, come lei, avrebbero dato anni di vita per riavere i loro uomini.

Un'esplosione violentissima e improvvisa svegliò Caterina.

«Mamma, che cosa è successo?» domandò la bambina.

«Forse è la coda del temporale», la rassicurò Elena, mentre chiudeva le imposte. Accese la lampadina che pendeva da un filo, al centro del soffitto. Una luce fioca illuminò la squallida stanza.

«Lo sai che non ho ancora detto le orazioni?» osservò Caterina, mettendosi a sedere.

«Ti sei addormentata appena hai toccato il letto. Non avevo cuore di svegliarti», disse Elena, accarezzandola.

«Se non preghi, la Madonna non può aiutarti», ragionò sua figlia. Scivolò giù dal letto e si mise in ginocchio.

«Cara Madonna», cominciò a recitare, «avevamo tanta roba buona da mangiare e ce l'hanno rubata. Avevo un papà e i tedeschi me lo hanno portato via. Facciamo un patto: io sarò buona e tu, domattina, mi farai ritrovare il mio papà e le nostre cose.»

«Non si fanno patti con il cielo», l'ammonì Elena. E soggiunse: «Prega con me: oh, Signore, fa' succedere qualcosa di buono per noi e per tutti quelli che soffrono. Fa' sparire tutti i tedeschi dalla faccia della terra e ridammi il padre di mia figlia», disse con rabbia.

«Se il Signore è buono con tutti, non può essere cattivo con i tedeschi», obiettò Caterina.

Elena si trovò spiazzata e cercò una giustificazione: «Lui è buono con i buoni e spietato con i cattivi».

«Non ci sono uomini cattivi. Ci sono soltanto uomini infelici», sentenziò sua figlia.

Elena la fissò intensamente. Aveva capito bene?

«Chi te lo ha detto?» la interrogò.

«La povera Eva», rispose. «Lei mi ha insegnato tante cose. Una volta mi ha detto che chi fa del male agli altri, dopo soffre come una bestia che va al macello. Non è Dio a punirli, ma il male che hanno fatto.»

«Ti manca la tua cuginetta, vero?»

«Sì, tanto. Però mi manca di più il mio papà. Eva è in cielo ed è felice, ne sono sicura.»

Elena annuì, pensierosa, e aggiunse: «Mentre noi due siamo infelici. Eppure non mi sembra che siamo state particolarmente cattive. O forse sì? Io non ci capisco più niente. Forse sono stata cattiva nel non adattarmi a vivere con la tua nonna. Chissà. Adesso, ritorna a dormire», la sollecitò, rincalzandole la coperta. Poi si sdraiò accanto a lei e continuò a pregare, fino a quando echeggiarono le sirene di un allarme aereo.

Caterina dormiva profondamente, vinta dalla stanchezza e dalle emozioni.

Elena sentì voci concitate, passi affrettati di gente che bussava alle porte per sollecitare i clienti a scendere nel rifugio. Mancò la luce elettrica e qualcuno bussò anche alla loro porta.

«Uscite, presto. Il rifugio è nella casa accanto», ordinò una voce autorevole.

Elena cercò a tentoni gli zolfanelli per accendere la candela che aveva visto sul comodino.

Avvicinò la fiamma al viso di Caterina. La bambina dormiva di un sonno profondo che neanche il frastuono del bombardamento avrebbe interrotto. Allora posò la candela sul comodino, si fece un segno di croce e tornò a distendersi vicino a lei, aderendo con il proprio corpo a quello della figlia, come se volesse garantirle protezione e, al tempo stesso, attingere sicurezza dal suo fiducioso abbandono.

Si capiva dal rombo cupo dei motori che gli aerei in avvicinamento erano carichi di bombe. Poco dopo, un sibilo immane precedette una serie di terrificanti esplosioni che fecero vibrare i vetri della camera, infrangendoli. Sembrò che il mondo, intorno a quella piccola stanza sudicia, si stesse ribaltando. Elena aspettò, rassegnata, che una bomba cadesse sulla loro testa. Sarebbe morta abbracciando la sua bambina. Pensò che il suo Alcide, se fosse sopravvissuto al campo di lavoro tedesco, sarebbe certamente morto di disperazione quando avesse appreso della loro fine. Pensò a sua madre, che era sola a Modena. Chi si sarebbe preso cura di lei? Pensò alla suocera che, quando avesse saputo la sorte toccata a suo figlio, forse l'avrebbe maledetta, perché era stata lei, con le sue arie da «nobildonna», a causare il disastro. Si sentiva responsabile del destino dei suoi cari. Dipendeva da lei svegliare Caterina, prenderla in braccio e correre verso il rifugio. Poteva restare o scappare. Ma lei non aveva più una volontà, in quel momento. Decise di offrirsi inerme alla volontà del Signore.

Dalla finestra, spalancata dallo spostamento d'aria delle esplosioni, si vedevano ardere gli incendi. Le cellule fotoelettriche sciabolavano l'oscurità del cielo con poderosi fasci di luce, mentre una contraerea inadeguata tentava invano di colpire le squadriglie che devastavano la città.

Elena si strinse ancora di più alla sua bambina e sussurrò come una preghiera: «Alcide mio, perdonami. Dovrei correre in un rifugio. Ma non ho più forze per scappare».

Dopo un tempo che Elena non seppe calcolare, suonò il cessato allarme. Lei e Caterina erano vive, avvinghiate in quel letto sudicio. Dalla finestra irruppe la luce del giorno. Caterina si svegliò.

«Questa notte c'è stato il finimondo», le disse Elena.

Per tutta risposta la bambina sbadigliò. Era riposata, serena. Sulla strada si rincorrevano voci da un cumulo di macerie all'altro. Le sirene delle ambulanze si sovrapponevano allo scampanellare delle auto dei pompieri. Salivano fino a loro i pianti e le imprecazioni disperate dei sopravvissuti.

«Non mi sono accorta di niente», si stupì la bambina.

C'era un piccolo lavabo nella camera, ma dal rubinetto non scendeva acqua.

«Non possiamo neppure lavarci», disse Elena.

«E non possiamo bere», le fece eco Caterina.

Si vestirono e presero a scendere le scale. C'erano crepe vistose nei muri e calcinacci che si staccavano dai soffitti. Sentirono voci maschili, in fondo alla rampa. Poi videro alcuni civili che avevano al braccio la fascia dell'UNPA, l'Unione Nazionale per la Protezione Antiaerea. Si guardavano intorno e uno di loro, con un piccone, saggiava la consistenza di un muro maestro.

«È un miracolo che questa casa sia rimasta in piedi», disse un uomo.

«Andiamo a guardare nelle stanze, caso mai ci fosse rimasto qualcuno», gli rispose un compagno.

«Ci siamo noi», si annunciò Elena, sbucando dal pianerottolo. Teneva stretta, nella sua, la mano di Caterina.

«Avete passato la notte qui dentro?» domandò quello che sembrava essere il capo.

Elena assentì e chiese: «Dov'è l'albergatore?»

«È sotto le macerie, nel rifugio che è crollato, seppellendo i clienti di questa pensione. Sono tutti morti. Come mai non siete scesa anche voi nel rifugio?» domandò l'uomo.

«Il Signore ha voluto così», rispose la donna, sconvolta dalla notizia.

«Siete state miracolate. Ve ne rendete conto?» interloquì uno della squadra, e aggiunse: «Dov'è vostro marito?»

«Vorrei saperlo anch'io», reagì Elena. «E gradirei anche una tazza di latte per la mia bambina.» Non voleva raccontare della deportazione di Alcide perché temeva che potessero insorgere complicazioni.

«L'edificio è pericolante. Dovete uscire immediatamente», ordinò il capo dell'UNPA.

Madre e figlia si ritrovarono a vagare per le vie di una città sconosciuta, sbigottite e incredule del disastro che vedevano intorno a loro. Il destino aveva voluto che sopravvivessero. Elena decise che avrebbe raggiunto Milano e la sua casa, a qualunque costo.

7

In una stradina del centro, trovarono una latteria aperta. Era gestita da una giovane bruna, dalle forme opulente e dai modi garbati. Il piccolo locale era stipato di gente. Trovarono, tuttavia, un tavolino libero dove sedettero per divorare, con avidità, due grandi scodelle di caffè e latte in cui intinsero fette di pane giallo dalla crosta annerita.

«È buono», disse Caterina, con la bocca piena e un rivolo di latte che colava lungo il mento.

«Mangia e taci», le ordinò Elena, che non voleva essere distratta dai pensieri che andava elaborando, mentre ascoltava i dialoghi degli altri avventori.

Parlavano del bombardamento degli inglesi, delle razzie degli sciacalli nei palazzi bombardati, dei feriti che non trovavano posto negli ospedali, delle famiglie che sfollavano verso le campagne abbandonando le case ai ladri, della carenza di cibo, della precarietà dei rifornimenti, della prospettiva di un nuovo terribile inverno di guerra.

«Ho un carico di carbon cock da portare a Milano, per l'Hotel *Continental*», disse un giovane che mangiava pane e pancetta.

Elena si fece più attenta. L'Hotel *Continental* era vicino a casa sua.

«Adesso che viene l'inverno, quelli del comando tedesco vogliono stare al caldo», sogghignò alludendo al fatto che il famoso albergo milanese era quasi interamente occupato dagli alti ufficiali nazisti.

«E, possibilmente, mangiar bene e bere meglio», interloquì la lattaia. E proseguì: «A noi la Centrale manda i bidoni di latte annacquato. Per loro, invece, quello intero, dove galleggiano tre dita di panna. Dov'è finita la giustizia? Ieri, ho visto io con questi occhi un camion che scaricava quintali di farina bianca davanti alla caserma dei tedeschi».

«Scusate se mi intrometto», esordì Elena accostandosi ai due. «Ho sentito che andate a Milano», soggiunse timida ma risoluta. «Devo andarci anch'io, ma i treni non viaggiano. Che cosa mi suggerite?»

Il camionista squadrò quella bella ragazza dalle forme aggraziate e dai modi gentili.

«Ma vi ci porto io», sorrise, infilandosi in bocca uno stuzzicadenti, mentre la osservava con aria compiaciuta.

«Dite sul serio? Per noi sarebbe una fortuna», replicò Elena.

«Noi, chi?» indagò il camionista.

«Viaggio con la mia bambina. Siamo state sfollate a Sacile per oltre un anno. Adesso vogliamo tornare a casa.»

«Questa è una pazzia. Dovreste tornare in campagna. Milano è un inferno di questi tempi. Esattamente come Verona», l'informò.

«Lo so bene. Mio marito mi ha avvertita. Ma devo fare così», replicò senza dilungarsi in ulteriori spiegazioni.

Caterina li osservava con la tranquilla serenità dei bambini che affidano agli adulti la loro sorte, senza porsi interrogativi.

«E io vi porterò a Milano, bella signora», garantì il giovane, con tono galante.

«Naturalmente, pagherò per il disturbo», sottolineò Elena. «Quanto vi devo?»

«Che fretta c'è? Ci metteremo d'accordo durante il tragitto», minimizzò lui, lanciandole occhiate maliziose.

«Patti chiari, amicizia lunga. Ditemi subito quanto volete e non ci saranno equivoci», insistette Elena.

Caterina lasciò il suo tavolo e s'avvicinò alla madre. Il modo con cui il giovane la guardava le aveva procurato un moto di gelosia.

«Mamma, dici che dobbiamo fidarci di questo signore?» domandò sottovoce.

Il camionista e la lattaia l'avevano sentita e sbottarono in una risata.

«È sveglia, la vostra piccolina», osservò la donna. E aggiunse: «Andate tranquille. Il Bepi è un bravo figliolo. Garantisco io che l'ho visto crescere».

«Anche noi siamo brave persone», replicò Elena, sentendosi rinfrancata dalle rassicurazioni della donna.

«Diciamo che per portarvi a Milano, se riusciremo ad arrivarci, mi pagherete il costo del carburante. Vi sta bene?» propose.

Quello stesso giorno, all'imbrunire, Elena e sua figlia scesero dal camion carico di ovuli di carbone, davanti alla bottega di corso Venezia. Elena consegnò il denaro al giovane con il quale, durante il viaggio faticoso e interminabile, era nata una specie di amicizia.

«Non voglio essere pagato», si schermì lui. «Vi sono capitate già troppe disgrazie. Se avete qualche soldo, serbatelo per voi. Quando la guerra sarà finita, verrò a trovarvi e siccome vostro marito sarà tornato, mi complimenterò con lui per aver sposato una donna tanto bella e tanto saggia.»

Elena si guardò intorno. Stentava a riconoscere la strada che, fino a pochi anni prima, percorreva con passo svelto, indossando abitini all'ultima moda, per recarsi a lavorare in sartoria.

Ricordava un susseguirsi di negozi eleganti, di gente affaccendata, di automobili lucenti, di tram scampanellanti. Rivide, con gli occhi della memoria, le vetrine delle modiste e l'opulenza delle botteghe di generi alimentari. Risentì il profumo sottile e penetrante di cipria e acqua di colonia che aleggiava in prossimità delle profumerie. Pensò ai colori sgargianti della frutta rugiadosa esposta fuori dalla bottega del marito.

Quando c'era tutto questo, lei aveva vent'anni, era innamorata e la vita le sembrava una festa senza fine.

Adesso vide palazzi sventrati, case transennate, finestre buie. Le botteghe rimaste intatte avevano le saracinesche abbassate, compresa la sua. Dov'era finita la felicità di un tempo? Dov'era finito il suo Alcide? Aveva le lacrime agli occhi quando tese la mano al camionista.

«Grazie», gli disse. «Ci rivedremo quando la guerra sarà finita. Mio marito e io vi inviteremo a pranzo.»

«La guerra dovrebbe essere finita da un pezzo, perché Hitler l'ha persa. Ma nessuno ha il coraggio di dirglielo», sussurrò il giovane, congedandosi. Elena guardò il camion allontanarsi e dubitò che sarebbe arrivato il giorno in cui avrebbe rivisto quel giovane onesto e generoso. Prese per mano sua figlia, attraversò la strada deserta e si fermò davanti alla bottega chiusa.

«Ma siamo sicure che questa è casa nostra?» domandò Caterina, con un filo di voce.

Elena annuì mentre si chinava per aprire il lucchetto che agganciava al suolo la saracinesca di ferro. La rialzò con una spinta poderosa delle braccia. E furono in bottega. Le investì l'odore dolciastro degli ortaggi che stavano appassendo. Il locale era buio, disadorno, squallido. Su un trespolo pendeva triste la veste blu di fustagno che Alcide indossava quando era in negozio.

«Che tristezza», esclamò Elena, lasciandosi cadere affranta su una pila di ceste vuote.

«Se ci fosse papà, non diresti così», l'ammonì Caterina. E soggiunse: «Adesso, che cosa faremo?»

«Dobbiamo soltanto cercare di sopravvivere», rispose Elena, accarezzando il volto di sua figlia. «Siccome siamo sole, tu dovrai aiutarmi. Manca un'ora all'oscuramento. Spalanca la porta, accendi la luce e speriamo che si presenti qualche cliente. Questa roba, se non la vendiamo subito, domani sarà da buttare.»

Caterina passò in rassegna gli scaffali semivuoti, ricordando quando erano stipati di vasi di olive e sottaceti, di cestini pieni di frutta secca legata con nastrini colorati, di botticelle d'aceto aromatizzato, di scatole di cotognata confezionate da sua madre.

«C'è rimasto ben poco», osservò.

«Adesso la bottega dovremo mandarla avanti noi. Ci aspetta un lavoro massacrante, Caterina. Lo affronteremo senza lamentarci. Guerra o non guerra, questi scaffali ritorneranno a essere pieni. Domattina all'alba andrò al mercato a fare incetta di tutto quello che troverò», garantì, mentre apriva la porta che dava sul cortile per assicurarsi che ci fosse ancora il triciclo di Alcide: era indispensabile per trasferire la merce dal mercato al negozio. E proseguì: «Scendo in cantina a dare un'occhiata. Tu bada alla bottega». Aggirò il banco, sollevò la botola di legno e scese una breve scaletta. Si trovò in un locale fresco, dal soffitto a volta, che prendeva luce dal cortile attraverso due finestrelle a bocca di lupo.

«Mamma, se entra un cliente, che cosa gli dico?» domandò la bambina che si sentiva a disagio, tutta sola in quella bottega triste.

«Quello che diceva papà: 'Buona sera. Che cosa desidera?'» suggerì Elena mentre inventariava con lo sguardo le poche provviste.

C'era, abbandonato su una panca, un grosso libro. Elena lesse il titolo: *Antonio Adverse* di Herven Allen. Era un romanzo pubblicato da Arnoldo Mondadori per la collana Omnibus. Era costato ben quaranta lire. Era uno dei tanti libri di avventure che Alcide leggeva per lei e la loro bambina, la sera, prima di coricarsi. C'erano un mozzicone di candela e la scatola dei cerini, accanto al volume. Evidentemente, durante un bombardamento, suo marito si era portato il libro in cantina, che era anche rifugio, per ingannare la paura leggendo. Si commosse fino alle lacrime. «Che cosa ne sarà di lui?» si chiese, angosciata. Sedette sulla panca e accarezzò la copertina colorata con la dolcezza con cui avrebbe accarezzato il viso di Alcide.

Caterina si affacciò da dietro il banco e si trovò di fronte un angelo. Questa, almeno, fu l'impressione che ricevette guardando il viso del giovane alto e magro, dagli occhi immensi ombreggiati da ciglia lunghe e ricurve. I capelli ricci erano biondi con riflessi ramati. Indossava pantaloni grigi e un maglione di un bel giallo dorato.

«Buona sera, signorina», esordì con voce baritonale e un sorriso dolce.

Caterina non osò proferire parola. Continuava a fissarlo, incredula e disorientata.

«Dite a me?» chiese infine. Nessuno l'aveva mai chiamata così. Aveva appena nove anni.

«Non vedo altre signorine, qui dentro», replicò il giovane.

Caterina considerò il proprio stato deplorevole. L'abitino dell'anno prima le andava corto e stretto. Le dita dei piedi uscivano dalla punta delle scarpine. Suo padre aveva tagliato, con un trincetto, la sommità della tomaia perché lei potesse ancora calzarle. I nastrini delle sue trecce erano gualciti. Arrossì di vergogna.

«Il signore desidera?» domandò, tentando di darsi un contegno.

«Vorrei della frutta», disse lui, osservando con perplessità la desolazione della merce. E soggiunse: «Che cosa mi suggerite?»

«Quello che vedete. Mele vizze, pere dure come un sasso, nespole, un po' di uva nera. Vi va bene un chilo di tutto? Vi faccio un buon peso e un buon prezzo», si sforzò di recitare, vincendo l'emozione. Era sicura di non avere mai incontrato un giovane tanto bello e tanto delicato.

«Affare fatto», replicò lui, sorridendo. «Purché mi prepariate davvero tutto questo bendidio.»

Caterina, infatti, stava incollata dietro il banco, senza osare muoversi.

«Subito, signore. Però io sono soltanto una bambina. Non datemi del voi e non chiamatemi signorina. Io mi chiamo Caterina», sussurrò. E avrebbe voluto aggiungere: «Dovresti saperlo, dal momento che sei il mio Angelo Custode. Lo sentivo che ti saresti manifestato, un giorno o l'altro». Invece si limitò ad abbassare lo sguardo, arrossendo.

«Bene, Caterina. Io mi chiamo Marco», rise lui.

C'era una pila di fogli di giornale, sul banco. Il giovane ne prese uno, lo arrotolò a imbuto, ripiegò più volte l'estremità appuntita, facendone un sacchetto che tese alla bambina. «Qui, che cosa ci mettiamo? Pere dure o mele vizze?» scherzò.

Caterina prese l'involucro con un senso di gratitudine. Lei non avrebbe saputo farlo.

«Sceglierò le più belle», promise.

In quel momento Elena emerse dalla cantina.

«Brava», le disse, vedendola al lavoro. Poi si rivolse al cliente: «Perdonate la poca scelta che vi offriamo. Siamo appena arrivate dal Veneto. Se verrete domani, vi tratteremo meglio. Almeno lo spero. Dipende da quello che troverò al mercato».

«Anch'io sono appena arrivato da fuori», disse Marco.

Elena lo osservò attentamente e si chiese se quel giovane stesse scappando da qualcosa o da qualcuno.

«Ecco un chilo di tutto», annunciò Caterina. Poi si rivolse a sua madre: «Gli ho promesso un buon prezzo. Quanto viene, mamma?»

Elena scarabocchiò dei numeri su un pezzetto di carta, poi tese il conto al cliente. «Torni a trovarci», soggiunse.

«Lo farò», promise lui.

Quella sera, prima della chiusura, arrivarono altre persone. Elena e sua figlia erano soddisfatte. Avevano praticamente vuotato gli scaffali. Quando si ritrovarono sole, nella quiete del piccolo appartamento sopra la bottega, Elena sedette al tavolo di cucina: scrisse una lettera alla suocera, per comunicarle la cattura di Alcide, l'altra a sua madre, per chiederle di venire a Milano.

«Ho un gran bisogno del tuo aiuto», le diceva nella lettera. «Caterina e io siamo disperatamente sole e non sappiamo come mandare avanti la casa e la bottega.»

Caterina, nel frattempo, si era rifugiata nel suo letto e si era messa a pregare. «Angelo di Dio, che sei il mio custode...»

Finalmente l'angelo aveva un volto, un nome, un sorriso da togliere il respiro.

8

«Grazie al cielo, sei arrivata!» esclamò Elena abbracciando la madre. Luigia aveva cinquantacinque anni, una figura armoniosa, un volto sorridente e uno sguardo innocente. Era scesa da una vettura di piazza che aveva sul tetto due grandi bombole di gas metano, il carburante di quei tempi di guerra. L'autista scaricò i bagagli e li depose all'interno del negozio.

«Meno male che le vecchie madri servono ancora a qualcosa», disse Luigia che, stanca dei lunghi mesi di solitudine, aveva raccolto l'invito della figlia con entusiasmo.

«Non ce la faccio a star dietro a tutto: casa, bottega, figlia, clienti», si sfogò Elena. «Caterina fa quello che può, ma è soltanto una bambina. E per di più è sola, perché le sue amichette sono tutte sfollate.»

«Io non ce la facevo più a stare a Modena. Ci sono più tedeschi e repubblichini che topi. I fascisti stanno sempre in agguato, pronti a inventare rastrellamenti per mandare gente a lavorare in Germania o a mettere in galera disgraziati da fucilare in caso di rappresaglia», raccontò.

«Non che qui la situazione sia diversa», replicò Elena. «Però la città è grande e certe cattiverie si notano meno.»

«Hai notizie di tuo marito?»

«Nessuna. Che Dio punisca quei maledetti e chi li ha inventati», imprecò Elena.

Il dispiacere, la fatica, le preoccupazioni non le davano tregua.

Era stanca e depressa, ma, per fortuna, non ancora rassegnata.

«Hai informato i suoi parenti?»

«Ho scritto a sua madre facendo atto di contrizione. Fossi stata meno schizzinosa e superba, sarei ancora da loro, in campagna. E Alcide sarebbe qui, in bottega. E questo è il risultato», sbottò, mettendosi a piangere.

«Le lacrime non servono. Adesso cerchiamo di affrontare il futuro con serenità. Dov'è la mia piccolina?» domandò alludendo alla nipote.

«Di sopra. Sta rifacendo i letti», rispose Elena. «A modo suo, cerca di rendersi utile e ci riesce. Ma è triste. In campagna aveva sempre fame. Qui mangia di malavoglia. Non ha nessuno con cui giocare. Per fortuna tra qualche giorno ricomincerà la scuola.»

«Adesso penso io a lei. Vado subito di sopra», decise Luigia.

Quando Caterina la vide, le dedicò una lunga occhiata incredula, poi si gettò letteralmente su di lei, abbracciandole i fianchi e, infine, sbottò in lacrime. Anche Luigia si commosse, riuscendo tuttavia a padroneggiare le lacrime. La tenne stretta a sé, dandole rassicuranti colpettini sulle spalle.

«Da oggi, si cambia vita», le disse. «La prima cosa da fare è chiudere il rubinetto della tristezza. Ti garantisco tanto lavoro e tanto divertimento», esordì, come se in quei tempi ci fosse spazio anche per il sorriso.

Caterina si asciugò il volto con il dorso della mano e la guardò con affetto.

«Sono contenta che tu sia qui», dichiarò.

«Allora siamo pari. Io non vedevo l'ora di stare un po' con te. Non ti vedo da un anno e mezzo, lo sai? Fatti guardare. Sei cresciuta. Ma sei troppo magra. Adesso ci penserò io a farti mangiare. Ti cucinerò minestroni di cavoli e patate che ti piacciono tanto. E poi frittelle di mele e tortelli con la marmellata. Ti metterò all'ingrasso come un maialino», promise Luigia.

«Tu dormirai sull'ottomana. Guarda come te l'ho preparata bene, nonna», le disse. «La notte staremo vicine. Ho tante cose da raccontarti», soggiunse. Voleva essere allegra e, invece, ricominciò a piangere. Era un fiume di lacrime incontenibile.

La nonna si preoccupò. Sedette con lei sull'ottomana e prese a parlarle con dolcezza.

«È possibile che la gioia di rivedere questa vecchia nonna ti abbia commosso. Ma adesso stai esagerando. Vuoi dirmi che cosa ti succede?»

«Non lo so. So che ho sempre gli occhi umidi», disse Caterina.

«È per il tuo papà?»

«Anche, ma non solo.»

«Allora?» insistette la nonna.

La bambina si chiuse in un mutismo ostinato.

«Prima mi hai detto che avevi tante cose da raccontarmi e adesso non vuoi più parlare. Com'è questa storia?»

«Non è facile dirlo», si giustificò Caterina.

«La tua mamma è troppo severa? È perché ti senti sola? Oppure sei preoccupata per l'inizio della scuola? Santo cielo, Caterina, non mandarmi a caccia di farfalle. Se piangi tanto, dovrà pur esserci una ragione seria», si spazientì.

«Penso a lui e le lacrime sgorgano come da una fontana», sussurrò la bambina.

«Lui, chi?» domandò Luigia, incuriosita.

Caterina accostò le labbra all'orecchio della nonna e sussurrò: «Lui, Marco. È il mio angelo. Penso sempre a lui e mi viene da piangere», confessò.

«Il tuo angelo? Chi è questo Marco?» indagò la nonna, confusa.

«È un giovanotto bellissimo, nonna. Tu non puoi proprio immaginare quanto sia bello. È biondo, alto, elegante, con una voce che mi commuove. Ha modi gentili. Viene in bottega ogni sera a fare la spesa. Quando lo vedo mi manca il respiro e non riesco nemmeno a parlare», confessò. «Quando mi sorride e mi chiama signorina, io divento rossa come un pomodoro.»

«Ti sei innamorata. È così», sentenziò la nonna, con tono volutamente sussiegoso.

«Io non so che cosa significhi essere innamorata.»

«Vuol dire andar fuori di testa, come stai facendo tu. Però, nove anni mi sembrano pochi per questo sentimento. La tua mamma lo sa?»

«Scherzi? È un segreto», si allarmò Caterina.

«Certo i tempi cambiano e i bambini crescono alla svelta, però, quando avevo la tua età, io mi preoccupavo solamente di giocare. Ai ragazzi non ci pensavo proprio.»

«Neanch'io penso ai ragazzi. Penso solamente a Marco. Lui è il mio angelo», precisò Caterina.

«Capisco», la nonna non poté trattenere un sorriso divertito. «Sarei proprio curiosa di vederlo in faccia questo tipetto che piace tanto alla mia nipotina», proseguì.

«Lo vedrai. Viene tutte le sere a comperare la frutta. Credo che ne sia molto goloso. Lo dirai anche tu che è bello. Lo dice anche la mamma. Ha occhi grandi come chicchi d'uva verde e ciglia lunghe e bionde, girate all'insù. I capelli gli brillano come se avesse in testa una lampadina. Devi proprio vederlo, nonna», s'infervorò Caterina.

«Ti sei rincitrullita e mi stai facendo diventare scema! Ogni cosa a suo tempo. Adesso chiudiamo il capitolo del biondo Marco e affrontiamo quello ben più serio della sopravvivenza. Ti avverto, piccolina: ci aspetta un inverno difficile e, anche tu, farai la tua parte. E che Dio ci assista», tagliò corto la nonna.

Dopo essersi confidata, Caterina si sentì subito più allegra. Così, mentre Elena accudiva la bottega, nonna e nipote si diedero da fare in casa.

Poco prima dell'oscuramento, scesero entrambe in negozio.

«Ho preparato un minestrone di verdura con una bella battuta di lardo», annunciò Luigia alla figlia. «È su che cuoce. Adesso puoi andare in casa a riposare. Penseremo noi agli ultimi clienti e chiuderemo la bottega», garantì.

Elena si sentì sollevata. Si era alzata presto quella mattina. Pedalando con il triciclo era andata ai mercati generali per fare rifornimento di patate, cavoli, carote, spinaci, zucche gialle, rape bianche e rosse, mele e pere ruggine, castagne e alchechengi. Aveva fatto incetta della merce migliore, approfittando del fatto che gran parte dei negozi era ormai chiusa.

Per lei era diventato un punto d'onore mantenere vitale il negozio del marito. Quasi ogni notte la città veniva bombardata ma, dopo essere scampata al disastro di Verona, Elena si era convinta di essere immortale. Non sapeva se la guerra sarebbe stata vinta dai fascisti o dagli alleati, ma era convinta che il fascismo fosse una disgrazia per tutti. Odiava i soldati tedeschi che le avevano sottratto il marito, quanto i delatori che facevano arrestare gli innocenti.

Nella bottega entravano spesso militari tedeschi, attratti dalla frutta che Elena metteva in bella mostra. Erano gentili, non tiravano sul prezzo e accettavano tutto quanto lei proponeva con esclamazioni di entusiasmo. Qualcuno le parlava della famiglia lontana, altri le mostravano le fotografie della moglie, dei figli, dei genitori, della fidanzata. Erano persino più educati di certi fascisti che ostentavano la prepotenza dei disperati. A volte, Elena si illudeva che, in Germania, i militari fossero come quelli che frequentavano la bottega, così suo marito avrebbe avuto qualche probabilità di ritornare in patria sano e salvo.

Caterina, quando era sola con lei, le poneva quesiti imbarazzanti a proposito della guerra.

«Se è vero che Hitler e Mussolini sono amici, perché Mussolini ha permesso che Hitler ci portasse via papà?»

A questa e ad altre domande Elena non sapeva dare una risposta.

«Dillo, mamma, che sono cattivi», insisteva la bambina. «A Verona dicesti che il Signore non può essere dalla loro parte proprio per questa ragione.»

«E tu obiettasti che non ci sono uomini cattivi, ma soltanto uomini infelici», le ricordò Elena.

«Ma io voglio sapere da che parte stanno il bene e il male. Questo tu non me lo spieghi.»

«Perché non lo so. Non ho più certezze. Lo capisci?»

«Le bombe che ci piovono in testa sono degli americani e degli inglesi. Dunque, neanche loro sono tanto buoni», ragionava la bambina.

In quei momenti Elena rimpiangeva l'assenza della piccola Eva. Era sicura che se sua figlia avesse potuto parlare con la cuginetta, lei l'avrebbe aiutata a capire anche i problemi più complessi.

Guardò la figlia che, accanto alla nonna, sembrava aver recuperato una parvenza di serenità. E si sentì meglio.

«Allora, io salgo in casa», concluse. Aprì il cassetto dei soldi, lo vuotò lasciandovi dentro solamente qualche spicciolo e infilò il denaro in tasca, prima di andarsene.

La nonna sedette dietro il banco. Caterina si mise di vedetta sulla soglia della bottega.

«Che ore sono?» le chiese.

«Quasi le cinque», rispose la nonna.

«Tra poco lui arriverà», garantì. «Lo servirò io. Tu non dovrai parlare. Siamo intese?» si raccomandò.

«Certo che lo servirai tu. Io non saprei neppure da che parte cominciare», rispose.

Caterina amava la complicità della nonna che sapeva esserle amica e confidente. La paragonava alla pesante aggressività della nonna Evarista e misurava l'abisso che le divideva.

La nonna di Sacile, forse, non era poi così terribile. O almeno, la piccola Eva, che sapeva tante cose della vita, un giorno le aveva detto: «La nonna Evarista si vergogna di sembrare buona, ma si preoccupa per tutti. È sempre pronta a gridare e a sfottere, ma il suo animo è buono. Se le fai una carezza, ti ringhia e ti dà una spinta, perché ha paura di sembrare debole».

Caterina capiva, ma la temeva e preferiva la nonna Luigia, tutta slanci, chiacchiere ed effusioni, per niente preoccupata di apparire diversa da quello che era.

«Ecco Marco. Sta per attraversare il corso», esclamò eccitata, avendo riconosciuto il giovane, di là dalla strada.

La nonna si affacciò alla soglia della bottega. La descrizione di Caterina, che si era nascosta alle sue spalle, era esatta. Vide un ragazzo bellissimo, dall'aspetto solare e dai tratti nobili.

«Hai ragione, piccolina», le sussurrò. «Sembra un principe.»

«Sembra un angelo», la corresse, facendo capolino dietro la sua gonna.

«Perché esita? Forse sta aspettando qualcuno», osservò Luigia, notando che il giovane si guardava intorno, senza decidersi ad attraversare. Si avvidero, allora, della presenza di due uomini, in prossimità della bottega, che lo stavano osservando.

«Ha un'aria molto sospettosa, il tuo Marco», constatò la nonna.

«Gli angeli non hanno sospetti», dichiarò Caterina con tono deciso.

Un attimo dopo lo videro avviarsi verso la piazza.

«Oh, no!» si rammaricò la bambina. «Non è venuto. Perché?»

I due uomini lo seguirono con lo sguardo, poi si scambiarono qualche parola, infine entrarono in bottega.

Caterina e la nonna indietreggiarono per lasciarli passare.

Erano giovani, ma non quanto Marco. E non erano affatto belli. Uno di loro ostentava baffetti sottili e ben curati. Indossavano impermeabili chiari e calzavano cappelli scuri, dalla tesa larga, che ombreggiavano i loro volti.

«I signori desiderano?» domandò Caterina, delusa. Non si preoccuparono di rispondere. Uno scelse due mele, dandone una al compagno. Lanciò sul banco una moneta e insieme uscirono senza salutare. Si diressero a loro volta verso la piazza.

«Quei due non mi piacciono neanche un po'. E a te?» chiese Caterina.

«È gente volgare», concluse la nonna.

«Già. Non sono delicati come Marco», decise la bambina.

«Ascoltami. Adesso devo dirti le cose come stanno», l'ammonì la nonna. E proseguì:

«Quel bel ragazzo che ti piace tanto, è un uomo. Probabilmente ha una fidanzata grande come lui. Tu sei soltanto una bambina. Io non posso impedirti di pensare a lui, ma devo avvertirti che non ha senso che una bambina s'innamori di un uomo. Lo capisci? Comunque rassicurati: ti passerà presto.»

«Giammai!» replicò Caterina, con enfasi ottocentesca, usando quella parola che le piaceva tanto per averla letta in un racconto. «Io penserò a lui per tutta la vita, anche se non dovessi rivederlo più. Lui è il mio angelo.»

La nonna sorrise e, dandole un buffetto sulla guancia, esclamò: «Beata innocenza!»

9

Nei giorni che seguirono, Marco non si fece vedere. Sembrava svanito nel nulla. Caterina era molto triste.

«Sarà partito», suggerì banalmente la nonna. «Di questi tempi, la gente arriva e se ne va, come niente. Sembrano tutti formiche impazzite.»

«Non credi che avrebbe dovuto salutarmi?» osservò lei.

«Pensi forse che un uomo che conosci appena possa preoccuparsi di te che sei soltanto una bambina?» la stuzzicò la nonna.

«Non sono una bambina», si ribellò. «Sono Caterina e lui è Marco, il mio angelo.»

«Già, dimentico sempre che tu sei una persona speciale», scherzò la nonna «e che hai un rapporto privilegiato con gli angeli.»

«Non è così, evidentemente, anche se mi piacerebbe che lo fosse», replicò Caterina con voce desolata.

Guardava il cielo limpido d'ottobre, dalla finestra che si affacciava sull'angusto cortiletto da cui non salivano più le voci gioiose delle amiche che la chiamavano per giocare.

Marco era sparito, e i due uomini dagli impermeabili chiari erano diventati clienti abituali. Arrivavano al tramonto, comperavano qualche frutto e se ne andavano.

Nei giorni che seguirono, Luigia pensò che, per impedire alla nipotina di macerarsi nelle sue tristezze, fosse necessario tenerla occupata. Da Modena, aveva portato un pacco di matasse di lana grezza, che lei stessa aveva filato.

«L'inverno sta arrivando. Dovrò fare maglie, sottabiti, calzettoni, cuffie, sciarpe, guanti e golfini. Comincerò a tingere la lana. Tu sceglierai i colori», le annunciò un giorno, quando Caterina tornò da scuola.

Allineò sul tavolo della cucina una serie di confezioni di tinture Superiride. Caterina lesse i nomi dei colori: blu pervinca, rosa antico, giallo banana, verde primavera, rosa corallo, viola cenere.

«Scelgo il giallo banana», annunciò Caterina. «Voglio un golfino di questo colore perché è quello che si avvicina di più al maglione di Marco.»

«Sei proprio fissata», disse la nonna, con un sospiro di rassegnazione. Poi le sorrise e acconsentì: «Avrai il tuo golfino giallo».

«A punto riso e doppia treccia sulle maniche», precisò la bambina. Le sembrava che, se fosse riuscita a indossare un maglione simile a quello di Marco, si sarebbe sentita meno sola.

Scesero in cortile. Con il carbone di legna accesero il fuoco nel fornello di ghisa. Fecero bollire l'acqua in una grande pentola di smalto. Poi la nonna vi sciolse la polvere della tintura, rimestandola con un lungo bastone. Infine vi immerse le matasse di lana. Perché il colore si fissasse, occorreva aspettare qualche ora. Nell'attesa, decise di distrarre la nipote con un nuovo programma.

«Ti porto al cinema-teatro *Puccini*», annunciò. «Danno un bel film: *Le due orfanelle*. Ci sarà anche lo spetta colo di varietà.»

«Che cos'è il varietà?» domandò Caterina.

«Non ne hai mai sentito parlare? Ma in che mondo vivi?» finse di stupirsi la nonna. «Comunque è inutile spiegartelo. Lo vedrai tu stessa.»

«Lo possiamo dire alla mamma?» la interrogò Caterina. Sapeva che Elena era contraria al cinematografo, che considerava una frivolezza inutile e dispendiosa.

La nonna rifletté qualche istante.

«Glielo diremo dopo», tagliò corto, perché anche lei conosceva sua figlia e gli atteggiamenti moralistici che aveva appreso dalle zie. E proseguì: «Adesso dobbiamo tirarci a lucido. Andremo al cinema come due vere signore».

Fu un pomeriggio memorabile. Caterina pianse tutte le sue lacrime sulle disavventure delle due orfanelle e rise come non le era mai successo alle battute dei comici. Si abbandonò allo stupore osservando i giochi di un prestigiatore, ammirò gli abiti luccicanti di lustrini delle ballerine e meditò di emulare alcuni giochi acrobatici mirabilmente eseguiti dai saltimbanchi.

Quando uscirono dal *Puccini*, Caterina vibrava per l'emozione. Si stupì che il mondo, fuori dalla magia del teatro, fosse ancora così grigio e triste.

«Da grande, mi piacerebbe fare la ballerina», annunciò.

«Perché non l'acrobata?» suggerì la nonna, stando al gioco.

«Ho deciso: voglio essere Enrichetta, l'orfanella perseguitata dalla sventura e alla fine premiata per i suoi buoni sentimenti. Mi piacerebbe indossare quei bei vestiti, lunghi fino ai piedi, viaggiare in carrozza, avere servitori e corteggiatori. E una sorella che si preoccupa per me. Mi piacerebbe tanto averne una. Vorrei che Eva non fosse morta. Lei era come una sorella.»

«Avrai tante amiche che ti vorranno bene, vedrai», la consolò la nonna.

«Da grande voglio proprio essere Enrichetta», s'impuntò.

«È un personaggio inventato. Tutta la storia è un'invenzione. Potresti fare l'attrice, così un giorno saresti Enrichetta e un altro giorno Caterina di Russia.»

«Chi è questa Caterina?»

«Una grande sovrana che ha fatto parlare di sé tutto il mondo.»

«Si chiamava davvero come me?»

«Ti ho mai detto una bugia?»

«Allora, ho un nome importante. Un giorno sarò anch'io una persona famosa. Nonna, come si fa a diventare persone importanti?»

«Non lo so. Uno fa delle cose e non gli succede niente. Un altro fa le stesse cose e gli succede tutto. Credo che dipenda dal destino. Per adesso accontentati di essere come sei: una brava bambina che incomincia a scoprire il mondo. Peccato che tu lo stia scoprendo nel momento peggiore.»

«Nel momento migliore, com'è il mondo?»

«Vorrei dirti che c'è meno cattiveria e non si commettono soprusi, ma non ne sono tanto sicura. Direi, in generale, che la gente non trema di paura e, soprattutto, quando alzi gli occhi al cielo vedi volare le rondini invece degli aerei carichi di bombe. E per le strade ci sono aiuole ammantate di fiori al posto dei mucchi di macerie. Quanto al resto, gli uomini sono quelli di sempre e i sentimenti che li animano sono gli stessi dai tempi dei tempi.»

«Quante cose sai, nonna. Mi piace parlare con te. È come sentire il mio papà quando mi leggeva i libri. Credi che tornerà presto il mio papà?»

«Tornerà quando la guerra finirà.»

«Ma quando finirà? Uno sa quando finisce l'autunno e incomincia l'inverno, quando finisce la scuola e incominciano le vacanze, quando tramonta il sole e viene la notte. Perché non si può sapere quando finirà la guerra?»

«Caterina, per ora accontentati del bel pomeriggio che abbiamo appena trascorso», si spazientì la nonna.

«Il brutto delle cose belle è che finiscono subito», dichiarò sconsolata, camminando di buon passo al fianco della nonna.

Erano arrivate all'altezza dei giardini pubblici.

«Non correre tanto. Io non ho gambe svelte come le

tue. Sono vecchia ormai e piena di acciacchi», si lamentò la nonna.

«Dobbiamo sbrigarci. La mamma sarà in pensiero per noi», fece notare la bambina.

«E tu vuoi verificare se è tornato il tuo angelo», brontolò la nonna che aveva intuito la vera ragione di tanta fretta.

Quando entrarono in bottega, Marco era lì. Stava facendo la spesa. Caterina si bloccò sulla soglia, incredula. Si strinse alla nonna, pizzicandole un fianco, in preda all'emozione. Luigia le dedicò un'occhiataccia, per farle intendere che aveva capito e che non era il caso di agitarsi tanto.

«Eccole, le due vagabonde», esordì Elena, con un sospiro di sollievo. Stava pesando una manciata di noci. «Dove siete state?» domandò.

«Dopo te lo diremo. Ma adesso, perché non sali in casa? Pensiamo noi a servire il signore», replicò la nonna, posando la sua borsetta sopra il banco.

«Buona sera, Caterina», disse Marco, sorridendole.

«Buona sera, signore», rispose lei, facendosi coraggio. Era contenta di essere ben vestita e ben pettinata.

Quella sera il giovane biondo non indossava il solito maglione giallo. Ne portava uno grigio, a collo alto, sotto una giacca di velluto marrone. Caterina notò sulla sua fronte, in mezzo alle sopracciglia, una ruga verticale che oscurava la solarità del viso.

In quel momento, la quiete del tramonto venne lacerata dall'urlo della sirena.

«Oddio, un bombardamento», esclamò Elena e si fiondò sulla soglia per abbassare, con un gesto energico, la saracinesca. «Meno male che siete rincasate in tempo», soggiunse rivolta a sua madre e alla bambina. In quel momento le tre donne si resero conto che il giovane cliente era chiuso in bottega con loro.

«Non vorrà andarsene adesso», disse ancora Elena.

«La nostra cantina è sicura», soggiunse Caterina, nel timore che Marco chiedesse di uscire.

«Qui o altrove, per me non fa differenza», osservò Marco.

Elena sollevò la botola di legno, dietro il banco, e precedette gli altri lungo la scala.

Dal cielo veniva il rimbombo sordo di una squadriglia in avvicinamento.

«Te l'avevo detto che non era partito», sussurrò Caterina all'orecchio della nonna. Il suo cuore batteva impazzito non solo per la paura delle bombe, ma anche per la presenza del giovane.

C'erano due panche di legno, l'una di fronte all'altra. La bambina fece in modo di sedere accanto alla madre, così ebbe di fronte Marco e la nonna.

Presto si avvertirono i sibili delle bombe che piovevano sulla città. Dalla tasca del grembiule, Elena prese il rosario e incominciò a recitarlo. Risposero tutti, compreso Marco.

Ogni volta che, con un boato terrificante, esplodeva una bomba, il rosario si interrompeva.

«Ho dimenticato in bottega la mia borsa», disse Marco con aria preoccupata. Caterina ricordò di averla vista, posata a terra, accanto alla bilancia.

«Non gliela porterà via nessuno. Il negozio è chiuso», osservò Elena.

«Se vuole, signore, vado di sopra a prendergliela», si offrì Caterina.

«Non ti muovere da lì», ordinò Elena.

«Grazie, Caterina», disse il giovane, sorridendole. «Tua madre ha ragione. La mia borsa per il momento può restare dov'è.»

«Lei, signor Marco, che cosa fa nella vita?» esordì la nonna, anche per interrompere la sequela delle Avemaria. Ma subito le parve di essere stata troppo indiscreta e soggiunse: «Glielo chiedo tanto per scambiare qualche parola e non stare a domandarci se il prossimo lancio avrà come bersaglio questa casa».

«Mi chiamo Marco Continolo», disse lui, e proseguì: «Dovrei frequentare la facoltà di Architettura, ma l'università è stata chiusa. Così lavoro. Il mio ufficio è proprio qui di fronte.»

«Lei non mi sembra milanese», incalzò la nonna.

«Lo è mia madre. La mia famiglia però vive a Roma. L'avanzata degli alleati mi ha tagliato fuori e non mi consente di raggiungerla. Adesso abito presso amici», spiegò con fare laconico, come se gli dispiacesse parlare di sé.

Caterina si fece coraggio e osò domandare: «Com'è Roma?» Pensava a una città magnifica dove abitava il Papa e c'era il palazzo del re.

«Prima della guerra era una città piacevole», commentò lui.

Cadde una bomba, vicinissima. Si sentì un grande sconquasso. I muri della cantina vibrarono, dalle finestrelle a bocca di lupo entrò un polverone rovente, piovvero calcinacci e, nel soffitto a volta, si aprì una crepa.

«Ci hanno mancati per un pelo», sussurrò Elena, facendosi un segno di croce.

«Probabilmente è caduta sul palazzo di fronte», soggiunse Marco.

Quando suonò il cessato allarme, Caterina e sua madre stavano avvinghiate l'una all'altra, spaventate, mentre Marco circondava, con un braccio, le spalle della nonna. Si guardarono increduli, al lume vacillante delle candele.

Ancora una volta erano miracolosamente scampati alla morte.

Seguirono alcuni istanti di quel silenzio irreale che si crea dopo un intenso fragore. Poi, sopra le loro teste, sentirono un tonfo sordo, quindi dei passi.

«Non ho il coraggio di salire. Chissà che cosa ci aspetta», disse Elena.

«La bottega era chiusa. Eppure qualcuno si sta muovendo, qui sopra», notò la nonna.

«Aspettatemi. Prima salgo io», decise Marco.

S'inerpicò su per la scala, alzò la botola e fu nel negozio. Lo spostamento d'aria aveva divelto la saracinesca di ferro, facendola cadere. Uno scaffale era rovinato al suolo con tutto il suo carico di merce.

Elena spuntò alle spalle del giovane.

«Che disastro!» esclamò, portandosi le mani al viso.

«La mia borsa non c'è più», si allarmò Marco. «L'avevo posata qui», soggiunse, indicando un angolo accanto al banco, sotto la bilancia. Caterina e la nonna li raggiunsero. Erano pallide, lo sguardo allucinato dallo spavento.

«Qualcuno è entrato e l'ha presa», proseguì lui, in preda a un'agitazione incontenibile.

«Mi dispiace», disse la nonna. «Era tanto importante il contenuto?»

«Più di quanto lei possa immaginare», rispose. Aveva il fiato corto e sembrava terrorizzato. «Avete un telefono?» chiese.

Non l'avevano ancora. Fuori, sul corso, era scesa la sera. Cominciavano ad arrivare ambulanze e pompieri. Il palazzo di fronte alla bottega, quello in cui c'era l'ufficio di Marco, era completamente sventrato.

«Devo andare via subito», disse Marco, quasi scusandosi. Uscì di corsa.

Se n'era appena andato quando, sulla soglia della bottega, si profilò la sagoma di un uomo che indossava un impermeabile chiaro. Caterina lo riconobbe. Guardò oltre le sue spalle per cercare l'amico. L'individuo era solo, questa volta. Aveva in mano una cartella di pelle nera.

«È la borsa di Marco», esclamò la bambina.

«Appunto», disse l'uomo. «Lo conosci?»

«È venuto un paio di volte a comperare la frutta», si intromise Elena preoccupata per l'affermazione di Caterina.

«Dov'è andato?» chiese ancora l'uomo. «Voglio restituirgliela.»

«È uscito da poco», rispose la bambina. «È andato da

quella parte», aggiunse, indicando la direzione dei bastioni.

L'uomo avvicinò alle labbra un fischietto e soffiò. A quel suono, da qualche parte, spuntò l'amico. Caterina si affacciò alla soglia del negozio e stette a guardarli mentre si allontanavano correndo.

Oggi

1

CATERINA aveva dormito a lungo, profondamente. Aprì gli occhi e vide il candore delle tende del suo letto. Il ticchettio della pendola sul cassettone sottolineava il fluire quieto del tempo. Da qualche parte, nel suo appartamento, c'era un televisore acceso che faceva arrivare fino a lei l'eco di un dialogo serrato, sottolineato da una musica assordante.

Si alzò, uscì dalla camera e si avviò lungo il corridoio. Vide la porta aperta della stanza degli ospiti. L'amica Diana dormiva, per nulla disturbata dal chiasso del televisore.

Sulle labbra di Caterina si disegnò un sorriso di tenerezza. In punta di piedi si inoltrò nella camera, prese il telecomando e lo azionò per spegnere l'apparecchio. Poi uscì chiudendosi la porta alle spalle. Andò in bagno a rassettarsi e a interrogare lo specchio sullo stato del suo viso.

«Sei uno schifo», brontolò alla propria immagine. Intinse un pennello di tasso nella scatola della cipria e se lo passò sugli zigomi. Il risultato era comunque deludente. Ma non gliene importava granché. Aveva lividi ben più devastanti in fondo all'anima. Ma per fortuna quelli non si vedevano.

Entrò in cucina. Era di uno splendore abbagliante.

Diana aveva fatto le pulizie a fondo, molto meglio di Bijou. Prese dal frigorifero una bottiglia di succo di mirtillo e se ne versò un bicchiere. Poi uscì sulla grande terrazza che gli amici le invidiavano. Anni addietro aveva acquistato quell'appartamento proprio per l'immensa terrazza che aveva vivacizzato con piccoli alberi da frutto e piante i cui fiori sbocciavano in successione da gennaio a dicembre. Sotto un ombrellone bianco, aveva sistemato divani e poltrone di midollino coperti di soffici cuscini.

Nel pomeriggio, il terrazzo era in ombra e bastava un refolo di vento per rendere piacevole soggiornarvi anche nei periodi più caldi dell'anno. Si sdraiò su un divano e prese a sorseggiare il succo fresco. Da un tavolino, carico di libri, scelse un volume a caso. Lesse il titolo: *Gita al faro* di Virginia Woolf. Tante volte, nel corso degli anni, aveva preso in mano quel romanzo e altrettante volte lo aveva abbandonato dopo le prime cinquanta pagine, annoiata e irritata. Quella scrittura aggrovigliata e nevrotica le faceva rimpiangere, ogni volta, la semplicità dei grandi autori che sapevano parlare al cuore del lettore con umiltà. Pensava a Shakespeare e a Cervantes, a Flaubert e a Cechov che inducevano chi leggeva a commuoversi, a sorridere, a riflettere. Caterina concepiva la lettura come una buona medicina che si poteva prendere anche in dosi massicce: faceva sempre bene allo spirito. Ancora una volta aprì il romanzo e incominciò a leggere. Dopo poche pagine si rese conto che era fatica sprecata. Lo richiuse con un gesto di stizza e si abbandonò al fluire incalzante dei suoi pensieri. Pensò che le sarebbe piaciuto riuscire a fare un po' di ordine nel suo mondo interiore, così come riusciva a comporre ordinatamente i mosaici dei suoi racconti. Invece, i torti e le ragioni, i debiti e i crediti s'ingarbugliavano come fili di una matassa inestricabile. Non era capace di affrontare e sviscerare un argomento alla volta, perché un pensiero ne richiamava un altro e un altro ancora e alla fine perdeva di vista il tema iniziale. Il suo lato emotivo aveva sempre avuto il sopravvento su quello razionale. Quand'era molto più giovane, aveva cercato di parlarne con l'amica psicologa.

«Vedi, Diana, quando decido di riflettere su un problema che mi sta a cuore o cerco di analizzarlo, a un certo punto perdo il filo. Entrano nel mosaico altre situazioni e riflessioni che non hanno niente a che vedere con quello. La mente va in tante direzioni, i pensieri si accavallano e tutto diventa caotico, esasperante, delirante. Alla fine, io sto male e non ho risolto niente, non ho capito niente, non ho analizzato niente», tentò di spiegarle.

«Si tratta di un disturbo abbastanza comune. Anche Marilyn Monroe ne soffre», scherzò l'amica. «Vuoi sapere il nome scientifico?»

«Tanto lo dimenticherei. E comunque non mi consola sapere di essere in buona compagnia. È grave?»

«Si sopravvive», aveva risposto Diana, laconicamente. Quando, poi, la Monroe era morta, Caterina tornò sull'argomento.

«Marilyn si è tolta la vita perché non riusciva più a convivere con il suo marasma mentale?» chiese preoccupata all'amica psicologa.

«Non dire sciocchezze. Si è ammazzata perché era drogata e alcolizzata. Tu sei astemia e rifiuti persino l'aspirina quando hai mal di testa», l'aveva rimproverata Diana.

Ora, per l'ennesima volta, riconsiderava i fallimenti e i rimorsi che le avevano reso la vita tanto difficile.

Si disse che Diana aveva fatto del suo meglio per indurla a parlarne, ultimamente. Ma concluse, fra sé, che non era ancora pronta per farlo.

Vide un merlo, che aveva nidificato sul pero del terrazzo, levarsi in volo a caccia di insetti.

Una bava di vento fece oscillare le foglie degli alberi e le riportò, dopo molti anni, l'immagine di Eva, come se fosse lì, accanto a lei. Il misticismo della cuginetta l'aveva affascinata, anche se, dopo la sua morte, Caterina si era lasciata travolgere unicamente dai problemi terreni. Ti ho perduta di vista, mia piccola amica, pensò, con nostalgia.

Mentre il cielo si andava colorando d'inchiostro, nell'imminenza di un temporale, ricordò ancora la vocina infantile della cugina che le diceva: «Girerai il mondo in lungo e in largo, conoscerai gente di tutte le razze, diventerai una donna importante. Non sarai mai una persona felice, ma questo è giusto. Non si deve mai essere troppo felici, altrimenti gli spiriti cattivi si arrabbiano e ti fanno del male.»

Osservò il cielo che diventava sempre più scuro e pensò che Eva aveva avuto ragione. Era diventata una persona importante, ma non era riuscita a dare un senso alla sua vita. Quindi, non era mai stata felice. La felicità era arrivata a tratti, fulminea e breve come i lampi che in quel momento illuminavano il cielo e, subito dopo, era scomparsa.

Rabbrividì per una folata di vento freddo. La cupola di tela dell'ombrellone prese a oscillare. Le fronde degli alberi si piegarono mentre le foglie fremevano tra misteriosi sussurri. Un tuono secco lacerò l'aria e Caterina sussultò come quando, durante la guerra, esplodevano le bombe.

Ricordò la faccia bella e solare di Marco, il suo maglione giallo a doppia treccia, la ruga verticale sulla fronte. Erano passati più di cinquant'anni. La vecchiaia era arrivata tanto rapidamente da coglierla impreparata.

Lasciò il terrazzo e si rifugiò in casa. Marco era lì, sorridente, e le tendeva un grande fascio di peonie bianche.

«Perché sei venuto?» lo rimproverò, debolmente, andandogli incontro.

«Perché ho bisogno di te», rispose con dolcezza.

«Dov'è Diana?»

«È appena uscita. Ha detto che tornerà stasera.»

Caterina guardò il volto di Marco, segnato dagli anni e dalla malattia. Non c'era più neppure una traccia d'oro nei suoi capelli. La sua voce baritonale aveva qualche cedimento. Era vecchio e stanco, come lei. Istintivamente si portò le mani al viso.

«Non guardarmi. Sono un mostro», si schermì.

«Non sei mai stata così bella», sussurrò Marco, abbracciandola.

2

«Come sta Caterina?» chiese Grigorj.

«Non bene, anche se non vuole ammetterlo. I farmaci che le somministro non hanno abbassato di molto la pressione. Probabilmente il rialzo dei valori è da attribuire allo stress. Che io sappia, la mamma non ha mai sofferto di disturbi pressori», spiegò Stanis. «Comunque, stamattina le ho fatto un prelievo e l'ho mandato in laboratorio. Vedrò che cosa mi diranno le analisi del sangue.»

Era notte. Nella sala degli infermieri del reparto cardiologico l'afa era resa tollerabile da un antiquato condizionatore che ronzava senza sosta.

«Vuoi un tè freddo?» propose l'infermiere.

«Devo scendere subito al Pronto Soccorso. Sono salito un attimo, unicamente per vederti», disse Stanis, accarezzandogli con un gesto tenero la zazzera corta e scura.

I pazienti del reparto riposavano tranquilli, almeno per il momento. I campanelli tacevano. Stanis assaporò la quiete della stanza. Gli sarebbe piaciuto passare la notte a chiacchierare con l'amico. Vide la piccola Valeria, infagottata in un plaid di lana, che dormiva sulla poltrona, davanti al televisore acceso, con l'audio al minimo.

Valeria aveva nove anni e soffriva di crisi cardiache. Quando Grigorj faceva il turno di notte, la teneva con sé. Lui studiava e la piccola degente dormiva.

Il medico notò sulla scrivania gli appunti per un esame di anatomia. Un giorno Grigorj avrebbe concluso l'università, sarebbe diventato un buon dottore e, forse, lo avrebbe lasciato.

«Ti voglio bene», gli sussurrò Stanis.

«Anch'io», disse l'infermiere.

«Ci vediamo domattina», soggiunse Stanis, sul punto di andarsene.

«Non credo. Avrò alcune cose da sbrigare. Non aspettarmi», annunciò, senza dilungarsi in spiegazioni.

Stanis lo osservò perplesso, ma non osò fare domande. L'infermiere tornò alla scrivania e riprese a studiare.

Di tanto in tanto guardava il viso pallido e affilato della piccola paziente. La sofferenza dei bambini gli straziava il cuore. Amava quelle creature fragili, indifese, colpite dalla malattia.

Quando c'era lui a prendersi cura di Valeria, la bambina sembrava soffrire meno. Le crisi asmatiche si placavano e riusciva a sorridere. Per questo aveva preso l'abitudine di tenersela accanto durante il turno di notte. Era contro il regolamento, ma negli ospedali si facevano tante eccezioni. Questa, almeno, era una buona azione. Nonostante i giornali e le televisioni parlassero di malasanità, denunciassero ruberie e corruzione, arroganza del personale e incuria dei malati, nel reparto in cui lavorava Stanis i pazienti erano trattati con umanità. Se pensava agli ospedali del paese da cui veniva, Grigorj finiva per ammettere che la sanità italiana era quasi perfetta. Quando era ragazzo e sua madre era stata ricoverata nell'ospedale del capoluogo, una piccola città a seicento chilometri da Mosca, lui aveva dovuto portarle da casa coperte e lenzuola.

Alle sei del mattino, in coincidenza con il cambio di turno del personale, Valeria spalancò gli occhi.

«Ho dormito proprio bene», annunciò.

«Questa è una buona notizia. Adesso ti riporto nel tuo lettino», replicò l'infermiere.

«Questa è una cattiva notizia», brontolò la bambina.

«È la vita, mia piccola amica. Non posso tenerti con me.»

La sollevò tra le braccia e lei lo baciò affettuosamente sulla guancia.

«Se guarisco, quando sarò grande mi sposerai?» gli chiese sgranando su di lui i grandi occhi sottolineati da occhiaie bluastre.

L'infermiere sapeva che, se non fosse stata operata entro breve tempo, Valeria avrebbe avuto poche probabilità di diventare grande.

«Tu pensa a guarire. Poi si vedrà», rispose, mentre si avviava con il piccolo fardello verso la corsia.

«Tu sei buono e io ti voglio tanto bene», disse lei e proseguì: «Anzi, tu e mio padre siete gli uomini più buoni del mondo».

«Io non sono così buono come credi», replicò l'infermiere mentre la deponeva sul letto.

Valeria rise.

«Me lo spieghi quando diventi cattivo?» chiese, tentando di prolungare la sua presenza accanto a sé.

«Quando qualcuno offende i deboli, per esempio», dichiarò accarezzandola. Salutò la piccola e si allontanò pensando agli aggressori di Caterina. E gli tornò in mente suo padre.

Era un gigante come lui, reso crudele dalla vodka e dall'ignoranza. Quando rincasava era sempre ubriaco e picchiava a sangue sua madre, lui e le sorelle.

«Branco di femminucce», urlava con il fiato aspro di alcol, includendo Grigorj nel novero delle donne.

Sua madre, Arina Petrovna, piccola e magra com'era, lavorava la terra del loro misero podere, con i mezzi rudimentali di cui disponeva. La casa nella quale abitavano era una specie di isba, buia, stretta e sporca. Le pareti erano annerite dalla fuliggine e dalle mosche. La stufa era zoppa, i muri sbilenchi. Sembrava che tutto dovesse sfasciarsi da un momento all'altro.

La campagna intorno, invece, era bella. C'erano grandi alberi, prati di velluto, un fiume dalle acque limpide e uno stagno coperto di ninfee. Grigorj ricordava le oche che, in fila, si avviavano allo stagno con il loro incedere ondeggiante, e un lungo sentiero che univa la casa al borgo, fangoso in primavera, ghiacciato d'inverno, polveroso in estate.

Quando la sbornia era passata, il padre chiedeva scusa ai famigliari e giurava che non era colpa sua se la vodka lo rendeva cattivo.

Grigorj sottraeva tempo agli studi per aiutare la madre a dissodare il campo. Le due sorelle andavano a servizio da Maria Akimovna, la signora più ricca del circondario. Si alzavano alle cinque del mattino, quando il primo sole accendeva le cime frastagliate degli alberi. Ivan Ulianov russava sull'impiantito della cucina, accanto alla stufa di terracotta ormai spenta.

Quando il sole illuminava i campi, Grigorj si avviava di corsa lungo il viottolo che portava al paese. Al suo passaggio si alzavano dai rami stormi di uccelli che volteggiavano nel cielo terso. Grigorj arrivava a scuola con il fiato grosso. Gli piaceva studiare. Le derisioni dei compagni per i suoi abiti fatti di stracci, per i segni delle percosse sulla sua faccia leale e buona, per le unghie nere di terra e per la mole poderosa, non lo toccavano.

Era il migliore in tutte le materie. Il direttore gli aveva promesso che avrebbe inoltrato una domanda a Mosca, per chiedere una borsa di studio al ministero della Pubblica Istruzione. Da molti mesi il ragazzo aspettava fiducioso che la promessa fosse mantenuta.

Un giorno, il direttore si presentò in classe, parlò sottovoce con l'insegnante, poi Grigorj venne chiamato alla cattedra.

«Ti hanno accettato», annunciò il direttore. «Ad agosto partirai per Mosca.»

Per la prima volta, Grigorj si sentì felice. Dimenticò

le umiliazioni inflittegli dal padre e nulla offuscò quel momento di gioia sublime, nemmeno il pensiero di lasciare la madre e le sorelle alla mercé di quell'uomo violento. Tornò a casa di corsa, raggiante di felicità per la bella notizia.

«Mamma, mamma», gridò entrando in casa. «Mi hanno accettato. Vado a Mosca a studiare.»

Arina Petrovna sedeva accanto alla stufa, il volto tumefatto per le botte. Un sopracciglio spaccato sanguinava ancora. Suo padre sedeva a tavola, tranquillo. Intingeva una fetta di pane scuro nella minestra di patate. La bottiglia della vodka, posata accanto alla scodella, era mezza vuota.

La felicità del ragazzo si spense di colpo. Lasciò cadere sull'impiantito il pacco dei libri e strinse le mani a pugno, mentre sentiva la rabbia montargli dentro e gonfiargli il petto fino a fargli male. Non poteva partire. Non sarebbe mai potuto andare a Mosca lasciando le donne in balia di quel mostro.

«Perché l'hai picchiata?» chiese, con voce sommessa.

Per tutta risposta, suo padre afferrò la bottiglia della vodka, la portò alle labbra e la vuotò d'un fiato. Poi si alzò dalla tavola e, scrutandolo con gli occhi arrossati, emise un rutto poderoso.

«Così, il signorino va a Mosca», farfugliò con una smorfia di disprezzo.

«Perché hai picchiato la mamma?» insistette il ragazzo, con voce ferma.

«Ne vuoi anche tu, donnetta?» replicò l'uomo, accompagnando la minaccia con movenze aggraziate da ballerino.

Grigorj non ricordava di avere mai visto suo padre sobrio, né di averlo mai visto lavorare. Di lui non ricordava un gesto gentile né una parola affettuosa. Lo odiava con tutto se stesso.

Vide il movimento fulmineo della mano del padre mentre afferrava la cinta dei calzoni posata sul tavolo. Con quella, poco prima, aveva staffilato la moglie. Con quella si apprestava a colpire anche lui. Vladimir Ulianov non si aspettava la reazione del figlio, abituato da sempre a picchiarlo senza che reagisse. Nell'attimo in cui la cinta frustò l'aria per abbattersi su di lui, Grigorj fece uno scarto e, unendo i pugni, li calò come una mazza sulla testa del padre. La cinta finì sulla credenza facendo cadere una piccola statua di gesso della Vergine e il lumino che vi ardeva accanto. Vladimir Ulianov roteò gli occhi e rovinò al suolo come una marionetta a cui erano stati tagliati i fili.

Arina Petrovna si portò una mano alla bocca per soffocare un grido, ma non si mosse dalla sedia per soccorrere il marito. Non poteva: l'uomo le aveva colpito duramente il ginocchio con un calcio.

Grigorj fu certo di aver ammazzato il padre e si sentì gelare dalla paura. Ma non lo aveva ucciso. Gli aveva soltanto procurato una commozione cerebrale.

Arina e suo marito finirono all'ospedale del capoluogo. Arina, assistita dal figlio, guarì in due mesi. Vladimir si riebbe dopo pochi giorni. Da allora non osò più alzare le mani sui figli né sulla moglie. Il campo, che Arina non poté più lavorare, andò in rovina. Grigorj partì per Mosca e sua madre venne presa a servizio in casa del direttore della scuola. Suo padre morì nella neve quello stesso inverno, durante una tormenta, mentre rincasava più ubriaco del solito. Lo trovarono assiderato ai bordi dello stagno.

Il russo ripensava a quei giorni, neanche tanto lontani, mentre, terminato il turno di lavoro in ospedale, si concedeva una ricca colazione nel bar che frequentava abitualmente. Poi, raggiunse il tribunale dove gli aggressori di Caterina sarebbero comparsi di fronte al magistrato.

La madre di Stanis era stata buona con lui. Lo aveva accolto con tenerezza quando il figlio glielo aveva presentato. In quella donna esile e bella, il russo aveva ritrovato alcuni tratti di Arina Petrovna. Questa somiglianza gliel'aveva resa ancora più cara.

Mentre saliva lo scalone, incrociò il tenente Somenzato e l'appuntato Miceli che scendevano.

«Si ricorda di me, tenente?» chiese il russo, salutando i Carabinieri.

«Lei è un tipo che non passa inosservato», rispose l'uomo.

«Volevo assistere all'interrogatorio dei due indiziati», spiegò Grigorj. «Ma, a quanto pare, sono arrivato in ritardo. Li hanno messi in prigione?»

I due scossero il capo.

«Per la legge, non sono mai stati nella casa della signora Belgrado, non hanno sfondato nessuna porta, non hanno rubato niente, non l'hanno picchiata», dichiarò il tenente, con voce amara.

«Ma voi sapete che non è così», ribatté il russo.

«Lo sappiamo noi e lo sa il giudice. Ma per incriminare qualcuno ci vogliono le prove. In questo caso non ne abbiamo per accusarli. Quindi, vale la loro parola. Sussiste il reato di furto d'auto con scasso, per il quale saranno processati fra tre o quattro anni. Nel frattempo sono liberi di continuare la loro vita di delinquenti», concluse il tenente.

Si capiva che aveva voglia di sfogare la sua amarezza. Infatti proseguì: «Il nostro è un brutto mestiere. A volte mi chiedo perché continuo a farlo. Noi arrestiamo i delinquenti e la legge li rimette in libertà. Come se non bastasse, una volta liberi vengono davanti alla caserma a sbeffeggiarci, insultarci, minacciarci. È un'umiliazione continua. Tuttavia, insisto a credere nella giustizia. Tipi come quelli, li aspetto al varco. La prossima volta non gli andrà così bene. C'è sempre una prossima volta. Faranno un passo falso e finiranno in galera. Oppure moriranno in un regolamento di conti o per un'overdose. Basta saper aspettare. Io ho tutto il tempo e tanta pazienza».

«Eccoli», disse l'appuntato, indicando la sommità dello scalone da cui scendeva un gruppetto di giovani che, dai modi, dall'abbigliamento e dai tratti, rivelavano lo squallore della loro esistenza. Ridevano chiassosi, fieri di averla scampata. Si scambiavano pacche sulle spalle. Si sentivano padroni del mondo.

Nel gruppo, il tenente indicò al russo i due balordi che avevano aggredito Caterina. Grigorj li guardò attentamente mentre gli passavano accanto. Il tenente Somenzato se ne accorse.

«Lei ha in mente qualcosa?» disse. «Stia attento, perché qui nessuno può farsi giustizia da solo.»

«Ne sono convinto», replicò l'infermiere, con aria innocente, salutandolo.

Fuori, davanti al tribunale, aspettò che il gruppetto di giovani si allontanasse, poi li seguì. Erano chiassosi, euforici, facevano sberleffi ai passanti. Entrarono in un bar. Lui rimase fuori. Li vide uscire reggendo lattine di birra. Salirono su un autobus. Lui non li perse di vista. Scesero alla Stazione Centrale e raggiunsero il grande spiazzo antistante.

Il caldo della mattina inoltrata stava diventando opprimente. Sdraiati sull'erba, sotto le fronde polverose degli alberi, c'erano immigrati, alcolisti, drogati, barboni, tra un mare di cartacce, lattine vuote, bottiglie e sacchetti di plastica.

Gli aggressori di Caterina si fecero largo tra quei rifiuti con la disinvoltura di chi conosce il posto. Sedettero sull'erba con gli amici, bevendo birra e ingurgitando pasticche di robaccia.

Grigorj sedette su una panchina, a pochi metri da loro. Quei giovani, per la prima volta, lo notarono. Gli dedicarono un'occhiata distratta, poi ripresero a ridere in maniera demenziale, scambiandosi battute stupide e oscene.

Sul tratto di strada che costeggiava l'aiuola si fermò una macchina. Dal finestrino si affacciò un giovane abbronzato, dall'aria equivoca. Diede un colpetto di clacson. Il ragazzo dai capelli ricci, che Caterina aveva indicato come il suo aggressore, si alzò e si accostò con passo ondeggiante all'automobilista. Si scambiarono poche battute, mentre i compagni li osservavano. Poi salì sull'auto che ripartì.

Grigorj si alzò dalla panchina. Si stiracchiò sentendo nelle ossa la stanchezza di una notte di lavoro. Si avviò al parcheggio dei taxi, sotto il porticato della stazione. Adesso voleva andare a casa e dormire. Ormai sapeva dove trovare i due balordi e come agganciarli.

3

LUCREZIA dormiva profondamente. La voce alterata di suo marito la strappò dal sonno.

«Lucrezia, svegliati!» ripeteva Massimiliano.

Dopo alcuni tentativi di sottrarsi a quella ingiunzione, sgranò gli occhi su di lui, recuperando in pochi istanti la necessaria lucidità.

«Tu, in camera mia!» esclamò, sorpresa. «Quale onore», aggiunse ironicamente, guardando in viso quel traditore irriducibile.

Subito dopo realizzò che l'incidente di Caterina le aveva impedito di mettere a punto un'efficace strategia d'attacco contro l'ennesima rivale. Nonostante l'età, Maxi continuava a essere un bell'uomo e le piaceva. La polo bianca sottolineava il busto ben modellato. I pantaloni di lino rivelavano l'asciuttezza dei fianchi. Non fosse stato per gli occhialini che gli penzolavano sul petto, denunciando una presbiopia dovuta agli anni, Massimiliano Valli poteva dare dei punti a un quarantenne.

«Finalmente ti sei svegliata», disse lui, ignorando la provocazione.

«Che ore sono?» domandò Lucrezia, senza attendersi una risposta. Infatti Massimiliano non rispose.

«Cos'è questa notizia su Caterina?» ribatté, invece, mostrandole la pagina di cronaca di un quotidiano.

«Se hai letto il giornale, perché me lo chiedi?» replicò con aria annoiata.

«Perché hai passato la notte da lei», affermò, con l'aria di volerla rimproverare.

«Anche questo particolare è sul giornale?» chiese Lucrezia ironica.

«L'ho saputo da Ester», replicò, riferendosi alla loro domestica.

«Mi spieghi perché ti stai agitando?» domandò Lucrezia mentre scivolava fuori dal letto e indossava una veste da camera.

«Non mi fa piacere sapere dai giornali le cose che ti riguardano», sbottò lui.

«Se dormissimo insieme, come tutte le coppie, non cercheresti nelle notizie di cronaca e nelle confidenze di Ester i segreti della mia doppia vita», gli fece osservare, con tono pacato. Aveva appreso in tenera età il difficile esercizio dell'autocontrollo e lo aveva perfezionato negli anni.

Suo marito non la seguì su quel terreno pericoloso e proseguì per la sua strada.

«Qui è scritto», puntualizzò indicando il quotidiano, «che Caterina Belgrado è stata sottratta alla furia dei ladri da due amiche molto intime, di cui non si fanno i nomi. Si insinua, però, che potrebbero appartenere a un mondo equivoco. Poiché nel nostro ambiente tutti sanno che le due amiche di Caterina si chiamano rispettivamente Diana Laperla e Lucrezia Valli, non mi lusinga sentirti definire come appartenente a un mondo equivoco.»

«Oh, oh! L'avvocato Valli si sta preoccupando della propria rispettabilità», sorrise Lucrezia che ora incominciava a divertirsi.

«E anche della tua, mia cara, che non verrebbe mai scalfita se frequentassi gente meno chiacchierata», puntualizzò il marito.

«Ma che razza di uomo sei!» Lucrezia passò dal sorriso all'indignazione.

«La mia amica più cara è stata derubata e picchiata, e tu ti preoccupi di quelle quattro sciocchezze che scrivono i giornali?»

«Sai quanto me ne importa della tua amica? Personalmente non l'ho mai sopportata. Anche il marchese tuo padre la tollerava a stento. È assolutamente fuori dal nostro mondo. Dove arriva lei, chissà perché, spuntano sempre i guai», ribatté, con convinzione.

«Questo non ti ha impedito di farle la corte», lo spiazzò sua moglie rivelando, dopo vent'anni, la conoscenza di un fatto che Maxi credeva ignorato.

Compiaciuta di aver colpito nel segno, Lucrezia sedette in poltrona e si divertì a osservare lo smarrimento del marito.

«Questa, poi!» reagì lui, arrossendo. «È una bugia pazzesca, un'accusa inaudita. Io avrei corteggiato quella specie di autrice di romanzi per ritardate mentali? Ma tu sei matta da legare.»

Era sconvolto e rovesciava insulti sulla moglie e su Caterina che riteneva responsabile di quella imbarazzante rivelazione. Sputava veleno immaginando che Lucrezia e Caterina avessero riso alle sue spalle.

«Non mi confonderei mai con una bottegaia che ha imparato la tecnica dal padre fruttivendolo: lui vendeva carciofi a un tanto al chilo e lei vende emozioni idiote a un tanto a pagina.» Urlava e agitava il giornale come se volesse scacciare insetti fastidiosi.

«Maxi, per favore, adesso basta», disse Lucrezia con tono deciso. Il cinismo del marito la indignava. «Come puoi essere così meschino da insultare una donna che hai corteggiato? Vuoi ferirla perché ti ha rifiutato mentre tu sbavavi per lei come un liceale. Vergogna!»

«Tu sei davvero pazza», infierì lui, continuando a negare. «Sai perché vai d'accordo con quella pennivendola e con quell'altra psicologa dei miei stivali? Perché sono pazze come te. Siete un trio di forsennate. Nemmeno ora che siete vecchie riuscite a trovare una parvenza di equilibrio.»

«È possibile che tu abbia ragione», replicò Lucrezia con un tono tutto latte e miele. «D'altra parte, nemmeno tu riesci a essere molto equilibrato, nonostante l'età, passerotto», lo colpì, chiamandolo con il ridicolo vezzeggiativo usato da sua cognata Benedetta.

Da rosso che era, l'avvocato Massimiliano Valli impallidì. Sembrò barcollare e cercò un appiglio appoggiandosi alla spalliera del letto di sua moglie. Lei non gli lasciò il tempo di replicare.

«E adesso, fuori!» sibilò, protendendo un braccio verso la porta. L'uomo affascinante e sicuro di sé, il principe del foro che, con le sue arringhe colte, divertenti e appassionate, riusciva a calamitare l'attenzione e a ottenere il consenso di chi lo ascoltava, lasciò la camera con la rapidità di un gatto che si mette in salvo.

Quando Lucrezia aveva pronunciato la parola «passerotto», aveva colto non solo il ridicolo del nomignolo, ma anche lo spessore del guaio in cui sarebbe finito se Lucrezia avesse saputo della sua storia con Benedetta.

Aveva aggredito la moglie, a causa di quell'articolo del giornale, per due ragioni: provocare una lite per avere il pretesto di non andare con lei a Creta, dagli Arlington, e scaricare la tensione per un episodio accaduto quella mattina al Golf Club. Alcuni amici, con la benevolenza che spesso contraddistingue i rapporti tra colleghi, gli avevano segnalato la notizia su Caterina Belgrado, sottolineando perfidamente la frase: «La scrittrice è stata subito soccorsa da due amiche che apparterrebbero a un mondo equivoco».

Un giovane procuratore aveva pesantemente insinuato: «Non sono tua moglie e Diana Laperla le due amiche molto intime della Belgrado?»

Un altro amico aveva corretto il tiro: «È evidente che non si tratta di loro, ma di personaggi che la Belgrado frequenta abitualmente. Nonostante il successo, non si è scrollata di dosso il mondo dal quale proviene».

A Maxi mancava il senso dell'umorismo e aveva replicato mandando tutti al diavolo. Questo episodio, però, passava adesso in secondo piano mentre emergeva il pericolo che Lucrezia avesse scoperto, chissà come, la sua relazione con la cognata.

In quel momento misurò la gravità della storia in cui, da alcune settimane, si era lanciato a capofitto.

E se fosse stata scoperta anche da suo fratello Valerio, il marito di Benedetta? Ripensandoci, ricordò che, la sera prima, Valerio gli era sembrato di pessimo umore. Maxi si era affacciato alla porta dell'ufficio per salutarlo, prima di andarsene, e Valerio non aveva nemmeno alzato la testa per guardarlo. Si era limitato a farfugliare qualche monosillabo, continuando a consultare documenti.

L'avvocato Valli si chiuse nello studio e si abbandonò sulla poltrona. Si prese la testa tra le mani, dandosi dell'idiota, interrogandosi con rabbia sulla propria fragilità che lo induceva a comportamenti infantili. Si prefigurò lo scandalo che sarebbe esploso se suo fratello avesse saputo che Benedetta lo tradiva. Il rapporto con il fratello si sarebbe incrinato per sempre e forse Valerio ne avrebbe approfittato per estrometterlo dallo studio legale. Si vide rovinato. Anche Lucrezia lo avrebbe abbandonato. A quel punto, senza moglie e senza la famiglia d'origine, che senso avrebbe avuto la sua vita? E tutto per colpa della sua incapacità di controllare certi stupidi impulsi da vecchio dongiovanni. Si autoaccusava e si commiserava considerandosi al centro dell'universo. Neppure per un istante lo sfiorò il pensiero dei guai cui sarebbe andata incontro anche la sua amante. Benedetta era la seconda moglie di Valerio. Era giovane, affascinante e trasgressiva. Ma era anche una madre affettuosa. Se il marito avesse scoperto il tradimento, le avrebbe sottratto la figlia che lei amava teneramente.

Maxi considerava unicamente i suoi problemi personali e faceva piazza pulita del resto dell'umanità.

Si amava così tanto da essere incapace di tormentarsi a lungo. Anche in quel momento trovò una scappatoia per non lasciarsi sopraffare dall'angoscia. Pensò che non era affatto certo che Lucrezia e Valerio sapessero. Quel «passerotto», buttato là a caso, non bastava a provare la sua colpa. «L'importante è negare. Negare sempre», si disse. Mai ammettere una colpa: non era questa una delle sue tattiche difensive in tribunale?

Alla fine trasse un gran respiro di sollievo. Sarebbe andato tutto bene. Gli dispiaceva soltanto che Lucrezia gli avesse rinfacciato, a distanza di vent'anni, di avere corteggiato Caterina. Da quell'episodio ne era uscito con le ossa rotte, perché la scrittrice lo aveva rifiutato con noncuranza, mentre lui ne era pazzamente invaghito. Per questa frustrazione, da vent'anni non si lasciava sfuggire occasione per dir male di lei. Sperava così di medicare la ferita al suo orgoglio di maschio. Ora decise che non voleva pensarci più. Era acqua passata. Prese invece a considerare alcuni espedienti per placare l'ira di Lucrezia, che lo aveva messo alla porta con la fierezza tipica dei Pallavicini d'Eril. Prima di tutto doveva individuare la ragione di tanto furore. Era arrabbiata perché l'aveva svegliata nel pieno del sonno, oppure perché aveva offeso l'amica del cuore? O piuttosto perché sapeva di Benedetta?

I pensieri di sua moglie erano sempre stati un grande mistero per lui. Vivevano insieme da quasi quarant'anni e Lucrezia continuava a essere la donna più impenetrabile che avesse mai conosciuto. Possedeva una capacità di mentire che, a volte, lo sbalordiva. Non era neppure sicuro che gli fosse sempre stata fedele, come si ostinava a sostenere. Forse, questa peculiarità aveva per lui un fascino ineguagliabile. Lucrezia lo teneva legato a sé come un cagnolino è legato al guinzaglio del suo padrone. Era la forza dei Pallavicini d'Eril, due cognomi che non racchiudevano soltanto un'antica fierezza, ma anche una sottile temibilissima perfidia di cui soltanto certi nobili sono capaci. Massimiliano la temeva, come un tempo aveva temuto il marchese Pallavicini, suo suocero.

Ricordava con un brivido i racconti del suocero a proposito di antichi avvelenamenti. Il veleno, gli diceva, era l'arma preferita dai suoi antenati per liberarsi di un nemico o per vendicare un'infedeltà. Ogni volta che Lucrezia scopriva una sua infedeltà, Maxi temeva che lei si sarebbe vendicata avvelenandolo.

Poi sorrise di queste paure irrazionali e decise di telefonare alla cognata.

«Hai già un programma per il pomeriggio?» le chiese.

«In questo momento sono dalla massaggiatrice», rispose Benedetta.

«Ti aspetterò in mansarda», annunciò lui.

«Ti raggiungerò al più presto», cinguettò lei.

Lo studio legale dei Valli aveva in affitto un piccolo appartamento sotto i tetti di un lussuoso residence in corso Venezia. Era una foresteria per i consulenti che venivano da altre città. Quando era libera, Massimiliano la usava come alcova. Lì avrebbe aspettato Benedetta. In un estremo sussulto di paura decise che quello sarebbe stato il loro ultimo incontro.

Lasciò lo studio e cercò Lucrezia. Voleva saggiare il suo umore e tentare una riappacificazione. Sostò davanti alla porta chiusa della sua camera. Alzò una mano per bussare, ma il coraggio gli venne meno. Allora andò in cucina.

Ester stava frullando delle carote. Gli sorrise.

«Preparo il caffè, signore?» gli chiese, con l'abituale gentilezza.

«No, grazie. Sto uscendo. Hai visto la signora?» indagò con noncuranza.

«Vuole sapere di che umore è?» chiese la domestica. Maxi assentì.

«Raggiante. Mi ha persino regalato questa collana di ambra. Come mi sta, signore?» lo interrogò gonfiando il petto già prosperoso per mettere in mostra il dono recente.

«Cara Ester, su di te l'ornamento più umile diventa prezioso», declamò l'avvocato, con un sorriso da grande attore. Quindi soggiunse: «Così, se vado da lei, non mi sbranerà?»

«La signora è appena uscita», lo informò la donna.

«Ma come? Poco fa era a letto», si stupì. E proseguì: «T'ha detto dove andava?»

«Il signore sa bene che la signora raramente mi dice dove va. Tocca a me indovinare. Penso che stesse andando dalla signora Belgrado. Capirà, dopo quello che le è successo, la signora vuole starle vicina. Povera donna. Ha rischiato di finire ammazzata. Viviamo in un brutto mondo, signore. Una volta i miei vecchi dicevano che il mondo era pieno di pericoli per una donna sola e la casa era l'unica sicurezza. Ma ora, neanche più le pareti domestiche ci proteggono. Signore, io devo dirglielo con franchezza: se lei e la signora andate a Creta, in questo appartamento, da sola, non ci voglio stare. Preferisco tornare al paese, da mia sorella. Soltanto ieri non la pensavo così, ma adesso sono proprio spaventata», dichiarò.

Massimiliano, perso in altri pensieri, la rassicurò distrattamente. In realtà, pensava all'umore raggiante della moglie con un senso di sollievo. Se Lucrezia era felice, lui si sentiva al sicuro. Le paure di poco prima erano davvero insensate. Uscì di casa e si avviò a piedi, sfidando il sole implacabile di luglio, con la spensieratezza di un ragazzino.

Per antica abitudine, sostò davanti all'ingresso del palazzo e si guardò intorno. Vide la macchina della cognata sul lato opposto del corso.

È già qui, pensò.

Entrò nell'atrio del palazzo, chiamò l'ascensore e salì all'ultimo piano. Infilò la chiave nella serratura e aprì la porta.

«Ciao, amore. Scusa il ritardo», si annunciò dal vestibolo, avendo notato la luce accesa in camera da letto.

Massimiliano Valli, ostentando un sorriso da divo del cinema, entrò nella stanza. Benedetta stava rannicchiata sul letto. Piangeva, silenziosamente. Comodamente seduta in poltrona, Lucrezia lo stava aspettando. Si alzò e gli andò incontro ricambiando il suo sorriso mentre gli calava sulla guancia un poderoso manrovescio con le dita inanellate che tracciarono solchi scarlatti sul suo viso abbronzato.

4

Il temporale aveva liberato la città dall'afa. Caterina e Marco, seduti in salotto, si scambiavano pensieri e parole guardandosi negli occhi.

«Non devi più stare sola», affermò Marco.

«È quello che pensano tutti», rispose lei. «Ma nessuno riesce a capire che io non sono mai completamente sola. Il passato mi fa compagnia, più di quanto vorrei», constatò Caterina.

«Non fare la parte della scrittrice, con me», l'ammonì.

«Quando avevo diciott'anni mi trattavi da adulta. Ora che ne ho sessanta, mi tratti da ragazzina», protestò.

«Belgrado, ti prego: niente colpi bassi», reagì Marco.

«Sono perfettamente in tema. Comunque ti chiedo scusa. Credo che tu abbia già avuto la tua parte con Francesca.»

«È così. Quella santa donna è completamente impazzita», confessò Marco.

«Ha accumulato livori per quarant'anni. Al tuo posto, cercherei un accordo onorevole», suggerì Caterina.

«Da quando tu e io abbiamo ripreso a frequentarci, Francesca rifiuta ogni possibilità d'intesa. Non puoi immaginare quanto la sconvolga la nostra amicizia», ammise Marco.

«Allora, non vediamoci più. Io non ho mai voluto complicarti l'esistenza. Questo dovresti saperlo.» Per la serenità di Marco era disposta a un nuovo sacrificio.

«Da quando ti ho ritrovata, io sono felice. Non voglio più perderti, mia piccola Belgrado.»

Caterina ricordò una triste giornata invernale di tre anni prima. Era uscita con Lucrezia a fare acquisti. A un certo punto si erano rifugiate in un bar per scaldarsi e prendere un tè. Chiacchieravano a ruota libera di frivolezze. All'improvviso Lucrezia si fece seria.

«Hai saputo di Marco Honneger?» le chiese.

«Che cosa c'è da sapere?» replicò Caterina.

«Sta morendo», le rivelò brutalmente.

Caterina impallidì e la mano che reggeva la tazzina tremò.

«Mi dispiace, Caterina. Forse non avrei dovuto dirtelo. Dopo tanti anni non avevo idea... Accidenti a me!» si scusò Lucrezia.

Caterina ritornò a casa correndo e telefonò immediatamente a suo figlio.

«Stanis», esordì, «devi farmi un favore. Marco Honneger è ricoverato nel tuo ospedale. Pare che stia malissimo», disse, parlando con affanno.

«Ho capito, mamma. Calmati e dimmi in quale reparto si trova», chiese.

«Non lo so. Lucrezia ha saputo dalla moglie di Marco che si tratta di un infarto renale. Va' a trovarlo. Parla con i tuoi colleghi. Dimmi qualcosa, ti prego.»

«Vorresti vederlo?» s'informò il medico.

«Questo no, assolutamente. Non fare il mio nome, mai. Voglio solamente sapere se è vero quello che mi ha detto Lucrezia», spiegò.

Dopo qualche giorno Stanis le parlò del miracolo: Marco era fuori pericolo.

«Dio ti ringrazio», sussurrò Caterina. Se la malattia lo avesse ucciso, sarebbe stato come perdere una parte di sé, la più importante. Ora doveva vederlo e confessargli che non aveva mai smesso di volergli bene.

Passarono alcune settimane. Il figlio le disse che Marco stava per essere trasferito a Ginevra, in una clinica privata, per un periodo di convalescenza. A quel punto, Caterina decise di andarlo a trovare.

Più che una clinica, sembrava una villa nobiliare, al centro di un grande parco che digradava sul lago. Era marzo. Nei prati di un verde tenero, fiorivano crochi blu, profumatissimi giacinti e narcisi. Caterina lo vide. Era seduto su una panca di pietra, al sole, accanto a una fontana. Sostò al riparo di un platano, per osservarlo, palpitante per l'emozione.

Marco stava leggendo un libro. Indossava una giacca blu, di taglio sportivo, sopra un maglione giallo. Sembrava lo stesso che portava quasi mezzo secolo prima, quando c'era la guerra e lui aveva vent'anni. Era magro come allora. I capelli erano sempre folti e ricci. Adesso, però, erano bianchi come la neve.

Lungo i viali del parco c'erano altri pazienti. Passeggiavano. Alcuni soli, altri a coppie, altri ancora accompagnati da infermiere sorridenti.

Caterina non si decideva a lasciare la sua zona protetta per annunciarsi. Aveva quasi paura di affrontarlo. Le sembrava che, dopo tanti anni, non avesse senso presentarsi all'improvviso a lui che, forse, non desiderava vederla. Fu sul punto di andarsene. Poi ricordò le ultime settimane trascorse a interrogarsi con angoscia sulla sua sorte. Se si negava questa opportunità, sarebbe stato come annullare tutto quello che c'era stato tra loro.

Si fece coraggio. Uscì dall'ombra, attraversò il viale e gli sedette accanto, sulla panca di pietra. Portava un tailleur grigio, *prince de Galles*, in parte nascosto da un'ampia mantella di lana d'un bel rosso corallo.

«Ciao, Marco», disse sottovoce.

Lui non levò lo sguardo dal libro. Semplicemente scosse il capo.

«Sei soltanto un'allucinazione», replicò. «Ne sto avendo tante, in questo periodo, con tutti i veleni che mi fanno ingoiare.»

«Caro, sono proprio io», insistette con voce accorata.

«Non ci credo. Se alzo gli occhi per guardarti, svanirai. Già altre volte mi hai fatto questo scherzo», ribadì Marco.

Caterina allungò una mano e la posò sul suo braccio, stringendolo.

Allora Marco chiuse il libro, si voltò verso di lei e le sorrise.

«Bentornata, piccola Belgrado», sussurrò con voce stanca, mentre gli occhi si inumidivano di pianto. «Perdonami. Da qualche tempo piango con facilità», si scusò. «Colpa della vecchiaia.»

Caterina lo rivedeva per la prima volta dopo tanti anni. Era stato bellissimo, da giovane, adesso era un bel vecchio.

«Finalmente sei qui», ripeté ancora. Prese la mano di Caterina e se la portò alle labbra. Aveva sperato a lungo in un loro incontro. «Il cielo, a volte, esaudisce le nostre preghiere», soggiunse.

Caterina annuì. Non riusciva a parlare perché anche lei stava piangendo. Marco le tese un fazzoletto. Lei si asciugò le lacrime, si soffiò rumorosamente il naso e, infine, gli sorrise.

«Piccola Belgrado», ripeté Caterina. «Quanto tempo è passato dall'ultima volta in cui mi sono sentita chiamare così», sospirò. «Ma adesso dovrai correggere il tiro. Sono ormai una vecchia signora di cinquantasette anni. Ho tre figli e tanti nipotini.»

«Ne hai ancora cinquantasei. Il tuo compleanno è in luglio. Non credere che me ne sia dimenticato. E sei uno splendore di donna», sottolineò lui, valutando il suo incarnato di velluto, lo sguardo vivace e la figura snella. «Sei esattamente com'eri ai bei tempi. Io, almeno, ti vedo così.»

«Sei un gran chiacchierone e sai ancora incantare le donne», scherzò Caterina. «Come stai?» chiese, esitante.

«Come mi vedi. Ma da questo momento, te lo giuro,

diventerò un leone. Sai, fino a un minuto fa, non avevo una gran voglia di vivere.»

«Allora dovrai guarire prestissimo perché dobbiamo recuperare un po' del tempo perduto e io ho tante cose da raccontarti.»

Si alzarono dalla panca, si presero sottobraccio e si avviarono lungo il viale bordato di fiori, parlando e sorridendo, come se non si fossero mai lasciati.

Ora, nel salotto, mentre il temporale si allontanava, Marco le ripeteva ancora che non voleva perderla.

«Già una volta, sbagliando, ti ho lasciata. Non voglio più ripetere lo stesso errore», disse lui.

«A tua moglie non pensi? Continuerà a tormentarti», osservò Caterina.

«Lo so. Non sarà facile. Ma abbiamo diritto al rispetto dei nostri sentimenti», osservò Marco.

«Tua moglie è convinta che la passione ci divori ancora. E, in un certo senso, ha ragione. Non è importante che noi due non si faccia più l'amore. Alla nostra età forse non si hanno questi desideri. Ma la passione, amore mio, è sempre viva, come quando eravamo giovani. Possiamo chiamarla perenne nostalgia per ciò che è stato e non si ripeterà mai più. Comunque, ci unisce ancora. Francesca lo sa. Ecco perché non ti dà pace», concluse Caterina.

«Alla fine, secondo te, quella santa donna è sempre nel giusto», si spazientì lui.

«Nei secoli dei secoli, amen», recitò lei, con un mesto sorriso.

Suonarono alla porta. Marco andò ad aprire. Era Stanis, con la sua valigetta da medico.

«Devo visitare la mia paziente prediletta», esordì stringendogli la mano.

«Fai bene», sussurrò Marco. «Tua madre è giù di corda. Ha assolutamente bisogno di un'iniezione di ottimismo. Ce l'hai?» domandò mentre lo precedeva verso il salotto.

«Ho farmaci di ogni tipo. Mi chiamano dottore, ma in

realtà sono uno stregone che compie prodigi», scherzò Stanis.

«Allora, te lo affido», replicò Marco. «Io stavo andando via.» Non era vero, ma si sentiva di troppo quando lei stava con i suoi figli. Inoltre, la solitudine di Caterina, in quella grande casa, lo angosciava. Capiva di non avere sufficiente autorità per imporsi su di lei, ma sapeva che la scelta migliore sarebbe stata quella di vivere insieme, avendo cura l'uno dell'altra. La gioventù li aveva abbandonati, i suoi colori si erano spenti, ma insieme potevano ancora vivere una vita serena. «Tornerò questa sera», promise a Stanis. Caterina lo salutò con un cenno della mano, mentre si sdraiava sul divano.

«Sei stanca?» le domandò il figlio.

«Mi sono distesa perché tu potessi misurarmi la pressione», rispose lei con fare burbero. «Non è per questo che sei venuto?»

«Allora, vai nella tua camera e sdraiati sul letto», le ordinò il figlio.

Caterina lo assecondò senza protestare. Era stanca, anche se non voleva ammetterlo.

Stanis la visitò in silenzio, poi le diede un buffetto sulla guancia.

«Non mi dici come sto?» gli chiese lei.

Per tutta risposta Stanis sedette sul bordo del letto, ed emise un profondo sospiro.

«Quanti sonni beati ho dormito su questo letto, vicino a te», disse, con aria malinconica.

«E nel sonno succhiavi il risvolto del lenzuolo. Tuo fratello Roberto, invece, rosicchiava le tendine. Nicoletta raschiava con le unghie la doratura del legno. Ho avuto tre figli nevrastenici. Evidentemente non sono mai riuscita a darvi sicurezza», ragionò Caterina.

Il figlio le accarezzò i capelli.

«Lo sai bene che non è così. Però non sai quanto fossi geloso del tuo letto, soprattutto quando tu ti rifugiavi qui dentro con le tue amiche. Detestavo la vostra intimità. Tu credevi che amassi Diana e Lucrezia? Io le odiavo. Mi nascondevo dietro la porta e vi spiavo. Non facevate che parlare e ridere. Non capivo i vostri discorsi, né la vostra allegria. Io mi angosciavo fino alle lacrime», confessò il figlio.

«E non me lo hai mai detto», si stupì Caterina.

«Te lo dico adesso. Mi sentivo come un innamorato respinto. Ho imparato a voler bene a Lucrezia e a Diana molto più tardi, quando ero già grande», ammise.

«Mi dispiace, sinceramente. Quando penso agli errori che ho commesso, mi spavento. Però tu sei sempre stato uno specialista nel mettermi a disagio, nel crearmi inquietudini», brontolò lei.

«Quelle te le inventi tu. Sei nata con il piacere di tormentarti. Io ti confesso le mie irrazionalità di bambino e tu ci costruisci sopra un castello. Perché non ti rilassi? Perché non tenti di prendere la vita così, come viene?»

Caterina si scostò da lui, per guardarlo meglio.

«Adesso mi stai facendo arrabbiare», disse. «Mi rimproveri un'insensibilità che non ho mai avuto.»

«Non ti rimprovero niente. Tu mi hai dato solamente, a piene mani, senza mai chiedere nulla in cambio. Sei la madre migliore che un figlio possa avere. Sto solo tentando di dirti che sono cresciuto e non devi stare in pena per me. Lo vedi? In questo momento, tu non mi stai guardando. Tu mi scruti per capire se sono sereno o triste, se va tutto bene o se ho dei problemi. Io lo so che tremi all'idea che un giorno Grigorj possa lasciarmi.»

«Sì, è una possibilità che mi spaventa. E allora? Vuoi sgridarmi per questo?» lo sfidò, consapevole di quanta verità ci fosse nelle parole del figlio.

«Nessun legame è eterno, mamma. E se la mia storia con lui finisse, sarebbe un problema mio, non tuo», la rimbrottò.

«Peccato che tu non possa avere figli, altrimenti capiresti molte più cose», lo compatì.

«Tu non hai avuto una vita sentimentale molto semplice. La nonna si è mai preoccupata per te?»

Caterina non rispose. Pensò all'atteggiamento severo

di Elena nei suoi confronti. Sua madre apparteneva a quella generazione che tiene in gran conto le apparenze e considera i sentimenti soltanto come una frivolezza, quando non si coniugano con il buon senso.

«Lo so che non c'è mai stata una grande confidenza fra te e la nonna», puntualizzò Stanis e proseguì: «Comunque, non mi risulta che abbia mai interferito nella tua vita».

«Invece lo ha fatto», rivelò Caterina, «Una sola volta, ed è bastato. In seguito non gliel'ho mai più permesso. Ma il nostro rapporto era diverso da quello che ho con te. Io ti sono amica. Lei si è sempre considerata un giudice», constatò, tristemente.

«Scusa, mamma. Non avevo nessuna intenzione di turbarti», disse, abbracciandola.

«Non c'è ragione che ti scusi», replicò Caterina sforzandosi di sorridergli. «E non far caso alle mie esagerazioni.»

Stanis aveva misurato da un pezzo la fragilità di sua madre, le contraddizioni della sua personalità, la sua ambivalenza. Nella sua vita e in quella dei suoi fratelli, Caterina era stata una figura ibrida, un po' materna e un po' paterna, incapace di mostrarsi per quella che era veramente. A volte pensava che la nonna Evarista avesse avuto su di lei molta più influenza della nonna Luigia. La contadina insolente, tignosa, dura aveva tracciato un solco profondo nella sua formazione.

«Ti voglio bene, mia stupidissima mamma», disse lui, di slancio. «Sei la sola persona con la quale riesco a parlare per ore senza annoiarmi mai», la adulò, dicendo sostanzialmente quello che pensava.

«Anch'io ti voglio bene. Per questo vorrei che rispondessi alla mia domanda: come sto?» chiese.

«Meglio di ieri», rispose laconicamente.

«E meno bene di domani», soggiunse lei, con aria divertita. E proseguì: «Ti conosco bene, Stanis. Sei preoccupato per me. Vorrei tranquillizzarti. Può darsi che le mie condizioni non siano eccellenti, ma ti garantisco che mi sento benissimo. Sono così in forma, che vorrei preparare una buona cena per tutti e due», disse con entusiasmo, lasciando il letto.

Stanis la seguì in cucina.

«Dove sono le tue amiche?» le domandò.

«Se ne sono andate, grazie al cielo. Adesso spero di potermi riappropriare della libertà. Tutte quelle premure mi mettono a disagio», spiegò mentre disponeva su un piatto di portata fette di bresaola e rucola fresca.

«Vorrei vedere che cosa faresti se ti ignorassero», la stuzzicò.

«Ne soffrirei, perché le amo come sorelle», dichiarò Caterina.

Stanis le andò vicino, circondandole le spalle e deponendole un tenero bacio sulla nuca.

«Mamma, che cosa posso fare per sentirmi utile?» chiese.

«Ti riferisci al pranzo o a quello che resta della mia vita?»

«Non mi esalta il pensiero di saperti sola. Quei balordi che ti hanno aggredita sono stati un avvertimento abbastanza serio. So che ti rifiuti di avere una domestica in casa. Accetteresti me?»

«Lasceresti solo il tuo ragazzo? Ti sembra giusto?» lo interrogò.

«Grigorj, da qualche giorno, riesco a malapena a incontrarlo in ospedale», confessò il figlio.

«Avete litigato?» domandò Caterina, già in preda all'ansia.

«È difficile litigare con lui. È così buono e accomodante.»

«Allora sei solo geloso?» ragionò sua madre.

«Nella mia situazione, la gelosia è un lusso che non voglio permettermi», disse e proseguì: «Comunque è un amico leale. Se non mi dice dove va né con chi, avrà le sue buone ragioni», minimizzò. Era preoccupato, ma non voleva che sua madre lo sapesse.

5

Grigorj conosceva bene i balordi e gli emarginati che vedeva sfilare quotidianamente, al Pronto Soccorso dell'ospedale. Relitti di un'umanità disperata vi approdavano a ogni ora del giorno e della notte: giovani in coma da overdose, feriti in spietati regolamenti di conti, alcolisti alla deriva. Qualche volta arrivavano accompagnati dai parenti: madri straziate dal dolore, mogli incredule, padri sconvolti. I medici li rimettevano in sesto e loro, a volte, morivano poche ore o pochi giorni dopo come cani abbandonati su una panchina o all'angolo di una strada. Grigorj nutriva un'avversione istintiva per i tossicodipendenti, tuttavia li soccorreva. Gli ricordavano il padre sadico e violento che barattava qualunque cosa per una bottiglia di vodka.

Sapeva che gli sbandati si creano degli alibi per poter considerare le loro trasgressioni come inevitabili e plausibili. Accusano il sistema, mai loro stessi. Oppure, addirittura, esaltano le loro azioni criminali: i ladri si vantano della loro destrezza, gli assassini della loro crudeltà, i maniaci della loro perversione, ribaltando il concetto di bene e di male.

Da alcune sere, Grigorj frequentava i giardini della Stazione Centrale formicolante di giovani bruciati, larve che si riprendevano dall'ottundimento di un buco soltanto per procurarsi il denaro sufficiente per quello successivo. Gli aggressori di Caterina erano tra questi.

Si muovevano sempre in coppia. Grigorj non conosceva i loro nomi. Li aveva soprannominati Crisantemo e lo Strabico: uno aveva gli occhi storti e l'altro, quello che aveva assalito Caterina, aveva i capelli arruffati e inanellati come i petali del fiore novembrino. Lo Strabico e Crisantemo lo tenevano d'occhio. Il primo giorno lo avevano scambiato per un poliziotto. In seguito, si erano convinti che fosse un omosessuale timido o spaventato.

Quando arrivava, sedeva sempre allo stesso posto, sul bordo di una panchina, tenendosi accanto un sacchetto pieno di lattine di birra fresca che distribuiva a chi gliene chiedeva.

Capitava che qualche sbandato gli sedesse accanto, chiedendogli da bere, e poi finisse per raccontargli, farneticando, la storia della propria vita. Il russo, paziente, ascoltava e annuiva e intanto aspettava che la coppia di balordi l'avvicinasse.

Quella sera, i due si decisero. Il ragazzo strabico sembrava più sicuro del compagno.

«Hai moneta?» gli chiese, con indifferenza.

«Dipende», rispose Grigorj. Prese una lattina di birra, l'aprì e si mise a bere, con calma.

«Tu sei uno che non si fa. Perché stai qui?» domandò il ragazzo dai capelli ricci.

Il russo tese una lattina a ognuno dei due. Accettarono.

«Magari è perché soffro di solitudine», rispose con fare laconico.

«Se mi offri centomila lire, ti faccio compagnia», propose lo Strabico, con un sorriso ammiccante. Anche Crisantemo sorrise. Grigorj serrò i pugni. Quei due ragazzi erano ripugnanti. Tuttavia sorrise anche lui. Lo Strabico ruttò, scrutandolo con aria ebete.

«L'amico non ha un soldo», disse. Quindi arricciò le labbra e lanciò uno sputo sull'erba.

«Sei al verde?» domandò Crisantemo.

«Dipende», disse il russo, senza scomporsi.
«Lasciamo perdere», suggerì lo Strabico.
«Amico, mi servono soldi», insistette Crisantemo.
Il russo sollevò il bordo della maglietta di cotone, scoprendo la cintura dei jeans dove aveva infilato due biglietti da centomila lire.
«Sono tuoi», gli disse, «se hai un posto dove possiamo stare un po' insieme.»
«Seguimi», decise il ragazzo.
«Non ho la macchina», precisò Grigorj. Li aveva visti un paio di volte allontanarsi a bordo di vetture di clienti occasionali.
«Chi se ne fotte. Io ho un treno», replicò il giovane, ingolosito dal denaro. «Vuoi anche il mio amico?» domandò.
Il russo scosse il capo. Crisantemo si avviò con passo spedito verso la stazione. Lo Strabico lo raggiunse, correndo.
«Fa' attenzione», suggerì. «Di questo qui io non mi fido», spiegò, alludendo a Grigorj che li seguiva.
«Togliti dalle palle. Ci vediamo dopo», gli ingiunse l'amico, allontanandolo con una mano.
«Dopo non dirmi che non ti avevo avvertito. È come la storia di quella fottutissima vecchia. Io me lo sento quando è il momento di filarsela», insistette.
Crisantemo non lo ascoltò. Aveva assolutamente bisogno di denaro. Entrò nella stazione, montò sulla scala mobile e si voltò a controllare: il russo lo tallonava. Lo Strabico si allontanò gridando improperi. Meglio così, pensò Grigorj. L'altro non aveva picchiato Caterina.
Percorsero, affiancati, l'immenso atrio superiore. Insieme varcarono un cancello da cui si accedeva agli ultimi binari. Svoltarono a sinistra. Si avviarono lungo un marciapiede buio, deserto, del quale non si vedeva la fine. Lo percorsero per intero, e poi camminarono su un acciottolato da cui si diramava un reticolo di binari. Lì erano parcheggiate carrozze di seconda classe, vetuste e sconnesse. Il giovane rallentò l'andatura.

«Veniamo qui, quando non c'è di meglio», spiegò al russo, con l'aria di chi la sa lunga.

«E la polizia?» domandò Grigorj.

«Gira al largo. Se non hanno l'ordine di fare qualche retata, quando ci vedono fanno finta di niente», soggiunse con aria spavalda.

Il russo si guardò intorno. A poche decine di metri si ergeva uno degli alberghi più esclusivi della città. Dove si trovava adesso, c'era l'inferno. Nei vagoni abbandonati si intravedevano relitti umani di ogni razza ed età: immigrati, barboni sfiniti dagli stenti, drogati all'ultimo stadio, prostitute distrutte dall'eroina. Nonostante fosse consapevole della propria forza, Grigorj ebbe paura. Il giovane se ne avvide e sorrise soddisfatto, mentre si apprestava a scalare i gradini d'una vettura.

«Non lì dentro», disse Grigorj, facendo un passo indietro.

«Cristo, qui non c'è nessuno. E anche se ci fosse qualcuno, ognuno si fa i cazzi suoi», spiegò.

Grigorj mosse un altro passo a ritroso.

«Mi dispiace. Niente da fare», s'impuntò.

Il balordo scese i gradini e lo condusse in un anfratto, lungo una massicciata che digradava verso un ponte. Da una parte c'erano vagoni bui popolati di miserie, dall'altra un parapetto di cemento che si affacciava su un'arteria di grande traffico, nel mezzo un sentiero di pietre e, sopra di loro, il cielo opaco di una notte di luglio avvelenata dall'afa e dallo smog.

«Questo posto ti va bene?» domandò Crisantemo, beffardo.

Il russo annuì.

«Ce l'hai il preservativo?» lo incalzò il giovane, con voce aspra. Non era omosessuale. Si adattava a quegli accoppiamenti quando non c'era altro modo per procurarsi denaro.

Grigorj lo fissò negli occhi, sperando di scorgere, nonostante tutto, un lampo di umanità. Vide soltanto un'espressione ottusa, impermeabile a qualsiasi sentimento.

«Sai, mia madre s'incazza se non prendo certe precauzioni», sogghignò il ragazzo.

Per un istante, Grigorj rivide il volto affilato e sofferto di sua madre Arina. Tentò di immaginare quello della donna che aveva generato il giovane che gli stava di fronte. Forse lui le assomigliava.

«Lascia stare tua madre», sibilò Grigorj, con voce spezzata.

«Finocchio e cocco di mamma», lo sferzò il giovane infilando una mano nella tasca posteriore dei jeans. Un istante dopo gli brillava nel pugno una lama. Non ebbe il tempo di sollevare il braccio, perché Grigorj gli afferrò il polso, torcendolo. Il ragazzo fece una mezza piroetta su se stesso, mentre tentava di colpire il russo con l'altra mano. Si ritrovò immobilizzato e con la testa inchiodata al parapetto di cemento. Lanciò un urlo di dolore.

«Sì, sono un finocchio», disse Grigorj. «Ma non ho mai pensato, nemmeno per un istante, di accoppiarmi con te. Mi fai schifo», sibilò, ansando.

«Vaffanculo!» gridò il giovane, vinto dal dolore.

«Non andrai più in giro ad aggredire gente con il coltello, né a picchiare donne che non sono in grado di difendersi», disse. Lo riempì di pugni fino a quando il ragazzo, boccheggiante, crollò sull'acciottolato, svenuto.

Il russo si guardò intorno. Non vide nessuno. Scavalcò il parapetto del ponte, percorse un cordolo di cemento sino alla scarpata e da lì, saltellando in discesa, approdò ai piedi di un pilone del ponte che sovrastava la strada.

Si fermò a respirare.

Fermò un taxi e si fece condurre in ospedale. Era in ritardo di mezz'ora sul suo turno di lavoro.

Si scusò con il collega che lo stava aspettando con impazienza.

«In Russia, non li avete gli orologi? C'è mia moglie

giù, in strada, che mi sta aspettando da un pezzo», brontolò.

«Scusami. Domani sera, se vuoi, ti do il cambio un'ora prima», propose, per rabbonirlo.

«Affare fatto», accettò il collega. E lo avvertì: «Ti ha cercato il dottor d'Ormesson. Si può sapere da dove vieni? Sei fradicio di sudore», osservò l'infermiere.

«Te lo dico un'altra volta», rispose Grigorj mentre si liberava dei suoi indumenti e indossava la divisa da lavoro.

«Guarda che anche la piccola Valeria ha chiesto di te», lo avvertì il collega, prima di entrare in ascensore.

6

Grigorj vide Stanis che gli veniva incontro mentre, con la piccola Valeria tra le braccia, andava verso la sala degli infermieri.

«Questa è la mia notte fortunata», esclamò la bambina vedendo il suo cardiologo. «Grigorj e Stanis insieme. Mi farete compagnia tutti e due?» chiese sorridendo.

Come tutti i bambini seriamente malati, Valeria aveva sviluppato una sensibilità straordinaria e un attaccamento viscerale per le persone che si occupavano di lei.

«Dovrai accontentarti di Grigorj. Quanto a me, posso offrirti un lecca-lecca», disse il medico pescando dalla tasca del camice un bastoncino di legno che reggeva una pallina di zucchero colorato. Portava sempre con sé qualcosa di dolce per i suoi piccoli pazienti.

«Grazie, Stanis», disse lei.

Lui le sorrise poi guardò dritto negli occhi l'amico. Avrebbe voluto chiedergli ragione della latitanza di quei giorni, ma la serenità del suo compagno sembrava respingere qualunque illazione indiscreta.

«È tutto a posto?» gli chiese semplicemente.

«È tutto a posto», confermò il russo, mentre adagiava la piccola in poltrona e la copriva con un plaid di lana.

«Meglio così», replicò il medico.

«C'è della macedonia, in frigo. Ne vuoi?» propose Grigorj.

«Volentieri», disse Stanis, sedendo su uno sgabello davanti al banco dov'erano allineate le cartelle cliniche dei pazienti. Valeria assaporava il suo zuccherino guardando la televisione. La presenza dei due uomini, con il loro parlare sommesso, le piaceva. Stanis guardò le spalle del gigante che armeggiava intorno al frigorifero. Poteva forse dubitare di lui?

Grigorj mise sul banco un bicchiere di plastica colmo di frutta sminuzzata. Poi gli posò sulla spalla la sua mano poderosa.

«Va tutto bene, davvero», lo rassicurò.

«Mi fa piacere», annuì il medico, portandosi alla bocca una cucchiaiata di macedonia.

«Come sta tua madre?» chiese l'infermiere.

«Non è nella sua forma migliore. Mi preoccupa un po'. Perché non vai a trovarla?» gli propose, guardandolo con affetto. Pensava a come sarebbe stata solitaria la sua esistenza senza quell'amico venuto da lontano. La prima volta che si erano incontrati, si erano immediatamente piaciuti.

Era cominciato allora un lungo, timido corteggiamento reciproco.

Stanis aveva già avuto un compagno. Era un giornalista. Lo aveva conosciuto in casa di sua madre. A volte pensava che Caterina avesse propiziato il loro incontro. Era un uomo colto e intelligente. Cercava, senza riuscirci, di annegare nell'alcol il disagio di essere omosessuale. Ebbero alcuni anni felici. Poi il giornalista morì in un incidente stradale. Qualche tempo dopo, conobbe Grigorj.

Stanis si era da poco insediato in un appartamento non lontano dall'abitazione di sua madre. Lo arredò insieme con il nuovo amico.

Era piacevole girare per antiquari scegliendo piccoli oggetti di buon gusto e veder nascere, giorno dopo giorno, la casa in cui sarebbero vissuti insieme.

Grigorj amava coltivare i fiori e sapeva tutto sulla consistenza del terriccio, sui sali, i concimi e gli ormoni da somministrare alle piante. Inoltre, potava, praticava innesti, sfoltiva le radici. Disponeva di una piccola attrezzatura da giardinaggio di cui era gelosissimo.

In cucina era un disastro. A stento era in grado di preparare un uovo sodo. Stanis, invece, aveva imparato da sua madre tanti piccoli segreti gastronomici ed era abbastanza bravo.

Si erano suddivisi i compiti e gli spazi. Nella camera da letto dormiva Stanis, quella per gli ospiti era riservata a Grigorj. Si erano amati per la prima volta a Merano, in una piccola villa che Caterina possedeva da anni a Maia Alta. Erano rientrati da una lunga gita a piedi, stremati e felici. Si erano infilati sotto la doccia, scherzando, facendosi dispetti come ragazzini, ridendo. Poi, si erano abbracciati e il riso era sfumato nel piacere.

«Ti amerò e ti proteggerò per sempre», aveva promesso il russo.

«Non importa che sia per sempre. Quello che conta è che adesso tu ci sia. Se un giorno vorrai lasciarmi, fallo con onestà. Non mentirmi mai.»

Da allora, Stanis si cullava nel poderoso e tenero abbraccio dell'amico. Ma bastava un niente per indurlo a dubitare, per rinnovare la paura della solitudine.

Non ostentava la sua omosessualità, non si abbandonava ad atteggiamenti isterici, non andava in cerca di avventure. Cercava di vivere il più normalmente possibile la sua diversità. Grigorj era il suo orizzonte erotico e affettivo.

Ora, dopo giorni di dubbi e di tormento, era certo di non averlo perduto. Non gli interessava sapere chi, né che cosa lo avesse tenuto lontano. Adesso era tornato. Lo guardò negli occhi e gli sorrise.

«Domani andrò a trovare tua madre», promise Grigorj.

Suonò il cicalino per la ricerca delle persone. Dal Pronto Soccorso cercavano il cardiologo.

«Ci vediamo più tardi», disse Stanis, uscendo dalla stanza. Si diresse verso l'ascensore per raggiungere il piano terreno.

L'infermiere fece il giro delle corsie. Scambiò qualche parola con i malati, cercò di confortare quelli che soffrivano e controllò i pochi che dormivano tranquilli. Poi, tornò in infermeria, sedette al tavolo e aprì un poderoso tomo di medicina. Incominciò a studiare. Di tanto in tanto alzava lo sguardo dal libro per osservare la bambina che dormiva serenamente sulla poltrona.

Ripensò al balordo sul quale aveva scaricato la rabbia che da giorni lo tormentava. Gli dispiaceva di averlo picchiato con tanta brutalità ma aveva dovuto difendersi. Il ragazzo non avrebbe esitato a usare il coltello. Comunque, meritava una lezione per quello che aveva fatto a Caterina. Cercò di convincersene, ma non ci riuscì. Non era fiero di sé.

La notte passò e il mattino si annunciò con l'abituale frastuono del traffico e lo scampanellio che proveniva dai letti dei pazienti. Alle sette il suo turno finì. Grigorj scese al Pronto Soccorso. Stanis stava effettuando un elettrocardiogramma su un giovane portato dagli agenti della polizia ferroviaria. Era in stato di semincoscienza. Si lamentava.

«Ne hai per molto?» chiese Grigorj all'amico.

«Finisco questo esame, poi ho chiuso», rispose il medico.

L'infermiere si accostò al lettino. Riconobbe Crisantemo.

«È ridotto male», commentò, con voce cupa, osservandolo.

«Meno di quello che sembra», replicò Stanis. «Ha una lussazione al braccio destro e dovrà essere ingessato. Una ferita al sopracciglio sinistro. Ecchimosi varie. Se la caverà in pochi giorni. Le analisi, però, dicono che è un tossico», soggiunse, mentre infilava il tracciato cardiaco nella cartella clinica, insieme con le radiografie e i risultati degli altri esami. Vi aggiunse le proprie annotazioni e chiamò un infermiere. «Reparto ortopedia», disse. Quindi si rivolse a Grigorj. «Che nottata. Portami a casa, per favore.»

In quel momento il giovane aprì gli occhi e vide il russo, chino su di lui. Impiegò qualche istante prima di riconoscerlo. Poi, si sentì perduto e lanciò un grido di terrore.

Stanis si accostò alla barella.

«Be', che cosa ti succede?» domandò.

L'infermiere che stava per portarlo via scosse il capo.

«La droga, a volte, fa di questi scherzi», minimizzò.

«È il dolore al braccio che ti fa strillare così?» gli domandò Stanis.

Il ragazzo non rispose, ma fissava Grigorj tremando per la paura.

«Dottore, che cosa devo fare? Lo porto in ortopedia?» chiese l'infermiere che doveva condurlo via.

Il ragazzo smise di tremare e scoppiò in singhiozzi.

«L'assistente sociale sta cercando di rintracciare la famiglia, e non sarà facile perché dai documenti risulta senza fissa dimora», ragionò Stanis e soggiunse: «Forse uno dei famigliari potrebbe aiutarlo». Poi si rivolse all'infermiere: «Portalo via», ordinò.

Poco dopo Stanis e Grigorj lasciarono l'ospedale.

Mentre il medico, al volante dell'auto, si destreggiava nel traffico, Grigorj ruppe il silenzio: «Lo hai riconosciuto, vero?»

«È quello che ha aggredito mia madre», rispose Stanis. E soggiunse: «Potrebbe denunciare chi lo ha pestato».

«È possibile», mormorò Grigorj.

«Da noi, non ci si fa giustizia da soli. Lo sai?» disse Stanis.

«Perché lo dici a me?» chiese il russo, fingendosi sorpreso.

«Perché tu ci rifletta.»

«Già fatto. Adesso andiamo a dormire, amico mio», disse Grigorj.

7

DIANA si svegliò sul punto di cadere dal letto. L'uomo che le dormiva accanto aveva invaso tutto lo spazio, sospingendola al bordo estremo del materasso.

Le pale del ventilatore, che giravano silenziose, non riuscivano a mitigare il caldo che avvolgeva la camera.

Si alzò e con un gesto di stizza raccolse il lenzuolo che era scivolato a terra. Quel movimento brusco le procurò una fitta alle vertebre cervicali. Imprecò contro l'incalzare degli anni che colpiva le sue articolazioni. Strinse il lenzuolo attorno al corpo nudo per coprire il restauro chirurgico che le era costato denaro e dolore. Pensò a tutte le idiozie che le persone come lei dichiaravano a proposito della bellezza interiore della donna matura e considerò la verità di certi sferzanti giudizi di Caterina a questo proposito. Uscì dalla camera, andò in bagno e sperò che Piergiorgio continuasse a dormire ancora a lungo.

Davanti allo specchio fece un'analisi spietata di se stessa. Non era male, nell'insieme, ma i segni delle suture chirurgiche non avrebbero ingannato neppure un bambino. Il giorno in cui avesse smesso di sottoporsi a tante costose torture, sarebbe avvenuto il crollo definitivo. Per l'ennesima volta si chiese come fosse possibile che un uomo giovane e psicologicamente equilibrato amasse una sessantenne. Soltanto uno squilibrato come Piergiorgio poteva aver voglia di fare l'amore con lei. Si mise sotto la doccia e lasciò che i getti violenti dell'acqua tiepida la massaggiassero. Voleva cancellare ogni traccia della notte passata con quell'uomo, considerandolo un estraneo che da anni aveva invaso il suo letto e la sua vita. Provava quasi un senso di repulsione per quel maschio giovane e attraente che molte amiche le invidiavano. Mentre con un guanto ruvido si frizionava il corpo, si accorse che stava piangendo. Si rese conto che lei, così brava a sviscerare i problemi degli altri, aveva rimosso i suoi. Era arrivato il momento di affrontarli con una spietata autoanalisi. Chiuse il rubinetto della doccia, si avvolse in un accappatoio e si asciugò il corpo e le lacrime. Non aveva più voglia di fare del sesso. Alla sua età, la ricerca del piacere fisico diventava patetica e il più delle volte si risolveva in un debole lampo che produceva onde di pallida luce. Niente a che vedere con i pungenti desideri dei suoi vent'anni, quando l'innamoramento la colpiva come una malattia e il desiderio le toglieva forza e respiro. Le acque chiare della giovinezza si erano prosciugate per sempre.

Era ancora bella e i maschi, attratti dal suo fascino maturo, la corteggiavano ancora.

In quell'afosa mattina d'estate, Diana si rese conto che, finalmente, non le importava più niente di loro. Si sentì riscattata da una condizione di sudditanza che l'aveva perseguitata fin dall'adolescenza.

Per troppo tempo si era lasciata condizionare dagli uomini come fossero divinità alle quali rendere omaggio, implorando la grazia di un complimento, di un pensiero amoroso, di un gesto gentile. «Quante volte aveva tremato all'idea di perdere l'uomo del momento, al quale sacrificava brani di vita, ingoiando lacrime e umiliazioni? Perché noi donne siamo così stupide? Perché da secoli ripetiamo lo stesso errore?» si chiedeva quella mattina.

Ricordò il nonno paterno che, con il suo parlare greve

da contadino, amava ripetere: «La donna sta bene nel talamo e nel tumulo».

Sua madre, da buona piemontese energica e attiva, un giorno aveva reagito: «Nel tumulo spero di andarci dopo di voi. Quanto al talamo, ci starei volentieri più a lungo. Invece, mi tocca sgobbare perché quello che guadagna vostro figlio professore basta appena per pagare l'affitto di casa».

La giovane signora Laperla aveva parlato in presenza dell'intera famiglia ed era calato il gelo.

«Povero figlio mio», aveva commentato amaramente la suocera, scuotendo la testa.

Eppure, sua madre non smetteva di ripetere alle figlie: «Una donna, per godere del rispetto della gente, deve avere un marito. Non importa se dopo resta vedova. Anzi, se il marito muore, a volte è meglio».

Diana ricordava ancora quando, la prima domenica di primavera, la famiglia Laperla si concedeva il lusso di un pranzo al ristorante. La meta era sempre la stessa: un locale nel centro storico, con giardinetto interno contrassegnato, sulla via, dalle sagome in compensato di legno dipinto di due camerieri ad altezza naturale. Diana ricordava la loro postura appena inclinata: un braccio piegato a reggere il tovagliolo, l'altro teso a indicare l'ingresso del ristorante. Indossavano un frac nero dalle lunghe code e avevano gli zigomi rosso carminio.

Quel pranzo annuale era un grande evento e le donne Laperla vi si preparavano con un mese di anticipo. La moglie del professore e le quattro figlie ripristinavano gli abiti della primavera precedente. Li provavano consultandosi a vicenda. A volte scoprivano, con disappunto, che erano diventati troppo corti, o troppo stretti, o troppo fuori moda. Allora passavano le sere a disfare orli e cuciture, per adattarli.

La signora Laperla li rinnovava con un collettino nuovo, con qualche fiocco che nascondesse una ricucitura troppo vistosa, con un mazzolino di fiori di organza per dare un tocco primaverile. Portava alla modista il suo vecchio cappellino da rinfrescare e consegnava al cappellaio il Borsalino del professore perché cambiasse la fodera e la fascia interna. Per l'occasione regalava a ognuna delle figlie una boccetta, la più piccola, di lavanda Atkinsons che acquistava da Baratti. Quando la tribù delle donne Laperla, precedute dal professore, entrava nel ristorante, si capiva dal loro incedere la solennità di quell'avvenimento di cui, in seguito, avrebbero parlato a lungo: «Al ristorante abbiamo mangiato... abbiamo incontrato... ci hanno mostrato...»

Subito andava loro incontro la proprietaria, la signora Gianna. Era una morettona, di origine toscana, sulla quarantina, dalle forme prosperose e dall'espressione mutevole: tutta sorrisi con i clienti e tutta cipiglio con il personale.

Aveva ereditato il locale dal marito, di cui portava sul petto il ritratto a colori, racchiuso in una ghiera d'oro. La figura imponente di lei e il cipiglio della «buonanima» mettevano in soggezione i clienti non abituali. La signora Laperla nutriva per lei un'ammirazione che confinava con l'invidia. Quand'era a tu per tu con le figlie ripeteva: «Un marito benestante, che abbia anche il buon gusto di morire giovane, sarebbe la soluzione ideale per ogni donna». Questa considerazione cinica, che escludeva qualsiasi sentimento, sgomentava le ragazze Laperla. Un giorno Diana chiese alla madre: «Ma tu vorresti che papà morisse?»

«Che c'entra tuo padre? Lui non è benestante. Se mancasse, saremmo tutte nei guai, perché ci verrebbe meno anche il suo stipendio. Io parlo per voi, ragazze, per il vostro futuro.»

«Ma se papà fosse ricco, ti piacerebbe restare vedova?» insistette Diana.

«Proverei un gran dolore e piangerei tutte le mie lacrime. Ma non rimpiangerei l'impiccio che un uomo rappresenta nella vita quotidiana. Gli uomini sono invadenti e maleducati. Sporcano e non puliscono, buttano tutto all'aria e non fanno ordine. Devi servirli come dei pascià e sollevarli da ogni preoccupazione pratica, anche perché si smarriscono come bambini di fronte ai problemi più banali. Un uomo non sa vivere da solo. Prima ha bisogno della madre e, dopo, della moglie. Noi donne siamo molto più autosufficienti e sappiamo cavarcela in ogni occasione. Non fosse stato per me, tuo padre sarebbe ancora un maestro elementare. Io l'ho indotto a laurearsi, ho brigato perché riuscisse a diventare preside, l'ho salvato dalla furia dei partigiani quando volevano giustiziarlo per i suoi trascorsi fascisti. Lui, il professore, per pigrizia si sarebbe lasciato fucilare. Credimi, Diana: gli uomini sono un impiccio.»

«Se la pensi così, perché ti sei sposata? E perché hai sposato papà?» volle sapere la figlia.

«Perché mi piaceva. Quando sei giovane e un uomo ti va a sangue, non stai troppo a guardare per il sottile. Soltanto dopo ti accorgi dei suoi difetti. Ma nel frattempo sei diventata la sua schiava e non puoi più liberarti del giogo, pena la rovina della famiglia», analizzò sua madre.

La signora Laperla morì qualche anno dopo. Quelle parole, che Diana aveva ascoltato con sgomento e che le erano sembrate blasfeme, l'avevano profondamente influenzata. Tanto che, divenuta adulta, riconosceva che in quei discorsi crudi, ammantati di cinismo, c'era una profonda verità: a vent'anni desideri un compagno ed escludi il resto del mondo, a sessanta hai bisogno del resto del mondo e il compagno diventa ingombrante. «Soprattutto se insiste a considerarti un soggetto erotico», pensò.

Si tolse l'accappatoio, si infilò una vestaglia, raccolse in una crocchia i lunghi capelli ramati. Andò in cucina.

L'appartamento in cui viveva, da quando era bambina, ora che mancava suo padre e il domestico filippino era andato in ferie, le sembrava enorme e vuoto. La vecchia sveglia di latta cromata, sopra il frigorifero, segnava le sette. Diana prese dalla fruttiera una manciata di albicocche, le lavò, le sminuzzò dentro una ciotola, vi aggiunse yogurt e miele e si apprestò a consumare una colazione solitaria.

Le piaceva la quiete della sua casa. Tuttavia la infastidiva la presenza dell'estraneo che dormiva ancora nella sua camera da letto. Prese a masticare con lentezza la frutta e ricordò il giorno in cui Piergiorgio era entrato nella sua vita.

Era accaduto durante un convegno di psicoterapia cui Diana aveva partecipato con un brillante intervento su come vincere l'anoressia. Aveva presentato una casistica con risultati eccellenti e aveva riscosso consensi. Dopo la conferenza, molti colleghi si erano congratulati con lei. Piergiorgio era tra i giovani addetti ai lavori che le si erano stretti calorosamente intorno. Diana lo aveva notato per la bellezza da eroe romantico, per l'abbigliamento rigoroso, quasi oxfordiano, per l'eloquio aggressivo e spiritoso, per un vistoso raffreddore che gli arrossava la punta del naso e gli occhi piccoli e vivaci.

«È una fastidiosa allergia ai pollini», aveva spiegato il giovane. E aveva soggiunto: «In questo periodo dell'anno trovo sollievo unicamente negli ambienti chiusi».

«Per forza. Se esci all'aperto c'è un elfo che ti aggredisce», aveva scherzato Diana.

«Raccontami questa storia», le aveva chiesto Piergiorgio.

«Non conosci la leggenda degli elfi? Sono piccoli geni dell'aria, creature ammantate di mistero che popolano la mitologia dei paesi nordici. A volte sono buoni, ma sanno essere anche terribilmente dispettosi», aveva spiegato.

«Questo lo so. Quello che non capisco proprio è che cosa c'entrano gli elfi con l'allergia», aveva replicato, divertito.

«Non basta conoscere le fiabe. Devi interpretarle perché sono la sintesi mirabile dei problemi che ci affliggono. Leggile attentamente e ti renderai conto che i mostri dell'inconscio sono stati approfonditi e sviscerati molto bene nelle fiabe. Il tuo raffreddore allergico, probabilmente, non ha niente da spartire con i pollini, ma soltanto con il piccolo elfo che è in te. Magari qualcosa di te a loro non piace e per questo ti puniscono», aveva concluso Diana.

Il giorno seguente Piergiorgio era andato a trovarla a casa sua.

«Ti ricordi di me?» aveva esordito, sulla porta d'ingresso.

Diana era sorpresa e irritata.

«Che cosa vuoi?» Era seriamente intenzionata a non farlo entrare.

«Sono affamato.»

«Va' in cucina e fatti un panino», aveva ceduto lei.

Il giovane era ritornato poco dopo in salotto, reggendo un vassoio con panini e birra. Si era seduto sul divano vicino a lei.

«Vuoi dividere con me questo pranzo?» aveva chiesto.

«Non ho ancora capito che cosa stai cercando», osservò Diana.

«Cerco te. Sei la donna più affascinante che abbia mai incontrato. Voglio imparare da te tutto quello che c'è da sapere sulla nostra professione. Vuoi farmi da maestro?» aveva proposto lui.

«Il nostro ambiente è pieno di donne giovani, belle e intelligenti. Rivolgiti a una di loro», aveva detto, lusingata, tuttavia, dalle sue parole.

«Le conosco. Sono un branco di assatanate esibizioniste e, troppo spesso, stupide. Con le loro sciocchezze da rubriche sentimentali fanno soltanto danni e, presuntuose come sono, non se ne rendono nemmeno conto.»

«Non mi piace il tuo atteggiamento verso i nostri colleghi», aveva osservato, cercando di non lasciarsi coinvolgere. «Tra noi, ci sono donne di primissimo ordine. Personalmente ne conosco molte che potrei indicarti», aveva concluso Diana senza molta convinzione.

Così era cominciato un faticoso gioco di seduzione con cui lo aveva tenuto avvinto. Per continuare a piacergli si era sottoposta a cure estetiche massacranti. Avevano scritto e firmato insieme un saggio sull'anoressia che era stato pubblicato. Si era macerata di gelosia quando aveva conosciuto la moglie di Piergiorgio che era venuta alla presentazione del libro, organizzata dall'editore.

Aveva lasciato che lui invadesse la sua vita, il suo lavoro, i suoi sentimenti. Il padre di Diana, che non capiva quella presenza così assidua e non accettava di riconoscere in lui l'amante della figlia, si era convinto che fosse un suo alunno.

«Io la conosco», gli diceva ogni volta che lo vedeva in casa. «Lei è quel ripetente che non ci azzecca mai con la *consecutio temporum*. Ma già, pretendere una parvenza d'intelligenza da lei, è come chiedere la luna.»

Piergiorgio stava al gioco. Si lasciava interrogare e replicava alle dotte citazioni del professore nel vano tentativo di ottenere il suo consenso. Il professor Laperla non lo tollerava e, ogni volta che lo vedeva, gli puntava contro il bastone con aria accusatrice.

«Ripetente!» lo insolentiva, con voce carica di disprezzo.

Diana avrebbe tanto desiderato che la presenza di suo padre fosse meno assillante. Ma ora che il professore non c'era, la libertà auspicata si rivelava priva di ogni attrattiva.

Terminò la ciotola di frutta e preparò il caffè, con la napoletana di suo padre. Mentre il liquido caldo colava lentamente attraverso il filtro, Piergiorgio si materializzò sulla soglia della cucina.

«Che profumo! Il mio amore ha pensato a me. Mai che mia moglie sia capace di simili cortesie», esordì accostandosi a lei e baciandola sul collo.

Era nudo e ostentava un corpo perfetto. Diana non si scompose. Non si diede pensiero dei capelli ramati che, alla radice, mostravano la canizie, né del volto senza un filo di trucco, né del fatto che, in quello stato, probabilmente dimostrava tutti i suoi sessant'anni. Per la prima volta decise che non aveva più bisogno di piacergli.

«Il caffè l'ho preparato per me», replicò, allontanandolo. «Se ne vuoi, fattelo. Ma prima, per carità, rivestiti.»

«La notte è passata da un pezzo, ma tu hai ancora la luna. Come mai?» le domandò con un sorriso che avrebbe lusingato chiunque.

«Per favore, vattene», mormorò Diana.

Piergiorgio non si scompose.

«Mi stai mettendo alla porta?» chiese, convinto che non fosse così.

«Praticamente, sì. Devo andare a riprendere mio padre.»

«Perché? Si sta così bene senza quel vecchio brontolone.»

«Senza di lui questa casa è vuota», precisò, mentre usciva dalla cucina reggendo la sua tazzina di caffè. Voleva andare a berlo in salotto, in santa pace.

L'uomo la bloccò, circondandole le spalle.

«Fammi capire, tesoro. Vorresti per caso scaricarmi?» chiese con un sorriso scherzoso.

«È intuitivo, non credi?» replicò Diana in modo tagliente.

«Ma perché? Che cosa ti ho fatto?» trasecolò.

«Niente. Te lo dico sul serio. E altrettanto seriamente ti dico che la nostra storia finisce qui, ora, subito.»

8

MARCO ripensava al recente incontro con Caterina. Nell'abituale tenerezza di lei, aveva rilevato una nota stonata.

L'aveva conosciuta bambina, aveva visto sfavillare nei suoi occhi i colori della vita e adesso vi percepiva un'ombra che non sapeva interpretare. Tuttavia, era certo di una cosa: Caterina aveva più che mai bisogno del suo aiuto.

Non sapeva quanto sarebbe vissuto ancora, ma era deciso a chiudere con i compromessi. Per troppo tempo aveva assecondato la volontà degli altri. D'ora in poi avrebbe seguito la propria inclinazione. Il primo passo era quello di liberarsi di sua moglie e di tutte le persone che lei gli aveva messo intorno per spiarlo.

Quella mattina, quando arrivò in ufficio, premette il pulsante dell'interfono e gli rispose Grace, la sua segretaria.

«Mi chiami l'avvocato Baraldi», le ordinò seccamente.

Pochi istanti dopo parlava con il legale.

«Come va?» esordì Marco.

Superarono rapidamente i convenevoli e un «clic» inequivocabile segnalò l'ascolto clandestino di Grace. Non era una novità, ma questa volta Marco colse l'occasione per liberarsi di una delle spie di sua moglie.

«Grace, metta giù il ricevitore, raccolga le sue cose ed esca immediatamente dall'ufficio. Lei è licenziata», ordinò.

La donna depose la cornetta con un gesto rapidissimo, arrossendo violentemente. Lasciò la scrivania e spalancò la porta dell'ufficio di Marco.

«Non può farmi questo», dichiarò, decisa. «Quando lo riferirò alla signora Damiani, sono sicura che non sarà d'accordo.» Si voltò e uscì dalla stanza.

«Non sei molto conciliante, oggi», intervenne l'avvocato Baraldi, che era sempre in linea.

«Ho deciso di adottare il metodo forte. Spero di ricordare ancora come si fa. Ti ho cercato per affidarti la mia causa di divorzio», spiegò Marco.

«Mi dispiace, ma non posso accettare perché sono già stato assunto da tua moglie», lo informò l'avvocato.

Marco scoppiò in un'irresistibile risata.

«Ho capito bene? Francesca ha avuto la mia stessa idea? Ma è fantastico!» dichiarò, ancora incredulo.

«Non so se sia fantastico, ma so che dovrai cercarti un altro legale», disse Baraldi.

«Per la prima volta nella vita, Francesca e io stiamo facendo una cosa, se non proprio d'amore, almeno d'accordo», ragionò Marco.

«Mi fa piacere che tu la prenda così», si rallegrò l'avvocato che lo frequentava da molti anni. E proseguì: «Però, in nome dell'amicizia che ci lega, vorrei raccomandarti una maggiore serietà. Guarda che tua moglie non scherza».

«E quando mai lo ha fatto? Non ha il senso dell'umorismo, né un briciolo di generosità», commentò Marco, amaramente.

«Ti consiglio di trovarti un legale con i controfiocchi», suggerì l'amico.

«Hai in mente un nome?» domandò Marco.

«Massimiliano Valli. È il migliore in assoluto», garantì l'avvocato Baraldi.

«Grazie, Alberto. Conosco la sua fama. Seguirò la

tua indicazione», si congedò Marco, mentre s'interrogava sulle ragioni che avevano spinto sua moglie a prendere finalmente una decisione che per anni aveva osteggiato. Nell'ambiente forense, Massimiliano Valli era soprannominato «il Bulldozer». La sua tattica aggressiva non lasciava scampo agli avversari che lo temevano almeno quanto i clienti lo adoravano. Era l'avvocato delle cause più difficili. Marco lo conosceva da una ventina d'anni. Non erano amici in senso stretto, ma si incontravano in casa di conoscenti comuni, frequentavano lo stesso club e qualche volta si vedevano sui campi di golf.

Quando Marco telefonò allo studio Valli e si annunciò, il filtro delle segretarie allargò le maglie e lo ebbe subito in linea.

«Che cosa succede?» esordì Massimiliano, con tono cordiale.

«Ho un problema», rispose Marco.

«Con quella splendida signora che è tua moglie?» chiese Maxi.

«Mi leggi nel pensiero», convenne Marco.

«Qualche volta riesco a farlo», scherzò l'avvocato.

«Puoi aiutarmi?» si limitò a domandare.

«È il mio mestiere. Inoltre sono i clienti come te che danno lustro al nostro studio», dichiarò.

«Grazie per il complimento. Da che parte devo incominciare?» chiese Marco.

«Vediamoci e parliamone.»

«Dimmi dove e quando. Non ho impegni.»

«Ti va bene all'una, al club?» propose Maxi.

L'avvocato Valli seguiva schemi di comportamento sempre uguali. Quando si occupava di amici, il primo incontro informale avveniva durante un pranzo al circolo. Il cliente aveva modo di rilassarsi consentendogli di valutare meglio le situazioni.

Così, s'incontrarono davanti a un nasello ai ferri con contorno d'insalatina fresca. Marco raccontò i suoi difficili quarant'anni di matrimonio.

«Ho sposato Francesca per senso dell'onore ma ero

innamorato di Caterina Belgrado. È l'unica donna che ho amato nella mia vita. Mia moglie lo ha sempre saputo e per questo mi ha avvelenato l'esistenza», confessò.

«Fammi capire. Da quarant'anni tu e Caterina siete...»

Marco non gli lasciò finire la frase.

«Assolutamente no. Da quando mi sono sposato non ci siamo più visti. Abbiamo ricominciato a frequentarci soltanto dopo la mia malattia, tre anni fa. Ma questo non mi ha impedito di pensare a lei, sempre», concluse Marco.

Raccontò che, quando seppe che Caterina stava per sposare Bernardo Branzi, fuggì da Milano. Ritornò in America, da sua sorella Celeste, e trascorse un paio di mesi a stordirsi nelle camere da letto di Hollywood, con attrici famose e non. Il bell'italiano, cognato del mitico divo Peter Lawson, era una preda ambita dalle californiane annoiate e sole. Sperò di dimenticare Caterina, ma non fu così. Andò a New York per rivedere Kelly Arlington, l'ex ausiliaria dell'esercito degli Stati Uniti con la quale aveva avuto una breve, bellissima storia subito dopo la fine della guerra. Ma niente e nessuno riuscì a togliergli Caterina dalla mente. Con una telefonata furibonda, Francesca lo richiamò in Italia.

La prima cosa che fece, tornando a Milano, fu quella di appostarsi davanti alla casa di Caterina, con la speranza di riuscire a vederla. In seguito, ricorse molte volte a questo stratagemma. Gli bastava intuire il suo profilo dietro le tende dell'appartamento dei Branzi, oppure vederla uscire con uno dei suoi figli. Capitava anche che, a volte, s'incontrassero a teatro, a un ricevimento, a una mostra. Lui le sorrideva, lei ricambiava con un cenno del capo. Niente altro.

«Tutto ciò ha inasprito Francesca. Una passione così persistente ferisce una donna molto più di cento tradimenti. Occorrerà tenerne conto», osservò l'avvocato.

Quando gli aveva dato appuntamento al club, non era sicuro di accettare il patrocinio del divorzio Honneger-

Damiani. Ora che intravedeva la difficoltà della causa, decise di occuparsene.

«Ciò nonostante, ancora una settimana fa mia moglie non voleva sentir parlare di divorzio. Ora, all'improvviso, è stata lei a chiederlo», spiegò Marco, stupito.

«Evidentemente ha un asso nella manica e si è rivolta a Baraldi, che per me è un avversario temibile», ragionò Maxi.

«Quanto temibile?»

«Lo stabiliremo insieme, tu e io. Ma dovrai raccontarmi tutto di te, di Francesca e anche di Caterina», disse Maxi.

«Caterina la conosci bene», osservò Marco.

«Solo in modo superficiale, invece. È la migliore amica di mia moglie», precisò l'avvocato, ricordando le parole offensive che aveva avuto per lei litigando con Lucrezia. «Attualmente, i vostri rapporti di che tipo sono? Sai che cosa voglio dire», soggiunse.

«Siamo soltanto amici, se è questo che vuoi sapere», rispose Marco.

«Nessun cedimento? Scusami se insisto, ma devo conoscere tutti i particolari», insistette Maxi.

«La vecchiaia si nutre di tenerezza. Basta uno sguardo, una carezza per essere felici. Nient'altro.»

«La dolcezza, dunque, alimenta il rapporto con Caterina», sintetizzò Maxi, pensoso.

«Sul versante opposto, Francesca mi attacca astiosamente senza darmi tregua», proseguì Marco.

Massimiliano Valli, in quel momento, pensò alla furiosa scenata di Lucrezia che si era conclusa con un ricatto: la storia con Benedetta doveva finire immediatamente, altrimenti avrebbe raccontato tutto in famiglia. Maxi si era affrettato a ubbidire.

«Conosco questo tipo di strategia. Non si sa come difendersi. La si subisce per non soccombere», disse.

«Penso che l'obiettivo di Francesca sia un altro. Poiché non è mai riuscita ad avere me, vuole distruggermi impossessandosi definitivamente del mio patrimonio.

Credo che il suo ideale, a questo punto, sia di vedermi prostrato e umiliato, prigioniero in una casa di cura per lungodegenti. Quello che non sa è che mai, come adesso, mi è venuta la voglia di vivere e di lottare. Quando sono stato male, le ho firmato tutte le deleghe necessarie perché potesse sostituirmi negli affari. Quando ho ricominciato a lavorare, ho visto tutti i cambiamenti apportati in azienda, compresa l'assunzione di persone che sorvegliano ogni mia mossa per riferirla a lei. Ho taciuto, per non peggiorare ulteriormente la situazione. Adesso voglio passare al contrattacco. Mi aiuterai?» chiese infine.

«Ho già incominciato a farlo. Doveva essere un incontro informale. Da questo istante sarà un incontro di lavoro. Preparati a pagarmi una parcella salatissima. Io ti garantisco che me la suderò.»

«Allora datti da fare. Non ho tempo da perdere», concluse Marco sorridendo mentre allontanava da sé il piatto di pesce appena intaccato.

«Vieni questa sera nel mio studio. Portami tutte le copie delle deleghe rilasciate a tua moglie. Vorrei un prospetto della situazione aziendale e patrimoniale. Per ora non mi serve altro», spiegò il legale.

«A che ora ci vediamo?» chiese Marco.

«Dopo cena. Vivo in ufficio e ci dormo anche, da quando Lucrezia mi ha messo alla porta», confessò.

«Perché non ti cerchi un buon avvocato?» scherzò Marco.

«Non le consentirò mai di divorziare. Che senso avrebbero le mie trasgressioni senza di lei?» disse Maxi, sinceramente.

«Diventerebbero rapporti leciti», osservò Marco.

«Appunto. Sarebbe la fine del divertimento. Senza Lucrezia, mi manca l'incentivo, capisci?» disse Massimiliano. «Inventare pretesti, ricorrere a sotterfugi e piccole bugie, incontrarmi con altre donne temendo di essere scoperto, tutto fa parte di un gioco molto vivace. C'è chi si diverte a giocarsi una fortuna al casinò, chi si arrampica sui ghiacciai, chi corre in automobile. Io preferisco le donne. Ti sembra un diversivo tanto riprovevole?» domandò Maxi, che non vedeva l'ora di sfogarsi con qualcuno.

«Devo confessarti che, per molti anni, anch'io ho fatto la mia parte. Quindi, non sta a me giudicare», si schermì Marco. «Mi sembrerebbe puerile trovare giustificazioni al mio comportamento. Potrei dirti che tradivo mia moglie per stordirmi e non pensare a Caterina. La verità è che le donne mi sono sempre piaciute. Da ragazzo, ero timidissimo. Non ho mai avuto il coraggio di entrare in una casa di tolleranza. Ho avuto la prima esperienza a vent'anni, con un'amica di mia madre. Poi, sono venute tutte le altre. Però, i soli momenti esaltanti li ho vissuti con Caterina. Al suo confronto, le donne più belle erano e sono pallide ombre», disse con convinzione.

«Forse è vero che c'è una donna giusta, una soltanto, nella vita di ogni uomo. Se perdessi Lucrezia, mi dispererei», confessò Maxi. Poi, la professionalità ebbe il sopravvento: «Raccontami ancora di te», disse, «e anche di Caterina, Non credo di averla mai valutata come merita».

«Lei è il perno attorno al quale gira l'intera faccenda», esordì Marco. «Aveva nove anni quando l'ho conosciuta. Era una bambina sveglia, piena di curiosità. C'era la guerra. Era il settembre del 1944. A quell'epoca, io ero a Milano e lavoravo per la Resistenza. Falsificavo documenti: carte d'identità, permessi, passaporti. Mettevo a frutto la mia abilità nel disegno. Ero bravissimo. Le carte che falsificavo sembravano più autentiche di quelle vere. Inoltre, amministravo dei soldi che servivano per corrompere i fascisti e ottenere il rilascio di prigionieri. Il tramite tra il mio gruppo e i capi della Repubblica di Salò era una donna favolosa. Si chiamava Marta Maggi.»

«La vedova del banchiere Carlo Maggi», lo interruppe l'avvocato. «L'ho conosciuta tanti anni fa. Non sapevo che avesse avuto un ruolo nella Resistenza. Ho sempre creduto che fosse stata fascista.»

«Suo marito lo era. Lei si serviva di Carlo come copertura. Erano momenti difficili. Io lavoravo con l'avvocato Giuliani», proseguì Marco.

«Il martire della Resistenza?» domandò Maxi, che incominciava a vedere Marco Honneger sotto una nuova luce.

«Già. Lo hanno ucciso i fascisti a Villa Triste.»

«Da quanto tempo eri a Milano?» chiese Maxi.

«Ero scappato da Roma nel 1943. Mi avevano rinchiuso a Regina Coeli per una stupidaggine da studenti. Mio padre scomodò tutte le sue amicizie per farmi uscire. Poi, mia madre mi fece assumere una nuova identità e mi spedì a Milano, in casa di amici. L'idea dei miei genitori era che dovessi raggiungere la Svizzera. Non ci andai mai. Conobbi l'avvocato Giuliani ed entrai nella Resistenza. Lui mi fece assumere come impiegato in una fabbrica di macchine utensili che non ho mai visto. Qualcuno timbrava il cartellino per me. Passavo il mio tempo nell'ufficio di Giuliani, in corso Venezia, a contraffare documenti. Di fronte al palazzo dove lavoravo c'era una bottega di fruttivendolo. La piccola Belgrado stava lì. Una sera, avevo una borsa piena di documenti e di denaro, decisi di fare un po' di spesa nel suo negozio prima di consegnarli. Suonò l'allarme. Ci salvammo da un bombardamento spaventoso rifugiandoci nella cantina sotto il negozio dove, a causa del trambusto, dimenticai la borsa. Caterina in quel periodo viveva con la madre e la nonna. Il padre era deportato in Germania. Mi facevano tenerezza quelle tre donne sole e spaventate. Quando salimmo dalla cantina, la borsa non c'era più. Intorno a noi, il finimondo. Il palazzo dove lavoravo con Giuliani era un cumulo di macerie e la saracinesca della bottega era stata divelta. Qualcuno aveva preso la mia borsa. Ero nei guai fino al collo. Dovevo cercare di raggiungere Marta Maggi per informarla dell'accaduto. Fu una corsa disperata nella notte.» Marco tacque per qualche istante. Poi riprese: «Il seguito è una lunga storia che ha poco da spartire con una causa di divorzio».

«Spetterebbe a me giudicare. Comunque, capisco che tu non voglia proseguire.»

Concordarono l'ora dell'incontro, nello studio di Maxi, e si lasciarono con un'affettuosa stretta di mano.

Quando Marco s'incamminò per ritornare a casa, fu prigioniero dei ricordi che aveva cominciato a evocare.

Il lager

1944-1945

1

Marco si sentì al centro di una tragedia. La borsa smarrita conteneva documenti contraffatti che, se fossero caduti nelle mani dei fascisti, sarebbero costati la vita a lui e ad altre persone. Perché era stato così sciocco da entrare nella bottega del fruttivendolo? Se fosse andato subito a casa di Marta, invece di fermarsi a comperare pere e mele, ora non si sarebbe trovato in quel guaio.

Doveva mettersi immediatamente in contatto con lei e con Giuliani per raccontare l'accaduto. Ricordava le parole che quest'ultimo gli ripeteva: «Quando hai preso tutte le precauzioni possibili, devi ancora lasciare un margine all'imprevisto».

L'imprevisto era stato il bombardamento. E nel rifugio sotto la bottega di corso Venezia si era preoccupato di rassicurare quelle tre piccole donne spaurite, dimenticando il suo dovere di partigiano.

C'era un gran trambusto per strada e dalle case bombardate saliva verso il cielo buio un pulviscolo infuocato. Vide l'insegna di un telefono pubblico sull'angolo tra il corso e la via Salvini. Entrò nel locale. Era una mescita di vini e molte persone vi si erano rifugiate per smaltire con un quarto di rosso lo sgomento di quella serata. C'era fumo nell'aria e lunghe tende di satin nero impedivano alla luce di filtrare all'esterno.

Chiese un gettone per telefonare, augurandosi che la linea non fosse saltata.

Quando sentì la voce del suo capo, premette il pulsante per far scendere il gettone.

«Sono Marco», disse. E soggiunse: «Ho smarrito la borsa».

Giuliani non gli fece domande.

«Va' subito alle Ferrovie Nord. Prendi il primo treno per Como. Fermati dagli amici e aspetta mie notizie», disse. Stava per chiudere la comunicazione, ma ebbe un ripensamento: «Qualunque cosa accada, non perdere la testa. Tu non sai nulla. Conosci soltanto me», soggiunse prima di chiudere la comunicazione.

Marco riagganciò il ricevitore, aprì la porta della cabina, attraversò il locale e uscì sulla strada.

«Siete voi Marco Continolo?» domandò con voce dura un uomo che indossava un impermeabile chiaro.

Avrebbe voluto negare, ma capì di essere in trappola. Ricordava di aver già visto quell'uomo, una settimana prima, insieme con un compagno. Li aveva notati uscendo dall'ufficio di Giuliani. Erano fermi sull'altro lato del marciapiede, in prossimità della bottega del fruttivendolo, dove Marco aveva intenzione di recarsi a fare la spesa. L'istinto gli aveva suggerito di defilarsi. Per alcuni giorni aveva cambiato orario e dei due aveva perduto le tracce. Alla fine si era convinto che il suo fosse soltanto un sospetto infondato. Adesso sapeva di essersi sbagliato. La paura lo aggredì. Tentò di conservare una calma apparente.

«Sono io», rispose, chiedendosi se l'uomo conosceva la sua falsa identità. «Voi, chi siete?» chiese a sua volta.

«Lo scoprirai presto», disse l'uomo passando, minacciosamente, dal voi al tu.

C'era una macchina ferma davanti alla mescita di vini. La luce dei fanali, attutita da una mascherina, era una lama sottile che rischiarava appena l'acciottolato della via. Sul corso era tutto un andirivieni di ambulanze e camion di pompieri che procedevano a rilento tra le macerie. L'uomo lo afferrò per un braccio, aprì la portiera posteriore e lo spinse dentro la macchina. Nemmeno per un istante Marco aveva pensato di fuggire. Era incapace di reagire. Si sentiva floscio come una bambola di pezza. Si accorse di avere le manette ai polsi quando la vettura era già in moto. Riconobbe, al volante, il compagno dell'uomo che lo aveva arrestato.

«Che cosa volete da me?» domandò con un filo di voce.

Per tutta risposta, l'uomo che gli sedeva accanto lo schiaffeggiò brutalmente.

«Non sei nella condizione di fare domande», sibilò.

Il sangue gli colò dal naso. Accennò ad alzare le mani legate per pulire il viso e l'uomo lo colpì con un pugno allo stomaco. Marco restò senza fiato. Spalancò la bocca per respirare, annaspando penosamente in cerca d'aria. Vide la sua borsa sul sedile anteriore. Era stata aperta. I documenti falsi c'erano ancora, il denaro era sparito. Sicuramente lo avevano già intascato e di quello non avrebbero fatto parola. Erano malvagi, avidi e corrotti. Questo, Marco lo sapeva. Quando riuscì a equilibrare il respiro, guardò fuori dal finestrino, cercando di vedere dove lo stessero portando. Ma era troppo buio per intuire il percorso. Certamente non stavano andando in questura, perché a giudicare dalle numerose curve e dal dedalo di viuzze che la macchina percorreva, si stavano allontanando dal centro della città.

Allora gli nacque un sospetto terribile che fu confermato quando l'auto sostò davanti a un cancello di ferro che chiudeva un lungo muro di cinta. Poco dopo il cancello si aprì e la macchina si inoltrò lungo il viale ghiaiato di un giardino. Davanti a sé, nella notte, vide profilarsi la sagoma scura di una villa.

«Villa Triste», sussurrò a denti stretti, gelato dalla paura.

Era un luogo sinistro di cui i milanesi parlavano con raccapriccio, come i romani temevano la via Tasso e i genovesi la Casa dello Studente. Era occupata dai poliziotti della banda Koch, dalle loro amanti e dai fascisti più sadici. Era frequentata da gente di spettacolo: attori, cantanti, musicisti, ballerine. Era un ritrovo di pervertiti che, ai piani superiori, allestivano festini a base di droga e champagne. Nelle cantine venivano rinchiusi i prigionieri politici e gli ebrei per essere interrogati e torturati. Quelli che sopravvivevano, venivano smistati in altri mattatoi del regime.

Marco venne buttato fuori dalla macchina. Sentiva il viso in fiamme e lo stomaco straziato.

Un altro poliziotto lo prese in consegna.

«Mettetelo in cella», ordinò l'uomo che lo aveva arrestato. «Lo interrogheremo domani.»

Il nuovo carceriere annuì e disse:

«Il commissario vi sta aspettando. C'è un ricevimento in corso, con tante ospiti graziose», lo informò, ammiccando.

«Grazie per la segnalazione. Questa notte abbiamo troppo lavoro per poterci divertire. Scusateci con il commissario», rispose prima di risalire in macchina.

Marco venne sospinto verso una scala di pietra che conduceva al sottosuolo. Era illuminata a giorno. In fondo, si aprì una porta di ferro. La oltrepassarono e si trovarono in un lungo corridoio che trasudava umidità. L'aria odorava di muffa e di escrementi. Udì lamenti venire dalle porte allineate lungo le pareti. Udì anche, affievolite, le note di un valzer di Strauss che provenivano dai piani superiori.

Un fascista con un mitra spianato aprì una porta. Quello che lo aveva condotto fin lì gli tolse le manette e gli fece cenno di entrare nella cella. Marco mosse due passi e si trovò in una stanza semibuia. Dal soffitto pioveva una tenue luce azzurrina. Distinse alcuni uomini sdraiati su pagliericci. Ne contò otto. Mentre la porta si richiudeva alle sue spalle, rimase ritto, in piedi, cercando di abituarsi a quel chiarore e al lezzo schifoso della cella.

«Benvenuto al *Grand* Hotel», lo accolse una voce lugubre che contraddiceva l'ironia delle parole. «Il signore si accontenta di una singola o vuole una *suite*?»

«Dài, pirla, non fare la bella statuina. Vieni qui», lo invitò un uomo anziano, facendosi di lato per offrirgli un posto accanto a sé, su una branda. Nonostante il freddo e l'umidità, Marco era in un bagno di sudore. Prese un fazzoletto dalla tasca dei calzoni e si tamponò il naso che continuava a sanguinare. Non lo avevano neppure perquisito. Se avesse avuto un'arma, in quel momento, si sarebbe ucciso. Sedette sulla branda e si prese la testa tra le mani.

«Ti hanno interrogato?» domandò l'anziano.

Marco fece segno di no, con la testa.

«Non provare neanche a resistere, quando ti chiameranno. Tanto non si riesce. Di' tutto quello che sai. E dopo prega», suggerì un terzo, che stava proprio sotto la lampada e aveva un'aria spettrale. In un angolo, un uomo si lamentava debolmente. Marco riuscì a metterlo a fuoco. Era mostruoso. Sulla fronte, nel punto in cui gli avevano strappato i capelli, c'era una larga chiazza di sangue rappreso. Il viso era così tumefatto che non gli si vedevano gli occhi. Non aveva più unghie alle dita delle mani, ma soltanto buchi nerastri. Era febbricitante e tremava. Accanto a lui c'era un giovane che gli accarezzava un braccio e gli sussurrava: «Dormi, amico mio. Non pensare al dolore. Pensa a quella bella ragazza di cui mi parlavi. Fa' conto che lei sia qui, accanto a te».

«L'hanno portato giù un paio d'ore fa, dopo l'interrogatorio. È una settimana che sta qui e, ogni sera, lo torturano un po' di più. Sono degli specialisti nel farti patire senza farti morire. Stavolta credo che non arriverà a domani», sussurrò l'uomo anziano.

Marco si sentì perduto.

«Ti torturano anche se parli?» chiese.

«Dipende. Magari ti fucilano subito. Magari ti spediscono a San Vittore, magari non ti interrogano per niente. Io sono qui da dieci giorni e mi piscio sotto dalla paura ogni volta che si apre la porta della cella, perché penso che sia arrivato il mio turno. Invece non mi hanno ancora interrogato», disse un giovane magro, con i denti sporgenti come quelli di un coniglio.

«Non parlare con lui. È una spia», disse l'anziano. «E per stanotte cerca di dormire. Quelli di sopra fanno baldoria e domani saranno rincoglioniti. Per un po' ci lasceranno in pace», lo rassicurò.

«Dov'è la toilette?» domandò Marco, balzando di colpo in piedi.

«Prego, signore. Alla sua sinistra», scherzò ancora l'uomo che lo aveva apostrofato per primo. Con un largo gesto del braccio indicò un secchio ricoperto con carta da giornale.

Marco era già stato in carcere, a Roma. Credeva di aver vissuto il peggio. Ora si rendeva conto che al peggio non c'è mai fine. Anche a Regina Coeli c'era quel genere di secchio fetido e repellente e aveva rischiato di farsi scoppiare la vescica per il suo istintivo rifiuto a servirsene. Questa volta decise che non valeva la pena di soffrire.

«Di dove sei?» domandò il giovane magro con i denti da coniglio.

«Di Perugia», rispose, ricordando la sua nuova identità.

«Non dirgli niente», suggerì l'anziano. «Ricorda che è una spia.»

«Ma vaffanculo», si spazientì il giovane.

L'uomo torturato si lamentava, il giovane che lo assisteva continuava a bisbigliare parole al suo orecchio. Marco pensò che lì dentro tutti parlavano troppo. Tornò a sdraiarsi, si riparò dalla luce con un braccio e tentò di non pensare. Ma l'orrore lo sovrastava.

Avesse potuto far sapere a Giuliani o a Marta o a qualche amico di quei giorni che era stato arrestato, si sarebbe sentito meglio perché sapeva che avrebbero fatto il possibile per liberarlo. Invece era irrimediabilmente solo, in balia di un nemico sadico e spietato.

Dal giardino, che s'intravedeva da una finestrella a

bocca di lupo, arrivavano fin lì rumori di passi, fruscii di automobili in arrivo o in partenza, voci concitate. Dai piani alti defluiva fino a loro il suono di una musica moderna e una voce triste di donna che cantava *Lilì Marlene*.

Ricordò, per contrasto, le note del *Chiaro di luna* di Beethoven, eseguite al pianoforte da sua madre.

La rivide nell'abito lungo di chiffon color cipria, una fila di perle che, dal collo, scendeva ad accarezzarle l'inguine, i capelli biondi raccolti in una crocchia pesante sulla nuca. Le mani dalle dita lunghe e sottili sembravano volare sulla tastiera.

Riceveva gli applausi degli ospiti con un sorriso discreto.

Ricordò le conversazioni da salotto che, pochi anni prima, s'intrecciavano nelle liete serate a palazzo Honneger.

«Questi fascisti sono troppo volgari perché si possa prenderli sul serio. D'altra parte, noi italiani abbiamo una grande virtù: non facciamo mai niente seriamente, nemmeno la guerra. Credo che finirà tutto in una bolla di sapone», pronosticava sua madre, con indifferenza.

Marco era un liceale timido e introverso. Osservava la sorellina Celeste che intratteneva un poeta famoso con puntigliosi interrogativi su alcune sue composizioni.

«Non c'è niente da capire, Celeste», rispondeva burbero il poeta. «La poesia non è un rebus. Ascolta soltanto la musicalità delle parole e se queste ti suggeriscono un'immagine, un'emozione, uno stato d'animo, allora significa che stai leggendo dei buoni versi.»

Era già incominciata l'autarchia e, in mancanza di autentico caffè, a palazzo si serviva il carcadè bollente o ghiacciato, a seconda della stagione.

Scrittori e intellettuali frequentavano abitualmente gli Honneger. Un giornalista, reduce da una visita a Berlino, raccontava dei rifugi antiaerei costruiti dai nazisti nei sotterranei dei grandi alberghi.

«Non avete idea di come siano stati attrezzati», raccontava. «Ci sono quadri e tappeti a profusione, porcellane e argenterie. E i rifugi sono a prova di bomba.»

Suo padre ascoltava e scuoteva il capo non sapendo che dire e neanche quali conclusioni trarre. Sua madre sgranava incredula gli occhi grandi e languidi.

«A me i tedeschi non piacciono. Non sanno parlare. Urlano», aveva osservato Celeste lisciandosi le lunghe trecce legate con nastrini di raso.

«Non puoi generalizzare, bambina mia», aveva obiettato suo padre. «Non dimenticare che Goethe e tante altre persone per bene sono tedeschi.»

«Appunto. Sono splendide eccezioni», si era intestardita la sorellina.

Sua sorella era la ragazza più divertente che Marco avesse mai conosciuto. Nell'orrore di quella cella, Marco riuscì a sorridere, ricordandola. Per associazione di idee ricordò anche la piccola Caterina Belgrado, la figlia della fruttivendola. Aveva lo stesso sguardo vispo e spiritoso di sua sorella.

A distoglierlo da questi consolanti pensieri venne un frastuono di voci e di passi. Poco dopo la porta si spalancò e un uomo venne scaraventato nella cella. Ora si trovavano in dieci in uno spazio appena sufficiente per quattro persone.

Alla luce azzurrina della lampada, Marco riconobbe il nuovo arrivato e trasecolò.

Fu sul punto di gridare il suo nome ma l'uomo, che pure lo aveva visto, lo guardò in modo eloquente.

Soltanto dopo un paio d'ore, quando tutti sembravano essersi addormentati, Marco strisciò vicino a lui.

«Guido!» sussurrò, rivolgendosi all'avvocato Giuliani.

«Ti hanno pestato», constatò l'uomo che teneva le fila dell'organizzazione clandestina.

Marco aveva un labbro tumefatto.

«Non è niente», minimizzò il giovane. E soggiunse: «Siamo finiti. Non è così?»

«Se credi in Dio, prega. Soltanto un miracolo potrà farci uscire vivi da questo posto», disse Giuliani.

2

Marco si rifugiò tra le braccia dell'amico, stringendosi a lui come fosse suo padre.

«È tutta colpa mia», disse singhiozzando. «Non meritavo la tua fiducia. Gli uomini di Koch hanno la mia borsa. Così sono potuti risalire fino a te.»

«Calmati, Marco», Giuliani sussurrava in modo appena percettibile. «A questo punto non serve disperarsi. E poi non è detto che debba finire male. Pensa a tutte le persone che abbiamo aiutato a uscire da qui, in questi ultimi mesi. Adesso, qualcuno potrebbe aiutare noi. Prima che facessero irruzione in casa mia, sono riuscito ad avvertire una persona.»

Marco stava per chiedere: «Hai avvertito Marta?» Ma l'amico lo prevenne portandosi un dito alle labbra.

«Non fare nomi. Potrebbe esserci una spia, qui dentro.»

«Un momento fa hai detto che soltanto un miracolo può salvarci», gli ricordò il giovane.

«Appunto. Abbiamo qualche santo in paradiso. Dunque, prega», disse Giuliani, pensando a Marta Maggi. La donna aveva rapporti stretti con alcuni esponenti della polizia. In cambio di denaro era riuscita a far liberare molti antifascisti.

Esisteva una catena di solidarietà di cui ogni anello

conosceva soltanto l'anello precedente e il successivo. Amicizie e denaro operavano miracoli, in quei tempi.

«Se m'interrogassero prima di te, io direi tutto», dichiarò Marco. L'idea delle torture lo annientava.

Giuliani annuì.

«Per fortuna sai poco. Nella sostanza, non sai proprio niente. Ti ho sempre tenuto all'oscuro dei nostri movimenti proprio nell'eventualità di un incidente come questo. E adesso, smettila di lamentarti e lasciami dormire.»

Dormivano tutti. Qualcuno russava. L'uomo che era stato torturato aveva smesso di lamentarsi. Il ragazzo vicino a lui si era addormentato tenendo nella sua la mano dell'uomo.

Un topo attraversò il pavimento, zigzagando tra le gambe dei reclusi. Nessuno ci fece caso. Marco osservava il procedere lento di due scarafaggi. Aveva fame, sete e sonno ma non riusciva ad addormentarsi. Ricordi lontani e recenti si affastellavano nella sua mente rincorrendosi e su tutti dominava una consolazione: questa volta, sua madre, suo padre e sua sorella non avrebbero sofferto per lui, perché non sapevano in quale guaio era precipitato. Ai loro volti si sovrapposero quelli degli amici, dei compagni del liceo Tasso, dell'università, del Golf dell'Acquasanta. Volti sorridenti e felici nonostante la guerra e il nazismo. Erano giovani e si sentivano immortali. Appartenevano a una classe privilegiata al di sopra delle parti. Capitava a volte che i figli di gerarchi importanti s'intrufolassero nel loro ambiente. Allora Marco e gli amici si ritraevano sgomenti di fronte ai loro modi grossolani e all'ostentata arroganza. Nel gruppo consolidato, Marco e gli altri si sentivano protetti.

Pochi mesi prima, il gruppo compatto si era dissolto a causa di una festicciola innocente. Erano arrivati i primi guai e, con questi, era maturata una nuova consapevolezza.

A diciott'anni Marco era stato obbligato a iscriversi ai corsi per allievi ufficiali, organizzati dalla milizia volontaria fascista. Aveva indossato la camicia nera arrossendo di vergogna di fronte alla sorella e ai genitori.

«Assomigli al nostro carbonaio. Anche lui porta la camicia nera», aveva commentato suo padre.

«Già. Si veste di nero per nascondere la polvere di carbone. E tu, fratellino, che cosa devi nascondere?» lo aveva provocato Celeste.

«La mia anima, che è più nera del carbone», aveva ironizzato Marco, senza riuscire a far sorridere nessuno.

«Giusto», aveva annuito la sorella. «Come dice la mamma, il nero copre tutto. Io, però, alle adunate delle giovani fasciste non andrò mai. Mi rifiuto di mescolarmi a quelle oche dal cervello di gallina che sbavano per il Duce.»

I genitori li osservavano, ascoltavano e tacevano. Erano loro stessi confusi e non sapevano quali decisioni prendere.

La famiglia materna viveva a Como e mandava avanti la seteria che ora produceva soltanto tessuti autarchici. I nonni e gli zii, da Como e da Milano, inviavano messaggi per consigliare prudenza, invitandoli a raggiungerli.

«Se ci trasferissimo dai tuoi?» proponeva talvolta Giovanni Honneger alla moglie. Quasi tutti i loro amici avevano abbandonato la capitale per rifugiarsi in Svizzera. «Qui a Roma, la nostra fabbrica sta languendo», ragionava il padre alludendo all'antica arazzeria che non poteva più produrre in mancanza di filati. «Perché rimanere?»

«A Como non ho amici. Qui ho la scuola e i compagni», si opponeva Marco.

«Però i nonni, lassù, hanno ancora tanta roba da mangiare. Qui non abbiamo che minestra di cavoli e polpette di pane», sottolineava Celeste.

«Al nord le cose non vanno meglio», obiettò Marco. Era stato in montagna ed era tornato a Roma da poco. Sciando era caduto e aveva un piede fratturato. Lo avevano ingessato e lui aveva benedetto l'immobilità forzata che lo costringeva in casa, dove non era obbligato a indossare la camicia nera. Un giorno gli telefonò un compagno di università, Manfredo Renda.

«È arrivata da Amantea mia cugina Paola», gli disse. «Vuole rivederti. Ho organizzato una festa. Ti aspetto.»

«Non posso ballare con una gamba di gesso. Non verrò», si schermì. La presenza di Paola, che aveva conosciuto in montagna e di cui si era invaghito senza trovare il coraggio di dichiararsi, lo avrebbe messo in imbarazzo.

«Guarda che mia cugina insiste. Se non puoi ballare, potrai intrattenerci con quelle tue esilaranti imitazioni.»

Marco aveva la capacità istintiva di sottolineare gli aspetti più grotteschi dei personaggi del regime e li metteva alla berlina forse per esorcizzarne la paura.

«Verrò», decise, infine.

La festa fu memorabile. Manfredo aveva scovato in cantina due bottiglie di Arzente Borsari che aiutarono i giovani a sentirsi felici. Marco improvvisò filastrocche che mettevano in ridicolo gli stivali neri, il passo dell'oca dei nazisti, i discorsi di Hitler e Mussolini. Quella sera le sue imitazioni sconfissero l'angoscia di vivere in una città cupa e sottomessa.

Quando la festa volgeva alla fine, Paola fece in modo di appartarsi con lui. Poi, d'impulso, lo baciò.

«Non ci posso credere», aveva esclamato Marco, frastornato e intimidito.

«Mi piaci», aveva replicato lei, arrossendo. Paola aveva modi disinvolti e diretti.

«Anche tu mi piaci. Ma non avrei mai trovato il coraggio di dirtelo», aveva confessato Marco, attirandola a sé.

A diciannove anni, Marco non aveva mai posseduto una donna. Un po' per timidezza ma anche perché le ragazze non si concedevano facilmente. Ora sentì che stava per nascere una storia vera, profonda, molto intima. Osò sfiorarle un seno e Paola calò la spallina della sottoveste, perché potesse baciarlo.

Erano entrambi storditi da quei coraggiosi abbracci.

«Domani tornerò ad Amantea. Prometti che verrai a trovarmi non appena ti avranno tolto l'ingessatura. Voglio stare con te, in primavera. Andremo al mare e faremo capriole nell'acqua. Prometti che verrai», aveva ripetuto la ragazza.

«Te lo giuro», aveva risposto, gonfio di felicità.

Non mantenne mai il suo giuramento. Venne arrestato la mattina seguente con altri amici che avevano partecipato alla festa. Qualcuno in città era venuto a sapere che avevano deriso il regime.

I poliziotti che lo arrestarono, gli rivolsero un'accusa ridicola.

«Avete ballato in tempo di guerra, mentre la patria è in lutto per i suoi caduti», era stata la motivazione addotta. Venne condotto a Regina Coeli. Vi rimase soltanto per pochi giorni. Suo padre, avvalendosi di amicizie influenti, riuscì a farlo liberare. I suoi amici furono spediti al confino, lui tornò a casa in considerazione del fatto che «avendo una gamba ingessata, non aveva potuto ballare». Ma venne immediatamente espulso dal partito fascista.

«Non voglio più che tu stia a Roma», aveva deciso sua madre, abbracciandolo, tra le lacrime.

«Sono molto fiera di te, fratellino», aveva esclamato Celeste.

Nei giorni passati in cella, Marco aveva finalmente capito da quale parte doveva schierarsi.

A tavola, mentre consumavano la quotidiana razione di zuppa di cavoli, Marco aveva incominciato a raccontare.

«In carcere mi hanno detto che Dollmann, il capo delle SS, fa torturare la gente a via Tasso. Priebke e Kappler sono la sua lunga mano. Lui si dà arie da gentiluomo ma è soltanto un sadico. Non possiamo tollerare oltre questo stato di cose. Ho conosciuto compagni che lottano nella clandestinità. Hanno fondato il partito d'azione e stampano un giornale che tenta di svegliare le coscienze assopite degli italiani.»

Sua madre, che frequentava l'aristocrazia romana, sapeva molte più cose del figlio sulle brutalità perpetrate quotidianamente ai danni dei dissidenti politici, degli ebrei e di tanti innocenti. Sapeva di uomini cui Priebke aveva sfondato il torace con un pugno di ferro, di gente cui venivano strappate le unghie, di donne torturate con ferri roventi. L'eccidio alle Fosse Ardeatine in risposta all'attentato di via Rasella non era un segreto per nessu no. Aveva sempre taciuto, sperando che tutto questo finisse presto e che Marco non decidesse di entrare nella resistenza attiva. Adesso aveva paura per lui.

«Questa volta partirai immediatamente per Como», decise. Il suo tono non ammetteva repliche.

«No», si oppose Marco. «Farò la mia parte, come tanti altri, perché questo è il mio dovere. Fino a oggi ho fatto soltanto il ragazzino. Me ne vergogno. Adesso devo combattere.»

Sua madre era disperata, ma non rassegnata.

«Devi andare via, Marco. Non sarà con il tuo contributo che cambieranno le cose.»

Pochi giorni dopo, quando Marco tolse l'ingessatura dalla gamba, la Repubblica di Salò decise l'arruolamento nell'esercito dei giovani del suo anno di leva.

«Adesso che cosa farai?» lo sfidò sua madre. «Andrai a combattere per i tedeschi e per Mussolini?»

«Devo nascondermi», decise lui.

Lei gli mise in mano una carta d'identità dove, di vero, c'era solamente la fotografia.

«Da questo momento ti chiami Marco Continolo. Sei nato a Perugia, sei disegnatore meccanico e non rientri nell'anno della chiamata di leva», gli disse.

Era un documento falso che aveva tutta l'apparenza dell'autenticità. Marco trasecolò. Non si aspettava una simile iniziativa da sua madre.

«Come l'hai avuta?» chiese.

«Non preoccuparti. Meno cose sai e meglio è», tagliò corto.

E soggiunse: «Ti ho organizzato il viaggio fino a Milano. Andrai dalla mia amica Marta Maggi e valuterà lei se sarà il caso che tu vada a Como dai miei genitori. A questo punto dimentica di chiamarti Honneger. Ti fiderai di Marta come di me. Non badare al fatto che suo marito è fascista. Credo di averti detto tutto, Marco. Dio sa quanto mi costa separarmi da te, ma dobbiamo farlo».

«Voi resterete qui, soli. Chi vi proteggerà?» domandò il giovane.

«Come vedi, sappiamo cavarcela senza l'aiuto di nessuno», replicò suo padre.

Non erano passati molti mesi da quella dolorosa separazione, eppure quei momenti gli sembravano lontani e perduti per sempre. Ora sperava che Marta si materializzasse nella cella squallida per sottrarlo a un destino terribile. In quella notte di paura non gli importava più di lottare contro il fascismo. Voleva soltanto vivere e ritornare dai suoi.

A un certo punto filtrò dalla grata che dava sul giardino un fascio di luce. Era spuntato il giorno.

L'aria, nella cella, era davvero irrespirabile. I compagni erano nodi di silenzioso dolore. L'uomo torturato era morto. Guido Giuliani dormiva, la testa reclinata su una spalla.

Si sentì rumore di passi lungo il corridoio e ci fu un gran vociare. Alcune celle vennero aperte.

L'uomo con i denti da coniglio si fece istintivamente un segno di croce.

«Si sono svegliati dal festino prima del previsto. Cominciano a portare su la gente per interrogarla», disse e lanciò uno sputo contro uno scarafaggio.

Il giovane, che per tutta la notte aveva tenuto la mano dell'uomo morto, si alzò e si avventò contro la porta della cella, mettendosi a urlare e a martellare con i pugni, in preda a una crisi isterica.

«Aprite, assassini. C'è un morto, qui dentro. Lo avete ammazzato voi!»

Marco gli andò vicino, lo afferrò per le spalle e lo allontanò dalla porta.

«Non provocarli», gli suggerì con dolcezza. «Prima o poi qualcuno verrà. E speriamo che sia solamente per portare via il morto e non per portarci all'interrogatorio.»

In risposta a quelle urla, la porta si spalancò. Due ceffi, con le armi spianate, si misero di lato, sulla soglia. Due uomini in borghese e un vecchio entrarono nella cella, scambiandosi tra loro battute di spirito che li inducevano al riso. Poi uno dei due lesse un elenco di nomi che corrispondevano all'identità degli uomini in quella cella. Ognuno di loro rispondeva «presente», con un fremito di paura. «Giuliani Guido», chiamò l'uomo. L'amico di Marco, in tutto quel frastuono, continuava a dormire, la bocca socchiusa, russando lievemente. Marco fu sul punto di indicarlo, ma si astenne.

«Giuliani Guido», ripeté l'uomo in borghese, che aveva individuato l'avvocato.

E poiché Giuliani continuava a dormire, l'uomo gli andò vicino e gli assestò un calcio all'inguine. Guido spalancò gli occhi ed emise un urlo lacerante. Marco stava per lanciarsi in suo soccorso e questa volta il giovane dai denti da coniglio lo trattenne dal commettere un errore fatale.

Mentre il vecchio portava fuori il bugliolo, Giuliani venne tirato in piedi.

«Fuori», ordinò l'aguzzino, spingendolo con un calcio verso la porta.

Nonostante tutto Guido riuscì a regalare a Marco, per una frazione di secondo, uno sguardo d'amicizia.

«Rinaldo Penati», chiamò ancora l'uomo in borghese.

«È morto», rispose il vecchio che aveva sostituito i buglioli.

Guido Giuliani e il morto vennero portati via.

La porta venne richiusa e i prigionieri rimasero soli.

«Anche per questa mattina è andata bene», disse l'uomo con i baffi.

Marco si buttò sul pagliericcio. Tremava come una foglia. Sentiva che non avrebbe più rivisto l'amico. La prospettiva di un aiuto esterno diventava sempre più remota. Doveva prepararsi a essere interrogato e torturato. Doveva rassegnarsi a morire nel peggiore dei modi.

3

«Non sono soltanto le torture fisiche che possono distruggerti», disse il ragazzo che aveva assistito il moribondo. Parlava con voce tranquilla come se ragionasse, con gli amici, su un argomento d'interesse generale. «Non ti danno da mangiare né da bere. È terribile. Ma quel che è peggio è stare in ascolto del rumore dei passi e chiederti se si avvicineranno alla nostra cella, se qualcuno spalancherà la porta per prendere te, portarti di sopra e massacrarti. Mentre la sola certezza che hai è che nessuno verrà in tuo aiuto.»

«Non sai nemmeno più quante volte bombardano, di giorno o di notte. Mai che cada una bomba su questo museo degli orrori e lo polverizzi», intervenne il vecchio, con aria sconsolata.

L'uomo dalla voce lugubre andò a sedersi accanto a Marco.

«Tu perché sei qui?» gli domandò.

«Non lo so», mentì il giovane.

«Dicono tutti così», commentò il vecchio. «Mi hanno preso perché avevo nascosto in solaio una coppia di ebrei. Due vecchi dall'aria mite. Li tenevo in casa da un anno. Qualcuno l'ha saputo e ha fatto la spia. Si tenevano sempre per mano e si guardavano negli occhi come se fossero bellissimi e si fossero conosciuti un momento prima. Era un piacere vederli. Chissà se anche adesso si tengono per mano, guardandosi negli occhi.»

«Adesso saranno già morti», sentenziò Marco.

«Io sono stato preso in un rastrellamento», raccontò un ragazzo con gli occhi pieni di lacrime. Aveva appena sedici anni. «È successo quattro giorni fa.»

«E piangi ancora?» lo schernì il vecchio.

«Piango perché mia madre mi starà ancora cercando e io non ho neanche potuto abbracciarla.»

Le parole semplici e accorate del ragazzo furono sottolineate da un lungo silenzio.

Dopo un po', l'uomo dalla voce lugubre riprese a indagare.

«Stanotte ti ho sentito mentre parlavi con quell'uomo che hanno portato di sopra. Sembrava una persona importante. Anche tu sembri uno importante», sottolineò. «Si vede subito che non sei un poveretto come noi.»

«Ti sbagli. Io non ho parlato con nessuno», Marco negò ostinatamente. Intanto pensava alle parole essenziali che aveva scambiato con Giuliani. La luce filtrava livida attraverso la grata della finestra. Poi, incominciò a piovere.

A metà mattina tornò il vecchio dei buglioli, scortato dalle solite guardie. Portò due fiaschi d'acqua e del pane nero.

«Il pranzo è servito», recitò il vecchio.

I fiaschi passarono di bocca in bocca e ognuno mangiò un pezzo di pane. A un certo punto sentirono lamenti provenire dalla cella accanto. I prigionieri rabbrividirono e qualcuno si fece un segno di croce. Marco era ossessionato dal pensiero dell'interrogatorio. Ricordava le parole dell'uomo che lo aveva arrestato: «Lo interrogheremo domani».

Invece erano passati due giorni e due notti e non era accaduto niente. C'erano stati altri arresti e nuovi compagni avevano sostituito i vecchi. Di Guido non si erano più avute notizie e si era fatta più consistente la certezza che l'avessero ucciso.

Una notte, mentre navigava in un sonno pieno di incubi, fu svegliato da un calcio nella schiena. Due poliziotti, brutti e neri, gli stavano addosso e gli ordinarono di alzarsi. Marco seppe che era arrivato il suo momento. Lo spinsero nel corridoio e si trovò di fronte un uomo elegante, stempiato, che fumava una sigaretta dal profumo esotico. Era un volto che conosceva, ma non riusciva ad attribuirgli un'identità, né a ricordare come né quando lo avesse già incontrato.

L'uomo disse: «Sei tu Marco Continolo?»

Il giovane annuì.

L'uomo sorrise scoprendo denti bianchi, bellissimi. Inaspettatamente lo abbracciò e, stringendolo a sé, accostò le sue labbra all'orecchio e sussurrò: «Marta Maggi ti saluta».

Poi, fece un cenno alle guardie che lo sospinsero di nuovo dentro la cella. Si ritrovò al buio, frastornato, chiedendosi se quello che era successo fosse soltanto un sogno. Si accucciò sul pavimento massaggiandosi la schiena dolente ed emise un respiro di sollievo.

Marta Maggi, l'amica di Guido Giuliani e di sua madre, la donna che da mesi aiutava i partigiani, gli aveva inviato un messaggio rassicurante. E lo aveva fatto servendosi di un caro amico che Marco, infine, identificò nell'attore Osvaldo Pieri.

«È un corrotto», sussurrava qualcuno parlando di lui.

«È soltanto uno schiavo della cocaina», sosteneva Marta. «Si è messo con i tedeschi perché lo riforniscono di stupefacenti. Ma non sta dalla loro parte.»

Marco lo aveva visto al cinema e sulle pagine dei giornali ritratto con un'attrice, la sua compagna. Quando viveva a Roma, Marco era stato sul punto di incontrarlo un paio di volte, perché frequentavano gli stessi salotti e Osvaldo era molto corteggiato dalle signore. Aveva incontrato, invece, in diverse occasioni i suoi cani, splendidi esemplari di pointer, addestrati nello stesso canile dove venivano ospitati anche i cani degli Honneger. A quell'epoca si parlava di lui come di una persona generosa. Il Regime, però, aveva cambiato tante cose. Probabilmente l'attore e la sua compagna credevano nelle strategie del fascismo, cui del resto avevano creduto e aderito milioni di italiani, infiammati dalla retorica di Mussolini e dall'acquiescenza di un sovrano che si interessava più delle collezioni di monete antiche che delle sorti del paese. In famiglia, Marco ricordava un rispetto solamente formale per la casa reale. Il nonno paterno qualche volta sussurrava: «I Savoia! Gente infida, che Dio mi perdoni».

Adesso, il re imbelle scappava, gli alleati avanzavano dal sud con una lentezza esasperante, Mussolini aveva perduto la faccia e la retorica, i tedeschi e i repubblichini la facevano da padroni. C'era chi si ostinava a stare dalla loro parte. Il giovane rifletteva su queste cose ora che il messaggio di Marta gli consentiva qualche speranza.

Al mattino, quando il solito vecchio si presentò per il cambio dei secchi per i bisogni corporali, venne condotto al pianterreno della villa. Un poliziotto gli mise in mano uno straccio e un secchio d'acqua e gli ordinò di pulire i pavimenti. Marco s'inoltrò nell'atrio e vide la sua immagine riflessa in un grande specchio dalla cornice barocca che sovrastava una consolle di marmo. Si spaventò. Non solo per via della barba, ispida e incolta, ma per la magrezza del volto dove gli occhi, grandi e spauriti, gli ricordarono la raffigurazione di un Cristo bizantino, dolente e allucinato. Misurò il pozzo profondo della paura che lo aveva inghiottito, trasformandolo da fiero membro della Resistenza in uno spettro, vittima di un potere ottuso e crudele. Si ritrasse inorridito e l'orrore aumentò. In un angolo, rannicchiato su una sedia, un uomo lo guardava, con occhi identici ai suoi. Il cranio era scorticato e sanguinava.

«Marco», disse l'uomo, con un filo di voce.

«Andrea», esclamò lui andandogli vicino. Lo aveva riconosciuto. Era un giornalista che lavorava al *Corriere della Sera*. «Che cosa ti hanno fatto?»

«Un bel cerchio di ferro. Me l'hanno stretto intorno alla fronte fino a farmi credere che gli occhi mi schizzassero dalle orbite», sussurrò a fatica.

Marco fu sul punto di inginocchiarsi accanto a lui, mentre si chiedeva che cosa potesse fare per soccorrerlo.

«Girami al largo», lo bloccò l'amico. Poi con voce stanca soggiunse: «Hanno ammazzato un ufficiale tedesco, stanotte. Adesso si preparano a fare una rappresaglia. Sta' alla larga dalla tua cella, se puoi».

La speranza rinata nella notte naufragò nella miseria del presente. Il giovane intinse lo straccio nell'acqua e cominciò a pulire le mattonelle del pavimento, facendosi piccolo e umile. Vedeva stivali neri martellanti passare là dove aveva appena pulito. Lui si ritrasse carponi verso il sottoscala e lì rimase acquattato per molte ore. Vide i suoi compagni di cella uscire in giardino, le mani incrociate sul capo. E li vide rientrare, dopo molte ore. Non c'era stata decimazione. Lui uscì dal nascondiglio mentre un poliziotto lo stava cercando.

«C'è una visita per te», gli disse.

Lo guidò in una piccola stanza che, una volta, doveva essere stata un salotto civettuolo. Conservava ancora la tappezzeria di seta rosata con fiori bianchi e foglie verde pallido. Gli unici arredi erano una scrivania di metallo e quattro sedie da ufficio. Marta Maggi lo stava aspettando. L'uomo li lasciò soli.

Marta aveva rialzato la veletta di un cappellino di velluto nero. Fumava con aria nervosa. Una mantella chiara, bordata di pelo, la riparava dal freddo. Un po' di cenere della sigaretta cadde sulla scrivania mentre lei lo guardava.

«Faccio schifo, lo so», disse Marco. Aveva ripreso a tremare. Era intimidito e felice. Gli sembrava che da quella figura di donna che gli era familiare scaturisse una luminosità nuova.

«C'è chi sta peggio», replicò Marta, riprendendosi dallo sgomento. Non si aspettava di trovare quel ragazzo, che le era caro come un figlio, in condizioni tanto deplorevoli. Due settimane di cella lo avevano profondamente cambiato.

«Ho avuto il tuo messaggio», sussurrò lui.

«Ti ho rimediato una tavoletta di cioccolata amara, quella che ti piace tanto», disse lei, estraendola dalla borsetta. «Mangiala, mentre parliamo, e cerca di gustarla fino in fondo.»

«Come sei riuscita ad arrivare fin qui?» le domandò, afferrando la tavoletta che Marta gli porgeva.

«Ascoltami bene», sussurrò lei, accostando il suo viso a quello di Marco. «In città stanno succedendo molte cose. I tedeschi, adesso, hanno paura. I fascisti vivono nell'incertezza. Il numero dei dissidenti aumenta con il trascorrere dei giorni. Cresce e si gonfia come un torrente in piena. Stanno per arrestare Koch e la sua banda. Io sono piena di speranza. E devi sperare anche tu.»

Marco assaporava la cioccolata, aspirava il profumo di Marta che sapeva di mughetto e guardava le labbra della donna, morbide e lucenti, che dicevano parole dolcissime.

«Sono riuscita a mettermi in contatto con tuo padre. Sa che sei qui dentro. Mi ha dato tutto il denaro di cui disponeva. Ecco perché sono potuta venire a trovarti», spiegò lei.

«Dimmi di Guido», chiese lui, all'improvviso.

«Lo hanno ammazzato», rispose.

«In che modo?» domandò il giovane, con un filo di voce.

«Un colpo alla tempia, sparato a bruciapelo. È tutto quello che ho potuto ottenere per lui. Lo hanno interrogato e lui ha parlato. La sua rete è saltata. Ho fatto in tempo ad avvertire quelli che tenevano i contatti radio con gli alleati. Bisogna ricostituire tutto e i soldi non bastano mai», raccontò.

«Che fine ha fatto il diamante che portavi all'anulare?» chiese Marco. Marta osservò la mano spoglia, allargando le dita.

«È proprio necessario che te lo dica?» sospirò.

Era evidente che lo aveva venduto o impegnato per aiutare gli amici.

«Perché fai tutto questo?» le chiese il giovane guardandola negli occhi.

Marta aveva quarant'anni ed era ancora bella e desiderabile. Avrebbe potuto condurre un'esistenza meno pericolosa. Bruciava, nel suo sguardo, il fuoco di desideri inappagati, di frustrazioni lontane e recenti. Era una donna infelice. Ricordò le parole di sua madre: «La sorte è stata particolarmente avara con Marta. E dire che lei è tanto generosa».

«La vita deve pure avere un senso. Non credi?» sorrise mentre accendeva un'altra sigaretta.

Il guardiano entrò nella stanza senza bussare.

«Il colloquio è finito», annunciò, bruscamente.

«Tornerò appena possibile», promise lei, tendendo la mano a Marco. Lui si chinò a baciarla.

Tornò in cella ancora avvolto dal suo profumo di mughetto e incominciò ad aspettare il ritorno di Marta con un'apprensione che gli accelerava i battiti del cuore e gli faceva dimenticare la fame e la sporcizia.

4

Marta tornò. Era trascorsa una settimana dalla prima visita. Nel frattempo si era verificato un episodio che aveva riacceso le speranze di Marco e degli altri prigionieri della villa.

In un'alba livida di novembre l'edificio era stato circondato dalle forze della polizia italiana che avevano arrestato tutti i componenti della banda Koch che vi spadroneggiavano. Gli aguzzini erano stati rinchiusi in una cella attigua a quella occupata da Marco e dagli altri compagni.

Gli sguardi allucinati dei prigionieri si erano illuminati di una luce nuova. Marco aveva visto sfilare, ammanettati, anche i due personaggi sinistri che lo avevano arrestato e picchiato.

Qua e là, nell'edificio, erano esplose grida di vittoria. Il giorno della liberazione poteva essere vicino.

Marco fu prelevato dalla sua cella nel cuore della notte. Marta l'aspettava nella solita stanza. La guardia ignorò l'abbraccio tra il giovane e la sua visitatrice e li lasciò soli.

«Hanno processato Pietro Koch e la sua banda», spiegò subito Marta.

«Era tempo», disse Marco.

«Questo assassino sadico che vestiva come un gentiluomo e si faceva chiamare dottore, era riuscito a raccogliere intorno a sé un branco di pervertiti e a diventare potente nel momento in cui il fascismo agonizzava.

«Presto li fucileranno», proseguì Marta. «Non solamente per punirli dei loro misfatti, ma anche, e soprattutto, perché potrebbero diventare personaggi scomodi a guerra finita. La gente è esausta. I partigiani reagiscono.»

«Anche qui dentro il clima è cambiato. Le guardie quasi camminano in punta di piedi. Non urlano più. Non ci sono più feste, non si fanno più interrogatori», la informò Marco.

Poi, vide un piccolo canestro posato a terra, accanto alla sedia di Marta.

«Sono arrivate le razioni di conforto?» chiese il giovane, con uno sguardo goloso.

«Frutta, quella che ho trovato. Un po' di biscotti. Una frittata fatta da me. Un vasetto di marmellata, del cioccolato», elencò Marta deponendo il cesto sulla scrivania. E lo incalzò: «Mangia. Sei così disperatamente magro». Disse l'ultima frase con il tono accorato di una madre.

Marco divorò tutto, tranne la stecca di cioccolato che infilò nella tasca dei calzoni.

In quel momento si udì il suono lugubre dell'allarme.

«Stanno per bombardare. Vieni», disse Marta apprestandosi a lasciare la stanza. «Usciamo in giardino», lo sollecitò, afferrandogli la mano.

«Sei matta? Stanno per piovere bombe e tu vuoi uscire?» si ritrasse il giovane.

«Che cosa abbiamo da perdere? Se cade una bomba sulla villa, non saranno le fetide cantine a salvarci», ragionò Marta mentre attraversava l'ingresso.

Le guardie correvano per le scale e lungo i corridoi per spegnere le luci.

«Voi due, dove andate?» domandò un poliziotto.

«A fare una passeggiata sotto la luna», scherzò Marta mentre scendeva i gradini che portavano in giardino.

«Ma quale luna», brontolò l'uomo vedendoli avviarsi lungo il viale coperto di ghiaia. Non li fermò.

Marta prese a correre verso il cancello d'ingresso, una mano sul capo per tener saldo il cappellino e l'altra a chiudere i lembi della pelliccia. «Aiutami», incitò Marco mentre incespicava nella ghiaia con le scarpette dal tacco vertiginoso.

Anche i lampioni erano spenti e, intorno a loro, c'era soltanto l'oscurità della notte. Marco respirò l'odore umido dell'aria novembrina, mentre il rombo degli aerei in avvicinamento si andava intensificando.

«Dove stiamo andando?» chiese il giovane, sostenendo la donna.

«Non lo so. Spero soltanto che questo cancello si possa aprire», disse Marta, correndo.

Il cancello si aprì. Fuori c'era una Balilla. Era del marito della donna.

«Monta», ordinò lei, sistemandosi alla guida della vettura.

Le cellule fotoelettriche della contraerea cominciarono a scandagliare il cielo, illuminandolo. Era uno spettacolo impressionante. Da terra, la contraerea incominciò a sparare mentre cadevano le prime bombe sul chiarore sinistro dei bengala. Marta avviò il motore e la Balilla iniziò la sua corsa nel buio.

La tensione nervosa si allentò e Marco sbottò in una risata isterica.

«Che cosa c'è di così divertente?» chiese Marta che guidava alla cieca.

«Sono libero! Me ne rendo conto soltanto adesso. Sei straordinaria, Marta! Come hai fatto?»

«Ti giuro che non era nei miei piani. Comunque è andata così», replicò lei, con voce nervosa.

Nel frastuono del bombardamento, stavano godendo di una sorta di immunità miracolosa.

Marco pensò ai suoi compagni rinchiusi nelle celle di Villa Triste. Sperò che una bomba cadesse sull'edificio, che gli amici si salvassero riuscendo a fuggire e gli assassini della banda Koch bruciassero come tizzoni ardenti sul fuoco.

L'aria aveva l'odore acre della polvere e della pirite. Gli aerei si allontanarono.

Stavano percorrendo una via stretta, fiancheggiata da vecchi edifici ottocenteschi.

«Chissà che cosa hanno bombardato», si chiese Marco.

«Fregatene», disse lei, mentre accostava la vettura al marciapiede deserto.

«Dove siamo?» domandò lui.

«Fregatene», ripeté Marta. Era sempre più nervosa.

Bussò al portoncino di un piccolo palazzo. S'aprì una persiana al primo piano e subito Marta, alzando la voce per farsi sentire, disse: «Sono io, Elena. Aprimi».

La persiana si richiuse e poco dopo il portoncino si aprì cigolando sui cardini.

Una donna pingue, non più giovane, li invitò a entrare. Reggeva una candela che rischiarava malamente la hall di un piccolo albergo con qualche pretesa di modernità.

«A ogni bombardamento, salta la corrente», si lamentò Elena. «Ma, grazie a Dio, anche questa volta l'abbiamo scampata.»

«È andata bene anche a noi», disse Marta, soffiando sulle mani nude per scaldarle. E soggiunse: «Hai una stanza per il mio amico?»

La donna aggirò il banco della portineria e prese una chiave.

«Stanza sei.» Precisò: «Primo piano». Poi abbassò la voce accostandosi a Marta. «Il tuo amico ha urgente bisogno di fare un bagno», suggerì.

«E lei, magari, ha dell'acqua calda», disse Marco, che aveva sentito e non chiedeva di meglio che potersi lavare.

«Ho rimesso in funzione lo scaldabagno a legna, ha meno problemi di quello a gas. Avrai acqua bollente a volontà.»

«Hai altri clienti?» chiese Marta. Le due donne si parlavano come fossero vecchie amiche.

«Nessuno che possa darvi fastidio», garantì lei, mettendo in mano al giovane un'altra candela accesa. «Andate di sopra e fate come se foste a casa vostra», li incoraggiò con bonomia.

Mentre salivano i gradini coperti da una stuoia, Elena si accostò alla ringhiera.

«Mi raccomando. Non fate troppo chiasso.»

Marta le rispose con un sorriso.

Nella camera sei, dove ristagnava un vago sentore di brillantina, c'era un bidet di smalto bianco, posato su un trespolo, sotto un enorme lavabo di ceramica. Alle pareti si indovinavano stampe audaci di stile Liberty.

Marco prese dalla tasca dei calzoni la piccola stecca di cioccolata, la scartò e la tese a Marta.

«Ne vuoi?» le chiese.

«Prima di mangiare, è meglio che ti lavi», rispose lei, togliendogliela di mano. «Ora ti mostro la stanza da bagno. Spogliati. Mentre sarai nella vasca, laverò i tuoi vestiti e li darò a Elena perché li faccia asciugare.»

«La tua amica sta con i partigiani?» domandò Marco.

«Non fare domande. Il solo modo per non rivelare certe verità è non conoscerle», lo ammonì guidandolo lungo il corridoio verso il bagno.

L'acqua defluiva, con vapori azzurrini, dentro una grande vasca di ghisa. L'acqua calda, avvolgendolo, gli procurò un piacevole capogiro. Marco pensò che quella notte era accaduto un miracolo e che forse altri ne sarebbero potuti seguire.

Quando ritornò nella stanza, avvolto in un grande telo di lino, Marta era rannicchiata nel letto, sotto la pesante trapunta di ovatta. Sembrava che dormisse. Allora si liberò del telo e sollevò la trapunta per distendersi accanto a lei. Al lume vacillante della candela intravide il corpo nudo di Marta.

«Vieni sotto e copriti», ordinò lei.

«Non dormivi?» chiese Marco.

«Ci stavo provando, prima che tu arrivassi», si lamentò.

«Scusa», sussurrò dispiaciuto.

«Vieni qui, vicino», sussurrò lei, dolcemente, «e rilassati.»

Marco si ritrovò tra le braccia della donna. Il suo corpo era morbido, tiepido, invitante. Ebbe la sensazione di volare.

«È difficile», sussurrò, avvampando, mentre il desiderio lo catturava.

«Starmi vicino o rilassarti?»

«Tutt'e due le cose», confessò, cominciando a tremare.

Lei lo baciò piano, sul collo.

«Hai un buon profumo di pulito», gli disse.

«Non sono mai stato con una donna», confessò lui.

Marta lo accarezzò, poi, con delicatezza, fece scorrere la punta delle unghie sull'inguine del giovane. Lo sentì fremere.

Marco cercò le sue labbra e la baciò, mentre il suo desiderio esplodeva, incontenibile.

All'immagine di Marta si sovrappose quella gaia e virginale di Paola, la cugina di Manfredo. Al penetrante profumo di mughetto si sovrappose quello tenue del gelsomino. Vide una strada di montagna pennellata con l'oro delle ginestre e, all'orizzonte, la distesa smeraldina del mare.

«Mi dispiace», sussurrò Marco. «Non sono nemmeno riuscito a sfiorarti.»

Marta sorrise. «Cercheremo di rimediare a questa vergogna», promise.

Quella notte lui perse la sua verginità e divenne uomo tra le braccia di una creatura che non avrebbe mai dimenticato. C'era la guerra, il mondo soffocava nel sangue e lui si sentiva in paradiso. Fu felice come non lo era mai stato. In questo mare di beatitudine si perse e si addormentò.

La prima cosa che vide, quando riaprì gli occhi, fu

una finestra con una tendina scostata sul sole del mattino. Poi vide Marta. Si era rivestita ed era in piedi, accanto al letto. Lo guardava con aria pensosa:

«Ciao, uomo libero», lo salutò.

«Ma lo sono davvero?» chiese, allungando un braccio fuori dalla coperta per accarezzarle la gonna.

«Direi che in questo momento sei piuttosto lontano dalla tua cella.»

«Nessuno verrà a cercarmi?»

«Non posso garantirtelo.»

«Credi che possa uscire senza correre rischi?»

«Per il momento faresti bene a restare qui. La mia amica Elena penserà a te», promise, mentre s'infilava la pelliccia.

«E tu? Dove stai andando?» domandò Marco.

«A casa mia», rispose lei, in tono aspro.

«Voglio accompagnarti», disse lui, alzandosi.

«Non complicarmi la vita. Adesso devo andare», rispose in tono sbrigativo raggiungendo la porta. Uscì sul corridoio. Marco la raggiunse e l'agguantò. Lei si voltò e alzò il viso su di lui. Aveva gli occhi pieni di lacrime.

«Che altro vuoi, rompiscatole?» chiese con voce spezzata.

«Ringraziarti», sussurrò Marco, abbracciandola.

«Potresti dirmi che mi vuoi bene», lo rimproverò lei, trattenendo un singhiozzo, mentre si liberava dal suo abbraccio.

«Ma io ti voglio bene davvero», disse il giovane, mentre lei già scendeva le scale. La vide attraversare, correndo, la piccola hall e aprire il portoncino che dava sulla via.

5

Marco rientrò nella camera gelida. Si sentiva svuotato di ogni energia, insonnolito e affranto. Si rifugiò nel letto e si riaddormentò. Lo svegliò un rumore sordo, alla porta. Qualcuno stava bussando. In pochi secondi ricordò il bombardamento, la fuga con Marta, l'amore tra le sue braccia e quel comodo rifugio sotto la protezione di Elena. La donna, adesso, si stava accostando al suo letto.

«Ecco i tuoi vestiti.» Posò i panni su una sedia.

«Che ore sono?» domandò lui.

«È sera», rispose evasivamente. «Tra poco Marta dovrebbe ritornare. Ti ho preparato qualcosa da mangiare. Quando sarai vestito, raggiungimi in cucina», ordinò, prima di eclissarsi.

Marco si rivestì. Gli abiti erano puliti e sommariamente stirati. Lasciò la camera e nella hall incrociò la sua ospite. «Grazie di tutto», le disse, consegnandole la chiave della stanza.

Lei lo guardò allibita.

«Non starai mica uscendo», si allarmò la donna.

«È quello che vorrei fare», replicò Marco, deciso.

«Tu sei matto da legare. Ti ho detto che Marta sta arrivando», ribadì.

«Voglio soltanto prendere una boccata d'aria. Sono settimane che non esco in strada», si giustificò.

«Posso capirti, ma ricordati che lì fuori ci sono lupi feroci, pronti ad azzannarti», lo ammonì.

«Li conosco», rispose lui, aprendo la porta.

Non sapeva dove andare, ma voleva camminare. Il pensiero di Marta, del suo corpo dolce e morbido, gli faceva compagnia. Ricordò la sua famiglia, gli amici, gli anni in cui il mondo, intorno a loro, sembrava alimentarsi soltanto di certezze e di buoni sentimenti. Tempi spensierati e felici che la guerra aveva cancellato. Nel vicolo deserto che stava percorrendo vide una bottega di fruttivendolo. Gli tornò alla mente il viso acerbo e delicato di una bambina che lo guardava con gli occhi sgranati mentre pesava la frutta sulla bilancia.

Comperò una mela, la pulì strofinandola sulla manica della giacca e l'addentò. Era aspra e sugosa. Pensando a Caterina, alla sua figurina esile, si disse che i bambini, tutti, meritavano giorni migliori di quelli terribili che stavano vivendo. Si doveva agire perché le cose cambiassero. Ormai erano in tanti a combattere per costruire un mondo diverso. Vagava per le vie deserte senza chiedersi in quale parte della città si trovasse. Svoltò l'angolo di una strada e vide profilarsi contro il cielo cupo di novembre l'ombra sinistra di Villa Triste. Il cancello era aperto e sul viale riconobbe i suoi compagni di cella. Erano allineati davanti all'edificio e battevano i piedi per scaldarsi. «Che cosa fanno lì fuori?» si chiese, mentre cercava di nascondersi al riparo del muro di cinta.

Si accovacciò a terra, mentre si domandava come era potuto accadere che fosse finito, di nuovo, in quel luogo terrificante.

Se gli restava una possibilità per tentare la fuga, doveva agire immediatamente, prima che lo scoprissero. La pensione ospitale dove aveva sognato la libertà e conosciuto l'amore gli sembrava un miraggio da inseguire velocemente. Si alzò, fece due passi strisciando contro il muro e si ritrovò la canna di un mitra puntata nel fianco.

«Dove credevi di andare, signorino?» disse la voce beffarda di un poliziotto.

Venne spinto nel gruppo dei suoi compagni. Erano tutti ammanettati. Le manette scattarono anche intorno ai suoi polsi.

C'era un camion, lì fermo. E c'erano militari con il fucile imbracciato. «Dove ti eri nascosto?» gli chiese uno dei prigionieri.

«Ero fuggito durante il bombardamento», sussurrò Marco.

«E sei tornato indietro! Devi essere pazzo», interloquì un altro.

Come poteva spiegare un comportamento tanto irrazionale, privo di qualsiasi logica? Marco era sgomento.

«Ho cercato di filarmela di nuovo, ma era troppo tardi. Quel poliziotto mi aveva già visto», tentò di giustificarsi.

«Ci portano a San Vittore», lo informò un vecchio, mentre, con gli altri, veniva sospinto sul camion da due gendarmi del nuovo esercito italiano. Marco si guardò intorno. Erano soltanto quindici.

«E gli altri?» domandò al suo vicino.

«Alcuni li hanno liberati stamattina. Può darsi che una volta arrivati a San Vittore liberino anche noi», disse il compagno.

«Può darsi. Ma non ci credo», ribadì Marco, disperato.

«I fascisti ormai sono fottuti. Questione di giorni e, se non ci liberano questi puzzoni, verranno a liberarci gli alleati», garantì il compagno.

Vennero rinchiusi in una cella del raggio riservato ai prigionieri in partenza per la Germania.

«Qui, almeno, non passiamo i minuti a chiederci quando ci convocheranno per l'interrogatorio», osservò Marco tentando di reagire allo sconforto.

«Però, potrebbero caricarci su un treno e spedirci oltre frontiera», ragionò il vecchio.

«Siamo un centinaio in questo raggio. Molti sono qui

da mesi. Non è detto che si debba partire», disse un altro.

Il giorno dopo Marco venne condotto in parlatorio. Marta lo stava aspettando. Lo afferrò per il bavero della giacca e prese a scuoterlo con forza, mentre gridava.

«Ma perché sei tornato indietro? Eri fuori, libero come l'aria. Perché sei tornato? Perché, perché, perché?» Lo colpì con uno schiaffo incontrollato e poi scoppiò a piangere.

«Perdonami», fu tutto quello che riuscì a dirle.

«No. Non posso perdonarti», singhiozzò lei. Poi si calmò, il suo sguardo si addolcì e riprese a parlare.

«Sei un'anima bella, Marco. Ma in questi momenti è meglio essere furbi che onesti. Io non potrò avere un altro permesso per venire a trovarti. Probabilmente, questa è l'ultima volta che ci vediamo. Dunque, ascolta bene quello che ti dico. Se ti si presenta una nuova occasione, scappa. Ma se non riuscissi a fuggire, aggrappati alla vita con tutte le tue forze. Forse uscirai da questa brutta faccenda. Il fascismo ha davvero i giorni contati. Carlo», soggiunse, alludendo al marito, «sta cercando di mettersi in salvo per sfuggire alle inevitabili ritorsioni che seguiranno. Io gli starò vicina. Lui è un fascista, ma non ha mai fatto male a nessuno. Abbi cura di te, stupido ragazzino», gli ingiunse, prima di lasciarlo.

Marco stava uscendo dal parlatorio e lei lo richiamò indietro: «Se ti porteranno in Germania, farai sosta al carcere di Bolzano. Lì troverai Amilcare. È il nome di battaglia di un compagno di Guido Giuliani. Lui farà quello che potrà per aiutarti. Gli farò avere un messaggio», gli sussurrò all'orecchio.

«Sei la donna migliore che io abbia mai incontrato», le disse Marco, abbracciandola. E soggiunse: «Qualunque cosa succeda, non ti dimenticherò mai».

«Avevo promesso a tua madre di vegliare su di te», si rammaricò Marta.

Nei giorni successivi alcuni compagni di Marco furono liberati, perché la polizia non aveva scoperto nulla a loro carico. Altri, fortemente compromessi con la Resistenza, divennero oggetto di scambio politico e lasciarono il carcere. Alla fine, dei vecchi amici di Villa Triste, restarono soltanto Marco e Saronni che vennero iscritti nelle liste dei «lavoratori liberi» da spedire in Germania.

Una mattina di fine novembre, Marco si ritrovò su un pullman tedesco diretto a Bolzano.

Il carcere di quella città aveva regole ancora più severe di quello milanese. I tedeschi la facevano da padroni. Le celle non avevano brande. Il cibo era pessimo e scarso. Le guardie picchiavano i prigionieri senza una ragione. Marco cercava nel sonno una scappatoia alla sofferenza. Una notte, l'amico Saronni che divideva la cella con lui, lo svegliò dandogli una gomitata.

«C'è qualcuno che ti chiama», gli disse, quando aprì gli occhi.

Il giovane si levò di scatto, si accostò alle sbarre e si mise in ascolto. Dalla cella vicina arrivò un sussurro.

«Sei tu il Continolo arrivato da Milano?» gli stava chiedendo qualcuno.

«Sono io. Tu, chi sei?» chiese.

«Amilcare. Un'amica mi ha informato del tuo arrivo», proseguì l'altro.

«Mi aveva detto che ti avrei trovato qui», sussurrò Marco.

«Domani ti faccio trasferire nella mia cella», garantì Amilcare.

Era una buona notizia. Marco si riaddormentò sull'impiantito gelido con un sorriso sulle labbra.

6

Il mattino seguente, quando i prigionieri vennero fatti uscire dalle celle per l'appello, un detenuto prese il posto di Marco, mentre lui arretrava fino a trovarsi accanto a un uomo piccolo, di una magrezza scheletrica. Il cranio lucido e tondo posava su un collo lungo ed esile. Gli occhi cupi erano ombreggiati da sopracciglia folte.

«Sono Amilcare», sussurrò, guardando dritto davanti a sé.

«Sono Continolo», disse Marco.

Amilcare era il nome di battaglia del professor Alessandro Granelli, un intellettuale di valore che aveva combattuto in Spagna, contro Franco.

Era nato a Pavia, nei primi anni del Novecento. Aveva frequentato con laica determinazione il Collegio Ghislieri. In seguito si era laureato a Padova in Lettere e Filosofia.

Erano i tempi della marcia su Roma. Alessandro aveva apertamente avversato il fascismo e per questo era stato inviato al confino, in un piccolo paese della Basilicata. Alla prima occasione fuggì per andare a combattere in Spagna. Venne catturato dai miliziani di Franco e ancora una volta riuscì a fuggire. Raggiunse Parigi dove conobbe Carlo Maggi e sua moglie Marta. Carlo era imbevuto di retorica fascista e gli amici francesi lo avevano soprannominato *le vainqueur*, il vincitore. Carlo Maggi e Alessandro litigavano selvaggiamente a proposito delle loro idee.

«Io amo l'ordine. Sono convinto che Hitler e Mussolini insieme daranno un nuovo assetto a questa vecchia e sonnolenta Europa», diceva Carlo.

«Io amo l'ordine mentale. Quello che voi volete, invece, è l'ordine della galera. Volete cancellare la presenza degli oppositori politici, degli ebrei, degli omosessuali, degli zingari, di tutti quelli che non la pensano come voi. Questo non è ordine, si chiama intolleranza. La vostra ideologia porterà l'Europa verso la distruzione, non verso il tanto decantato splendore.» Una leggera balbuzie dava più forza alle sue parole.

Marta lo ascoltava e gli dava ragione. Quando tornò in Italia si adoperò per propiziare il ritorno clandestino, a Milano, del professor Alessandro Granelli che, dopo l'8 settembre, prese il nome di battaglia di Amilcare. Riuscì a organizzare con Guido Giuliani un nucleo di partigiani quando la Resistenza era soltanto all'inizio. La Gestapo lo individuò e lo arrestò.

«Ma io ti conosco», disse Marco, quando si ritrovarono nella stessa cella. «Sei Granelli, il professore», esclamò incredulo.

Ricordava di averlo incontrato a Roma, in compagnia di Marta. Gli era sembrato un ometto innocuo, che godeva fama di grande donnaiolo.

«Tanta gente mi conosce. Per questo sono qui», ironizzò l'uomo.

«Come hai potuto ricevere in questo carcere un messaggio di Marta?» indagò il giovane.

«Alcune guardie stanno dalla nostra parte», spiegò. «Ricevono le notizie dagli amici che lavorano alle ferrovie, che, a loro volta, le ricevono da altri colleghi. È così che funziona la rete di informazioni.»

Non c'era bisogno di altri particolari. Marco conosceva le capacità degli uomini che operavano nella Resistenza.

Amilcare godeva di un trattamento privilegiato. Aveva un paglericcio per dormire e gli era consentito persino leggere.

«Ci manderanno davvero in Germania?» chiese Marco.

«Su questo ci puoi giurare. L'importante è riuscire a rimandare la nostra partenza, a scapito di altri compagni», spiegò Amilcare.

«Ti sembra giusto?» osservò Marco.

«Non c'è niente di giusto sotto il sole», disse il professore.

E proseguì: «Questa notte un gruppo di prigionieri verrà spedito in Germania. Tu eri nell'elenco. Qualcuno ha cancellato il tuo nome. Non il mio, però».

«Perché non il tuo?» chiese Marco.

«Alessandro Granelli è un nome che non si sostituisce con facilità. Tu sei un Continolo qualsiasi. Ma non illuderti di sfuggire al lager. Godrai dell'ospitalità di questo albergo ancora per una settimana o due, chissà. Ed è comunque meglio qui che lassù», disse Amilcare. E proseguì: «A volte, un giorno o un'ora può fare la differenza tra la vita e la morte».

«È davvero così terribile la vita nei campi di lavoro tedeschi?»

«È come la morte. Nessuno è ritornato per poterla raccontare. Quello che sappiamo sono soltanto voci riferite da fonti lontane. E sono brutte voci, figliolo.»

«Come mai sei così sereno?»

«Perché mi sorregge la speranza. L'avanzata degli alleati potrebbe essere più rapida di quanto immaginiamo. Stanotte partirò e domani gli inglesi o i russi potrebbero invadere la Germania. Oppure i partigiani potrebbero dare l'assalto a questo carcere e liberarci prima della partenza. Vedi, Marco, l'ottimismo è importante quando ci si trova nei guai.»

«E se non succedesse nulla di tutto questo?»

«Dobbiamo continuare a credere che succederà. È il solo modo per sopravvivere.»

«Ho un amico, nella cella accanto. Si chiama Saronni. Se parte con te, proteggilo», raccomandò Marco.

Amilcare annuì.

«Quando verrà il tuo momento», proseguì, «ricorda che i prigionieri vengono assegnati ai campi di lavoro in base a quello che sanno fare. I tedeschi hanno un bisogno disperato di manodopera. Inventati un mestiere. Che cosa sai fare?»

«So disegnare», rispose Marco, pensando agli studi di architettura da tempo abbandonati. Ricordò i giorni dell'infanzia e quelli dell'adolescenza trascorsi nella fabbrica romana di arazzi e in quella delle sete a Como. «Conosco i telai meccanici e all'occorrenza li so aggiustare», soggiunse.

«Allora dichiarati perito meccanico», suggerì spiccio Amilcare.

Quella notte lui partì. Nella sua cella furono messi altri prigionieri. Venne dicembre e il freddo si fece insopportabile. Gli indumenti che indossava da ottobre, al momento dell'arresto, non bastavano a proteggerlo. Ma più ancora del freddo, il tormento gli veniva dalla fame. Trascorreva i giorni stretto ad altri uomini infreddoliti e affamati come lui, fantasticando mangiate pantagrueliche di pastasciutta e dolci. A Marco mancava soprattutto la cioccolata.

«Pensate al piacere di un pezzo di cioccolata amara che si fonde sulla lingua, accarezza il palato con la sua morbida pastosità e piano piano scende verso la gola dando un senso di pienezza, di totale soddisfazione che si diffonde in tutto il corpo», spiegava ai nuovi compagni di cella. Il desiderio si faceva così pungente che alla fine aveva voglia di urlare. Invece, scoppiava in lacrime ricordando gli amici scomparsi, quelli partiti per la Germania, quelli torturati a Villa Triste, quelli impiccati agli alberi lungo i viali delle città che aveva attraversato in corriera da Milano fino a Bolzano.

Nei giorni lunghi e freddi non c'era spazio che per le lacrime e i ricordi. Ognuno aveva una storia da raccontare. Tutti conoscevano Amilcare e si sentivano onorati di essere stati rinchiusi in quella che era stata la sua cella. Per molti di loro Amilcare era un mito. Intorno a lui nasceva la leggenda.

Un prigioniero riferì un aneddoto che lo riguardava.

«Quando si seppe che stavano per catturarlo, un compagno organizzò per Amilcare una fuga a Napoli, che era già stata liberata dagli alleati. Ci avevano raccontato di un sommergibile che ogni settimana sostava in mare aperto, al largo della costa ligure. A Milano gli amici tentarono di indurre Amilcare ad arrivare a La Spezia. Lì, altri amici lo aspettavano per portarlo a bordo del sommergibile che lo avrebbe condotto a Napoli. Lui non accettò.»

«Perché?» chiese Marco.

«Non ci credeva. Disse che era tutta una panzana.»

«E lo era?»

«Come faccio a saperlo? Lui a La Spezia non ci è mai andato.»

«Neanch'io ci sarei andato», ammise Marco.

«Ed eccoti qui. Lui catturato dalla Gestapo e tu da quelli della banda Koch. Comunque, non avere rimpianti. Lui è Amilcare mentre tu non sei nessuno. Sul sommergibile non ti avrebbero accettato.»

Una notte i tedeschi spalancarono le celle, li svegliarono a calci, li caricarono su un autocarro e li scaricarono alla stazione. C'era un lungo convoglio di carri bestiame. Marco venne sospinto con gli altri all'interno di un vagone già stipato di prigionieri.

7

VENNERO ammassati nei vagoni a calci, pugni e spintoni. Una violenza inutile e crudele che poteva essere evitata. Le SS picchiavano i prigionieri, con sistematica determinazione, per provocare dolore. Quando ogni carro era stipato al limite del possibile, veniva sprangato dall'esterno.

Nel carro su cui salì Marco c'erano sessantotto persone. Chi aveva un posto vicino alle pareti tentava di guardare fuori, attraverso le feritoie. Non c'era spazio per sdraiarsi. Gli uomini gridavano, le donne pregavano e i bambini piangevano. All'alba il treno si mise in moto. Partirono portando l'indispensabile: un pezzo di pane, una bottiglia d'acqua, una borsa con vecchie fotografie e qualche indumento.

Marco aveva con sé un tubetto di latte condensato e alcune gallette di pane secco. Mentre il treno acquistava velocità, calcolò mentalmente come razionare il cibo. Sapeva che erano diretti a Mauthausen, ma non aveva idea di quando vi sarebbero arrivati.

Stavano addossati gli uni agli altri e qualcuno cercava, a gomitate, di guadagnare un po' di spazio. L'aggressività aumentava via via che il tempo passava.

Una donna individuò un buco tondo, sul fondo del carro. Aveva il diametro di una pallina da tennis. In mancanza di secchi, venne adibito a servizio igienico. All'interno del vagone, a tratti, calava un silenzio impressionante interrotto soltanto dal pianto dei bambini.

Dopo molte ore di viaggio, il convoglio si fermò. Albeggiava e dalle fessure penetrarono lame di luce che illuminarono volti scavati, sguardi disperati, labbra riarse dalla sete. Alcuni militari scesero dal treno e passarono accanto ai carri. Con il calcio del fucile saggiarono la resistenza delle chiusure, parlando tra loro. Tutt'intorno, un'immensa distesa di neve si allungava sui campi e risaliva una montagna.

«Acqua. Dateci acqua», supplicavano i prigionieri al passaggio dei soldati tedeschi.

«Una manciata di neve per il mio bambino», implorò una donna.

Marco si consolò pensando che una notte era passata. Spezzò una galletta e se la portò alla bocca. Ma non riuscì a deglutire perché non aveva saliva. Allora, aprì il tubetto di latte condensato e succhiò con parsimonia quel nettare. Un bambino di pochi anni, infagottato negli abiti, lo guardò tendendo entrambe le mani verso di lui. Marco non seppe resistere e gli allungò il tubetto. Il bambino prese a succhiare, in silenzio, chiudendo gli occhi, le mani aggrappate al piccolo cilindro.

«Un pugno di neve per il mio bambino», continuava a implorare una donna. I primi raggi del sole proiettarono sulla neve le ombre di uno sparuto gruppo di contadini che attorniavano i vagoni rivolgendo ai prigionieri parole di pietà e di solidarietà. Parlavano il dialetto delle valli austriache e, anche se non era possibile afferrare il significato di ogni parola, se ne capiva chiaramente il senso. Una vecchia tese verso una finestrella un secchio di latte che fumava nell'aria gelida. Un militare afferrò il secchio e lo rovesciò nella neve. Altri soldati allontanarono i contadini imprecando e mostrando loro i fucili spianati.

Il treno ripartì. Senza sapere come, Marco si ritrovò tra le braccia il bambino che si era nutrito con il suo latte condensato. Il piccolo stava aggrappato al suo collo e Marco divise con lui anche la sua piccola scorta di gallette.

Il giorno dopo, una bambina di pochi mesi morì assiderata. Sua madre continuò a cullarla per tre giorni e tre notti.

Marco non voleva pensare a quello che sarebbe accaduto quando il viaggio si fosse concluso. Teneva il piccolo stretto a sé e tentava di dormire. Di tanto in tanto scambiava con lui qualche parola. Così seppe che il bimbo si chiamava Davide. Gli disse che la mamma «era volata in cielo» quando erano nel campo di concentramento di Bolzano. Lui viaggiava con il padre e i nonni. Il padre, spiegò, era un medico. Adesso lo mandavano a curare i malati in Germania.

Davide accettava tutto: freddo, fame, sete, disagi senza lamentarsi, come facevano i suoi parenti che si tenevano stretti gli uni agli altri e si parlavano soltanto con lo sguardo.

Una notte il treno si fermò in una piccola stazione. I vagoni non erano mai stati aperti, nessuno aveva portato loro da mangiare né da bere.

Era la sera della vigilia di Natale del 1944. I carri bestiame vennero spalancati e gli occupanti vennero fatti scendere. Dopo cinque giorni di forzata immobilità, non riuscivano quasi a tenersi in piedi e muovevano le gambe a fatica. Il piccolo Davide era ancora aggrappato al collo di Marco mentre suo padre aiutava i genitori a scendere. Quando il medico alzò le braccia per prendere il figlio, un militare lo colpì agli avambracci con il calcio del fucile facendolo gridare per il dolore.

Il piazzale della stazione era illuminato da grandi riflettori. Marco vide un cartello con una scritta in caratteri gotici e lesse: Mauthausen. Soltanto molti anni dopo seppe che quella era un'amena località della valle del Danubio con casette da fiaba sulle cui finestre fiorivano, in vasi di terracotta, rigogliosi gerani.

Quella notte il suo sguardo catturò soltanto una marea di prigionieri affranti e una schiera di SS accompagnati dai cani lupo. I militari gridavano ordini in un pessimo italiano.

Ingiunsero ai prigionieri di lasciare a terra i loro bagagli. Le donne, che nelle valigie portavano i pannolini di ricambio per i neonati, tentarono di protestare. Furono picchiate e ridotte al silenzio. Infine, ordinarono ai prigionieri di incamminarsi lungo la banchina sorvegliata dai soldati con i mitra imbracciati. Un vecchio inciampò e cadde. Il suo vicino, istintivamente, si chinò per aiutarlo a rialzarsi. Venne colpito da una guardia e stramazzò a sua volta. Intanto, altre SS separavano le donne dagli uomini, gli ebrei dai prigionieri politici. A calci li avviarono lungo una strada che portava al lager, illuminata a giorno.

Dal treno al campo c'erano cinquecento metri che i prigionieri percorsero con immane fatica arrancando nella neve, infiacchiti dal digiuno, dall'insonnia, dalla disidratazione.

Marco riconobbe accanto a sé il compagno Saronni. Non sapeva che fosse partito con il suo gruppo. Si guardarono e non ebbero la forza di salutarsi. Nessuno era più in grado di pensare, né di reagire.

I cancelli del campo erano spalancati e i prigionieri si trovarono ammassati su un piazzale delimitato da schiere di baracche di legno. Lì, ricevettero l'ordine di liberarsi di tutti gli indumenti, comprese le scarpe. Si reggevano in piedi unicamente per la paura di essere picchiati o uccisi. Tutti obbedirono. Mentre si spogliava e vedeva quel mare ondeggiante di corpi nudi, impietosamente rischiarato da potenti lampade e osservato con indifferenza dalle SS che lo circondavano con i fucili spianati, Marco si sentì inghiottito dall'inferno. Gli vennero in mente alcuni dipinti di Bosch ammirati in un museo di Amsterdam. Pensò che il pittore folle aveva immaginato con secoli di anticipo quella tremenda realtà e l'aveva raffigurata in tutta la sua allucinante perversione.

Spogliati degli abiti, i prigionieri avevano perduto

ogni residua dignità umana. Era come se fossero stati privati anche dell'anima.

A Marco sembrava di fluttuare in un limbo gelido e silente e ricordò un'immersione in mare, al largo di Capo Palinuro, quand'era adolescente. Aveva visto sopra di sé l'ombra minacciosa di un grande pesce. Si era irrigidito non tanto per la paura, quanto per un senso di stupore e incredulità. La stessa sensazione che provava adesso.

Si avvicinarono degli uomini che parlavano spagnolo. A piccoli gruppi fecero entrare i prigionieri in una baracca. Vennero rasati completamente. Poi, furono sospinti verso una stanza immensa, sporca, rivestita di piastrelle. Per terra c'era un palmo di acqua ghiacciata. La porta si richiuse alle loro spalle. Non sapevano che cosa li aspettasse, lì dentro.

Alcuni di loro, per la prima volta da quando erano scesi dal treno, trovarono il coraggio di guardarsi in faccia e di parlarsi, le mani congiunte per coprire la parte bassa del ventre. Marco si ritrovò di nuovo accanto Saronni e un altro compagno di cella.

«Che cosa siamo diventati?» bisbigliò Saronni. Aveva le lacrime agli occhi.

«Niente. Forse eravamo persone. Adesso non siamo più neanche oggetti», rispose Marco.

«Che cos'altro ci faranno?» chiese il secondo compagno. Era un ingegnere di Trieste. Nel carcere di Bolzano aveva disegnato sul muro della cella la cartina dell'Italia, con una linea di demarcazione del fronte. Ogni giorno il tam-tam del carcere trasmetteva notizie sull'avanzata delle linee alleate e sulla ritirata dei tedeschi. L'ingegnere, ogni volta, aggiornava la cartina. Non sempre le notizie corrispondevano alla realtà. Più spesso erano dettate unicamente dal desiderio di veder spazzati via i tedeschi.

Così, alla sua domanda, Marco trovò il coraggio di rispondere: «Non so cosa ci faranno. Dipende».

«Da che cosa?» domandò il triestino.

«Da dove hai messo oggi la tua tacca sulla cartina», disse Marco.

In quel momento dal soffitto piovvero all'improvviso getti d'acqua calda. Quel tepore fu una sorpresa che li lasciò senza fiato. Qualcuno alzò il viso e spalancò le labbra per bere.

«Non bevete o vi verrà la dissenteria. L'acqua è infetta», gridò uno dal fondo della stanza.

Com'era arrivata, l'acqua cessò e i prigionieri vennero fatti uscire al gelo, a uno a uno. Davanti alla porta della baracca c'era un kapò che distribuiva indumenti puliti: camicia, pantaloni di tela, scarpe con suola di legno.

Bagnati com'erano, tenendo stretti al petto i panni, vennero sospinti, attraverso il piazzale, alle baracche della quarantena dove i prigionieri sostavano per giorni, a volte per settimane, prima di essere inviati in altre località, in altri campi dove era necessaria la manodopera.

Marco e Saronni furono mandati in due baracche diverse. Non erano le SS a impartire gli ordini, ma i kapò che erano più perversi dei militari. Per privare i prigionieri di ogni conforto, compreso quello dell'amicizia, separavano i compagni di detenzione.

Marco fu destinato a un gruppo di polacchi, slavi e criminali tedeschi che si odiavano tra loro e detestavano gli italiani che consideravano traditori.

Marco prese a vestirsi. Erano abiti militari di cotone sdrucito che risalivano alla prima guerra mondiale. Ai forzati del lavoro non era consentito proteggersi dal freddo.

La baracca era stipata di brandine a castello simili a loculi. I nuovi compagni lo insolentirono. Marco decise di ignorarli. Individuò uno spazio sul pavimento, accanto alla porta. Vi si distese e si addormentò.

Sognò di essere bambino in una selva buia dove gli alberi incombevano su di lui con rami prensili che lo dilaniavano. Era in preda al terrore. Urlò e si svegliò.

Un kapò polacco lo stava percuotendo con un nerbo di bue. I compagni di baracca guardavano e sogghignavano. Marco si alzò e si accorse di essere scalzo.

«Dove sono le tue scarpe?» gli chiese il kapò, in tedesco.

Ricordava di essersele infilate prima di crollare sull'impiantito.

«Me le hanno rubate», rispose smarrito.

Si aspettava che il sorvegliante individuasse il colpevole. Invece, riprese a colpirlo sulle anche e sui piedi.

«Adesso fuori», intimò, indicandogli la porta della baracca. Marco si affacciò e vide gli uomini allineati sul piazzale in lunghe file. Era come guardare il nulla.

«Qui, senza le scarpe, si muore», disse il kapò con disprezzo. Gli allungò un calcio e lui rotolò sui gradini finendo all'esterno, sulla neve ghiacciata.

Saronni era fuori con gli altri e lo aveva visto cadere. Si lanciò per soccorrerlo, ma un altro kapò lo colpì sulla testa rasata. Finì a terra anche lui.

Si rialzarono insieme e seguirono gli altri prigionieri che venivano condotti verso una baracca dove sarebbero stati fotografati. Rimasero in piedi, al freddo, ad aspettare ognuno il proprio turno. Marco era il solo uomo scalzo in quella compagnia di disperati. A un certo punto qualcuno fece il suo nome e gli indicò il laboratorio fotografico. Marco si mosse a fatica. Era coperto di lividi, di escoriazioni e di ferite.

Il fotografo era lo stesso spagnolo che lo aveva malamente rasato la notte prima.

«Continolo Marco sei tu?» domandò, indicandogli il punto in cui fermarsi per essere fotografato.

Il giovane annuì.

«Ti sei fatto fregare le scarpe», constatò mentre lo inquadrava con l'obiettivo. Marco non disse nulla.

«Vedrò che cosa posso fare per te», aggiunse sottovoce.

Marco non gli credette e aspettò una nuova punizione. Invece, lo spagnolo proseguì: «Hai un amico che ti protegge. Vai alla baracca numero sei e dì che ti manda Alvaro».

Il giovane ricordò la stanza di un albergo a Milano, che aveva lo stesso numero. Gli sembrò di buon auspicio, anche se non aveva nessun motivo per sperare in un evento positivo.

Entrò nella baracca indicata dallo spagnolo. Vi trovò Amilcare. Sedeva dietro una scrivania malandata, stracolma di scartoffie. Sembrava ancora più piccolo di come lo ricordava. Il collo spuntava lungo e magro dalla tuta grigia, come un ritratto di Modigliani. Le guance erano incavate.

«Non guardarmi come se vedessi la Madonna», scherzò l'amico. «Gli spagnoli mi amano e mi hanno fatto diventare segretario del blocco.»

«Mi hanno fregato le scarpe», disse Marco.

«Lo vedo. Le scarpe sono la base di una possibile sopravvivenza. Senza quelle sei fottuto», spiegò alzandosi e aprendo un armadietto alle sue spalle. Rovistò in un mucchio di oggetti tra i più disparati e poi si voltò verso di lui tendendogli un paio di polacchine senza lacci.

«Hanno la suola di gomma ancora in buono stato. Se non hai della corda, usa un lembo della camicia per fare i lacci. Sono importanti anche quelli.»

«Grazie», disse Marco. «Se mi reggerò in piedi, lo dovrò a te.»

«Faccio quello che posso. E posso molto poco. Farò in modo che tu resti in quarantena per qualche giorno e, dopo, andrai a Linz dove c'è una fabbrica di armi. Lì, per fortuna, comandano gli spagnoli che sono più civili dei tedeschi, dei russi e degli slavi.»

Marco vide un pezzo di mela che stava in cima a una pila di fogli. Con la punta di una limetta Amilcare la divise in due e gliene offrì la metà. «Questa è merce rara», spiegò. «L'ho avuta tre giorni fa e ancora la faccio durare.»

Marco se la mise in bocca, senza osare masticarla. La rigirava tra lingua e palato come fosse una caramella, assaporandone il succo zuccherino. «Nella mia baracca si sta male», disse Marco.

«Lo so. Ma ci sono posti dove si sta anche peggio, figliolo. Stringi i denti e continua a sperare», raccomandò Amilcare.

«Credi che gli alleati arriveranno presto?»

«Per quanto presto sia, sarà comunque tardi», rispose con amarezza.

Marco, giorno dopo giorno, imparò tanti piccoli espedienti per sopravvivere in quell'inferno. Dopo una settimana lo caricarono con altri su un camion e lo portarono nel campo di Linz. Amilcare era con lui. Gli spagnoli, per i quali aveva combattuto, erano riusciti a propiziare il trasferimento.

«Domani andremo a lavorare in fabbrica», lo informò l'amico. «Anche qui i prigionieri muoiono come mosche, quindi la manodopera scarseggia e hanno continuamente bisogno di operai. I tedeschi hanno persino vuotato le loro prigioni liberando i criminali per farli lavorare nelle fabbriche. Non ci sono vestiti per difendersi dal freddo, né carbone per riscaldare le baracche, né cibo per nutrire i prigionieri. Loro sanno che la guerra è perduta eppure non demordono e continuano a produrre armi. Qui fabbricano carri armati. Gli alleati bombardano spesso in questa zona. Però non sono riusciti a colpire la fabbrica né il lager», spiegò Amilcare.

Marco non sapeva da dove attingesse tutte quelle informazioni. E non gli importava saperlo. Si limitava ad ascoltare, anche perché non riusciva a esprimere quello che provava.

Le baracche di Linz erano simili a quelle di Mauthausen. All'alba dovevano lasciarle e schierarsi sul piazzale aspettando immobili, nel gelo, per quasi un'ora prima che qualcuno facesse l'appello. Poi, guidati dai militari, si avviavano verso la fabbrica.

Era una marcia di tre chilometri, a piedi. La prima mattina ci fu una tormenta di neve.

I tedeschi, che pure erano coperti fino agli occhi, procedevano a fatica. Molti prigionieri caddero. Vennero frustati per indurli a rialzarsi. Alcuni non riuscirono a farlo e vennero abbandonati sul ciglio della strada. Marco notò i loro corpi dodici ore dopo, sulla via del ritorno. Erano piccoli cumuli di neve sulla candida coltre che si estendeva a perdita d'occhio.

Era stato assegnato al controllo delle torrette dei carri armati. Si aggirava per il reparto di assemblaggio saggiando, con un martelletto, la consistenza di certe giunture. Era un lavoro idiota che gli consentiva di sottrarsi a fatiche peggiori. Come addetto alla fabbrica, riceveva anche la cena: un pezzo di pane nero e una fetta di salame rancido.

Riuscì a sopravvivere per settimane, senza mai ammalarsi. Alla fine di marzo, il gelo allentò la morsa. I giorni interminabili di fame e di fatiche si alternavano a notti consumate da sonni agitati. La totale mancanza di riservatezza, anche per i bisogni più intimi, era esasperante. Nessun prigioniero era mai solo, in nessun momento del giorno e della notte.

Una mattina, in fabbrica, Marco venne chiamato dal direttore del reparto. Entrò nel suo studio. Il direttore non c'era. Si avvicinò a una finestra e vide, all'esterno, un piccolo spiazzo verde dove occhieggiavano crochi gialli e blu. Per lo stupore, spalancò le labbra tagliate dal freddo e dalla mancanza di vitamine. Gli sembrò di osservare un prodigio e si rese conto che in tanti mesi di prigionia aveva dimenticato la meraviglia dei colori. Nonostante tutto, la vita continuava. Fu un'emozione così forte che accelerò i battiti del suo cuore. Gli tornarono in mente, dopo mesi, la sua casa, la famiglia, gli amici, l'amore per Paola, il piacere tra le braccia di Marta. Per tutto quel tempo non aveva più pensato a niente e a nessuno.

Il direttore lo trovò così, immobile davanti alla finestra, gli occhi umidi di lacrime.

«Ci sono stati rimandati cinquecento pezzi difettosi», lo accusò. «Non hai svolto bene il tuo lavoro.»

Marco chinò il capo e si preparò a ricevere una punizione esemplare. Probabilmente lo avrebbero fucilato. Anche per questo trovò la forza di parlare.

«Faccio sempre una croce con il gesso sul materiale che controllo. Se questi pezzi sono segnati, ho svolto male il mio lavoro. Se non lo sono, dubito che siano stati assemblati in questa fabbrica», disse, facendosi coraggio.

L'uomo sembrò spiazzato. Nessuno gli aveva parlato del contrassegno. Cominciò a sospettare di essere vittima, a sua volta, di quelli che lo comandavano. C'erano grande agitazione e malumore tra i tedeschi. Incominciavano ad avere paura perché sapevano che la loro guerra, ormai, era perduta. «Farò le verifiche del caso», lo liquidò.

La sera Marco tornò al campo. Stava male. Gli si era gonfiata una guancia e aveva la febbre.

Chiese di parlare con il kapò della baracca. La mattina seguente, invece che alla fabbrica, venne mandato in infermeria. Un prigioniero con funzioni di medico gli esaminò la bocca.

«È il dente del giudizio», disse. «Bisognerà toglierlo.»

Non finì neppure di esporre la diagnosi e il dente era già stato strappato. Marco non sentì dolore. Ma la febbre non passò. Dopo un paio di settimane fu aggredito da un'altra malattia molto diffusa nel campo: la dissenteria.

Lo spedirono nella *stube* dei dissenterici, che era l'anticamera della morte. Non c'erano cure per loro. In compenso, c'era caldo perché la stufa funzionava.

Marco si sdraiò sull'impiantito a ridosso di quella insperata fonte di calore. Gli si accostò un prigioniero macilento, con la barba ispida e le croste sul volto e sulle mani. Era emerso da una specie di cuccia cenciosa in fondo alla *stube*. Camminava con la rigidità di un automa, muovendo contemporaneamente le spalle e le gambe. Aveva piedi gonfi e violacei.

«Diarrea, vero?» domandò con voce stanca.

Era la prima volta che Marco sentiva una parola pronunciata in italiano, da quando aveva lasciato Amilcare.

Annuì.

L'uomo prese dalla tasca della tuta un pizzico di polvere nera.

«È carbone», disse. «Mangialo. Qualcosa farà. Io lo prendo da settimane e funziona.»

Marco se lo mise sulla lingua. Non riuscì neppure a ringraziarlo. Dovette correre fuori a vuotarsi. Quando rientrò, l'uomo era ancora lì, come se lo aspettasse.

«Tu che cos'hai?» gli chiese Marco.

«Tubercolosi», rispose. «Ho incominciato a star male due settimane fa.»

«Da quanti mesi sei qui?»

«Sei. Prima ero un uomo libero. Mi hanno preso alla stazione di Verona, in un rastrellamento. Viaggiavo con mia moglie e mia figlia. Mi hanno strappato da loro come si strappa una zecca da un cane. E tu?»

«Io lavoravo a Milano. Stavo con i partigiani», disse Marco.

«Mi chiamo Alcide Belgrado. A Milano avevo casa e bottega di fruttivendolo. Chissà se rivedrò più la mia donna e la nostra piccola Caterina.»

8

«CATERINA», ripeté Marco. Quel nome gli evocò il viso curioso di una bambina dallo sguardo vivace. Ricordò la piccola fruttivendola di corso Venezia che per lui metteva sul piatto della bilancia le mele migliori.

«Ho conosciuto una bambina con questo nome», sussurrò.

«Quando?» domandò Alcide.

«Tanto tempo fa», rispose torcendosi per un nuovo attacco di dolori al ventre. Arrancò verso la latrina. Quando tornò non aveva più voglia di parlare né di ricordare. Alcide, nonostante fosse debolissimo, lo trascinò e lo distese su una branda che era già occupata da un altro malato.

Marco s'addormentò e Alcide lo vegliò, seduto sull'impiantito di legno che veniva tirato a lucido dai prigionieri con la margarina sottratta alle loro razioni. Il pavimento era la sola cosa pulita dell'infermeria. Per il resto, i pagliericci erano infestati di cimici, i malati erano coperti di piattole e di pidocchi, i topi e gli scarafaggi regnavano sovrani. Mentre Marco dormiva, due malati morirono e vennero portati fuori. A svegliarlo fu l'odore della zuppa di cavoli. Si trascinò giù dalla branda e allungò la sua bacinella per ricevere la razione. Non aveva fame, ma l'istinto gli diceva che doveva assolutamente nutrirsi. Così ingoiò la zuppa, il pane nero, e stette peggio.

«Devi continuare con il carbone», gli suggerì Alcide, versandone una buona quantità nella ciotola del surrogato di caffè. «Il carbone, se non altro, disinfetta», insistette.

Sul momento il giovane parve trarne beneficio. Così sedette vicino alla stufa con l'amico. Marco notò, in uno spazio esiguo della parete, il disegno tratteggiato a carbone di una giovane donna dalle forme opulente e dall'abbigliamento così succinto da non lasciare spazio all'immaginazione. In cima al foglio campeggiava un nome: Vittoria de' Rossi.

«Chi è?» domandò.

«È l'Italia. La scopro via via che i tedeschi si ritirano. Come vedi, è quasi del tutto spogliata. I tedeschi sono convinti che sia una soubrette. Invece è la vittoria dei rossi sulle camicie nere.»

«Sei comunista?»

«Non lo so. Prima di essere portato qui non volevo occuparmi di politica. Badavo alla mia bottega, alle mie donne e mi pareva di essere in regola con la giustizia. Non ho fatto la guerra, non ho fatto la Resistenza, non sono ebreo, non sono ladro. Non sono mai stato niente. Eppure mi hanno portato in campo di concentramento. Allora ho incominciato a riflettere e ho capito che gli ideali del fascismo erano soltanto retorica, che Mussolini era un voltagabbana e che non si può costringere la gente a combattere per qualcosa in cui non crede. Qui al campo, prima di ammalarmi, ho parlato a lungo con uno spagnolo. Si chiamava Pablo. Amava i tori, il flamenco e il suo paese nell'Andalusia. Era comunista e mi ha aperto gli occhi e la mente. Poi, ha tentato la fuga. L'hanno impiccato con altri sei compagni proprio lì fuori, sul piazzale, perché fosse d'esempio. È stato allora che ho incominciato a disegnare Vittoria de' Rossi. È un modo per protestare senza farmi ammazzare. I tedeschi sono troppo stupidi per capirlo. Quando guardano il mio disegno ridono e dicono: '*Ja, gut. Schönes Fräulein*'.» Cominciò a tossire e non riuscì più a parlare. Marco allungò un braccio e gli mise una mano sulla fronte. Scottava. Quando la crisi di tosse passò, lui era così debole da non riuscire a reggere il capo sul collo.

Alcide aveva un giaciglio soltanto per sé. Marco si bagnò di sudore per sistemarvelo sopra. L'uomo era sfinito e tuttavia quando si accorse che Marco stava allontanandosi lo trattenne con un gesto della mano.

«Che cosa ti serve?» gli chiese il giovane.

«Caterina», sussurrò. «Stamattina hai detto che conoscevi una bambina con questo nome. Parlami di lei», pregò.

«Viveva con la madre e la nonna. Insieme mandavano avanti una bottega di frutta e verdura a Milano, in corso Venezia. Io ci andavo per fare la spesa. L'ultima volta che le vidi fu nel novembre dell'anno passato. Mi arrestarono dopo che avevo lasciato il loro negozio», raccontò.

«Stavano bene?» domandò Alcide, con voce spezzata.

«Sono loro le tue donne?» lo incalzò Marco.

«Il mondo è piccolo», mormorò l'uomo, mentre le lacrime gli bagnavano il viso. Avrebbe voluto fare tante domande, ma gli mancava la forza e non riusciva a parlare. Marco, commosso, descrisse il negozio, le poche cose di cui era fornito, la bravura di Elena nel reperire la merce in momenti così difficili, la grazia della bambina nel servire i clienti. Gli raccontò del bombardamento che li aveva riuniti nella cantina. Non tralasciò nessun particolare.

«Grazie», sussurrò infine Alcide. E sorrideva.

Calò il silenzio nella *stube*. Marco arrancò verso la sua branda, ma c'erano già due malati distesi. Allora si sdraiò sul pavimento e si addormentò.

Dopo pochi giorni, come un refolo d'aria fresca, penetrò nel campo la notizia che i militari russi erano attendati a una decina di chilometri da lì. La mattina successiva, quando Marco si svegliò, si accorse che il suo compagno di branda era morto durante la notte. Marco e Alcide insieme non avevano forze sufficienti per trasportarlo fuori dalla *stube*. Un altro malato venne in loro soccorso, ma era così debole che non riuscì a sollevarlo. Era un russo e aveva vent'anni. Aveva perduto tutti i denti, gli occhi azzurri, grandi e malinconici, erano l'ultimo barlume di vitalità nel viso consumato e scarno.

Nella baracca irruppero otto militari tedeschi, con i fucili spianati. Urlarono ai malati e ai moribondi di lasciare subito i letti. Li costrinsero a uscire e li ammassarono nel locale delle docce. Erano una quarantina. I soldati sprangarono la porta dall'esterno. Subito dopo i malati vennero investiti da getti violenti d'acqua gelida. La doccia durò mezz'ora. Marco era certo che da lì non sarebbe uscito vivo. Invece i rubinetti si chiusero, la porta fu riaperta e lui, con i compagni, riuscì a trascinarsi di nuovo nella *stube*. Si abbandonarono sulle brande. Marco perse i sensi. Poco dopo, il campo venne pesantemente bombardato e nessuno di loro se ne accorse.

Durante la notte, Marco si alzò. Si accostò alla finestra e guardò fuori. Vide una bomba infilata per metà nel suolo, davanti alla baracca. Non era esplosa. Lo interpretò come un segno del destino. Sarebbe sopravvissuto allo sterminio.

Dopo il bombardamento, incominciò a circolare la notizia che il campo sarebbe stato evacuato. La fabbrica d'armi era stata distrutta. I tedeschi, si diceva, avevano ormai perso la guerra e fuggivano.

«Faranno un'esecuzione collettiva», annunciò un polacco che veniva dalla baracca del comandante e aveva sentito una discussione tra i dirigenti del campo.

«Ci trasferiranno tutti in un altro campo, all'interno, lontano dalle linee nemiche», lo smentì un altro prigioniero.

«È la fine», concluse amaramente Alcide. «La guerra sembra ormai finita e, ironia della sorte, per noi è troppo tardi.»

Nella baracca del comandante era tutto un andirivieni di guardie. Poi il comandante e un paio di ufficiali partirono a bordo di una macchina. Le guardie incolonnarono i detenuti e uscirono dal campo, marciando a piedi verso una meta sconosciuta. Lasciarono i cancelli spalancati. I malati e i moribondi furono dimenticati nella *stube*, in balia di se stessi, senza medicinali, né acqua, né cibo.

Marco, Alcide e pochi altri che ancora si reggevano in piedi, uscirono dalla baracca e sedettero sui gradini di legno a guardare il sole che si levava sopra il tetto dell'alloggio del comando.

C'era un silenzio diverso, in quel mattino di aprile. I fili spinati che delimitavano il campo avevano perduto l'aspetto minaccioso e Marco li guardò con occhi nuovi. Adesso sembravano un lungo groviglio di rovi. Le urla, gli spari, i lamenti, le frustate, sembravano già lontani.

«Non è possibile», esclamò con voce stanca.

«Che cosa non è possibile?» domandò Alcide.

«Tutto. Quello che è successo prima e quello che sta accadendo adesso», disse mentre pensava che, se avesse avuto forze sufficienti, avrebbe potuto raggiungere la baracca del comando dove, probabilmente, avrebbe trovato cibo e medicine. Ma le gambe non lo reggevano a sufficienza per consentirgli di attraversare il piazzale.

Venne l'eco di un mitragliamento serrato. La prima cosa che Marco pensò fu che i tedeschi avessero ucciso i prigionieri che avevano da poco lasciato il campo. Seppe in seguito che era vero il contrario. I prigionieri, alla fine, si erano ribellati ai loro aguzzini, li avevano sopraffatti e uccisi. Poi, si erano dati alla fuga.

«Torneranno indietro per ammazzare anche noi», disse Alcide, interpretando il pensiero degli altri.

Fu allora che avvertirono il rumore di mezzi meccanici in avvicinamento. Oltre i reticolati, sullo sfondo della foresta, videro levarsi nubi di polvere bianca. Poco dopo, dai cancelli spalancati, irruppero nel campo una decina di jeep. A bordo c'erano militari americani.

Marco guardò il tetto della baracca del comandante. Il sole si era alzato e rischiarava tutto il campo. Poi guardò gli elmetti dei soldati americani. Trovò la forza di alzarsi dai gradini e di accostarsi, barcollando, alla prima jeep che si era fermata davanti a loro, con uno stridore di freni. Gli americani videro un giovane allampanato, seminudo, coperto soltanto da una camicia sbrindellata, rasato a zero, scheletrico, lo sguardo allucinato e videro gli altri scheletri muoversi lentamente alle sue spalle. Uno spettacolo straziante.

«Siamo liberi?» chiese Marco in inglese.

«Siete liberi dal 25 aprile», rispose un sergente. E soggiunse: «Oggi è il 5 maggio».

Marco incominciò a piangere, mentre mani soccorrevoli lo reggevano con una tenerezza che aveva dimenticato.

9

«Ancora una settimana di prigionia, e lei sarebbe morto», disse a Marco il medico francese che curava i malati nell'ospedale da campo, a Linz.

Lui, adesso, alloggiava in una tendopoli che ospitava centinaia di militari italiani e francesi scampati alla ferocia dei campi di concentramento.

Nonostante la buona volontà degli operatori sanitari, le condizioni igieniche erano precarie e i medicinali insufficienti, ma c'erano acqua e cibo in abbondanza e, soprattutto, cure, rispetto e comprensione.

In un letto finalmente pulito, Marco chiudeva gli occhi e rivedeva il momento in cui, a bordo di un autobus della Croce Rossa, era uscito dai cancelli del lager.

Alcide Belgrado gli sedeva accanto e piangeva. Le lacrime di commozione sembrava alleviassero il peso che gli opprimeva il petto.

«Se questa tubercolosi maledetta mi lascia vivere ancora per un po'», ripeteva in modo quasi ossessivo, «rivedrò mia moglie e la mia bambina.»

«Ci hanno liberato, Alcide. Niente e nessuno potrà più separarti da loro. Nemmeno la malattia», lo rassicurava Marco.

«Dici davvero?»

«Ne sono certo», aveva risposto. Intanto pensava a

sua madre, a suo padre, a Celeste, a palazzo Honneger, ai monti della Calabria fioriti di ginestre.

Dopo un mese di malattia, incominciava a prendere contatto con la realtà che lo circondava. Il primo colore che lo aveva colpito era stato il rosso della Coca-Cola. La prima donna che si era occupata di lui, era stata una crocerossina francese. Aveva un incarnato d'alabastro, labbra rosate e occhi verdi, ridenti.

La crocerossina in quel momento si chinò su di lui, accarezzandogli la fronte.

«Posso esserle utile?» domandò, dolcemente.

«Vorrei scrivere alla mia famiglia», disse Marco.

Gli procurò carta e matita.

«Al momento siamo a corto di penne e inchiostro», si scusò con aria dispiaciuta.

Marco cominciò a scrivere. Aveva un bisogno disperato di far sapere che era vivo e che presto sarebbe tornato a casa. Stava quasi sempre a letto e si assopiva spesso. Se qualcuno gli si accostava, si svegliava con un sussulto portandosi le mani alla testa per difendersi da un'aggressione. Era costantemente spaventato. Quando riusciva a raggiungere il capannone della mensa, esitava ad allungare una mano per prendere il cibo perché ancora non si era abituato a non essere picchiato. Perse di vista l'amico fruttivendolo.

Quando chiese di lui, gli dissero che era stato trasportato in un ospedale vicino.

I giorni passavano e Marco, che recuperava lentamente le forze, si aggirava da una tenda all'altra, cercando di rintracciare gli italiani conosciuti al lager. Chiedeva di Amilcare, di Saronni e di tanti altri compagni con i quali aveva diviso fame e sofferenze nelle prigioni di Milano e di Bolzano, nel campo di Mauthausen e a Linz.

Rispetto ad altri prigionieri colpiti dalla dissenteria, Marco si riprendeva più velocemente.

«Il carbone che il suo amico le ha fatto prendere le ha salvato la vita», aveva spiegato il medico francese.

Una mattina fu svegliato da una fitta lancinante al petto. Il dolore era così forte che per alcuni istanti non riuscì a muoversi e respirò a fatica.

Un'infermiera chiamò il medico che lo visitò accuratamente.

«Potrebbe essere tubercolosi?» chiese Marco pensando di essere stato contagiato da Alcide.

«Lo sapremo presto», disse il medico compilando una serie di moduli. E soggiunse: «La farò trasferire in ambulanza al reparto radiologico dell'ospedale di Linz».

Era l'inizio di giugno. L'estate era esplosa in tutto il suo splendore. A Marco non importava di avere la tisi. Gli era stata restituita la sua dignità di uomo, vedeva i malati assistiti con pietà, scopriva che all'ospedale c'erano letti con lenzuola immacolate, ammirava i fiori nei vasi e poteva aspirarne il profumo, era libero di girare per i corridoi cercando un amico. Non chiedeva niente di più.

Seppe che Alcide Belgrado era ricoverato lì. Lo trovò in fondo a una camerata di quaranta letti. Sembrava un'altra persona.

«Ti stanno rimettendo a nuovo», scherzò Marco.

«Per forza. Mi hanno messo all'ingrasso. Tutti i giorni mi lavano e mi fanno la barba. Ma tu, perché sei qui?» chiese l'amico che stentava a riconoscere in quel bel ragazzo biondo il giovane allampanato e macilento di un mese prima.

«Forse ho la tisi. Come te. Ho fatto le radiografie. Aspetto i risultati», spiegò Marco.

«Spero che tu non abbia niente. In ogni caso, ho saputo che gli americani hanno una medicina che guarisce subito la tubercolosi. Si chiama penicillina. Solo che non è facile averla», spiegò Alcide.

«Per quale motivo?»

«Ne hanno poca anche loro. Così mi hanno spiegato i dottori di questo ospedale.»

«Hai detto che si chiama penicillina? È sicuro che faccia bene?» indagò Marco.

«Così dicono. Dalle lastre risulta che i miei polmoni non sono messi tanto male come quelli di altri ricoverati. Con questo farmaco potrei guarire completamente», disse Alcide

«Allora io te lo troverò», promise Marco.

«Guarda che mi rispediscono in Italia tra meno di una settimana. Ho già ricevuto un telegramma da mia moglie. A proposito, lei e Caterina stanno bene. Mi aspetteranno alla stazione. Non vedo l'ora di riabbracciarle», spiegò, arruffando le parole tanta era la commozione suscitata dalla prospettiva di riunirsi alla famiglia. In quel momento, le sue donne erano più importanti del farmaco miracoloso che poteva guarirlo.

Venne un'infermiera a chiamare Marco.

«Le sue radiografie sono pronte», gli annunciò.

Marco tornò nel reparto di radiologia dove un medico gli consegnò il referto.

«Signor Honneger, lei non ha niente ai polmoni», garantì. «I suoi dolori sono di tipo intercostale. La sua integrità fisica, dopo quello che ha passato, è stupefacente», si complimentò.

Marco lasciò l'ospedale e si fece condurre al quartiere americano. Ricordava il nome del sergente che lo aveva soccorso al lager. Chiese di lui. Lo trovò sotto una tenda adibita a ristoro. Beveva birra e amoreggiava con una bionda ausiliaria. Si chiamava Frank Caruso, era italoamericano. Della lingua dei genitori conosceva soltanto poche frasi di convenienza e molte bestemmie. In compenso, Marco parlava correttamente l'inglese.

«Ciao, Frank», gli disse. «Ti ricordi di me?»

Il sergente non lo riconosceva. Marco era difficilmente assimilabile a quello scheletro che gli era andato incontro al suo arrivo nel lager di Linz.

«Ma certo, amico. Come stai?» mentì il sergente dandogli una pacca sulla spalla.

«Molto meglio di quando mi hai visto la prima volta. Avevi un microfono e una cinepresa e hai insistito perché ti dicessi qualcosa. Ho improvvisato una specie di discorso», puntualizzò Marco.

Il viso del sergente si illuminò.

«Oh, it's you!» esclamò incredulo. Ricordò le brevi, sconvolgenti dichiarazioni del prigioniero italiano, che erano entrate negli archivi della storia a futura memoria dei crimini nazisti. Il filmato era stato proiettato negli Stati Uniti e milioni di persone lo avevano visto. Frank lo scrutò con aria compiaciuta, parlò di lui alla bella ausiliaria e gliela presentò. Infine chiese: «Vuoi sigarette, cioccolata, carne in scatola, Coca-Cola? Dimmi che cosa desideri e te la farò avere.»

«Mi serve la penicillina», disse Marco, mostrandogli la busta dell'ospedale che conteneva le sue radiografie.

«Tubercolosi?» chiese il sergente.

Marco annuì. Se gli avesse detto che era per un compagno di prigionia, probabilmente l'americano gli avrebbe risposto: «Impossibile». Trattandosi dell'ex prigioniero che lui aveva soccorso per primo rispose: «È difficile».

«Lo so. Indicami un modo per averla al più presto.»

«Potrei farti entrare in un ospedale americano», ragionò Frank, mentre pensava a una scorciatoia per aiutare il giovane italiano.

L'ausiliaria che stava con lui sorrise a Marco.

«Sono Kelly Randall», si presentò.

«Sono Marco Honneger», la salutò.

«Forse posso fare qualcosa», disse lei. Era in ottimi rapporti con un maggiore medico.

Marco guardò quell'ausiliaria bella e sana dalle forme piene, dalla pelle rosea, dal portamento disinvolto.

«Sei un angelo, Kelly», si rallegrò il sergente che si sentiva sollevato da un compito impegnativo.

La ragazza si rivolse a Marco: «Ti aspetto questa sera al caffè *Mozart*. Ti offrirò la *linzer torte* e ti dirò se sono riuscita a ottenere quello che ti serve».

Marco tornò all'ospedale da campo. Una crocerossina gli rimediò un vestito decente e qualche dollaro.

Quella sera, al caffè *Mozart*, Marco ricevette una porzione gigantesca di torta al cioccolato, venti flaconi di penicillina e la richiesta scritta da un tenente medico americano per ottenere, in Italia, una quantità di farmaco sufficiente a terminare la cura.

A questo punto, si sentì in dovere di chiarire la situazione con l'efficiente ausiliaria.

«Non sono io il malato», le confessò. «Si tratta di un amico che ha fatto molto per me, nel lager.»

Kelly Randall lo gratificò di un largo sorriso.

«Questa sì che è una bella notizia», esclamò con un senso di sollievo. E soggiunse: «Visto che stai bene, mi sembra inutile perdere tempo in ulteriori convenevoli. Sono sistemata in un piccolo albergo assolutamente delizioso. Credo che potremmo passare una piacevole serata insieme». Lo prese per mano e lo guidò verso l'uscita del caffè.

10

In quei giorni Marco si lasciava vivere consentendo alle circostanze di decidere per lui. Non riusciva ancora a credere di essere sopravvissuto all'inferno del campo di Linz.

Il momento più difficile era il passaggio dalla veglia al sonno. Su quel misterioso confine, i fantasmi del recente passato riaffioravano e lo angosciavano.

Rivedeva le file di prigionieri impiccati, i compagni che crollavano esausti nella neve per non rialzarsi più, il sorriso innocente del piccolo Davide che si stringeva a lui sul fetido carro bestiame che li conduceva a Mauthausen, la giovane donna dagli occhi immensi e tenerissimi che stringeva al seno il suo bambino morto di stenti. Riudiva i lamenti degli uomini torturati. Sentiva ancora sulla pelle le scudisciate, i pugni e i calci che aveva ricevuto. Ricordava con orrore la *stube* dei dissenterici e il giovane accanto al quale aveva dormito tutta una notte senza accorgersi che era morto. Sapeva adesso che, soltanto per un capriccio della sorte, le docce nelle quali era entrato con gli altri prigionieri avevano erogato acqua invece che gas mortali. E sapeva che in quelle stesse docce erano stati asfissiati migliaia di uomini e di donne, di vecchi e di bambini.

Queste immagini, nel buio e nel silenzio delle prime

notti di pace, assumevano una connotazione nuova, più orribile di quella reale.

A quel punto Marco veniva aggredito da un tremito incontrollabile, incominciava a singhiozzare e premeva la bocca contro il cuscino per impedirsi di urlare.

Durante il giorno, invece, si sentiva più sereno. A tratti ritrovava l'allegria di un tempo e le ore che trascorreva in compagnia della giovane ausiliaria americana gli sembravano un dono miracoloso.

«Tra qualche giorno ci trasferiremo a Innsbruck. Ti porterò con me», gli annunciò Kelly. E soggiunse: «Se ti lasciassi qui, ti impantaneresti nel tuo ospedale da campo per altri due mesi».

Diceva la verità. Per quanto desiderasse rivedere la famiglia, Marco non faceva niente per affrettare il suo ritorno. In verità, non riceveva risposte alle numerose lettere che spediva e temeva che i suoi non fossero sopravvissuti alla guerra. Così, continuava a stilare e inviare a Roma brevi messaggi, soffocando l'ansia che nutriva per loro.

Due settimane prima aveva accompagnato Alcide Belgrado alla stazione di Linz. Lo aveva aiutato a salire sul treno ospedale che tornava in Italia. Si era assicurato che le infermiere gli facessero le iniezioni di penicillina e gli aveva consegnato la richiesta ufficiale per ottenere dalla prefettura di Milano le dosi del farmaco.

Intanto continuava a indagare sulla sorte di altri amici. Aveva saputo che Amilcare era ritornato a Roma. Aveva perduto, invece, le tracce di Saronni. Gli dissero che, probabilmente, era stato dislocato in un'altra città della Germania sconfitta.

La sera, prima di raggiungere Kelly al caffè *Mozart*, che era diventato il loro punto d'incontro, si aggirava per le vie di Linz tra macerie, case semidistrutte dove la gente continuava ad abitare, dove gatti e uomini randagi cercavano oggetti e cibo tra i rifiuti. C'erano ragazzine che si prostituivano per una tavoletta di cioccolato o un paio di calze di nylon. Donne e uomini che offrivano sulla via, in cambio di cibo, gli ultimi averi: una caffettiera d'argento, un quadro, un merletto viennese, un violino. Il nazismo divorava se stesso dopo aver seminato morte e terrore. Gli piaceva far l'amore con Kelly, perché in quei momenti dimenticava tutto. La bella ausiliaria, dal piglio deciso e dalla volontà di ferro, era la medicina migliore per ritornare a vivere. Marco se ne rendeva conto e le era grato.

Kelly era fidanzata con Bob Andrew Arlington III, un avvocato di New York che lavorava nel prestigioso studio legale di famiglia. Non era così sicura di volerlo sposare e si era arruolata nell'esercito anche per cercare di capire che cosa desiderasse davvero fare della propria vita. Aveva chiesto di essere destinata in Italia, dov'era stata da bambina. Le piacevano l'Italia e gli italiani. Invece l'avevano spedita in Germania e, adesso, stava cercando di raggiungere Roma. Innsbruck era la prima tappa del viaggio. «Ti ho trovato una macchina. Non puoi viaggiare con me. Ti aspetterò all'Hotel *Drei Löwen*. Da lì passeremo insieme il Brennero e ti porterò a Roma», gli aveva detto.

Gli aveva trovato una Audi-Front del 1934. La carrozzeria era in condizioni deplorevoli ma il motore ruggiva ancora e i pneumatici erano buoni. Marco raccolse cinque ex prigionieri che volevano ritornare con lui e, insieme, partirono accodandosi a una carovana di camion, carrette, sidecar, pullman e un'accozzaglia di mezzi di trasporto di ogni tipo. Per strade dissestate, attraversarono città e paesi distrutti, guadarono corsi d'acqua, aggirarono fiumi dove i ponti erano crollati. Molte strade ferrate erano state bombardate e i binari si avvitavano verso il cielo come immensi cavatappi. Il sole di luglio rischiarava impietoso uno scenario apocalittico che Marco e i compagni osservavano con lo sgomento dei sopravvissuti.

Kelly aveva stipato il baule della macchina con ogni sorta di viveri e Marco, durante le lunghe soste per reperire carburante, distribuiva ai civili affamati scatole di carne, di minestra, di cacao in polvere, di latte condensato.

Quando arrivò a Innsbruck i viveri erano finiti e Kelly Randall alloggiava nel migliore albergo della città. Bob Andrew Arlington III l'aveva raggiunta in aereo dagli Stati Uniti per riportarla a casa.

Il giovane avvocato era il tipico esponente dell'alta borghesia di New York: alto, biondo, determinato e ricco. Con Marco fu ineccepibile sul piano formale. Arrivò al punto di invitarlo a cena. Marco rifiutò cortesemente e Bob, con il pretesto di una telefonata, lasciò soli lui e Kelly al tavolino del caffè sulla piazza d'oro della città, perché si salutassero.

«Mi dispiace, Marco», gli disse la ragazza. «Speravo di venire con te fino a Roma e di starti vicino ancora per qualche mese.»

«Va bene così. Non ti sarò mai abbastanza grato per tutto quello che hai fatto per me», replicò lui. «Un giorno verrò a New York e staremo di nuovo insieme, se lo vorrai ancora», soggiunse.

«Quel giorno sarò la signora Arlington», confessò Kelly, con una smorfia amara.

«Sei davvero sicura di volerlo sposare?» domandò. Non era innamorato di lei, ma le voleva bene e gli dispiaceva che facesse una scelta sbagliata.

«Bob non ti piace. Perché?» domandò lei.

«Non è a me che deve piacere», tagliò corto Marco.

«Ci sono cose che si scelgono e altre che si è costretti a fare. Abbiamo passato giorni bellissimi, insieme. Adesso devo ritornare a casa e sposarmi. È la regola. Bob non è poi così detestabile. Imparerò a essere una signora rispettabile e diventerò una buona madre. Almeno lo spero», dichiarò.

Avrebbe voluto aggiungere che era pronta a buttare all'aria tutti i suoi piani se soltanto avesse avuto la certezza che Marco era innamorato di lei. Ma non voleva metterlo in difficoltà. Né voleva confessargli un altro sospetto che, ormai, era una certezza: Kelly era incinta e

Bob Andrew Arlington non aveva nessuna parte in questa storia. Così gli tese la mano. Marco la baciò.

«Abbi cura di te», le sussurrò.

La ragazza gli rispose con un sorriso dolcissimo.

Marco si rimise in viaggio quella sera stessa, da solo. I suoi compagni si erano accodati ad altre comitive. Quella notte lungo i tornanti delle montagne, un colpo di sonno lo tradì. Fortunatamente, la sua Audi Front andò a sbattere contro un paracarro tanto solido da interromperne la corsa. Uscì frastornato dalla vettura e, al chiarore azzurrino della luna, intravide il burrone nel quale sarebbe precipitato se l'auto non si fosse fermata. Esplose in una risata liberatoria. Sopravvivere ai campi di sterminio nazisti per sfracellarsi in un precipizio sarebbe stato il colmo dell'ironia. La Audi era ormai inutilizzabile. Camion, carri e automobili risalivano lentamente la montagna. Riuscì ad avere un passaggio fino al Brennero. Da lì prese un treno fino a Bolzano. Poi, proseguì verso Roma utilizzando i mezzi più disparati: corriere, treni, pullman, automobili, motociclette, carri di contadini. Ogni notte sostava in una città diversa: Verona, Parma, Modena, Bologna, Firenze. Si presentava ai centri di raccolta dei reduci, allestiti nelle caserme e nelle scuole militari, dove era sicuro di trovare un letto e un pasto caldo.

Aveva lasciato Linz il 2 luglio. Arrivò a Roma diciotto giorni dopo. Uscendo dalla stazione Termini incrociò un vecchio amico: Manfredo Renda. Gli tornò alla mente la festa durante la quale, con lui e gli altri amici, aveva bevuto l'Arzente Borsari e improvvisato filastrocche per deridere il Regime, con tutto quello che ne era seguito. Manfredo era stato mandato al confino e lui era finito in prigione. Adesso lo rivedeva lì, sul marciapiede, davanti alla stazione. Gli sembrò invecchiato e stanco. Ebbe paura di avvicinarlo e di farsi riconoscere. Non avrebbe saputo che cosa dirgli. Così, si allontanò velocemente.

Si avviò lungo la via Nazionale verso il centro. Guardava le macerie che deturpavano la città dove si aggiravano, da padroni, i militari dell'esercito di liberazione. Era sera e c'era molta euforia nell'aria. Esplodevano le risate delle ragazze, gli stornelli dei suonatori ambulanti, lo strombazzare dei clacson. Le strade e le piazze, finalmente illuminate, dopo tanti anni di coprifuoco, erano affollate di persone che si divertivano ai balli improvvisati. Un'allegria che non aveva alcuna parentela con la felicità, ma piuttosto con il bisogno di dimenticare le rovine, le miserie, le ferite di un popolo sconfitto.

Marco non sapeva se i suoi parenti fossero ancora vivi, né se la loro casa avesse resistito ai bombardamenti. Quando individuò la facciata imponente di palazzo Honneger, si fermò a guardarla.

Le finestre del piano nobile erano illuminate. Da dietro le tende si scorgevano ombre che si muovevano.

Cercò di ricordare com'era l'atmosfera della sua casa, gli addobbi, i colori, le voci che gli erano familiari. Sperò di sentire le note del *Chiaro di luna* suonato al pianoforte da sua madre. Ma dall'interno non proveniva nessun suono.

Attraversò il marciapiede. Il portone del palazzo era socchiuso. Spinse la bussola e si trovò nell'atrio. Era deserto. Non c'era neppure il vecchio portiere. Cominciò a salire lo scalone, un gradino dopo l'altro, lentamente, come se stesse entrando in una casa estranea, forse ostile. Suonò e, un attimo dopo, la porta si spalancò. Sulla soglia c'era sua madre. Era invecchiata. Gli occhi segnati da occhiaie profonde. Lo guardò smarrita, come se stentasse a riconoscerlo.

«Mamma», disse infine Marco.

Lei spalancò le braccia per accoglierlo. Non riuscì a pronunciare neppure una parola. Stettero così, sulla soglia, avvinghiati l'uno all'altra.

11

«BENTORNATO, figliolo», disse suo padre. Era comparso nell'atrio, alle spalle della moglie. Marco non lo ricordava tanto vecchio.

«Sono a casa, papà», mormorò. Poi, tutto quello che seppe fare fu tendergli la mano che l'uomo strinse con calore.

«Ti aspettavamo», soggiunse sua madre. «Abbiamo ricevuto le tue lettere una settimana fa. Prima d'allora non sapevamo che fossi vivo. Abbiamo perso le tue tracce a Bolzano, nel novembre dell'anno scorso.»

Fecero la loro timida comparsa i domestici di casa: Esterina, la cameriera di sua madre, Ennio, il cameriere di suo padre, Zita, la governante, e Giovanni, l'uomo tuttofare. Marco li salutò a uno a uno, abbracciandoli. Loro piangevano e lui era commosso. «Celeste, dov'è?» chiese, infine, quasi esitando nel timore di sentirsi dare una cattiva notizia.

«Tua sorella sta bene. Poi ti dirò», tagliò corto sua madre, sospingendolo verso il salotto.

Dalla sala da pranzo veniva un rumore di stoviglie: Ennio stava preparando la tavola per la cena.

«Non vuoi farti un bagno? Troverai degli abiti puliti, in guardaroba», suggerì la donna.

Avevano troppe cose da raccontarsi e nessuno di loro sapeva da che parte incominciare.

Quando entrò nella sala da pranzo, Marco avvertì un senso di stanchezza, di solitudine, di smarrimento. Quel grande palazzo nel quale era cresciuto, dove avevano abitato i bisnonni e i nonni, non aveva più nulla del suo splendore. I tendaggi erano rattoppati, le tappezzerie avevano bisogno di essere ripulite, i pavimenti di legno scricchiolavano a ogni passo. Arazzi, tappeti, argenti, persino il Beckstein di sua madre erano spariti. Su quella casa che ricordava animata da voci gioiose, da conversazioni erudite o frivole, da un andirivieni di ospiti, sembrava fosse calato il sipario a segnare la fine di una rappresentazione. Forse ne sarebbe iniziata un'altra, completamente nuova. Ma nel frattempo il silenzio segnava il tempo dell'attesa.

I domestici servivano lasagne al forno in piatti di fine porcellana mentre i commensali, tre in tutto, sostenevano una stentata conversazione.

«Celeste questa sera pranza fuori», disse sua madre, per spezzare il silenzio.

«Ha un fidanzato», soggiunse suo padre. «È americano. Si chiama Peter qualcosa. Non riesco mai a ricordare il suo cognome.»

«Lawson. Peter Lawson», intervenne sua madre. «È una specie di attore. Pare che organizzi spettacoli per l'esercito. Cose da clown, insomma.»

«È un fidanzato o soltanto una specie di fidanzato?» domandò Marco. Pensò a Kelly Randall. Anche lei era stata una specie di fidanzata. Ma, chissà come, gli sembrava che sua sorella non potesse essere sfiorata da simili esperienze.

«Questo devi chiederlo a lei. So che lui sta brigando per portarla con sé negli Stati Uniti, in un paese di cartapesta che si chiama Hollywood», rispose suo padre.

«La lascerete partire?» s'informò. Non gli sembrava un'idea così riprovevole. C'erano cose peggiori, nella vita, e lui lo sapeva bene. Si rendeva conto, però, che i suoi genitori insistevano tanto su quell'argomento perché non avevano il coraggio di fargli domande.

«Ti abbiamo mai impedito di fare quello che volevi?» domandò la madre e, nelle sue parole, era implicito un rimprovero a lungo taciuto. Lei lo aveva allontanato da Roma perché raggiungesse la Svizzera. Lui, invece, si era fermato a Milano per entrare nella Resistenza.

«Immagino che tu abbia passato dei brutti momenti», osservò infine suo padre.

In tavola vennero servite meringhe con crema calda al cioccolato.

«È stata un'esperienza indescrivibile», fu tutto quello che riuscì a dire. «Ma se alla fine mi ritrovo qui, con voi, e ho nel piatto meringhe come queste, allora bisogna cercare di dimenticare», soggiunse. Per la prima volta il suo non fu un sorriso forzato. E mentre portava alle labbra l'ultima meringa, fu colto da un colpo di sonno che durò pochi istanti.

«La sindrome degli Honneger», constatò la donna. «Da dove vi verrà questa capacità di addormentarvi, da un istante all'altro, nei momenti più impensati?» domandò rivolgendosi al marito.

Marco colse a pretesto la stanchezza per ritirarsi al piano superiore, nel suo appartamento.

S'infilò nel letto, fece del suo meglio per non lasciarsi assalire dai ricordi. Sul tavolino da notte c'era ancora il libro che aveva lasciato a metà quand'era scappato da Roma: *L'urbanistica nel periodo romano*.

Lo aprì alla pagina in cui, l'ultima volta, aveva inserito il segnalibro. «Le fondamenta», lesse, «venivano costruite secondo regole sperimentate nei decenni. Il muro di fondazione doveva avere uno spessore di una volta e mezzo il muro sovrastante e anche superiore se il muro era destinato a sostenere pesi eccezionali.»

Richiuse il ponderoso volume. Quelle nozioni che un tempo lo interessavano, avevano perso qualsiasi significato. Il presente gli causava un senso di vertigine e il futuro lo spaventava.

Stava spegnendo la luce quando Celeste fece irruzione nella sua stanza.

«Ciao, fratellone», esordì, fiondandosi sul suo letto e abbracciandolo.

«Ciao, sorellina», replicò, tentando di contenere il suo slancio.

«Sei cambiato», disse lei, dopo averlo scrutato attentamente.

«Sei cresciuta», constatò lui, notando il trucco accurato, la pettinatura studiata, l'abito di seta verde brillante che faceva risaltare il corpo di donna.

«Due mesi fa abbiamo saputo che eri stato nel lager di Linz. È venuto a dircelo il professor Granelli», lo informò Celeste.

«Amilcare si è ricordato di me», si stupì Marco. Si era convinto che lo avesse dimenticato.

«Credevo si chiamasse Alessandro», notò la ragazza.

«Amilcare era il suo nome da combattente», spiegò.

«Adesso Granelli sta facendo politica. Mamma dice che ha il carisma di un capo», proseguì Celeste. E soggiunse: «A quel punto abbiamo ricominciato a sperare nel tuo ritorno. Ai primi di maggio Marta ci è piombata in casa in preda alla disperazione. Il 25 aprile, i partigiani dell'ultima ora avevano ammazzato suo marito. Volevano metterla alla gogna come amica dei tedeschi. Per fortuna gli amici della Resistenza hanno chiarito il suo ruolo. Lei ci ha raccontato che in dicembre eri ancora nel carcere di Bolzano. Da quel momento aveva perduto le tue tracce.»

Celeste avrebbe voluto raccontare il loro calvario, simile a quello di tanti altri che, per tanto tempo, non avevano più avuto notizie dei loro cari. Ma il fratello non aveva nessuna voglia di sapere, né di rievocare i mesi di prigionia.

«Come sta Marta?» chiese.

«È a Capri. Sta malissimo. Lei amava molto suo marito. Dovresti telefonarle, andarla a trovare. Un po' di mare ti farebbe bene. Sei pallido come uno straccio lavato», osservò.

Si era acciambellata ai piedi del suo letto e gli riversava addosso un torrente di parole. Poi, all'improvviso, scoppiò in lacrime:

«Che cosa ti hanno fatto?» gli chiese.

«Di tutto. E anche di più», rispose Marco, in un sussurro. «E a voi, che cosa hanno fatto?» si decise a domandare.

«Di tutto. E anche di più», rispose Celeste, piangendo convulsamente.

«Racconta», l'esortò. «Mamma e papà non hanno fiatato.»

«Quando sei scappato, i fascisti sono venuti a cercarti. Ci hanno portato via le cose più belle. Hanno dato fuoco ai nostri arazzi. Il Beckstein di mamma è volato in cortile. Hanno distrutto i nostri laboratori e...», disse tra i singhiozzi.

«E che altro?» insistette Marco.

«Hanno violentato la mamma. E anche me», confessò sottovoce, abbassando gli occhi per non vedere la reazione del fratello.

Fu come se una lama di ghiaccio gli avesse lacerato il petto. Improvvisamente non ci fu più nulla da dire.

Celeste si asciugò le lacrime con il dorso della mano. Scivolò giù dal letto e, a capo chino, si avviò verso la porta.

Suo fratello la raggiunse, infilandosi velocemente una veste da camera sopra il pigiama.

«Andiamo giù in cortile», le disse, prendendola per mano. «Fa così caldo qui dentro.»

Percorsero l'acciottolato e andarono a sedersi ai piedi della fontana da cui zampillavano miseri rivoli d'acqua dentro una vasca dove sedimentava un muschio verdastro.

La falce di luna calante scintillava tra pallide stelle. Fuori del palazzo la notte era animata da voci e canti. Celeste aprì la borsetta, prese una Camel e se la portò alle labbra.

«Fumi?» chiese Marco, stupito.

«Fumo», ripeté lei, senza espressione. Nella mano, dalle unghie laccate color vermiglio, spuntò un Dunhill d'oro. Fece scattare una fiammella, l'accostò alla sigaretta e l'accese, tirando una lunga boccata.

«Ne verrai fuori», commentò Marco.

«Da che cosa? Dal fumo o dallo stupro?» replicò la ragazza.

«Da tutto», disse Marco, con convinzione.

«Tu credi di venirne fuori?» chiese Celeste.

«Mi sono salvato dai tedeschi perché volevo vivere. Penso di continuare a volerlo.»

«Marco, voglio andarmene da qui. Non posso più vivere a Roma, né in questa casa. Non voglio più vedere gli amici di una volta. Voglio andare in un posto dove non ci sia più niente che mi ricordi il passato», confessò Celeste.

«Hollywood?» chiese Marco.

«Almeno questo te l'hanno detto», disse Celeste. «Sì, vado a Hollywood. Gli alleati hanno bombardato le seterie di Como. Non abbiamo più niente. Papà ha venduto le terre e la villa in Brianza. Mamma ha venduto la casa di Fregene e tutto il resto», lo informò.

«Lui, Peter Lawson, che tipo è?» domandò il fratello.

«Uno che riesce a farmi sorridere. E non è poco, credimi», disse Celeste. E soggiunse: «Tu, che cosa farai?»

«Me ne andrò anch'io. Sto pensando che dovrei finire architettura. E poi troverò un lavoro. Voglio vivere a Milano. Ho degli amici, lassù. Mi aiuteranno a sistemarmi.»

Celeste buttò la sigaretta nella fontana. Si accostò a Marco e lo abbracciò.

«Ti auguro di essere felice, fratellone», sussurrò.

«Farò del mio meglio. Te lo giuro. Mi scriverai, da Hollywood?» le chiese.

«Ti inviterò in America. Peter ha una casa immensa. Dice che apparteneva a Mary Pickford. Conoscerò un sacco di stelle del cinema e passerò da una festa all'altra, fino a stordirmi.»

«Mi sembra un buon programma. E adesso, sorellina, andiamo a dormire.»

Mentre attraversavano il cortile, a una finestra del primo piano videro affacciarsi la madre. Li guardava smarrita. Non riusciva a immaginare il futuro dei suoi ragazzi e tremava per loro.

12

FURONO tempi difficili. Mentre l'Italia cercava faticosamente un nuovo assetto economico e politico, Marco Honneger recuperava le energie e si sforzava di dimenticare il passato con un attivismo frenetico che non gli lasciava tempo per indugiare sui ricordi. Si era trasferito a Milano dove frequentava la facoltà di architettura. Superava brillantemente, uno dopo l'altro, tutti gli esami. Aveva pochi soldi, ma sapeva farseli bastare. Marta lo aveva accolto in casa sua e, ora, lo trattava come un figlio. Entrambi avevano rimosso la parentesi appassionata di una lontana notte di guerra. Lei si preoccupava di invitare gli amici più in vista per consentire al giovane di riallacciare i rapporti bruscamente interrotti. «Milano è tutta da rifare», diceva Marta. «In questa città puoi avere un futuro interessante.»

Marco vedeva sorgere orribili case che non tenevano in nessun conto le esigenze estetiche e urbanistiche, né i legami con la tradizione. Le aree verdi venivano eliminate e l'asfalto soffocava alberi e aiuole. Ripescava nei ricordi della sua adolescenza l'immagine di una città operosa e gaia. Era la Milano dei fontanili, delle vecchie botteghe con le insegne in caratteri liberty, dei terrazzi e dei giardini pensili, dei palazzi patrizi, delle case di ringhiera nei quartieri popolari.

Prima della guerra, nelle crepe dei muri antichi spuntavano ciuffi d'erba fiorita. I davanzali e i piccoli balconi che si affacciavano sui vicoli, in estate si coloravano di gerani rosso lacca, di pallida salvia, di rigoglioso basilico. Nei cortili interni, le ringhiere dei balconi erano avvolte dall'edera e dal glicine. A maggio, i tigli che fiancheggiavano i viali profumavano l'aria, in autunno i solenni ippocastani seminavano il terreno di ricci verdeggianti. Nelle strade defluiva l'odore dell'olio rosso, usato per lucidare i legni dei portali, del Sidol che faceva brillare gli ottoni. Dalle botteghe si diffondevano gli aromi del caffè tostato e delle spezie, il profumo del pane che cuoceva nei forni a legna, della canapa e dell'appretto delle stirerie, l'odore pungente del mosto delle mescite di vini e quello del mastice delle botteghe di ciabattino. La guerra aveva aperto squarci tra le mura aristocratiche come tra quelle proletarie e, via via che le ruspe facevano sparire le macerie, si scavavano fondamenta per innalzare edifici che rispondevano soltanto a criteri speculativi.

«Non farò mai l'architetto», decise Marco. «Dovrei misurarmi con gente che ha come unico obiettivo il guadagno. Non riuscirei mai a impormi e sarei sconfitto prima ancora di incominciare.»

Marta capiva il punto di vista del giovane, ma si chiedeva come potesse porre rimedio al grave dissesto finanziario degli Honneger.

«Ho degli amici che si occupano di urbanistica. Elabora dei progetti. Se saranno validi, e lo saranno, loro ti appoggeranno», propose lei.

«La mia strada è un'altra. Voglio rimettere in sesto le arazzerie di famiglia e le seterie di mia madre», spiegò.

«Con quali mezzi?» chiese Marta, preoccupata.

«Le tessiture Honneger hanno un valore storico e culturale. Artisti insigni hanno profuso il loro talento per disegnarle», disse Marco.

Non c'era casa patrizia che non ostentasse almeno un grande arazzo firmato da Giovanni Honneger. Marco ricordava quando D'Annunzio aveva commissionato un piccolo arazzo di soggetto mistico. I tessitori vi profusero fili di seta d'oro e d'argento e mesi di estenuante lavoro. Il poeta lo descrisse in una delle sue opere: «Un piccolo arazzo fiammingo, finissimo, intessuto d'oro di Cipro, raffigurante un'annunciazione...» Al momento, purtroppo, non c'era denaro neppure per comperare i fili. Quanto alle seterie di Como, soltanto un'ala dell'edificio non era stata colpita dalle bombe e vi lavorava una decina di operai. Il resto del complesso era un ammasso di macerie.

Il padre di Marco era precipitato in una sorta di abulia e non faceva niente per reagire. La madre gli inviava messaggi pieni di tristezza, supplicandolo di prendersi cura delle sorti della famiglia.

«Intendo ottenere fondi stanziati dagli americani con il piano Marshall. Mi premono soprattutto le seterie. Ho sondato il mercato e ho capito che, dopo tanta autarchia, anche in Italia c'è una gran voglia di tornare ad avere i tessuti belli. Dalla Francia piovono ordini come ai bei tempi, ma non abbiamo denaro da investire e stiamo lasciando il terreno libero alla concorrenza. Devo darmi da fare, Marta. Mi aiuterai?»

«Come posso esserti utile?» indagò Marta.

«Tu conosci molti giornalisti e potresti indurli a far riscoprire, attraverso i periodici femminili, la bellezza della seta. Mamma, con le sue conoscenze nel mondo della politica, mi aiuterà a ottenere denaro per produrla», dichiarò.

In quel periodo ritrovò un'ex compagna della Resistenza. Era una giovane disegnatrice che, come lui, aveva usato il suo talento per falsificare i documenti.

Fu la sua prima collaboratrice.

«Ti pagherò poco e non sempre. In cambio, dovrai scatenare la tua fantasia e inventare disegni da capogiro per le sete stampate. Un giorno diventeremo ricchi e avrai una percentuale sul venduto», propose. Lei gli credette e accettò con entusiasmo.

Poi, si mise in contatto con sua sorella che viveva ormai da due anni a Los Angeles.

«Verrò a trovarti», le disse. «Spianami il terreno. Ho un obiettivo: fare in modo che le donne americane vestano seta italiana; quella che produrrò io, naturalmente.»

«Il mondo del cinema non è ancora ai miei piedi», scherzò. «Però conosco i sarti più importanti. I loro abiti saranno confezionati esclusivamente con i tuoi tessuti, te lo prometto. Ma non dimenticare i nostri vecchi broccati per l'arredamento. Qui amano molto il nostro Rinascimento. Farò in modo che le case delle *star* più famose ridondino di arazzi e broccati Honneger», dichiarò Celeste.

Marco prese a fare la spola tra Los Angeles, Roma e Parigi. Incominciò a stipulare contratti. Ricostruì gli stabilimenti di Como, progettando lui stesso il nuovo complesso. Rimise in funzione le tessiture romane ripescando i vecchi disegni. Con il denaro del piano Marshall acquistò nuovi telai, pagò stipendi, comperò filati. Viveva un'esistenza frenetica. I soldi non bastavano mai, ma era sostenuto dalla certezza che i risultati sarebbero presto arrivati.

Suo padre si era isolato in una piccola casa ad Ansedonia. Sua madre ricorreva a mille espedienti per non lasciar cadere nell'abbandono il palazzo romano. Si era ritirata nell'attico, che era immenso e bellissimo, affittando le sale sottostanti per banchetti, ricevimenti, sfilate di moda.

«Io credo che dovremmo disfarci di questo palazzo», disse un giorno al figlio.

«È tutto quello che ci rimane. È la casa dove sono nati e cresciuti tutti gli Honneger. Venderlo sembra un sacrilegio», protestò lui.

La donna sorrise: «C'è un antico proverbio Ashanti che dice pressappoco così: se per avere successo devi vendere tua madre, fallo. Potrai sempre ricomperarla quando avrai avuto successo».

«Dimmi se hai avuto un'offerta. E da chi», le domandò.

«Una banca. Vogliono palazzo Honneger a qualsiasi prezzo», rivelò lei.

Marco si prese qualche tempo per riflettere. Doveva pagare i nuovi stabilimenti di Como e acquistare telai meccanici moderni. Gli serviva denaro fresco.

«Vendiamo il palazzo tranne l'attico», comunicò a sua madre. La banca accettò. Da quel momento i grossi investimenti incominciarono a produrre risultati.

Marco, a volte, si concedeva brevi pause distensive frequentando le sfilate di moda. Gli piaceva vedere la trasformazione di chilometri di tessuti, prodotti da lui, in abiti indossati da graziose mannequin. Spesso, apprezzava le mannequin più degli abiti che portavano. Una di queste, in particolare, lo colpì. Non soltanto perché era bella, ma perché aveva classe. Non era disinvolta come le altre. Esibiva una faccia acqua e sapone e percorreva la passerella con un abito da sera verde smeraldo che dava risalto ai grandi occhi chiari e alla capigliatura fiammeggiante. Le sorrise e lei abbassò lo sguardo, imbarazzata. Al termine della sfilata, Marco si affrettò a raggiungere i camerini per congratularsi con la grande sarta che aveva firmato la collezione. Lei lo accolse abbracciandolo.

«Caro, è anche merito tuo. Le tue sete sono le più sfavillanti, in assoluto.»

«Mi presenti quella ragazza che indossava l'abito verde?» le chiese.

«Mi dispiace, se n'è già andata. E comunque, con lei cadresti male. Non è una mannequin, è una dilettante. Ha partecipato alla mia sfilata per divertirsi e perché le ho promesso l'abito in regalo, per la sua festa di fidanzamento», lo informò la donna.

«Posso sapere chi è?» insistette Marco.

«Francesca Damiani. È la figlia del generale, medaglia d'oro della Resistenza. Sposerà il figlio del generale Ricci. È laureata in Lettere e insegna alla scuola media di via Rossari. Adesso sai tutto e sai anche che devi scordartela.»

Quella sera, rincasando, interrogò Marta.

«Conosci il generale Damiani?» le chiese.

«Vorresti proporgli una fornitura di tessuti per le divise militari?» scherzò l'amica.

«Vorrei conoscere sua figlia Francesca. Presentamela, per favore», chiese lui.

Marta li presentò nel corso di una cena e fu amore a prima vista.

Oggi

1

Era incominciato il periodo delle ferie. Negli ospedali, il numero dei medici e degli operatori sanitari si riduceva e a quelli che restavano venivano imposti turni supplementari.

All'infermiere Grigorj Ulianov fu assegnato un turno doppio: nel reparto di cardiologia e in quello di ortopedia. Proprio in questo settore, mentre stava ultimando il giro dei degenti, pensava alle vacanze che, in settembre, avrebbe trascorso con Stanis nella casa di Caterina a Merano. C'erano già stati altre volte e si erano sempre divertiti. Partivano all'alba per fare escursioni sulle montagne e lungo le valli del Sud Tirolo. Lui e il suo compagno erano ottimi marciatori. Camminavano per ore inerpicandosi per i boschi di larici, individuando le macchie di abeti neri e rossi, cercando nel sottobosco il timo odoroso, il crescione selvatico, l'arnica «miracolosa», spingendosi fino alle malghe più elevate dove i contadini portavano le vacche all'alpeggio e offrivano ai turisti polenta e formaggio fresco, grandi porzioni di *Kaiserschmarrn* con mirtilli rossi, speck sottilmente affettato con cetrioli, rafano e succo di mele.

Camminando con l'andatura cadenzata di chi conosce la montagna, Stanis e Grigorj parlavano senza sosta. Da quelle vacanze spartane tornavano entrambi ritemprati e più che mai innamorati.

Grigorj stava contando mentalmente i giorni che lo separavano dall'inizio della vacanza. Nei giorni precedenti, aveva sostenuto un esame ottenendo un voto eccellente.

Si accostò al letto del giovane aggressore di Caterina e, dalla pediera, staccò la cartella che riportava le sue generalità e i dati clinici.

Lesse il nome: Giacomo Meregalli, anni ventidue. La temperatura, negli ultimi giorni, era scesa a valori normali. La pressione arteriosa era perfetta.

«Così ti chiami Giacomo. Io sono Grigorj», disse chinandosi su di lui e scrutandolo con curiosità. Gli avevano tagliato i capelli e il viso del ragazzo, nonostante la sofferenza, aveva perduto il colore verdastro di chi fa abitualmente uso di droghe. Anche il fegato, evidentemente, si stava disintossicando. Due occhi scuri, grandi, limpidi, lo fissarono, impauriti.

«Non ti farò del male», lo rassicurò. E soggiunse: «Sono qui per prendermi cura di te».

Giacomo annuì abbassando le palpebre. Grigorj scostò il lenzuolo, individuò un punto nella coscia, lo massaggiò con un batuffolo intriso di disinfettante e gli praticò un'iniezione.

«Questa allevierà un po' il dolore», gli spiegò, sorridendogli con aria benevola. Giacomo tornò ad annuire. Dal collega, da cui aveva ricevuto le consegne, Grigorj aveva saputo che il ragazzo era un paziente esemplare. Non si lamentava mai e si lasciava curare senza fare difficoltà.

«Le fratture si stanno saldando bene e ti stai disintossicando. Come ti senti?» lo interrogò.

Il giovane gli dedicò un'occhiata intensa e sofferta.

«Male», bisbigliò infine. «Però ci sono stati momenti in cui sono stato peggio», sussurrò.

«Quando starai meglio, magari riusciremo a fare quattro chiacchiere», promise l'infermiere. Poi, si allontanò.

Era iniziato l'orario delle visite dei parenti. Grigorj si diresse verso la sala medica.

C'era una giovane donna, accanto alla soglia, che sembrava stesse aspettando qualcuno. Era graziosa, minuta, vestita con sobrietà e buon gusto. L'infermiere notò che portava al polso un Rolex d'oro e al dito mignolo brillava un diamante.

«Mi scusi», disse la donna, vedendolo. «Sa quando riceve il medico del reparto?»

Parlava con voce esile, quasi sussurrando.

«Il mattino, dalle undici a mezzogiorno», spiegò il russo. «Guardi, è scritto lì, sul cartello.»

«Lo so. Ma quando l'ho cercato per parlargli mi hanno detto che era ancora in sala operatoria. Ho aspettato un bel po'. Poi, mi hanno detto che se n'era già andato», si lamentò.

«Posso esserle utile?» si offrì l'infermiere.

«Volevo notizie di mio figlio.»

«Mi dispiace. Noi infermieri non possiamo fornire informazioni ai parenti. Deve avere pazienza e aspettare», si scusò Grigorj.

«La prego», insistette lei. «Mio figlio occupa il letto quarantadue. Si chiama Giacomo Meregalli.»

Lui le sorrise.

«Farò un'eccezione per lei. Conosco suo figlio. Mi segua», disse, precedendola in sala medica. Si accostò a un classificatore metallico dov'erano inscritte le cartelle dei pazienti. Estrasse quella del ragazzo. La aprì, la scorse velocemente.

«Lei è molto giovane per avere un figlio di ventidue anni», notò.

«Avevo diciott'anni quand'è nato Giacomo. Il suo concepimento è stato un incidente di percorso, ma poi sono stata felice di averlo. Era un bambino meraviglioso. Crescendo, rivelava un'intelligenza e una capacità di apprendimento straordinarie. Aveva un'indole dolce. Poi... poi è cambiato», concluse dolorosamente.

Grigorj si rese conto che la donna aveva bisogno di

sfogarsi più che di sapere i particolari sullo stato di salute del figlio.

«È una storia che si ripete uguale ogni giorno, in ogni parte del mondo. L'adolescenza difficile, le compagnie sbagliate, l'abbandono della scuola e quello che segue», disse l'infermiere, guardandola con comprensione.

«Proprio così. Quando Giacomo ha incominciato ad avere dei problemi aveva quattordici anni. Ho incolpato mio marito che ci aveva lasciati per farsi un'altra famiglia. In seguito, mi sono detta che i figli dei divorziati sono tanti, ma non tutti sbandano come ha fatto lui. È stato un calvario. Stamattina la polizia mi ha avvertito che era in ospedale. Mancava da casa da due mesi. Poco fa l'ho visto. Mi ha guardata e si è messo a piangere. Mi ha ricordato il bambino meraviglioso che era. Mi ha chiesto di stargli vicino.»

«Le farò avere un permesso perché possa stare accanto a lui per tutto il tempo che desidera», promise Grigorj. E soggiunse: «Forse suo figlio sta incominciando a crescere. Adesso ha bisogno di tutto il suo aiuto, signora».

Era un congedo. La donna uscì dalla sala medica e l'infermiere riprese il suo giro nelle corsie.

Quando venne un collega a dargli il cambio, lasciò il reparto di ortopedia e andò in cardiologia. Era felice perché sperava che l'aggressore di Caterina riuscisse a cambiare vita. Il destino, in qualche modo, si era servito di lui per riallacciare il rapporto tra madre e figlio.

Ragionava su questa vicenda quando si imbatté nella piccola Valeria. Era su una sedia a rotelle, davanti all'ingresso del reparto.

«Ciao, piccolina», la salutò Grigorj. «Che cos'è questa novità? Perché non sei a letto?»

«Non potevo aspettare che tu facessi il giro», disse Valeria tendendogli le braccia perché lui la sollevasse. «Dovevo parlarti prima che qualcun altro ti informasse», disse, respirando affannosamente.

«Che cosa succede?» domandò lui mentre, con la piccola tra le braccia, si avviava verso la corsia.

«La prossima settimana mi operano. Mi mettono quattro piccoli tubicini qui», spiegò, indicando il petto scarno. «E dopo starò bene. Potrò venire a trovarti camminando sulle mie gambe.» Stava male, eppure sprizzava felicità.

«Questa è davvero una notizia straordinaria», convenne Grigorj, mentre l'adagiava sul letto.

«Pensa, potrò finalmente correre e saltare, andare a scuola e in vacanza. Potrò andare sulle giostre e al cinema. Potrò fare tutto, ma proprio tutto, Grigorj.»

«Adesso calmati, Valeria. Se ti agiti, avrai una crisi», l'ammonì.

«Voglio solamente sapere una cosa. Quando non ne avrò più bisogno, mi prenderai in braccio ugualmente, vero? Prometti?» supplicò la bambina.

«Prometto», rispose solennemente l'infermiere, portandosi una mano al petto.

«Stanis mi ha detto che tu non sarai nel reparto di terapia intensiva, dove mi metteranno dopo l'operazione. Questo mi dispiace», si lamentò.

«Ma verrò a trovarti. E prima che tu lasci l'ospedale, organizzerò una festa per te. Anche questa è una promessa», garantì l'infermiere e aggiunse: «Adesso riposati. Devo prendere le consegne e incominciare il mio turno. Ci vediamo dopo», la salutò con un sorriso. Tornò sui suoi passi ed entrò nella saletta del personale. Prese dal frigorifero una coppetta di macedonia di frutta e la divorò in pochi minuti. Poi, entrò nello studio medico. Lo aspettavano ancora parecchie ore di lavoro. Ma quel giorno era così appagato da non avvertire il minimo segno di stanchezza. Stanis sedeva alla scrivania, consultava una cartella clinica, e rispose al saluto del compagno con un'espressione preoccupata.

«Qualcosa non va, dottore?» domandò Grigorj.

«Infatti», disse chiudendo la cartella con un gesto secco.

«Posso sapere di che cosa si tratta?» indagò Grigorj, e

subito il pensiero corse alla piccola Valeria. Temeva di sentirsi dare una brutta notizia.

«Mia madre», rispose il medico.

«Qual è il problema?» domandò Grigorj, facendosi attento.

«Guarda tu stesso», disse il medico allungandogli la cartella che conteneva i risultati di una serie di analisi di laboratorio.

L'infermiere lesse i dati e annuì.

«Bisogna fare un'indagine più approfondita», concluse restituendo il fascicolo a Stanis.

«Sarà difficile che venga in ospedale per ulteriori accertamenti», osservò.

«Le hai detto che i suoi esami sono sballati?»

«Non ancora. Comunque, sembra che non gliene importi niente della sua salute. Che cosa posso fare per aiutarla?»

L'amico lo guardò negli occhi per qualche istante e, infine, disse:

«Forse Caterina non ha più molto interesse per la vita».

«Da che cosa lo deduci?» si adombrò Stanis.

«È una sensazione. Spero di sbagliarmi», concluse il russo, pensoso.

2

La dottoressa Diana Laperla, nel suo studio in corso di Porta Romana, ascoltava il racconto di un paziente, un bell'uomo sulla cinquantina.

«Fino a quando la mia piccola azienda produceva ricchezza, mia moglie era la migliore delle compagne. Quando la crisi economica mi ha costretto a chiudere, lei ha reagito male e si è trasformata in una nemica.»

Diana ascoltava e annuiva, lasciando che l'uomo parlasse a ruota libera. «È diventata una persona diversa. Non è più la donna che ho sposato vent'anni fa. Io la desidero e lei mi risponde con parole di scherno. Ieri era l'anniversario del nostro matrimonio. Le ho regalato un gioiello. Lo ha rifiutato. Non ce la faccio più a vivere con lei, ma non ho neppure la forza di lasciarla.»

«Sua moglie le invia dei messaggi che richiedono una risposta precisa», osservò.

«Ma quale? Io credo di aver esaurito tutte le mie risorse. Per venticinque anni, da quando mi sono laureato, mi sono occupato della ditta di fuochi artificiali. Le assicuro che questa attività mi ha consentito di realizzare guadagni eccellenti. Andava tutto talmente bene che non ho saputo prevedere né la concorrenza cinese, né la recessione economica. Tuttavia, ho accumulato abbastanza denaro per continuare a vivere dignitosamente fino a cent'anni. Eppure, mia moglie mi guarda come se fossi un fallito. Perché?» la interrogò con accento angosciato.

Diana consultò il piccolo orologio sulla scrivania. Quel giorno, sembrava che il tempo non passasse. Era stanca e inquieta, senza una ragione precisa. Avvertiva una sorta di malessere che attribuiva, in parte, alla mancanza di Piergiorgio. Lo aveva liquidato bruscamente e adesso sentiva dolorosamente la sua assenza. Sapeva che le sarebbero occorsi giorni, settimane forse, per ristabilire l'equilibrio perduto. Nel frattempo, aveva attuato la strategia più semplice per evitare di incontrarlo. Sapendo suo padre al sicuro in casa di Leda, non era più ritornata nell'appartamento di corso Vercelli e si era insediata nel suo studio.

«Dottoressa, mi segue?» la interrogò il paziente.

«Certamente», disse Diana, riprendendo il filo del discorso. «Sua moglie ha sposato un uomo di successo, un imprenditore che lavorava dodici ore al giorno, un uomo del quale vantarsi con le amiche. Adesso, lei ha cambiato vita. A sua moglie, evidentemente, la cosa non piace.»

«Questo significa che non mi ha sposato perché era innamorata di me, ma per quello che rappresentavo», cavillò l'uomo.

«Se sua moglie, invece di essere un brillante procuratore legale, fosse stata una semplice casalinga, lei avrebbe ugualmente subito il suo fascino?» domandò Diana, invitandolo a riflettere.

«Non lo so», replicò lui, pensoso. «Mi sono sempre piaciute le donne dinamiche, ma credo che l'avrei amata anche se non si fosse realizzata professionalmente.»

Diana percepì il richiamo dell'interfono. Abitualmente la segretaria non la disturbava durante le sedute.

«Che cosa c'è?» chiese alzando il ricevitore.

«Una donna vuole vederla. Non ha appuntamento e si è rifiutata di dirmi il suo nome. Sembra disperata. Cosa devo fare, dottoressa?» domandò la collaboratrice.

«La intrattenga fino al termine della seduta», rispose Diana. Quando il paziente lasciò lo studio, Diana andò in salotto. Una donna sedeva su un piccolo *pouf*, davanti al balcone, dandole le spalle. Diana la riconobbe immediatamente.

«Cecilia», la chiamò.

Lei si alzò di scatto e la guardò smarrita. «Perché?» chiese con un filo di voce.

Con un gesto, Diana le indicò una poltrona. Sedette di fronte a lei.

Cecilia era una biondina dai capelli sottili, l'aria smunta. Il viso aveva lineamenti gentili, il corpo giovane, esile e ben modellato.

«Che cosa le ho fatto di male?» sussurrò.

«Sono io che ho fatto del male a te. Ti chiedo scusa. Ma ho riparato. Almeno lo spero», mormorò Diana.

«A giudicare dal comportamento di Piergiorgio, non è affatto così», ribatté lei.

«Non so che cosa tuo marito ti abbia detto. Per quanto mi riguarda, ho dato un taglio netto e definitivo al mio rapporto con lui.»

«Piergiorgio mi ha lasciata. Non m'importava che voi due foste amanti, fintanto che stavamo insieme. L'altro giorno mi ha aggredita addossandomi la colpa della vostra separazione. Mi ha insultata e picchiata. Poi ha fatto la valigia ed è andato via», disse, esplodendo in un pianto disperato.

Cecilia era una ragazza semplice. Da anni faceva la commessa in un negozio di calzature. Quando aveva conosciuto Piergiorgio e lui le aveva chiesto di sposarla, a lei era sembrato di toccare il cielo con un dito, perché era bello, intelligente e, soprattutto, era uno studente universitario. Quel matrimonio l'avrebbe innalzata sulla scala dei valori sociali.

Aveva continuato a lavorare per mantenerlo agli studi. Quando Piergiorgio si era laureato, lei si era sentita felice e orgogliosa di lui.

Tutto quello che Piergiorgio diceva o faceva le sembrava giusto e intelligente. Pendeva letteralmente dalle sue labbra. Le decisioni del marito erano indiscutibili per lei.

A un certo punto, Piergiorgio aveva iniziato a frequentare altre donne dell'ambiente universitario. Lei se n'era accorta ma non si lamentava, perché le sembrava naturale che un laureato avesse rapporti con persone di pari livello. Inoltre, si trattava di avventure sporadiche.

Tre anni prima, invece, nella vita del marito era entrata la dottoressa Diana Laperla. Cecilia aveva molto sofferto ma, infine, si era quasi sentita rassicurata da quel legame. Piergiorgio non l'avrebbe mai abbandonata per una donna tanto più anziana di lui. Aveva sperato che, con il tempo, prendesse coscienza di quella follia e si rendesse conto dell'assurdità di quel legame. Anzi, forse Diana avrebbe potuto aiutarlo a maturare rendendolo più consapevole e responsabile dei suoi doveri coniugali.

«Mi dispiace», disse Diana, «non immaginavo che finisse così.»

«Davvero? Io non le credo. Non si è resa conto che Piergiorgio è soltanto un bambino egoista e possessivo? Invece di aiutarlo a crescere, lei lo ha reso peggiore di quanto non fosse. Perché?»

«Appagava il mio bisogno di maternità», confessò Diana, sconsolata.

«Lei non è migliore di mio marito. È infantile quanto lui. Avevo costruito sogni bellissimi sul mio matrimonio e lei ha distrutto tutto il mio mondo.»

«Va' a riprendere tuo marito», decise Diana, porgendole un mazzo di chiavi.

«Allora mi ha mentito. State ancora insieme», l'aggredì.

«No. Lui è a casa mia, ma io non ci sono più ritornata. Cerca di parlargli, ma non pensare di indurlo alla ragione con le rinunce e i sacrifici. Io ho agito da madre egoista, tu hai fatto altrettanto. Comportati da donna e riconquistalo.»

3

DIANA rimase sola nello studio. L'incontro con Cecilia l'aveva sconvolta. Misurava fino in fondo non soltanto la miseria morale del giovane amante, ma anche le proprie responsabilità.

Aveva fatto di tutto per soggiogare quel bel ragazzo divorato dall'ambizione, senza riflettere sulle motivazioni più profonde che l'avevano spinta fra le sue braccia.

Pensò a Lucrezia e Caterina. Le amiche più care avevano sempre espresso il loro giudizio su questa vicenda con un silenzio più eloquente delle parole.

Aveva messo Piergiorgio alla porta. Adesso doveva affrontare i suoi problemi personali che avevano radici profonde e antiche.

Cercò nell'armadietto del ripostiglio uno strofinaccio e si mise a lucidare il piano della scrivania.

Quanto tempo era passato da quando aveva fatto ordine nel suo studio? Lasciava che la donna delle pulizie desse una ripassata sommaria agli arredi e si accontentava di una sistemazione soltanto apparente.

Questa ritrosia ad affrontare l'ordine era incominciata tre anni prima, nel momento in cui era diventata l'amante di Piergiorgio.

Confrontandosi con Cecilia, Diana aveva visto il fondo buio delle sue paure; prima fra tutte, quella di invecchiare. E subito dopo era esplosa in lei la consapevolezza di un bisogno a lungo represso: il sentimento materno. Aveva trattato Piergiorgio come un figlio da plasmare. Perché sulla soglia dei sessant'anni si era lasciata travolgere da questo desiderio assurdo? Se voleva sentirsi madre, perché aveva sempre fatto di tutto per non diventarlo?

Una volta, da giovane, era rimasta incinta e si era affrettata ad abortire. In seguito, aveva accuratamente evitato che le sue vicende sentimentali potessero concludersi con un matrimonio. Ora si rendeva conto di non aver mai voluto un marito per non correre il rischio di avere dei figli.

Appallottolò lo strofinaccio e lo scagliò lontano, come se volesse liberarsi da un grumo di dolore che la tormentava.

Si distese sul divano, chiuse gli occhi e incominciò a ricordare.

Vide un piccolo borgo arroccato sui monti Lattari che si affacciavano sul golfo di Amalfi. Si chiamava Furore. Lì era nato suo padre. Lì viveva da sempre la famiglia Laperla. Aveva undici anni quando i genitori la spedirono lassù, con le sorelle, perché «si rimettessero un po' in carne», come diceva la mamma. Agli anni difficili del conflitto bellico erano seguiti quelli peggiori dell'epurazione. Il professor Temistocle Laperla era stato epurato per i suoi trascorsi fascisti. In casa era la fame.

«Queste povere bambine sono verdi come lucertole», diceva la madre.

«Mandiamole dai miei parenti. A Furore il cibo non manca», decise il padre.

Nel casale dei Laperla, dove i nonni vivevano con gli altri figli, le nuore, i nipoti e le bestie, si mangiava meglio e di più. La nonna, con le poche cose che il podere riarso produceva, riusciva a sfamare tutta la famiglia. Ricordava ancora la bontà dei suoi «maccarune a a' puveriello» e delle «ricchietelle cu e' puparuole».

La nonna, quando non era nei campi, lavorava in cucina e accudiva i più piccoli allungando schiaffoni a dritta e a manca. Stava sempre a gridare perché diceva che nessuno le portava rispetto. Quando era di buon umore, cantava. E poi parlava, parlava senza sosta, biascicando le parole perché in bocca le era rimasto un dente solo. Diceva che aveva perso un dente per ogni figlio avuto. Glien'era rimasto solamente uno, per ricordo. Un ricordo che durava da quindici anni, dall'ultima volta in cui aveva chiuso l'uscio della stanza a suo marito. Di tanti figli che aveva partorito, solamente otto erano cresciuti sani e vispi, tra maschi e femmine. Vivevano tutti lì, rispettosi e «puverielli», tranne «o' professore» che era sì intelligente, ma aveva avuto «a' disgrazia» di sposare una femmina del nord.

Quanti anni aveva, a quell'epoca, la nonna? Forse era sulla sessantina, come lei, adesso. Diana e le sorelle la consideravano vecchia e quando rideva, mostrando la caverna buia della bocca, si giravano dall'altra parte, inorridendo.

Le donne di casa avevano tutte il pancione. Chi per la grassezza, chi perché era incinta.

Zia Concetta era la più incinta di tutte. Il suo ventre era così vasto che non riusciva a piegarsi. In casa dicevano che avrebbe avuto due gemelli. Diana guardava con una sorta di orrore quei ventri prominenti che le sembravano osceni, tanto quanto la bocca sdentata della nonna.

Una mattina la zia Concetta ebbe le doglie. La nonna mandò i bambini a chiamare le donne che lavoravano nel campo e incominciò ad affannarsi mettendo acqua sul fuoco, impilando pannicelli accanto al letto della nuora, allineando boccette d'olio santo e d'olio canforato. Uno dei nipoti, il più grande, inforcò la bicicletta per raggiungere il paese vicino dove vivevano i genitori della zia. Bisognava avvertirli dell'evento imminente.

In breve, il casale si trasformò in un formicaio di sole donne. Gli uomini e i bambini vennero tutti cacciati fuori e la porta sprangata.

Diana rimase. Si era nascosta dietro un vecchio canterano. Voleva finalmente scoprire che cosa c'era di tanto misterioso nel parto, da dover allontanare uomini e bambini. Lei, che era la maggiore delle figlie del professor Temistocle, non aveva mai saputo quando sua madre aveva partorito. In un modo o nell'altro, a ogni nascita era sempre fuori. Affidata a una vicina o a una famiglia di amici. Quando ritornava a casa, scopriva una nuova sorellina attaccata al seno della madre. E questo era tutto.

La zia prese a gridare. Urla come rantoli uscivano dalla sua bocca, mentre intorno a lei le donne si affannavano con parole, consigli, preghiere. C'era un caldo soffocante nella stanza. Diana levava lo sguardo al soffitto. Dalle travature pendevano ciuffi di origano, mazzi di aglio, collane di pomodori e peperoni, che sprigionavano, seccando, gli odori della terra assolata dov'erano maturati. Odori che adesso si mescolavano agli umori del parto, alle urla di dolore, alle preghiere in latino rivolte alla Vergine e a quelle in italiano rivolte al beato dottor Moscati, che lei non sapeva chi fosse ma che, a giudicare dalle suppliche delle donne, era «un santo che aveva fatto miracoli assai». Zia Concetta partorì. E un istante di silenzio sottolineò l'evento subito lacerato da un lacerante vagito. Zia Concetta morì d'infezione. Aveva vent'anni. Diana giurò che mai sarebbe rimasta incinta, mai il suo ventre si sarebbe dilatato e gonfiato, mai sarebbe morta con il grembo straziato per dare la vita a un figlio. Il suo addome sarebbe sempre rimasto piatto e asciutto. L'evento cui aveva voluto assistere era stato così traumatico che, dopo qualche tempo, la memoria lo cancellò. Dai sotterranei dell'inconscio, dov'era stato relegato, riemergeva adesso in tutta la sua drammaticità. Il ricordo traumatico del parto di zia Concetta era stato così ben nascosto, da non risultare neppure alla paziente indagine del suo terapeuta, nei lunghi anni durante i quali era stata in analisi.

Ora capiva il rifiuto per il matrimonio e per la gravidanza. Lo avesse scoperto trent'anni prima, probabilmente la sua vita sarebbe stata diversa. Adesso poteva soltanto prendere atto di non essere riuscita a soffocare il suo istinto materno che era esploso in tarda età, quando aveva incontrato Piergiorgio. Aveva creduto di farne il suo amante, mentre lo considerava soltanto un figlio capriccioso da blandire e vezzeggiare. Era arrivato il momento di riappropriarsi della sua femminilità e comportarsi di conseguenza.

4

Via della Spiga era uno scenario importante nella vita di Caterina e Marco. Nel cuore antico della città, si erano conosciuti ed era iniziato un rapporto che sopravviveva agli anni e alle incomprensioni.

Il clima era ideale. Le nuvole e la pioggia avevano rinfrescato l'aria afosa di luglio.

Erano andati al cinema a vedere un film divertente che li aveva messi di buon umore. Avevano cenato al *Four seasons* e ora assaporavano il piacere di una passeggiata notturna, lungo via della Spiga, intrecciando parole pennellate di ricordi.

«Quante volte abbiamo fatto su e giù per questa strada, da giovani», disse Marco.

Caterina sorrise.

«La memoria ti tradisce. Accadde una volta soltanto. Tu eri disperato per una ragione. Io per un'altra. E in mezzo ci si mise mio padre che ci incrociò e fece finta di non vederci», gli ricordò.

«Mi sono comportato male, con te», si rammaricò Marco.

«Io non sono stata migliore nei tuoi confronti», lo incalzò Caterina. E, con voce sommessa, proseguì: «C'è qualcosa che non ti ho mai detto».

«So bene di che cosa si tratta. È una stupidaggine.»

«Tu non sai proprio niente, mio caro», lo compianse.

«È quella vecchia storia della mia cattura. Anche se non fossi stata tu a segnalarmi involontariamente a quelli della banda Koch, sarei comunque stato preso. Tu non c'entri niente», garantì Marco.

Caterina si fermò e lo fronteggiò dritto negli occhi.

«Ma di che cosa stai parlando?» l'interrogò.

«Sto parlando del settembre del 1944. Di che altro, se no?»

«Io invece sto parlando del settembre del 1954. Di che altro, se no?»

«Perché? Che cos'è successo nel settembre del 1954, oltre al fatto che ci siamo lasciati?»

«Che tu mi hai lasciata, prego», sottolineò lei, rabbuiandosi. «Ma non è questo il punto. Che cosa c'entra il 1944? Che cosa c'entra la banda Koch?»

Le parole di Marco l'avevano confusa e non sapeva se fosse lui a sragionare o lei a fraintendere.

«Lascia perdere, Caterina. Non ha senso rivangare il passato», deviò lui, quasi stizzito.

«No, che non lascio perdere! Abbi la cortesia di spiegarti meglio», lo aggredì.

D'improvviso, come se gli anni non fossero passati, Marco e Caterina si stavano azzuffando con la rabbia della loro gioventù. Le loro voci alterate rimbalzavano da muro a muro, nella stretta via milanese, e salivano verso il cielo opaco dove navigavano silenti nuvole bianche. «Dici che c'è qualcosa che ho sempre ignorato. Io l'ho collegato alla storia della mia valigetta, quella che mi era stata sottratta nella tua bottega durante un bombardamento. Quando sono tornato dalla Germania, parlando con tuo padre, ho ricostruito i fatti. Per ingenuità avevi detto ai fascisti che la borsa era mia. Quelli mi hanno arrestato. È tutto qui», spiegò Marco.

«Fammi capire», lo pregò Caterina, mentre rifletteva su quel racconto succinto che racchiudeva un dramma lontano. «Ricordo il bombardamento. Ricordo che ci eravamo rifugiati in cantina. Ricordo quando ti sei allontanato tra le macerie e, infine, ricordo un individuo che aveva la tua valigetta e voleva riconsegnartela. Io gli dissi: è di Marco Continolo, convinta di farti un favore, perché ci tenevi tantissimo a quella stramaledetta borsa. Adesso scopro di aver fatto la spia e che ti hanno catturato per colpa mia. Dunque, senza di me non saresti mai finito in un campo di concentramento. È così?» chiese sgomenta.

«No, non è così. Ci sarei finito comunque. Mi avrebbero preso un'altra volta, in un'altra occasione. Ormai avevano scoperto la nostra rete. È questo che cerco di farti capire», insistette Marco.

«Ho capito benissimo. È un risvolto che non conoscevo. Così, adesso, ho un peso sulla coscienza che mi hai appena buttato addosso», constatò lei.

«Belgrado, per amor del cielo, non drammatizzare. Al solito, io parlo di una cosa e tu ne hai in mente un'altra. Cos'è successo nel settembre di dieci anni dopo?»

Ripresero a camminare lentamente e, insieme, ricordarono.

L'amore

1954

1

CATERINA ritirò dal guardaroba sciarpa e cappotto. Li indossò e attraversò l'atrio della biblioteca gremito di studenti che premevano per uscire. Era scesa la sera e la chiusura era imminente. Un giovane la urtò, mandandola a sbattere contro la sua vicina.

«Scusa», disse Caterina alla ragazza.

«Figurati», minimizzò sorridendole la sconosciuta, mentre riassestava una pila di libri che reggeva nell'incavo del braccio.

Caterina ricambiò il sorriso.

«Ma io la conosco», soggiunse subito, passando dal tu al lei.

«Davvero?» chiese l'altra con noncuranza.

«Lei è la professoressa Damiani», affermò con sicurezza, ammirando l'eleganza del suo abbigliamento. Seguirono la corrente, attraversando l'androne, e si trovarono sul corso di Porta Vittoria.

«E tu, chi sei?» domandò l'ex insegnante di Caterina.

«Sono Belgrado. Caterina Belgrado. Davvero non mi riconosce?»

La signorina Damiani studiò i tratti della bella ragazza che le camminava accanto. Aveva occhi scintillanti, il naso lievemente aquilino, labbra grandi e rosate, zigomi alti e pronunciati, un incarnato d'alabastro. I capelli neri e ondulati le sfioravano le spalle, trattenuti da un cerchietto di velluto. Indossava un cappotto verde scuro, con il collo a scialle, sfilato in vita a sottolineare la figura alta e flessuosa.

«Ma certo che mi ricordo di te», esclamò Francesca, illuminandosi. «Eri un'allieva perfetta. Mai una virgola fuori posto, mai un esercizio sbagliato. La piccola Belgrado. L'amica della Pallavicini e della Laperla. Eravate un trio inseparabile.»

«Lo siamo ancora», assicurò Caterina.

Si accostarono al semaforo. Era dicembre. Scendeva una pioggerella gelata. Passavano tram scampanellando, stipati di gente che rincasava per la cena. Sulla sinistra si intravedeva, contro il cielo scuro, la sagoma della guglia più alta del Duomo sovrastata dalla Madonnina.

«Adesso che cosa fate?» s'informò Francesca, più per cortesia che per autentico interesse.

«Stesso liceo, stessa sezione. Ultimo anno. Il prossimo luglio daremo la maturità», spiegò. E soggiunse: «Lei dove insegna, adesso?»

Attraversarono la strada e si diressero verso la via Durini.

«Quello passato con voi è stato il primo e unico anno in cui mi sono divertita a insegnare. Poco dopo, ho lasciato. C'erano tutti quei concorsi da superare. Una noia terribile. Ma dimmi di te: che cosa facevi in biblioteca?»

«Sto preparando una tesina sul Manzoni. Devo dire che mi interessa più come personaggio che come scrittore. Mi piace la storia della famiglia Beccaria, dei fratelli Verri, di Carlo Imbonati. Quasi un secolo di vicende davvero importanti. Insomma, tento di approfondire la personalità di Manzoni sotto l'aspetto che mi attrae di più, quello del pettegolezzo storico», spiegò la giovane, con entusiasmo.

«Spero tu abbia un insegnante abbastanza intelligente da approvare questa scelta», commentò Francesca e soggiunse: «Complimenti per come sei diventata».

«Come sono diventata?» domandò Caterina.
«Bellissima. Intelligente lo sei sempre stata. Sei perfetta, complimenti», ribadì. Poi disse: «Io sono arrivata».
Sostò sull'androne di un palazzo ottocentesco.
«Lei abita qui?» domandò la ragazza, arrossendo per i complimenti.
«Ancora per poco. Presto mi sposerò e probabilmente mi trasferirò a Roma.»
«Allora auguri», disse Caterina.
«Buona fortuna anche a te», replicò Francesca sfilando i guanti e tendendole la mano.
Caterina notò al suo dito uno splendido diamante che aveva tutta l'aria di essere un anello di fidanzamento. Strinse la mano che le veniva tesa e sorrise.
«Grazie ancora per le belle cose che mi ha detto, signorina Damiani.»
La giovane ex insegnante varcò il portone e Caterina proseguì lungo la strada.
Aveva fatto pochi passi quando si sentì chiamare. Si voltò e vide Francesca Damiani che le andava incontro.
«Ti interessa un lavoro?» le chiese.
«Altro che!» s'infiammò.
«Da alcuni anni collaboro con una piccola casa editrice. Si chiama Lo Scoiattolo. Pubblica libri per ragazzi. Stiamo cercando qualcuno che corregga le bozze. Vuoi provare a darci una mano?»
«Crede che ne sarei capace? Attualmente do qualche lezione di latino a un paio di bambinette delle medie. Sa, tanto per non chieder sempre soldi alla mamma per ogni sciocchezza», spiegò Caterina.
«È tempo sprecato. Se entri in una casa editrice, avrai modo di imparare un mestiere.»
«Ci sto. Da che parte devo cominciare?» l'interrogò, raggiante.
«Vieni domani pomeriggio nel mio ufficio. Ti do l'indirizzo.»
La casa editrice Lo Scoiattolo stava in un piccolo appartamento in corso Magenta. Caterina contò sei perso-

ne, tutte donne, tutte giovani, tutte ricalcate sul modello di Francesca: eleganza sobria, modi disinvolti, classe innata. C'erano libri dappertutto: negli scaffali, sulle scrivanie, per terra. Alle pareti erano appesi manifesti, fotografie, lettere, cartoline. Su ogni tavolo c'era un minuscolo mazzolino di fiori dentro un piccolo vaso. Disseminate un po' dovunque c'erano tazzine da caffè e qualche scatola di cioccolatini. Sui davanzali delle finestre, ornate da vezzose tendine di pizzo, c'erano pianticelle d'appartamento amorevolmente curate. L'aria era satura di uno strano miscuglio di odori: profumo francese, aroma di caffè, odore di carta stampata e fumo di sigaretta. Due belle signore, alle rispettive scrivanie, battevano freneticamente sui tasti di monumentali Olivetti nere e non notarono neppure il suo ingresso. Francesca, invece, le andò incontro offrendo un sorriso rassicurante alla ragazza dall'aria smarrita, che si guardava intorno timidamente.

«Appendi lì il tuo cappotto», le disse. «Vieni con me. Voglio presentarti il nostro editore.»

Caterina era emozionata. L'ufficio le sembrava meraviglioso. Si chiedeva in che cosa mai consistesse il lavoro di quelle signore. L'editoria era un pianeta sconosciuto per lei. Non avrebbe mai immaginato che nella lavorazione di un libro fossero implicate tante persone.

Francesca bussò discretamente a una porta laccata di bianco, quindi impugnò la maniglia d'ottone, tirata a lucido, e aprì il battente. Subito Caterina si trovò in una stanza che sembrava una via di mezzo tra uno studio e un salotto. C'erano una scrivania grande, severa, due poltrone confortevoli, quadri moderni alle pareti e libri un po' dovunque. Ma c'era soprattutto lei, l'editore. La prima impressione di Caterina fu di trovarsi davanti a una sorta di stupenda divinità nordica. La donna, dall'apparenza esile e imponente allo stesso tempo, indossava un semplice abito di vigogna grigia ravvivato da un grande colletto di piquet bianco. Al collo portava tre giri di perle. Il volto dai lineamenti delicati aveva un'espressione di severa dolcezza. Gli occhi azzurri, non grandi ma intensi, la guardarono, valutandola. I capelli corti, pettinati a onde morbide, sembravano bagnati nell'oro. Fumava una sigaretta infilata dentro un bocchino nero. Mentre lo portava alle labbra Caterina notò la sua mano ampia, ben modellata e forte su cui spiccava un grande anello da mignolo con due perle, una bianca e una nera, uguali a quelle che ornavano gli orecchini.

«Questa è la ragazza di cui ti ho parlato», disse Francesca, sospingendo Caterina verso la scrivania. Lei era così intimidita che non avrebbe osato muoversi dalla soglia.

«La dottoressa Claudia Ronchi, il nostro editore», Francesca completò le presentazioni.

«Buon giorno», la salutò la signora. «Siediti, così faremo due chiacchiere.»

«Vi lascio sole», annunciò Francesca. «Ho un paio di telefonate urgenti da fare», spiegò, mentre sgusciava fuori dall'ufficio.

«Ti chiami Caterina Belgrado», disse Claudia leggendo il nome da un appunto che stava sulla sua scrivania. E proseguì: «La dottoressa Damiani mi dice che sei intelligente, diligente e puntigliosa. Questi sono requisiti indispensabili per chi corregge le bozze. Non deve sfuggire, alla lettura, neppure una virgola».

Caterina si era seduta sul bordo della poltrona. Teneva la schiena eretta come se si preparasse a fuggire a un minimo segnale di pericolo.

«Rilassati, Caterina», sorrise la donna. «È soltanto una prova, per te come per noi», proseguì, tendendo verso di lei un numero consistente di pagine stampate.

Caterina le prese. Intanto pensava a una frase intelligente da dire, ma non le veniva niente.

«Sarebbero queste, le bozze?» chiese con un filo di voce. Arrossì e confessò: «Non ne ho mai viste prima d'ora».

La signora annuì.

«La lavorazione di un libro incomincia dalle bozze. Devono essere lette e corrette per poi procedere alla stampa definitiva. Semplice, no?»

Con voce pastosa e dolce, l'editore proseguì: «Finora abbiamo corretto le bozze in ufficio. Ma il lavoro aumenta e le mie collaboratrici non hanno più molto tempo. Così, la dottoressa Damiani ha pensato di affidare questo lavoro a una studentessa. Ha proposto te. Vedremo che cosa saprai fare. Per adesso è soltanto una prova. Se farai un buon lavoro, sarai adeguatamente retribuita».

«Quest'anno ho la maturità. Non so se potrò venire ogni giorno», osò intervenire Caterina, esponendo le sue ragioni.

«Questo è un lavoro da fare a casa. Verrai a prendere le bozze, le correggerai e tornerai a consegnarle. Ti affido queste per la prossima settimana. Prima di andare via, sarà opportuno che tu parli con la dottoressa Damiani che ti mostrerà come indicare le correzioni», concluse Claudia, congedandola.

Caterina uscì dalla casa editrice in preda all'ansia. Temeva di deludere la sua ex insegnante che sembrava aver riposto in lei tanta fiducia.

Scese in fretta l'ampio scalone di marmo. Voleva iniziare subito il nuovo lavoro, ma doveva anche studiare, perché il giorno seguente aveva due interrogazioni.

Attraversò di corsa l'androne del palazzo e uscì sulla strada.

Davanti a lei, appoggiato al cofano di un'Alfa blu, c'era Marco Honneger. Indossava un cappotto color cammello, il bavero rialzato per difendersi dal freddo pungente, le mani affondate nelle tasche. Sembrava stesse aspettando qualcuno.

«Marco!» esclamò Caterina, sgranando i grandi occhi dorati.

Lui la guardò e le sorrise con evidente apprezzamento. «Ci conosciamo?» le chiese.

2

RIMASE disorientata, come se avesse ricevuto un colpo sulla testa. Avvertì un senso di gelo allo stomaco e si sentì stupida, ridicola, grossolana. La sua passione infantile per Marco si era sopita negli anni dell'adolescenza e, in seguito, sembrò sfumata nel nulla. Le accadeva, tuttavia, di ricordarne il volto, la voce, i modi, l'eleganza soprattutto.

Quando Diana e Lucrezia ricamavano ghirigori di parole e sospiri sulle loro infatuazioni da adolescenti, più sognate che reali, Caterina sorrideva con una cert'aria di superiorità.

«È una fase che ho già superato», sentenziava, ricordando Marco. Quando suo padre era tornato dal lager, malato di tubercolosi, le aveva raccontato di quel giovane aristocratico al quale doveva la vita.

«È un angelo», aveva commentato Caterina. «Lo sai, papà, che gli ho voluto bene? È un segreto. Non farne parola con la mamma, mi raccomando.»

Poi, erano passati tanti anni e ora, all'improvviso, stava davanti a lei. Marco era esattamente come lo ricordava. Lui, invece, l'aveva dimenticata.

Si sentì crollare addosso il mondo. Lei lo avrebbe individuato nella folla di uno stadio, mentre lui le chiedeva: «Ci conosciamo?»

«Non tanto», rispose, stando sulle sue. «Ci siamo conosciuti tanto tempo fa, quand'ero bambina. Allora, lei si chiamava Marco Continolo. Veniva a fare la spesa nella bottega di mio padre, in corso Venezia. La servivo io, scegliendo la frutta migliore», disse con voce incerta. E soggiunse: «Mi scusi. È stato un piacere».

Gli tese la mano che Marco racchiuse tra le sue, trattenendola.

«Così tu sei Caterina Belgrado, la figlia di Alcide. Come avrei potuto riconoscere in questa meraviglia di ragazza la bambina di allora?» si scusò.

«Sa com'è, gli anni passano e io sono cresciuta.» Gli sorrise timidamente, provando un senso di vertigine per il calore che le mani di Marco le comunicavano.

«Sei cresciuta, eccome!» esclamò lui. E subito s'informò: «Come sta tuo padre?»

«La penicillina ha fatto miracoli. Papà è guarito in pochi mesi. Grazie a quel documento che lei gli aveva procurato, è stato tra i pochi a poterne disporre. Papà gliene sarà grato per sempre. E anch'io. Se le capita, venga qualche volta in bottega. Papà sarà felice di vederla», soggiunse, mentre Marco non si decideva a lasciarle la mano.

«Quanti anni sono passati?» domandò, come se parlasse a se stesso.

«Nove, dalla fine della guerra», precisò Caterina.

«In questi nove anni sono cambiate tante cose. Io non ho più molto tempo per fare la spesa, come succedeva allora. Però, ripensandoci, questo potrebbe essere il momento più opportuno. Stai tornando a casa?» domandò.

Caterina annuì.

«Allora ti accompagno», decise, afferrandole il braccio.

«Veramente io non vorrei... non saprei... insomma, probabilmente lei aveva altro da fare», balbettò mentre Marco le apriva la portiera per farla salire sulla sua Alfa.

«La tua presenza ha liberato dalla polvere tanti ricordi. E poi ho voglia di rivedere Alcide. Il resto, può aspettare», spiegò, sedendo al volante.

«Immagino la gioia e la sorpresa di papà», esclamò Caterina, raggiante.

«Tu non immagini la mia», replicò Marco che, guidando, guardava più spesso lei che la strada.

Era la prima volta che Caterina saliva su una macchina, accanto a un uomo.

Si sentì la protagonista di uno dei tanti romanzi disegnati su *Grand Hotel* che leggeva insieme con la nonna Luigia, quand'era ragazzina. *Grand Hotel* era il settimanale preferito della nonna. Caterina subiva il fascino di quelle storie e dei volti disegnati, di una bellezza che non trovava riscontri nella realtà. Marco era un tipo così: non sembrava vero.

Non vedeva l'ora di andare a scuola per raccontare questa avventura a Diana e Lucrezia, riferendo i complimenti che Marco le aveva rivolto.

«Che cosa fai, ora, piccola Belgrado?» le chiese Marco.

«Studio. Darò la maturità la prossima estate», rispose con un senso di orgoglio.

«Quand'eri bambina, c'era qualcosa, nel tuo sguardo, che mi ricordava mia sorella Celeste. Oggi, quando ti ho rivista, per un attimo ho pensato che fossi lei, anche se Celeste è bionda e tu sei mora. Mia sorella è una splendida ragazza. Ora vive in California, a Hollywood. Andrò da lei per passare il Natale», le raccontò, come se Caterina fosse un'amica di sempre.

«Hollywood!» esclamò. «Che meraviglia! Sua sorella è un'attrice?» domandò, mentre pensava che il suo racconto per le amiche del cuore si andava arricchendo, via via, di particolari strabilianti.

«È soltanto la moglie di un attore. Ha sposato Peter Lawson», spiegò Marco.

«Da non credere! Io lo conosco molto bene. Voglio dire che ho visto tutti i suoi film. Quindi Lawson è suo cognato», si entusiasmò.

«Caterina, smettila di darmi del lei. Mi fai sentire quasi un vecchio. Invece non ho ancora trent'anni. Ma se insisti, io dovrò chiamarti signorina Belgrado.»

«La mamma non approva che io dia del tu ai ragazzi. Figurarsi agli uomini», si difese, pur sentendosi lusingata per quella confidenza. Poi soggiunse: «A ogni modo ci proverò».

Quando entrarono nella bottega, Alcide stava facendo le pulizie, perché era ormai il momento della chiusura.

«Papà, guarda chi ti ho portato», esordì Caterina.

Il fruttivendolo restò con la scopa in mano a osservare quel giovane elegante e faticò ad assimilarlo al ragazzo scheletrito e sofferente con cui aveva diviso fame e malattie nel campo di concentramento di Linz.

«Che mi pigliasse un colpo», sbottò infine, mollando la scopa e abbracciandolo. «Tu sei Marco, il mio salvatore. Non pensavo di rivederti.»

La differenza d'età e di condizione sociale era annullata dal ricordo della tragica esperienza vissuta insieme.

«Be', io vi lascio», disse Caterina. «Ho molto da fare e sono terribilmente in ritardo sulla mia tabella di marcia», si giustificò. L'impulso era quello di restare accanto a Marco, ma il buon senso le suggeriva di battere in ritirata.

«Spero di rivederti», la salutò Marco, guardandola andar via quasi con rincrescimento.

«Dipende da te», rispose lei, con un sorriso civettuolo. «La nostra bottega è sempre aperta.»

Alcide ricordò in quel momento le parole di sua figlia, quand'era bambina: «Gli volevo bene». Guardò alternativamente i due giovani e, se nella mente accarezzò l'idea di un sogno, tenne a precisare: «In bottega ci sto solamente io. Caterina, di solito, sta al piano di sopra. E studia».

Quella sera, quando rincasò, Marco trovò in portineria una busta.

«Architetto, è venuta la sua fidanzata e ha lasciato questa per lei», gli disse il portiere.

In ascensore, Marco aprì la busta e lesse il biglietto che diceva: «Ti ho aspettato a lungo sul portone della casa editrice. Non ti ho visto. Come mai? Questa sera siamo invitati a cena dall'editore. Vedi di non dimenticartene. Baci. Francesca».

Marco entrò in casa e le telefonò.

«Ho avuto un impegno assolutamente imprevisto», si scusò. «Mi cambio e tra mezz'ora passerò a prenderti.»

«Ti amo», sussurrò Francesca.

«Anch'io», disse lui, mentre i suoi pensieri percorrevano altre vie, dalle quali Francesca Damiani era esclusa.

3

Caterina ricominciò a pensare intensamente a Marco, come quando aveva nove anni e la nonna Luigia tentava di indurla a ragionare sul fatto che c'erano troppi anni di differenza fra loro. Già: allora lui era un adulto, e lei soltanto una bambina. Ma adesso era cresciuta. Era una donna e Marco si era accorto di lei.

«Accidenti! Mi guardava in un modo... non saprei definirlo, ma era uno sguardo...» raccontava a Diana e Lucrezia.

«Ti guardava come se ti spogliasse», puntualizzò Lucrezia.

«Proprio così. Su certi argomenti tu sai sempre una cosa più di me», notò Caterina.

«Siamo sicure che non sia sposato, vero?» indagò Diana. «Un uomo, a trent'anni, di solito ha già moglie», osservò.

«Figurati! Ha raccontato tutto a mio padre. Non è sposato, né fidanzato. E adesso, attaccatevi forte, ragazze, perché ho una notizia ancora più sensazionale. Marco è il cognato di Peter Lawson», sparò Caterina.

«Lawson, il divo di Hollywood?» chiese Lucrezia, incredula.

«Questo è troppo. È una palla così grossa che rischia di esplodere», dichiarò Diana. Stavano tutt'e tre sul letto a baldacchino gustando i cioccolatini portati da Lucrezia. Avevano chiuso le tendine del letto per rendere ancora più intimo lo scambio di confidenze che veniva sussurrato sebbene Elena fosse giù in bottega, con il marito, e loro tre fossero sole in casa.

«È l'invidia che ti rende così acida?» la sferzò Caterina. «Lo sapete che non racconto bugie. Sua sorella Celeste ha sposato Lawson e vive a Hollywood. Marco andrà laggiù a passare il Natale», spiegò.

«Da impazzire», mormorò Lucrezia, con aria estasiata.

Tacquero, travolte dalla straordinaria rivelazione.

«Magari è anche ricco», insinuò Diana.

«Ma scherzi», osservò Lucrezia. «Gli Honneger sono ricchissimi. Sapete quel grande arazzo che è nella mia sala da pranzo, quello con la scena di caccia?»

«A me è sempre sembrato un po' cupo e polveroso», confessò Caterina, con innocenza.

«Tu non capisci niente. È un disegno di maniera dei primi Ottocento. Un pezzo raro. È firmato dalle tessiture Giovanni Honneger», dichiarò.

«Dovrò riconsiderarlo, la prima volta che vengo a casa tua», replicò Caterina che adesso lo vedeva sotto un'altra luce.

«Sarà bene che ti informi», le suggerì Diana. E soggiunse: «Quando lo rivedrai?»

«Forse mai più», disse Caterina, sconsolata. «Si è fermato più d'un'ora, in bottega, a chiacchierare con mio padre. Sapete, i sopravvissuti dei lager hanno sempre cose tremende da ricordare. Di sé non ha detto molto, soltanto che vive facendo la spola tra Roma e Milano. A Roma sta nel palazzo di famiglia, a Milano possiede un piccolo appartamento in Foro Bonaparte. Ha detto che lavora moltissimo perché dirige le tessiture romane e le seterie comasche.»

«Dovrò indagare con mia madre. Lei conosce mezzo mondo e, probabilmente, sa tutto anche sul conto di Honneger», ragionò Lucrezia.

«No, ti prego. Non farlo. La marchesa comincerebbe a domandare e io non voglio che si risappia questa faccenda», implorò Caterina.

«Al tuo posto, io sarei molto curiosa», intervenne Diana.

«Io no. Se dovrò sapere qualcosa, voglio che sia lui a dirmela.»

«Quando? Non sai neppure se vi rivedrete», obiettò Lucrezia.

«Sarà il destino a decidere», concluse Caterina, con aria fatale. «E adesso, esaurito il capitolo confidenze, apriamo quello della filosofia. Ecco il testo di La Manna. Fammi delle domande, perché domattina ho l'interrogazione», propose Diana.

«Io vi lascio sole. Devo andare», annunciò Lucrezia, scivolando fuori dal letto. «Mia madre mi aspetta. Dobbiamo fare acquisti per il Natale», disse senza compiacersene, sapendo bene che Diana e Caterina non avevano nessuna possibilità di scialare. Loro due si consolavano considerando certi impegni dell'amica aristocratica come sciocchi passatempi ai quali, tuttavia, si sarebbero dedicate volentieri, se avessero potuto.

Appena furono sole, Diana richiuse il testo di filosofia.

«Caterina, dimmi la verità, sei innamorata di Marco?» domandò con aria grave.

L'amica parve riflettere. Chiuse gli occhi, abbandonò il capo contro la testiera del letto e vide l'uomo dei suoi sogni.

«Mi piace», rispose, «infinitamente. È amore, questo?»

«Facciamo un esempio. Se lui questa sera dovesse morire, ti sacrificheresti al suo posto?»

«Che domanda stupida!»

«Dammi una risposta sincera», la spronò.

«No. Non darei la mia vita per la sua. Che senso avrebbe? Stiamo parlando d'amore e tu mi tiri in ballo la morte.»

«Eros e Thanatos. Amore e morte sono sempre andati a braccetto, nell'arte, nella mitologia, nella letteratura. Per amore si può morire. Darsi all'uomo che si ama significa annullarsi in lui. Dunque, tu non lo ami. La tua è soltanto una questione di pelle. Lui ti tocca e tu rabbrividisci. Ma la comunione delle anime, dei pensieri, dei sentimenti più profondi, dov'è? Dimmi, dov'è?» insistette Diana.

«Se ti sentisse mia nonna Luigia, direbbe che sei una 'sofistica'. L'ho appena visto, quasi non ho osato parlargli. Praticamente non lo conosco. So solamente che mi piace e che vorrei essere abbracciata e baciata da lui. Vorrei nascondere il mio viso nell'incavo della sua spalla per sentire il suo profumo e il suo calore. Che lui sia nobile e ricco, non m'interessa. Potrebbe essere un operaio della Breda e mi andrebbe bene comunque», dichiarò Caterina.

«Capisco. Hollywood e l'Alfa blu sono gli ingredienti per quelle storie che ti piacciono tanto. Ma io ti sto parlando di comunione di corpo e di spirito, di pensiero e d'intenti. Questo è amore. Il resto è aria fritta», affermò, con aria saputa.

«Stai cercando di smontarmi. Ma guarda che io non ci sto. Quando queste cose succedono a te o a Lucrezia sono cotte strepitose, per una volta che succede a me ecco che diventa una 'storiaccia'. Mi dici perché?»

«Perché Lucrezia e io siamo personalità concrete. Tu, invece, confondi la realtà con il sogno. Sei suggestionabile e dominata dalle tue sensazioni, non dal ragionamento. D'altra parte, quello che asserisco è ampiamente dimostrato dalle tue scelte scolastiche. Sei un asso in storia, in italiano, in letteratura. Ma sei una frana in matematica e in filosofia, che sono materie in cui la capacità di ragionamento e di analisi ha il sopravvento sull'immaginazione», disse Diana.

«Per oggi, ne ho abbastanza delle tue sciocchezze. Non ti sopporto più. Anche perché nelle tue riflessioni avverto una vena di perfidia.»

«Il tuo guaio è che non sopporti di essere criticata, soprattutto in modo costruttivo. Per esempio, tu sai che cosa vuoi fare nella vita?» indagò con puntigliosità l'amica.

«No. E non voglio saperlo. Non mi piace l'idea di viaggiare su binari già fissati. Tu farai l'insegnante. È naturale. Tua madre è maestra, tuo padre è preside. Loro hanno tracciato la strada che tu seguirai. Lucrezia non farà assolutamente nulla. Sposerà un uomo ricco e passerà la vita a fare salotto, come sua madre e sua nonna prima di lei. Secondo la logica, io dovrei fare la fruttivendola. È un lavoro che mi va stretto. Ma non m'interessa nemmeno diventare insegnante né frequentare i salotti. Quindi, non so che cosa farò. Ma so di essere molto più concreta di te e di Lucrezia. Sto con i piedi ben piantati per terra e sgobbo sui libri, guadagno qualche spicciolo con le ripetizioni, forse riuscirò a lavorare come correttrice di bozze. Quando ho tempo, do una mano in bottega. Sull'incontro con Marco ho ricamato un sogno meraviglioso. Mi dici perché sei così perfida da volermelo rovinare?»

«Ecco, non hai capito niente, come al solito. Il mio era solamente un tentativo di indurti a ragionare», si giustificò Diana.

«Fammi un favore, vattene anche tu. Devo studiare e il tuo aiuto non mi serve», dichiarò Caterina.

Era furibonda, anche perché avvertiva un filo di verità nelle parole dell'amica. Ma lei, in quel momento, non voleva guardare la realtà, desiderava soltanto sognare e prepararsi per l'interrogazione del giorno dopo.

Congedò Diana, si tuffò di nuovo nel suo letto e prese in mano il libro. Si era allenata negli anni a studiare bene e con rapidità per due motivi: doveva comunque trovare del tempo per dare una mano in bottega, e aveva fatto sua la filosofia del «via il dente, via il dolore». Considerava un fastidio inevitabile lo studio delle materie che amava meno di altre, e proprio per questo le affrontava per prime. «Così, poi, mi levo il pensiero», diceva a se stessa. Quel giorno, di tanto in tanto, l'immagine di Marco fece capolino tra i *Prolegomeni alla metafisica*. La ricacciò indietro con determinazione e procedette speditamente nella lettura ad alta voce del testo e nella ripetizione dei concetti più importanti.

Aveva ormai terminato, quando, dalla cucina, venne il tintinnio della campanella.

Era uno strumento rudimentale per comunicare dalla bottega con l'appartamento sovrastante. I suoi genitori la stavano chiamando. Caterina lasciò la sua cameretta, raggiunse la cucina e sollevò una piccola botola quadrata, che si trovava nel pavimento. L'apertura dava sul soffitto del negozio. Si protese e vide suo padre che guardava verso di lei.

«Devi fare una consegna. Urgente», disse Alcide.

«E se non avessi tempo?» brontolò Caterina.

«Perdiamo un cliente. Non fare storie e scendi», ordinò lui.

Caterina richiuse la botola, calzò il baschetto di lana bianca, infilò il cappotto e scese in bottega. Elena stava lucidando, con un panno, delle mele, mentre suo padre pesava una cassetta di ananas.

«Portala subito alla contessa Calderisi», disse, mettendole nelle mani la cassetta.

«Quanti sono?» domandò Caterina che faticava a reggere tutto quel peso.

«Dieci. Che cosa se ne farà di tanti ananas, lo sa solo lei», commentò Alcide.

Era contento di avere dato fondo alla scorta, ma preoccupato di non averne altri disponibili fino all'indomani. Aprì la porta del negozio e Caterina uscì, sul corso Venezia. Svoltò in via Senato e raggiunse la via Marina. Non era un gran tratto di strada, ma con quel peso non era nemmeno una passeggiata. Il freddo le pizzicava la faccia. I contorni delle case sfumavano in una nebbiolina bianca e umida che si andava infittendo in prossimità del tramonto.

Entrò nel palazzo dall'ingresso dei fornitori, prese l'ascensore e salì all'ultimo piano. Le aprì un domestico che le fece strada verso la cucina.

«Brava Caterina», l'accolse il cuoco, riconoscendola. «Sei stata velocissima», soggiunse, agguantando la cassetta. Su un grande piano di marmo, al centro della cucina, riposavano una decina di fagiani, pronti per essere cucinati. Sui fornelli pentole e padelle producevano vapori e fumo.

«C'è aria di festa», osservò Caterina, tanto per dire qualcosa. Una domestica stava lavando nell'acquaio una montagna di ostriche.

«È la solita cena prenatalizia per i collaboratori del conte», spiegò il cuoco.

Caterina annuì e fece per andarsene. In quel momento irruppe in cucina la padrona di casa.

«Oh, sono arrivati i miei ananas. Grazie, Caterinatesoro», miagolò, tutta mossette e sorrisini.

La bella e generosa soubrettina di Wanda Osiris, alla fine, ce l'aveva fatta. Aveva sposato un ricco produttore di formaggi, che si era comperato il titolo di conte, ed era diventata la contessa Calderisi. Aveva smesso di calcare le scene e continuava a parlare del suo passato di lustrini e piume, sottolineando il fatto che «all'amor non si comanda» e che sull'altare dell'amore, appunto, aveva sacrificato una carriera che l'avrebbe portata sicuramente a Broadway. Tuttavia, non aveva smesso di sfarfalleggiare, di modulare la voce su una scala di tonalità che sfumava dal riso al pianto, di essere generosa e disponibile.

«Lo sa bene, contessa, che quando lei chiama, io corro», replicò Caterina, sul punto di congedarsi.

«Sai, cara, questa sera abbiamo dieci invitati. Il conte, come sempre, ha un regalino per ognuno di loro. A me è venuta un'idea geniale per presentarli. Legherò ogni pacchetto a un ananas. Si tratta di gioielli. I pacchetti sono piccoli, ma arriveranno sulla tavola come un trionfo di frutta esotica. Che ne dici?» domandò, cercando l'approvazione della ragazza.

«Davvero stravagante», commentò Caterina, che finalmente aveva capito la ragione della copiosa fornitura.

«Proprio così, Caterinatesoro. Tu trovi sempre la parola giusta per ogni cosa», cinguettò, sospingendola verso l'interno dell'appartamento. Era una casa bellissima, arredata da un architetto alla moda, all'ultimo piano di un palazzo appena costruito, con un grande giardino pensile, una piscina e una saletta cinematografica privata. L'effervescente Liliana Storti aveva fatto un gran matrimonio quando aveva già superato i trent'anni, ritoccando la data di nascita.

«Ti piace il mio vestito?» le domandò.

Era ricca e invidiata, ma a Caterina sembrava molto sola, ancora più di quando non aveva marito.

«È un capolavoro», rispose la ragazza, non solo per farla contenta ma perché lo pensava davvero.

«È un Dior. Comprato a Parigi», precisò la contessa. Le mise le mani inanellate sulle spalle e la scrutò.

«Ma lo sai che stai diventando un fiore? Caterinatesoro, presto avrai ai tuoi piedi uno stuolo di corteggiatori. Ce l'hai un ragazzo?» indagò.

Caterina arrossì, imbarazzata. Si limitò a scuotere il capo.

«Be', lo avrai presto. Bella come sei! Hai anche un gran bel cappotto. Lana fine, ottimo taglio. E questo baschetto sbarazzino ti sta molto bene. Mi piace meno la tua faccia acqua e sapone. Hai occhi incantevoli. Un giorno ti insegnerò come valorizzarli. Adesso non ho proprio tempo. Grazie, Caterinatesoro. Esci pure dalla porta padronale», concluse, scortandola verso l'ingresso.

Era una stanza enorme, grande quanto l'intero appartamento dei Belgrado. C'era un divano rotondo, al centro, coperto da fasci di fiori freschi, ed enormi vasi cinesi agli angoli.

«I nostri invitati si fanno sempre precedere da omaggi floreali», spiegò l'ex ballerina. «E dire che ho letto sul galateo che i fiori dovrebbero essere inviati dopo, per ringraziare. Io, con queste regole dell'etichetta, proprio non mi ci raccapezzo. Prendi questo mazzo di peonie bianchissime. Senti che profumo. Portale alla mamma. Ciao, Caterinatesoro», concluse, mettendole i fiori tra le braccia.

Caterina uscì, frastornata di parole.

Si avviò lentamente verso casa, recando quell'enorme fascio di peonie bianche, appena screziate di rosa. La nebbia si era infittita, il cielo si era fatto buio sebbene fossero da poco passate le quattro del pomeriggio. I lampioni, accesi, diffondevano un alone di pallida luce.

Marco, sull'angolo della via Senato, vide la sagoma flessuosa di una ragazza che si materializzava nella nebbia. Gli veniva incontro. I fiori bianchi e opulenti ondeggiavano appena tra le sue braccia. Era un'immagine quasi irreale.

«Ciao, Belgrado», le disse, quando fu a pochi passi da lui. «Ero sicuro di vederti spuntare, da qualche parte. Non sono altrettanto sicuro che tu sia vera. Forse sei solo una visione.»

Caterina lo guardò, trasognata. Era tornato. E prima di quanto pensasse.

4.

«CIAO, Marco», lo salutò lei, cercando di dominare l'emozione.

«Chi ti ha dato questi fiori?» domandò, con una punta di gelosia.

«Perché dovrei dirtelo?» civettò Caterina, affondando il viso in quella selva di corolle profumate.

«Infatti, non c'è ragione», tagliò corto lui. Allungò un braccio e le circondò le spalle. Lei sperò di non essere vista da qualche pettegola, altrimenti i suoi genitori ne sarebbero stati informati.

«Stiamo andando da qualche parte?» chiese, volendo apparire disinvolta.

«Non credo», rispose lui un po' impacciato. «Il fatto è che domani parto. Non tornerò prima di un mese. Volevo salutarti. L'altra sera sei fuggita, lasciandomi solo con tuo padre», spiegò.

La sua presa si fece più ferma. Caterina si sentì avvolgere da un'ondata di calore che la lasciò senza fiato. Tuttavia, reagì rispondendo in modo evasivo: «Sono molto lusingata per queste attenzioni. Grazie, Marco. Ora devo andare a casa».

Svoltarono in via Palestro. Un guardiano stava chiudendo il cancello dei giardini pubblici.

«Da quando ti ho incontrata, non ho fatto che pensare a te», confessò lui.

Si erano fermati a ridosso della cancellata dei giardini, sotto un lampione che li avvolse nella sua luce ovattata. Non c'erano passanti in quel tratto di strada. Il traffico era molto ridotto. Il tram che veniva dalla piazza Cavour passò sferragliando. L'edicola dei giornali era chiusa.

«C'è tanta luce, qui. Mi sento come fossi in vetrina», mormorò la ragazza.

«Non potrei mai portarti in un posto buio. Sei così innocente», le sussurrò.

I loro aliti si confondevano in nuvolette di vapore. Caterina fece appello a tutte le sue forze per resistere al fascino di quell'uomo che le piaceva tanto.

«Tu che cosa ne sai? Potrei essere una ragazza dissoluta e perversa», lo sfidò. Lui le sorrise, teneramente.

Due sere prima, quando aveva raggiunto la fidanzata a casa degli amici, Francesca gli era andata incontro, porgendogli le labbra per essere baciata. Marco si era limitato a sfiorarle una guancia, con aria distratta. Non riusciva a liberarsi del pensiero di Caterina. Durante il pranzo, la sua mente navigava altrove e più di una volta Francesca lo aveva richiamato all'ordine. Tutti si erano accorti che Marco era distratto e assente. Francesca era irritata, anche se cercava di nasconderlo. Quando stavano congedandosi, la padrona di casa gli sussurrò: «Dev'essere una donna molto speciale, quella che ti ha ridotto così».

«Che cosa dici?» aveva balbettato lui.

«Conosco gli uomini, mio caro. Bada che la tua fidanzata è un osso duro. Non si lascerà scalzare tanto facilmente», aveva concluso con un sorriso complice.

In macchina, mentre riaccompagnava a casa Francesca, non era riuscito a proferire parola. Alle domande di lei, rispondeva per monosillabi. Alla fine, la fidanzata aveva commentato: «Sei assolutamente frastornato. Dev'esserti capitato qualcosa di grave».

Gli era davvero successo qualcosa di molto importante: aveva incontrato la donna della sua vita. Caterina non era più bella di Francesca, né più intelligente o più simpatica. C'era semplicemente qualcosa in lei che Marco non sapeva definire e che lo attirava irresistibilmente.

«Forse sono un po' stanco», si era giustificato scortando la fidanzata fino al portone di casa.

«Come, non sali da me?» si era stupita.

«Scusa tanto, Francesca. Sono stanco, te l'ho detto», si defilò senza neanche abbracciarla.

Appena rincasato, il telefono si era messo a squillare.

«Se ti sei stancato di me, puoi dirmelo.» Francesca piangeva all'altro capo del filo.

«Per carità, smettila», aveva risposto bruscamente.

«Fra due giorni partiremo per gli Stati Uniti. Dovrò stare con un uomo che è diventato indecifrabile?» si era lamentata.

«Buona notte, Francesca. Domani mi vedrai sotto un'altra luce», aveva concluso, chiudendo la conversazione.

Si era sdraiato sul divano, in salotto, aveva acceso la radio che diffondeva un programma di musica classica. Le note limpide della Pastorale avevano evocato l'immagine di Caterina.

Adesso, mentre la guardava sotto la luce fioca del lampionc, capì che non sarebbe più riuscito a togliersela dal cuore. «Sei soltanto una ragazza meravigliosa», disse e proseguì:

«Ti rivedo com'eri da bambina, con una gonnellina blu a pieghe, un golfino rosso con i bottoni di madreperla e una camicetta bianca che aveva il colletto smerlato. Portavi due lunghe trecce fermate da nastrini blu. Avevi occhi curiosi, vivi, ridenti. Rivedo la grazia con cui sceglievi la frutta per me. Ricordo le tue gambette magre che si allungavano quando ti sollevavi sulla punta dei piedi per arrivare agli scaffali più alti.

«Mi facevi tanta tenerezza perché erano tempi terribili e, uscendo dal negozio, mi chiedevo se ci saremmo rivisti il giorno dopo.

«La notte scorsa non sono riuscito a dormire, ripensando a tutto questo. Ti ho conosciuta bambina e ti rivedo donna. Sei splendida, luminosa. E questi tuoi grandi occhi...» non finì la frase.

«I miei occhi...» lo incitò Caterina, con un sorriso malizioso.

«Da strega. Tu mi hai stregato», constatò quasi con rabbia.

«Non ho capito se è un complimento», osservò lei.

«Non so fare complimenti e credo di non aver mai parlato così a lungo a una donna, prima d'ora», confessò.

Caterina era commossa ed esaltata da quelle parole. Non sapeva se piangere o ridere di gioia.

«Riportami a casa, Marco», si limitò a dire, confusa. «Ma non fino alla bottega. Papà potrebbe pensare male di noi. Invece non c'è niente da nascondere, ti pare?»

«Mi sembra la decisione più saggia», concluse Marco. «Non voglio passare altre notti insonni. Non verrò più a cercarti, piccola, meravigliosa Caterina.»

«Non puoi farmi questo», sussurrò, smarrita. Gli occhi le si riempirono di lacrime.

«Perché?» domandò Marco, con dolcezza, sfiorandole il viso con il palmo della mano.

«Fino a ieri, eri solo il ricordo bellissimo di una passione infantile. Ma adesso so che sei sempre rimasto nel mio cuore e nella mia mente. La nostra è una storia bella, importante, unica. Non lasciarmi, Marco. Non lasciarmi mai», supplicò.

«Amore mio», sussurrò lui. Chinò il viso sul suo, posò le sue labbra su quelle di lei, gliele schiuse baciandola con dolcezza.

Le peonie bianche, che Caterina teneva tra le braccia, sottolinearono con il loro profumo quel primo bacio. Quando ritornò a casa ed entrò nella cucina Elena stava rimestando la zuppa di verdura.

«Dove sei stata fino adesso? Ci vogliono due ore per andare dalla Calderisi?» l'aggredì la madre.

Caterina non rispose. Con aria sognante posò sul tavolo il fascio di peonie. «Dalla Calderisi, per te», si limitò a dire, con un filo di voce. Si avviò verso la sua camera, si abbandonò sul letto a baldacchino, chiuse gli occhi e ripensò al primo bacio della sua vita. Risentì la voce di Marco che le sussurrava: «Amore mio». Anche lei era perdutamente innamorata di quell'uomo che stava per andare dall'altra parte del mondo. Avrebbe voluto essere felice e, invece, stava piangendo.

5

La signora Kelly Randall, sposata Arlington, fece scorrere le tendine di finissima mussola bianca della finestra a riquadri, di stile inglese, della sua camera da letto. Guardò la coltre bianca che rivestiva gli alberi, i viali, le cancellate del Central Park. Era nevicato senza sosta dal giorno prima. Tra i rami bianchi si stagliavano i primi, obliqui raggi di sole. Kelly sorrise. La neve, a New York, in prossimità del Natale, le faceva nascere una voglia incontenibile di andare nel parco a fare ruzzoloni, come quando era bambina.

Il sorriso si spense e, sulla fronte, una ruga verticale si disegnò tra le sopracciglia aggrottate. Si allontanò dalla finestra, rassegnata. L'avvocato Bob Andrew Arlington Jr. non avrebbe approvato una trasgressione così innocente. Dopo tutto, sarebbero partiti per Aspen, nel Colorado, tra una settimana. Lì, nella località montana più esclusiva degli Stati Uniti, Kelly avrebbe avuto la possibilità di sfogare i suoi desideri infantili. A New York, la signora Arlington rivestiva un ruolo che richiedeva compostezza. Kelly frequentava le mogli degli avvocati più famosi, anche se molte di loro erano più anziane di lei e terribilmente noiose. Faceva parte di numerosi comitati benefici, entrava nelle case e nei negozi migliori, visitava mostre, presenziava a spettacoli teatrali, intratteneva ospiti importanti, adeguandosi spesso alle loro chiacchiere insulse e ripetitive.

A distanza di dieci anni, da quando aveva lasciato il corpo delle ausiliarie, doveva ancora dimostrare a un branco di oche pompose, e ai loro sussiegosi mariti, di essere completamente rinsavita. Ed effettivamente lo era anche se, nonostante i suoi trentacinque anni, sonnecchiava ancora in lei la tentazione di negare le regole di una società moralista, ingabbiata da schemi che non ammettevano evasioni.

Kelly vi si era adeguata soprattutto per la piccola Felicia, la sua primogenita, che adesso aveva quasi nove anni, essendo nata sette mesi esatti dopo le sue nozze con Bob, nel febbraio del 1946.

Suo marito, i parenti, gli amici avevano creduto a questo parto prematuro e avrebbero continuato a crederci fino a quando Kelly si fosse comportata secondo i codici del loro mondo. In seguito, erano arrivati due figli maschi a perpetuare la stirpe degli Arlington. Il primogenito, che aveva sette anni, si chiamava Robert Andrew come il padre e come il nonno. Il secondo, di cinque anni, era stato chiamato come il nonno materno: il professor Harrison Randall. Dopo quest'ultima nascita, Bob aveva deciso che lui e la moglie avrebbero dormito in camere separate. Di tanto in tanto bussava alla porta della camera di Kelly per passare la notte con lei. Erano momenti di intimità piacevole, perché Bob sapeva essere discreto e gentile.

Vivevano, dal giorno delle nozze, in una casa a tre piani, con i mattoni a vista, nel settore più esclusivo di Manhattan. Avevano due domestici, una cuoca e un giardiniere. Inoltre, possedevano una villa nel Connecticut e uno chalet ad Aspen.

Bob non le aveva mai chiesto se fosse felice. Del resto, nemmeno Kelly lo aveva mai fatto. Con una sottile differenza. A volte, lei guardava il marito e quella domanda le bruciava sulla punta della lingua. Lui, invece, quando la guardava, di solito pensava ad altro.

Kelly si infilò una veste da camera in velluto di seta e suonò il campanello. Si affacciò la cameriera.

«Preparami il bagno, per favore», le disse, mentre lasciava la stanza e infilava il corridoio. Socchiuse, piano piano, la porta della camera dove dormivano i due maschietti. Entrò, senza fare rumore, e sistemò le coperte che erano finite in fondo ai letti. Raccolse dal pavimento l'orsacchiotto di Harry e glielo posò sul guanciale. Inspirò profondamente. Le piaceva il profumo che aleggiava intorno a loro. Uscì in punta di piedi e passò nella stanza accanto, quella occupata da Felicia. Era un ambiente dai colori delicati, tra il giallo pallido e l'azzurro. La bambina sgranò su di lei i grandi occhi scuri, così simili a quelli dell'uomo con cui l'aveva concepita.

«Ciao, mammina», sussurrò con voce assonnata.

«Già sveglia?» domandò Kelly.

«Oggi niente scuola, vero?» volle accertarsi la piccola. Kelly si accostò al suo letto, passò delicatamente una mano tra i suoi ricci biondi e sorrise.

«Niente scuola per due lunghe settimane», la rassicurò. E soggiunse: «I tuoi fratellini dormono ancora. Tu, cosa vuoi fare?»

La bimba si stiracchiò come un gatto e le sorrise.

«Voglio poltrire ancora un pochino. Posso?» chiese.

«È un tuo diritto», convenne la madre.

«Papà, dov'è?»

«È uscito molto presto, stamani. Ho sentito l'autista dello studio quando è passato a prenderlo. Credo fossero le sei. Anch'io sono rimasta quasi un'ora a crogiolarmi nel letto. Fuori c'è tanta neve. Il parco è tutto bianco, sembra fatto di zucchero filato.»

Kelly amava i suoi figli in uguale misura, ma per Felicia aveva una tenerezza particolare. Contro la volontà di Bob, aveva insistito per imporle quel nome perché, nonostante gli orrori dell'immediato dopoguerra, le ricordava il periodo più felice della sua vita: quello trascorso in Europa dove aveva incontrato e amato Marco Honneger. Felicia le ricordava l'ex prigioniero italiano, magro e sofferente, da cui tuttavia sprigionava una grande forza fisica e morale. Sua figlia aveva ereditato dal padre, oltre agli occhi fondi, l'indole un po' timida e l'aria scanzonata. Per il resto assomigliava a lei, come una goccia d'acqua. Un giorno, quando lei fosse invecchiata e sua figlia fosse diventata donna, forse le avrebbe raccontato la verità sulla sua nascita. Sapeva già come avrebbe incominciato il suo racconto: «Tu sei il frutto di una breve, gioiosa storia d'amore, sbocciata come un fiore delicato e bellissimo in un mondo devastato dalla guerra». Le dava gioia pensare a Marco, anche se non ne era più innamorata. In dieci anni aveva avuto sue notizie dal padre, il professor Randall, che era in contatto con Marco Honneger per via di certi antichi arazzi fiamminghi che avrebbe voluto esporre al Metropolitan Museum. Non lo aveva mai cercato. Nemmeno Marco si era mai fatto vivo con lei. Così non sapeva se si fosse sposato né se avesse dei figli.

«Ci vediamo più tardi, per la colazione», disse a Felicia, sgusciando fuori dalla sua camera.

La vasca era stata riempita. Kelly gettò nell'acqua una manciata di sali alla salvia che subito sprigionarono un vapore aromatico. Poi scivolò nell'acqua abbandonandosi al piacere del bagno mattutino.

Aveva una giornata ricca di impegni tanto importanti quanto inutili: gli ultimi acquisti per i regali di Natale, la scelta del menù per il pranzo della vigilia, l'appuntamento dal parrucchiere, il tè delle cinque con una redattrice di *Vogue*. Ma prima, per l'ora di pranzo, sarebbe andata con i bambini a casa dei suoi genitori, che abitavano a pochi isolati di distanza.

Il pranzo settimanale con i nonni era diventato un rito cui i suoi figli tenevano moltissimo, perché lì trovavano la coppia di bassotti a pelo corto, Betsy e Duddy, e un gattino, Babalù, raccolto da Felicia per la strada. Quando lo aveva portato a casa, Bob era andato su tutte le furie. Aveva un pessimo rapporto con gli animali. Dopo la sfuriata venne colto da un attacco di raffreddore e il medico stabilì che era allergico al pelo degli animali. Così Babalù fu affidato ai nonni e adesso conviveva felicemente con i due bassotti. Tuttavia, Felicia continuava a considerarlo suo e ogni settimana portava una scorta di cibo. «Per il suo mantenimento», aveva specificato fin dall'inizio, a sottolineare la proprietà della bestiola.

Squillò il telefono. Kelly allungò un braccio, stillante schiuma profumata, e afferrò il ricevitore che stava su una piccola mensola.

«Buon giorno, cara. Come stai?» Era Bob. Sempre molto formale e affettuoso. Quando andava in ufficio prima del solito, non osava entrare nella stanza della moglie per salutarla. La chiamava un'ora dopo, quando era certo che Kelly fosse sveglia.

«Bene, caro», rispose lei. «E tu?»

«A meraviglia. I bambini?» s'informò.

«Dormono ancora. Oggi è il loro primo giorno di vacanza, ricordi?»

Capitava che Bob, assorbito dal suo lavoro, dimenticasse le piccole cose della vita famigliare.

«Naturalmente», disse lui. E soggiunse: «Sto andando in tribunale. Prevedo un duello all'ultimo sangue. Non credo che riuscirò a raggiungerti a casa dei tuoi. Abbracciali per me. Ci vediamo questa sera».

«Certo, caro. Abbi cura di te», replicò Kelly prima di riagganciare. Provò un senso di sollievo alla notizia che Bob non li avrebbe raggiunti per il pranzo. Quando lui non c'era, i bambini si sentivano più liberi di giocare con gli animali e lei avrebbe avuto tutto il tempo di chiacchierare con sua madre, in salotto, davanti al camino acceso, sorseggiando una grande tazza di caffè.

Quando Bob era presente, Kelly non si sentiva mai completamente rilassata. Era un buon marito e un buon padre. Sapeva essere affettuoso e comprensivo. A parole, era un uomo moderno, di larghe vedute. Tuttavia, Kelly, in sua presenza, stava sempre con il fiato sospeso. Gestiva e parlava in punta di forchetta, nel timore che Bob la guardasse con aria di rimprovero mettendola a disagio. Le sembrava che dietro il volto bonario e sorridente, il marito avesse un fucile puntato, pronto a sparare al minimo accenno di originalità o di stravaganza.

Kelly uscì dalla vasca, si infilò l'accappatoio e di nuovo guardò fuori dalla finestra. L'immensa distesa del Central Park, bianca e silente, rinnovò la tentazione di ignorare i rigidi schemi di vita degli Arlington. Erano ormai le otto. Si precipitò d'impulso nelle camere dei figli, chiamandoli con voce gioiosa.

«In piedi, bambini. Oggi sarà una giornata bellissima. C'è il sole e c'è tanta neve nel parco. Andremo a giocare», annunciò. Quindi scese nella veranda d'inverno, che dava sul giardino interno, per assicurarsi che la tavola della colazione fosse apparecchiata. Era felice e canticchiava sottovoce una canzonetta in voga, *Tea for two*, lanciata da Doris Day, la diva più amata dalle donne americane. Fu una mattinata splendida. Giocò con i suoi figli, nel parco, come un tempo suo padre aveva giocato con lei. Costruirono un pupazzo e poi si divertirono a demolirlo, lanciandogli contro palle di neve. Felicia si mise a piangere.

«Dopo tutto aveva una forma quasi umana e voi lo avete distrutto», li rimproverò. Ne fecero un altro e Kelly si privò della sua sciarpa per avvolgergliela intorno al collo.

«Così sentirà meno freddo», approvò la bambina.

Quando arrivarono dai nonni erano stanchi, accaldati, gioiosi.

«Siete in ritardo», disse la signora Randall, accogliendoli nel vestibolo della vecchia casa.

«Scusa, mamma. Abbiamo giocato nel parco fino a un momento fa», si giustificò Kelly. «Ho mandato al diavolo certi stupidi impegni e mi sono divertita come non mi accadeva da secoli.»

I cani incominciarono ad abbaiare per festeggiare i bambini. «Avete addosso un buon odore di neve», commentò, sorridendo, la signora Randall, mentre tentava di spogliare i nipotini da giacche fradice, scarponi e berretti.

«Papà dov'è?» chiese Kelly.

«In salotto. Vi sta aspettando. Abbiamo a pranzo due ospiti che vengono dall'Italia», spiegò la signora. Quindi abbassò la voce e disse: «Uno di questi, tu lo conosci già».

Kelly si affacciò sulla soglia del salotto. Vide Marco e una bella donna dai capelli ramati che gli sedeva a fianco. Il suo primo pensiero fu: «Ma perché non sono andata dal parrucchiere?»

6

KELLY impronto le labbra al più radioso dei sorrisi e s'inoltrò nel salotto, tendendo la mano a Marco. «Benvenuto», gli disse con voce chiara e ferma. Marco prese la sua mano e se la portò alle labbra, delicatamente. «Bentrovata, Kelly», rispose. E soggiunse: «Tu non conosci Francesca Damiani, la mia fidanzata». Quindi si rivolse a Francesca: «La signora è Kelly Arlington, una vecchia, cara amica».

Kelly tese la mano a Francesca che gliela strinse energicamente. Poi si accostò a sua madre e le sussurrò rapidamente: «Perché non mi hai avvertita? Avrei cercato di rendermi presentabile». I bambini, nell'anticamera, stavano facendo chiasso, tra il gioioso abbaiare dei cani, mentre la signora Randall ripeteva: «Bambini, per favore, non urlate così. Abbiamo ospiti. Chissà cosa penseranno di noi». La gattina Babalù irruppe nel salotto con il pelo ritto, fece due salti, si infilò tra le gambe di Marco e andò a nascondersi sotto il divano. La piccola Felicia corse nella stanza, inseguendola. Kelly l'acciuffò giusto in tempo, prima che travolgesse Marco.

«Babalù si è spaventata con tutto il chiasso che avete fatto. Adesso si nasconde. Lasciala tranquilla», ammonì la figlia.

Quindi si rivolse agli ospiti: «Questa è Felicia, la mia

primogenita». La bambina si ricompose. Accennò un garbato inchino a Francesca, mentre questa le tendeva la mano. Poi fu la volta di Marco, che afferrò la sua manina paffuta e la sfiorò appena con le labbra, caricando di significato scherzoso quel gesto cavalleresco.

«Possiamo andare a tavola», annunciò la signora Randall.

I bambini si quietarono immediatamente. Betsy e Duddy li affiancarono dimenando la coda. Babalù non si era mossa dal suo nascondiglio.

«A quando risale la vostra amicizia?» inquisì Francesca, con tono salottiero mentre un domestico serviva zuppa di gamberi.

«Alla fine della guerra, nella Germania occupata dagli alleati, circa un secolo fa, mi sembra», tentò di scherzare Marco.

«Per la verità ci siamo frequentati molto poco», suggerì Kelly che avvertiva l'ostilità di Francesca. «Marco, come tutti i prigionieri dei lager, era ridotto malissimo. Ho fatto del mio meglio per aiutare lui e altri.»

«Che genere d'aiuto?» domandò Francesca, con una perfidia fuori luogo.

«Cibo, mia cara», rispose Kelly. «Lei non ha idea di quanta fame avessero quei poveretti. E vestiti. Erano praticamente nudi. E medicine. Erano tutti malati, anche Marco. È stata un'esperienza che suggerirei a tante donne. Solo così potrebbero insegnare ai loro figli che la guerra non è una soluzione ai problemi dei popoli.»

I bambini erano insolitamente silenziosi e seguivano il dialogo dei grandi con attenzione. Anche il piccolo Harry ascoltava compunto, imitando i fratelli. Di tanto in tanto sfilava un gambero dal piatto e lo allungava ai cani, sotto il tavolo.

«Scopro sempre qualcosa di nuovo nella vita di Marco», constatò Francesca. «Lui è così avaro di parole», si lamentò con l'aria di commiserarsi.

«In compenso è un uomo d'azione», intervenne il professor Randall per porre fine a quella piccola schermaglia fra donne. «L'architetto Honneger, in questi ultimi dieci anni, ha rimesso in sesto la più antica e importante fabbrica italiana di arazzi, salvando un patrimonio artistico di famiglia che appartiene alla cultura di tutto il mondo.»

«Che cosa sono gli arazzi?» domandò Felicia, ben sapendo che, secondo gli ammonimenti paterni, i bambini non dovrebbero mai intervenire nei discorsi degli adulti.

«Sono tessuti eseguiti a mano, con fili di lana, di seta, d'oro e d'argento, utilizzando telai speciali. Generalmente rappresentano figure e paesaggi. Vengono appesi, come ornamento, alle pareti di case e di chiese. Si chiamano così perché i primi esemplari arrivavano dalla città di Arras, in Francia. Molti grandi sovrani, come Filippo l'Ardito, Filippo il Buono e Carlo il Temerario, quando andavano in guerra si portavano preziosissimi arazzi per decorare le tende da campo», spiegò Marco.

«Anche i nostri presidenti, quando andavano sui campi di battaglia, si portavano degli arazzi?» chiese ancora Felicia.

«Il signor Honneger si riferisce a tempi molto lontani, cara», intervenne il nonno. «A quell'epoca, qui dove siamo noi c'erano ancora gli indiani.»

Alla fine del pranzo Felicia, che aveva preso a parlare delle prodezze della sua gattina, volle che Francesca l'aiutasse a cercarla.

La fidanzata di Marco l'assecondò più per dovere d'ospitalità che per autentico interesse. Il piccolo Harry e il fratello Bob sgusciarono fuori dalla sala da pranzo con Betsy e Duddy.

«Ti fermerai a lungo, a New York?» domandò, infine, Kelly a Marco.

«Nel pomeriggio ho un incontro con gente del settore moda, qui in città. Voglio convincerli ad acquistare le mie sete. Domani partirò per Los Angeles. Mi fermerò a Hollywood tre o quattro settimane, così potrò stare un po' con mia sorella. Vorrei prendere accordi con alcuni designer americani. Il mio obiettivo è piazzare i broccati italiani e le sete nella mecca del cinema», spiegò.

«Stai facendo ottimi affari», si congratulò Kelly, sorridendogli con simpatia.

I signori Randall decisero che era il momento di lasciar sola la figlia con quell'amico italiano e, con una scusa, si allontanarono. Marco e Kelly rimasero seduti a tavola, l'uno di fronte all'altra, e si guardarono apertamente.

«Sei felice?» chiese lui.

«Sono serena», rispose Kelly. E replicò:

«Tu sei felice?»

«No», disse Marco con voce ferma.

«Lei è molto bella», sottolineò Kelly.

«Anche tu lo sei.»

«Mi è dispiaciuto lasciarti, quella volta, a Innsbruck», confessò.

«Credi che saremmo andati d'accordo, tu e io?» domandò Marco.

«Chi può dirlo. Bob è un buon marito. Questo mi basta», garantì. E soggiunse: «La sposerai?»

Marco annuì.

«Molto bene», approvò Kelly, sorridendo. «Sai, penso che non sia indispensabile essere innamorati per sposarsi. Ho delle amiche che si sono sposate pazze d'amore e hanno già divorziato», osservò.

«Già. Quello che conta è il rispetto reciproco», convenne con un sorriso mesto.

«Mio Dio, a questo punto sei?» esclamò.

«Tu ci sei passata prima di me. O sbaglio?»

«Io, almeno, ero convinta di fare la cosa giusta. Tu sembri sicuro che farai un matrimonio sbagliato», puntualizzò.

«Da noi, in Italia, le cose vanno in un altro modo. Quando comprometti una ragazza di buona famiglia, dopo devi sposarla», spiegò.

«Sei innamorato di un'altra?» domandò Kelly.

«Sì», rispose semplicemente.

«E la sposeresti, se non ti fossi impegnato con Francesca?» insisté.

«Non sono abbastanza coraggioso da legarmi a una ragazza che non è socialmente rappresentativa», ammise, con sincerità.

«Voi italiani siete davvero complicati», commentò Kelly.

«Io sono solo molto infelice. Lavorare accanitamente è un modo per ignorare i problemi di cuore.»

I bambini avevano ripreso i loro schiamazzi e Kelly si alzò da tavola.

«È stata una grande emozione per me, rivederti. Mi piacerebbe poter parlare a lungo, con te. Ma credo che non sia possibile. I miei figli mi reclamano.»

«Sono belli. Felicia, in particolare. Mi piacerebbe avere una bambina come lei», commentò Marco.

Kelly avvampò.

«Felicia è assolutamente speciale», replicò, accingendosi a lasciare la sala da pranzo.

«Siete ancora qui! Forse ho interrotto un dialogo importante», disse Francesca, comparendo sulla soglia. Teneva per mano la piccola Felicia, che aveva in braccio la sua gattina.

«Il caffè è pronto», annunciò la bambina, imitando il tono di una perfetta padrona di casa.

Quando lasciarono casa Randall per tornare in albergo, Francesca fu sul punto di esplodere. Era divorata dalla gelosia. Dovette far ricorso a tutto il suo autocontrollo per contenersi. Avrebbe voluto indagare su ciò che lui e Kelly si erano detti quando erano rimasti soli. Alla fine, decise che le conveniva accantonare l'argomento, augurandosi di lasciare New York al più presto.

Ora, però, era sicura di aver individuato la ragione dell'umore strano del fidanzato. Non poteva che essere legato alla prospettiva di rivedere l'americana. Ragionando freddamente, considerò che Kelly non sarebbe stata comunque una rivale pericolosa, dal momento che aveva una famiglia solida. Quindi, si preparò spiritualmente al viaggio in California. Sapeva quanto Marco e sua sorella Celeste fossero affiatati. Francesca era determinata a fare buona impressione sulla futura cognata e si augurava che Celeste inducesse il fratello a concludere con le nozze un fidanzamento che si protraeva da troppi anni.

7

«Il papà ha lasciato questo testamento», annunciò Elia Belgrado mostrando al fratello Alcide un foglio stazzonato, scritto con la grafia incerta di chi non ha dimestichezza con la penna, né con la grammatica. «Dice testualmente: 'Le terre, le cascine, gli attrezzi agricoli e le bestie vanno ai miei quattro figli maschi, la cooperativa dei vini è per mia figlia Silvia, le case e le botteghe di Sacile sono per Giovanna e Girolama'. Io dico che è giusto fare la spartizione subito, rispettando la volontà di nostro padre.»

«Nemmeno per sogno», si impuntò Evarista, calando un pugno possente sul tavolo della cucina. «La buonanima, prima di essere vostro padre è stato mio marito. Tutto quello che ha lasciato è mio, perché l'ho sudato io. Fino a quando non lo seguirò nella tomba, le cose restano così come sono. E guai a voi se cercate di portarmi via anche un solo rastrello.»

Il nonno era stato sepolto quella mattina, prima che Alcide, accompagnato da Caterina, arrivasse a Sacile, lasciando Elena a Milano. Era il giorno di Santo Stefano.

Il fratello maggiore scrutava Alcide aspettandosi che gli desse manforte contro la madre. Alcide considerò che un quarto delle terre, delle cascine e degli attrezzi agricoli era un bel capitale e, un giorno, sarebbe stato suo. Tuttavia, quella suddivisione sommaria, non ben definita, avrebbe dato origine a una serie di litigi tra i fratelli, perché c'erano terre buone e altre meno fertili, cascine attive e altre in pessimo stato. Pensò che non si potevano tagliare le bestie in quattro e che ognuno dei fratelli avrebbe voluto il toro, che era costato più di centomila lire ed era un esemplare da riproduzione eccezionale. Quindi, dichiarò: «Nostra madre ha ragione. La fortuna dei Belgrado l'ha fatta lei, con le sue mani e la sua volontà. È lei che deve disporne quando e come vorrà. E per dimostrarti che non parlo per interesse, ti dico subito che non aspiro a entrare nella spartizione. La mia bottega, a Milano, mi consente di mantenere dignitosamente la mia famiglia. Non ho mai voluto fare il contadino e non tornerò mai qui a immischiarmi nelle vostre faccende».

Stavano tutti seduti attorno al grande tavolo, nella cucina del cascinale in cui Caterina aveva vissuto per più di un anno con sua madre, durante la guerra. Niente era cambiato, tranne i componenti della famiglia. I cugini erano cresciuti quanto e anche più di lei, gli zii e le zie erano invecchiati, la nonna Evarista non era più la figura imponente che ricordava: si era un po' ingobbita e assottigliata, ma era ugualmente temibile e i suoi occhi erano tizzoni ardenti, pronti a incenerire chiunque osasse mettere in discussione la sua volontà. In quel momento Caterina ebbe la certezza che non fosse tanto l'avidità il motivo che spingeva i figli a reclamare il rispetto del testamento paterno, quanto il bisogno di sottrarsi, finalmente, al giogo di quella matriarca dura e inflessibile.

«Il testamento è un atto legale», insistette Elia che era il figlio maggiore e il più combattivo. «Se voi mamma vi ostinate a non volerlo rispettare, noi ci rivolgeremo a un avvocato», minacciò.

Evarista si levò dal tavolo, si accostò al camino, prese lo schioppo di suo marito che era appeso a un chiodo, lo imbracciò e lo puntò contro Elia.

«Se oserai soltanto accennare una seconda volta a questo argomento, io ti faccio secco. Io ti ho fatto e io ti disfo», dichiarò con voce ferma.

Elia chinò il capo e così fecero tutti i presenti. Tranne Alcide che strizzò un occhio a Caterina con aria complice. Seguì un istante di silenzio. Poi Alcide parlò: «Visto che non sono arrivato in tempo per il funerale, io, adesso, andrei al cimitero, a pregare sulla tomba di nostro padre». E soggiunse: «Mia figlia verrà con me». Si alzò, seguito da Caterina.

«Vi aspettiamo per il pranzo», disse la sorella Silvia.

«Sempre che i signori di città si degnino di sedere alla nostra povera tavola», aggiunse Evarista.

«Voi, mamma, non rinunciate mai a sfottere», commentò Alcide, scuotendo il capo, mentre si avviava fuori di casa, seguito dalla figlia. C'era la neve sulla strada che si snodava tra la distesa dei campi imbiancati. Caterina li ricordò coperti di spighe bionde, ondeggianti, ed erano il rifugio per gli interminabili dialoghi con la cuginetta Eva. Superarono la roggia dove s'innalzavano leggere e maestose le grandi acacie e individuò il punto in cui, guardando contro il sole di luglio, aveva visto la Madonna e la piccola Eva che la salutavano, sorridendole. Adesso la roggia era ghiacciata, il cielo aveva il colore del piombo e quei ricordi appartenevano a un passato in cui non si riconosceva più.

«Voglio vedere anche la tomba della piccola Eva», disse tuttavia, mentre si avvicinavano al cimitero.

«Te la ricordi ancora?» domandò suo padre.

«Non potrei mai dimenticarla», replicò e aggiunse: «Se fosse vissuta, credo che sarebbe diventata suora e santa. Qualche volta ho tentato di assomigliarle, ma non ci sono mai riuscita».

Varcarono il cancello del cimitero. La tomba del vecchio Belgrado si riconosceva perché la terra era smossa. Sulle zolle scure era stata appoggiata una corona di garofani con un grande nastro viola, con frange d'oro, che portava la scritta: «DAI TUOI CARI, A RICORDO IMPERITU-

RO». Caterina considerò che quell'*imperituro*, scritto dal fioraio del paese, era un po' fuori luogo, trattandosi di fiori che stavano già reclinando i calici a causa del gelo. Ma non disse niente. Lasciò che suo padre si raccogliesse in preghiera e gli allungò il suo fazzoletto quando vide due lacrimoni scorrergli sulle guance. La morte di questo nonno poco conosciuto, e che ricordava succubo della moglie, non la toccava. Le dispiaceva che suo padre ne fosse addolorato. Così, mise una mano sulla sua spalla e gli sussurrò: «Coraggio, papà. Se vuoi, recito con te il *Requiem aeternam*». Pregarono insieme.

«Vado a cercare la tomba di Eva», decise subito dopo.

«Non c'è più», disse una voce alle loro spalle. Avvolta in un grande scialle nero, con le frange che quasi sfioravano gli scarponi pesanti, Evarista si era accostata a loro. «Sono passati dieci anni dalla sua morte, e a luglio abbiamo tirato su le ossa. Il paese cresce, il cimitero è diventato piccolo e neanche i morti vengono lasciati in pace», commentò con voce aspra.

«Le ossa, dove sono?» domandò Caterina.

«Per adesso nell'ossario. Dopo le farò trasportare nella tomba di famiglia», dichiarò Evarista.

«Quale tomba di famiglia?» si stupì Alcide.

La vecchia sorrise con aria furba.

«Cosa credevi, che tua madre pensasse soltanto ad accumulare denaro? Ho provveduto anche all'eterno riposo. Venite», disse infilando il piccolo viale fiancheggiato da alti cipressi. «Ecco, qui sto facendo costruire il rifugio per le spoglie di tutti i Belgrado.» Indicò una specie di mausoleo in granito di marmo grigio. «Verrà pronto tra un paio di mesi. Allora, anche tuo padre sarà tumulato lì dentro. E quando sarà il momento, verrò messa vicino a lui.»

Caterina ammirò, trasecolata, le vetrate da cattedrale cementate di fresco, il piccolo altare sovrastato da un trittico con Gesù, la Madonna e i santi Giovanni e Paolo. I marmi bianchi chiudevano una serie di loculi. Pensò che lo sfarzo ignorato nella cascina, in quel luogo dedicato alla pace eterna era stato profuso a piene mani. «Mi costa qualche milione, questo palazzo», dichiarò la nonna con orgoglio. «Qui fuori, sul marmo, in cima all'ingresso, farò scrivere in caratteri d'oro: FAMIGLIA BELGRADO.»

Alcide le sorrise: «Sia fatta la vostra volontà, mamma».

«E adesso andiamo a casa a mangiare. Bisogna festeggiare tuo padre. Un gran brav'uomo, anche se era un buono a nulla e alzava volentieri il gomito. Però, mi ha sempre rispettata. Adesso esigo dai figli lo stesso rispetto», dichiarò.

«Voi lo sapete che tutti vi vogliono bene», osservò Alcide.

«Tutti hanno paura di me. C'è una bella differenza. Ma non conosco un altro modo per farmi rispettare e tenere insieme quel branco di selvaggi.»

Si avviarono verso casa. Caterina li seguiva, malinconica. Quel paesaggio invernale la rattristava. Lei, innamorata infelice, travolta dall'onda dei ricordi infantili, accarezzava con lo sguardo quella distesa di neve in cui avrebbe voluto perdersi.

«Domani devi accompagnarmi a Treviso. Il parroco mi ha dato l'indirizzo di un notaio. Non devi dirlo ai tuoi fratelli. Voglio fare testamento, a modo mio. Tu dovrai assistermi perché io, a parlare con la gente istruita, mi confondo e non trovo le parole», disse Evarista.

«Domani devo tornare a Milano», osservò Alcide, colto alla sprovvista.

«Invece farai come dico», insistette sua madre. «Se è per la bottega, tua moglie potrà sopravvivere qualche giorno anche senza di te. Se l'è cavata benissimo quando eri prigioniero», puntualizzò.

«Non è per la bottega. È per Caterina. Ha i suoi impegni. Deve ritornare subito», precisò il figlio.

«Mia nipote ha quasi diciott'anni. Può ben viaggiare da sola. Dunque lei parte e tu rimani. Mi pare che così vada bene», dichiarò la vecchia ed era implicito che non ammetteva repliche. Quindi si voltò verso la nipote: «A proposito, signorina, sento dire che i giovani di città vanno in montagna a sciare. Che roba! Come se non facesse abbastanza freddo in pianura. Tu vai a sciare?»

«Io non posso. Ho da studiare e da lavorare. Piccole cose che mi rendono qualche soldo, tanto per non chiedere sempre denaro alla mamma», spiegò Caterina.

«Così si fa. Vedo che mia nuora ti ha cresciuto proprio bene. E allora, ho qualcosa per te», disse scostando lo scialle. Infilò una mano nell'allacciatura del vestito, sul petto, ed estrasse un rotolo di banconote da diecimila lire. Ne contò dieci e le offrì a Caterina.

«Sono centomila lire. Per te. Comprati una cosa che ti piace», disse. Caterina si ritrasse.

«Vi ringrazio, nonna. Ma non posso accettare una somma così grande. Io, lo dico davvero, non ho bisogno di nulla.»

Caterina dava del voi alla nonna, come faceva suo padre.

«Non farti pregare, perché non ne sono capace. Se ti do del denaro significa che è giusto così. Prendi e taci», ordinò mettendoglielo in mano con determinazione. Quindi soggiunse: «Tu puoi tornare a Milano anche subito. Qui in cascina non c'è niente che ti trattenga. Ma bada che devi viaggiare in prima classe. Una signorina istruita come te deve sempre concedersi il meglio», precisò con una contraddizione soltanto apparente. «Il viaggio lo pago io.» Le allungò altre diecimila lire e a niente valsero le proteste di Alcide.

Dopo il pranzo, Alcide accompagnò sua figlia alla stazione di Sacile.

«Attenta a te», le disse. «Se in treno ti si accosta un signore che ti offre una caramella, tu devi dire...»

«Grazie, no, signore. Io sono una brava bambina e non prendo caramelle dagli sconosciuti», scherzò Caterina.

«Avvisa la mamma che tornerò appena possibile. Lo

vedi anche tu com'è difficile contraddire la nonna», cercò di giustificarsi.

La campanella della piccola stazione prese a tintinnare segnalando l'arrivo del treno.

«Ciao, papà», lo salutò Caterina, abbracciandolo. «Sono contenta di aver rivisto la tua famiglia e mi dispiace sinceramente che il nonno non ci sia più.»

«Fa' buon viaggio, piccolina. Attenta a non perdere i soldi che ti ha regalato la nonna.»

«Li custodirò con cura, anche perché so già come spenderli», rispose Caterina che da qualche tempo accarezzava un progetto.

Quando il treno arrivò a Mestre, fece appena in tempo a prendere la coincidenza per Milano.

Come aveva voluto la nonna Evarista, salì su una carrozza di prima classe. Si liberò del cappotto e del basco bianco. Indossava una bella gonna di lana scozzese grigia e rosa, completata da un rebecchino grigio chiuso fino al collo da bottoncini rosa. Non aveva mai viaggiato in prima classe e questa nuova esperienza le dava piacere. In quel giorno festivo viaggiavano in pochi e lei si trovò sola nello scompartimento. Di tanto in tanto si affacciava sul corridoio per sentire le voci degli altri passeggeri.

Con uno scampanellio petulante si annunciò il carrello delle bevande. Caterina si affacciò di nuovo sul corridoio.

«Caffè caldo, panini, aranciate, cioccolato», scandì la voce dell'addetto al servizio. Dallo scompartimento vicino uscì un uomo giovane.

«Quattro caffè», ordinò.

«Per me un panino e un'aranciata», chiese Caterina. Il giovane si accorse di lei in quel momento e le sorrise, osservandola con insistenza.

«Io la conosco», disse.

«Davvero?» rispose Caterina, piuttosto seccata, giudicandolo uno sciocco che voleva importunarla.

«Siamo stati presentati da sua cugina Annalaura. Ricorda?» insistette lui alludendo a un incontro di pochi mesi prima. Annalaura Gusmaroli, la nipote della terribile zia Maria, le aveva presentato il giovane Branzi e la sorella Arianna.

«Ma certo! Lei è Bernardo Branzi», esclamò, ricordando che lo aveva notato per la sua somiglianza con Clark Gable.

«E lei è Caterina Belgrado. Mi permetta di offrirle il panino e l'aranciata.»

«La ringrazio, ma non posso accettare. Papà mi raccomanda sempre di non accettare caramelle dagli sconosciuti», sentenziò lei, ironicamente.

Bernardo pensò che la cugina di Annalaura era un tipo simpatico. Caterina pagò e il barista viaggiante riprese il suo scampanellio lungo il corridoio. Lei addentò il suo panino e Bernardo rimase lì, a guardarla, con i quattro caffè in bilico, tra le mani.

«Lei ha occhi indimenticabili», osservò Bernardo, tentando di recuperare terreno.

«Dice così perché non conosce quelli di mio padre.» Era evidente che la ragazza non era disponibile a lasciarsi corteggiare.

«Viaggia da sola?» domandò, facendosi serio.

«È stata una concessione speciale», rispose.

«Allora venga da noi», propose, allegramente. Si fece da parte perché lei potesse entrare nello scompartimento. Bernardo le presentò sua madre, una signora che doveva fare qualche sacrificio per mantenere entro limiti accettabili un fisico orientato all'obesità, il padre e la sorella Arianna.

«Questo è il mio clan», annunciò Bernardo.

«È salita anche lei a Venezia?» chiese la signora Branzi.

«Io vengo da Sacile, il paese di mio padre», rispose Caterina, senza fornire ulteriori particolari.

«Noi abbiamo trascorso il Natale dai nonni», intervenne Arianna Branzi valutando la composta eleganza di Caterina che non corrispondeva all'immagine tratteggiata da Annalaura.

«Lei, signorina, è parente dei Gusmaroli, se ho capito bene. Di che cosa si occupa suo padre?» domandò il signor Branzi.

«Papà è commerciante. Nel senso che ha una bottega di fruttivendolo», disse Caterina, con semplicità.

I coniugi Branzi non riuscirono a nascondere un certo imbarazzo di fronte a quella rivelazione. Arianna pensò bene di chiarire la situazione.

«Caterina frequenta l'ultimo anno del liceo classico. Suo padre è il fruttivendolo più famoso di Milano. Ha quella stupenda bottega in corso Venezia.»

«Ma certo. Ce l'ho ben presente. È il 'Frutteto Belgrado'. Si chiama così il negozio, vero?» chiese il signor Branzi. Caterina annuì.

L'antiquario proseguì: «Noi andremo a St. Moritz per le vacanze. Lei, signorina, dove andrà?»

«Conosco St. Moritz perché me ne parla una mia cara amica, Lucrezia Pallavicini. Io non andrò da nessuna parte», spiegò Caterina.

«Bella, brava e modesta», commentò la pingue signora Branzi, con un sorriso compiaciuto.

«Tua cugina Annalaura ha una bella casa a Courmayeur. Non ti ha mai invitata?» chiese Arianna.

«I Gusmaroli non mi considerano sufficientemente presentabile. Dicono che ho l'impronta della bottegaia. Forse hanno ragione», commentò. Il signor Branzi sbottò in una risata schietta.

«Questa ragazza mi piace. Però ho l'impressione che calchi un po' troppo la mano sulla sua estrazione proletaria.»

«I miei genitori mi hanno insegnato a essere orgogliosa della nostra condizione», replicò Caterina.

«Potremmo invitarla da noi, in montagna?» propose Bernardo.

«Ma certo. Io ti insegnerei a sciare», si entusiasmò Arianna.

Caterina era frastornata da tanta cordialità e stupita per la semplicità di quella famiglia. Conosceva la sprezzante alterigia dei parenti materni e la bonaria condiscendenza dei Pallavicini d'Eril. I signori Branzi erano diversi.

«Grazie», disse. «Loro sono davvero gentili, ma io non posso accettare. Ho molte cose da fare durante le vacanze», spiegò.

«Non s'illuda di sfuggirci, signorina», aggiunse Bernardo. «Ora che ci siamo conosciuti meglio, mi farò vivo spesso e aspetterò il giorno in cui deciderà di essere più disponibile.»

Se l'amore per Marco non l'avesse offuscata, probabilmente avrebbe apprezzato di più la cordialità sincera della famiglia Branzi. Invece, l'evidente ammirazione di Bernardo e dei suoi famigliari acuiva la tristezza per l'assenza dell'uomo che amava.

Quando arrivarono a Milano, i Branzi insistettero per riaccompagnarla a casa.

«Mi farò vivo da St. Moritz», le sussurrò Bernardo, scortandola fino al portone.

«Non si disturbi. Non ne vale la pena», rispose Caterina.

Aveva voglia di piangere perché tutte quelle attenzioni le venivano da un uomo di cui non le importava tutto sommato niente.

8

«QUESTA ragazza ha qualcosa che non mi convince», osservò Elena.

«L'ho notato anch'io», replicò Alcide. «Non studierà troppo?»

«Può darsi», mormorò la moglie.

«Sta sempre rintanata nella sua stanza», ribadì lui. «Legge, scrive, corregge quelle stramaledette bozze. Non mi sembra un modo giusto di vivere, alla sua età.»

«Bisognerà fare qualcosa», decise Elena.

«D'accordo. Ma che cosa?» la interrogò il marito.

«Non so più da che parte prenderla. Per un niente, si offende e si immusonisce. Se le faccio un'osservazione, mi risponde male. Se cerco di saperne di più, si chiude come un riccio e non parla», si sfogò Elena, disperata.

«Forse è innamorata», osservò Alcide.

«Di chi?» s'inquietò Elena. «Ti assicuro che tengo gli occhi ben aperti e non ho visto neanche l'ombra di un moscone ronzarle intorno.»

Era notte. I coniugi Belgrado, nel loro letto, ragionavano su quella figlia che amavano tanto.

«Smettila di agitarti e di prendere a calci le coperte. Io ho freddo», brontolò il marito.

Elena tentò di quietarsi, ma non ci riuscì.

«Abbiamo una figlia strana», si rammaricò. «Non so

bene a chi assomigli. Forse l'abbiamo lasciata un po' troppo con mia madre.»

«Hai sempre bisogno di un capro espiatorio. Comunque, adesso chiudiamo il discorso, perché tanto sono solo chiacchiere», disse Alcide, avvicinandosi alla moglie.

Dalla donna emanava un tepore che gli accese il sangue. Insinuò una mano sotto la sua camicia da notte.

«Lasciami stare», si ritrasse lei, con poca convinzione.

«È colpa mia se appena ti sfioro vado in confusione?» si giustificò Alcide, attirandola a sé.

Elena lo lasciò fare emettendo un dolente sospiro, a metà tra la rassegnazione e il piacere.

Dopo vent'anni di vita in comune, il desiderio non si era mai spento tra loro. Si stemperava, piuttosto, tra la passione e le coccole. Come sempre, lei si rifugiava nella ritrosia, mentre in realtà le piaceva essere posseduta dal suo uomo.

Elena era persuasa che il matrimonio fosse il solo ambito in cui godere i piaceri dell'intimità. Si rendeva conto che la guerra aveva sovvertito i valori e le sacre abitudini. E si scandalizzava a sentire certe storie di giovani che consumavano il piacere prima delle nozze o, addirittura, senza un fidanzamento. Era in ansia per la figlia che, lo sapeva bene, aveva ereditato dalla nonna Luigia e da lei un'indole appassionata. L'atterriva, quindi, l'idea di saperla innamorata o, peggio, che avesse rapporti intimi con qualcuno.

Di solito, dopo l'amore, si abbandonava al sonno, soddisfatta e felice, mentre Alcide la teneva ancora abbracciata. Questa volta era così preoccupata che si sottrasse alle tenerezze.

«Quando propongo a Caterina di andare a Modena dalla nonna, lei è già con la valigia in mano, pronta a partire», riprese Elena riannodando il filo di un discorso spezzato. E proseguì: «Questa volta non c'è stato verso di indurla a muoversi».

«Domani le parlo io», decise Alcide che sperava di

addormentarsi subito. «Che cosa ne diresti di un lungo e profondo sonno?»

Elena, però, non lo ascoltava, presa com'era dalle sue preoccupazioni.

«Stamattina mi ha telefonato la zia Maria», riprese dopo pochi istanti. Alcide buttò indietro la coperta con un gesto stizzito.

«Va bene. Adesso mi alzo e vado a farmi un caffè, così potrò apprezzare meglio le tue chiacchiere», sbuffò.

Elena non aspettava altro. Seguì il marito nella cucina fredda, coprendosi le spalle con uno scialle, mentre Alcide aveva afferrato un plaid.

Elena scaldò la cuccuma del caffè e lo versò bollente in due tazzine, sedendo al tavolo, di fronte al marito.

«Lo sapevi che la bambina è tornata da Sacile con la famiglia Branzi?» rivelò al marito.

«No. Ma non mi sembra una notizia scandalosa. Chi è questa famiglia?»

«I Branzi sono gli antiquari di via Manzoni. Caterina ha fatto il viaggio con loro da Mestre a Milano e poi l'hanno accompagnata fin qui in taxi», spiegò la moglie. «L'ho saputo dalla zia Maria.»

«Che cosa c'entra lei con tutto questo?» domandò Alcide.

«I Branzi hanno una figlia, Arianna, che è compagna di università di Annalaura. E un figlio maschio, Bernardo, che lavora con il padre. È un po' il tipo del 'viveur', ma in sostanza è un bravo ragazzo. I Gusmaroli vedrebbero di buon occhio un fidanzamento tra Annalaura e Bernardo. Sai, sarebbe un bel partito, anche perché la ragazza non è un fior di bellezza. Ora, mentre Caterina non mi ha detto niente, mia zia mi ha raccontato tutto», concluse Elena.

«E allora? Voglio dire, a noi che ce ne importa dei progetti matrimoniali dei Gusmaroli con i Branzi?»

«Ma non capisci? Bernardo Branzi sta facendo una passione per nostra figlia», sbottò Elena. «L'ha persino invitata ad andare in montagna con loro.»

«Mi fa tanto piacere che la mia bambina abbia dei buoni corteggiatori», s'inorgoglì Alcide.

«Alcide, sei proprio uno sciocco. Credi davvero che possa esserci una storia seria tra noi poveretti e quei ricchi antiquari? In che mondo vivi? La verità è un'altra. Durante quel viaggio in treno, tua figlia deve aver civettato quanto basta per far girare la testa al giovane Branzi.»

«Questo, chi te lo ha detto?»

«La zia Maria», dichiarò Elena.

«Adesso basta», si arrabbiò Alcide. «Io non ti seguo nei tortuosi pettegolezzi con quel serpente di tua zia. È una donna fisicamente repellente e mentalmente vuota. Ti sei dimenticata quando ha fatto di tutto perché noi due non ci sposassimo? Ti sei dimenticata quando la supplicasti di ospitare la bambina durante la guerra e lei ti rispose picche? Ti sei dimenticata quando, il giorno delle nozze, ebbe il coraggio di andare a curiosare nel letto per vedere se avevamo due materassi, invece di quattro? Io me le ricordo molto bene queste cose. Mi ricordo quando disse, in chiesa, a un'amica: 'Poverina la mia nipote. Ha sposato uno strapelato che la ridurrà alla fame'. A me, le tue signore zie con il sangue blu mi sono sempre state sullo stomaco. E adesso mi dici che nostra figlia sta mandando all'aria un fidanzamento tra quel mostriciattolo di Annalaura e un ricco antiquario? Magari! Dieci e lode alla mia bambina», concluse con un sorriso raggiante. Quindi proseguì: «Questo potrebbe spiegare il malumore di Caterina. Avrà un debole per lui e lui è andato in montagna a divertirsi con altre donne».

«Lui le ha mandato dei fiori. Un fascio di rose rosse con un bigliettino sdolcinato. Leggilo», Elena gli porse il messaggio estraendolo dal cassettino del tavolo.

Alcide lesse: «Cara Caterina, incontrarla è stato un piacere. Rivederla sarà una gioia. A presto. Suo Bernardo».

«E le rose, dove sono?» chiese Alcide.

«Le ho date via. Caterina non deve sapere.»
«Ma allora sei proprio una stupida. Nostra figlia ha un corteggiatore che le manda dei fiori e un biglietto limpido, senza sottintesi e tu non glielo dici? Ora capisco perché Caterina è di cattivo umore. Basterebbe che tu non facessi la ficcanaso, non ti lasciassi montare la testa da quella vipera di tua zia e lei sarebbe la ragazza tranquilla di sempre», ragionò Alcide.
Elena fece una smorfia. «Sarà come dici. Però questa storia non mi è chiara. Perché mi ha taciuto questa conoscenza fatta in treno?» domandò più a se stessa, che al marito.
«Perché sa che sei una rompiscatole. Stai sempre lì con il fucile spianato a vedere che cosa fa, con chi va. A misurare le parole che dice e quelle che tace. Non hai nessuna confidenza con lei e poi ti stupisci perché non ti racconta niente», sbottò il marito.
«Ti dico che questa storia non è chiara. Ieri mattina ho trovato centomila lire, dico centomila, in un cassetto del suo tavolo. Erano chiuse in una busta e infilate dentro un libro. Da dove vengono?» lo sfidò Elena.
Alcide sorrise.
«Glielo hai chiesto?»
«Non ancora. La cosa è grave e non so perché ti faccia sorridere.»
«Perché quel piccolo capitale l'ha avuto da mia madre, se vuoi saperlo, cara la mia signora ficcanaso.»
«Tua madre ha regalato a Caterina tutti quei soldi? Perché non dirmelo, allora?»
«Le ha fatto promettere di non rivelarlo a nessuno. E le ha anche raccomandato di spenderli come le pareva. Adesso mi lasci andare a dormire?»
«Oh, Gesù! Io ero disperata, non sapevo più che cosa pensare. Domattina dovrò dirle dei fiori e scusarmi per non averglieli dati. Hai ragione, Alcide. Sono una maledetta ficcanaso e, ancora una volta, mi sono fatta venire il sangue amaro per colpa di quell'invidiosa di mia zia. Ma perché ho dei parenti così infami!» esplose, scari-

cando come sempre sugli altri una colpa che era soltanto sua.

Il mattino dopo era l'ultimo giorno dell'anno. Alcide era sceso in bottega prima del solito perché molti domestici sarebbero venuti a fare la spesa per il cenone.

Elena, invece di seguirlo per aiutarlo, aspettò che la figlia si svegliasse e, intanto, aveva allestito per lei, sul tavolo di cucina, una prima colazione straordinaria: caffellatte, panettone, tortelli fritti che sua madre aveva mandato da Modena. Aveva messo sul tavolo una piccola tovaglia di lino inamidato e il servizio di porcellana bavarese che usava soltanto per le grandi occasioni.

«Buon giorno, mamma», esordì Caterina, comparendole davanti con la vestagliona scozzese di lana pesante, lo sguardo ancora assonnato. «Che festa è?» domandò, senza osare sedersi.

«È l'ultimo dell'anno. Bisogna chiudere in bellezza, ti pare?» rispose Elena, tutta mielosa.

«Allora posso fare colazione?» domandò sua figlia, ancora incredula.

«È tutto per te», rispose Elena, con orgoglio. Caterina intinse una fetta di panettone nel caffellatte. Sua madre, appoggiata alla credenza, le braccia conserte, la guardava sorridente cercando un pretesto per avviare il dialogo.

«Oggi, che cosa farai?» le chiese.

«Quello che faccio sempre. Studio. Correggo bozze e, se mi avanza tempo, vengo giù in bottega ad aiutarvi», rispose.

«Secondo me, tu lavori troppo. Alla tua età, una ragazza ha diritto a qualche piccola distrazione. Che so... un cinema... un giro per negozi...» disse, prendendo il discorso alla lontana.

«Mi sono forse lamentata di qualcosa?» reagì nervosamente Caterina.

«Be', non si può dire che tu sia di buon umore, in questo periodo. Magari pensi a qualcuno che ti piace», insinuò Elena.

Caterina arrossì, il latte le andò di traverso e prese a tossire.

«Allora è come penso io», concluse Elena. «Ti stai tormentando per qualcuno. Bene, facciamola corta. Quel qualcuno ti ha mandato un grande fascio di rose rosse e un biglietto.»

«Dove sono le rose? Dov'è il biglietto?» domandò Caterina alzandosi da tavola, agitata.

«Scusami, bambina. Il fatto è che io... io non sapevo. Insomma, le rose le ho buttate. Il biglietto è qui», confessò Elena, facendo atto di contrizione.

«Ma come ti permetti di buttare dei fiori mandati a me?» strillò Caterina afferrando il cartoncino.

Lo lesse. Rimase un po' pensosa. Infine le sorrise, strappando il messaggio di Bernardo.

«Hai fatto bene, mamma. La cosa non m'interessa proprio», riuscì a dire. Poi si rifugiò nella sua stanza ed esplose in lacrime. Per un istante aveva creduto che il messaggio le venisse da Marco. Che a pensare a lei fosse stato Bernardo, la lasciava del tutto indifferente.

9

Le parole di sua figlia l'avevano disorientata. Si era finalmente spiegata i musi lunghi di Caterina, i silenzi, le risposte sgarbate, l'aria svagata, con lo sbocciare d'una passione che, se guidata entro i binari del buon senso, poteva sfociare in un fidanzamento di cui andare fieri. Ora, però, Caterina sembrava quasi irritata per quell'omaggio floreale del giovane Bernardo Branzi e aveva persino strappato il biglietto che l'accompagnava.

«Io non ti capisco», osservò Elena.

«Non c'è niente da capire», ribatté Caterina.

«Ma come? Tua cugina Annalaura sta facendo carte false per questo Branzi, che sarebbe un fior di partito per molte ragazze, e tu... tu... sembra quasi che tu sia offesa, invece che sentirti lusingata.»

«Mamma, ma che cosa ti viene in mente? Ma di che partito parli? Non ho ancora diciannove anni, non so cosa ne farò della mia vita e tu cerchi di combinare un matrimonio? Ma chi ci pensa a sposarsi? E poi chi ti dice che a questo Branzi io piaccia? E se gli piacessi, chi ti dice che lui piaccia a me? Io non so nemmeno chi sia», sbottò, dirigendosi verso la sua stanza.

Elena la seguì.

«Evidentemente lui sa chi sei tu, visto che avete fatto un viaggio insieme da Mestre a Milano. E tu non me ne avevi neanche parlato. L'ho saputo dalla zia Maria.»

«Ecco, brava, continua a servirti della tua informatrice personale per sapere le cose che mi riguardano. Se non te ne ho parlato, significa che quel Branzi non mi interessa.»

«Già, perché se ti interessasse tu me lo avresti detto. Vero? Tu con me non parli mai. Mi consideri l'ultima ruota del carro. Se volessi confidarti, ti rivolgeresti a quel giuggiolone di tuo padre. Ma io, dopo tutto, chi sono? Sono la serva di casa. Vado bene per farti trovare la minestra calda in tavola, per lavare e stirare le tue cose, ma non ho il diritto di sapere quello che ti passa per la testa. È così!» s'infuriò Elena.

«Sì, è così», ribatté Caterina, con altrettanta veemenza. «Con te io non posso parlare. Mi tendi gli agguati come un indiano apache, sempre pronta a colpire. Vai a rovistare tra le mie carte con la lente di Sherlock Holmes. Quando vuoi sapere qualcosa prendi le vie traverse. Non sei capace di essere schietta. O sei caramellosa e subdola, o ti ergi a giudice infallibile. Mi hai cresciuta a preghiere e a luoghi comuni. Un *Pater noster* e un ammonimento, un'*Ave Maria* e una minaccia. Quale figlia andrebbe a confidare i propri pensieri a una madre come te?»

Elena si sentì toccata sul vivo e ingiustamente accusata. «Sei perfida», le disse. «Io mi sacrifico perché tu possa studiare, rinuncio a tutto perché tu possa avere dei bei vestiti. Faccio tutto quello che posso perché tu abbia un avvenire decente, e questo è il ringraziamento.»

«Guarda che non ti ho chiesto io di venire al mondo. I miei vestiti me li pago da sola, con i soldi che guadagno. Inoltre non sei tu a farmi studiare. Sono io che studio. Comunque, tu segna tutto. Quando potrò ti rimborserò anche i soldi spesi per la levatrice», rispose Caterina, rossa di collera.

Partì un manrovescio che le stampò, tra guancia e orecchio, l'impronta della mano di sua madre.

Suonò il campanello nel negozio. Elena corse in cucina e sollevò la botola.

«Che cosa c'è?» chiese attraverso l'apertura.

«Guarda che qui, in platea, il pubblico è tutt'orecchi. Siamo molto interessati alla vostra conversazione. Nel frattempo, io dovrei anche lavorare. Allora, vogliamo smetterla?» urlò Alcide. Elena richiuse la botola senza replicare. Si mise a sbarazzare la tavola mentre lacrime grosse come goccioloni le rigavano il viso. Le dispiaceva di aver alzato la mano su sua figlia, le bruciavano le cose dette e quelle udite. Ma soprattutto aveva la sensazione che Caterina stesse navigando in un mare di guai. Le parole rassicuranti di suo marito franavano di nuovo di fronte al comportamento della figlia. Aveva detto delle verità, ma anche cose che non pensava per sfogare una frustrazione che si portava dentro da giorni e lei era pronta a giocarsi la vita sul fatto che Caterina le nascondeva un tormento.

«A diciott'anni, quale altro pensiero può avere una ragazza se non un amore sbagliato?» pensava. E poiché era evidente che il giovane Branzi non era in gioco, doveva trattarsi di qualcun altro. Ma chi? E perché questo qualcun altro la faceva soffrire? E se si fosse trattato di un uomo sposato?

Caterina le comparve davanti vestita di tutto punto. Teneva, sotto il braccio, una grande busta rigonfia. Elena sapeva che conteneva le bozze corrette per la casa editrice.

«Dove vai?» le chiese, asciugandosi le lacrime con il dorso della mano.

«All'inferno, se potessi», rispose Caterina.

«La tua casa editrice è aperta anche l'ultimo dell'anno?» inquisì.

«Lo vedi? È più forte di te. Non rinunci a spiarmi», la compatì sua figlia, prima di richiudersi alle spalle l'uscio di casa.

Elena si liberò del grembiule di cucina, si infilò rapidamente il cappotto e, quando fu certa che Caterina fosse ormai sulla strada, uscì di casa. Era decisa a scoprire dove stesse andando e con chi. Dopo tutto, quella busta di bozze poteva essere soltanto un pretesto. La seguì, tenendosi a distanza, lungo tutto il corso Vittorio Emanuele. La vide attraversare la piazza del Duomo, inoltrarsi lungo la via Dante, e quindi svoltare in corso Magenta. Caterina stava davvero andando dall'editore. E sola. Da lontano Elena ammirava la sua figura armoniosa, il suo incedere spedito, la compostezza del portamento. Notava anche gli sguardi dei passanti che si giravano a osservarla. Era fiera di quella figlia bella, sana, elegante, studiosa. Quasi si vergognava di questo pedinamento poliziesco. Guarda un po' se una madre deve ridursi così, pensava. Tuttavia, non desistette dal suo proposito. La vide varcare un grande portone. Elena si fermò e compitò le varie targhe che si riferivano agli uffici ospitati nel palazzo. CASA EDITRICE LO SCOIATTOLO, lesse. Si sentì rassicurata. Si guardò intorno e individuò un bar pasticceria che stava di fronte al palazzo, un po' spostato sulla sinistra. Entrò, ordinò un caffè e prese a sorseggiarlo tenendo d'occhio l'ingresso dell'edificio.

Si augurava che l'attesa non fosse interminabile e pregava perché sua figlia uscisse sola e, sempre sola, si avviasse verso casa. Così avrebbe potuto, almeno per il momento, mettersi il cuore in pace. Invece la vide uscire, dopo quasi mezz'ora, in compagnia di una giovane donna bionda, molto elegante e disinvolta, che le parlava fitto fitto. Caterina aveva sottobraccio un involto ancora più voluminoso di quello che aveva portato. La vide avviarsi con lei verso una Mini-Morris verde scuro, parcheggiata in prossimità del bar. La donna bionda si mise al volante e Caterina le sedette accanto.

Che fosse lei l'editore? Dalla descrizione sommaria di sua figlia, Elena dedusse che si trattava proprio della dottoressa Ronchi. Ma adesso, dove sarebbero andate? Lei non poteva seguirle. Si avviò verso casa, in preda a mille pensieri, frastornata da contrastanti congetture.

Quando rincasò, Caterina era in camera sua e stava

consultando dei libri. «Già a casa?» domandò Elena.

«Mi hanno dato un passaggio», rispose la ragazza.

Ecco, pensò la madre, se non l'avessi vista con i miei occhi salire in macchina con quella donna, sarei pronta di nuovo a far volare la fantasia. Devo assolutamente calmarmi. Forse Caterina non mi nasconde proprio niente.

«L'editore è molto contento del mio lavoro. Oggi mi ha affidato anche la traduzione dal francese di un libriccino per bambini. Non che io sappia così bene la lingua, ma si tratta di un racconto molto facile. Le traduzioni me le pagano meglio delle bozze. Pensavo che, dopo la maturità, potrei andare un paio di mesi in Francia, sempre che tu me lo permetta. Ho già da parte dei soldi. Me li ha dati la nonna Evarista. Così non te ne chiederei altri», propose.

«Oh, sì, certo», disse Elena che sentiva all'improvviso una fiducia sconfinata nei riguardi della figlia. «Mi dispiace per quello schiaffo», soggiunse, a mezza voce.

«Un po' me lo sono voluto», minimizzò Caterina, senza rancore.

Elena uscì dalla cameretta in punta di piedi. Trasse un sospiro di sollievo e cominciò a darsi da fare accanto ai fornelli, cantando. Le vacanze di Natale passarono, la scuola riprese, l'umore di Caterina era sempre lo stesso. Quando tornava a casa, dopo cinque ore di lezione, mangiava in silenzio, poi si chiudeva nella sua stanza a leggere, studiare, scrivere. Si coricava tardi, si alzava all'alba, sempre silenziosa e impenetrabile.

Bernardo Branzi aveva telefonato un paio di volte. Il telefono era in bottega, così aveva risposto Alcide.

Caterina, la prima volta, gli aveva parlato brevemente. Elena stava con le orecchie tese, pronta a cogliere ogni sfumatura di voce.

«Grazie per i fiori. Erano molto belli», aveva esordito mentendo, perché non li aveva neppure visti. Quindi aveva replicato: «Lei è molto gentile, ma non posso accettare. Mi creda, ho molto da studiare».

La seconda volta, aveva ordinato a suo padre: «Digli

che non ci sono». Elena c'era rimasta male. Non si rassegnava all'indifferenza della figlia per un giovane che dimostrava tanto interesse per lei. Se avesse potuto in qualche modo favorire una storia seria tra loro, lo avrebbe fatto, anche perché non sottovalutava il dispiacere che ne avrebbe avuto la zia Maria Gusmaroli. Elena non vedeva l'ora di ripagarla di tante cattiverie.

Gennaio finì e iniziò un febbraio così gelido che sui vetri della bottega, la mattina, si disegnavano cristalli di ghiaccio. La nonna Luigia telefonò da Modena. Si era presa una brutta influenza e stava molto male.

«Vengo io a curarti», si offrì Elena. E partì. Caterina e Alcide restarono soli. L'umore della ragazza migliorò. Alcide era un padre chiassoso e affettuoso. Caterina con lui era sempre adorabile. Elena telefonava da Modena per chiedere e per dare notizie. La nonna stava meglio e lei meditava di portarla a Milano nel giro di una settimana.

Una sera, verso l'ora di chiusura della bottega, mentre Caterina stava in casa a preparare la cena, trillò il solito campanello. Sollevò la botola.

«Che succede, papà?» esordì.

«Vieni giù in bottega. C'è una visita per te», annunciò Alcide. Caterina scese. In negozio c'era Marco, abbronzato e sorridente.

«Ciao Caterina», la salutò, guardandola come se fosse l'unica donna del creato.

Le mancò la voce per rispondergli.

«Il mio amico è appena tornato dagli Stati Uniti», spiegò Alcide, con orgoglio, a un paio di clienti.

«Ho un regalo per te», soggiunse Marco, mentre le tendeva un pacco di dischi.

«Grazie», sussurrò lei, arrossendo.

«Sono cantanti molto in voga, laggiù. Ti piaceranno», proseguì Marco. Caterina annuì.

«Credevo che non ti avrei rivisto mai più», disse lei, in un sussurro. Alcide riversava sui clienti un fiume di parole, mentre pesava la frutta e la verdura.

«Guardi che meraviglia queste banane. Le hanno staccate appena ieri dalla pianta e sono arrivate stamattina in aereo, a Milano. Hanno ancora il profumo dell'Africa. Annusi, signora.»

«Non ho mai smesso di pensare a te, Caterina», sussurrò lui. «Io ti amo», soggiunse con un filo di voce.

Per oltre un mese Caterina si era tormentata chiedendosi se Marco si fosse preso gioco di lei e l'avesse subito dimenticata. Era bastato che lui la guardasse per cancellare le angosce, le incertezze, il dolore. Sorrise. Era felice.

Marco se ne andò. Non le aveva detto quando si sarebbero rivisti, ma lei sapeva di essere amata dal suo angelo biondo. Strinse sul petto il pacco dei dischi che Marco le aveva regalato e si avviò verso la porta che dava sul retro, per tornare in casa. Suonò il telefono.

«Rispondi tu, per favore», le disse suo padre.

«Frutteto Belgrado», esordì staccando il ricevitore.

«Caterina», era sua madre, con la voce spezzata dal pianto. «Chiudete il negozio e venite subito a Modena. Ho bisogno di voi. La nonna è morta.»

Ricordò in quel momento la piccola piuma bianca che volteggiava sospesa nell'aria e poi era scesa a solleticarle la punta del naso facendola starnutire e piangere. Anche quella volta, la felicità di un istante sfumò nel dolore e nelle lacrime.

10

«CATERINATESORO, che cosa fai a Milano, con questo caldo?» chiese la contessa Calderisi, mentre usciva da una profumeria, davanti alla quale Caterina si era fermata per ammirare una bottiglia di profumo Nina Ricci. Era un boccettone panciuto, enorme, con un tappo di cristallo a forma d'uovo. Un liquido ambrato evocava essenze esotiche.

«Mi preparo agli esami di maturità», rispose.

«Oh, povera cara, vi fanno studiare perfino in luglio!» la commiserò.

L'ex ballerina indossava un abitino di seta giallo a pallini azzurri. La gonna era ampia e scendeva in morbide pieghe al polpaccio. Il bustino, attillato, sottolineava il seno prosperoso. Un cappello di rafia azzurro e un vistoso paio d'occhiali scuri a farfalla nascondevano, in parte, le fattezze delicate del viso. La sua pelle aveva il colore del bronzo dorato e le labbra erano coperte da un rossetto rosa pallido.

«Tra due settimane sarà tutto finito», garantì Caterina.

«Me lo auguro per te, Caterinatesoro. Ti vedo pallida. Hai bisogno di mare, di sole, di campagna, di divertimento. Se non ti godi la vita adesso che sei giovane, quando lo farai? Quando avrai quasi quarant'anni, come me? Mi raccomando che non si risappia: sono secoli che ne dichiaro soltanto trentadue. E finora ha funzionato.»

«Lo giuro», garantì Caterina, portandosi scherzosamente una mano al petto.

«Oh, scusa tanto. Io ti sto trattenendo e tu magari hai fretta», sorrise.

«Vado a studiare da una mia amica, in via Cappuccio. Ha un bellissimo giardino e sotto le piante si sente meno il caldo», spiegò la ragazza che stava andando da Lucrezia.

«Posso offrirti una bibita fresca?» la stuzzicò la contessa indicando il bar che era proprio lì, accanto alla profumeria.

«Grazie, sì», acconsentì la giovane.

Erano passati cinque mesi dalla morte improvvisa della nonna Luigia. Caterina aveva pianto tutte le sue lacrime. Poi, a poco a poco, si era rassegnata pur accusando il vuoto lasciato da una vecchia signora che le era stata amica, confidente, quasi sorella. Pensava a lei con serenità, soprattutto per ricordare i momenti spensierati trascorsi insieme. Vedendo la contessa Calderisi, le era tornata in mente la nonna che, proprio un anno prima, aveva confezionato per il suo letto a baldacchino delle tendine di mussola bianca a fiorellini rosa, in sostituzione dei veli ormai consunti e strappati.

«Che cosa farai dopo gli esami?» domandò la contessa.

«Andrò a Parigi, per due mesi. Mi sono rivolta al Centro di studi francese e ho trovato un lavoro alla pari, in una famiglia», spiegò con orgoglio.

«Cosa significa: alla pari?» s'informò lei.

«Questa famiglia mi ospiterà e, in cambio, io darò una mano in casa.»

«Caterinatesoro! Ti sembrano vacanze, queste? Hai studiato come una matta e ricominci a lavorare. No, non va assolutamente.»

«Va a meraviglia, invece. Parlerò francese dalla mattina alla sera. Ed è questo lo scopo. Voglio impratichirmi nella lingua.»

«Il conte, mio marito, ha comperato un castello, in Normandia. Noi partiamo domani. Sai, non l'abbiamo ancora visto. Tu ci raggiungerai. A Parigi, in estate, si muore di caldo. Se proprio vuoi andarci, ti ci accompagnerò, per qualche giorno. Ma prima, devi venire da noi a riposare.» Più che un invito, era un ordine affettuoso.

«È escluso, contessa. Non è proprio il caso che si disturbi», si schermì.

«Caterinatesoro, ti conosco da quando eri grande così. Mi sento quasi una madre per te. Mi dà gioia vederti. Parlerò io con i tuoi. Penserò io a convincerli», dichiarò con voce ferma, dopo aver vuotato il suo bicchiere di chinotto ghiacciato. «Sai una cosa, Caterinatesoro? Tu, oggi, sei la ragazza che avrei voluto essere io vent'anni fa. Sei limpida come acqua di fonte. Non permettere mai a nessuno di sporcarti.»

«Non so di che cosa stia parlando», replicò la ragazza, arrossendo.

«Lo so io. Adesso, vai dalla tua compagna a studiare. Un grande in bocca al lupo per i tuoi esami. Staremo insieme nel mio castello e andremo a Parigi a ordinare un guardaroba molto raffinato per te.»

Caterina arrivò a casa di Lucrezia in uno stato di eccitazione incontenibile.

«Io non so bene se sono sveglia o se sto sognando. Voi non potete immaginare quello che mi è successo», esordì, entrando nel gazebo ricoperto d'edera, accanto a una fontanella da cui zampillava acqua fresca.

«È arrivata la regina del *coup de théâtre*», annunciò Lucrezia che, con Diana, sedeva al tavolo dov'erano sparpagliati disordinatamente libri di scuola e quaderni di appunti.

«Guarda che noi abbiamo già incominciato a riassumere i canti del Paradiso», disse Diana, mostrando il testo della Divina Commedia.

«Prima, dovete ascoltarmi», si ribellò Caterina, prendendo posto sulla panca di granito che girava intorno al tavolo. E incominciò a raccontare il suo incontro con la contessa.

«Così, se i miei saranno d'accordo, passerò la vacanza in un castello. Ve la immaginate Caterina Belgrado nelle vesti di castellana?» concluse ridendo.

Diana prese a sfogliare un libro con aria pensosa. Lucrezia fece una smorfia di incredulità.

«Siete delle amiche straordinarie. Grazie per la partecipazione entusiasta», concluse Caterina, mettendo il broncio.

«Devi ammettere che tutta questa disponibilità è piuttosto sospetta», osservò, infine, Lucrezia.

«Perché? Che cosa c'è di sospetto?» indagò subito Caterina.

«Secondo me, tutto», intervenne Diana. Pensava alle sue prossime vacanze sui monti Lattari, a Furore, in un borgo di contadini, a fare da balia alle sue tre sorelle. Qualche volta sarebbe riuscita a scendere fino al mare per fare un bagno, forse. Ma non ne era così sicura, perché sua madre le aveva detto che non aveva abbastanza soldi per comperare quattro costumi. E adesso Caterina annunciava che avrebbe trascorso una vacanza in technicolor in un castello rinascimentale della Normandia, una delle regioni più antiche e suggestive della Francia settentrionale. Era davvero troppo!

«Non è che questa contessa sia per caso un po'... un po'...» insinuò Lucrezia, lasciando la frase in sospeso.

«Lesbica?» chiarì Caterina. E soggiunse: «Quando non sai come parlare male di una donna, dici che è lesbica. Lo avevi detto anche di me, ricordi?»

«Oddio, ci risiamo con questa vecchia storia», sbuffò l'amica. Dalla casa uscì una cameriera a portare del tè freddo, alla pesca. Tutt'e tre, contemporaneamente, finsero di studiare.

Quando la donna si fu allontanata, Diana riprese il filo del discorso. «Quello che non capisco è perché tu voglia andare in Francia», disse.

«Ti sembra un desiderio tanto stravagante?» domandò Caterina, ironica.

«Vorrei sapere qualcosa di più sul conto della Calderisi. Il fatto è che, poverina, è così *cheap* che tutti la tengono alla larga. Lei vorrebbe entrare in qualche salotto, ma capirete... il marito formaggiaio, il suo passato piuttosto discutibile... tutta quella ricchezza così ostentata. Insomma, non saprei proprio da che parte incominciare per avere delle informazioni», concluse Lucrezia.

«È possibile che tu voglia sempre rimestare nel torbido?» si spazientì Caterina.

«Ascolta, diciamocelo francamente, tu non sei molto sveglia. Sei il tipo che crede agli asini che volano. Tu guardi la realtà con gli occhi della fantasia e trasformi le cose secondo i tuoi desideri. Prendi quel Marco Honneger. Per fortuna è una storia finita. Ma a sentire te, doveva essere una specie di principe azzurro», dichiarò Lucrezia.

Caterina avvampò. Quello di Marco era un argomento che non voleva in alcun modo sfiorare.

Quand'era morta la nonna e il dolore cocente dei primi giorni si era attutito, aveva ripreso a vedere le amiche, aveva ascoltato con loro i dischi dei cantanti americani e aveva raccontato che Marco glieli aveva portati dagli Stati Uniti. Poi, non ne aveva più parlato. Anche perché non c'era stato più nulla da dire.

Marco, di tanto in tanto, passava dalla bottega quando lei non c'era. Scambiava quattro parole con suo padre, chiedeva sue notizie e se ne andava. La sera, Alcide saliva in casa e diceva: «Oggi è venuto a trovarmi il mio amico Honneger. Ti saluta».

Caterina ringraziava per il messaggio, sforzandosi di non tradire nessuna emozione. Intanto, sperava ardentemente che si facesse vivo con lei, invece che con suo padre.

«Che cosa c'entra Marco Honneger?» ribatté, secca.

«Si sposa. Non lo sapevi?» rispose l'amica, con noncuranza.

Caterina impallidì.

«Lo vedi in che mondo vivi? Non sai niente, mai. Sposa Francesca Damiani. Finalmente. Perché la sta tirando in ballo da molti anni.»

Caterina fu colta da un tremito.

«Mi sento male», mormorò. «Devo andare a casa.»

11

LUCREZIA e Diana la osservarono preoccupate.

«Caterina, che cos'hai?» chiese Lucrezia.

«Devo tornare a casa», ripeté Caterina, avviandosi.

«Aspetta. Ti accompagnamo», propose Diana, afferrandola per un braccio.

Lei si divincolò gridando: «Lasciatemi in pace!»

Prese a correre verso casa, come se fosse inseguita da un nemico. Non si accorse neppure di aver lasciato i suoi libri sul tavolo del gazebo. Entrò in casa sua come una furia, quasi travolgendo sua madre che stava carponi a pulire il pavimento. Raggiunse in fretta la sua camera, vi si chiuse a chiave, si buttò sul letto e, finalmente, pianse tutta la sua disperazione, affondando la testa nel cuscino.

Elena, dopo aver girato più volte la maniglia, prese a bussare freneticamente alla porta, chiamandola.

«Caterina, aprimi subito!»

Caterina singhiozzava e non aveva nessuna intenzione di risponderle. «Non farmi perdere la pazienza. Apri questa porta o chiamerò tuo padre. Ci penserà lui a sfondarla», minacciò Elena, disperata quanto sua figlia. Aveva visto la faccia stralunata di Caterina, la sentiva singhiozzare e non riusciva a immaginare che cosa le fosse successo.

«Va' via», gridò, infine, sua figlia. «Non ho niente da dirti. Lasciami in pace.»

«Ti prego, per l'ultima volta, apri questa stramaledetta porta», le ingiunse sua madre, angosciata. Elena sapeva che sua figlia era andata a studiare a casa di Lucrezia. E tutto si aspettava tranne che vederla rincasare in quello stato pietoso. Qualunque cosa le fosse accaduta, doveva essere terribile. Non sapeva come comportarsi e pensò di far intervenire il marito.

La porta finalmente si aprì. Caterina aveva gli occhi gonfi di pianto, il naso arrossato, il petto scosso dai singhiozzi.

«Posso sapere che cosa ti è successo?» domandò Elena, dominando l'ansia e tendendole un fazzoletto perché si pulisse il viso.

Caterina tornò a rintanarsi sul letto, senza risponderle. Era troppo sconvolta per parlare. Non riusciva quasi a credere che quanto le aveva detto Lucrezia fosse vero. Eppure, il suo buon senso le diceva che le cose stavano effettivamente così. Avrebbe dovuto capire che Marco aveva un'altra donna. Durante le vacanze di Natale, quando era andata in casa editrice e le avevano detto che la dottoressa Damiani era negli Stati Uniti, avrebbe potuto interpretare alcune strane coincidenze e trarre le dovute conclusioni. Adesso se ne rendeva conto. Aveva rivisto Marco, dopo tanti anni, sul portone del palazzo di corso Magenta. Francesca le aveva detto di essere fidanzata. Insomma, non aveva voluto guardare in faccia la realtà. Ma come poteva Marco dirle che l'amava se aveva un'altra? E quest'altra era una donna di fronte alla quale Caterina si sentiva assolutamente inadeguata, perché Francesca Damiani era bella, era elegante, era una vera signora. Lei era soltanto la piccola Belgrado, la figlia di Alcide, il fruttivendolo che scorrazzava su e giù per le vie del centro, con la sua bicicletta, a consegnare frutta e verdura. A pensarci bene, Marco non le aveva fatto nessuna promessa. Anzi, le aveva detto che non voleva rivederla più, la prima e la sola volta in cui l'aveva baciata. Ma poi era tornato. Perché? Le aveva sussurrato parole d'amore. Perché?

«Perché è un infame!» gridò, mentre sua madre incombeva su di lei.

«Chi è questo infame?» domandò Elena, con voce strozzata. Non osava ancora delineare i contorni di una vicenda drammatica, ma ormai era certa che si trattasse di un fatto molto grave. Prima d'ora non l'aveva mai vista così sconvolta.

«Lo so io, chi è», rispose Caterina, furibonda. «Devo scendere in bottega a fare una telefonata», decise, lasciando il suo rifugio.

«Sei matta? A chi vuoi telefonare? C'è gente, in negozio», l'ammonì, tallonandola.

«Non m'importa niente della gente», gridò Caterina, con voce isterica, mentre scendeva le scale.

Sapeva a memoria il numero di telefono della casa di Marco, in Foro Bonaparte. Non lo aveva mai chiamato prima, ma lo aveva cercato sull'elenco e lo aveva stampato nella mente.

Elena, dal canto suo, non osava dissuaderla più del lecito anche perché, ascoltando la telefonata, avrebbe finalmente potuto capire la ragione di tanto scompiglio.

D'improvviso, la voce di Caterina cambiò.

«Buon giorno», disse con una calma stupefacente. «Sono Caterina Belgrado. Cerco l'architetto Honneger.»

Qualcuno, probabilmente un domestico, le rispose che non era in città. Se lo desiderava, poteva lasciare un messaggio.

«Certo che gli lascio un messaggio», incalzò, con accento limpido. «Gli dica che desidero ardentemente vederlo morto. Grazie.» E chiuse la comunicazione.

Poi si voltò. Sua madre era lì, davanti a lei e la guardava incredula. Suo padre tratteneva una cliente fuori dalla bottega, perché aveva capito che stava succedendo qualcosa di grosso e voleva arginare il pettegolezzo.

Caterina si rifugiò tra le braccia di Elena, ricominciando a piangere.

«Io ero innamorata di lui, capisci? E lui invece ama un'altra. Morto! Voglio vederlo morto», singhiozzò.

Elena, in un lampo, capì il totale disinteresse per l'antiquario Branzi e tutto ciò che le era sembrato strano, in sua figlia, in quel periodo. Non riusciva invece a immaginare come né quando fosse nata la passione per quel giovane aristocratico verso il quale i Belgrado nutrivano affetto e gratitudine.

Alcide chiuse la porta della bottega, appese alla vetrina un cartello con la scritta: TORNO SUBITO, aggirò il banco di vendita e sedette su uno sgabello.

«Adesso, racconta tutto», disse alla figlia, con aria grave.

Caterina, a questo punto, aspettava soltanto quell'invito per sfogare un'amarezza che si portava dentro da mesi.

«Lucrezia mi ha detto che Marco si sposa con la signorina Damiani. Io sono innamorata di lui», confessò.

«Da quando?» chiese Elena.

«Da quando avevo nove anni», affermò e aggiunse: «Papà lo sapeva».

«Che cosa sapevi tu e non mi hai detto?» inquisì la moglie.

«Oh, Signore!» sbuffò Alcide. «Era una fantasia infantile di nostra figlia. Che cosa volevi che ti dicessi?»

«Be', adesso ha quasi diciannove anni e mi sembra di capire che non si tratti di fantasie. Quando è incominciata questa storia?» martellò Elena rivolgendosi alla figlia.

Caterina scosse il capo sconsolata.

«Non è mai cominciato niente», ammise tristemente. «L'ho rivisto, lui è stato molto dolce con me e io... io ci ho ricamato sopra. Tutto qui. Se devo essere sincera, lui non mi ha mai fatto credere niente.» Tacque il fatto che Marco l'avesse baciata e le avesse detto d'amarla.

«Mia figlia non è il tipo d'avere grilli per la testa, se qualcuno non ce li mette. D'altra parte, Honneger è una persona troppo per bene per attentare alla virtù di una brava ragazza. E posso ben dirlo io che l'ho conosciuto in momenti terribili, proprio quando si conosce la vera indole di una persona. Honneger è un uomo onesto. Caterina è una ragazza quadrata. Così la domanda è: che cosa ti ha fatto credere che lui potesse essere innamorato di te? Vi siete visti di nascosto, per caso?» incalzò Alcide.

«Non ho mai fatto niente di nascosto», si sdegnò Caterina.

«Comunque stiano le cose, se quel signore dovesse ripresentarsi in bottega, farai bene a dirgli che non venga più», ordinò Elena al marito. «Quanto al resto, appena avrai dato gli esami, partirai come un razzo per la Francia. La contessa Calderisi mi ha telefonato per invitarti da lei, al castello. Francamente, se avevo dei dubbi sull'opportunità di accettare, adesso ho la certezza che devi assolutamente andare via. Un paio di mesi in Francia ti faranno passare tutte queste stupide fantasie», dichiarò Elena. Quindi si rivolse al marito: «Tu riapri la bottega, io me la porto di sopra e le faccio bere una camomilla».

Nonostante l'amarezza e il dispiacere, Caterina superò brillantemente la maturità. Il giorno prima di partire andò a scuola per vedere i cartelloni. Era stata promossa a pieni voti. Come Diana. Lucrezia, invece, aveva due esami a ottobre. Caterina non poté a essere felice per quel brillante risultato. Uscì dall'atrio del liceo con aria pensosa. Non riusciva nemmeno a rallegrarla la prospettiva di una lunga vacanza in un castello. La sua delusione d'amore era così cocente che le impediva di guardare con ottimismo al futuro.

«Ho ricevuto il tuo messaggio, Caterina», le disse Marco, affiancandosi a lei. «Capisco che tu desideri vedermi morto, ma io non ho nessuna intenzione di assecondarti.»

«Che cosa fai, qui? Perché mi stai seguendo? Non ti sei ancora sposato con la professoressa Damiani?» replicò Caterina, con rabbia.

«Avrei dovuto dirtelo che ero fidanzato. Non l'ho fatto. Perdonami. Ma avrei dovuto confessarti anche tante altre cose. Per esempio che da quando ti ho incontrata ho perduto la mia pace», confessò Marco.

«Levati di mezzo. Non voglio più vederti. Sono stata chiara?» lo aggredì.

«Anch'io sto cercando di spiegarti», reagì Marco. «In questi ultimi mesi, più di una volta sono stato sul punto di chiudere con Francesca. Non è che non le voglia bene, ma purtroppo, e non so nemmeno perché, mi sono innamorato di te, perdutamente. Tu non c'entri in tutto questo. O almeno, voglio dire che non ho smesso di amare la mia fidanzata soltanto dopo che ti ho incontrata. Quella con Francesca è una storia finita da un pezzo, da prima che ci rivedessimo. Non per colpa sua. Lei ha tutte le carte in regola per diventare una buona moglie. Io, invece, sono sicuro di non poter essere un buon marito per lei.»

«Però la sposerai», constatò Caterina.

«Probabilmente. Anzi, sicuramente», convenne Marco.

«E allora, che cosa significa tutto ciò? Che cosa vai cercando? Che cosa vuoi da me? Sparisci, fammi questo favore. Ogni volta che tento di medicare le ferite al mio orgoglio, rispunti tu a riaprire le piaghe. Che cosa ti ho fatto di così terribile perché tu ti diverta con questo gioco perverso?» implorò Caterina.

«C'è stato un tempo in cui uomini vili, sorretti da un'ideologia folle, hanno cercato in tutti i modi di annientarmi. Parlo dei miei carcerieri, nel lager nazista. Volevano distruggermi privandomi del cibo, dell'acqua, dei vestiti e soprattutto della dignità e della volontà. La mia voglia di vivere è stata più forte delle loro sevizie. Io, come tuo padre e come tanti altri, sono sopravvissuto perché la mia volontà era più forte della loro cupa ferocia. La volontà, per potersi esprimere, ha bisogno del rispetto di un codice, quello dell'onestà. Avrei potuto fuggire, tradire, ignorare i sentimenti e i bisogni degli altri. Non l'ho mai fatto. Non sono mai stato capace di farlo. Volevo sopravvivere con gli altri, per gli altri, conservando la mia dignità. Se io abbandonassi una donna che è legata a me da tanti anni, sarebbe come cancellare il mio passato, sarebbe come tradire me stesso. Lo capisci?»

«Che cosa vuoi da me?» insistette Caterina, che non voleva capire.

«Niente. Non voglio niente da te. Ma tu non puoi impedirmi di amarti. Nemmeno Francesca lo può. Volevo soltanto che tu lo sapessi. Ti amerò per sempre, Caterina», ammise, disperato.

«E io ti odierò per sempre, Marco. Te lo ripeto, spero ardentemente che tu muoia, perché solamente la tua morte potrà cancellare la rabbia che mi divora. Mi consola soltanto il fatto che domattina partirò per Parigi. Per molte settimane sarò sicura di non vederti, di non sentirti, di non ricevere messaggi per interposta persona.»

«Vai a Parigi? Con chi? Perché?» incalzò Marco.

«Ma di che cosa t'impicci? E poi non vado neanche a Parigi. Proseguirò per Bayeux e da lì per un castello nella valle dell'Orne. Addio, Marco. Spero sinceramente di non rivederti mai più», concluse Caterina e corse via, piangendo.

Il mattino dopo, all'alba, i coniugi Belgrado e la loro figlia presero un taxi per la Stazione Centrale. Alcide portava una grande valigia in cui Caterina aveva stipato indumenti e libri. Il treno per Parigi si stava riempiendo di viaggiatori. Trovarono un posto, su un vagone di seconda classe, accanto al finestrino. Alcide mise la valigia sul portapacchi. Elena le consegnò un cestino dove c'erano uova sode, panini al prosciutto e due bottiglie di Coca-Cola. «Mi raccomando, comportati bene», raccomandò alla figlia, prima di lasciarla. Era più emozionata di Caterina, per la prospettiva di quel lungo viaggio. «Il passaporto ce l'hai? I soldi anche? Il biglietto del treno, dove l'hai messo? Fa' giudizio, mi raccomando. Sii educata con la contessa. Se esagera con i regali, rifiuta. Quando puoi, paga con il tuo denaro.»

Caterina non faceva che ripetere: «Sì, mamma. Va bene, mamma. Sta' tranquilla, mamma».

Il treno stava per partire. I suoi genitori scesero dalla carrozza e sul marciapiede si accostarono al finestrino. «Mi raccomando, Caterina, scrivici una lettera non appena arriverai», disse Elena. La presenza di un'anziana passeggera, nello stesso scompartimento, in qualche modo la tranquillizzò.

Ci fu un lungo fischio che segnalava la partenza.

«Sii felice», gridò Alcide, con le lacrime agli occhi, mentre lentamente le ruote incominciavano a scorrere lungo i binari. Caterina mise fuori tutto il braccio, agitandolo, in segno di saluto.

Superata la penombra della stazione, il sole del mattino irruppe nello scompartimento. E con il sole, irruppe Marco.

«È questa la tua valigia?» chiese, senza neanche salutarla.

Caterina, paralizzata dalla sorpresa, non seppe minimamente reagire.

«Sì, è la sua», rispose l'anziana viaggiatrice.

Marco la calò dal portapacchi e si avviò lungo il corridoio.

«Che cosa stai facendo?» riuscì a chiedergli la ragazza, inseguendolo.

Il treno aveva incominciato a rallentare in prossimità della stazione di Lambrate, dove avrebbe effettuato la prima sosta.

«Ti porto a Parigi e dopo a Bayeux e dopo nella valle dell'Orne», dichiarò Marco, aprendo lo sportello del treno. «Ci andremo in macchina.»

12

DAL finestrino, mentre il treno riprendeva il suo percorso, l'anziana compagna di viaggio di Caterina vide i due giovani attraversare i binari. Lui teneva in una mano la pesante valigia e con l'altra stringeva il polso di lei, quasi temesse che potesse sfuggirgli. Scosse il capo e mormorò: «Questa gioventù. E dire che avrei giurato che fosse una brava ragazza».

«Tu sei matto da legare», gridò Caterina, arrancando dietro Marco.

«Tutti gli innamorati lo sono», rise lui.

L'Alfa blu era parcheggiata davanti alla stazione. Era evidente che Marco aveva studiato nei particolari la procedura di quella specie di rapimento. Mise la valigia nel baule e si sedette al volante. Caterina prese posto al suo fianco.

«Ho lasciato il mio cestino di provviste in treno», fu la prima cosa che le venne in mente.

«Ti giuro che non morirai di fame», garantì.

Era stordita, confusa, felice e disperata nello stesso tempo. Marco era un pilota straordinario. La vettura agile e scattante procedeva spedita lungo strade, tornanti, gallerie. Arrivarono a Parigi all'imbrunire.

«Qui passeremo la notte», annunciò Marco che, durante il viaggio, non era stato molto loquace. Entrò in città puntando dritto sul Quartiere Latino.

«Dove andiamo?» domandò lei.

«A casa di mia sorella, in rue du Bac», rispose.

«Tua sorella è qui?»

«Abita a Hollywood, ma ha casa anche a Parigi», spiegò.

«E dalla Calderisi, quando ci andiamo?» Caterina non aveva forze sufficienti per contrastarlo.

«Domani», affermò Marco.

«Mi aspetta questa sera», obiettò.

«Le telefonerai. Le dirai che hai perso la coincidenza per Bayeux. Sono stanco. Non ce la faccio più a guidare, per oggi», replicò Marco, mentre infilava un dedalo di stradine nel cuore dell'antico quartiere parigino.

Fermò la macchina davanti a un edificio alto e stretto, di stile settecentesco, appena rischiarato dalla luce rosata d'un lampione che si era acceso mentre suonavano al portone.

Venne ad aprire una donna di mezza età, che sembrava ricalcata sullo stereotipo della *concierge* di molti film francesi.

«Monsieur le comte, bien arrivé», esordì con un largo sorriso, mentre spalancava il portale.

Inoltrandosi nell'atrio, si scambiarono una serie di convenevoli. La donna sogguardava Caterina che ancora non le era stata presentata.

«La signorina è con me», affermò Marco, sospingendo la ragazza dentro l'ascensore.

«Avete bisogno di niente?» domandò la donna, mentre chiudeva il cancelletto di ferro battuto.

«Credo ci sia tutto in casa», la rassicurò Marco.

«Allora, buona notte», sorrise lei, con aria complice.

L'appartamento che dava sui tetti di Parigi era una specie di bomboniera sui toni verde acqua e rosa pastello. I muri erano rivestiti da tappezzerie a disegni provenzali, il parquet era coperto da grandi pallidi tappeti di Aubusson, le suppellettili erano di stile Impero, i divani nel salotto erano grandi e accoglienti, la cucina funzionale, il bagno un trionfo di marmi e specchi. C'erano due camere da letto.

«Dove vuoi dormire?» chiese Marco, con aria burbera. «Scegli la stanza che preferisci.»

Aveva mostrato la casa a Caterina ed erano in piedi, nel salotto.

Per tutta risposta lei scoppiò in lacrime.

«Ora che cosa c'è?» domandò lui, guardandola sconvolto, mentre posava la valigia di Caterina e la sua borsa per terra.

Caterina ritornò nel vestibolo e si accostò alla porta.

«Io non ce la faccio a passare qui la notte. Devo andare via», singhiozzò.

«Perché?» le chiese Marco, andandole vicino e guardandola con tenerezza.

«Perché... non lo so... mi sento fuori posto... Io ho paura.»

«Dove vorresti andare?» domandò lui.

«Dalla Calderisi. È lì che i miei pensano che io stia andando. E invece sono qui, in questo appartamento estraneo, con un uomo, come se io fossi una...» non finì la frase.

«Come se tu fossi, ma non sei», mormorò Marco, abbracciandola. «Io ti amo, piccola Belgrado. Non ti farò del male. Invece, avrò cura di te.»

«Anch'io ti amavo. Ma adesso non ne sono più tanto sicura. E non sono neanche sicura di voler andare in Normandia. Voglio la mia mamma. Voglio il mio papà», disse, continuando a singhiozzare.

«E io ti ci riporto», garantì lui, incominciando ad aprire la sua borsa.

«Oddio, che cosa fai?» domandò Caterina, addossandosi sempre più alla porta. Marco la guardò sorridendo.

«Mi faccio una doccia e mi cambio la camicia. Mangiamo qualcosa, riprendiamo i nostri bagagli e ti riporto a Milano. Guarda cosa c'è in cucina e prepara qualcosa di commestibile», disse, prima di chiudersi alle spalle la porta del bagno.

Caterina sembrò quietarsi. Entrò in cucina con passo esitante. Il grande frigorifero traboccava di viveri. C'erano acqua minerale, bibite gassate, uova, latte condensato, scatolette di carne, di formaggio, vasetti di miele, marmellata, frutta e verdura fresca. Lei si sentiva accaldata. Trovò un bicchiere, lo riempì d'acqua e bevve con avidità.

Poi si diede da fare per allestire una specie di pranzo con carne in scatola, sottaceti e uova sode. Preparò due coppette di frutta tagliata, mise sul fuoco il bollitore con l'acqua per il caffè e accese persino una candela.

Marco le comparve davanti rivestito di tutto punto. Aveva cambiato la camicia e indossato pantaloni dalla stiratura perfetta. Si era sbarbato ed emanava un delizioso profumo di pulito.

«Che meraviglia», esordì guardando la tavola. «Ma chi è quella fatina che ha preparato tutto questo?»

Caterina non raccolse il complimento.

«Vuoi farti una doccia? Troverai la tua valigia nella stanza rosa. Nel frattempo farò qualche telefonata. Dopo ceneremo.»

«Telefoni a Francesca?» lo sfidò lei, guardandolo altera, mentre usciva dalla cucina.

«No», rispose Marco, mentre le passava accanto ed entrava in uno studiolo molto femminile, zeppo di libri, di ninnoli, di fotografie in cornici d'argento.

Caterina si chiuse a chiave nel bagno. Quando uscì dalla doccia, corse nella camera che Marco le aveva destinato e si rivestì in fretta. Poi tornò in cucina. Lui la stava aspettando e l'accolse, pensoso.

«Ce l'hai con me?» domandò lei, guardandolo di sottecchi.

«È colpa mia», brontolò. «Sono uno stupido.»

«Scusami», sussurrò lei. «Non so bene che cosa mi ha preso. Ho avuto paura. Ho ancora paura.»

«Vai a telefonare alla Calderisi. Non vedendoti arrivare, si preoccuperà», suggerì.

Caterina ubbidì. Tornò di lì a poco, mentre Marco filtrava il caffè.

«Allora?» domandò lui.

«Le ho detto che arriverò domani», disse Caterina.

«Ma santo cielo! Non mi avevi detto che volevi ritornare a Milano?»

«L'ho detto. Ma sento che forse non è giusto. Non è nemmeno giusto che io passi la notte qui, con te. Insomma, dimmi tu che cosa devo fare.» Caterina era stanca, confusa.

«Va bene. Devo decidere io? Allora, va' a letto di corsa. Fatti una bella dormita e domattina ti porterò in Normandia», ordinò. E mentre lei si allontanava, lui soggiunse: «Guarda che non verrò nella tua stanza, anche se non ti chiudi a chiave».

Lei non disse niente. Si spogliò, scostò la coperta di seta del letto, s'interrogò sulla funzione di un lungo cuscino che sembrava un enorme salame e si infilò sotto il lenzuolo. Marco, per tutto il giorno, non le aveva fatto una carezza, non le aveva dato un bacio, non l'aveva neppure sfiorata. L'aveva trattata quasi con distacco. Perché? E lei perché si era abbandonata a quella crisi di panico, vergognosamente infantile? Dopo tutto, non era questo che voleva? Non era forse Marco l'uomo dei suoi sogni? Si rigirava in quel letto estraneo senza riuscire ad addormentarsi. Per qualche tempo aveva sentito Marco camminare per l'appartamento, ma ormai da un pezzo era tutto silenzio. Attraverso la finestra spalancata sulla rue du Bac vide filtrare un pallido raggio di luna. Si alzò, avendo cura di controllare che i bottoni del suo pigiamino a fiori fossero chiusi. A piedi nudi attraversò la stanza, socchiuse cautamente la porta. Il corridoio era immerso nell'oscurità. Si diresse verso l'altra camera da letto. La porta era spalancata, il letto era vuoto. Si avviò verso il salotto da cui proveniva un debole chiarore. C'era una lampada accesa, sul tavolino. Marco, ancora vestito di tutto punto, era steso sul divano e leggeva un libro. Alzò lo sguardo su di lei e le sorrise.

«Perché non dormi, piccola Belgrado?» le chiese.

«Faccio a te la stessa domanda», replicò Caterina.

«Se dormissi, come potrei pensare a te?»

«Davvero mi ami, Marco?» sussurrò.

«Tu non potrai mai sapere quanto. Vieni qui, amore mio.» Le fece posto sul divano, accanto a lui. «Sdraiati, vicino a me», soggiunse, dolcemente.

Lei aderì fiduciosa al suo corpo. Lui le circondò le spalle con un braccio. A Caterina parve di immergersi in un bagno di tenerezza. Adesso era serena e rilassata.

«Che cosa stavi leggendo?» gli chiese.

«Un racconto di Cechov, *La mia vita*. È la storia di un uomo mite e povero che ha idee chiare su come condurre la propria esistenza. Ma non ha fatto i conti con l'amore che irrompe nella sua vita come un ciclone. Si chiama Màŝa la donna bellissima, colta e ricca di cui s'innamora. E lui racconta: 'La mia vita era così complicata che avevo interamente perduto la facoltà di dominarla e mi trasportava come un pallone Dio sa dove'. Questo stavo leggendo e meditando», spiegò.

«C'è qualche riferimento a me?» domandò, in un soffio.

«Sì, mia piccola Belgrado. Prima d'incontrarti, avevo poche idee, ma chiare. Anch'io sto vagando come un pallone, trasportato Dio sa dove», confessò Marco.

«Che cosa ne sarà di noi?»

«Non lo so. Adesso sta' zitta e dormi.»

«Solo se anche tu prometti di dormire.»

Marco posò le labbra sulla fronte di Caterina, sfiorandola appena con un bacio.

«Buona notte, amore mio», le sussurrò.

Nel silenzio che seguì parve a Caterina che la luna e le stelle bisbigliassero raccontandosi la storia di due innamorati che fingevano di dormire per la paura di rompere l'incantesimo di quella notte di luglio, sotto i tetti di Parigi. E le sembrò che la luna e le stelle nutrissero per loro una gentile pietà.

«Dormi?» sussurrò lei, a un certo punto.

«No, se tu continui a parlare», rispose.

«Allora starò zitta», promise.

«Che cosa vuoi da me?» domandò lui dopo un attimo di silenzio.

«Che cosa succede tra un uomo e una donna, quando si amano?» chiese Caterina.

«Quello che sta succedendo a noi. Stanno vicini e non riescono a dormire.»

«Nient'altro?» chiese Caterina.

«Così, almeno, deve essere per noi», rispose, in tono burbero.

«Marco, io non ho mai fatto l'amore. Però, a giudicare da quello che provo, vicino a te, deve essere molto bello.»

«Dipende», brontolò Marco.

«Perché non mi domandi che cosa provo?»

«Perché non lo voglio sapere. Fammi un piacere, Caterina, tornatene a letto e lasciami in pace», sbottò lui, alzandosi.

«Credi che non sarei di là a dormire se potessi stare tranquilla? Ma non ci riesco.»

«Va' in camera tua, Caterina», ordinò Marco con decisione, voltandole le spalle.

Caterina si alzò e lo fronteggiò. Alla luce della lampada i capelli biondi di Marco splendevano come oro. I suoi occhi erano cupi, fondi e luminosi come la notte.

«Io voglio sapere», disse lei, con aria grave. «È così che ti comporti con Francesca?» lo provocò.

Marco alzò una mano come se volesse schiaffeggiarla, invece le accarezzò una guancia. Era così bella quella ragazzina, difesa soltanto dalla propria innocenza, che avrebbe scoraggiato un esercito di diavoli.

«Francesca l'ho vista e l'ho presa. Ed era vergine, come lo sei tu. Francesca mi piaceva. E mi piace ancora, qualche volta. Di te, Caterina, io sono innamorato.

Ti amo tanto che non oso nemmeno toccarti. E non ti toccherò né questa notte, né mai. Sono stato chiaro, adesso?» disse con voce alterata, allontanandosi da lei.

«Non alzare la voce con me, perché non te lo permetto. Sei stato tu a venirmi a cercare, a trascinarmi giù dal treno perché venissi con te, a portarmi in questo appartamento.»

«Meno di due ore fa piangevi e dicevi che volevi ritornare a casa. Che cosa vuoi che faccia un uomo di fronte a una ragazza come te?»

«Ero spaventata. Non mi capita tutti i giorni d'incontrare qualcuno che mi rapisce, mi dice che mi ama e mi porta a Parigi. Che cosa avrei dovuto fare? Saltarti al collo e dirti: prendimi, sono tua?»

«È quello che stai subdolamente tentando di fare adesso. E io ti sto spiegando che non posso. Vedo la meraviglia che sei e penso alla bambina dolce e smarrita che stava nella bottega di corso Venezia tra ceste di mele e sacchi di patate. Posso avventarmi su quella bambina? Non posso. Mi sentirei un mostro.»

«Ma io sono cresciuta. Ho compiuto diciannove anni. Guardami, Marco. Che senso ha la nostra storia?»

Lui le si avvicinò, attirò il viso di Caterina sul suo petto e le accarezzò i capelli.

«Buona notte, Caterina», le sussurrò. «Adesso vado a letto e cercherò di dormire. Tu fai quello che vuoi.»

Caterina restò lì, frastornata, al centro del salotto. Sentì Marco entrare nella sua stanza.

Si sdraiò sul divano e, inaspettatamente, si addormentò.

13

La svegliò il chiarore abbagliante del sole che irrompeva dalla finestra spalancata. Caterina aprì gli occhi su un ambiente diverso da quello che le era familiare e che gravitava intorno al suo letto a baldacchino. Il salotto nel quale si trovava sembrava affondare in un silenzio pieno di profumi lievi. Si alzò dal divano e fece il giro della casa.

Socchiuse la porta della camera di Marco. Il suo ospite dormiva ancora. Indossava soltanto i pantaloni del pigiama. Caterina si ritrasse, sentendo accelerare i battiti del cuore. Tutto quello che credeva di sapere sull'amore svanì di fronte a quel corpo immobile, che l'attraeva e le faceva paura. Poi, aprì cautamente la porta ed entrò nella stanza. Si avvicinò al letto. Attraverso le persiane socchiuse filtrava la luce che disegnava strisce chiare nella penombra. Guardò Marco con curiosità. Lasciò indugiare lo sguardo su di lui e le vennero in mente le statue dell'età classica. Era bellissimo.

Sperò che Marco non si svegliasse mentre si sdraiava sul letto, accanto a lui, ascoltando il suo respiro lieve e regolare. Obbedendo a un istinto misterioso, gli accarezzò il petto, lievemente. L'uomo emise un debole lamento, poi spalancò gli occhi su di lei. Le sorrise, con espressione ancora intorpidita dal sonno. Caterina sentiva il corpo e la mente vibrare come fossero le corde tese di un'arpa.

«Mia piccola Belgrado, che cosa mi stai facendo?» L'attirò su di sé e incominciò a slacciarle il pigiama.

Non ci furono più parole, mentre i loro corpi guizzavano tra le lenzuola di seta in un gioco che sembrava non avere fine. Fu una reciproca, dolcissima, estenuante ricerca. Poi, Marco e Caterina furono una cosa sola. Rimasero abbracciati, a lungo, senza parlare, emozionati e felici. Quando Caterina si addormentò, Marco la tenne stretta fra le braccia, cullandola teneramente. Soltanto allora, il sole era ormai alto nel cielo e il calore di luglio aveva invaso la stanza, si rese conto pienamente di quello che era accaduto. Ne ebbe paura.

«Che cosa ti ho fatto, mia piccola Belgrado?» sussurrò, smarrito.

Caterina accostò le labbra al suo orecchio.

«Niente che io non abbia voluto e che non voglia fare per il resto della mia vita», sussurrò.

In quella casa sotto i tetti, nel cuore di Parigi, Caterina aveva alzato il sipario su un mondo ammantato di mistero, di vergogna, di divieti e di minacce. Il luogo del peccato e della perdizione in cui lei aveva trovato la perfetta felicità.

Passarono tutta la giornata ad amarsi. Scese la sera, poi venne la notte. Gli amanti si affacciarono alla finestra a guardare il cielo stellato e il volto bonario della luna.

«Stanno intonando inni di gloria, lassù, per noi», disse Caterina.

«Parigi, ai nostri piedi, applaude», replicò Marco. Quindi propose: «Ti porto fuori. È bella Parigi di notte».

«Non ci penso proprio», reagì lei, abbracciandolo.

«Sai una cosa, piccola Belgrado?» confessò Marco. «Tu sei il primo amore della mia vita. E resterai il solo, l'unico. Non c'è, in questo vasto mondo, un'altra donna come te. Sei irripetibile, straordinaria. Ti amerò sempre, ricordalo. Qualunque cosa accada, io ti porterò sempre nel mio cuore», soggiunse, con aria grave.

Passarono tre giorni e all'improvviso Caterina ritrovò il senso della realtà.

«Ogni giorno telefono alla Calderisi e le prometto di raggiungerla il giorno seguente. Non so più quali scuse inventare», disse.

«Allora dobbiamo partire. Subito», decise Marco. Poi la guardò con infinita pena. «Ma dopo, che cosa faremo?» chiese. Non si rassegnava a perderla.

«Non voglio sapere quello che succederà tra un'ora, o domani. Andiamo a Thury-Harcourt, nella valle dell'Orne, e lasciamo che le cose accadano», decise lei.

Partirono. Sul Boulevard St. Germain, Marco fermò la macchina.

«Aspettami qui», le disse. «Torno subito.»

Ritornò scortato da un fattorino che reggeva una grande scatola di legno. Lui aveva in mano un fascio di peonie bianche. «Champagne per la contessa», annunciò lui. «E fiori per te. Peonie come quelle che portavi quando ti ho incontrata nella nebbia.»

Caterina affondò il viso in quel fascio di corolle profumate.

Il castello sorgeva su una piccola altura, tra un florilegio di torrette e torrioni, di terrazze e cupole coniche. Dal borgo più vicino, Caterina aveva telefonato alla contessa Calderisi per avvertirla che stava arrivando accompagnata da Marco Honneger e adesso, nel sole di mezzogiorno, la castellana era lì ad aspettarli, con uno schieramento di domestici sull'attenti.

«La regina ci presenta il suo esercito», sussurrò ironicamente Marco.

Caterina ricordò l'accoglienza ricevuta a Sacile, quand'era bambina. La nonna Evarista l'aspettava brandendo la scopa di tamerice, come uno scettro, e lei aveva pensato che volesse cacciarla.

Un domestico corse loro incontro per aprire la portiera della macchina. Caterina lo seguì intimidita e frastornata da quella messa in scena molto coreografica.

La Calderisi, che indossava un vaporoso abito rosa pallido di foggia vagamente campagnola e grondava gioielli come una Madonna, spalancò le braccia in un gesto teatrale che voleva significare non solo il benvenuto ma anche una richiesta d'applauso per la rappresentazione allestita. «Caterinatesoro, finalmente! Lo sai che ero sul punto di telefonare alla tua mamma?» esordì maliziosa.

«Meno male che non lo ha fatto», sospirò la ragazza per lo scampato pericolo. «Dopo le spiegherò. Mi permetta intanto di presentarle Marco Honneger», disse Caterina.

Marco si esibì in un garbato baciamano che la mandò in estasi.

«Honneger, tessiture?» domandò l'ex ballerina, andando subito al sodo.

Marco annuì. Lei guardò Caterina con aria compiaciuta.

«È conte, vero?» le chiese sottovoce.

«Lo chiami architetto. Lui preferisce», suggerì la ragazza.

I domestici, intanto, avevano preso in consegna i bagagli, compresa la cassa di champagne. La padrona di casa li guidò fino al vestibolo immenso da cui partiva una scala per i piani superiori.

«Mio marito, stamattina, è andato a Deauville con alcuni amici. Si fermerà al mare per qualche giorno», spiegò ai due giovani. Ora che ospitava un conte vero, non voleva usare lo stesso titolo riferendolo a suo marito. La presenza di Marco la inorgogliva e la intimidiva allo stesso tempo.

Spalancò una grande porta di noce scuro che dava accesso a una fuga di sale. Una profusione di tappeti attutiva lo scricchiolio dei vecchi legni che ricoprivano il pavimento.

«Vi aspetto nell'ultimo salotto, laggiù», disse indicando una prospettiva remota dalle sfumature azzurrine.

«Intanto potrete rinfrescarvi nelle vostre camere. Hubert vi accompagnerà», soggiunse. Hubert era il maggiordomo.

«Camere separate», sussurrò Caterina a Marco, quando il domestico aprì la porta della sua stanza.

«Ma contigue», constatò Marco, poco dopo, comparendo da una porta che li metteva in comunicazione.

Caterina si rifugiò tra le sue braccia.

«Sto viaggiando nel paese dei sogni», esclamò. «Hai visto che meraviglia, questa camera? C'è persino un letto a baldacchino. Non è bello come il mio, ma mi piace. Guarda, dalla finestra si vede la foresta.»

«Adesso farai bene a raggiungere la padrona di casa. Quella muore di curiosità. E dovrai giustificare i tre giorni di ritardo», le consigliò.

«Devo dirle la verità?»

«Dille quello che vuoi. Non ti smentirò mai.»

«E devo affrontarla da sola?»

«È esattamente quello che lei desidera. Per il momento», garantì lui.

Caterina scese al piano terreno, superò tre grandi sale e raggiunse il salotto azzurro, arredato con poltrone e divani Luigi XV, piccole *étagères* stracolme di ninnoli, un caminetto acceso nonostante la temperatura non lo richiedesse. Liliana Storti, divenuta contessa Calderisi, stava in poltrona, accanto a una porta-finestra che si affacciava sul giardino. Ascoltava la radio e ricamava. Stava offrendo alla sua ospite la migliore interpretazione del ruolo di castellana.

«Sei già qui, Caterinatesoro. E allora siedi, vicino a me. E raccontami tutto. Non sto più nella pelle. Il conte Honneger è mio ospite. Oddio, se lo sapessero certe persone che dico io, morirebbero d'invidia», esordì, cinguettando.

«Conosco Marco da ormai dieci anni. È stato compagno di prigionia di mio padre, a Mauthausen», spiegò Caterina.

«Lui? Lui è stato in un lager! È ebreo?» si meravigliò.

«No, era partigiano.»

«Così giovane? Quanti anni ha?»

«Ventinove. Non è tanto giovane», osservò Caterina.

«Partigiano, eroe, ricco, nobile e... bello da morire», disse sospirando e, forse, raffrontandolo al marito quasi sessantenne, dai modi grossolani e di una bruttezza che non temeva confronti. «Ti ama?» domandò subito dopo.

«Credo di sì», sorrise la ragazza.

«Dove siete stati? Che cosa avete fatto in questi tre giorni?» incalzò spinta dalla curiosità che riteneva legittima, avendo promesso ai genitori di Caterina che si sarebbe occupata di lei.

«È stata tutta una sorpresa. Io non mi aspettavo che lui mi accompagnasse in Francia. Siamo stati a Parigi, in casa di sua sorella, che però abita a Hollywood. Un appartamento da favola in rue du Bac. Lì, abbiamo fatto l'amore», confessò schiettamente.

Liliana si portò una mano alle labbra per soffocare un grido di sorpresa.

«Per la prima volta?» domandò, esitando.

«Per la prima volta», garantì.

«Caterinatesoro! Mi sembra di sognare. Che storia emozionante», declamò, mentre gli occhi si andavano inumidendo di pianto. «Tu non sai quanto sia importante la prima volta, nella vita di una donna. Far l'amore con un ragazzo come lui, nel posto giusto, al momento giusto, amandosi appassionatamente... Fosse capitata a me un'esperienza come questa, la mia vita sarebbe stata molto diversa. Ormai siamo tra donne e posso ben confessartelo. La mia prima volta è stata orribile. Avevo quindici anni. Eravamo otto fratelli. Una fame nera. Tu un po' lo conosci questo ambiente, perché tuo padre è delle mie parti. Mi prese il fornaio del paese, nel suo retrobottega, sui sacchi della farina, per un chilo di pane. Brutalmente, con una violenza inaudita. Ho creduto di morire per il dolore, per la vergogna, per l'umiliazione. Mi ha rovinata, lo sai? Sono scappata al seguito di un circo. Il resto lo conosci. Le mie ex colleghe del varietà mi invidiano, mi dicono che ho avuto fortuna. Certo, sono caduta in piedi. Ma quanta tristezza se ripenso agli anni della mia adolescenza, alla violenza subita e a tutte le storie sgangherate che sono venute dopo. La prima volta, Caterinatesoro, è molto importante nella vita di una donna», ribadì tamponandosi le lacrime con un fazzolettino di batista.

«Mi dispiace», disse Caterina. «Mi dispiace tanto per lei.»

«Oh, lasciamo perdere e non pensiamoci più», riprese, ritornando a sorridere. «E dimmi ancora. Avete già parlato di matrimonio?»

Caterina chinò il capo, pensosa.

«Lui è fidanzato con un'altra. Non ci sposeremo mai», disse infine.

«Caterina!» sbottò la contessa. Per la prima volta aveva pronunciato il suo nome puro e semplice. «Tu sei andata con un uomo sapendo che è già impegnato con un'altra e che non ti sposerà? Ti rendi conto di quello che hai fatto?»

«Me ne rendo conto. Ma so anche che non me ne importa niente. Il matrimonio non è nei miei progetti», si giustificò.

«Questo cambia tutto. Il tuo Marco è un fior di farabutto, lascia che te lo dica. Non si seduce una ragazza, sapendo che non si potrà rispondere delle conseguenze», deplorò la contessa.

«Veramente, ci ho messo del mio perché lui facesse quello che non voleva fare. Non so se mi spiego.»

«È la solita tecnica di questi vecchi dongiovanni. Non c'è niente di nuovo, sul conto dei maschi, che tu mi possa raccontare. Ne ho conosciuti di tutti i tipi. Io non potevo avere figli e quindi andavo via liscia. Ma tu? Se resti incinta, che cosa farai?»

«Incinta? Ma io non voglio restare incinta», protestò.

«Be', non mi stupirei se una brava ragazza come te si ritrovasse sola e con il pancione.»

«I bambini, basta non volerli e non vengono», sentenziò Caterina.

«E tu lo sai come si fa a non volerli?» la interrogò la sua ospite.

Caterina ricordò i vaghi discorsi in proposito con le sue amiche del cuore. Lucrezia, delle tre, era la più informata. Una volta le aveva rivelato che, quando un uomo e una donna fanno l'amore, non necessariamente procreano. Se non vogliono figli, basta la forza della volontà a escludere la gravidanza. Così disse: «Certo. Dentro di me so che non voglio restare incinta. E non lo resterò».

La contessa scosse il capo, sopraffatta da tanta ingenuità e vide nubi tempestose addensarsi sul roseo presente di Caterina.

14

CATERINA visse giorni e notti di gioia. La castellana vegliava sulla felicità dei due giovani. Tuttavia era turbata da una vaga apprensione. Con i coniugi Belgrado si era impegnata a vegliare sulla loro figlia. Era giusto diventare complice di questa storia senza futuro? La sua morale le diceva che non c'è niente di più bello né di più puro di una passione come quella che Marco e Caterina stavano vivendo. La ragione, invece, le suggeriva di prendere le distanze da una vicenda che avrebbe potuto risolversi in dramma, soprattutto considerando che la sua giovane amica era ancora minorenne.

Una sera, il conte Calderisi telefonò per avvertire che il giorno seguente sarebbe tornato al castello. Lei decise di parlare apertamente.

«Non so come mio marito considererà la vostra storia», disse, mentre stavano cenando.

«Sarà bene che io parta», affermò Marco. «Non voglio suscitare imbarazzi.»

Per la prima volta Caterina avvertì tutto il senso di precarietà del loro rapporto.

«Mi sembra una decisione assennata», approvò la contessa.

«E io?» chiese la ragazza, con un filo di voce.

«Tu dovresti fermarti qui», suggerì Marco, a malincuore.

«Voglio partire con te», protestò Caterina, avvertendo come una lacerazione insostenibile il distacco da Marco.

«Caterinatesoro, io ti capisco. Nessuno dei due vuole lasciare l'altro. Ma fino a quando?» intervenne la loro ospite.

«Fino a quando sarà possibile», dichiarò la ragazza.

Partirono insieme quella sera stessa. Seguirono altri giorni pennellati con i colori della felicità.

Fecero il bagno e presero il sole a Trouville. Alloggiarono in piccoli, raffinati alberghi lungo la costa normanna e nelle cittadine dell'entroterra. Ogni sera, prima di addormentarsi, Marco diceva: «Domani dovrò lasciarti, piccola Belgrado». E ogni mattina, al risveglio, ci ripensava e rimandava il momento del distacco. Poi, una mattina, disse: «Devo tornare in Italia», e preparò la sua valigia.

«Riportami al castello», concluse Caterina.

Durante i loro vagabondaggi Marco le aveva scattato una serie di fotografie. Andarono a Rouen a ritirarle.

«Posso tenerne una per me?» chiese Marco.

«Scegli quella che vuoi», rispose Caterina.

Ne scelse una e la infilò sul parasole della sua vettura.

«Così, viaggiando, ti terrò d'occhio», tentò di scherzare. Ma era disperato quanto lei.

«Ti telefonerò», le disse, quando erano ormai in prossimità del castello.

«Non serve, Marco. La nostra storia finisce qui. A meno che tu...»

Non finì la frase.

«Mi mancherai», le rispose lui. E fu tutto.

Era durata un mese la loro stupenda luna di miele. Marco sarebbe tornato al suo lavoro e alla sua fidanzata, Caterina avrebbe vissuto per qualche settimana al castello, tentando di migliorare il suo francese.

Tornò a casa alla fine d'agosto. Era diventata ancora

più bella, constatò sua madre. E ancora più triste. Ma quello che la preoccupò fu una luce nuova nello sguardo di sua figlia.

«Adesso, che cosa farai?» le chiese, alludendo a un progetto di vita.

«Non andrò all'università, se è questo che vuoi sapere», dichiarò.

Elena non seppe se rallegrarsi o rammaricarsi per questa decisione. Ci teneva che Caterina si laureasse, soprattutto per stimolare l'invidia della zia Maria e dei suoi parenti. Ma considerava che quattro anni di università sarebbero stati onerosi per il bilancio famigliare. C'era inoltre l'inconveniente che Alcide, da qualche tempo, non era in ottima forma. Soffriva di cuore e, spesso, ripeteva: «Appena la bambina si sistema, cedo la bottega e mi metto in pantofole». In quel settembre, gli eventi precipitarono.

Caterina incominciò a lavorare a tempo pieno nella casa editrice. Prese il posto che era stato di Francesca Damiani. La sua ex insegnante se n'era andata da giugno, quando il matrimonio con Marco sembrava imminente. Così ebbe almeno la consolazione di non doverla incontrare.

In settembre si rese conto di essere incinta. Si spaventò. Cercò Marco. Nel rispetto degli accordi presi quando si erano lasciati in Normandia, il suo amante non si era più fatto vedere.

«Ti devo parlare», gli disse al telefono.

«Anch'io. Ma non osavo cercarti», rispose lui.

Quella sera uscì dalla casa editrice e Marco la stava aspettando. Si avviarono a piedi per le vie del centro.

«Mi manchi terribilmente», confessò lui.

Caterina non replicò. Desiderava soltanto che l'abbracciasse per avere un pretesto per piangere e raccontargli la sua disperazione. Non sapeva da che parte incominciare quel discorso.

Parlarono di banalità mentre percorrevano via Manzoni e si inoltravano in via della Spiga.

«Che cosa volevi dirmi, piccola Belgrado?» chiese infine, con un sospiro.

«Parla prima tu», propose lei, rimandando il momento del terribile annuncio.

«Francesca ha trovato la tua fotografia sul parasole della mia macchina. È successo il finimondo. Ha fatto intervenire suo padre che mi ha messo alle strette. Caterina, io devo sposare questa donna», annunciò con voce triste.

Caterina si bloccò. Ebbe una vertigine e le sembrò che la terra dovesse inghiottirla. Lo aveva sempre saputo che Marco, alla fine, avrebbe sposato Francesca. Ma da qualche parte, nel suo inconscio, era nata la speranza che quell'evento non si sarebbe mai verificato.

«Auguri», replicò, con voce assente.

«Ne avrò bisogno, tesoro mio. Qualche volta è molto difficile onorare una promessa. In questo caso, per me, è terribile», affermò guardandola con amore infinito, mentre gli nascevano sulle labbra parole tenere e appassionate per quella ragazza meravigliosa. Amava lei sola e non l'avrebbe avuta mai più. Si fermò. Trattenendo un singhiozzo trovò la forza di sorridere mentre le prendeva il viso tra le mani. «Volevi parlarmi», soggiunse. «Dimmi tutto.»

Passò Alcide con la bicicletta carica di ceste. Li vide insieme ed ebbe paura per la sua bambina. Tirò diritto, senza fermarsi. Caterina capì che, a quel punto, se avesse parlato gli avrebbe complicato la vita. Capiva Marco e sapeva che lui l'amava sinceramente. Con un estremo atto d'orgoglio decise di non rivelargli che era incinta.

«Mi rendo conto, adesso, che quello che volevo dirti è una cosa senza importanza. Dico sul serio. Questa volta lo so: non ci vedremo mai più.» Lo lasciò e si mise a correre verso casa.

Entrò in bottega. Trovò sua madre.

«Mamma, devo parlarti.» Era stravolta e affannata.

«Che cosa c'è, questa volta?» chiese Elena.

«Non qui. Andiamo di sopra.»

«Tuo padre è fuori. Non posso salire adesso.» Si oppose, quasi sentisse che stava per caderle una tegola in testa.

Caterina abbassò la saracinesca con un gesto energico e precedette sua madre su per la scala. Quando furono l'una di fronte all'altra, nella vecchia cucina, incominciò a piangere aggrappandosi al collo di Elena.

«Mamma, aiutami. Sono nei guai», confessò.

Elena la scostò da sé e la guardò con severità.

«Che cos'hai combinato?» le chiese, con voce aspra.

«Sono incinta», annunciò Caterina.

Elena si lasciò cadere su una sedia, si prese il viso tra le mani e tacque. Passarono interminabili secondi di silenzio. Caterina, appoggiata alla credenza, guardava sua madre, sperando che lei rialzasse la testa per fissarla negli occhi e le dicesse: «Adesso affrontiamo insieme, da donna a donna, questo problema».

Invece Elena continuava a tenere la testa reclinata.

«Ho capito bene?» disse, a un certo punto.

«Mamma, hai capito benissimo», sussurrò Caterina, con voce spezzata.

«Lui, chi è?» domandò.

«Non si tratta di lui. Si tratta di me.»

«Ho capito», la incalzò lei. «E so anche che non ti sposerà. Lo sai che cosa significa? Significa la vergogna per te e per la nostra famiglia. Significa la tua rovina. Non ci sarà mai un altro disposto a sposarti. Sarai una disgraziata per tutta la vita», pronosticò con rabbia. Caterina incominciò a singhiozzare. Sua madre si levò in piedi e prese a girare intorno al tavolo, come una belva chiusa nella gabbia.

«È colpa mia. Ti ho dato troppa libertà. Questo è il risultato. Sei una svergognata. Peggio di una donna da strada. E dire che mi fidavo del tuo buon senso. Che cosa ne sarà di me e di quel pover'uomo di tuo padre che regge la vita con i denti? Hai pensato a noi, prima di concederti così generosamente? Eh, no! Come potevi pensare al nostro onore, alla nostra reputazione, presa dalle tue voglie indecenti?» sbottò piena di indignazione.

«Mamma, ti prego, perdonami», supplicò Caterina. Nonostante tutto, sperava ancora nella sua complicità e nel fatto che, dopo quelle parole terribili, l'avrebbe aiutata, compatita, sostenuta.

Elena la fronteggiò, guardandola con odio. Quella figlia testarda e ribelle aveva infranto il sogno di un futuro smagliante.

«Sei la mia rovina», la sferzò sottovoce e le allungò un ceffone con tutta la forza di cui era capace. «Me lo sentivo, lo sapevo che sarebbe finita così. Con quel giuggiolone di tuo padre che ti considera trasparente come l'acqua di fonte. Invece sei torbida come uno stagno putrido. Dio mio, che vergogna.»

«Mamma, aiutami», incalzò Caterina, disperata.

«Certo che ti aiuto. Che altro potrei fare? Adesso vattene nella tua stanza. Domani non andrai a lavorare. E guai a te se fiati. Nessuno, nemmeno i muri di questa casa devono conoscere la nostra vergogna.»

Un medico compiacente strappò quell'inizio di vita dal suo grembo e, proprio come aveva deciso Elena, nessuno lo seppe. Nemmeno Alcide. Caterina tornò a lavorare pochi giorni dopo. Appena in tempo per organizzare l'inaugurazione della nuova sede della casa editrice. Lo Scoiattolo si era ampliata, aveva aumentato la produzione e l'editore aveva trovato uno spazio più consono in via Cerva. Caterina ebbe il compito di assistere Claudia Ronchi nel fare gli onori di casa. All'inaugurazione della nuova sede c'era gente importante. Quando si era trattato di spedire gli inviti, lei aveva accuratamente eliminato i nomi di Marco e di Francesca dalla lista degli invitati. Claudia se n'era accorta e aveva fatto finta di niente.

Al cocktail d'inaugurazione si presentò anche Bernardo Branzi, affascinante come sempre. Conosceva tutti e tutti lo conoscevano.

«Finalmente ho il piacere di rivederla», esordì lui, con un sorriso che avrebbe strappato gli applausi.

Caterina indossava un abitino nero molto semplice, ravvivato da un giro di perle false. Riceveva gli ospiti e sorrideva con molta grazia.

«Il piacere è anche mio», rispose Caterina, tendendogli la mano.

«Lo sa che ho avuto una vera passione, per lei?» le sussurrò.

«Spero che l'abbia superata senza danni», tentò di scherzare Caterina.

«Lo credevo anch'io. Ma, ora che la ritrovo, il mio cuore ricomincia a fare il matto», disse, infilando una mano sotto la giacca, all'altezza del cuore e soggiunse: «Lo vede? Questo povero cuore è impazzito per lei».

«Signor Branzi, lei è davvero molto spiritoso. Ora, se vuole scusarmi, devo dedicarmi agli altri ospiti», lo liquidò Caterina.

«Si accomodi. Io la seguirò. Sarò la sua ombra. Non le darò pace fino a quando non mi avrà detto sì», insistette.

«A che proposito?» domandò la ragazza.

«Un piccolo invito a cena. Per conoscerci meglio. Le sembra una proposta interessante?»

«Direi allettante. Sfoglierò il mio carnet che è zeppo di impegni, e le farò sapere», gli sorrise lei, defilandosi.

Da quella sera, tra Bernardo e Caterina iniziò una garbata schermaglia. Lui la inseguiva e lei si ritraeva.

Durante l'inverno morì la nonna Evarista. A Sacile ci fu un funerale solenne e fu sepolta nella tomba di famiglia.

Alcide ereditò parecchi milioni. A quel punto, cedette la bottega e comperò, su suggerimento di Elena, un grande appartamento in un palazzo di via Rossini. Finalmente, Elena e suo marito avrebbero vissuto di rendita in una casa abbastanza elegante per poter ricevere.

«Ricevere, chi?» domandò Caterina.

«Per esempio, i Branzi», sparò Elena.

«Che cosa c'entrano i Branzi?» domandò allibita.

«Non fare la parte di quella che cade dalle nuvole. Se Bernardo ti sposa, puoi baciarti i gomiti», sentenziò sua madre.

«E se io non volessi sposarmi?» la sfidò sua figlia.

«Tu provaci. E io ti stacco la testa dal collo.»

«Non ti è mai venuto in mente che, per sposarsi, bisogna essere innamorati?»

«Nel tuo caso, l'amore è meglio scordarselo», la compatì Elena. «Bernardo è cotto a puntino. Dunque, presto ti chiederà in moglie. Devo riconoscere che, in questo caso, ti sei comportata bene. Tu continua così e io preparerò per te un matrimonio memorabile.»

15

Bernardo aveva quasi ventinove anni e sembrava deciso a restare scapolo. Era corteggiato dalle donne non tanto per la sua bellezza, che sarebbe bastata da sola a renderlo affascinante, quanto per la sua fama di uomo inaccessibile. Molte ragazze, compresa Annalaura Gusmaroli, erano disposte a subire le sue infedeltà, pur di potersi considerare la compagna legittima dell'antiquario più in vista, più giovane e più bello della città. In via dei Giardini, la sua casa racchiudeva tesori d'antiquariato e una collezione di tele di immenso valore. Era regolarmente invitato ai ricevimenti più esclusivi in ogni parte del mondo. Aveva venduto un bronzo del Cellini a un ricchissimo emiro arabo e frequentava la famiglia reale inglese. Era stato a bordo dell'*Agamennone* per una crociera con i reali di Grecia. Si diceva avesse avuto un flirt con una famosa attrice americana. Andava spesso a Teheran, ospite dello Scià. Insomma, Bernardo Branzi era un mito. Eppure, in famiglia, era considerato un cruccio non da poco. Suo padre diceva: «Ci porterà alla rovina», alludendo alla sua assoluta incapacità di farsi pagare dai clienti. Sua madre sospirava: «È un senzadio», alludendo a un legame adulterino che Bernardo coltivava dagli anni dell'università con la moglie di un professionista milanese. La storia scabrosa era nota soltanto in famiglia, ma era vissuta dai Branzi come una vergogna. La verità era che Bernardo amava le imprese difficili, considerava la vita una sfida da vincere giorno per giorno e giudicava terribilmente noiose le donne che smaniavano per lui. Caterina Belgrado era tutt'altra cosa. Gli parlava come se non lo vedesse, trovava sistematicamente nuovi pretesti per rifiutare i suoi inviti. Sembrava votata unicamente al lavoro. Bernardo sosteneva che per lui nessuna donna aveva segreti. Quella ragazza era l'eccezione che confermava la regola.

Caterina, da quando si era conclusa la storia con Marco, conduceva un'esistenza che avrebbe distrutto chiunque, tranne lei che stringeva i denti e continuava coraggiosamente a guardare al futuro. Sua madre, che non credeva al fatto che Caterina non avrebbe più rivisto Marco, la accompagnava al lavoro ogni mattina, l'aspettava all'uscita a mezzogiorno, la riaccompagnava al pomeriggio e la riconduceva a casa alla sera. Non le consentiva di uscire nemmeno con le amiche del cuore. Era un modo di vivere che logorava entrambe. A volte Caterina chiedeva: «Fino a quando, mamma, continuerà questa tortura?» Elena ribatteva: «Fino a quando sarai maggiorenne. Quello che farai dopo, della tua vita, non mi riguarderà più».

Caterina considerava che sua madre aveva delle attenuanti, perché lei si era comportata da incosciente. Ma quella persecuzione era intollerabile, anche perché andava ad assommarsi alla solitudine disperante che era seguita alla perdita di Marco. Il lavoro era la sua unica consolazione. Non c'era mattina in cui, svegliandosi, il suo pensiero non corresse a lui. Ogni sera, prima di addormentarsi, piangeva di dolore e di rabbia, perché avrebbe voluto cancellarlo dalla sua vita, ma non ci riusciva. I giorni e le notti passate con lui erano stati così belli, così perfetti, da essere indimenticabili. «Non amerò nessun altro», diceva tra le lacrime. Eppure sapeva che sarebbe accaduto qualcosa che l'avrebbe strappata alla spirale perversa che la stava soffocando.

Qualche volta era tentata di accettare un invito di Bernardo. Era sicura che sua madre glielo avrebbe consentito. Ma lei non era disponibile a entrare nel novero delle sue conquiste.

Una sera il suo editore la invitò a cena a casa sua.

«Sarà una cena di lavoro», specificò.

Quando Caterina arrivò, scoprì un ospite inatteso: Bernardo Branzi.

«Non c'era altro modo per stare un po' con te», le sussurrò lui.

Caterina non seppe se sentirsi irritata o compiaciuta. Per la sua casa editrice, Bernardo stava preparando un prestigioso volume sullo stile *Rocaille.* Doveva essere un libro strenna per il Natale del 1955. Così, la sua presenza in casa dell'editore era giustificata dalla messa a punto di alcuni dettagli.

Cenarono, poi l'editore li precedette nel suo studio e incominciarono a discutere di fotografie, didascalie, bibliografie, tipi di carta, scelta dei caratteri di stampa. A un certo punto l'editore si eclissò e loro restarono soli.

«Perché è così difficile avere la grazia di vederti?» domandò Bernardo.

«Non mi considero merce disponibile sul mercato», rispose Caterina.

«Su questo sono d'accordo. Non ti ho mai considerato tale, ma soltanto una ragazza terribilmente desiderabile», incalzò lui.

«Non sempre si può avere quello che si desidera», sussurrò lei, pensando a Marco, con infinito rimpianto.

«Però, se uno ha le carte in regola e tanta buona volontà, può sperare?»

«Se ti aspetti una risposta devi formulare una domanda più esplicita», disse lei.

«Caterina, tu hai un non so che di irresistibile. Reciti la parte della ragazzina ritrosa, ma hai uno sguardo che la dice lunga sulla tua forza interiore», affermò e proseguì: «Io mi sono innamorato di te. Per te ho chiuso una vecchia storia che sembrava senza fine».

«Anch'io ho chiuso una vecchia storia. Ma non l'ho fatto per te», ammise sinceramente.

«Allora, possiamo ripartire insieme», le propose, con franchezza.

«Io ho frequentato molto intimamente un uomo che amavo», confessò con semplicità.

«Da una ragazza come te non mi sarei aspettato niente di diverso. Spero soltanto che questa storia sia passata davvero e tu non ne abbia sofferto troppo.»

«Mi fa soffrire ancora», ammise Caterina.

«Ogni amore che finisce lascia una ferita, piccola o grande. Il mio cuore è stato più volte trafitto», disse lui, con una certa malinconia e soggiunse: «Lo accetteresti un cuore così malandato?»

«Tu prova a offrirmelo», suggerì lei.

«È tuo da un pezzo.»

«Se ti dicessi che non me n'ero accorta, mentirei.»

«Accetteresti di sposarmi?» le chiese Bernardo.

La prima cosa che Caterina pensò fu che sua madre ne sarebbe stata felice. Subito dopo, intravide in quella proposta la fine di una sudditanza umiliante da sua madre. Infine, si chiese se fosse giusto legarsi per sempre a un uomo per il quale provava soltanto della simpatia.

«Dovresti parlarne con i miei genitori», rispose.

«Lo farò», garantì Bernardo. Sentiva che Caterina non era innamorata di lui, ma sapeva che il solo modo per averla era il matrimonio.

In quei giorni, Caterina parlò con suo padre.

Alcide Belgrado, più che stare in pantofole, come auspicato, stava a letto. Il suo cuore, provato dagli insulti patiti durante la prigionia, aveva perso vigore. Tuttavia, vedeva e capiva molte più cose di quanto sua moglie credesse.

«Bernardo Branzi mi ha chiesto in moglie», gli rivelò Caterina.

«E tu, che cosa gli hai risposto?»

«Che doveva parlarne con te e con la mamma.»

«Non sei abbastanza cresciuta per sapere da sola quello che vuoi?»

«Io voglio la luna, papà. E per quanto tenda disperatamente le braccia al cielo, non riesco ad afferrarla», sussurrò.

«Sei ancora innamorata di Marco. Lo so», sussurrò Alcide.

Caterina scosse il capo, sconsolata.

«Non devi sposarti con un uomo che non ti piace», soggiunse.

Stettero zitti per alcuni istanti, ognuno seguendo il filo dei propri pensieri.

«Io credo che lui non ti amasse abbastanza per andare contro le regole. I signori sono strana gente. Non fanno mai quello che vogliono, ma quello che devono, secondo codici per noi incomprensibili.»

«Credo che sia proprio così. Ma ti prego, papà, non parliamo più di lui», supplicò Caterina.

«Perché non dovremmo? È un argomento che ti fa soffrire. E fa soffrire anche me che ti vedo sprecare i tuoi anni migliori per un amore sterile», considerò Alcide.

«Credi che funzionerà il mio matrimonio con Bernardo?» chiese lei.

«Come faccio a saperlo? Io te lo auguro di tutto cuore. Tua madre mi racconta grandi cose sui Branzi. Io dico che la mia Caterina non è l'ultima della classe. Sei bella, onesta e intelligente. E hai classe, checché ne dica la tua zia Gusmaroli. Hai la statura della nonna Evarista che è stata una gran donna, anche se era ignorante e, a stento, sapeva scrivere il suo nome», disse Alcide, con orgoglio.

«La nonna Evarista è stata un bel personaggio. Se fossi una scrittrice racconterei la sua storia.»

«Davvero hai pensato di lei una cosa così bella?» le chiese, mentre gli occhi gli si inumidivano di pianto.

«Voglio imparare a scrivere, papà. Voglio che un giorno tu possa essere fiero di me.»

«Lo sono già. Lo sono sempre stato», affermò, accarezzandola con tenerezza.

Alcide morì serenamente un mese prima del matrimonio di Caterina Belgrado con Bernardo Branzi.

Di quelle nozze si parlò molto, in città. Lucrezia Pallavicini d'Eril e Diana Laperla furono le damigelle della sposa. Durante la cerimonia religiosa, la contessa Liliana Calderisi bagnò di lacrime tutti i suoi fazzolettini di fine batista. I Branzi invitarono molti personaggi in vista. Per gli sposi arrivarono regali da ogni parte del mondo. Brillarono per la loro assenza i parenti Gusmaroli. La zia Maria aveva sentenziato che quelle nozze erano una farsa che, prima o poi, si sarebbe risolta in tragedia. Sua nipote Elena, per la prima volta, si permise di replicare con un proverbio ritrito, che tuttavia colpì nel segno: «Sentenza d'asino non sale in cielo».

Gli sposi fecero il viaggio di nozze sulla barca dei Branzi. Sostarono in molti porti del Mediterraneo, parteciparono a pranzi e ricevimenti. Quando tornarono, Caterina era di nuovo incinta.

Nella nuova casa, in via dei Giardini, aveva portato il suo letto a baldacchino.

«Questo è il mio rifugio», aveva detto al marito. «Mi farà sentire meno sola quando tu non ci sarai e meno estranea a questa casa troppo raffinata per me.»

Nacque Roberto.

Bernardo regalò a Caterina un collier di diamanti per festeggiare la sua maternità. I suoceri e la cognata la colmarono di tenerezze. Caterina si sentiva bene in quella famiglia avvolgente e generosa. Ma stava bene anche perché, finalmente, era riuscita a mettere una certa distanza fra sé e sua madre. Caterina non riusciva a dimenticare quanto Elena fosse stata spietata con lei.

16

Seguirono anni tranquilli, per Caterina. I giorni trascorsi accanto a Marco erano un ricordo sempre meno doloroso. Suo figlio le dava sicurezza e vigore.

Quando Bernardo partiva per i suoi interminabili viaggi alla ricerca di grandi e piccoli tesori d'antiquariato, Caterina ne approfittava per defilarsi dai numerosi inviti mondani e dedicarsi al suo bambino.

Un giorno incominciò a scrivere.

Abbozzò una storia evocando la figura imponente della nonna Evarista. Via via che procedeva nella stesura, si rendeva conto di quanto fosse difficile quel mestiere, ma anche di avere un patrimonio di ricordi che premevano per essere tradotti sulla carta. Scrivendo, riusciva anche a far luce nella sua mente arruffata. Ogni ricordo ne evocava un altro e lei riempiva pagine e pagine di una storia senza fine.

L'austera nonna Evarista, che brandiva con mano nodosa la scopa di tamerice, che era arma e scettro, evocava campi di grano biondo e ondeggiante, cieli notturni solcati dagli aerei di guerra e illuminati dai bengala, l'orrore dei bombardamenti, la separazione lacerante dal padre, le facce sporche e furbe dei cuginetti eternamente affamati, il parlare arcano della piccola Eva, i pianti desolati di Elena e la voce calda di suo padre che, nelle sere d'inverno, leggeva per lei romanzi d'avventura.

Quando il suo piccolo Roberto compì l'anno, e già balbettava le prime parole misurando carponi tutta la casa, Caterina diede il romanzo al suo editore. Claudia Ronchi, temendo che la stima per Caterina le impedisse di esprimere un giudizio imparziale, lo diede in lettura a un paio di amici. I pareri furono concordi: la Belgrado aveva scritto una bella storia.

«L'ho sempre saputo che eri di una spanna sopra la media. Quello che non potevo immaginare era che tu fossi nata per raccontare. Da questo momento non dovrai fare altro. Scrivi, scrivi, scrivi. Hai un cuore che vuole esprimersi e ci sono migliaia di lettori che hanno tanta voglia di ascoltare una voce sincera.»

Le migliaia di lettori, con gli anni, sarebbero diventate milioni. Ma allora Caterina non lo sapeva. Non aveva mai avuto un'alta considerazione di sé. L'educazione ricevuta dalla madre, in qualche modo, l'aveva segnata. Quante volte Elena le aveva ripetuto: «Se sbagli una cosa, grida il tuo errore in modo che qualcuno ti aiuti a correggerlo. Se una cosa ti viene bene, non credere di essere un campione. Spesso è soltanto un colpo di fortuna».

Così, quando nelle librerie uscì il suo romanzo, che dedicò a suo padre e fu subito un successo, lei lo attribuì al caso, al momento propizio, alla fortuna, appunto. Era così sicura di non saper scrivere un'altra storia accettabile che chiuse nell'armadio la sua Olivetti e tornò a occuparsi dei libri degli altri.

Quel successo, naturalmente, mandò in estasi la famiglia. Caterina ricevette fiori, lettere di ammiratori, telefonate e telegrammi di congratulazioni. Ricevette anche un grande fascio di peonie bianche accompagnate da un biglietto che diceva: «L'ho sempre saputo che sei speciale, mia piccola Belgrado». La firma non era necessaria.

Bernardo volle organizzare in suo onore una festa,

con un centinaio di invitati, in un famoso ristorante della città. Caterina accettò per non contrariarlo, ma non era la ressa osannante quello di cui aveva bisogno.

Mentre si stava preparando per il ricevimento, suo figlio Roberto, che aveva un anno e mezzo, la osservò con serietà e congiungendo le manine paffute, disse: «Bella, mamma».

«Che cosa stai cercando di dirmi?» chiese, chinandosi su di lui.

Non capiva se il suo piccolo avesse congiunto le mani per applaudirla o per supplicarla di non uscire.

«Mia, mamma», balbettò lui.

«È una preghiera esaudita», annuì Caterina. «La mamma è davvero tua. Tutta quella gente che tuo padre ha raccolto per festeggiarmi, a noi due non interessa.»

Si spogliò, prese il suo bambino tra le braccia e si infilò nel letto a baldacchino. Gli parlò a lungo, con quella sua voce un po' stregata che lo induceva al sonno.

Quando Bernardo tornò dalla festa, che si era svolta senza la festeggiata, trovò la moglie e il figlio che dormivano, abbracciati. Non osò svegliarli. Pensò, invece, che Caterina andava accettata così com'era, perché lui non aveva alcuna speranza di cambiarla.

Si rintanò nella sua camera da letto e si sentì molto solo. Aveva creduto, sposandola, di riuscire a possederla. Ora si rendeva conto dello sbaglio.

Telefonò a Giovanna, la sua ex amante.

«Che cosa fai, questa sera?» le chiese.

«Quello che faccio tutte le sere quando non c'è mio marito. Ti aspetto», rispose la donna. E soggiunse: «Sono quasi tre anni che ti sto aspettando».

Passarono la notte insieme.

Il giorno dopo, per ragioni diverse, Bernardo e Caterina erano di ottimo umore, entrambi desiderosi di farsi perdonare.

Seguì un lungo periodo durante il quale Bernardo si assentava sempre più spesso. Caterina non ci faceva caso. Quando si ritrovavano, da soli o con gli amici, erano sfavillanti, come sempre.

Un giorno Lucrezia venne a trovarla con la solita scatola di cioccolatini e piccoli doni per Roberto, che aveva da poco compiuto i tre anni.

«Ciao, zia Lucrezia. Che cosa mi hai portato?» la salutò il piccolo.

«Pastelli e carta da disegno. È tempo che tu cominci a sviluppare la tua creatività», rispose Lucrezia.

«E a imbrattare la casa», incalzò Caterina, con ironia.

Era un uggioso pomeriggio domenicale. La nebbiolina di novembre ingrigiva le cose e gli animi.

«Tuo marito, dov'è?» domandò Lucrezia.

«Non ne ho idea. Mi pare che sia a Londra. Aveva in programma un'asta molto interessante da Sotheby's», spiegò Caterina. E chiese: «Volevi parlargli?»

«Volevo soltanto fare quattro pettegolezzi con te», rispose l'amica.

«Nel mio letto a baldacchino», propose Caterina.

«Sì, nel letto della mamma», si eccitò Roberto. E subito, armato di pastelli e carta, si precipitò nella camera di sua madre.

Da molti mesi Caterina disertava il letto coniugale, preferendo il suo da ragazza, anche perché poteva dividerlo con il figlio. Le rare volte in cui stava con il marito, veniva regolarmente svegliata dal pianto del bambino. Lo raggiungeva nella sua stanza e si chinava su di lui che smetteva immediatamente di singhiozzare.

«Mammina, dormiamo insieme», le sussurrava dandole pizzicotti sulla guancia.

Caterina lo prendeva in braccio e si infilava con lui nel letto a baldacchino.

Ora Roberto si distese, a pancia sotto, in fondo al letto, sparpagliando pastelli un po' dovunque. Lucrezia e Caterina si appoggiarono ai guanciali separati dalla scatola di cioccolatini che incominciarono a divorare, come facevano da ragazze.

Quel rito si rinnovava ormai raramente perché anche

Lucrezia si era sposata e Maxi la impegnava molto. Quanto a Diana, stava preparando la sua tesi di laurea e aveva poco tempo per le amiche, dovendosi occupare anche della famiglia, da quando era mancata sua madre.

Le tre amiche, insomma, si vedevano poco. In compenso, ritrovandosi, avevano molti argomenti sui quali aggiornarsi.

«Come va con Maxi?» domandò Caterina, dando il via alla conversazione.

«Aspetta sempre che gli dia un erede. Io non ci riesco. Stamattina mi sono sottoposta a un'ennesima indagine. Il ginecologo mi dice che è tutto a posto. E allora, com'è che non resto incinta? Lui mi spiega che io sono troppo nervosa, che devo rilassarmi, non lasciarmi travolgere dal timore di non poter diventare madre. Insomma, è colpa mia. È sempre colpa delle donne, capisci? Quando succede qualcosa di buono, il merito è dell'uomo. Quando si verifica un fatto anomalo, la colpa è della donna. Che fregatura. Se torno a nascere, voglio essere un maschio.»

«Effettivamente sei un po' troppo angosciata. Da ragazza mi sembravi più tranquilla», constatò Caterina.

«Vorrei vedere te al mio posto. Tu il figlio lo hai avuto. Puoi stare tranquilla. La famiglia Valli mi fa una testa così. Ogni volta che mi vedono, è il solito ritornello: quando ci darai un nipotino, cara? I miei, intanto, insinuano che potrebbe essere colpa di Massimiliano. In casa è tutto un parlare di giorni fertili, di trombe di Falloppio, di tube, di ovulazioni. Io incomincio a non poterne più», sbottò Lucrezia.

«Calmati, cara. Quando meno te l'aspetti, ti ritroverai con un pancione grosso così», garantì l'amica.

«E se non accadesse mai?»

«Hai sempre tuo marito cui dedicarti. In fondo, i mariti sono soltanto dei figli un po' cresciuti. Non te ne sei accorta?»

«Mi sono accorta che sono dei farfalloni senza pudore. Parlo del mio, naturalmente. Non appena giro la testa dall'altra parte, Maxi è pronto a fare il cascamorto con tutte le mie amiche», si lamentò.

«Con me non l'ha mai fatto.»

«Aspetta e verrà anche il tuo turno. Diana, che si vanta di essere una competente dei comportamenti maschili, sostiene che io non perderò mai mio marito perché subisce il fascino dei marchesi Pallavicini. Non è una consolazione. Ti pare? E non è nemmeno piacevole che lui cerchi di portarsi a letto tutte le donne che incontra.»

«Io non lo sopporterei», commentò Caterina, con franchezza.

«Be', se una non lo sa...» insinuò Lucrezia.

«C'è qualcosa che dovrei sapere?» domandò Caterina, con tono gelido. Roberto, ai loro piedi, parlottava da solo, mentre imbrattava fogli su fogli con scarabocchi colorati.

«Se fosse così, da me non lo sapresti mai», replicò Lucrezia, sgranando i suoi celebri occhi da cerbiatta.

«Sei una serpe», sbottò Caterina, alzandosi di scatto dal letto. «Morivi dalla voglia di farmi sapere che Bernardo ha una storia. Bene, adesso lo so. Grazie per l'informazione.»

«Fosse soltanto una piccola storia...» continuò imperterrita Lucrezia, masticando tranquillamente un cioccolatino.

«Allora, tira fuori tutto quello che sai». sbuffò nervosamente Caterina.

Sembrava che l'amica non vedesse l'ora di sciorinare la ghiotta informazione.

«Ha ripreso a frequentare Giovanna Modiano. Ecco, adesso sai quello che ormai sanno tutti, in città.»

«Ti ringrazio per la bella notizia», disse Caterina. E soggiunse: «Adesso, per favore, vattene».

«Chi è Giovanna Modiano?» domandò il piccolo Roberto, con serafica ingenuità.

«Una cara amica di papà», gli rispose Caterina, sorridendo.

Si stupì di non provare nessuna emozione per la notizia che l'amica le aveva appena comunicato. Che Bernardo potesse tradirla con la sua antica amante, era un'eventualità che non aveva mai considerato. Si aspettava una lunga, pacata vita coniugale, ravvivata forse da altre gravidanze, dal suo lavoro, dalla presenza discreta di un marito anche troppo tollerante per certi suoi sbalzi d'umore. Ora avrebbe voluto sentirsi indignata, offesa, gelosa. Invece non sentiva niente.

Bernardo tornò quella sera. Era di un umore raggiante, come sempre. Come sempre, era carico di doni per lei e il piccolo Roberto.

Cenarono insieme, scambiandosi le notizie del giorno. L'asta era andata bene. Lui si era aggiudicato alcuni codici miniati del XII secolo per i quali aveva un acquirente sicuro. Aveva fatto una puntata nel Galles, visitando la residenza di un certo Lord Bullingham che voleva vendere alcune tele settecentesche. Aveva cenato con una principessa inglese e il suo giovane amico.

«E tu? Che cosa hai fatto in questi giorni?» domandò, mentre si avviavano in salotto dove il cameriere avrebbe servito il caffè.

«Io, soprattutto, ho ascoltato», rispose Caterina sedendo sul divano, di fronte alla poltrona del marito.

Lo osservò, considerandolo con attenzione. Era davvero un bell'uomo, anche se ultimamente era ingrassato un po' troppo: Bernardo amava il cibo sopra ogni cosa. Il celebre sguardo che inceneriva le donne, quando si posava su di lei si addolciva. Era un compagno tenero e gentile.

«Che cosa hai ascoltato, di bello?» le chiese.

«Una storia a proposito di te e Giovanna Modiano», sparò Caterina.

«Capisco», annuì Bernardo e proseguì: «Ti aspetti che neghi? O preferisci che confermi?»

«Vorrei soltanto sapere se è vero. Pare che tutti, tranne me, lo sappiano», disse lei, con voce pacata.

«Speravo di non dovertelo mai dire. Io ti considero

un'eccellente compagna. Non ho nulla da rimproverarti. Ma ho l'impressione, da sempre, che tu non mi appartenga. Io credo che il tuo cuore sia molto lontano da me. Posso dire che mi sono rimesso con Giovanna perché soffrivo di solitudine?»

«Mi sembra plausibile che tu voglia trovare una ragione alle tue trasgressioni. Ma mi sembra anche evidente che noi due non abbiamo più molte cose da dirci», constatò Caterina.

«Ti sbagli, Caterina. Abbiamo un bambino meraviglioso. Basta solo questo a tenerci uniti. E poi non dimenticare che io ti voglio molto bene, che la mia famiglia ti adora. Ti considero la migliore delle compagne che la vita potesse destinarmi», si oppose, senza troppa convinzione.

«Bernardo, tu non eri strutturato per crearti una famiglia. Lo hai fatto solamente per compiacere i tuoi genitori. Tu hai tutti i caratteri dello scapolo impenitente. Io ti vado bene perché non faccio storie, perché, come hai detto tu, non ti appartengo. Tu hai scelto di sposare me perché ero la sola donna che non era crollata ai tuoi piedi. Non l'ho fatto perché sono più virtuosa o più furba delle altre, ma soltanto perché amavo qualcun altro. E lo amo ancora», confessò.

«Ti riferisci a Marco Honneger?»

«Credevo non conoscessi il suo nome», si stupì Caterina.

«Come dici tu, in questa pettegola città si finisce sempre per sapere tutto di tutti. So anche che non vi siete più visti, né cercati. Ma questo non basta a cancellare i sentimenti.»

«Già, è così», Caterina scosse il capo con aria sconsolata.

«Hai un progetto per il nostro futuro?» domandò Bernardo.

«Ci separeremo. Senza fretta, naturalmente. Voglio il tempo per trovarmi una casa.»

«Questa è la tua casa. Me ne andrò io.»

«No. È troppo importante per me. E poi dovrò lavorare di più, perché non mi piace il ruolo della moglie separata che assottiglia il patrimonio del marito.»

Bernardo le prese una mano e se la portò alle labbra.

«Orgogliosa e sincera, come sempre», constatò.

«Matta e scriteriata, dirà mia madre.»

Risero insieme. Dopo tutto erano grandi amici e tali sarebbero rimasti per sempre.

Oggi

1

«BE', non si può dire che questa sia una sera come tante», constatò Marco emergendo dai ricordi.

«Ho fatto una cosa terribile a te, a me e a quel bambino mai nato. Ora lo sai. Questo è quanto accadde in quel lontano settembre del 1954», sussurrò Caterina.

«Di quel giorno lontano ricordo un tramonto rosso fuoco, in fondo alla via. Noi due eravamo qui, nel punto in cui siamo adesso, davanti a questo stesso palazzo. Ero disperato all'idea che non ti avrei rivista mai più, perché dovevo sposare Francesca», ricordò lui.

«Mi dicesti che Francesca aveva trovato la mia fotografia sul parasole della tua macchina e che ne era scaturito un pandemonio. Ti sentivi costretto a onorare un impegno. Con me non ti eri mai impegnato in nessun modo. Semmai sono stata io a darti spago», ricordò Caterina.

«Eri soltanto una ragazzina. Avrei dovuto avere il buon senso di lasciarti perdere. Invece ti ho quasi rapita. Per quello che è accaduto in seguito, mia piccola Belgrado, non riesco a sentirmi colpevole. Ero preso di te e ho continuato a esserlo durante tutti questi ultimi quarant'anni», disse Marco.

Caterina riusciva a parlare con distacco di quel dramma ormai lontano. Le gelosie, le angosce, la paura dell'abbandono, erano sentimenti che non le appartenevano più.

A volte si era chiesta se, confessando a Marco che era incinta, la loro storia avrebbe seguito un altro corso. Poi, considerava che a quell'epoca aveva taciuto nel timore di subire un'amarezza peggiore.

«Sposare una donna, amandone un'altra, è stato il colmo della stupidità. È un errore che ho pagato a caro prezzo», proseguì Marco.

«Invece credo che tu abbia fatto la sola cosa possibile. La figlia di un fruttivendolo non aveva alcuna possibilità di entrare nella famiglia Honneger», ragionò Caterina.

Sapeva che, se a vent'anni fosse stata un personaggio famoso, come lo era adesso, si sarebbero spalancati per lei i salotti più esclusivi. Ma lei non era così sicura di volerci entrare. Parlando di sé e della sua famiglia, era solita constatare con orgoglio: «I Belgrado non hanno mai avuto uno spirito gregario. Non si lasciano intruppare in nessun branco».

Alle conversazioni spesso sterili degli intellettuali, Caterina continuava a preferire la semplicità del suo piccolo mondo borghese.

Marco si sentì affaticato e sedette sul cordolo di cemento di una fioriera, piazzata al centro della via.

«In casa Honneger, non credo si siano mai celebrati matrimoni per amore. Il rispetto delle convenienze sociali ed economiche ha sempre avuto il sopravvento sui sentimenti», constatò sconsolato. E soggiunse: «Però, se allora avessi immaginato che tu aspettavi un figlio... chissà».

«Mi avresti suggerito di abortire. Esattamente come fece mia madre. Quarant'anni fa l'aborto era il solo rimedio a certe complicazioni», osservò Caterina, con lucidità.

«È accaduto a Parigi, vero?» chiese lui.

«O in Normandia. Fu un periodo meraviglioso. Un sogno a occhi aperti. Non l'ho mai dimenticato», sospirò lei.

«Un sogno che si è concluso con un risveglio amaro, per tutti e due», sussurrò lui.

«Se istituissero un premio per le vite dissestate, io e te vinceremmo la medaglia d'oro», convenne Caterina.

«Questo figlio negato, oggi avrebbe trentanove anni», calcolò Marco con voce lontana.

«Forse era una figlia. Non lo sapremo mai.»

«Smettila, Caterina. Lasciamo riposare in pace i nostri errori», disse. Si alzò e la prese per mano. «Vieni, ti riporto a casa», soggiunse mentre raggiungevano la sua auto.

Poco dopo la macchina si fermò davanti al palazzo di Caterina.

Scesero insieme. In quel momento si sentì chiamare da una voce femminile. Marinella stava attraversando il viale per venirle incontro. Caterina la riconobbe e la salutò.

«Non ho ancora ringraziato te e Clotilde per avermi soccorsa. Vi devo la vita», disse.

«Lascia perdere, Caterina. Se ce ne fosse stato bisogno, avresti fatto la stessa cosa per noi», minimizzò la prostituta.

«Vi sono, comunque, infinitamente grata», insistette Caterina e soggiunse, guardandosi intorno: «Dov'è Clotilde?»

«Per dirtela tutta, Clotilde è rintanata in casa con una faccia gonfia come un'anguria.»

«Che cosa le è successo?»

«È scivolata dalle scale. Di solito si dice così.»

«Per colpa mia?»

«Per colpa del suo uomo. Quando ha saputo che aveva mollato il lavoro per soccorrerti, l'ha picchiata.»

Quella notizia addolorò Caterina e la mise a disagio, perché sapeva di non poter far niente per aiutare quella poveretta.

«Quando la vedrai, dille che le voglio bene», sussurrò.

«Siamo delle disgraziate, Caterina. La nostra è una vita da schiave», replicò la donna amaramente.

Marco assisteva in silenzio, senza intervenire in quel dialogo difficile.

Alla luce dei lampioni, Caterina guardò le guance di Marinella segnate dai rivoli neri del rimmel che si scioglieva con le lacrime.

«Povera amica mia», disse e, d'impulso, l'abbracciò.

In quello stesso momento sembrò scatenarsi il finimondo. Lampi di flash illuminarono la scrittrice e la prostituta mentre si abbracciavano, abbagliandole. Marco incombeva su di loro con l'intenzione di soccorrerle, anche se non sapeva bene da chi né da che cosa.

«Scappa, Caterina. Scappa», gridò Marinella. «Ci stanno facendo delle fotografie.»

I flash scattavano a ripetizione da una macchina parcheggiata a ridosso del marciapiede.

«Ci hanno incastrato», disse Marco, mentre la macchina da cui era partita la fulminea sequenza di fotografie si allontanava sgommando. Fu certo che dietro questa spiacevole vicenda ci fosse la mano di sua moglie.

2

Caterina fermò la sua Volvo color panna davanti al portone di via Rossini, dove viveva sua madre. Quarant'anni prima, i suoi genitori, Elena e Alcide, avevano comperato un bell'appartamento nello stabile ottocentesco, investendovi l'eredità ricevuta dalla nonna Evarista che aveva lasciato a figli e nipoti una fortuna in case, terreni, mobili d'antiquariato e buoni fruttiferi.

Elena considerava quell'appartamento il simbolo di un traguardo raggiunto, il segno tangibile del benessere da ostentare, soprattutto, con la zia Maria Gusmaroli, che abitava nel palazzo contiguo sulla via Vivaio, e dimostrarle così che «quel morto di fame di Alcide», come lei lo definiva, poteva permettersi una casa al suo stesso livello.

A quel punto, però, la zia Maria si era ormai abituata alle umiliazioni che le venivano inflitte dai Belgrado. Quando Caterina aveva sposato Bernardo Branzi, si era limitata a scuotere il capo, facendo ondeggiare le guance burrose e commentando: «Al giorno d'oggi non c'è più religione».

Quando incontrava Elena, che usciva elegante dal portone del palazzo, brontolava: «In che brutto mondo mi tocca vivere. Adesso anche le fruttivendole portano il cappellino».

Era morta quasi centenaria, in una casa di riposo per «signore sole», dove i figli e i nipoti non andavano mai a trovarla. Soltanto Elena e Caterina, spinte da umana pietà, si ricordavano di lei. Le portavano fiori e caramelle che lei accettava con degnazione, continuando a considerarle due povere dissennate, degne discendenti di quella testa calda di sua sorella Luigia. Però, quando la lasciavano, lo sguardo altezzoso della vecchia si immalinconiva e spuntavano le lacrime.

«Ho lottato tutta la vita per accrescere il decoro della mia famiglia e adesso che non servo più a nessuno, mi hanno rinchiusa in questa residenza da ricchi dove ho tutto, tranne il calore degli affetti.» Si asciugava il pianto con un fazzolettino di seta e finiva per ammettere: «Quel poco di buono che mi resta, lo devo a voi. Grazie per essere venute. Che Dio ve ne renda merito».

Ora, nell'appartamento che era stato della zia Maria, viveva una sua nipote, Annalaura, coetanea di Caterina. Era la copia esatta della nonna: altezzosa e sprezzante. Quand'erano bambine, Annalaura si degnava appena di salutare Caterina, esortata dalla nonna che l'ammoniva: «Annalaura, il Signore non ama la superbia. Non sta bene disprezzare gli umili. Da' un bacino alla povera Caterinetta».

Caterina riceveva l'effusione imposta come la peggiore delle umiliazioni e tuttavia si sforzava di essere gentile e invitava Annalaura a giocare con lei.

«Grazie, no», rispondeva la bambina. «Mi sporcherei il vestito», si giustificava passando una mano paffuta sull'arricciatura a nido d'ape del corpetto di taffetà rosa, mentre guardava l'abitino modesto, rammendato e non sempre pulitissimo di Caterina.

A vent'anni, Annalaura sembrava una vescica di strutto e non faceva niente per arginare la pinguedine, né per eliminare la peluria bruna che le adombrava il labbro superiore.

Caterina, invece, era uno splendore di ragazza che l'abbigliamento modesto non riusciva a mortificare.

Quando le due cugine s'incontravano per la strada, si scambiavano un saluto e rapidi convenevoli. Annalaura faceva del suo meglio per punzecchiarla. Caterina sorrideva e se ne andava.

Una volta, Caterina la incrociò in corso Vittorio Emanuele. La cugina era con due amiche e un bel ragazzo dai baffetti alla Clark Gable.

Annalaura la vide e finse di ignorarla, ma Caterina puntò dritta sul gruppo.

«Ciao, Annalaura», esordì, incurante dello sguardo che avrebbe voluto incenerirla. «Sono tua cugina, ricordi?» insistette con un sorriso che sottolineava le labbra grandi e morbide e i denti perfetti.

«Di secondo grado», precisò Annalaura con tono altezzoso.

Il bel ragazzo intervenne: «Perché ci hai tenuto nascosta questa meraviglia?»

Annalaura dovette fare le presentazioni.

Così Caterina seppe che il bel ragazzo era l'ultimo rampollo dei Branzi, antiquari in Milano dal 1819, con bottega in via Manzoni e altri negozi a Roma, a Cortina e a Santa Margherita Ligure. Seppe che si chiamava Bernardo, che si era laureato alla Bocconi, che era il fratello maggiore di Arianna, l'amica del cuore di Annalaura. Nessuno di loro, però, avrebbe potuto immaginare che sarebbe diventato suo marito, con grande disappunto della famiglia Gusmaroli che aveva riposto in lui grandi speranze per il futuro di Annalaura.

«Raccontaci qualcosa di te», osservò Arianna Branzi, quando venne il turno di Caterina. La giovane Gusmaroli colse l'occasione per colpire l'intrusa, come d'abitudine.

«Caterina esula un po' dai nostri schemi», spiegò con aria di compatimento.

«In altre parole?» chiese Bernardo, pieno di curiosità.

«Mia cugina», intervenne Caterina, «sta tentando di dirvi, senza offendermi, che sono povera, orgogliosa, non vado sempre a messa, esco la sera con gli amici, ho modi impacciati e grossolani. Insomma, non sono la persona giusta da frequentare. Non è questo che volevi dire, Annalaura?»

La cugina arrossì come un peperone.

«Come potrei darti torto?» osservò, tuttavia.

Dopo quarant'anni, mentre parcheggiava l'auto in via Rossini, Caterina ricordò con un sorriso quel lontano battibecco giovanile. Anche in seguito, quando le accadeva d'incontrare la cugina in via Vivaio, la sentiva brontolare. «Tutte le puttane hanno una fortuna sfacciata», alludendo al fatto che lei era rimasta zitella.

Entrò nell'atrio del palazzo di sua madre. La portiera la riconobbe.

Uscì dalla guardiola per salutarla e chiamarle l'ascensore, osservandola con curiosità.

Cercava sul volto di Caterina i segni della violenza di cui i giornali avevano parlato, ma vide soltanto un piccolo alone bluastro in parte nascosto dagli occhiali da sole.

Caterina suonò il campanello di casa e venne ad aprirle Milagro, la domestica salvadoregna.

Tra larghi sorrisi e un fiume di parole le disse che era contenta di vederla in buona salute e che la signora Elena era molto capricciosa e disubbidiente: «Non vuole prendere la medicina. Dice che non è malata, ma che è molto triste perché sua figlia non viene mai a trovarla».

Caterina tirò dritto, come se la donna non le avesse parlato. Milagro stava con sua madre da dieci anni e ripeteva ogni volta la stessa tiritera. Elena sedeva in cucina, sulla sua poltrona di midollino, davanti alla porta spalancata che si affacciava sul terrazzo fiorito.

Le sue dita fragili, secche e nervose si muovevano tra filo e uncinetto. Confezionava centrini bianchi di ogni forma e misura che distribuiva in regalo ai nipoti e ai pochi amici che venivano a trovarla. Teneva costantemente la radio accesa. L'udito le si era indebolito, pertanto non seguiva i programmi, ma quel brusio di sottofondo le teneva compagnia.

Con gli anni, si era incurvata e asciugata. Sembrava un passerotto ferito e Caterina, qualche volta, s'intristiva ricordando la donna energica e volitiva che era stata. Non c'era più traccia in lei della bella ragazza che Alcide aveva corteggiato con tanta passione, né della madre severa che più di una volta si era intromessa con decisione nella sua vita. Dei suoi anni migliori restava la massa setosa dei capelli ormai bianchi come i centrini che confezionava senza sosta. Aveva dimenticato persino l'attaccamento ossessivo alla corona del rosario. Immagini sacre, messali, santini e acquasantiere avevano ceduto il posto ai disegni dei nipoti e pronipoti, scarabocchi colorati che la intenerivano.

Caterina si chiedeva spesso quale fosse l'autentica personalità di sua madre: quella saggia e pacata di oggi, o quella punitiva e inquisitrice di una volta?

La radio trasmetteva canzoni. Elena, rivolta verso il terrazzo dove le petunie formavano rigogliose cascate multicolori, lavorava meccanicamente all'uncinetto.

«Ciao, mamma», la salutò Caterina.

Nel lavello correva un filo d'acqua a rinfrescare un'anguria. Sul tavolo, da una ciotola di verdura lessata, saliva una nebbiolina di vapore.

«Che cosa hai combinato questa volta?» furono le prime parole di Elena in risposta al saluto della figlia.

Caterina eluse la domanda.

«Hai già preso il caffè, mamma?» chiese. «Io lo berrei volentieri», soggiunse chinandosi a deporre un bacio sulla fronte della vecchia.

Elena la scrutò attraverso le lenti spesse.

«Perché ti sei vestita da santone indiano?» domandò, con tono sostenuto. Caterina indossava una tunica di seta bianca, leggera, dalle maniche lunghe e strette. Portava calzoni aderenti dello stesso tessuto e calzava sandali bassi, con listelli di pelle dorata.

Il tutto era così semplice da sembrare sofisticato. Ancora una volta non raccolse la provocazione della madre.

«Sei sempre molto bella», osservò Elena, compiaciuta. «Non dimostri i tuoi anni.»

«Grazie, mamma», sorrise Caterina.

«Adesso Milagro ci farà il caffè», ordinò la madre.

«Ho visto che sta pulendo i vetri in salotto. Lasciala lavorare in pace.» Caterina chiuse l'uscio della cucina.

«Bisogna sempre fare a modo tuo», brontolò Elena deponendo il lavoro.

«Volevo soltanto stare un po' sola con te», spiegò Caterina, ponendo sul gas la napoletana.

Dal centro del soffitto pendeva un vecchio ventilatore a pale che non riusciva a rinfrescare la stanza. Caterina versò lo zucchero nelle tazzine, mentre il caffè filtrava lentamente.

La donna guardò il ventilatore come se fosse un nemico: «Spegni la radio e quel maledetto aggeggio che mi farà venire la polmonite».

Caterina ubbidì. Poi accostò uno sgabello alla poltrona di sua madre, posò le tazzine su un tavolino e sedette accanto a lei.

Elena indossava un abito grigio di lana cruda, calze nere pesanti, pantofole invernali e stringeva sul petto uno scialle azzurro.

«Se vuoi, vado anche a prenderti una coperta», scherzò Caterina.

«Aspetta di avere la mia età, prima di giudicare», l'ammonì.

«Non siamo poi tanto lontane, anagraficamente.»

«L'anagrafe è un condensato di bugie», protestò Elena.

«Nel tuo caso è così. Hai una salute da far invidia a chiunque», osservò Caterina.

«Lascia perdere i complimenti. Dimmi piuttosto che cosa ti è successo questa volta», ripeté.

Caterina sorrise.

«Mamma, mi aspettavo che mi chiedessi come sto. La tua specialità, invece, è l'attacco. E la certezza che non ti abbandona mai è che io possa soltanto commettere errori.»

«Non è vero, e lo sai. Ma tu sei come quella frutta che cade acerba dall'albero e non matura più. Hai sessant'anni, ma sei rimasta una ragazzina», replicò Elena con pacatezza.

Caterina trasse un sospiro di rassegnazione, poi vuotò la tazzina del caffè. Tra lei e sua madre c'era stato quasi sempre un rapporto conflittuale, del quale si attribuivano vicendevolmente la colpa. Caterina avrebbe voluto una madre complice. Elena una figlia arrendevole. C'era tra loro, in sospeso da sempre, il bisogno di rifugiarsi l'una tra le braccia dell'altra per dirsi che si volevano bene. Ma quando una delle due accennava a un gesto di trasporto, l'altra rafforzava la barriera.

Con il passare degli anni, Caterina scopriva in sé alcune durezze della nonna Evarista, come Elena manifestava qualche asperità di carattere delle zie materne.

«Mamma, per una volta, non potresti avere una parola gentile?» implorò Caterina.

«Non me ne dai l'occasione», protestò Elena. «Anche adesso, leggendo sul giornale quello che ti è capitato, credi che ne abbia gioito? Se tu vivessi con la tua mamma, come ogni donna sola che si rispetti, non correresti certi pericoli. Invece, alla tua età, hai ancora voglia di fare la saltaruscelli. Così come io ho avuto cura di te quand'eri bambina, tu dovresti aver cura di me, ora che sono vecchia. Invece, frequenti le tue amiche dissennate e non hai un marito che si occupi di te. E ora, Dio solo sa che altro stai combinando con quel Marco Honneger che è stato la tua rovina.»

Caterina si levò di scatto dallo sgabello e andò sul terrazzo. Era furibonda. Le litanie materne, ritrite e consunte, avrebbero dovuto lasciarla indifferente, invece le pungevano il cuore come aghi. S'accostò a un ciuffo di lavanda che cresceva rigogliosa in un grande vaso di cotto e aspirò il profumo dei fiori azzurrini. Guardò il cortile interno. Balconi e finestre erano chiusi. I condomini di sua madre erano partiti per le vacanze. Dunque, anche da lei sarebbero potuti entrare i ladri per fare man bassa delle sue cose e magari per ucciderla. Sarebbe potuto accadere a Elena quello che era successo a lei. Perché sua madre s'intestardiva ad accusarla?

Tornò verso la cucina e l'aggredì.

«Non ti sembra che si debba smetterla con questa storia di Marco Honneger? Sono vecchia, mamma. Non so se te ne sei resa conto. Sono forse più vecchia di te. Ho diritto quanto te di essere lasciata in pace e di ricevere una parola gentile o un gesto affettuoso. Io non sono come te. Non lo sono mai stata. Non lo sarò mai. Ho commesso degli errori, è vero. Ma tu, sei sicura di non avere mai sbagliato?» la sfidò.

«Anzi, ne sono certa. Ma io ho conosciuto un solo uomo e quello ho sposato. Tu ne hai conosciuti tanti, troppi...» Elena non finì la frase.

«È questo che pensi di me? E per rafforzare le tue opinioni, ti sei inventata una morale che tollera la maldicenza, i soprusi, le angherie, ma non un figlio fuori del vincolo coniugale.»

Caterina tacque, impressionata dalla violenza delle sue stesse parole.

Elena, con un gesto lento, si tolse gli occhiali e si asciugò una lacrima.

3

«MI dispiace», sussurrò Caterina.

«Mi hai rivolto delle accuse orribili», singhiozzò Elena.

«Lo so», replicò la figlia, con tono sommesso.

«Non avevo alternative. A quei tempi non era lecito che una ragazza perdesse la reputazione e il dovere di una madre era di custodirla. Mi sentivo colpevole per non averti curato abbastanza. D'altra parte, Marco non ti avrebbe mai sposato. Mi sentivo offesa e umiliata per te che eri stata il divertimento di un giovane ricco. Noi non eravamo abbastanza influenti per sfidare l'opinione della gente. E non eravamo nemmeno così poveri da poter contare sulla pietà del prossimo. Hai idea del genere di vita che ti sarebbe toccata se fossi diventata una ragazza madre? Credevi davvero che, con le mie sole forze, avrei potuto combattere contro i pregiudizi del mondo?

«Avrei potuto spedirti a Sacile, dalla nonna Evarista. Lei, probabilmente, ti avrebbe accolta. Ma tu, avresti accettato la vita della contadina? E poi, sii sincera, lo volevi davvero quel figlio?» l'interrogò Elena guardandola dritto negli occhi.

«No, non lo volevo», ammise Caterina. «Volevo soltanto l'uomo che amavo e che avevo perduto per sempre.»

Un merlo si posò sul parapetto del terrazzo e guardò le due donne nella penombra della cucina, muovendo curiosamente il capino. L'orologio a pendolo nell'anticamera batté undici colpi. Suonò il telefono. Caterina fece per alzarsi e andare a rispondere.

«Lascia perdere», disse Elena, trattenendola per un braccio. «Il telefono è l'invenzione più inopportuna del nostro tempo. Interrompe i momenti più sacri, come questo. Sapessi da quanti anni aspettavo di poterti parlare. Quasi non ci speravo più. Ti sei sempre confidata così poco con me», si rammaricò la madre.

Il telefono tacque e il merlo si posò sul vaso di un oleandro, becchettando nel terriccio.

«Non era facile», disse Caterina. «Io volevo la tua complicità e tu, invece, non abbandonavi mai l'atteggiamento di giudice severo», si rammaricò.

«Avevi già una nonna complice», le ricordò Elena. «Non ti bastava?»

«Con te ho avuto qualche momento di intimità soltanto da bambina, quando eravamo sfollate a Sacile. Ti sentivi sola e cercavi il mio aiuto. Eri tanto triste, ricordi? Io ero molto protettiva nei tuoi confronti. Quelli sono stati i nostri giorni più belli. La piccola Eva mi aveva contagiata con il suo misticismo», disse Caterina e aggiunse: «Vivevo sospesa tra cielo e terra».

«Forse era anche la fame che ti faceva lievitare», scherzò Elena, sorridendole.

«Poi il papà finì a Mauthausen. Tu lavoravi notte e giorno. Non avevi mai tempo per me.»

«Le ansie e le preoccupazioni non mi davano tregua», si giustificò. E proseguì: «Nei rari momenti di serenità, quando potevo dedicarti un po' di attenzione, tu avevi la testa tra le nuvole. Dio solo sa che cosa pensavi! La tua mente era una specie di bunker, inattaccabile».

«Tu tenevi costantemente innestata la retromarcia. Sapevi soltanto dire di no.»

«Per forza. Bastava la condiscendenza di tua nonna», s'impuntò Elena.

«L'avrei voluta da te», protestò Caterina.

«Hai sempre fatto di testa tua. E hai avuto ragione. Sei diventata ricca e famosa.»

«Così sembra.»

«Non era questo che volevi?»

«Non lo so. Non sono mai riuscita a dare un senso alla mia vita. Il fatto è che non mi piaccio e non mi sono mai piaciuta. Ho una scarsa considerazione di me. Mi sento una donna senza qualità.»

Elena guardò la figlia con affettuoso stupore.

«Che cosa avresti voluto?» domandò.

«Scrivere un buon libro, per esempio. Ma non ne sono capace. Penso alle brughiere spazzate dal vento, alle steppe bruciate dal sole, ai mari burrascosi, ai girasoli di Provenza, alle aurore boreali, alle note struggenti dell'organo che si rincorrono tra le navate delle cattedrali. Penso agli autori che sono stati capaci di raccontare tutto questo dipingendo affreschi memorabili. E considero le mie mediocri capacità, i miei difetti, piccoli e meschini, le mie generosità anguste, la mia mente priva di grandezza. Non scriverò mai un buon libro, perché non sono un grande spirito», confessò Caterina.

«Una volta o l'altra lo scriverai», la incoraggiò Elena. «Io credo che tu abbia talento.»

«Quello delle piccole cose. Sono incapace di gesti, di pensieri, di intuizioni memorabili.»

«Che cosa significa memorabile? Molte persone cambierebbero la loro vita con la tua. Io sono sempre stata una donna semplice. Ho vissuto una vita semplice. Renderò conto a Dio dei miei peccati. Questo è tutto. Che cosa può esserci di memorabile nella vita oltre il fatto che si nasce e si muore? Accontentati di essere quella che sei e vivi in pace il tempo che ti rimane», consigliò Elena, teneramente.

«Amen», replicò Caterina con un sorriso. Ancora una volta, nonostante la reciproca disponibilità, non erano riuscite a capirsi.

La domestica bussò alla porta della cucina. Caterina

si alzò per aprire e, in quel momento, avvertì una fitta lancinante alla testa. Si appoggiò al tavolo per non cadere. Il male era così forte che riuscì a stento a trattenere un lamento.

«Ti senti male, signora?» domandò Milagro.

Il dolore si andava placando e Caterina abbozzò un sorriso.

«Non è niente», disse. «Soltanto un piccolo capogiro», minimizzò.

«Sei pallida, poverina», osservò la donna.

Il telefono riprese a squillare. Milagro andò nell'ingresso a rispondere.

«È il dottore Stanis», annunciò. «Vuole parlare con te, signora.»

«Eccomi, figliolo», disse Caterina, afferrando il ricevitore.

«Spero di non averti disturbata. Bijou mi ha detto che eri dalla nonna e io volevo sapere se hai voglia di fare colazione con me. Io e te, soli», propose Stanis.

«Che cosa succede? Non sei in ospedale?» s'insospettì Caterina.

«Appunto. Potresti passare di qui e poi usciremmo insieme. Ma intanto ne approfitterei per farti una visita seria. Tu mi sfuggi sempre come un'anguilla.»

«C'è qualcosa che non va?» chiese lei, ricordando il fulmineo malessere di poco prima.

«Come faccio a dirtelo, se non ti visito?»

Caterina conosceva le sfumature di voce del figlio. Adesso percepiva nel suo tono una certa preoccupazione. Decise di dargli corda.

«Che tipo di visita?»

«Una tac, per esempio. Hai battuto la testa sul gradino, ricordi? Insomma, voglio essere sicuro che la mia mamma sia in ottima forma.»

«Allora tranquillizzati, perché sto benissimo», mentì. Caterina aveva il terrore delle indagini cliniche ed era seriamente intenzionata a rifiutare qualsiasi esame. Sentì il figlio trarre un sospiro di rassegnazione.

«Come vuoi tu», le disse. «Però resta valido l'invito a pranzo.»

«Mi dispiace. Facciamo un altro giorno. Oggi sono già impegnata», si defilò.

«La nonna, come sta?» insistette Stanis.

«Una roccia. Butta tutte le medicine che le imponi. Forse è per questo che ha superato gli ottant'anni», scherzò.

«Salutala per me e dille che passerò da lei uno di questi giorni.»

«Grazie, Stanis. Ci vediamo presto. Abbraccia Grigorj per me», concluse Caterina prima di riagganciare.

Sostò pensosa accanto al telefono. Ricordò il prelievo di sangue che Stanis le aveva fatto. Forse suo figlio aveva scoperto qualche irregolarità.

4

L'AVVOCATO Baraldi osservò la serie di fotografie scattate di notte, sul marciapiede di un viale alberato. Poi le posò sulla scrivania, con aria disgustata.

«Non puoi fargli questo», disse a Francesca che gli sedeva di fronte. «Marco non lo merita.»

«Se mi sono decisa a chiedere il divorzio, vuol dire che ho motivi più che validi per non volere più mio marito. Queste fotografie dicono molto di più delle parole», ribatté la donna.

L'avvocato le dedicò un'occhiata pietosa. Pensava, in quel momento, che la bellezza non ha età, così come il rancore non ha limiti. Considerò che ci sono donne in età avanzata che alimentano la loro bellezza con un'intensa vita spirituale, altre, invece, come nel caso di Francesca, attingono vigore dal bisogno di rivalsa sui torti subiti, veri o immaginari che fossero.

«Queste fotografie», insistette lui, «si prestano a interpretazioni equivoche che non hanno alcuna attinenza con la realtà. Questo, tu lo sai molto bene.»

«Io so quello che vedo. E che vedranno tutti, tra poco. Ho consegnato il materiale fotografico a un'agenzia giornalistica. Già vedo i titoli: l'architetto Marco Honneger, la scrittrice Caterina Belgrado e la prostituta, sui viali del vizio», scandì Francesca, con voce trionfante.

L'avvocato Baraldi si arrabbiò: «Credevo di dovermi occupare di una causa di divorzio. Non di una vendetta personale».

Francesca sembrava non volerlo sentire.

«Ho già preso contatti con un editore per scrivere un libro di memorie: affari, amori e sangue blu. Un bel titolo, non credi? Ho un sacco di storie molto intriganti da raccontare sul conto di mio marito e della sua amante. Sarà un bestseller», proseguì con aria compiaciuta. Il professionista capì che non aveva possibilità di ricondurre la sua cliente alla ragione.

«Mi dispiace, Francesca», concluse, infine, «Marco è un mio amico. È una persona onesta e leale. Quanto a me, sono un professionista serio, non uno che spia dal buco della serratura. Mi addolora che tu sia così annebbiata dal livore da ricorrere a questi espedienti meschini. Ti ho sempre considerata una donna dolce e comprensiva. Improvvisamente non ti riconosco più. Non avrai il mio patrocinio per questa causa. Io mi sono sempre comportato correttamente.» Lasciò la scrivania e aprì la porta dello studio. Era un congedo definitivo.

Francesca, sentendosi liquidata quasi con disprezzo, avvampò di collera. Si alzò a sua volta e fronteggiò il legale.

«A proposito di giochi sporchi, il tuo è vecchio quanto il mondo: si chiama maschilismo. Tu e Marco siete degli sporchi maschilisti, sempre pronti a schierarvi dalla parte delle puttane, calpestando i diritti più elementari di una moglie. Io cercavo prove per inchiodare mio marito alle sue infedeltà. Per questo ho incaricato un detective, che lo ha pizzicato con l'amante e la prostituta. Era l'occasione che aspettavo da tempo. Perché non avrei dovuto servirmene? Ho fatto male a rivolgermi a te. Per patrocinare i miei diritti dovrò trovare un avvocato donna», disse Francesca con voce alterata. Poi, uscì dallo studio del legale sbattendo l'uscio.

In strada l'aspettava l'autista che la riportò a palazzo Honneger

Francesca si rifugiò nella sua camera da letto, in preda a sentimenti contrastanti. Sentiva di avere ragione, ma rifletteva sulle parole dell'avvocato Baraldi che era sempre stato un buon amico.

«Bene! Quello che sto facendo non piace neanche a me», sbottò mentre richiudeva in un cassetto la busta con le fotografie. «Che cos'altro posso fare per difendermi, per non sentirmi continuamente umiliata?» gridò alle pareti della stanza. Avvertiva il peso del suo fallimento di donna e di moglie. Probabilmente non aveva saputo essere neppure una buona madre, dal momento che le figlie mostravano un'aperta simpatia per Marco, ignorando invece le sue amarezze.

L'aveva fatta grossa, questa volta. Il suo obiettivo, maturato lentamente negli anni, era quello di vedere Marco in ginocchio. La sua malattia era stata un buon passo avanti nel raggiungimento di questo traguardo. Ma lei voleva vederlo prostrato, finito, annientato. Allora, forse, gli avrebbe teso una mano per aiutarlo a riemergere. Voleva la sua gratitudine a qualsiasi costo. Voleva essere per lui indispensabile come l'aria.

Perché lo amava ancora. Voleva dominarlo. Voleva che Marco la adorasse come era accaduto tanti anni prima, quand'erano giovani e lei aveva mandato all'aria un matrimonio per amor suo: un colpo di testa che le aveva alienato la simpatia dei genitori e di molti amici. Ma era innamorata persa di quel ragazzo bello e affascinante, che si portava addosso la luce gloriosa dell'eroe di guerra.

Ricordava la sua prima e unica sfilata sulla passerella dell'alta moda. Aveva venticinque anni. Alle spalle, un'esistenza tranquilla, pacata, fatta di solide certezze. La famiglia ineccepibile, l'insegnamento, la prospettiva di un eccellente matrimonio con un giovane del suo stesso livello, militare di carriera e per tradizione.

Era tutto a posto. Tutto secondo le regole. Era già pronto il loro appartamento nella sede dell'accademia di Livorno. Con gli anni, ci sarebbero stati trasferimenti, avanzamenti di grado, un certo numero di figli, i soliti ricevimenti, la presenza alle parate militari. Tutto scontato, tutto già vissuto nell'ambito della famiglia paterna.

Mentre sfilava indossando un abito verde smeraldo, tra il pubblico di operatori del settore, giornalisti, signore del bel mondo e intellettuali, Francesca aveva visto lui. Spiccava sugli altri per la sua presenza un po' imbarazzata, per l'oro dei suoi capelli, per lo sguardo intenso, straordinariamente vivo e brillante, con cui la fissava. Era fuggita al termine della sfilata ed era corsa a casa, il solo posto in cui si sentisse al sicuro da ogni turbamento.

Ma non aveva fatto i conti con Marco. Riuscì a incontrarla e si innamorarono subito, l'uno dell'altra. Francesca dimenticò il fidanzato, i principi cui era stata ispirata la sua vita e diede addio a una verginità gelosamente custodita per il matrimonio.

Stringeva a sé il corpo nudo di Marco e le sembrava di tenere il mondo tra le braccia. Si presentava nel piccolo appartamento di Marco in piazza Cordusio, traboccante desiderio e tenerezza. Il sesso, fino a quando non aveva incontrato quella specie di angelo biondo, era qualcosa di astruso e misterioso, di cui faceva un gran parlare con le amiche ma di cui ignorava qualsiasi rudimento. Quattro anni di università e una laurea in lettere le avevano svelato trappole grammaticali e cavillose interpretazioni di poemi ed epistolari, ma assolutamente niente sull'amore. Due anni di fidanzamento con il brillante ufficiale di marina le erano serviti soltanto per riuscire a farsi baciare, di nascosto da sua madre. Più in là di così, il futuro marito non aveva osato spingersi.

Marco l'aveva portata a casa sua al secondo incontro e lei, tra lacrime e sospiri, gli si era data senza farsi supplicare.

«Non posso più sposare Federico», aveva annunciato subito dopo ai suoi genitori.

Aveva dovuto ripetere l'annuncio per due volte, perché loro si rifiutavano di capire. La casa già debordava di doni di nozze, gli inviti erano già stati spediti, le pubblicazioni erano uscite in chiesa e in municipio.

«Perché?» aveva chiesto il generale, incredulo.

«Mi sono accorta che non lo amo», aveva risposto.

Ne era scaturito un dramma. Suo padre aveva minacciato il suicidio per la vergogna. Sua madre fece ricorso ai sali a causa di continui svenimenti. Era sicura che ci fosse un altro uomo dietro l'improvviso clamoroso rifiuto al matrimonio con il giovane Federico Ricci. Francesca si ostinava a negare. Sua madre, rovistando tra le lettere che la figlia riceveva, trovò le prove di un rapporto intimo. Allora fu davvero il dramma nel dramma. «Che scandalo, che vergogna!» sussurrava la povera donna, aggirandosi per la casa come un animale in trappola. Doveva nascondere quel disonore al marito, altrimenti lei stessa ne avrebbe subito le conseguenze.

Alla fine, Francesca si decise a confessarle la passione travolgente per Marco Honneger.

«Il cielo sia lodato», sospirò la donna. Se non altro si trattava di un giovane di ottima famiglia. «Dovrà riparare sposandoti», decise.

«Non adesso, mamma. Non con tutti gli impegni che ha. Gliene mancherebbe il tempo», dichiarò la figlia.

«Se ha avuto il tempo per disonorarti, avrà anche quello di impegnarsi con un matrimonio», ribadì la moglie del generale. Ritrovò la determinazione di sempre e si presentò, come una generalessa, a casa di Marco, che tutto si aspettava, tranne quella visita intempestiva e inopportuna. In quel momento finì l'innamoramento per Francesca e incominciò il supplizio del fidanzamento imposto.

Francesca capiva che Marco era a disagio e tentò di salvare la situazione. «Non è necessario che ci sposiamo. Non subito, comunque», gli disse.

Era la ragazza più dolce e arrendevole che Marco avesse mai incontrato. Ignorava che fosse anche dotata di una volontà di ferro.

Durante i lunghi anni di fidanzamento tollerò le frequenti latitanze di Marco. Una sola volta perse il lume della ragione: quando scoprì la sua storia con Caterina Belgrado. Caterina era stata una sua alunna alle scuole medie e Francesca l'aveva apprezzata per la schiettezza, la vivacità mentale e il candore disarmante. Qualche anno dopo, rivedendola casualmente, era rimasta colpita dalla sua bellezza e dallo sguardo vagamente misterioso. Aveva intuito la personalità dominante di quella ragazza e le aveva schiuso le porte di un mondo affascinante: quello della carta stampata.

Quella piccola serpe, di dieci anni più giovane di lei, le si era rivoltata contro, mordendola a tradimento.

Francesca pensò che occorreva agire immediatamente con un rimedio estremo. Così, fece intervenire suo padre, il generale Damiani. Il militare era anche un sottile diplomatico. Capì al volo la situazione e fece leva su Marco usando l'arma del senso dell'onore. La giovane rivale venne immediatamente sbaragliata e lei si accostò all'altare da trionfatrice. Era stata una lotta dura, lunga, estenuante, ma alla fine era riuscita a diventare la signora Honneger. A quel punto, nessuno avrebbe più potuto portarle via il marito.

Ma c'era voluto poco tempo perché si rendesse conto che nessuno poteva sottrarle un uomo che non le era mai appartenuto.

Suo marito, nella testa e nel cuore, aveva una sola donna: Caterina. A settant'anni, Francesca continuava a lottare contro di lei. Ora, finalmente, aveva portato a segno un colpo vincente.

Baraldi aveva ragione: il suo era un gioco sporco, ma in quarant'anni non era riuscita a trovare un espediente migliore per castigare suo marito.

Avrebbe trovato un altro legale per patrocinare la sua causa di divorzio e, intanto, era ansiosa di vedere che cosa sarebbe successo quando la fotografia di Marco e Caterina, abbracciati a una prostituta, fosse apparsa sui giornali.

5

ERANO tutti lì, compatti e solidali, intorno a Caterina.

La riunione di famiglia era nata spontaneamente, senza un accordo definito. Erano approdati nel suo appartamento, uno dopo l'altro, poiché per la prima volta non erano loro ad avere bisogno di Caterina, ma era lei che aveva bisogno del loro sostegno. Quella partecipazione affettuosa era una novità assoluta e piacevole.

Stanis era arrivato per primo. Poi, abbronzati e chiassosi, Nicoletta e i suoi due figli. Infine, da Roma era giunto Roberto con la piccola Ginevra.

Si era presentato anche Bernardo Branzi, il suo primo marito. L'amore per Caterina lo aveva indotto a lasciare la quiete del paesino bergamasco dove trascorreva i periodi più caldi dell'estate.

Caterina gli andò incontro e lo abbracciò.

«Non dovresti correre certi rischi», gli sussurrò, sapendo quanto l'afa milanese pesasse sulle sue condizioni di salute.

«Senti da che pulpito viene la predica», ribatté Bernardo. «Gli anni passano anche per te, mia cara, ma la tua avventatezza è quella di sempre», soggiunse assestandole un pizzicotto sul fondoschiena.

Caterina gli rivolse un'occhiataccia e gli diede un colpo secco sulla mano invadente.

«Vergognati, Bernardo», lo rimproverò. «Alla tua età non hai ancora imparato a tenere le mani a posto.» Poi gli sorrise bonariamente, lo prese sottobraccio e lo guidò verso il soggiorno, dov'erano tutti gli altri.

Ma prima di varcare la soglia lo avvertì: «C'è anche Marco Honneger. Non lasciarti andare a considerazioni fuori luogo».

«Sapete che cosa mi viene in mente?» esordì Bernardo quando vide la famiglia riunita. «Mi viene in mente un funerale. Nelle belle famiglie italiane ci si riunisce quando c'è da piangere il caro estinto.»

Ginevra gli corse incontro per abbracciarlo.

«Ti prego, nonno», gli sussurrò. «Comportati bene o non ti permetterò mai più di frequentare la buona società», lo minacciò con un tono affettuoso da piccola signora saggia.

«Va bene, signorina saputella», replicò il nonno, infilando una mano tra i capelli neri e ricci della ragazzina, scompigliandoli.

Caterina osservava Bernardo, suo figlio Roberto e la piccola Ginevra. Avevano molti tratti in comune: il naso importante, gli zigomi alti, gli occhi fondi e chiari, il mento volitivo. Erano caratteristiche somatiche tipiche dei longobardi, un ceppo cui lei stessa apparteneva. Gli altri due figli, Nicoletta e Stanis, avevano invece un aspetto più evanescente e lineamenti più sottili, che appartenevano alla famiglia francese dei d'Ormesson.

La povera Bijou si affannava tra il soggiorno e la cucina, servendo succhi di frutta, acqua minerale e tè freddo. Le sembrava di non avere mai lavorato così tanto nella sua vita e aspettava la fine del pomeriggio per potersela svignare.

Caterina l'agguantò per una cocca del grembiule, infrangendo le sue speranze.

«Questa sera ti fermerai fino a tardi», le ordinò sottovoce. «E non sbuffare e non alzare gli occhi al cielo», soggiunse, con un tono che non ammetteva repliche.

Quindi, tornò in soggiorno dove Bernardo teneva banco.

«Avevo trovato un angolo di paradiso ed è diventato un inferno», raccontava. «La casa sul torrente, i granchi per i miei risottini, il crescione profumato e secchiate di lumache dopo ogni acquazzone. Senza contare i funghi, le more, la nepitella e il garofano selvatico. Poi, sono arrivati loro. E sono un esercito, con macchine, pullman, megafoni, bancarelle, sacchetti di plastica e lattine di bibite, gli stendardi, le trombette e i comizi. Addio pace, addio prati fioriti, addio silenziosi giorni di quiete.» Più che dire, declamava.

«Ma di chi sta parlando?» domandò sottovoce Nicoletta alla madre.

«La sua casa nel bergamasco sta sopra Pontida, la culla dei leghisti», spiegò Caterina con aria divertita.

«Bernardo, scusa», Nicoletta alzò la voce per interrompere quella sequela di lamentazioni. «Abbiamo altro di cui parlare. O no?»

«Oh, sì», convenne l'uomo. E guardò Marco che sedeva in disparte, con l'aria imbarazzata di chi avrebbe preferito trovarsi altrove, piuttosto che partecipare a quel dibattito. Gli sorrise. «Ma lo sai che sei fotogenico! Sul momento non ti avevo nemmeno riconosciuto. Sembri un giovanotto», disse, con una punta d'invidia.

La pesante allusione alla fotografia apparsa su alcuni quotidiani riportò i presenti al motivo della riunione.

D'estate, in mancanza di notizie piccanti, anche il nome di Caterina Belgrado, legato a un'immagine assolutamente equivoca, serviva per catturare lettori. La scrittrice era stata colta nell'attimo in cui abbracciava una prostituta, mentre Marco Honneger le guardava. Più o meno, i giornali avevano tutti titolato la notizia: «Il lato neorealista della regina del romanzo rosa». Si faceva riferimento all'agguato di pochi giorni prima per sottolineare il sospetto che Caterina e l'amico avessero rapporti stretti con il mondo della prostituzione.

«Bisogna promuovere subito un'azione legale», asserì

Nicoletta. «Il buon nome della mamma non può in alcun modo venire imbrattato da articoli e foto di questo genere.»

«Ma che senso ha? Belgrado e Honneger sono nomi al di sopra di ogni sospetto. Quando ho visto il giornale, ci ho fatto sopra una bella risata e ho considerato che è tanta manna per il romanzo di Caterina che uscirà tra due mesi», commentò Bernardo, con aria serafica.

«Papà, per favore! Non diciamo sciocchezze», si arrabbiò Roberto.

Ginevra stava in piedi, appoggiata al bracciolo della poltrona su cui sedeva la nonna, e non perdeva una battuta del dialogo. I tre figli di Nicoletta, invece, accucciati sul tappeto, giocavano una guerra immaginaria e mimavano colpi d'arma da fuoco gridando: «Ti sparo!»

«Qualcuno vuole occuparsi di queste creature?» chiese Caterina.

«Bambini, di là con Bijou», ordinò la madre. E soggiunse: «Ginevra, va' con loro e tienili d'occhio».

La ragazzina interrogò con lo sguardo la nonna, depositaria di un'autorità superiore.

«Fa' come ti dice Nicoletta», ripeté Caterina.

«Mi chiedo da dove nasca tutta questa faccenda e chi sia così determinato nel fare del male alla mamma», disse Stanis, appena i bambini si allontanarono.

«La vittima designata ero io», intervenne Marco. «Stavano spiando me per incastrarmi.»

Gli sguardi dei presenti s'appuntarono sull'uomo che, nell'esistenza di Caterina, aveva sempre rappresentato un elemento misterioso, indecifrabile, a volte inquietante.

«Marco si riferisce a Francesca Damiani, sua moglie. È lei che lo spia», spiegò Caterina.

«Non le sarà sembrato vero di cogliere, come si dice, due piccioni con una fava», ribadì Marco.

«Perché?» domandò Bernardo.

«Vuole divorziare e sta facendo di tutto per mettermi in cattiva luce. Voleva dimostrare che Caterina è la mia amante. Ora potrà rincarare la dose. Il suo obiettivo è quello di chiedere la mia interdizione», commentò desolato.

«Sei proprio messo male», commentò Bernardo.

«Questo non cambia niente. Dobbiamo comunque promuovere un'azione legale», ribadì Nicoletta, indifferente ai problemi di Marco.

«Io penso che la mamma non abbia bisogno di dimostrare niente a nessuno», intervenne Stanis. «Se l'obiettivo era Marco, la faccenda della mamma verrà presto dimenticata.»

«Non sono d'accordo. Tentano di screditarla creandole una fama equivoca. Non te ne rendi conto?» l'aggredì Roberto.

«No. Non me ne rendo conto», rispose tranquillamente Stanis.

«Eh, già. Come potresti?» lo provocò Nicoletta.

«Spiegati meglio», la incitò Stanis, mentre il suo viso si imporporava.

«Non è necessario. Tanto hai capito benissimo», replicò Roberto.

«Roberto ha ragione. Sei nostro fratello, per carità, e guai a chi ti tocca. Ma tra noi possiamo pure dircelo: non sei un modello di vita esemplare», incalzò Nicoletta.

Caterina stringeva con forza le dita intorno ai braccioli della poltrona, pronta a intervenire in difesa del più debole.

Dalla cucina arrivavano attutite le risate dei bambini.

«Se si vuole parlare di vita esemplare, vi invito a guardare meglio voi stessi», disse Stanis, con calma. E proseguì: «Io sono omosessuale. E allora? Non frequento cinema a luci rosse, non me la faccio con i viados, non insidio i bambini. Ho un compagno con il quale, per fortuna, vado d'accordo. Ho un lavoro che faccio con passione e dal quale traggo molte soddisfazioni. Inoltre, ho una madre fantastica alla quale non mi rivolgo per chiedere soldi né aiuti di altro genere. Adesso guardatevi allo specchio e giudicate voi stessi», sbottò, lanciando occhiate severe alternativamente a Roberto e a Nicoletta. I fratelli tacquero. Erano stati colpiti nei loro punti deboli. Nicoletta sopravviveva grazie ai generosi aiuti di Caterina. Roberto accusò l'allusione alla sua sgangherata vita coniugale. Soltanto un anno prima, durante un viaggio di lavoro a Parigi, aveva avuto un incidente d'auto. Quando la moglie era accorsa all'ospedale parigino con Caterina, si era scoperto che nell'incidente era rimasta coinvolta anche una ragazza con la quale Roberto era in viaggio, non per lavoro, ma per una romantica fuga d'amore. Nel gelo che seguì, si levò la voce pacata di Caterina.

«Stanis», disse, «ti ricordi quando eri piccolo e Roberto ti accompagnava a scuola? Facevi la prima elementare. Roberto era già in quinta ginnasio. Al mattino scalpitava perché non eri mai pronto. Morivi di sonno e ti addormentavi tra una cucchiaiata di latte e l'altra. Ti ricordi?»

Stanis ricordò come il fratello maggiore lo prendesse per mano e lo tenesse stretto. Lui faticava a tenere dietro alla sua falcata. Capitava che Roberto lo guardasse con tenerezza e gli dicesse: «Dai, montami in spalla». Gli piaceva andare a cavalcioni del fratello e guardare i suoi compagni dall'alto.

Roberto ricordò le insolenze dei suoi amici che lo incrociavano lungo il percorso. «Ehi, Branzi! Ti pagano per fare il balio asciutto?» Quelle provocazioni non lo toccavano perché era molto legato al fratellino. Ricordò i pomeriggi passati insieme. Lui sedeva alla scrivania, nella sua stanza, e mandava a memoria passi in latino dell'*Eneide*. Stanis lo ascoltava e ripeteva con lui i versi cadenzati di una lingua che non capiva, ma gli piaceva.

«Nicoletta, ti ricordi quando andavi con il tuo fidanzatino al palazzo del ghiaccio e trascinavi con te Stanis, per sviare la mia attenzione?» proseguì Caterina.

Nicoletta ricordò come insistesse nell'offrire pacchetti di figurine in cambio del silenzio del fratellino che una volta le disse: «Non voglio essere ricompensato. Ti ho fatto un favore».

Stanis ricordò tutte le volte che Nicoletta lo aveva stretto a sé, coprendolo di baci. Gli lavava la bocca sporca di cioccolato, gli pettinava i ricci e gli allacciava, pazientemente, i fiocchi delle scarpe.

«Vi chiedo scusa», disse infine Stanis. «In realtà, siamo tutti sconvolti per quanto sta accadendo a nostra madre. Lei ha sempre fatto tutto quello che poteva per aiutarci. Ora tocca a noi darle una mano. Soprattutto a me, che non ho impegni famigliari.»

«Caso mai toccherebbe a me occuparmi di Caterina. Sono stato suo marito e continuo a essere il suo migliore amico», intervenne Bernardo. «Ma lei è una ribelle. Non accetta consigli da nessuno e, soprattutto, non vuole interferenze nella sua vita. Noi non possiamo giudicare le sue scelte con il metro del comune buon senso. Non mi stupirei se, in questa situazione imbarazzante, lei ci si trovasse benissimo. Non dobbiamo dimenticare che Caterina è una somma di contraddizioni.»

«Non ho capito se avete invaso casa mia per darmi una mano o per farmi un processo sommario», reagì l'interessata.

«Il solo che può aiutarla e starle vicino, sono io», concluse, infine, Marco. E aggiunse: «Io sono la causa scatenante di questo scandalo. Ho un antico debito con lei e farò in modo che possa finalmente vivere tranquilla».

«Qual è questo antico debito?» s'incuriosì Nicoletta. «Non ricordo che lei sia mai stato amico della mamma.»

«Lascia perdere, Nicoletta. La cosa non ti riguarda. E poi è inutile divagare. Ritorniamo al nostro problema. L'articolo di quel giornale vi ha messo in fibrillazione. Mi ha fatto piacere vedervi accorrere compatti per sostenermi. Ma, a questo punto, sono assolutamente d'accordo con Stanis. Lascerò cadere la cosa. Alla mia età posso permettermi di passare sopra a certe insinuazioni. Soprattutto, non m'importa più niente di quello che può capitarmi», confessò Caterina.

«Tu, che cosa?» trasecolò Marco, mentre gli altri la osservavano increduli.

«Sissignore. La verità è che sono stanca. Tutto quanto di bello e di brutto la vita poteva offrirmi, io l'ho avuto. Per essere più esatta devo dire che le gioie me le sono sudate fino in fondo, mentre i dolori mi sono arrivati come gentile omaggio della sorte. Sono stanca di vivere. Non ho più voglia di lottare, né di reagire.»

Nel silenzio che seguì, si udì un singhiozzo venire da dietro la porta del soggiorno. Caterina si levò di scatto dalla poltrona e si affacciò sul corridoio.

La piccola Ginevra stava appoggiata al muro e piangeva.

«Che cosa ti è successo?» domandò Caterina, in apprensione.

«Ho sentito tutto», rispose la nipotina, guardandola con occhi disperati.

«Tutto cosa?» chiese la nonna.

«Se non hai più voglia di vivere, significa che vuoi morire», disse Ginevra, abbracciandola.

6

CATERINA si rese conto che Ginevra aveva afferrato perfettamente il senso delle sue parole. Sapeva di essere un punto di riferimento importante per lei. Capiva che la nipotina si sentiva abbandonata.

«Credo che dobbiamo stare sole per cinque minuti, guardandoci bene negli occhi», disse Caterina stringendola fra le braccia.

«Non serve. Tu hai detto delle cose terribili, pensando che io non sentissi. Non mi lascerò impapocchiare da quattro paroline stupide», protestò Ginevra.

«Sei troppo intelligente perché qualcuno possa impapocchiarti, come dici tu. Io voglio soltanto parlare con te», ribatté Caterina con affettuosa serietà.

«Lascia perdere», si ribellò la ragazzina, liberandosi dalle braccia della nonna.

«Non ci penso proprio. È un argomento troppo importante per lasciarlo cadere», s'impuntò Caterina. La afferrò per un braccio e la trascinò fuori di casa

«Dove andiamo?» domandò mentre la nonna chiamava l'ascensore.

«A farci un megagelato. In un giorno così caldo, non c'è niente di meglio per propiziare le confidenze», assicurò Caterina, con aria grave.

«Non li avvertiamo che stiamo uscendo?» chiese la ragazzina, mentre l'ascensore scendeva verso il pianterreno.

«Diamogli il tempo di esaurire i loro discorsi inutili. Concluderanno che tua nonna, al contrario del buon vino, invecchiando peggiora. Quando si saranno calmati, ritorneremo», spiegò, mentre uscivano sul viale inondato dal sole.

Sull'angolo con la piazza c'era un bar gelateria con aria condizionata. Nonna e nipote entrarono nel locale in cui le pareti dipinte di rampicanti davano l'illusione di un giardino. Il clima fresco, i tavolini di ferro smaltato, le piccole poltrone di vimini contribuivano a rafforzare l'idea. Due giovani cameriere in divisa azzurra, dietro il bancone del bar, discutevano sommessamente di orari di lavoro, di turni, di mance. La saletta era deserta. Interruppero la discussione e una cameriera si accostò con la lista delle bevande e dei gelati.

«Buon giorno, signora Belgrado», esordì. «Ancora in città con questo caldo?»

«Se ci state voi, posso restarci anch'io», rispose Caterina.

La cameriera, come tutti, aveva visto le fotografie di Caterina sul giornale. Ora faceva del suo meglio per non lasciarsi vincere dalla curiosità con domande indiscrete.

«Due coppe di fior di latte e cioccolato», ordinò la scrittrice, senza consultare la lista.

La cameriera si allontanò e lei osservò la ragazzina che le sedeva di fronte.

«Come sei bella, Ginevra», le disse sorridendo. «Mi piacerebbe poter fermare il tempo perché tu restassi sempre così, miracolosamente intatta, non sfiorata dagli anni, né segnata dalla vita», mormorò accarezzandole una guancia morbida e compatta come seta.

«Ma io voglio crescere, nonna. Voglio diventare una scrittrice come te», obiettò Ginevra.

«Non essere così sicura che io sia un modello da imitare», l'ammonì Caterina.

La cameriera tornò posando sul tavolino due coppe colme di gelato e due bicchieri d'acqua. Sotto un bicchiere infilò lo scontrino di cassa. In quel momento Caterina si rese conto di essere senza soldi.

«Non si preoccupi, signora Belgrado», le sorrise la cameriera. «Pagherà la prossima volta.»

«Lo vedi il grandissimo vantaggio di essere famosa?» sottolineò la ragazzina. «Alla mamma nessuno farebbe credito.»

«Non sono queste le cose che contano», disse Caterina, con aria malinconica.

«Nonna, perché sei tanto stanca?» domandò Ginevra prima di portarsi alle labbra il cucchiaio colmo di gelato.

«Dal momento che origliavi alla porta, hai sentito anche la mia spiegazione», rispose.

«Non l'ho capita», s'intestardì.

«Mi spiegherò meglio. Alla mia età, capita di avere dei cedimenti. Tu credi che io sia infallibile. Non è così. Sono fragile e insicura. Che cosa te ne fai di una nonna scombinata come me?»

«Me ne faccio tanto. Sei la mia nonna preferita. Sei anche la persona più divertente che io conosca. Ti voglio un sacco di bene», sussurrò Ginevra.

«Anch'io te ne voglio», garantì Caterina.

«Allora, giura che non mi lascerai mai.»

«Questo, purtroppo, non posso farlo. Le nonne muoiono. Tutte», rispose Caterina.

«Solamente quando sono vecchie come la bisnonna Elena. Tu sei giovane quasi come me. La mamma dice sempre a papà: 'Tua madre deve aver fatto un patto con il diavolo. Ha sessant'anni e sembra una ragazzina'. La mamma ha la cellulite sulle cosce», dichiarò Ginevra, con l'aria di volerla confortare.

«È soltanto apparenza. In realtà, dentro di me sento di avere mille anni, e sono troppi per chiunque. Quando verrà il tempo giusto me ne andrò, come se ne andò la mia nonna preferita. Anch'io avevo una nonna preferita, sai?» raccontò Caterina.

«Si chiamava Luigia. Lo so. Era la mia trisnonna. Poi c'era la trisnonna Evarista. Quella non ti piaceva tanto. Aveva le mani lunghe e la voce aspra. Era così avara che ti faceva soffrire la fame», soggiunse Ginevra.

«Chi ti ha raccontato queste cose?»

«Papà. Dice che tu gli raccontavi queste storie quando era bambino.»

Caterina sorrise. Decisamente la sua nipotina prediletta aveva il culto della famiglia.

«Tuo padre ha fatto una gran confusione. C'era la guerra e tutti soffrivamo la fame. E poi non è così vero che la mia nonna Evarista non mi piacesse. È stata una gran donna. Una vera matriarca, come non ce ne sono più ai giorni nostri», spiegò.

«Secondo me, tu hai vissuto una vita da romanzo. Come vorrei avere le tue stesse esperienze», esclamò la nipotina, mentre ripuliva il fondo della coppa.

«Per il bene che ti voglio, piccolina, spero tanto che tu abbia un'esistenza meno confusa. Sono stata soltanto una gran pasticciona. E adesso, è meglio che torniamo a casa», suggerì, alzandosi dal tavolino.

«Certo. Anche perché, se si accorgono che sei uscita, diranno di nuovo che sei andata in cerca di guai. Vero, nonna?» disse Ginevra, con uno straordinario sorriso ammiccante.

«Vero. Ma non si saranno accorti della nostra assenza, presi come sono dalle loro chiacchiere.»

«Nonna, perché non vieni a stare con noi, a Roma?» chiese e soggiunse: «Io ne sarei felice».

«Io un po' meno. Devo vivere come ho sempre fatto: a modo mio», dichiarò Caterina.

Si avviarono verso casa.

«Nonna, questa notte posso fermarmi a dormire con te?» propose Ginevra.

«E me lo chiedi? Certo che puoi.»

«Staremo vicine e mi racconterai la tua storia. Quella vera. Prometti?»

«Promesso. Ma tu non dovrai raccontarla a nessuno.»

«Invece la racconterò a tutti, quando diventerò una scrittrice come te.»

Caterina guardò la nipote con aria divertita.

«Spero che tu non stia parlando sul serio», disse e aggiunse: «Va bene. Ti fornirò materiale sufficiente per una storia strappalacrime».

7

CATERINA passò la serata a parlare con la nipote prediletta. Fu piacevole aprirsi con quella ragazzina che sapeva ascoltare senza emettere giudizi.

«Mi dispiace che tu e il nonno vi siate lasciati. Ho visto tante fotografie. Eravate belli, insieme», osservò Ginevra e proseguì: «Il nonno è molto simpatico. Peccato che abbia perso tutti i suoi soldi e sia diventato povero». Nel letto a baldacchino, sdraiata accanto a Caterina, Ginevra sbadigliava tra una parola e l'altra.

«Non così povero come credi. Ha ancora una bella casa sopra Pontida e, di tanto in tanto, riesce a vendere qualche pezzo di alto antiquariato. Insomma, se la cava», spiegò Caterina, tacendo il suo aiuto economico. E soggiunse: «Adesso, piccolina, chiudi gli occhi e dormi. È quasi mezzanotte e abbiamo avuto una giornata faticosa».

Si erano infilate nel letto dopo che i parenti se n'erano andati senza prendere nessuna decisione.

«Non mi hai detto niente del nonno che non ho mai conosciuto: il francese, come lo chiami tu», osservò Ginevra, soffocando l'ennesimo sbadiglio.

«Su d'Ormesson c'è ben poco da dire. È entrato nella mia vita come un ciclone e se n'è andato in punta di piedi. Per fortuna. È l'uomo più inconsistente che abbia mai incontrato. Però mi ha regalato due figli splendidi: zia Nicoletta e zio Stanis. Di questo gli sono grata. Sai, Ginevra, io avrei voluto avere tanti figli. Otto, dieci, come la nonna Evarista. Mi piaceva restare incinta, sentire una vita che cresceva giorno dopo giorno nel mio grembo. Tutti i miei pensieri e le mie emozioni erano concentrate sul piccolo che prendeva corpo dentro di me. La maternità è uno dei grandi doni di Dio, un miracolo del quale non finirò mai di stupirmi. Ma un giorno d'Ormesson scomparì. S'imbarcò per una delle sue strampalate avventure e non s'è mai più visto. Dicono che sia morto in Africa, ma il suo corpo non è mai stato ritrovato. Forse lo hanno mangiato i leoni della savana, o i coccodrilli di un fiume. Forse ha trovato un'altra moglie. Che strano! A lui non penso mai. D'altra parte se n'è andato quando Nicoletta e Stanis erano molto piccoli e si sono abituati a considerare Bernardo come il loro padre. È sempre stato così disponibile e generoso. Nella vita, solamente gli amici e la famiglia sono importanti. Gli amici li conti sulle dita di una mano. La famiglia sopravvive quando ci sono l'amore e il buon senso che consentono di mantenere i giusti equilibri.»

Si volse verso la nipotina per darle una carezza. Ginevra si era addormentata. Caterina sorrise e, riallacciando il filo dei suoi pensieri, si chiese se fra i grandi, veri amici della sua vita avrebbe incluso anche Marco.

Per tanti anni aveva rappresentato tutti i suoi sogni più belli. Proprio adesso che la fiamma del piacere fisico si era ormai spenta, constatò che stava scoprendo con lui valori più importanti della passione: la comprensione e la solidarietà, nutrite di ricordi bellissimi, stavano lentamente medicando il senso di vuoto doloroso che l'affliggeva. Caterina si disse che la vita, davvero, è ciò che si pensa, si crede, si cerca di realizzare. È un raggio di sole, un fiore profumato, l'abbraccio di un figlio, una tazza di cioccolata con la panna, il motivo di una canzone che piace, i versi di una poesia che commuovono. Tutto questo è amore.

Guardò, pensosa, la nipotina che dormiva tranquilla accanto a lei. Poi, scivolò silenziosamente fuori dal letto.

Aprì l'antina dell'angoliera a ripiani stipata di ninnoli belli e inutili. Individuò la scatoletta di malachite. La prese, alzò il coperchio. I barbiturici erano ancora lì. Andò in bagno e li rovesciò nel water. Non ne aveva più bisogno. Di questo era sicura. Uscì dal bagno. In fondo al corridoio vide filtrare una luce dalla stanza degli ospiti, dove, quella notte, dormiva suo figlio Roberto.

Si accostò. La porta era socchiusa. Lui stava parlando, sottovoce, al telefono. Vide sua madre. Interruppe la comunicazione e la chiamò.

«Credevo che dormissi», quasi si scusò.

«Non dirmi che a quest'ora della notte stavi parlando con tua moglie», osservò lei, con dolcezza.

«Mamma, che cosa ti succede?» domandò Roberto, invitandola a sedere sul bordo del letto.

«Ragazzo mio, che cosa vuoi farne della tua vita?» l'interrogò eludendo la domanda.

«Ho quasi quarant'anni. Se non faccio un po' di ordine adesso, non lo farò mai più. Non posso più vivere con mia moglie. Da anni non abbiamo più niente da dirci. Abbiamo continuato a stare insieme per via di Ginevra. Ma adesso la bambina sta crescendo e la separazione dei suoi genitori non sarà così traumatica. Tu che ne dici?»

«Io non dico niente. Sono problemi troppo personali.»

«Il mio studio ha chiuso i battenti un mese fa e io sono senza lavoro», confessò.

«Non lo sapevo», si rammaricò Caterina.

«Ne ho parlato con Nicoletta. Vorremmo fare una società e riprendere il lavoro di papà, a Milano. Lui ha detto che sarebbe felice di darci una mano. I Branzi sono stati antiquari dalla fine dell'Ottocento. Perché chiudere con questa tradizione?»

«Già, perché? Ma quando avevi vent'anni e Bernardo voleva inserirti in questo settore, tu dicesti che tutto quel ciarpame non ti interessava», gli ricordò sua madre.

«Le cose cambiano. A vent'anni ti innamori di una persona e credi che sia la persona giusta. Poi, ti rendi conto che non era così. Sono ancora in tempo per ricominciare?»

«Ma certo, ragazzo mio. L'importante è che tu sia convinto. E determinato. Sono contenta che tu e Nicoletta lavoriate insieme. Quanto alla donna cui telefonavi, ti auguro che sia quella giusta. Per tua moglie, non preoccuparti. Sopravviverà. Tutte le donne superano il naufragio di un matrimonio. Per Ginevra sarà più educativa una civile separazione che una convivenza ipocrita», affermò Caterina, prima di defilarsi.

La nipotina dormiva e aveva occupato tutto il letto, spalancando le braccia. Per non svegliarla, Caterina andò a sdraiarsi sul divano del salotto. Si coprì con un leggero plaid di lana e si addormentò.

Sognò la cuginetta Eva. Stava ritta su un grosso sasso grigio, sulla riva della roggia fra i campi di Sacile. I suoi capelli biondi sfuggivano alle treccine in piccoli riccioli che riflettevano i colori del sole. Indossava una veste a quadretti celesti di ruvida cotonina e i piedi affondavano un poco nella pietra.

«Guarda, Caterina», le diceva. «È qui, dove poso i miei piedi, che si è posata anche la Madonna, e ha lasciato le impronte.» Mentre parlava le sue treccine ondeggiavano come le cordicelle di un'altalena. Poi vide se stessa bambina. Indossava una veste che le andava corta e stretta. Cercava di montare sulla pietra e di posare i piedi sulle impronte lasciate da Eva, ma non ci riusciva.

8

«SIGNORA, stai bene?» domandò Bijou, scrutandola con aria preoccupata. Caterina aprì gli occhi.

«Certo che sto bene», rispose, mentre si metteva a sedere sul divano dove aveva trascorso la notte.

«Ti lamentavi», disse la domestica. «Stai male, signora?»

«Sto benissimo. Grazie.» Le immagini del sogno erano ancora nitide nella memoria.

«Hai dormito tanto, signora», la rimproverò Bijou. «È già mezzogiorno. Signor Roberto e signorina Ginevra sono partiti. Il telefono sempre suona e ci sono tanti messaggi. Tu vuoi fare il bagno? Io vado a fare spesa perché frigo è vuoto», concluse nel suo linguaggio approssimativo.

«Voglio solo stare tranquilla», ribatté Caterina, per porre fine alla conversazione.

Bijou uscì dal salotto con l'abituale andatura stanca.

Il suo passato la chiamava con voce di sirena incantatrice. Decise che doveva reagire. Si alzò, richiudendo i lembi della vestaglia e stringendo il nodo della fascia. Andò in cucina e si preparò il caffè. Lo addolcì con un cucchiaino di miele e, reggendo la tazzina, raggiunse il suo studio.

Si sedette sulla poltrona dietro la grande scrivania di

noce antico dove campeggiava la sua vecchia macchina da scrivere. C'era un biglietto di Ginevra posato sopra la tastiera consumata dall'uso: «GRAZIE PER LE TUE CONFIDENZE. TI VOGLIO BENE». Aveva firmato racchiudendo il suo nome in una nuvoletta. Caterina piegò il foglio e lo infilò in un cassetto. Mentre sorseggiava il caffè, guardò la lucina rossa intermittente della segreteria telefonica: segnalava che c'erano dei messaggi registrati. Sentiva il getto dell'acqua che, nel bagno, andava riempiendo la vasca. Si era svegliata dopo un lungo sonno, ma si sentiva ancora stanca. Un bagno tiepido l'avrebbe rinvigorita. Lasciò vagare lo sguardo nella piccola stanza che era un po' il cuore della casa, il luogo del suo lavoro, dei suoi pensieri, delle lunghe pause di solitudine così importanti per ricaricare lo spirito. Le pareti erano contornate da grandi librerie. Qua e là, sulle mensole, facevano capolino gli oggetti più diversi, legati alla memoria di un passato lontano o recente. C'era una melagrana essiccata che risaliva a mezzo secolo prima. Gliel'aveva offerta suo padre una mattina d'inverno in cui lei era a letto a causa di una fastidiosa tonsillite. Era enorme, lucida, con sfumature rossastre. Da uno spacco emergevano granelli color rubino che profumavano di miele. Alcide voleva che la mangiasse perché l'avrebbe aiutata a guarire dal mal di gola. Non lo aveva fatto. Il frutto era rimasto per qualche tempo sul comodino e, in seguito, l'aveva messo sulla mensola dei libri, dimenticandolo. Così, si era essiccato perdendo la lucentezza, ma non i colori.

C'era un piccolo cigno di vetro soffiato che suo figlio Roberto le aveva regalato tornando da una gita scolastica a Venezia. Aveva fatto il viaggio in pullman, con i compagni, tenendo il fragile oggetto tra le mani, perché non si rompesse, e gliel'aveva offerto con dolcezza. Caterina continuava a considerarlo il regalo più importante che avesse mai ricevuto.

C'era un piccolo canterano di noce istoriato con i cassettini pieni di nastri colorati per legare le trecce. Gliel'aveva regalato la nonna Luigia il primo Natale del dopoguerra.

C'era una serie infinita di fotografie di lei con le amiche del cuore, con i figli, con i nipotini. Tornò a guardare la lucina intermittente della segreteria telefonica e si decise a pigiare il pulsante per ascoltare le registrazioni.

Sentì la voce di Lucrezia: «Parto», le diceva. «Vado in crociera con gli Arlington. Ho deciso di perdonare Maxi. Lui non lo sa e io voglio tenerlo sulla corda ancora per qualche giorno. Ma alla fine, che senso avrebbe la mia vita senza di lui? Tutto sommato, non è più dannoso dell'alcol o del fumo e io sono 'maxidipendente'. Tu mi capisci, vero? Ci rivedremo a settembre. Passa una buona estate e fai sistemare la maniglia del tuo bagno.»

Caterina sorrise pensando che Lucrezia aveva fatto la scelta più giusta. Il secondo messaggio era di Stanis. Quella sera ci sarebbe stato un concerto di musica classica al Castello Sforzesco e lui aveva tanta voglia di portarci la sua mamma. «Passerò a prenderti prima di cena», le diceva, soggiungendo: «A meno che tu non sia già impegnata con Marco».

La telefonata successiva era di Diana.

«Dormi o sei uscita?» esordiva. E proseguiva: «Sto partendo per la Scozia. Indovina con chi? So già quello che stai pensando, ma questa volta ti sbagli. Vado con mio padre. Hai idea di quello che combineremo il professor Laperla e io? Tutto sommato, lui voleva prendere l'aereo e io lo accontenterò. Sono così felice di portarlo con me. Comunque, telefonerò presto, così ti spiegherò meglio». La voce di Diana era gioiosa ed eccitata. In quel momento squillò il telefono. Caterina si affrettò ad alzare il ricevitore. Era Marco.

«Come stai?» le chiese.

«Mai stata meglio. E tu?»

«Quando sento la tua voce, piccola Belgrado, il mio cuore canta», rispose. E soggiunse: «Ho ritirato le mie analisi, stamattina. Il medico dice che sono in una forma smagliante. Dunque, dobbiamo parlare di cose serie. Vuoi venire in vacanza con me?»

«Dove?»

«A Parigi. Come l'ultima volta.»

«Come la sola volta in cui ci siamo stati», lo corresse lei. «E sono passati più di quarant'anni», sottolineò.

«Ma la casa in rue du Bac è sempre la stessa. Adesso, però, mia sorella ha installato un impianto d'aria condizionata. Ci sono due grandi camere da letto e io potrò darti il bacio della buona notte prima di ritirarmi nella mia.»

«Sai una cosa, Marco? Ho imparato che non bisogna mai ritornare dove si è stati felici. Parigi è un ricordo così limpido e delicato.»

«Potremmo accarezzarlo insieme. Ho tanta voglia di parlare con te di quei giorni. Guarderemo con tenerezza ai giovani che siamo stati e piangeremo sulla loro passione bella e infelice. Quei due ragazzi hanno diritto al nostro rispetto e alla nostra memoria.»

«Forse hai ragione. Forse dovremmo farlo, questo viaggio. Ma domani voglio andare a Merano. È tanto tempo che non torno lassù.» Aveva deciso in quel momento, per cercare un'alternativa a una proposta che le faceva paura.

«E io ti accompagnerò. Ma perché non partiamo subito?»

«Oggi o domattina non fa differenza», constatò lei. E chiamò Bijou perché l'aiutasse a preparare la sua borsa da viaggio.

La villa liberty di Caterina, a Maia Alta, era un acquisto che risaliva ai tempi in cui i suoi figli erano ancora bambini. A lei piaceva quella parte italiana del Tirolo, ancorata ad antiche tradizioni. Le lunghe vacanze scolastiche dei suoi figli erano scandite da un breve soggiorno al mare e da due mesi a Maia Alta. A Merano, in anni ormai lontani, Caterina si era affidata per un'emergenza allo studio di un ottimo dentista, il dottor Fritz Singer. Da allora, non lo aveva più abbandonato. Se a sessant'anni, la sua bocca era ancora perfetta, lo doveva a lui. Così come i suoi figli gli dovevano dentature smaglianti.

Andando lassù, quindi, si sarebbe sottoposta a una visita di controllo dell'amico Singer. Inoltre, avrebbe preparato la casa per le vacanze di Stanis e Grigorj. Infine, c'era un'altra ragione che l'aveva indotta a decidere il viaggio. All'andata o al ritorno avrebbe potuto fare una deviazione per Sacile. Non c'era nessuno che desiderasse particolarmente incontrare. I parenti Belgrado, che ancora vivevano nei dintorni, erano degli estranei. I cugini e i figli dei cugini forse non li avrebbe neppure riconosciuti. Però, voleva rivedere la strada che portava all'antica fattoria dov'era vissuta da bambina. Quei luoghi aspri, abitati da gente rozza, non le appartenevano, ma ne subiva in qualche modo il fascino. Dopo tutto, pensò, sono una Belgrado e il mio sangue è legato a quelle terre.

Partì con Marco, che continuava a essere un pilota straordinario, veloce e prudente come quando aveva trent'anni.

Lui parlava poco quando guidava. Preferiva ascoltare musica classica dall'impianto stereo. Caterina chiuse gli occhi, si abbandonò fiduciosa contro lo schienale e si lasciò cullare dalle note del *Chiaro di luna* che ricordavano a Marco gli anni felici della sua adolescenza. Arrivarono a Merano nel tardo pomeriggio.

«Abbiamo ancora tempo per una camminata sul Tappainer», disse Caterina.

«O lungo la *Winter Promenade*. Mi piace il mormorio dell'acqua fra i sassi del Passirio», suggerì Marco che non se la sentiva di arrampicarsi sul monte e preferiva una passeggiata più tranquilla.

«Oppure potremmo semplicemente prendere un tè al caffè *König*», suggerì lei, interpretando i desideri del suo compagno.

«Sarà zeppo di turisti tedeschi. Il tè lo preparo io, adesso. E dopo andremo a passeggiare lungo il Passirio», decise lui.

«Oppure potrei telefonare allo studio Singer e vedere se mi ricevono subito», propose Caterina.

«Ho capito. Non sai cosa vuoi, ma lo vuoi subito», scherzò Marco, mentre si aggirava per le stanze cercando di familiarizzare con la grande casa sconosciuta.

«Non rinunci mai a prendermi in giro», sorrise Caterina mentre spalancava le finestre. «Mi stavo semplicemente organizzando per avere tutta per noi la giornata di domani», soggiunse, accostandosi al telefono.

Marco, in cucina, aveva messo sul gas il bollitore.

«Vado subito dal dentista», esordì Caterina, affacciandosi alla porta della cucina.

«Prima il tè», disse lui. «Dopo ti accompagnerò.»

«Niente affatto. Tu starai qui e mi aspetterai. Non mi serve l'assistente per farmi controllare la bocca», obiettò lei, sedendo al tavolo davanti a una tazza di Linden Blumen Tee, il tè di tiglio che le piaceva. Marco l'assecondò, attirato dalla prospettiva di un breve riposo.

Caterina uscì, attraversò l'antico ponte romano sul fiume e si addentrò nei giardini che, costeggiandolo, portavano al centro della città. La luce radente del tramonto non riusciva a penetrare i grandi ombrelli di foglie degli alberi poderosi. Le aiuole di fiori sembravano grandi fazzoletti colorati sparsi sull'erba. Sentiva il rumore dell'acqua che scorreva impetuosa nel fiume tra i grandi massi di granito. Respirava il profumo resinoso delle piante. Era serena. Si fermò davanti alla statua dell'imperatrice d'Austria. Era una scultura di maniera e Caterina osservò il profilo delicato del volto, la linea armoniosa delle spalle, le braccia reclinate sul grembo dove le mani, riunendosi a coppa, accoglievano un piccolo bouquet di fiori freschi. Alcuni turisti, che passeggiavano pigramente nei giardini, si voltarono a guardare quella donna moderna, in jeans e camicetta, che sembrava dialogare con una coetanea di cent'anni fa, in abito lungo e castigato.

Caterina riprese il suo cammino superando il ponte dalle ringhiere di ferro battuto rivestite d'oro zecchino.

Si sorprese a canticchiare la canzone di Reginella mentre con passo elastico si avviava all'appuntamento con il dottor Singer.

Fu una visita breve e quando rincasò, trovò Marco che dormiva in poltrona, davanti al televisore acceso. Lo svegliò.

«Lo sai che non ti fa bene dormire sulla poltrona. Questa casa è piena di camere da letto», lo rimproverò dolcemente.

Lui le sorrise, le prese una mano e se la portò alle labbra.

«Ti ha fatto male il dentista?» domandò.

«Assolutamente no. I Singer sono bravissimi in questo», lo rassicurò.

«È quasi buio», osservò Marco.

«È ora di cena», gli fece notare lei. «Fatti una doccia, cambiati e usciamo.»

«Dove vuoi andare?»

«A mangiare. Ti porto a Castel Rundegg. Cucina semplice, leggera e saporita. Dolci che solo a guardarli ti fanno venire l'acquolina. Io, intanto, chiamo il giardiniere e la donna delle pulizie. Domattina li voglio all'opera. Telefonerò anche perché mi portino la spesa. No, anzi, la spesa può aspettare. Forse c'è qualcosa di più urgente, ma non so che cosa», si chiese, muovendosi da un capo all'altro del soggiorno, rimettendo a posto un vaso, accendendo una lampada, sprimacciando cuscini.

«Caterina, per favore, smettila», disse Marco alzando la voce.

«Che cosa dovrei smettere?» si stupì lei.

«Sei agitata. Non ti dai pace. Che cosa c'è che non va?» chiese Marco.

«Niente. È tutto sotto controllo. Soltanto che... ho bisogno di andare via da qui», confessò.

Marco la osservò con aria interrogativa.

«So quello che stai per dirmi», riprese lei. «Che siamo appena arrivati e che ho deciso io di venire a Merano. Il fatto è che voglio andare a Sacile.»

«Adesso?»

«Domattina. Ti va bene?» chiese, esitante.

«Ma perché vuoi andare laggiù? E perché così all'improvviso?» Marco era sconcertato.

«Non lo so. Cioè, lo so, ma non so come dirlo. È come se una voce mi chiamasse. Anzi, non una voce sola, ma tante. Mio padre, la nonna Evarista, mia cugina Eva. So anche che desidero andare laggiù con te. E nessun altro. Mi porterai, Marco?»

L'uomo l'abbracciò. Era stanco, aveva solamente voglia di dormire, ma per lei avrebbe fatto qualunque cosa.

«Certo che ti porterò, piccola Belgrado», sussurrò tenendola stretta.

9

Arrivarono a Sacile attraverso la Valsugana. Caterina volle subito andare al cimitero. La cappella della famiglia Belgrado li accolse nella fresca penombra e fu un sollievo dopo aver percorso il viale di cipressi inondato dal sole del mezzogiorno.

Marco e Caterina parlavano a bassa voce. «Eccola, la nonna Evarista», disse lei, indicando una fotografia ovale su ceramica. Si vedeva un volto rugoso di donna. Spiccavano gli occhi intelligenti e duri, venati da una sottile ironia, le labbra piccole, il mento volitivo e i lobi allungati delle orecchie da cui pendevano due roselline di granati.

«È morta a ottantanove anni», osservò Marco, leggendo le date scolpite nel marmo.

«Mai stata malata un solo giorno della sua vita. Si potrebbe dire che ha lasciato questa terra in ottima salute», ironizzò Caterina, mentre con un fazzoletto toglieva immaginari granelli di polvere dalla fotografia. «E questo è il nonno», soggiunse indicando l'immagine color seppia di un uomo baffuto, la fronte in parte nascosta dall'ala di un cappello scuro. «Sembrava che non avesse alcuna autorità in famiglia. Eppure, perfino la nonna sosteneva sempre che il padrone era lui. Ha passato i suoi giorni a lavorare e a bere. Quand'era ubriaco era molto allegro, scherzava su tutto e la nonna si infuriava. Non ho mai avuto un grande trasporto per lui. L'ho conosciuto così poco. Io amavo soltanto loro», disse indicando la tomba di suo padre e quella di Eva. Non c'era la fotografia della cuginetta. Soltanto la data di nascita e quella della morte.

«A quei tempi, in campagna, si facevano fotografie esclusivamente quando ci si sposava e più avanti negli anni, in prossimità della morte. La piccola Eva, quando si seppe che era condannata dalla tubercolosi, si rifiutò di essere portata in paese dal fotografo. Sua madre la supplicava: 'Se muori, che cosa mi resterà di te?' E lei rispondeva: 'Le mie trecce e il mio ricordo'.»

«C'è una forte rassomiglianza fra te e tuo padre. A guardare bene, c'è qualcosa di tuo anche nel viso della nonna. Dev'essere stata bella, ai suoi tempi», commentò Marco.

«I Belgrado sono tipi notevoli», sorrise lei, sedendo sulla piccola panca di legno di fronte all'altare. «Ci sono altri parenti, vedi? Uno zio e una zia che non ricordo, un cugino che non ho mai conosciuto. Questa cappella, voluta da mia nonna, un giorno ospiterà anche me», sussurrò con voce serena.

«Era per dirmi queste cose allegre che mi hai portato fin qui?» scherzò Marco.

«Certo. Se non parlo con te di queste cose, con chi dovrei farlo?» gli sorrise lei.

Uscirono dalla cappella e si avviarono lentamente lungo il viale di cipressi.

«Andiamo a vedere la cascina», decise Caterina. «Fa caldo, lo so. Ma non c'è molta strada, è dopo quella curva.» La videro. Fu una sorpresa constatare che la cascina era stata restaurata e trasformata in una trattoria rustica.

«Possiamo mangiare qui. Che cosa ne dici?» propose Marco.

«Mi sembra inevitabile. È quasi mezzogiorno e io ho fame», rispose lei. Ignorava se fosse stata venduta o se i proprietari fossero ancora i Belgrado. Sedette con Marco sotto un pergolato di vite canadese, a un tavolo coperto da una tovaglia cerata. C'erano altri clienti, oltre loro, che mangiavano e chiacchieravano allegramente.

Venne un ragazzo a prendere l'ordinazione. Elencò i piatti del giorno: polenta e salsicce, polenta e coniglio brasato, polenta e formaggio, polenta e puntine di maiale.

«Tutta roba leggera, per stomaci delicati», ironizzò Marco.

«Polenta e un po' di tutto: formaggio, puntine, salsicce e coniglio», ordinò Caterina. Appena il ragazzo si fu allontanato disse: «Avessi avuto tutto questo ben di Dio da bambina! Invece c'era soltanto polenta con polenta e poco anche di quella».

Trasse un sospiro guardandosi intorno con curiosità.

«Mi sembri felice», osservò Marco.

«Lo sono. È un bagno nell'infanzia. Non ti sarò mai abbastanza grata per avermi accompagnato fin qui. La vedi quella finestrella? Dormivo lì, con la mamma, in tempo di guerra. E laggiù, dove adesso c'è la tettoia per le macchine, c'era il porcile. La nonna aveva certi maiali, grossi come vitelli. E come li nutriva. Patate a volontà, bianche, farinose, profumate. Più in là c'era il pollaio. Ti ho mai raccontato di quando la nonna mi sorprese a succhiare un uovo? E laggiù, vedi, scorreva il ruscello.» Indicò un punto, ai confini di un campo, dove si ergevano, in tutta la loro eleganza, grandi acacie dalle foglioline lucenti. «Era il luogo delle confidenze mistiche tra me e la piccola Eva», soggiunse. «Non è cambiato niente, qua intorno», proseguì. «Voglio vedere se c'è ancora la roggia. Attraverso il campo, do un'occhiata e ritorno.» Si alzò dal tavolo.

«Vengo con te», propose Marco.

«No», si ribellò lei, «c'è un gran caldo. Troppo per te Ritornerò subito.»

Marco la vide allontanarsi e sparire nell'erba alta.

Caterina camminava tra un ronzio d'insetti. Le cicale

sulle acacie, sembravano impazzite. Sentì gorgogliare l'acqua del ruscello. Affrettò il passo. Arrivò sulla proda verdeggiante ansando per la fatica e per la calura. Non c'era un filo d'aria. Ritrovò i cespugli folti di calle fiorite, le anatre dal piumaggio iridescente, che scivolavano silenziose sul pelo dell'acqua e i ciuffi d'erba isiga un po' ovunque. Caterina sorrise a un ricordo lontano.

Si chinò a cogliere un filo d'erba per provare a farla cantare, come Eva le aveva insegnato. Le sfuggì un grido: ai suoi piedi c'era una pietra grigia del tutto simile a quella che aveva sognato. Aveva persino due solchi oblunghi, che sembravano impronte di piccoli piedi.

«Non è possibile», mormorò, sconvolta. «Questa pietra non l'ho mai vista quand'eravamo bambine.»

La sfiorò con la mano. Era calda di sole. L'afa era insopportabile, Caterina respirava a fatica. Tentò di rilassarsi ma le gambe non le obbedirono. Una fitta lancinante le fece esplodere la testa e cadde, riversa, sul prato.

«Caterina!» Marco gridava, chino su di lei. La sollevò sulle braccia e si avviò verso il cascinale chiamando aiuto a gran voce.

Un gruppetto di persone gli andò incontro.

«È svenuta», disse lui, spaventato. «Ci vuole un medico.»

«Il sole di luglio fa brutti scherzi. Sarebbe meglio portarla all'ospedale. È qui vicino», disse il cameriere della trattoria.

Qualcuno mise sulla fronte di Caterina un tovagliolo intriso d'acqua fresca.

Un avventore guidò Marco verso una macchina, parcheggiata sotto una pergola.

«Lei salga dietro, con la signora. Vi porto io al Pronto Soccorso», si offrì.

Pochi minuti dopo l'auto sostò davanti all'ingresso di un moderno ospedale. Due infermieri uscirono con una barella, sollevarono Caterina dalle braccia di Marco e l'adagiarono sul lettino volante.

«È svenuta», spiegò Marco, con voce rotta. «L'ho vista cadere a terra. Non so che cosa le sia successo.»

«Lei chi è?» domandò uno dei due.

«Il marito», rispose, senza riflettere.

La barella che trasportava Caterina venne sospinta all'interno di un ambulatorio e un infermiere gli impedì di entrare con lei.

«Resti qui», disse. «Verrà qualcuno a chiederle informazioni per il nostro questionario.»

Poco dopo, infatti, si presentò un'infermiera cui Marco dettò i dati anagrafici di Caterina e descrisse sommariamente quello che era accaduto.

«Era soltanto svenuta», ripeté. «Adesso, come sta?»

«Non so niente. Lei aspetti e, appena possibile, le daremo notizie», lo rassicurò.

Marco, di tanto in tanto, guardava il grande orologio a muro. Passavano i minuti e divennero mezz'ora. Decise di bussare alla porta dell'ambulatorio. Non gli rispose nessuno. Socchiuse il battente. L'ambulatorio era deserto.

«È lei il marito della signora Belgrado?» domandò una voce alle sue spalle.

Marco si voltò e si trovò di fronte un medico.

«Lei... non è più lì dentro!» replicò Marco, con voce smarrita.

«L'hanno portata nel seminterrato. Le stanno facendo una tac», spiegò il dottore.

«Perché? C'è qualcosa di grave?» chiese Marco, spaventato.

Il medico lo invitò a sedersi e gli si mise accanto. «Aspettiamo il risultato della tac. Intanto mi dica esattamente che cosa è successo quando la signora è svenuta.»

«Non ne ho idea. Eravamo andati in trattoria. Prima che ci servissero il pranzo, Caterina ha detto che voleva fare un giro nel prato. L'ho lasciata andare da sola, ma poi ho deciso di raggiungerla. Allora mi sono avviato nella stessa direzione. L'ho vista chinata per terra e, subito dopo, cadeva nell'erba, come un pupazzo senza fili. Era una zona in pieno sole. L'ho presa in braccio e l'ho portata qui. Questo è tutto», raccontò Marco.

Il dottore annuì.

«Sua moglie soffre di ipertensione?» domandò.

«Non che io sappia. È una donna sana, glielo garantisco.»

«Bene», disse il medico. «Lei stia tranquillo. Dopo la tac sapremo esattamente che cosa ha causato lo svenimento.»

Marco restò di nuovo solo. Si sentiva male e ricordò di non aver preso le sue pillole. Le ingoiò e ricominciò ad aspettare. Pensò che avrebbe dovuto informare Stanis. Cercò il cellulare nella tasca della giacca. Non lo trovò. Ricordò di averlo lasciato in macchina, alla trattoria.

Nella saletta d'attesa, impersonale e asettica, c'era gente che andava e veniva. Pochi, come lui, aspettavano.

Entrò un inserviente e lo guardò.

«Il marito della signora Belgrado?» chiese.

Marco fece un cenno.

«Venga con me», disse l'uomo scortandolo lungo un corridoio rischiarato dalla luce gelida delle lampade al neon. Infine, aprì una porta e lo introdusse in uno studio medico. Lo accolse lo stesso dottore con cui aveva parlato.

«La signora Belgrado», disse, «ha effettivamente avuto uno svenimento, non tanto a causa di un colpo di sole, ma per un episodio ipertensivo.»

«Adesso, come sta?» chiese Marco, rassicurato.

«Decisamente meglio. Tuttavia vorrei trattenerla in ospedale per un paio di giorni. L'ipertensione non è affatto un problema da prendere alla leggera», soggiunse il medico.

«Capisco. L'episodio potrebbe ripetersi?» indagò cautamente.

«Tutto quello che posso dirle è che la signora deve curarsi seriamente e mantenere la pressione entro valori accettabili. I farmaci che le ho somministrato le hanno fatto superare la crisi. Domani vorrei approfondire alcuni esami e stabilire il dosaggio di una terapia», concluse.

«Posso vederla?» chiese Marco.

«Certamente. L'ho ricoverata al primo piano. L'infermiere l'accompagnerà da lei.»

Era una piccola stanza tutta bianca, in penombra. C'erano due letti. Uno era vuoto. Nell'altro, accanto alla finestra, Caterina stava riposando. Sembrava addormentata. Marco avvicinò una sedia al capezzale e in quel momento lei aprì gli occhi e lo guardò.

«Mi hai fatto un brutto scherzo, questa volta, mia piccola Belgrado», sussurrò Marco, sorridendole.

«Me ne rendo conto», rispose Caterina, con un filo di voce.

«Come ti senti?» domandò lui, prendendole una mano e portandosela alle labbra.

«Affaticata. E tu, mio giovane leone, come te la passi?» tentò di scherzare.

«Come uno che non si aspettava di incominciare le vacanze in ospedale», finse di lamentarsi.

«Ti prometto che non ti farò mai più scherzi di questo genere.»

«Lo sapevi che la tua pressione faceva i capricci?»

«Più o meno. Ma non volevo farne un dramma. Insomma, non avevo voglia di occuparmene», confessò Caterina.

«Grazie tante. Mi ero illuso di rappresentare una ragione più che sufficiente perché tu avessi molta cura di te.»

Caterina alzò una mano e gli accarezzò il viso.

Marco la guardò con amore.

«Non sei mai stata così bella, mia piccola Belgrado. Tu sei la donna della mia vita. Niente e nessuno potrà mai allontanarmi da te.

«Lo so bene che non siamo più giovani, ma non siamo ancora così vecchi da rinunciare a vivere. Ho sempre in mente la stupenda ragazza che, in una sera d'inverno, mi veniva incontro con un grande fascio di peonie bianche strette al petto. Sembravi una figurina di Renoir. A proposito, non ho mai saputo chi ti avesse regalato quei fiori. Abbiamo tante cose da raccontarci e molte ancora da vivere insieme. Sei una gran donna. Gli anni non ti hanno sfiorata. Se prometti di non prendermi in giro, ti dirò che, quando ti sono vicino, a volte mi sembra di essere il ragazzo di allora.»

Si chinò su di lei e la baciò delicatamente. Caterina stava piangendo.

«Sei stato il primo uomo che mi ha baciata. E sarai l'ultimo», sussurrò, abbracciandolo. Marco la tenne stretta a sé, cullandola.

«Ho una strana sensazione», mormorò Caterina. «Come se mi riaffacciassi alla vita dopo una lunga malattia. Io e te, finalmente insieme», e soggiunse: «Marco, sono felice».

Si staccò da lui e si guardò intorno.

«Che cosa cerchi?» le chiese.

«Una piccola piuma bianca. Ma non la vedo», rispose lei assorta.

«Non capisco», osservò lui.

«Non importa. È una delle tante cose che ti racconterò.»

FINE

L'autrice

Sveva Casati Modignani è una delle firme più amate della narrativa contemporanea: i suoi romanzi hanno venduto oltre sei milioni di copie in tutto il mondo. Dietro questo celebre *nom de plume* si celano in realtà Bice Cairati e Nullo Cantaroni, una coppia affiatatissima sia nella vita privata sia in quella professionale. Entrambi affermati giornalisti, nel 1981 hanno pubblicato il loro primo romanzo, *Anna dagli occhi verdi*, che ha immediatamente ottenuto un grandissimo riscontro di critica e di pubblico, inaugurando un genere unico e inimitabile nel panorama della narrativa d'evasione italiana. A quel primo trionfo sono seguiti altri indimenticabili romanzi, molti dei quali hanno dato vita a sceneggiati televisivi di successo. Bice e Nullo Cantaroni vivono da sempre a Milano, nella bella e accogliente casa che apparteneva alla nonna di Bice, dove l'autrice è nata e abita fin da bambina.

I libri di Sveva Casati Modignani

Come stelle cadenti

Intorno a un forte personaggio femminile ruota la storia di una ricca famiglia milanese, le cui vicende si svolgono nell'arco di un secolo. Un romanzo intenso e coinvolgente.

Disperatamente Giulia

Una scrittrice e un medico di fama vengono travolti da una bruciante passione che cambia le loro vite. Da questo romanzo è stato tratto lo sceneggiato prodotto da Canale 5.

Donna d'onore

Da bambina, Nancy assiste all'uccisione del padre da parte di un killer mafioso. L'episodio fa di lei una donna coraggiosa e spietata, divisa tra l'America e la Sicilia.

Il Barone

In un palazzo di Piazza Armerina nasce Bruno, erede di una famiglia di baroni siciliani. Amato da tre donne, entra in un rischioso giro di traffici internazionali...

Anna dagli occhi verdi

Alla morte del padre, Anna Boldrani eredita un patrimonio, ma deve confrontarsi con il passato della propria famiglia. La saga appassionante di quattro generazioni.

E infine una pioggia di diamanti

Un anziano editore milanese organizza una beffa a danno degli eredi. E alla lettura del testamento... Un romanzo denso d'azione e sentimento.

Saulina

Un chirurgo di fama trova antiche carte sulla storia della sua famiglia e dell'ava Saulina. Un romanzo avvincente sullo sfondo della suggestiva Milano napoleonica

Lo splendore della vita

Di nuovo Giulia in un romanzo drammatico e intenso. Superata l'operazione al seno, scivola in una crisi d'identità. Tutto sembra vacillare, ma prevarranno i valori di sempre

Il Cigno Nero

L'avvincente saga di una dinastia di editori, dilaniata da lotte intestine negli ultimi cinquant'anni. Torbide trame di passioni e tradimenti in un libro vibrante di emozioni.

Come vento selvaggio

Una schiera di personaggi si affolla al capezzale di Mistral, pilota di Formula Uno, vittima di un pauroso incidente. Odi, amori, speranze, rimpianti... in un superbo intreccio.

Il Corsaro e la rosa

Sentimento, passione, sete di potere nell'avvincente saga di una famiglia che ruota attorno a Lena, una donna capace di vivere la vita come un'incessante avventura.

Lezione di tango

Amori, rancori, tradimenti: ricca di pathos e sorprese, la storia di una singolare amicizia tra un'affascinante antiquaria milanese e un'anziana diseredata che il mondo respinge.

Collana «Superbestseller»

Romanzi

441. S. Casati Modignani, *Lo splendore della vita*
442. D. Koontz, *Il posto del buio*
443. M. Higgins Clark, *Le piace la musica, le piace ballare*
446. S. Sheldon, *E le stelle brillano ancora*
447. D. Steel, *Il caleidoscopio*
448. S. Coonts, *L'ultimo volo*
451. V. Holt, *Ventaglio indiano*
452. J. Higgins, *Il tempio del deserto*
455. L. Sanders, *Il sesto comandamento*
458. J. Michael, *Quella sconosciuta emozione*
461. E. Segal, *Atti di fede*
462. B. Plain, *Nel sole della vita*
466. B. Taylor Bradford, *Ricorda*
468. W. Katz, *Somiglianza fatale*
473. D. Steel, *Zoya*
474. S. King, *Scheletri*
478. R. North Patterson, *Grado di colpevolezza*
482. S. King, *La metà oscura*
486. D. Steel, *Daddy-Babbo*
489. L. Sanders, *Delitti capitali*
491. M. Higgins Clark, *La Sindrome di Anastasia*
492. B. Bickmore, *Dove brucia il sole*
495. D. Koontz, *Incubi*
504. J. Kellerman, *Senza colpa*
505. S. Coonts, *Minotauro*
509. J. Deveraux, *La duchessa*
512. R. Cook, *Sguardo cieco*
513. J. Higgins, *Il ritorno dell'aquila*
515. K. Tyers, *Guerre stellari - La tregua di Bakura*
516. S. Casati Modignani, *Il Cigno Nero*
517. J. Dailey, *L'amore di una vita*
518. D. Steel, *Messaggio dal Vietnam*
519. S. King, *Terre desolate (Serie La Torre Nera)*
520. W. Katz, *Dentro le tenebre*
521. G. Wolfe, *La Spada del Littore (Terzo volume)*
523. M. Higgins Clark, *In giro per la città*
524. V. Cowie, *Fascino*
526. S. Casati Modignani, *Come vento selvaggio*
529. J. Lindsey, *Amore selvaggio*
530. D. Koontz, *Fuoco freddo*
534. L. Sanders, *Il settimo comandamento*
535. B. Plain, *I tesori del tempo*
536. A.V. Roberts, *Due passioni una vita*
539. M. West, *Gli amanti*
541. R. Thomas, *Una donna del nostro tempo*
542. A. Hoffman, *La notte dei prodigi*
547. J. Briskin, *I sogni sono giovani*
550. P. Margolin, *Non dimenticare mai*
551. S. King, *Quattro dopo mezzanotte (Volume primo)*
552. D. Steel, *Batte il cuore*
556. V. Holt, *Prigioniera del cuore*
557. S. Coonts, *L'assedio*
559. S. King, *Quattro dopo mezzanotte (Volume secondo)*
562. D. Mortman, *La rosa selvaggia*
564. N. Barber, *I venti del destino*
565. D. Steel, *Nessun amore più grande*
566. N. Thayer, *Per sempre*
568. D. Koontz, *In un incubo di follia*
569. R. Cook, *Morbo*
570. J. Kellerman, *Occhi indiscreti*
571. M. Higgins Clark, *Un giorno ti vedrò*
572. E. Adler, *Smeraldi*
573. L. Fleischer, *Viaggio in Inghilterra*
574. S. Coonts, *Il cavaliere rosso*
579. M. Swindells, *La signora dell'isola*
580. J. Briskin, *Passioni nascoste*
581. J. Higgins, *L'occhio del ciclone*
583. J. Sandford, *Preda di ghiaccio*
593. S. King, *Cose Preziose*
595. N. Barber, *I giorni dell'addio*
596. M.M. Kaye, *L'ombra della luna*
597. B. Wood, *Momenti d'amore*
599. L. Blair, *Privilegio*
600. L. Sanders, *Il caso di Lucy Bending*
601. R. Mason, *Il vento non sa leggere*
602. S. Beauman, *Destiny*
603. M. Walters, *La morte ha freddo*
604. D. Steel, *Gioielli*
605. M. Haran, *Il trionfo di una donna*

607. G. Pansa, *Ma l'amore no*
608. D. Koontz, *Cuore nero*
611. B. Plain, *Al di là del fiume*
617. J. McNaught, *Un incontro perfetto*
623. R. Osborne, *Istinti - Basic Instinct*
626. L. Blair, *Una stagione per cambiare*
631. S. Sheldon, *Nulla è per sempre*
632. R. Cook, *Sonno mortale*
635. S. Beauman, *Intrighi e passioni*
637. W. Adler, *Strani miracoli*
639. S. King, *Il gioco di Gerald*
640. D. Steel, *Star*
641. M. Higgins Clark, *Ricordatevi di me*
644. S. King, *Il Miglio Verde*
645. D. Steel, *Le sorprese del destino*
646. M. Higgins Clark, *Domani vincerò*
647. D. Chiel, *Il profumo del mosto selvatico*
648. E. Segal, *Una vita per un premio*
650. D. Koontz, *Le lacrime del drago*
651. R. Cook, *Vite in pericolo*
653. J. Dailey, *La valle del ricordo*
661. C. Cash Spellman, *Salvate la mia bambina*
665. J. Fielding, *Segreti pericolosi*
666. J. Higgins, *Nel cuore dell'uragano*
670. J. Lindsey, *L'uomo del mio desiderio*
673. L. Sanders, *La posta in gioco*
674. J. Kellerman, *Il valzer del diavolo*
677. S. King, *Dolores Claiborne*
679. M. Haran, *Il risveglio di una donna*
680. M. Binchy, *Amiche*
681. D. Koontz, *Il fiume nero dell'anima*
682. I. Benig, *Le Tavole del miracolo*
685. S. Sheldon, *Giorno & notte*
686. D. Steel, *Scomparso*
687. G. Pansa, *Siamo stati così felici*
689. J. Archer, *L'onore dei ladri*
690. J. Briskin, *Ricordi d'amore*
691. J. Fletcher & D. Bain, *La signora in giallo - Brandy & pallottole*
693. M. Walters, *La scultrice*
694. B. Taylor Bradford, *Come un angelo*
695. R. Cook, *Alterazioni*
697. S. Casati Modignani, *Il Corsaro e la rosa*
698. P. Margolin, *Passi nel buio*
701. D. Koontz, *Phantoms!*
703. J. Sandford, *Gli occhi della preda*
704. C. Arnothy, *L'amaro profumo dei fiori d'arancio*
705. M. West, *Punto di fuga*
706. C. Andrews, *Innesto mortale*
707. B. Plain, *L'alba di un giorno nuovo*
708. M. Higgins Clark, *Un colpo al cuore*
709. D. Steel, *Il regalo*
710. J. Michael, *Le sorprese della fortuna*
712. N. Sparks, *Le pagine della nostra vita*
713. E. Segal, *Love Story*
714. D. Chiel, *Sabrina*
715. S. King, *Incubi & deliri*
716. D. Koontz, *Lampi*
717. S. Shagan, *Il cerchio*
718. D. Steel, *Scontro fatale*
719. P.L. Sulitzer, *Il Re verde*
720. M. Higgins Clark, *Bella al chiaro di luna*
721. E. Holzer, *La prossima vittima*
722. D. Houying, *Shanghai*
723. D. Fernandez-Récatala, *Elisa*
724. M. Rich, *Tentazioni*
725. C. Arnothy, *Quando il passato ritorna*
726. D. Bellomo, *L'uomo che cavalcava un sogno*
727. N. Borovsky, *Nobiltà*
728. R. Cook, *Epidemia*
729. J. Higgins, *Nel covo dei serpenti*
730. J. Kellerman, *Amore violento*
731. S. Paretsky, *Una luce in fondo all'abisso*
732. P.T. Deutermann, *Alibi ufficiale*
733. J. Fielding, *Non piangere per favore*
734. M. Haran, *È sempre una questione d'amore*
735. A. Hoffman, *Il giardino delle magie*
736. R. Jaffe, *Era solo un gioco*
737. J. Lindsey, *Amore per sempre*
738. C. Newman, *L'ombra del diavolo*
739. A. Vázquez-Figueroa, *Il fiume nero dei diamanti*
740. S. Casati Modignani, *Caterina a modo suo*

741. D. Steel, *Cielo aperto*
742. G. Pansa, *I nostri giorni proibiti*
743. B. Bickmore, *Il bacio della luna*
744. A. Rodgers, *Il sangue del male*
745. M. Binchy, *L'amica del cuore*
746. G. Wolfe, *La Cittadella dell'Autarca (Quarto volume)*
747. J. McNaught, *Ritrovarsi*
748. W. Diehl, *Schegge di paura*
749. A. Rice, *Un grido fino al cielo*
750. R. Wallace, *Braveheart - Cuore impavido*
753. D. Martin, *Una carezza nel buio*
754. G. de Cortanze, *Giuliana - La passione perduta*
755. L. Spencer, *Il ragazzo della porta accanto*
756. D. Koontz, *Intensity*
757. R. Thomas, *La forza del passato*
758. B. Erskine, *La figlia della fenice*
759. S. Power, *Danzando sull'erba*
760. J.A. Krentz, *Nel mare della passione*
761. J. Sandford, *La notte della preda*
762. B. Taylor Bradford, *Le maree del destino*
763. E. Adler, *Una donna senza ricordi*
764. D. Steel, *Fulmini*
765. J. Higgins, *L'angelo del destino*
766. R. Bachman (S. King), *L'occhio del male*
767. J. Michael, *La tela del desiderio*
768. M. Higgins Clark, *Una notte, all'improvviso*
769. D. Brin, *L'uomo del giorno dopo*
770. R. Daley, *Prove apparenti - Night falls on Manhattan*
771. J. Evanovich, *Tutto per denaro*
772. M. Higgins Clark, *Testimone allo specchio*
774. D. Koontz, *Ombre di fuoco*
775. V. Cowie, *Un amore troppo perfetto*
776 D. Graziunas e J. Starlin, *Prima che sia troppo tardi*
777. D. Steel, *La promessa*
778. J. Fielding, *Frammenti*
779. J. Higgins, *Patto diabolico*
780. J. Kellerman, *Estrema difesa*
781. M. Rose, *Gli angeli della vita*
782. A. Ephron, *Un invito innocente*
783. S. King, *La sfera del buio (Serie La Torre Nera)*
784. C. Lim, *La ragazza della casa di Wu*
785. K.C. McKinnon, *Canto d'amore all'Harvest Moon*
786. D. Steel, *Cinque giorni a Parigi*
787. R. Cook, *Cromosoma 6*
788. M. Binchy, *Il lago di cristallo*
790. I. Johansen, *L'ombra negli occhi*
791. G. Pansa, *La bambina dalle mani sporche*
792. J. Dailey, *Il vento dell'Ovest*
793. S. Sheldon, *Una donna non dimentica*
794. P. Pascolini e S. Casini, *La prima volta di mia figlia*
795. B. Taylor Bradford, *Un segreto è per sempre*
796. S. Casati Modignani, *Lezione di tango*
798. J. Green, *Non tutti gli uomini preferiscono le altre*
799. Parker Rhodes J., *Schiava del dio serpente*
802. L. Spencer, *Un'estate per cambiare*
803. N.A. Collins, E.A. Kramer, M.H. Greenberg (a cura di), *Dark Love*
804. P. Margolin, *La testimone*
805. T. Hoag, *Il buio del cuore*
806. S. Khashoggi, *Il miraggio dell'amore*
807. S. Beauman, *La colomba dalle ali spezzate*
808. D. Koontz, *La notte del killer*
809. L. Sanders, *L'ultimo rischio*
811. O. Goldsmith, *Donne sull'orlo del successo*
812. S. Lord, *Una sorella per nemica*
815. S. King, *Riding the Bullet - Passaggio per il nulla*
816. M. Binchy, *Il nuovo domani*
817. S. Isaacs, *La favola è finita - Lily White*
819. D. Steel, *Perfidia*
820. L.J. Rowland, *Shinjū*
821. E. Segal, *Un solo grande amore*
824. S. King, *Mucchio d'ossa*

Gentile lettore,

la ringraziamo per aver scelto uno dei romanzi della ricca collana Superbestseller.

Per poter soddisfare sempre meglio le sue esigenze e i suoi gusti, le chiediamo di voler gentilmente compilare il seguente questionario. Se ci fornirà anche il suo indirizzo, le invieremo tempestivamente le informazioni relative alle nuove pubblicazioni del gruppo Sperling & Kupfer e alle iniziative speciali rivolte ai nostri lettori.

Ho trovato questo questionario nel volume dal titolo

....

Ho acquistato questo volume

☐ in libreria ☐ in edicola ☐ al supermercato

Abitualmente acquisto libri

☐ in libreria ☐ in edicola ☐ al supermercato

Numero libri acquistati in un anno: ....

Di solito acquisto un libro perché:
(si possono barrare più caselle)

☐ seguo i consigli di amici/conoscenti/del mio libraio di fiducia
☐ leggo le recensioni
☐ vedo la pubblicità
☐ scelgo i titoli del mio autore preferito
☐ mi piace la copertina
☐ il libro ha vinto un premio letterario
☐ il libro è nelle classifiche dei libri più venduti
☐ ha un prezzo conveniente

Il mio autore preferito è: ....

Il mio libro preferito è: ....

Il mio genere preferito è:
☐ saggistica ☐ narrativa
- romanzi d'amore
- thriller

INFORMAZIONI ANAGRAFICHE

Età: .... Sesso: ☐M ☐F

Professione: ....

FACOLTATIVO

Nome ....
Cognome ....
Via .... n. ....
Città .... CAP ....
E-mail ....

La preghiamo di tagliare lungo la linea tratteggiata e di inviare in busta chiusa e affrancata a:

Sperling & Kupfer Editori S.p.A.
Ufficio Promozione
Via Durazzo, 4
20134 Milano

Il mittente prende atto che i suoi dati saranno trattati per l'eventuale invio di materiale d'informazione libraria, con la possibilità della cessione a terzi dei dati stessi. Resta salvo il suo diritto di conoscenza, cancellazione, rettifica, aggiornamento, integrazione e opposizione al trattamento dei dati, secondo quanto previsto dall'art. 13 della legge 675/96.

Finito di stampare nel gennaio 2001
presso la Mondadori Printing S.p.A.
Stabilimento N.S.M. di Cles (TN)
Printed in Italy